JOHN GRISHAM

ANKLAGE

JOHN GRISHAM

ANKLAGE

Roman

Aus dem Amerikanischen
von Kristiana Dorn-Ruhl,
Bea Reiter und Imke Walsh-Araya

HEYNE

Die Originalausgabe erschien unter dem Titel
Gray Mountain bei Doubleday, New York

MIX
Papier aus verantwortungsvollen Quellen
FSC® C014496

Verlagsgruppe Random House FSC® N001967
Das für dieses Buch verwendete
FSC®-zertifizierte Papier *Munken Premium*
liefert Arctic Paper Munkedals AB, Schweden.

Lektorat: Oliver Neumann
Herstellung: Helga Schörnig
Satz: Leingärtner, Nabburg
Druck und Bindung: GGP Media GmbH, Pößneck
Printed in Germany

ISBN 978-3-453-26909-5

www.heyne.de

In Erinnerung an Rick Hemba
1954–2013
Bis bald, Ace

1

Das Schlimmste war das Warten. Die Ungewissheit, die schlaflosen Nächte, die Magengeschwüre. Kollegen gingen einander aus dem Weg und verriegelten ihre Bürotüren. Sekretärinnen und Rechtsassistenten verbreiteten unter vorgehaltener Hand Gerüchte. Die Stimmung war gereizt, und jeder fragte sich, wen es als Nächsten treffen würde. Die Partner aus der obersten Führungsetage wirkten wie gelähmt und mieden jeden Kontakt mit ihren Untergebenen. Wer wusste schon, wem man bald das Messer in die Brust rammen musste.

Die Gerüchteküche brodelte. In der Abteilung Zivilprozesse habe es zehn Mitarbeiter erwischt – fast richtig, tatsächlich waren es nur sieben. Die Nachlassabteilung sei komplett aufgelöst worden, mitsamt der Leitung – das stimmte. Acht Partner aus der Kartellabteilung hätten sich zu einer anderen Kanzlei gerettet – falsch, zumindest bislang.

Die Atmosphäre war so vergiftet, dass Samantha das Büro möglichst oft verließ, um sich mit ihrem Laptop in ein Café in Lower Manhattan zu setzen und dort zu arbeiten. Einmal saß sie bei schönem Wetter auf einer Parkbank – es war Tag zehn nach dem Kollaps von Lehman Brothers – und betrachtete das hohe Gebäude weiter unten in der Broad Street mit der Hausnummer 110. Die gesamte obere Hälfte war von Scully & Pershing gemietet, der größten Anwaltskanzlei, die die Welt je gesehen hatte und die ihr Arbeitgeber war. Noch, zumindest, denn die Zukunft war alles andere als gewiss. Zweitausend Anwälte waren bei der Großkanzlei beschäftigt, in zwanzig Ländern, die Hälfte davon in New York, tausend Juristen zwischen der dreißigsten und der fünfundsechzigsten Etage. Wie viele von ihnen würden am liebsten aus dem Fenster springen? Samantha konnte es nicht einschätzen, aber sie war sicher nicht die Einzige. Die größte Kanzlei der Welt schnurrte zusammen wie ein Luftballon, nicht anders als die Konkurrenz. Die Welt der Großkanzleien war genauso in Panik wie die Hedgefonds, Investmentbanken, Endverbraucherbanken, Versicherungsgesellschaften, die Regierung in Washington und die Einzelhändler in der Main Street.

Tag zehn verging ohne Gemetzel, ebenso Tag elf. Am zwölften Tag kam ein Funke Optimismus auf, als Ben, einer von Samanthas Kollegen, das Gerücht mitbrachte, die Londoner Kreditmärkte lockerten angeblich ein wenig die Zügel, sodass unter Umständen bald wieder Gelder zu haben seien. Am späten Nachmittag jedoch war klar, dass an diesem Gerücht nichts dran war. Und so warteten sie weiter.

Zwei Partner leiteten bei Scully & Pershing die Abteilung Gewerbliche Immobilien. Der eine stand kurz vor dem Rentenalter und war bereits vor die Tür gesetzt worden. Der andere war Andy Grubman, vierzig, Bürohengst. Er hatte noch nie einen Gerichtssaal von innen gesehen. Als Partner bewohnte er ein schönes Büro mit Fernblick auf den Hudson, dessen Wasser er jedoch seit Jahren nicht mehr wahrgenommen hatte. Auf einem Regal hinter seinem Schreibtisch stand zwischen Diplomen und Auszeichnungen eine Sammlung Hochhausmodelle, die er »meine Türme« nannte. Sobald eines seiner Objekte fertiggestellt war, beauftragte er einen Bildhauer, eine Miniatur davon anzufertigen. Eine noch kleinere Version davon schenkte er dann den Mitgliedern »meines Teams«. In den drei Jahren, die sie für S&P

arbeitete, hatte Samantha sechs »Türme« gesammelt. Mehr würden es nicht werden.

»Setzen Sie sich«, ordnete er an und schloss die Tür. Samantha nahm neben Ben und Izabelle Platz. Die drei Angestellten blickten beim Warten starr auf ihre Füße. Samantha verspürte den Drang, Bens Hand zu ergreifen, in Panik wie eine Gefangene vor einem Erschießungskommando. Grubman sank auf seinen Stuhl. Ohne sie anzusehen, bedacht, die Sache möglichst rasch hinter sich zu bringen, begann er, den Schlamassel darzulegen, in dem sie sich befanden.

»Wie Sie wissen, ist Lehman Brothers vor vierzehn Tagen kollabiert.«

Ach tatsächlich, Mr. Grubman! Finanzkrise und Kreditcrash haben die Welt an den Rand einer Katastrophe gebracht. Das weiß jeder. Aber wann haben Sie schon mal etwas Originelles von sich gegeben?

»Wir arbeiten an fünf Projekten, die alle von Lehman finanziert werden. Ich habe mit den Investoren gesprochen, sie werden alle Mittel abziehen. Drei weitere Aufträge waren in der Pipeline, zwei mit Lehman, einer mit Lloyd's, aber, nun ja, alle Kredite liegen auf Eis. Die Banker haben sich verschanzt und trauen sich keinen Penny mehr herauszugeben.«

Ja, Mr. Grubman, auch das wissen wir. Das steht auf den Titelseiten der Zeitungen. Jetzt machen Sie schon, sonst springen wir.

»Der Vorstand hat sich gestern zusammengesetzt und einige Kürzungen beschlossen. Dreißig im letzten Jahr neu eingestellte Mitarbeiter werden freigestellt, manche davon fristlos gekündigt. Alle Neuen bleiben bis auf Weiteres in der Warteschleife. Die Nachlassabteilung wurde aufgelöst. Und, nun ja, es fällt mir nicht leicht, das zu sagen, aber auch unsere gesamte Abteilung wird aufgelöst, rausgekürzt, eliminiert. Wer weiß, wann wieder gebaut wird, wenn überhaupt jemals. Die Kanzlei ist nicht bereit, Sie weiter zu beschäftigen, solange die Welt auf Kreditangebote wartet. Verdammt, wir könnten auf eine schlimme Depression zusteuern. Das ist wahrscheinlich nur die erste Runde von Kürzungen. Tut mir leid für Sie. Tut mir wirklich leid.«

Ben sprach als Erster. »Dann sind wir fristlos entlassen?«

»Nein. Ich habe mich natürlich für Sie eingesetzt. Zunächst wollten die Sie umstandslos vor die Tür setzen. Ich muss Sie nicht daran erinnern, dass wir die kleinste Abteilung der Kanzlei sind und es uns im Moment wahrscheinlich am härtesten trifft. Ich konnte ihnen ein Arrangement abringen, das man als Beurlaubung bezeichnen kann. Sie gehen jetzt, kommen aber später vielleicht wieder.«

»Vielleicht?«, fragte Samantha. Izabelle wischte sich eine Träne ab, behielt jedoch die Fassung.

»Ja, ein dickes, fettes Vielleicht. Im Moment ist eben nichts sicher, Samantha. Wir tun, was wir können. In sechs Monaten könnten wir alle an der Suppenküche stehen. Sie kennen die Fotos von 1929.«

Ach, Mr. Grubman, die Suppenküche, ernsthaft? Als Partner haben Sie letztes Jahr 2,8 Millionen Dollar netto verdient, das war ein Durchschnittsgehalt bei S&P, die damit beim Nettoeinkommen pro Partner auf Platz vier der Rangliste rangierten. Was natürlich nicht gut genug war, jedenfalls nicht, bis Lehman die Luft ausging, Bear Stearns zusammenbrach und die Hypothekenblase platzte. Plötzlich sah der vierte Rang ziemlich gut aus, zumindest für den einen oder anderen.

»Was ist unter Beurlaubung zu verstehen?«, fragte Ben.

»Der Deal sieht so aus: Die Kanzlei behält Sie für die nächsten zwölf Monate unter Vertrag, aber Sie bekommen kein Gehalt.«

»Wie nett«, murmelte Izabelle.

Ohne auf sie einzugehen, fuhr Grubman fort: »Sie behalten Ihre Krankenversicherung, aber nur, wenn Sie für eine von uns ausgewählte gemeinnützige Organisation ehrenamtlich tätig werden. Die Personalabteilung stellt eine Liste geeigneter Vereine zusammen. Sie gehen jetzt, tun ein bisschen was Gutes, retten die Welt, in der Hoffnung, dass die Wirtschaft sich erholt, dann steigen Sie in einem Jahr wieder ein, ohne an Seniorität verloren zu haben. Sie werden zwar nicht mehr gewerbliche Immobilien betreuen, aber die Kanzlei wird eine Stelle für Sie finden.«

»Sind unsere Jobs denn nach der Beurlaubung garantiert?«, wollte Samantha wissen.

»Garantiert ist gar nichts. Ehrlich gesagt, niemand kann vorhersagen, wo wir in einem Jahr sein werden. Präsidentschaftswahlen stehen vor der Tür, Europa steuert auf den Abgrund zu, die Chinesen drehen durch, Banken kollabieren, Märkte brechen ein, niemand baut oder kauft. Das Ende der Welt ist nah.«

Einen Augenblick lang verharrten die vier stumm in der düsteren Stille von Grubmans Büro, gelähmt vom Gedanken an den bevorstehenden Weltuntergang. Schließlich erkundigte sich Ben: »Sie auch, Mr. Grubman?«

»Nein. Ich wurde versetzt. In die Steuerabteilung. Können Sie sich das vorstellen? Ich hasse Steuer. Aber es gab nur die Wahl zwischen Steuer oder Taxifahren. Immerhin habe ich Steuerrecht studiert, da dachten sie wohl, sie könnten mich verschonen.«

»Glückwunsch«, sagte Ben.

»Es tut mir so leid für Sie.«

»Nein, ich meine es ernst. Ich freue mich für Sie.«

»In einem Monat könnte ich auch auf der Straße stehen. Wer weiß?«

»Wann sollen wir gehen?«, fragte Izabelle.

»Sofort. Sie werden zuerst eine entsprechende Vereinbarung unterzeichnen, dann packen Sie Ihre Sachen und gehen. Die Personalabteilung wird Ihnen eine Liste von gemeinnützigen Organisationen samt den erforderlichen Unterlagen mailen. Es tut mir so leid.«

»Hören Sie auf, das zu sagen«, sagte Samantha. »Nichts, was Sie sagen, kann uns helfen.«

»Das stimmt, aber es könnte noch schlimmer sein. Die meisten in Ihrer Situation haben keine Beurlaubung angeboten bekommen. Sie wurden einfach so gefeuert.«

»Verzeihen Sie, Mr. Grubman«, bat Samantha. »Ich bin ziemlich durcheinander.«

»Ist schon in Ordnung. Ich verstehe das. Sie haben jedes Recht, wütend und aufgebracht zu sein. Ich meine, Sie alle haben an Eliteuniversitäten studiert, und jetzt werden Sie abgeführt wie Einbrecher. Entlassen wie Fabrikarbeiter. Es ist schrecklich, einfach schrecklich. Einige der Partner haben angeboten, ihre Gehälter zu halbieren, um solche Dinge zu vermeiden.«

»Ich wette, das war eine kleine Gruppe«, bemerkte Ben.

»Ja, sehr klein, leider. Aber der Beschluss ist unumstößlich.«

An dem Vierertisch, den sich Samantha mit Izabelle und zwei weiteren Kollegen teilte, wartete eine Frau in schwarzem Hosenanzug und schwarzem Halstuch. Ben stand etwas weiter hinten im Flur. Die Frau bemühte sich um ein Lächeln. »Ich bin Carmen. Kann ich Ihnen behilflich sein?« Sie hielt einen offenen Karton, der nicht beschriftet war, damit niemand sehen würde, dass es sich um einen offiziellen Scully & Pershing-Behälter für die persönlichen Sachen von Mitarbeitern handelte, die beurlaubt worden waren. Oder gefeuert oder wie auch immer man es bezeichnen wollte.

»Nein, danke«, sagte Samantha bemüht höflich. Es gab keinen

Anlass, patzig zu werden, denn Carmen tat nur ihre Arbeit. Samantha fing an, Schubladen zu öffnen und alle persönlichen Dinge herauszunehmen. In einem Fach fand sie ein paar Unterlagen von S&P. »Was ist damit?«

»Die bleiben hier«, erwiderte Carmen, die sie nicht aus den Augen ließ, als bestünde die Gefahr, dass Samantha Wertgegenstände klaute. In Wahrheit war ohnehin alles von Wert auf ihren Rechnern gespeichert, einem Standcomputer und dem Laptop, den sie fast überallhin mitnahm. Ein Laptop von Scully & Pershing, der ebenfalls hierbleiben würde. Sie hatte zwar von ihrem privaten Laptop aus Zugriff zu allen Daten, doch sie wusste, dass die Passwörter längst geändert waren.

Wie eine Schlafwandlerin räumte sie die Schubladen aus. Behutsam packte sie die sechs Mini-Hochhäuser ein, obwohl sie überlegte, ob sie sie nicht wegwerfen sollte. Izabelle kam und erhielt ihre persönliche Pappschachtel. Alle anderen – Anwälte, Sekretärinnen, Rechtsassistenten – hatten ganz plötzlich anderswo zu tun. Die Umstände hatten eine neue Etikette hervorgebracht: Wenn jemand seinen Arbeitsplatz räumt, soll er das in Ruhe tun können, ohne Zeugen, ohne Gaffer, ohne hohle Abschiedsworte.

Izabelles Augen waren rot und verschwollen, ganz offensichtlich hatte sie auf der Toilette geweint. »Ruf mich an«, flüsterte sie. »Lass uns heute Abend was zusammen trinken gehen.«

»Gern«, erwiderte Samantha. Sie stopfte alles, was noch übrig war, in den Karton, ihren Aktenkoffer und ihre voluminöse Designerhandtasche und folgte Carmen ohne einen Blick zurück durch den Flur. Auch beim Warten an den Aufzügen im achtundvierzigsten Stock sah sie sich nicht noch einmal um. Die Tür öffnete sich, die Kabine war zum Glück leer.

»Ich kann das nehmen«, sagte Carmen und deutete auf den Karton, der in ihren Armen bereits schwerer und unhandlicher zu werden schien.

»Nein«, wehrte Samantha ab und trat hinein. Carmen drückte die Taste zum Gebäudeausgang. Warum brauchte sie eine Eskorte? Je länger Samantha darüber nachdachte, umso wütender wurde sie. Sie wollte schreiend um sich schlagen, doch am liebsten hätte sie jetzt ihre Mutter angerufen.

Der Aufzug hielt im dreiundvierzigsten Stock, und ein gut gekleideter junger Mann trat ein. Er trug den gleichen Karton wie Samantha, außerdem eine große Tasche über der Schulter und eine lederne Aktentasche unter dem Arm. Sein Gesicht zeigte den gleichen Ausdruck von ängstlicher Verwirrung. Samantha war ihm im Lift schon begegnet, kannte ihn aber nicht näher. Was für eine Kanzlei. So riesig, dass die Angestellten bei der schauerlichen Weihnachtsfeier Namensschilder trugen. Ein Sicherheitsmann im schwarzen Anzug trat hinter ihn, und als alle sicher an Bord waren, drückte Carmen erneut die Taste ins Erdgeschoss. Im neununddreißigsten Stock hielt der Aufzug wieder, und Mr. Kirk Knight stieg ein, den Blick auf sein Handy gesenkt. Als sich die Tür geschlossen hatte, sah er auf und entdeckte die zwei Kartons. Er schnappte kurz nach Luft und verkrampfte die Schultern. Knight war Vorstandsmitglied und Seniorpartner der Abteilung Fusionen und Übernahmen. Unvermittelt mit zweien seiner Opfer konfrontiert, schluckte er und senkte den Blick. Dann betätigte er abrupt den Knopf für die achtundzwanzigste Etage.

Samantha war zu benommen, um ihn zu beschimpfen. Der Kollege hatte die Augen geschlossen. Nachdem der Aufzug gehalten hatte, eilte Knight davon. Während die Tür zuglitt, kam Samantha in den Sinn, dass die Kanzlei die Etagen dreißig bis fünfundsechzig angemietet hatte. Wieso war Knight in der achtundzwanzigsten ausgestiegen? Und interessierte sie das wirklich?

Carmen begleitete sie durch die Eingangshalle und zur Tür

hinaus auf die Broad Street. Sie murmelte eine zaghafte Entschuldigung, doch Samantha reagierte nicht. Beladen wie ein Packesel, ließ sie sich ziellos im Strom der Fußgänger treiben. Dann fielen ihr die Zeitungsfotos von den Lehman- und Bear-Stearns-Mitarbeitern ein, die mit vollen Kartons auf dem Arm aus ihren Bürotürmen gehastet waren, als stünden die Gebäude in Brand und sie müssten um ihr Leben rennen. Auf einem Bild, einem großen Farbfoto auf der Titelseite vom Wirtschaftsteil der *New York Times,* war eine Lehman-Händlerin zu sehen gewesen, die mit Tränen auf den Wangen verloren auf dem Bürgersteig stand.

Doch solche Bilder waren längst Schnee von gestern. Samantha sah nirgendwo Kameras. An der Ecke Broad und Wall Street stellte sie den Karton ab und wartete auf ein Taxi.

2

In dem schicken Loft in SoHo, für das sie monatlich zweitausend Dollar Miete bezahlte, ließ Samantha Karton und Taschen fallen und warf sich auf das Sofa. Das Handy umklammernd, die Augen geschlossen, atmete sie tief durch, bis sie ihre Gefühle halbwegs im Griff hatte. Sie brauchte jetzt die aufmunternde Stimme ihrer Mutter, doch sie wollte nicht schwach und verwundbar klingen, wenn sie mit ihr sprach.

Ein Gefühl der Erleichterung überkam sie, als ihr plötzlich bewusst wurde, dass sie gerade eines Jobs enthoben worden war, den sie im Grunde gehasst hatte. Heute Abend um sieben Uhr würde sie vielleicht einen Film anschauen oder mit Freundinnen im Restaurant sitzen, aber mit Sicherheit nicht bei laufender Zeituhr im Büro schuften. Am Sonntag könnte sie aufs Land fahren, ohne einen Gedanken an Andy Grubman und seine Berge von Unterlagen für den nächsten superwichtigen Deal zu verschwenden. Das Firmenphone, dieses lästige kleine Gerät, das drei Jahre lang förmlich mit ihr verwachsen gewesen war, hatte sie abgegeben. Sie fühlte sich befreit und herrlich unbelastet.

Die Angst, die sie trotz allem empfand, gründete auf dem Verlust des regelmäßigen Einkommens und dem plötzlichen Karriereknick. Als Angestellte im dritten Jahr bekam sie hundertachtzigtausend Dollar jährlich Grundgehalt plus einen hübschen Bonus. Das war viel Geld, doch das Leben in New York verschlang auch viel. Die Hälfte ging für Steuern weg. Samantha besaß zwar ein Sparkonto, doch das pflegte sie nur halbherzig. Mit neunundzwanzig, als Single in New York, mit einer Stelle, die im folgenden Jahr mehr Grundgehalt abwarf als im aktuellen Jahr Gehalt plus Bonus – wozu da Geld auf die hohe Kante legen? Eine Freundin, mit der sie an der Columbia University Jura studiert hatte, war nach fünf Jahren bei S&P zur Juniorpartnerin avanciert und verdiente jetzt eine halbe Million im Jahr. Samantha hatte den gleichen Plan verfolgt.

Sie hatte aber auch zwei Freunde, die nach zwölf Monaten von der Tretmühle gesprungen waren und der Hölle von S&P zufrieden den Rücken gekehrt hatten. Einer davon war jetzt Skilehrer in Vermont. An der Uni noch Herausgeber der *Columbia Law Review,* lebte er jetzt irgendwo an einem Fluss in einer Blockhütte und ging nur noch sporadisch ans Handy. In nur dreizehn Monaten war aus dem ehrgeizigen jungen Anwalt ein gestörter Sonderling geworden, der an seinem Schreibtisch schlief. Kurz bevor die Personalabteilung einschritt, bekam er einen Nervenzusammenbruch und zog aus der Stadt. Samantha dachte oft an ihn, meist mit einem Anflug von Neid.

Zu Erleichterung und Angst gesellte sich ein schlechtes Gewissen. Ihre Eltern hatten eine kostspielige Privatschule in Washington finanziert. Sie hatte an der Georgetown University Politologie studiert und mit Magna cum laude abgeschlossen. Das Jurastudium hatte sie mit Leichtigkeit durchlaufen und mit Auszeichnungen absolviert. Nach einem Referendariat am Bundesgericht hatte sie Stellenangebote von einem Dutzend Großkanzleien bekommen. Die ersten neunundzwanzig Jahre ihres Lebens waren von überwältigendem Erfolg und nur vereinzelten Niederlagen geprägt. So abserviert zu werden war niederschmetternd, aus dem Gebäude eskortiert zu werden erniedrigend. Es war mehr als nur ein kleiner Rückschlag in einer erfolgreichen Berufslaufbahn.

Einen gewissen Trost fand sie in der Statistik. Seit der Lehman-Pleite waren Tausende junger Juristen auf der Straße gelandet. Es heißt, geteiltes Leid sei halbes Leid, doch im Augenblick konnte sie wenig Mitgefühl aufbringen.

»Karen Kofer, bitte«, forderte sie ihr Smartphone auf, während sie regungslos auf dem Sofa lag, um ihren Atemrhythmus zu beruhigen. »Mom, ich bin's«, sagte sie dann. »Sie haben es getan. Ich bin rausgeflogen.« Sie biss sich auf die Lippe und kämpfte mit den Tränen.

»Das tut mir so leid, Samantha. Wann?«

»Vor etwa einer Stunde. Es kam nicht wirklich überraschend, trotzdem ist es schwer zu fassen.«

»Ich weiß, mein Schatz. Es tut mir wirklich leid.«

In der letzten Woche hatten sie über kaum etwas anderes gesprochen als über eine womöglich bevorstehende Entlassung. »Bist du zu Hause?«, fragte Karen.

»Ja, und mir geht's gut. Blythe ist bei der Arbeit. Ich habe es ihr noch nicht erzählt. Ich hab's noch niemandem erzählt.«

»Tut mir so leid.«

Blythe war eine Freundin und ehemalige Studienkollegin von der Columbia, die für eine andere Großkanzlei arbeitete. Sie teilten die Wohnung, aber sonst nicht viel von ihrem Leben. Wenn man fünfundsiebzig Stunden die Woche arbeitete, blieb keine Zeit übrig, die man teilen konnte. Blythes Kanzlei ging es auch nicht besonders gut, und sie rechnete mit dem Schlimmsten.

»Mir geht's gut, Mom.«

»Glaube ich nicht. Komm doch für ein paar Tage nach Hause.«

»Zuhause« war für Samantha ein eher abstrakter Begriff. Ihre Mutter hatte eine schöne Wohnung in der Nähe des Dupont Circle, und ihr Vater wohnte in Alexandria in einem kleinen

Apartment am Fluss. Sie hatte noch nie länger als vier Wochen bei einem von beiden verbracht und hatte es auch nicht vor. »Mach ich«, erwiderte sie. »Aber nicht jetzt.«

Es entstand eine längere Pause. »Was hast du denn jetzt für Pläne, Samantha?«, fragte ihre Mutter schließlich leise.

»Ich habe keine Pläne, Mom. Im Augenblick stehe ich unter Schock und kann nicht mal über die nächste Stunde hinausdenken.«

»Ich verstehe. Ich wünschte, ich könnte bei dir sein.«

»Mir geht's gut. Wirklich.« Das Letzte, was Samantha jetzt brauchte, war, dass ihre Mutter ständig in der Nähe war und sie mit wohlgemeinten Ratschlägen überschüttete.

»Unter welchen Bedingungen haben sie dich entlassen?«

»Die Kanzlei nennt es ›Beurlaubung‹. Der Deal ist, wenn wir ein oder auch zwei Jahre für eine gemeinnützige Organisation arbeiten, behalten wir unsere Krankenversicherung. Und wenn es wieder aufwärtsgeht, werden wir zurückgeholt, ohne dass wir durch die Fehlzeit Einbußen haben.«

»Klingt nach einem erbärmlichen Versuch, euch bei der Stange zu halten.« Herzlichen Dank für die deutlichen Worte, Mom ... Karen fuhr fort: »Warum hast du den Idioten nicht gesagt, sie sollen sich zum Teufel scheren?«

»Weil ich krankenversichert bleiben will, und außerdem finde ich es beruhigend zu wissen, dass es eine Chance auf Rückkehr gibt.«

»Du kannst doch überall einen Job finden.«

Da sprach mal wieder die erfolgreiche Regierungsangestellte. Karen Kofer war seit dreißig Jahren leitende Juristin im Justizministerium in Washington und hatte nie etwas anderes getan. Wie alle ihre Kollegen war sie umfassend geschützt. Was auch immer geschah – Wirtschaftsdepressionen, Kriege, Zahlungsunfähigkeit der Regierung, nationale Katastrophen, politische

Umbrüche –, Karen Kofers Stelle und Gehalt waren unantastbar. Die lässige Arroganz, die viele alteingesessene Regierungsangestellte zur Schau stellten, war nicht verwunderlich. Wir sind kostbar, denn ohne uns geht nichts.

»Nein«, widersprach Samantha. »Im Moment gibt es einfach keine Jobs. Nur falls du davon noch nichts gehört hast, wir stecken in einer Finanzkrise, und eine Depression steht vor der Tür. Kanzleien setzen im großen Stil Leute vor die Tür und machen dann zu.«

»Ich bezweifle, dass die Dinge wirklich so schlecht stehen.«

»Ach, tatsächlich? Scully & Pershing hat gerade sämtliche Neueinstellungen auf Eis gelegt. Das bedeutet, rund ein Dutzend der besten Harvard-Absolventen hat gerade erfahren, dass die Stellen, die sie im September antreten wollten, nicht mehr existieren. Dasselbe gilt für Abgänger aus Yale, Stanford und Columbia.«

»Aber du bist so gut in deinem Beruf, Samantha.«

Versuch nie, mit einem Bürokraten zu diskutieren. Samantha atmete tief durch und wollte sich schon verabschieden, als ein dringender Anruf »vom Weißen Haus« hereinkam und Karen auflegen musste, nicht ohne zu versprechen, sofort zurückzurufen, sobald sie das Land gerettet habe. Okay, Mom, sagte Samantha. Ihre Mutter war immer für sie da, wenn sie sie brauchte. Sie war ein Einzelkind, was sich rückblickend als Segen erwies angesichts des Schlachtfelds, das ihre Eltern bei der Scheidung hinterlassen hatten.

Es war ein klarer, schöner Tag, jedenfalls was das Wetter anging, und Samantha verspürte das Bedürfnis, spazieren zu gehen. Sie lief durch SoHo und anschließend durch das West Village. In einem menschenleeren Café rief sie ihren Vater an. Marshall Kofer hatte früher Schadenersatzprozesse geführt, Spezialgebiet: Flugzeugabstürze. Er hatte eine aggressive, erfolgreiche Kanzlei in Washington geleitet und an sechs von sieben Tagen der Woche rund um die Welt in Hotels übernachtet, im Zusammenhang mit seinen Prozessen oder auf der Jagd nach neuen Fällen. Er verdiente damit ein Vermögen, das er mit vollen Händen ausgab, und Samantha war als Teenager sehr wohl bewusst gewesen, dass ihre Familie weit mehr besaß als viele ihrer Mitschüler in ihrer Washingtoner Privatschule. Während ihr Vater einen hochkarätigen Prozess nach dem anderen führte, kümmerte sich ihre Mutter um sie, wobei sie beharrlich die eigene Karriere im Justizministerium vorantrieb. Wenn ihre Eltern Streit hatten, bekam Samantha nichts davon mit. Ihr Vater war ohnehin nie zu Hause. Irgendwann, niemand erfuhr jemals, wann genau, tauchte eine junge, hübsche Rechtsassistentin auf, und Marshall ließ sich auf das Abenteuer ein. Aus dem Techtelmechtel wurde eine dauerhafte Affäre, bis Karen nach ein paar Jahren misstrauisch wurde. Sie sprach ihren Mann darauf an, der nach anfänglichem Abstreiten alles zugab und dann erklärte, er wolle die Scheidung, denn er habe die Liebe seines Lebens gefunden.

In derselben Phase, in der Marshall sein Familienleben auf den Kopf stellte, traf er ein paar weitere unkluge Entscheidungen. Zum Beispiel plante er, größere Mengen seiner Einnahmen außer Landes zu bringen. In Sri Lanka war ein Jumbojet der United Asia Airlines mit vierzig Amerikanern an Bord abgestürzt. Es gab keine Überlebenden, und Marshall Kofer war wie immer als Erster vor Ort. Während er den Vergleich aushandelte, richtete er eine Reihe von Scheinfirmen in der Karibik und in Asien ein, um seine beträchtlichen Honorare über verschlungene Wege jeglichem Zugriff der Behörden zu entziehen.

Samantha besaß einen dicken Ordner mit Zeitungsausschnitten und Ermittlungsberichten über den erbärmlichen Steuerhinterziehungsversuch ihres Vaters. Man hätte ein spannendes Buch darüber schreiben können, aber sie hatte kein Interesse daran, das zu tun. Er war aufgeflogen, auf den Titelseiten der Zeitungen bloßgestellt und schließlich zu drei Jahren Gefängnis verurteilt worden. Zwei Wochen bevor sie in Georgetown ihren Abschluss machte, war er auf Bewährung freigekommen. Heute hatte Marshall ein kleines Büro in der Altstadt von Alexandria und war seinen eigenen Worten zufolge als »Consultant« tätig und beriet Anwaltskollegen in Sammelklageprozessen. Details dazu hatte er jedoch bislang nicht verraten. Samantha war ebenso wie ihre Mutter überzeugt, dass Marshall einen Großteil seiner Beute irgendwo in der Karibik versteckt hielt. Karen wollte längst nichts mehr davon wissen.

Marshall würde nie beweisen können, was er vermutete, denn Karen würde es immer bestreiten – nämlich dass seine Exfrau bei den Ermittlungen gegen ihn die Finger im Spiel gehabt hatte. Sie bekleidete ein hohes Amt im Justizministerium und hatte ein gut funktionierendes Netzwerk.

»Dad, ich bin gefeuert worden«, sagte Samantha mit gedämpfter Stimme in ihr Handy. Das Café hatte keine weiteren Gäste, doch der Barista stand nicht weit von ihr, und sie wollte nicht, dass er etwas mitbekam.

»Oh, Sam, das tut mir leid«, sagte Marshall. »Lass hören, was passiert ist.«

Soweit sie es beurteilen konnte, hatte ihr Vater im Gefängnis nur eines gelernt, und das waren weder Demut noch Geduld, weder Verständnis noch Vergebung, noch was man sonst normalerweise an Erfahrung aus niederschmetternden Erlebnissen mitnahm. Er war ehrgeizig und rastlos wie eh und je, noch immer jederzeit bereit, die Ärmel hochzukrempeln und jeden zu überrollen, der sich ihm in den Weg stellte. Nein, aus irgendwelchen Gründen hatte Marshall Kofer gelernt zuzuhören, zumindest seiner Tochter. Langsam wiederholte sie ihren Bericht, und er folgte Wort für Wort. Sie versicherte ihm, dass alles gut ausgehen werde. Irgendwann klang er, als kämen ihm gleich die Tränen.

Unter anderen Umständen hätte er sie jetzt harsch für ihre Karriereplanung kritisiert. Er hasste die Großkanzleien, weil er jahrelang gegen sie ins Feld gezogen war. Für ihn waren sie keine Partnerschaften mit echten Anwälten, die zum Wohl ihrer Mandanten arbeiteten, sondern reine Wirtschaftskonzerne. Er konnte stundenlang darüber referieren, warum man Großkanzleien grundsätzlich misstrauen müsse. Samantha kannte alle seine Vorträge und war jetzt überhaupt nicht in der Stimmung dafür. Stattdessen aber fragte er nur: »Soll ich vorbeikommen, Sam? Ich kann in drei Stunden bei dir sein.«

»Danke, lieber nicht. Noch nicht. Gib mir einen Tag Zeit. Ich brauche eine Pause. Vielleicht fahr ich ein paar Tage weg.«

»Ich komme und hole dich ab.«

»Vielleicht, aber nicht jetzt. Mir geht's gut, Dad, wirklich.«

»Unsinn. Du brauchst deinen Vater.«

Die Worte klangen seltsam aus dem Mund eines Mannes, den sie in den ersten zwanzig Jahren ihres Lebens praktisch nicht gesehen hatte. Immerhin gab er sich jetzt Mühe.

»Danke, Dad. Ich ruf dich wieder an.«

»Lass uns zusammen wegfahren, irgendwo ans Meer, und Rum trinken.«

Sie musste lachen, weil sie noch nie allein mit ihm irgendwohin gefahren war. In ihrer Kindheit hatte es ein paar hektische Ferien gegeben, die typischen Städtetrips nach Europa, die aber fast immer vorzeitig abgebrochen wurden, weil zu Hause wichtige Geschäfte drängten. Trotz der gegebenen Umstände war die Vorstellung, mit ihrem Vater ans Meer zu fahren, nicht auf Anhieb verlockend.

»Danke, Dad. Vielleicht bald, aber nicht jetzt. Ich muss mich hier um ein paar Dinge kümmern.«

»Ich kann dir einen Job besorgen. Einen richtigen Job.«

Nicht schon wieder, dachte sie, erwiderte jedoch nichts. Ihr Vater versuchte seit Jahren, sie zu überreden, als »richtige« Anwältin zu arbeiten, was seiner Ansicht nach vor allem beinhaltete, Großkonzerne für deren illegale Machenschaften vor Gericht zu bringen. In Marshall Kofers Welt mussten Unternehmen ab einer gewissen Größe entsetzliche Sünden begehen, um in der halsabschneiderischen Welt des westlichen Kapitalismus zu bestehen. Es war die Aufgabe von Anwälten – vielleicht auch ehemaligen Anwälten – wie ihm, das verbrecherische Treiben aufzudecken und mit allen Mitteln für Gerechtigkeit zu sorgen.

»Danke, Dad. Ich ruf dich wieder an.«

Es war geradezu absurd, dass ihr Vater sie nach wie vor in das Tätigkeitsfeld locken wollte, das ihn ins Gefängnis gebracht hatte. Sie hatte kein Interesse an Gerichtsarbeit und öffentlichen Disputen. Sie war nicht sicher, was sie wollte – vermutlich einen ruhigen Schreibtischjob mit einem hübschen Gehalt. Vor allem weil sie eine Frau und intelligent war, hatte sie einmal eine realistische Chance gehabt, bei Scully & Pershing zur Partnerin aufzusteigen. Doch zu welchem Preis?

Vielleicht wollte sie eine solche Karriere, vielleicht auch nicht. Im Augenblick wollte sie nur durch die Straßen von Lower Manhattan ziehen, um ihre Gedanken zu ordnen. Stundenlang ließ sie sich durch Tribeca treiben. Ihre Mutter rief zweimal an, ihr Vater einmal, doch sie beschloss, nicht abzunehmen. Izabelle und Ben meldeten sich ebenfalls, aber sie hatte keine Lust zu reden. Irgendwann stand sie vor dem Moke's Pub unweit von Chinatown und blickte für einen Augenblick durch die Fenster hinein. Beim ersten Date mit Henry waren sie hier gewesen, vor vielen Jahren. Sie hatten sich über Freunde kennengelernt. Er war ein ehrgeiziger junger Schauspieler gewesen, einer von Hunderttausenden in New York, sie hatte gerade bei S&P

angefangen. Sie waren ein Jahr zusammen, dann zerbrach die Beziehung unter dem Stress ihrer gnadenlosen Bürozeiten und seiner Arbeitslosigkeit. Er ging nach Los Angeles, wo er letzten Berichten zufolge unbekannte Schauspieler in Limos durch die Gegend fuhr und als Statist in Werbeclips auftrat.

Unter anderen Umständen hätte sie Henry lieben können. Er hätte genügend Zeit, Engagement und Leidenschaft für eine Beziehung gehabt. Doch sie war immer erschöpft gewesen. Für Frauen in ihrem Beruf war es nicht ungewöhnlich, mit vierzig aufzuwachen und festzustellen, dass zehn Jahre ins Land gezogen und sie immer noch Single waren.

Sie ließ das Moke's Pub hinter sich und wandte sich nach Norden Richtung SoHo.

Anna aus der Personalabteilung erwies sich als bemerkenswert fleißig. Um siebzehn Uhr bekam Samantha eine ausführliche E-Mail mit den Namen von zehn gemeinnützigen Organisationen, die als geeignet erachtet wurden, den schwer geprüften Wesen, die gerade zwangsweise von der weltgrößten Großkanzlei beurlaubt worden waren, unbezahlte Praktika anzubieten: Sumpfschützer in Lafayette, Louisiana; ein Frauenhaus in Pittsburgh, Pennsylvania; eine Einwanderer-Initiative in Tampa, Florida; die Mountain Law Clinic in Brady, Virginia; die Sterbehilfe-Gesellschaft von Tucson, Arizona; ein Obdachlosenverein in Louisville; der Lake-Erie-Naturschutzbund. Und so weiter. Nichts davon auch nur halbwegs in der Nähe von New York.

Samantha blickte lange auf die Liste und versuchte sich vorzustellen, wie es wäre, die Stadt zu verlassen. Sechs der letzten sieben Jahre hatte sie hier verbracht – drei Jahre als Studentin an der Columbia University und drei als Angestellte von S&P. Nach der Uni hatte sie bei einem Bundesrichter in Washington ihr Referendariat gemacht, war dann aber sofort nach New York zurückgekehrt. Sie hatte bislang immer in Großstädten gewohnt.

Lafayette, Louisiana? Brady, Virginia?

In einem Ton, der angesichts der Umstände viel zu fröhlich war, informierte Anna die Beurlaubten, dass die Stellen bei manchen der genannten Organisationen begrenzt seien. Anders ausgedrückt: Bewerbt euch schleunigst, sonst entgeht euch womöglich die Chance, in die Provinz zu ziehen und ein Jahr lang umsonst zu arbeiten. Samantha war nicht imstande, irgendetwas schleunigst zu tun.

Blythe sah kurz vorbei, um Hallo zu sagen und sich eine Pasta in der Mikrowelle warm zu machen. Samantha hatte ihr eine SMS mit der großen Neuigkeit geschickt, und ihre Mitbewohnerin war den Tränen nahe, als sie nach Hause kam. Nach ein paar Minuten hatte Samantha sie jedoch beruhigt und ihr versichert, dass das Leben weitergehe. Blythes Kanzlei vertrat eine ganze Reihe von Kreditgebern, und die Stimmung dort war ebenso düster wie bei Scully & Pershing. Seit Tagen hatten die beiden über kaum etwas anderes gesprochen als über ihre mögliche Entlassung. Blythe hatte die Pasta halb gegessen, da klingelte ihr Mobiltelefon. Ihr Vorgesetzter suchte sie. Und so ließ sie alles liegen und stehen und hastete um 18.30 Uhr zurück ins Büro, aus lauter Angst, die geringste Verspätung könnte sie den Job kosten.

Samantha schenkte sich ein Glas Wein ein und ließ die Badewanne mit warmem Wasser volllaufen. Sie legte sich hinein, trank und beschloss, dass sie, Geld hin oder her, die Welt der Großkanzleien hasste und nie wieder dorthin zurückkehren würde. Sie würde sich nie wieder anschreien lassen, weil sie nach Sonnenuntergang oder vor Sonnenaufgang nicht im Büro war. Sie würde sich nie wieder vom Geld verführen lassen. Sie würde noch viel mehr Dinge nie wieder tun.

Ihre finanziellen Mittel waren relativ bescheiden, aber alles in allem war die Situation nicht hoffnungslos. Sie besaß einunddreißigtausend Dollar Sparguthaben und hatte keine Schulden, abgesehen von drei Monaten Mietanteil für das Loft, die noch ausstanden. Wenn sie sich einschränkte und mit Teilzeitjobs etwas dazuverdiente, konnte sie wahrscheinlich durchhalten, bis sich der Sturm gelegt hatte. Vorausgesetzt natürlich, dass nicht tatsächlich die Welt unterging. Sie konnte sich nicht vorstellen, kellnern zu gehen oder Schuhe zu verkaufen. Andererseits hatte sie auch nicht im Traum damit gerechnet, dass ihre vielversprechende Karriere so abrupt enden würde. Die Stadt wäre bald voller Kellner und Verkäufer mit Uniabschlüssen.

Zurück zu S&P? Ihr Ziel war es gewesen, mit fünfunddreißig Partnerin zu sein, eine von wenigen Frauen in der Führungsetage, und von ihrem schicken Eckbüro aus den Männern zu zeigen, wo es langging. Mit eigener Sekretärin, Rechtsassistentin, einem Fahrer in Rufbereitschaft, einem großzügigen Spesenkonto und einem Schrank voller Designerklamotten. Die hundert Wochenstunden würden auf ein erträgliches Maß zusammenschrumpfen. Sie würde über zwei Millionen im Jahr machen und nach zwanzig Jahren privatisieren und die Welt bereisen. Nebenbei würde sie sich einen Ehemann suchen und ein, zwei Kinder bekommen, und alles wäre perfekt.

So hatte sie sich ihr Leben vorgestellt, und es schien ein realistischer Plan gewesen zu sein.

In der Lobby des Mercer Hotels, vier Straßen von ihrem Loft entfernt, traf sie sich auf ein paar Martinis mit Izabelle. Sie hatten auch Ben eingeladen, doch der war frisch verheiratet und anderweitig beschäftigt. Die Entlassung wirkte bei jedem anders. Samantha war praktisch schon über den Schock hinweg und überlegte, wie es weitergehen sollte. Allerdings war sie auch in der glücklichen Lage, kein Studentendarlehen abbezahlen zu müssen, weil ihre Eltern die Ausbildung finanziert hatten. Izabelle hingegen war mit alten Krediten belastet und zermarterte sich den Kopf über die Zukunft. Sie nahm einen großen Schluck Martini, und der Gin stieg ihr direkt in den Kopf.

»Ich überstehe kein Jahr ohne Einkommen«, sagte sie. »Du?«

»Müsste gehen«, erwiderte Samantha. »Wenn ich mich richtig einschränke und nur noch von Suppe lebe, kann ich was sparen und in New York bleiben.«

»Ich nicht«, sagte Izabelle deprimiert und nahm noch einen Schluck. »Ich kenne einen Typ in der Prozessabteilung, der letzten Freitag geschasst wurde. Er hat fünf von den gemeinnützigen Organisationen angerufen, und alle hatten ihre Praktika schon vergeben. Hältst du das für möglich? Er hat die Personalabteilung angerufen und denen die Hölle heißgemacht, woraufhin sie meinten, sie würden noch an der Liste arbeiten und bekämen immer wieder Anfragen von Vereinen, die billige Arbeitskräfte suchten. Das heißt also, wir verlieren nicht nur unseren Job, auch der Deal funktioniert nicht richtig. Niemand will uns, nicht einmal, wenn wir umsonst arbeiten. Das ist ganz schön krank.«

Samantha nippte an dem Martini und genoss die leicht betäubende Wirkung. »Ich habe nicht die Absicht, den Deal anzunehmen.«

»Aber wie machst du das dann mit deiner Krankenversicherung? Du kannst doch nicht ohne leben.«

»Kommt auf einen Versuch an.«

»Wenn du krank wirst, verlierst du alles.«

»Ich habe nicht viel.«

»Das ist dumm, Sam.« Izabelle nahm einen weiteren Schluck, wenn auch einen etwas kleineren. »Du verzichtest also auf eine leuchtende Zukunft bei Scully & Pershing.«

»Die Kanzlei hat entschieden, auf mich zu verzichten, auf dich und viele andere. Es muss bessere Stellen und Möglichkeiten geben, Geld zu verdienen.«

»Darauf trinke ich.« Eine Bedienung trat heran, und sie bestellten die zweite Runde.

3

Samantha schlief zwölf Stunden und erwachte mit dem übermächtigen Drang, sofort aus der Stadt zu fliehen. Im Bett liegend, blickte sie zu den alten Holzbalken an der Zimmerdecke hoch und ließ in Gedanken den letzten Monat an sich vorüberziehen, wobei ihr klar wurde, dass sie seit sieben Wochen nicht aus Manhattan herausgekommen war. Ein langes Augustwochenende in Southampton war von Andy Grubman zunichtegemacht worden. Statt zu feiern und auszuschlafen, hatte sie Samstag und Sonntag im Büro verbracht und einen halben Meter Vertragsunterlagen durchgesehen.

Sieben Wochen. Sie duschte rasch und packte einen Koffer mit dem Nötigsten. Um zehn Uhr bestieg sie an der Penn Station einen Zug und hinterließ eine Nachricht auf Blythes Handy: Fahre für ein paar Tage nach Washington. Ruf mich an, falls dich der Hammer auch trifft.

In New Jersey wurde sie schließlich doch neugierig und schickte eine E-Mail an den Lake-Erie-Naturschutzbund und das Frauenhaus in Pittsburgh. Dreißig Minuten lang passierte nichts. Sie las die *Times*. Die Wirtschaftskrise forderte ihren Tribut: Es gab Entlassungswellen bei Finanzinstituten; Banken gewährten keine Kredite mehr oder schlossen gleich die Tore; der Kongress tagte nonstop; Obama machte Bush verantwortlich, das Gespann McCain/Palin die Demokraten. Über das Gemetzel bei S&P war kein Wort zu finden. Als Samantha auf ihren

Laptop sah, entdeckte sie eine neue E-Mail von Anna, der fröhlichen Personalerin. Sechs weitere Organisationen hätten sich angeschlossen. Nun aber mal los!

Das Frauenhaus schickte eine freundliche Absage. Man danke Ms. Kofer für ihr Interesse, doch die Stelle sei bereits anderweitig besetzt. Fünf Minuten später meldeten sich die tapferen Recken, die für den Lake Erie kämpften, mit nahezu identischem Text. Aufgeschreckt schrieb Samantha an fünf weitere Vereine von Annas Liste sowie an Anna selbst, um sie höflich zu bitten, sie doch ein wenig zügiger auf dem Laufenden zu halten. Zwischen Philadelphia und Wilmington sagten die Moorschützer unten in Louisiana ab. Dann das Georgia Innocence Project gegen Justizirrtümer, die Einwandererinitiative von Tampa, die Gegner der Todesstrafe und die Pro-bono-Rechtsberatung von St. Louis. Danke für Ihr Interesse, aber die Praktikumsstelle wurde bereits besetzt.

Null von sieben. Sie bekam nicht mal einen Ehrenamtsjob!

An der Union Station unweit vom Kapitol nahm Samantha sich ein Taxi und drückte sich tief in die Rückbank, während der Wagen durch den Hauptstadtverkehr kroch. Ein Regierungsbüro nach dem anderen, dazwischen die Zentralen unzähliger Organisationen und Vereinigungen, Hotels und schicke neue Apartmentblocks, riesige Büros von Anwälten und Lobbyisten, die Bürgersteige voll mit Menschen, die geschäftig hin und her eilten, beseelt von der Mission, die Geschicke der Nation zu lenken, während die Welt am Rande des Abgrunds entlangschlingerte. Sie hatte die ersten fünfundzwanzig Jahre ihres Lebens in Washington verbracht, doch inzwischen fand sie die Stadt fade. Immer noch kamen intelligente junge Leute in Scharen hierher, doch die redeten ausschließlich über Politik und Immobilien. Die Lobbyisten waren die Schlimmsten. Von denen gab es mehr als Politiker und Juristen zusammen, sie beherrschten die Stadt und den Kongress – was dazu führte, dass sie die Gewalt über die Finanzen hatten. Und so langweilten sie ihre Umgebung beim Cocktail oder Abendessen mit Einzelheiten über ihre jüngsten Heldentaten, wie sie Staatsgelder lockergemacht oder ein Schlupfloch im Steuergesetz geschlossen hätten. Sämtliche Freunde aus Samanthas Kindheit und der Zeit in Georgetown hatten Jobs, die auf die eine oder andere Weise aus dem Bundestopf finanziert wurden. Ihre Mutter verdiente hundertfünfundvierzigtausend Dollar im Jahr als Juristin im Justizministerium.

Samantha war nicht sicher, womit ihr Vater sein Geld verdiente. Sie beschloss, zuerst ihn zu besuchen. Ihre Mutter machte spät Feierabend und würde erst nach Einbruch der Dunkelheit heimkommen. Samantha schloss die Wohnung ihrer Mutter auf, stellte den Koffer ab und fuhr mit demselben Taxi über den Potomac River in die Altstadt von Alexandria. Ihr Vater erwartete sie mit einem Lächeln und offenen Armen und schien alle Zeit der Welt zu haben. Er war inzwischen in ein wesentlich schöneres Gebäude gezogen und hatte seine Kanzlei in »Kofer Group« umbenannt.

»Klingt nach einem Haufen Lobbyisten«, sagte sie und sah sich in dem geschmackvoll eingerichteten Empfangsraum um.

»O nein«, widersprach Marshall. »Wir halten uns von dem Zirkus da drüben fern.« Er deutete in Richtung Washingtoner Stadtzentrum, als wäre es ein Ghetto. Auf dem Weg durch einen Flur blickten sie durch offene Türen in kleine Büros.

Sie wollte fragen: Was genau machst du dann, Dad? Doch sie beschloss, die Frage aufzuschieben. Er führte sie in ein großes Eckbüro, von dem aus man in der Ferne den Potomac River sehen konnte, ganz ähnlich dem Büro von Andy Grubman aus einem anderen Leben. Sie setzten sich in Ledersessel um einen kleinen Tisch, während eine Sekretärin Kaffee holen ging.

»Wie geht es dir?«, fragte er ernst, eine Hand auf ihrem Knie, als wäre sie ein kleines Mädchen und gerade die Treppe hinuntergefallen.

»Gut«, antwortete sie und spürte im selben Moment, wie ihre Kehle eng wurde. Reiß dich zusammen! Sie schluckte. »Es kam so plötzlich. Vor vier Wochen war alles noch gut, weißt du, alles, wie es sein soll, ohne Probleme. Lange Arbeitstage, aber so ist das eben in der täglichen Routine. Dann kamen Gerüchte auf, ganz leise, dass irgendetwas schiefläuft. Und auf einmal ging alles furchtbar schnell.«

»Das stimmt. Dieser Crash ging hoch wie eine Bombe.«

Der Kaffee kam auf einem Tablett, und die Sekretärin schloss im Hinausgehen die Tür.

»Liest du Trottman?«, fragte er.

»Wen?«

»Er schreibt wöchentlich über Politik und Finanzmärkte. Ist schon seit geraumer Zeit hier in Washington und kennt sich ziemlich gut aus. Vor sechs Monaten hat er einen Kollaps bei Subprime-Hypotheken vorausgesagt. Es habe sich über die Jahre aufgebaut und so weiter und werde einen Crash und eine massive Rezession geben. Er hat damals geraten, sich von der Börse zurückzuziehen, von allen Börsen.«

»Und? Hast du dich zurückgezogen?«

»Ich hatte praktisch nichts investiert. Aber selbst wenn, wäre ich seinem Rat wahrscheinlich nicht gefolgt. Vor sechs Monaten lebten wir in einer Traumwelt, in der die Immobilienpreise nie fielen. Kredite waren billig, und jeder lieh auf Teufel komm raus. Alles war möglich.«

»Was sagt Trottman jetzt?«

»Nun ja, wenn er unkt, weiß die Notenbank, was sie zu tun hat. Er sagt eine größere Rezession vorher, weltweit, aber nicht vergleichbar mit 1929. Er glaubt, die Märkte werden auf die

Hälfte zusammenschrumpfen, die Arbeitslosigkeit wird neue Spitzenwerte erreichen, die Demokraten werden im November gewinnen, ein paar führende Banken werden Pleite machen, es wird viel Angst und Ungewissheit herrschen, aber die Welt wird irgendwie überleben. Was hörst du denn so da oben an der Wall Street? Du bist doch mitten im Geschehen. Zumindest warst du da bis vor Kurzem.« Er trug die gleichen schwarzen Troddelslipper wie eh und je. Der dunkle Anzug war wahrscheinlich maßgefertigt wie in Marshalls besten Tagen. Sündteure Kammgarnqualität. Seidenkrawatte, perfekt gebunden. Manschettenknöpfe. Als sie ihn das erste Mal im Gefängnis besucht hatte, hatte er ein Baumwollhemd und olivgrüne Latzhosen angehabt, die Häftlingsuniform, und bitterlich geklagt, wie sehr ihm seine Garderobe fehle. Marschall Kofer hatte schon immer ein Faible für edle Kleidung gehabt, und nun, da er wieder voll im Geschäft war, gab er ganz offensichtlich eine Menge Geld dafür aus.

»Heillose Panik«, sagte sie. »Der *Times* zufolge hat es gestern zwei Selbstmorde gegeben.«

»Hast du zu Mittag gegessen?«

»Ein Sandwich im Zug.«

»Dann lass uns zusammen abendessen gehen, nur wir zwei.«

»Das habe ich Mom schon versprochen. Aber wir können uns morgen zum Mittagessen treffen.«

»Alles klar. Wie geht's Karen?« Wenn man ihn hörte, hatten ihre Eltern mindestens einmal im Monat ein nettes Telefonat. Ihrer Mutter zufolge sprachen sie etwa einmal im Jahr miteinander. Marshall wollte Freundschaft, doch Karen trug zu viele böse Erinnerungen mit sich herum. Samantha hatte nie versucht, sie zu einem Burgfrieden zu überreden.

»Gut, denke ich. Arbeitet viel.«

»Hat sie jemanden?«

»Ich frage sie nicht danach. Wie ist es bei dir?«

Die junge hübsche Rechtsassistentin hatte sich zwei Monate nach Antritt seiner Haftstrafe von ihm getrennt, und so war Marshall seit vielen Jahren Single – wenn auch selten allein. Er war knapp sechzig, immer noch fit und schlank, das graue Haar zurückgegelt, ein umwerfendes Lächeln auf den Lippen. »Oh, ich bin durchaus noch im Rennen«, sagte er lachend. »Und du? Gibt es jemanden in deinem Leben?«

»Nein, Dad, leider nicht. Ich habe die letzten drei Jahre in einer Höhle verbracht, während die Welt an mir vorüberzog. Ich bin neunundzwanzig und wieder einmal Jungfrau.«

»Das will ich nicht wissen. Wie lange bist du hier?«

»Ich bin gerade erst angekommen. Keine Ahnung. Ich habe dir von der Beurlaubungslösung erzählt, die die Kanzlei angeboten hat. Das werde ich mir mal ansehen.«

»Ein Jahr lang ehrenamtlich arbeiten und dann die Stelle wiederbekommen, ohne Nachteile durch die Fehlzeit?«

»So was in der Art.«

»Fieser Beigeschmack. Du traust diesen Typen doch nicht, oder?«

Sie atmete tief durch und trank einen Schluck Kaffee. Von hier aus konnte das Gespräch zu Themen abdriften, die sie im Moment auf keinen Fall ertragen würde. »Nein. Ich glaube, ich kann mit Fug und Recht sagen, dass ich den Bossen von Scully & Pershing nicht traue.«

Marshall schüttelte in vollstem Verständnis den Kopf. »Und im Grunde willst du gar nicht wieder zurück, weder jetzt noch in zwölf Monaten. Stimmt's?«

»Ich weiß nicht, was ich in zwölf Monaten denken werde, aber eine Zukunft in dieser Kanzlei kann ich mir nicht recht vorstellen.«

»Gut, gut.« Er stellte seine Tasse auf den Tisch und beugte sich vor. »Hör zu, Samantha, ich kann dir einen Job anbieten, gleich hier, der gut bezahlt ist und dich ein Jahr lang beschäftigt, bis du weißt, was du willst. Vielleicht bleibst du auf Dauer dabei, vielleicht nicht, aber du wirst genug Zeit haben, um diese Entscheidung zu treffen. Du wirst nicht praktizieren wie eine richtige Anwältin, aber das hast du, glaube ich, in den letzten drei Jahren auch nicht getan.«

»Mom meinte, du hast zwei Partner, denen ebenfalls die Lizenz abgenommen wurde.«

Er lachte gezwungen, aber die Wahrheit war eben unangenehm. »Das hat Karen gesagt? Ja, Samantha, wir sind hier zu dritt, alle dereinst angeklagt, verurteilt, entehrt, inhaftiert und, ich freue mich, das sagen zu können, vollständig rehabilitiert.«

»Tut mir leid, Dad, aber ich kann mir nicht vorstellen, für einen Laden zu arbeiten, der von drei Anwälten ohne Lizenz geleitet wird.«

Marshall ließ die Schultern ein wenig sinken. Sein Lächeln erstarb.

»Es ist keine richtige Kanzlei, oder?«

»Nein. Wir dürfen nicht praktizieren, weil wir unsere Lizenz noch nicht zurückhaben.«

»Was macht ihr dann?«

Er straffte sich. »Wir verdienen eine Menge Geld, meine Liebe. Wir sind als Berater tätig.«

»Beraten kann jeder, Dad. Wen beratet ihr, und wie sieht euer Rat aus?«

»Hast du schon mal etwas von Prozessfinanzierung gehört?«

»Zu Diskussionszwecken sagen wir mal: nein.«

»Okay. Es gibt private Agenturen, die sich Geld von Investoren leihen, um damit große Gerichtsverfahren zu finanzieren. Sagen wir zum Beispiel, eine kleine Software-Firma ist davon überzeugt, dass ihr einer der Giganten, sagen wir Microsoft, eine Software-Idee geklaut hat, nur dass die kleine Firma es sich nicht leisten kann, Microsoft zu verklagen und vor Gericht zur Rechenschaft zu ziehen. Absolut unmöglich. Also geht die kleine Firma zu einer Finanzagentur, die den Fall prüft und, wenn sie ihn für gerechtfertigt hält, eine ordentliche Summe bereitstellt, um Gebühren und Spesen zu decken. Ob zehn Millionen oder zwanzig Millionen, das spielt im Grunde keine Rolle. Auf jeden Fall ist jetzt genug Geld da. Natürlich bekommt die Agentur ein Stück vom Kuchen ab. Es findet ein faires Verfahren statt, und in der Regel kommt es zu einem lukrativen Vergleich. Unsere Aufgabe ist es, die Prozessfinanzierer zu beraten, ob sie sich in einem bestimmten Verfahren engagieren sollen oder nicht. Nicht alle potenziellen Verfahren sollten unbedingt angestrengt werden, auch nicht in diesem Land. Meine beiden Partner, die übrigens Mitinhaber dieses Büros sind, wie ich hinzufügen möchte, waren ebenfalls Spezialisten für große Sammelklagen, bis man sie sozusagen aus dem Rechtsberuf hinauskomplimentierte. Unser Geschäft boomt, trotz der kleinen Rezession. In Wahrheit glauben wir, dass das Desaster sogar zu unserem Vorteil ist. Jede Menge Banken werden in Kürze verklagt werden, und zwar auf astronomische Summen.«

Samantha hörte zu und trank dabei ihren Kaffee. Dieser Mann hatte früher regelmäßig Millionenbeträge aus Geschworenen herausgekitzelt.

»Was meinst du?«, fragte er.

Klingt schauderhaft, dachte sie und runzelte die Stirn, als würde sie ernsthaft darüber nachdenken. »Interessant«, brachte sie heraus.

»Wir sehen großes Wachstumspotenzial«, fügte er hinzu.

Ja, und mit drei Exknackis am Start war es nur eine Frage der Zeit, wann der Ärger losging. »Von Prozessführung habe ich keinen blassen Schimmer, Dad. Ich habe immer versucht, mich möglichst davon fernzuhalten. Ich habe in einem Finanzunternehmen gearbeitet, schon vergessen?«

»Ach, das lernst du schnell. Ich werde es dir beibringen. Wir werden viel Spaß haben. Versuch es doch! Probier es ein paar Monate aus, während du dir darüber klar wirst, was du wirklich willst.«

»Aber ich *habe* meine Lizenz doch noch«, entgegnete Samantha. Sie lachten beide, auch wenn es nicht besonders lustig war. »Ich werde es mir überlegen, Dad. Danke.«

»Du wirst dich schnell einfinden, versprochen. Vierzig Wochenstunden, ein hübsches Büro, nette Kollegen. Auf jeden Fall besser als das Hamsterrad in New York.«

»In New York fühle ich mich zu Hause. Hier nicht.«

»Okay, schon gut. Ich will dich nicht drängen. Das Angebot steht.«

»Vielen Dank dafür.«

Eine Sekretärin klopfte und streckte ihren Kopf durch die Türöffnung. »Ihr Sechzehn-Uhr-Termin, Sir.«

Marshall blickte stirnrunzelnd auf seine Uhr. »Ich bin gleich da«, sagte er, und sie zog sich zurück.

Samantha griff nach ihrer Tasche. »Ich muss los.«

»Keine Eile, Liebes. Die können warten.«

»Ich weiß, du hast viel zu tun. Wir sehen uns morgen zum Mittagessen.«

»Das wird nett. Grüß Karen von mir. Ich würde sie zu gern mal wieder sehen.«

Keine Chance. »Sicher, Dad. Bis morgen.«

Sie umarmten sich an der Tür, und Samantha beeilte sich, wegzukommen.

Die achte Absage kam von der Chesapeake-Gesellschaft in Baltimore, die neunte von einem Verein, der sich um den Schutz der Redwood-Wälder in Nord-Kalifornien bemühte. Noch nie in ihrem ganzen privilegierten Leben war Samantha Kofer neunmal abgelehnt worden, was auch immer sie angepackt hatte. Sie war nicht sicher, ob sie ein zehntes Mal ertragen konnte.

Sie saß in der Cafeteria von Kramerbooks am Dupont Circle und trank einen Kaffee. Beim Warten tauschte sie E-Mails mit Freundinnen aus. Blythe hatte ihre Stelle noch, doch die Dinge änderten sich stündlich. Es sei das Gerücht in Umlauf, dass ihre Kanzlei, die viertgrößte der Welt, ebenfalls im Rundumschlag Leute entlassen und dabei möglichst viele der klügsten Köpfe »beurlauben« und kostenlos an Vereine mit notorisch knapper Kasse verleihen werde. Sie schrieb: »Es müssen Tausende sein, die jetzt Klinken putzen gehen.«

Samantha hatte nicht den Mumm zuzugeben, dass sie neun Absagen bekommen hatte.

Da kündigte sich mit einem Signalton Nummer zehn an, eine knappe Nachricht von einer Mattie Wyatt von der Mountain Law Clinic in Brady, Virginia: »Rufen Sie mich auf dem Handy an, jetzt gleich, wenn Sie Zeit haben«, gefolgt von einer Mobilnummer. Nach neun Abfuhren fühlte sich das an wie eine Einladung ins Weiße Haus.

Samantha atmete tief durch, trank noch einen Schluck und sah sich um, ob ihr jemand zuhörte – als würden sich die anderen Kunden für ihre Angelegenheiten interessieren. Dann nahm sie ihr Handy und tippte die Nummer ein.

4

Die Mountain Law Clinic führte ihre ehrenamtliche Tätigkeit von einem ehemaligen Eisenwarenladen in der Main Street von Brady aus. Der Ort hatte zweitausendzweihundert Einwohner, deren Zahl jedoch beständig abnahm, und lag im Südwesten von Virginia in den Appalachen, dem Land der Kohle. Von den wohlhabenden Außenbezirken der Hauptstadt Washington im Norden war Brady nur fünfhundert Kilometer und zugleich ein ganzes Jahrhundert entfernt.

Mattie Wyatt führte die Kanzlei seit dem Tag vor sechsundzwanzig Jahren, an dem sie sie gegründet hatte. Sie nahm den Anruf an und sagte, was sie immer sagte: »Mattie Wyatt.«

Eine leicht schüchterne Stimme am anderen Ende meldete sich: »Hier ist Samantha Kofer. Ich habe gerade Ihre E-Mail bekommen.«

»Danke, Ms. Kofer. Ihre Anfrage ist heute Nachmittag eingegangen, zusammen mit ein paar anderen. Sieht so aus, als würden ein paar Großkanzleien ganz schön in der Tinte stecken.«

»So könnte man sagen.«

»Nun, wir hatten noch nie eine Praktikantin von einer großen New Yorker Kanzlei, aber wir können immer Hilfe gebrauchen. Arme Leute mit Problemen gibt es hier jede Menge. Waren Sie schon mal im Südwesten von Virginia?«

Nein, Samantha hatte zwar die Welt gesehen, aber in den Appalachen war sie noch nie gewesen. »Leider nein«, sagte sie so höflich wie möglich. Matties Stimme klang freundlich, sie hatte einen leichten Anklang von Südstaatenakzent, und Samantha beschloss, ihre besten Umgangsformen an den Tag zu legen.

»Na, dann wird es jetzt Zeit«, erwiderte Mattie. »Hören Sie, Ms. Kofer, ich habe heute drei solche Anfragen bekommen. Wir haben keinen Platz für drei Anfänger, die von nichts eine Ahnung haben. Verstehen Sie, was ich meine? Ich muss also Bewerbungsgespräche führen, um eine Auswahl zu treffen. Können Sie herkommen, um sich persönlich vorstellen? Die anderen beiden meinten, sie würden es versuchen. Einer davon war, glaube ich, auch aus Ihrer Kanzlei.«

»Ja, klar kann ich runterkommen«, antwortete Samantha. Was hätte sie sonst sagen sollen? Der kleinste Hinweis auf mangelnde Bereitschaft, und sie würde sich die zehnte Absage einfangen. »An wann hatten Sie denn gedacht?«

»Morgen, übermorgen, ganz egal. Ich hatte nicht damit gerechnet, dass lauter arbeitslose Juristen vor meiner Tür stehen und einen Job wollen, der nicht einmal bezahlt ist. Da sich jetzt auf einmal mehrere darum reißen, würde ich sagen, je früher, desto besser. New York ist weit.«

»Ehrlich gesagt, bin ich zurzeit in Washington. Ich denke, ich könnte morgen Nachmittag da sein.«

»In Ordnung. Ich habe nicht viel Zeit für Bewerbungsgespräche, also werde ich vermutlich den Ersten, der auftaucht, einstellen und den anderen absagen. Vorausgesetzt, der Erste, der auftaucht, gefällt mir.«

Samantha schloss für einen Moment die Augen und versuchte, ihre Situation zu begreifen. Gestern früh hatte sie noch einen Schreibtisch in der größten Kanzlei der Welt gehabt, wo sie ordentlich bezahlt worden war und Aussicht auf eine lange, lukrative Karriere gehabt hatte. Kaum dreißig Stunden später saß sie arbeitslos in der Cafeteria eines Buchladens und versuchte alles, um einen befristeten, unbezahlten Job irgendwo in der tiefsten Provinz zu bekommen.

Mattie fuhr fort: »Ich war letztes Jahr in Washington auf einer Konferenz, da habe ich sechs Stunden für die Fahrt gebraucht. Wie wäre es so gegen vier Uhr morgen Nachmittag?«

»Okay. Bis dann. Und vielen Dank, Ms. Wyatt.«

»Nein, ich danke Ihnen, und bitte nennen Sie mich Mattie.«

Samantha ging ins Internet und fand die Website der Mountain Law Clinic. Die Mission lautete schlicht: »Kostenlose Rechtsberatung und -vertretung für Einkommensschwache in Virginias Südwesten.« Zu den Fachgebieten gehörten häusliche Gewalt, Schuldenberatung, Mietangelegenheiten, Gesundheit, Schule und Ausbildung sowie Entschädigungsleistungen aufgrund von Staublunge. In ihrer juristischen Ausbildung hatte sie ein paar dieser Bereiche gestreift, in ihrer beruflichen Laufbahn bislang nicht. Die Kanzlei nahm keine Strafangelegenheiten an. Außer Mattie Wyatt gab es eine weitere Anwältin sowie eine Rechtsassistentin und eine Empfangssekretärin. Nur Frauen.

Samantha beschloss, die Sache mit ihrer Mutter zu besprechen und dann darüber zu schlafen. Sie besaß kein Auto, und die weite Fahrt in die Appalachen erschien ihr wie reine Zeitverschwendung. In SoHo zu kellnern sah im Vergleich dazu regelrecht verlockend aus. Während sie auf ihren Bildschirm starrte, meldete sich das Obdachlosenheim in Louisville mit einem höflichen Nein. Zehn Absagen an einem Tag. Es reichte. Ihr war die Lust, die Welt zu retten, gehörig vergangen.

Karen Kofer erschien um kurz nach sieben Uhr im Firefly. Mit feuchten Augen schloss sie ihr einziges Kind in die Arme. Als sie ihr Mitgefühl aussprach, bat Samantha sie, das bitte zu unterlassen. Sie gingen an die Bar und bestellten Wein, während sie auf einen Tisch warteten. Karen war fünfundfünfzig und alterte in Würde. Sie gab einen Großteil ihres Gehalts für Kleidung aus und war immer trendig, ja mondän gekleidet. Solange Samantha sich erinnern konnte, beklagte sie den Mangel an Stil im Ministerium, als wäre es ihre Aufgabe, Pep in den Laden zu bringen. Seit zehn Jahren war sie alleinstehend; es hatte zwar immer Männer gegeben, doch der richtige war nie darunter gewesen. Aus Gewohnheit musterte sie ihre Tochter von den Ohrringen bis zu den Schuhen und bildete sich binnen Sekunden ein Urteil. Kein Kommentar. Samantha war das im Grunde egal. An diesem schrecklichen Tag hatte sie andere Dinge im Kopf.

»Dad lässt grüßen«, sagte sie, um das Gespräch gleich von den dringlichen Vorgängen im Ministerium wegzulenken.

»Du hast ihn gesehen?«, fragte Karen mit gehobenen Augenbrauen hellhörig.

»Ja. Ich habe ihn in seinem Büro besucht. Es scheint ihm gut zu gehen, er sieht gut aus. Er meinte, er wird sein Geschäft erweitern.«

»Hat er dir einen Job angeboten?«

»Ja. Ich könnte sofort anfangen, vierzig Stunden die Woche mit lauter tollen Kollegen.«

»Die haben übrigens alle ihre Lizenz verloren.«

»Das hast du mir schon erzählt.«

»Immerhin scheint es diesmal legal zu sein, was er treibt, jedenfalls noch. Du denkst sicher nicht im Ernst darüber nach, für Marshall zu arbeiten. Das ist ein Haufen Strolche. Über kurz oder lang wird es bestimmt wieder Probleme geben.«

»Du beobachtest sie also?«

»Sagen wir, ich habe Freunde, Samantha. Viele Freunde an den richtigen Stellen.«

»Willst du denn, dass er noch mal auffliegt?«

»Nein, Liebes, ich bin über deinen Vater hinweg. Es ist Jahre her, dass wir uns getrennt haben, und ich habe lange gebraucht, um mich davon zu erholen. Er hat Vermögen verheimlicht und mich bei der Scheidung über den Tisch gezogen, aber ich habe irgendwann losgelassen. Ich habe ein schönes Leben und werde nicht unnötig negative Energie auf Marshall Kofer verschwenden.«

Gleichzeitig tranken sie an ihrem Wein und sahen dem Barmann zu, einem attraktiven jungen Mann Mitte zwanzig in einem engen schwarzen T-Shirt.

»Nein, Mom, ich werde nicht für Dad arbeiten. Das wäre ein Desaster.«

Eine Bedienung führte sie zu ihrem Tisch, und ein Kellner schenkte Wasser mit Eis ein. Als sie wieder ungestört waren, sagte Karen: »Es tut mir so leid. Ich kann es einfach nicht fassen.«

»Bitte, Mom, lass das.«

»Ich weiß, aber ich bin deine Mutter, ich kann nicht anders.«

»Kann ich für ein paar Tage dein Auto haben?«

»Sicher. Wozu brauchst du es denn?«

»Es gibt in Brady, Virginia, eine dieser Kanzleien, die Probono-Rechtsberatung für Einkommensschwache anbieten – einer von den Vereinen auf meiner Liste. Die würde ich mir gern ansehen. Es ist wahrscheinlich Zeitverschwendung, aber ich habe zurzeit nicht viel zu tun. In Wahrheit habe ich morgen überhaupt nichts zu tun, und eine lange Autofahrt könnte mir helfen, einen klaren Kopf zu bekommen.«

»Aber pro bono?«

»Warum nicht? Außerdem ist es nur ein Bewerbungsgespräch für eine Praktikumsstelle. Wenn ich den Job nicht bekomme, bin ich weiterhin arbeitslos. Und wenn ich ihn bekomme, kann ich jederzeit aufhören, falls er mir nicht gefällt.«

»Kein Gehalt?«

»Keinen Cent. Das ist Teil der Vereinbarung mit S&P. Ich

bin zwölf Monate lang ehrenamtlich tätig, dafür behält mich die Kanzlei im System.«

»Aber du findest doch bestimmt ein nettes, kleines Anwaltsbüro in New York.«

»Das haben wir doch schon besprochen, Mom. Die großen Kanzleien entlassen Leute, die kleinen machen Pleite. Du hast keine Ahnung, was für eine Krisenstimmung hier im Moment herrscht. Du und deine Freunde, ihr habt Netz und doppelten Boden, keiner von euch wird seinen Job verlieren. Aber hier im wahren Leben drehen alle vollkommen durch.«

»Ich lebe also nicht das wahre Leben?«

Zum Glück kam der Kellner wieder, um in aller Ausführlichkeit die Tageskarte vorzustellen. Als er sich entfernte, tranken sie ihren Wein aus und betrachteten die umliegenden Tische. Schließlich sagte Karen: »Samantha, ich glaube, du machst einen Fehler. Du kannst nicht einfach für ein Jahr von der Bildfläche verschwinden. Was ist mit deiner Wohnung? Und mit deinen Freunden?«

»Meine Freunde sind genauso beurlaubt wie ich, jedenfalls die meisten. Außerdem habe ich nicht viele.«

»Mir gefällt die Vorstellung nicht.«

»Toll, Mom, und welche Alternative habe ich? Soll ich vielleicht bei der Kofer Group anfangen?«

»Gute Güte. Du würdest vermutlich hinter Gittern landen.«

»Würdest du mich besuchen? Ihn hast du nie besucht.«

»Ist mir nie in den Sinn gekommen. Ich war überglücklich, als sie ihn weggeschlossen haben. Du wirst das eines Tages verstehen, Liebes, aber nur, wenn dich der Mann, den du liebst, wegen einer anderen sitzen lässt, was hoffentlich nie passieren wird.«

»Okay, ich denke, ich verstehe das. Aber es ist schon so lange her.«

»Manche Dinge vergisst man nie.«

»Versuchst du denn, es zu vergessen?«

»Schau, Samantha, jedes Kind möchte, dass seine Eltern zusammenbleiben. Das ist ein archaischer Überlebensinstinkt. Wenn sie sich trotzdem trennen, möchte das Kind, dass sie zumindest Freunde bleiben. Manche können das, manche nicht. Ich möchte mich nicht im selben Raum wie Marshall Kofer aufhalten, und ich rede nicht gern über ihn. Belassen wir es dabei.«

»Also gut.« Näher an einer Vermittlung zwischen den beiden war Samantha noch nie gewesen, und so lenkte sie rasch ein.

Der Kellner brachte ihre Salate, und sie bestellten eine Flasche Wein. »Wie geht's Blythe?«, erkundigte sich Karen, um auf ein weniger heikles Thema überzuleiten.

»Macht sich Sorgen, hat ihren Job aber noch.« Sie redeten ein paar Minuten über Blythe, dann über einen Mann namens Forest, mit dem sich Karen seit vier Wochen traf. Er sei ein paar Jahre jünger als sie – was ihr gefalle –, aber sie hätten keine feste Beziehung. Forest sei Jurist und als Wahlkampfberater für Obama tätig. Das Gespräch driftete in diese Richtung. Mit frischem Wein versorgt, analysierten sie die erste Fernsehdebatte. Samantha hatte die Nase voll von der Wahl, während Karen sich aufgrund ihrer Arbeit bei politischen Diskussionen generell zurückhielt.

»Ich hatte ganz vergessen, dass du kein Auto hast.«

»Jahrelang habe ich keines gebraucht. Ich denke, ich könnte für ein paar Monate auch einen Mietwagen nehmen.«

»Da fällt mir ein, dass ich mein Auto morgen Abend brauche. Ich spiele Bridge bei einer Freundin drüben in McLean.«

»Kein Problem. Ich miete für ein paar Tage eines. Je mehr ich darüber nachdenke, umso mehr freue ich mich auf die lange Fahrt allein.«

»Wie lange wirst du brauchen?«

»Sechs Stunden.«

»In sechs Stunden bist du auch in New York.«

»Tja, morgen fahre ich in die entgegengesetzte Richtung.«

Ihre Hauptspeise kam, und sie machten sich hungrig darüber her.

5

Binnen einer Stunde hatte Samantha einen roten Toyota Prius gemietet. Auf ihrem Weg durch den Hauptstadtverkehr hielt sie das Lenkrad fest umklammert und spähte ständig in die Spiegel. Sie war seit Monaten nicht gefahren und fühlte sich unsicher. Die Auffahrten waren voller Pendler, die aus den Vororten in die Innenstadt drängten, doch Richtung Westen ging es ohne größere Staus voran. Hinter Manassas wurde der Verkehr erheblich ruhiger, und sie konnte sich endlich entspannen. Als Izabelle anrief, tauschten sie eine Viertelstunde lang den neuesten Tratsch aus. Scully & Pershing habe am Vortag weitere Angestellte beurlaubt, darunter auch einen Studienkollegen, berichtete Izabelle. Eine Gruppe Juniorpartner sei vor die Tür gesetzt worden. Rund ein Dutzend Seniorpartner seien vorzeitig in Rente gegangen, wenn auch offenbar nicht freiwillig. Das übrige Personal sei um fünfzehn Prozent gekürzt worden. Der Laden sei wie gelähmt vor Angst, die Mitarbeiter verriegelten ihre Türen und versteckten sich unter ihren Schreibtischen. Izabelle sagte, sie werde wahrscheinlich nach Wilmington gehen und bei ihrer Schwester im Souterrain einziehen. Sie könne ehrenamtlich bei einer Kinderrechtsorganisation anfangen und werde sich zusätzlich nach einer bezahlten Teilzeitstelle umsehen. Sie glaube nicht, dass sie nach New York zurückkehren werde, aber es sei noch zu früh, um Prognosen zu stellen. Alles sei noch zu frisch und im Fluss. Wie könne man da sagen, wo man in einem

Jahr stehen werde? Samantha räumte ein, sie sei überglücklich, dass sie die Kanzlei hinter sich lassen könne und unterwegs zu neuen Ufern sei.

Sie rief ihren Vater an und sagte das Mittagessen ab. Er wirkte enttäuscht und legte ihr dringend ans Herz, sich nicht übereilt auf ein bedeutungsloses Praktikum »irgendwo in der Dritten Welt« einzulassen. Er kam noch einmal auf seine Stellenofferte zurück, machte aber den Fehler, sie zu drängen, und so sagte sie Nein. »Hör zu, Dad, ich will die Stelle nicht, aber trotzdem danke.«

»Du begehst einen Fehler, Sam«, sagte er.

»Ich habe dich nicht um deinen Rat gebeten, Dad.«

»Vielleicht brauchst du ihn aber. Bitte, hör auf jemanden mit gesundem Menschenverstand.«

»Wiedersehen, Dad. Ich ruf dich wieder an.«

Unweit der kleinen Stadt Strasburg fuhr sie auf die Interstate 81 Richtung Süden, wo sie in ein Wettrennen von Sechzigtonnern geriet, für die das Tempolimit nicht zu gelten schien. Der Karte nach hatte sie mit einer beschaulichen Fahrt durch das Shenandoah Valley gerechnet. Stattdessen musste sie im dichten Verkehr aufpassen, nicht von wild gewordenen Lkw überrollt zu werden. Es schienen Tausende zu sein. Hin und wieder konnte sie einen Blick auf die Ausläufer der Blue Ridge Mountains oder im Westen auf die Appalachen werfen. Es war der 1. Oktober, die Blätter waren herbstlich verfärbt, doch der Verkehr ließ nicht zu, dass sie die Landschaft betrachtete. Ihr Telefon meldete ständig eingehende SMS, doch es gelang ihr, das zu ignorieren. Bei Staunton hielt sie an einem Fast-Food-Imbiss und aß einen welken Salat. Beim Essen hörte sie den Einheimischen zu und versuchte, durch tiefes Atmen ruhiger zu werden.

Henry hatte ihr gemailt, ihr Exfreund. Er sei in New York und würde gern mit ihr etwas trinken gehen. Er hatte die schlimme Nachricht schon bekommen und wollte ihr sein Mitgefühl ausdrücken. Seine Schauspielkarriere war in Los Angeles noch weniger vom Fleck gekommen als in New York, und er hatte keine Lust mehr, Limos mit talentlosen Kleindarstellern herumzukutschieren, die niemand kannte. Er schrieb, er vermisse sie und denke oft an sie. Da sie arbeitslos sei, könnten sie doch ein wenig Zeit miteinander verbringen, ihre Lebensläufe aufpolieren und Anzeigen studieren. Sie beschloss, nicht zu antworten, jedenfalls nicht gleich. Vielleicht später, wenn sie wieder in New York war, gelangweilt und richtig allein.

Trotz des Verkehrs und der Lkw begann sie, ihre einsame Fahrt zu genießen. Ein paarmal stellte sie den Nachrichtenkanal im Radio an, doch die Berichte kreisten immer nur um ein Thema – Wirtschaftscrash und große Rezession. Viele kluge Köpfe sagten eine Depression voraus. Andere glaubten, die Panik würde vorbeigehen, die Welt überleben. In Washington drehten sich die Debatten um Konfliktstrategien im Kreis. Irgendwann ignorierte sie das Radio ebenso wie ihr Handy und hing ihren Gedanken nach. Bei Abingdon, Virginia, wies das Navi sie an, von der Interstate abzufahren, was sie mit Freuden tat. Zwei Stunden lang mäanderte sie nach Westen auf die Berge zu. Während die Straße immer schmaler wurde, fragte sie sich erneut, was sie da eigentlich tat. Wo würde sie landen? Und was würde sie in Brady, Virginia, vorfinden, was so spannend wäre, dass sie ein gesamtes Jahr dort verbringen wollte? Die Antwort lautete: nichts. Dennoch war sie entschlossen, ihr Ziel zu erreichen und das kleine Abenteuer zum Abschluss zu bringen. Vielleicht würde es später einmal beim Cocktail als unterhaltsame Anekdote taugen, vielleicht auch nicht. Bislang war sie froh, aus New York weggekommen zu sein.

An der Grenze zu Noland County bog sie auf die Route 36 ab. Die Straße wurde noch schmaler, die Berge höher, und das

Laubwerk leuchtete intensiver in Gelb und Rostrot. Sie war allein auf dem Highway, und je tiefer sie in die Berge eindrang, umso mehr kamen ihr Zweifel, ob es hier überhaupt einen anderen Weg hinaus gab. Wo auch immer Brady war, es schien am Ende dieser Straße zu liegen. Als ihr die Ohren zugingen, wurde ihr bewusst, dass sie und ihr kleiner roter Prius beständig kletterten. Ein demoliertes Schild kündigte die Ortschaft Dunne Spring an, 201 Einwohner. Sie erreichte eine Anhöhe und fuhr zwischen einer Tankstelle linker Hand und einem Gemischtwarenladen durch.

Sekunden später klebte ein Wagen mit blinkendem Blaulicht an ihrer Stoßstange. Eine Sirene heulte auf. Erschrocken trat sie auf die Bremse, sodass der Polizeiwagen fast aufgefahren wäre, und hielt auf einem Kiesstreifen kurz vor einer Brücke. Als der Officer an ihre Tür trat, kämpfte sie mit den Tränen. Sie griff nach dem Handy, um eine SMS zu schreiben, doch es hatte keinen Empfang.

Er sagte etwas, was sich entfernt anhörte wie: »Ihre Papiere, bitte.« Sie nahm ihre Tasche und fand nach längerem Suchen ihren Führerschein. Mit zitternden Händen reichte sie ihm die Karte. Er nahm sie entgegen und hielt sie sich dicht vor die Nase. Offenbar hatte er eine Sehschwäche. Als sie ihn endlich anschauen konnte, begriff sie, dass das nicht sein einziger Makel war. Seine Uniform war eine wilde Mischung aus abgenutzten, fleckigen Baumwollhosen, einem verblichenen braunen Hemd, das mit allen möglichen Abzeichen geschmückt war, ungeputzten schwarzen Kampfstiefeln und einem Ranger-Hut mit der Aufschrift »Smokey Bear«, der ihm mindestens zwei Nummern zu groß war. Widerspenstiges schwarzes Haar lugte darunter hervor.

»New York?«, fragte er. Seine Aussprache war alles andere als deutlich, aber sein Ton ganz klar streitlustig.

»Ja, Sir. Ich wohne in New York City.«

»Warum trägt Ihr Wagen dann ein Kennzeichen aus Vermont?«

»Es ist ein Mietwagen«, antwortete sie und nahm den Vertrag von Avis von der Konsole. Sie hielt ihm das Blatt entgegen, doch er starrte immer noch auf ihren Führerschein, als hätte er Schwierigkeiten beim Lesen.

»Was ist ein Prius?«, fragte er.

»Ein Hybrid von Toyota.«

»Ein was?«

Sie hatte keine Ahnung von Autos, aber das spielte in diesem Moment keine Rolle. Selbst wenn sie vollständig mit der Funktionsweise von Hybridmotoren vertraut gewesen wäre, hätte ihr das nichts genutzt. »Ein Hybrid, Sie wissen schon, der mit Benzin und Strom fährt.«

»Was Sie nicht sagen.«

Ihr fiel keine Antwort ein. Er wartete, dass sie noch etwas sagte, doch sie lächelte ihn nur stumm an. Sein linkes Auge schien Richtung Nase zu wandern.

»Jedenfalls muss es ziemlich schnell sein«, fuhr er fort. »Ich habe Sie mit zweiundachtzig Stundenkilometer in einer Dreißigerzone gemessen. Das sind mehr als fünfzig zu viel. Hier in Virginia gilt das als rücksichtsloses Fahren. Ich weiß nicht, wie das in New York oder Vermont ist, aber hier unten nennen wir das rücksichtslos. Jawohl, Ma'am, so ist das.«

»Aber ich habe kein Tempolimit gesehen.«

»Kann ich was dafür, wenn Sie die Schilder übersehen?«

Ein alter Pick-up näherte sich aus der Gegenrichtung, bremste ab und schien halten zu wollen. Der Fahrer lehnte sich aus dem Fenster und rief: »Komm schon, Romey, nicht schon wieder!«

Der Polizist drehte sich um und rief zurück: »Verschwinde!«

Der Pick-up hielt auf dem Mittelstreifen, und der Fahrer rief: »Du musst damit aufhören, Mann.«

Der Polizist öffnete das Holster und zog eine schwarze Pistole heraus. »Hast du nicht gehört? Verschwinde.«

Der Pick-up machte einen Satz nach vorn, die Hinterräder drehten durch, und er brauste los. Als er zwanzig Meter entfernt war, richtete der Polizist die Waffe gen Himmel und gab einen Schuss ab, der durch das ganze Tal donnerte und von den Steilwänden widerhallte. Samantha schrie auf und fing an zu weinen.

Der Polizist sah dem Pick-up nach und sagte dann: »Schon gut, schon gut. Er mischt sich immer ein. So, wo waren wir?« Er steckte die Waffe wieder ins Holster und kämpfte dann mit dem Druckknopf.

»Ich weiß es nicht.« Sie wischte sich mit zitternden Händen die Augen.

In ärgerlichem Ton fuhr der Polizist fort: »Schon gut, Ma'am, schon gut. Also, Sie haben einen New Yorker Führerschein und Nummernschilder aus Vermont, und Sie sind fünfzig Stundenkilometer zu schnell gefahren. Was haben Sie hier unten vor?«

Geht Sie das vielleicht was an?, wäre sie beinahe herausgeplatzt, doch Frechheit würde ihre Lage gewiss verschlimmern. Sie blickte geradeaus, atmete tief durch und rang um Fassung. Schließlich sagte sie: »Ich fahre nach Brady. Ich habe dort ein Bewerbungsgespräch.« In ihren Ohren pfiff es.

Er lachte. »In Brady gibt es keine Arbeit, das kann ich Ihnen versichern.«

»Ich habe einen Vorstellungstermin bei der Mountain Law Clinic«, erläuterte sie mit zusammengebissenen Zähnen, und die Worte klangen hohl und unwirklich.

Diese Auskunft irritierte ihn, und er wusste nicht recht, was er als Nächstes tun sollte. »Ich muss Sie mitnehmen. Fünfzig zu viel ist extrem rücksichtslos. Der Richter wird Ihnen wahrscheinlich die Höchststrafe geben. Ich muss Sie mitnehmen.«

»Wohin?«

»Nach Brady ins County-Gefängnis.«

Ihr Unterkiefer sank ihr auf die Brust, und sie rieb sich die Schläfen. »Ich fasse es nicht.«

»Tut mir leid, Ma'am. Steigen Sie bitte aus. Sie dürfen bei mir vorne sitzen.« Er hatte die Hände in die Hüften gestützt, wobei die rechte gefährlich nah am Pistolenholster lag.

»Meinen Sie das ernst?«, fragte sie.

»Todernst.«

»Darf ich telefonieren?«

»Kommt nicht infrage. Vielleicht im Gefängnis. Außerdem ist hier sowieso kein Empfang.«

»Sie nehmen mich fest und bringen mich ins Gefängnis?«

»Jetzt kapieren Sie's so langsam. Ich bin sicher, wir machen manche Dinge anders hier unten in Virginia. Gehen wir.«

»Was ist mit meinem Auto?«

»Wird abgeschleppt. Das wird Sie noch mal vierzig Dollar kosten. Kommen Sie.«

Sie konnte keinen klaren Gedanken fassen, aber es blieb ihr nichts anderes übrig, als ihm zu folgen, wenn sie nicht weitere Schüsse in Kauf nehmen wollte. Langsam nahm sie ihre Handtasche und stieg aus. Trotz flacher Schuhe war sie mit ihren ein Meter siebzig mindestens fünf Zentimeter größer als Romey. Sie ging zu seinem Wagen, dessen Warnlichter am Kühler immer noch blinkten. Das Auto trug keine Aufschrift. Er bemerkte ihren Blick und sagte: »Zivilfahrzeug. Deshalb haben Sie mich dahinten nicht gesehen. Funktioniert jedes Mal. Steigen Sie vorn ein. Ich werde Ihnen keine Handschellen anlegen.«

»Danke«, brachte sie mühsam heraus.

Es war ein dunkelblauer Ford, der entfernt an einen alten Streifenwagen erinnerte, allerdings einen, der schon vor zehn Jahren aus dem Verkehr gezogen worden war. Das Auto hatte vorn eine durchgehende Sitzbank mit schwer ramponiertem Kunstlederbezug, aus dem schmutzige Schaumstofffüllung quoll. Am Armaturenbrett steckten zwei Funkgeräte. Romey nahm ein Mikro und murmelte so hastig, dass kaum etwas zu verstehen war, so etwas wie: »Hier Einheit zehn, auf dem Weg nach Brady mit straffälliger Verkehrsteilnehmerin. Geschätzte Ankunftszeit: fünf Minuten. Bitte den Richter verständigen. Brauchen Abschleppdienst bei Thack's Bridge, irgendein komisches kleines japanisches Modell.«

Es kam keine Antwort, als wäre der Ruf ins Nichts gegangen. Samantha überlegte, ob das Gerät überhaupt funktionierte. Auf der Bank zwischen ihnen lag ein Funkscanner, der aber ebenso tot aussah wie die beiden anderen Funkgeräte. Romey drückte einen Schalter, woraufhin die Blinklichter ausgingen. »Wollen Sie die Sirene hören?«, fragte er grinsend. Ein kleiner Junge und sein Spielzeug.

Sie schüttelte den Kopf. Nein, danke.

Und sie hatte gedacht, sie hätte gestern den Tiefpunkt erreicht, als sie an einem Tag zehn Absagen kassiert hatte, nachdem sie tags zuvor gefeuert und von einer Eskorte vor die Tür gesetzt worden war. Doch jetzt saß sie irgendwo am Ende der Welt fest, verhaftet und auf dem Weg ins Gefängnis. Ihr Herz raste, und sie konnte kaum schlucken.

Sicherheitsgurte waren nicht vorhanden. Romey gab Gas, und bald flogen sie in der Mitte des Highways dahin, während der alte Ford bedenklich klapperte und schepperte. Nach zwei bis drei Kilometern sagte Romey: »Das tut mir wirklich leid. Ich tue nur meinen Job.«

»Sind Sie Deputy-Sheriff oder so was?«

»Ich bin Verkehrspolizist. Ich kümmere mich hauptsächlich um die Straße.«

Sie nickte, als würde das alles erklären. Er hatte sein linkes Handgelenk auf dem Lenkrad liegen, das stark vibrierte. Auf einem geraden Straßenabschnitt jagte er den Motor hoch, und das Zittern verstärkte sich. Sie blickte auf den Tacho, doch der funktionierte nicht. Er bellte in das Funkgerät wie ein schlechter Schauspieler, wieder antwortete niemand. Sie schlitterten mit viel zu hohem Tempo in eine enge Kurve, doch als das Heck herumschleuderte, lenkte Romey in aller Ruhe gegen und bremste.

Ich werde sterben, dachte Samantha. Entweder durch die Hand eines irren Killers oder bei einem Verkehrsunfall. Ihr Magen drehte sich, und ihr wurde schwindelig. Sie umklammerte die Handtasche, schloss die Augen und begann zu beten.

Am Stadtrand von Brady konnte sie endlich wieder normal atmen. Vielleicht hatte er vor, sie zu vergewaltigen und zu ermorden, um ihre Leiche von einer Steilwand zu werfen, aber solange sie in der Stadt waren, konnte sie sich sicher fühlen. Sie fuhren an Geschäften mit Kiesparkplätzen und langen Reihen kleiner Häuser vorbei, die alle ordentlich weiß gestrichen waren. Als sie hochblickte, sah sie Kirchtürme über die Bäume hinausragen. Kurz vor der Main Street wendete Romey unvermittelt und glitt auf den unbefestigten Parkplatz des Gefängnisses von Noland County. »Folgen Sie mir«, sagte er. Für den Bruchteil einer Sekunde war sie froh, das Gefängnis erreicht zu haben.

Auf dem Weg zum Haupteingang blickte sie sich in der Hoffnung um, dass niemand sie beobachtete. Nur, wer sollte sie schon beobachten wollen? Drinnen blieben sie in einer engen, staubigen Wartezone stehen. Zur Linken war eine Tür mit der Aufschrift »Gefängnis«. Romey deutete nach rechts und sagte: »Sie setzen sich dorthin, während ich den Papierkram hole. Und keine krummen Dinger, okay?« Sonst war niemand da.

»Wo sollte ich wohl hingehen?«, fragte sie. »Ich habe kein Auto mehr.«

»Sie setzen sich da hin und sind still.« Sie nahm auf einem

Plastikstuhl Platz, während er durch die Tür verschwand. Die Wände mussten recht dünn sein, denn sie hörte deutlich, wie er sagte: »Ich hab da eine New Yorkerin in Dunne Spring hochgenommen, mit über achtzig Stundenkilometern. Ist das zu fassen?«

Eine männliche Stimme antwortete streng: »Bitte, Romey, nicht schon wieder.«

»Doch. Hab sie sofort einkassiert.«

»Du musst mit dem Mist aufhören, Romey.«

»Fang nicht schon wieder so an, Dough.«

Schwere Schritte ertönten, die Stimmen wurden leiser und verklangen schließlich. Dann wurden von weiter hinten im Gefängnis ärgerliche Stimmen laut. Obwohl sie nicht verstand, was gesagt wurde, war klar, dass zumindest zwei Männer mit Romey stritten. Minuten vergingen, in denen es wieder still wurde. Ein untersetzter Mann in einer blauen Uniform kam durch die Gefängnistür. »Hallo. Sind Sie Miss Kofer?«

»Ja«, erwiderte sie und blickte sich in dem leeren Raum um.

Er reichte ihr ihren Führerschein. »Warten Sie bitte noch eine Minute, ja?«

»Klar.« Was hätte sie sonst sagen sollen?

Aus dem Hintergrund drangen immer wieder Stimmen, die dann aber abbrachen. Sie schickte eine SMS an ihre Mutter, eine an ihren Vater und eine an Blythe. Auch wenn ihre Leiche nie gefunden werden würde, wüssten sie zumindest vage über die Umstände Bescheid.

Die Tür öffnete sich erneut, und ein jüngerer Mann betrat den Warteraum. Er trug ausgewaschene Jeans, Wanderstiefel, ein modisches Jackett, keine Krawatte. Mit einem flüchtigen Lächeln fragte er: »Sind Sie Samantha Kofer?«

»Ja.«

Er zog einen zweiten Plastikstuhl heran und setzte sich ihr

gegenüber, sodass sich ihre Knie beinahe berührten. »Mein Name ist Donovan Gray. Ich bin Ihr Anwalt, und ich habe gerade dafür gesorgt, dass alle Anklagepunkte fallen gelassen wurden. Ich schlage vor, wir verschwinden hier so schnell wie möglich.« Er gab ihr eine Visitenkarte, die Samantha glaubwürdig erschien. Die Adresse der Kanzlei war in der Main Street.

»Okay, und wohin?«, fragte sie vorsichtig.

»Zurück zu Ihrem Wagen.«

»Was ist mit dem Verkehrspolizisten?«

»Ich erklär's Ihnen unterwegs.«

Sie beeilten sich, vom Gefängnis wegzukommen, und stiegen in einen nagelneuen Jeep Cherokee. Als Donovan Gray den Motor startete, dröhnte Bruce Springsteen aus den Lautsprechern. Rasch schaltete er die Anlage ab. Er war zwischen fünfunddreißig und vierzig, hatte zerzaustes dunkles Haar und mindestens drei Tage alte Bartstoppeln im Gesicht, dazu melancholische, dunkle Augen.

Beim Ausparken sagte sie: »Moment bitte, ich muss ein paar Leuten eine SMS schreiben.«

»Okay. Der Empfang reicht noch ein paar Kilometer weit.«

Sie schrieb an ihre Mutter, ihren Vater und Blythe, dass sie nicht mehr im Gefängnis sei und sich alles zum Besseren zu wenden scheine, jedenfalls unter den gegebenen Umständen. Sie sollten sich keine Sorgen machen, zumindest noch nicht. Im Augenblick fühle sie sich sicher. Sie würde später anrufen und erzählen.

Als die Stadt hinter ihnen lag, begann er: »Romey ist weder Verkehrspolizist noch überhaupt Polizeibeamter noch hat er irgendwelche Befugnisse. Als Erstes müssen Sie wissen, dass er geistig unterbelichtet ist, anders ausgedrückt: Er hat nicht alle Tassen im Schrank. Er wollte immer Sheriff werden, deshalb verspürt er ab und zu den Drang, auf Streife zu gehen, immer um Dunne Spring herum. Wenn Sie da langfahren und ein auswärtiges Nummernschild haben, fällt Romey das sofort auf. Ist Ihr Kennzeichen aus, sagen wir, Tennessee oder North Carolina, lässt Romey Sie in Ruhe. Doch wenn Sie aus dem Norden kommen, wird er ganz aufgeregt, dann macht er unter Umständen das, was er mit Ihnen gemacht hat. Er denkt wirklich, dass er etwas Gutes tut, indem er vermeintliche Raser hochnimmt, vor allem wenn sie aus New York oder Vermont kommen.«

»Warum hält ihn niemand davon ab?«

»Oh, das haben wir versucht. Jeder schreit ihn an, doch man kann ihn ja nicht rund um die Uhr beaufsichtigen. Er ist ziemlich clever und kennt die Straßen hier besser als jeder andere. Normalerweise hält er den ›Raser‹ nur an, zum Beispiel irgendeinen armen Teufel aus New Jersey, jagt ihm einen Schreck ein und lässt ihn anschließend laufen. Dann erfährt niemals jemand was davon. Doch hin und wieder schleppt er jemanden ins Gefängnis und besteht darauf, dass derjenige eingesperrt wird.«

»Ich fasse es nicht!«

»Er hat nie jemandem wehgetan …«

»Er hat auf einen anderen Fahrer geschossen. Meine Ohren pfeifen immer noch.«

»Ja, okay, aber sehen Sie, er spinnt eben. Von der Sorte gibt es hier viele.«

»Dann buchten Sie ihn ein. Sicher gibt es auch hier Gesetze gegen Freiheitsberaubung und Entführung.«

»Der Sheriff ist sein Cousin.«

Samantha atmete tief durch und schüttelte den Kopf.

»Kein Scherz. Sein Cousin ist schon seit Langem unser Sheriff. Romey ist neidisch auf ihn; er ist sogar einmal gegen ihn angetreten. Hat im ganzen County etwa zehn Stimmen bekommen und war stinksauer deswegen. Daraufhin hat er am laufenden Band Autofahrer aus dem Norden abgeführt, bis man ihn für ein paar Monate eingesperrt hat.«

»Dann sperren Sie ihn wieder ein.«

»Das ist nicht so einfach. Sie können im Grunde froh sein, dass er Sie nicht in *sein* Gefängnis gebracht hat.«

»*Sein* Gefängnis?«

Donovan lächelte. Er hatte offenbar Vergnügen an seiner Geschichte. »Vor fünf Jahren entdeckte Romeys Bruder hinter einem Schuppen auf der Farm der Familie eine nagelneue Limousine mit Kennzeichen aus Ohio. Er sah sich um, hörte Geräusche und fand einen Mann, der im Pferdestall eingesperrt war. Romey hatte eine der Stallboxen mit Maschendraht und Stacheldraht verstärkt, und der arme Kerl steckte seit drei Tagen da drin fest. Er hatte mehr als genug zu essen, und es ging ihm so weit gut. Er sagte, Romey habe mehrmals am Tag nach ihm gesehen und sei immer ausnehmend höflich gewesen.«

»Das ist nicht Ihr Ernst.«

»Doch. Romey hatte damals eine schlimme Phase, in der er seine Medikamente nicht nahm. Die Sache nahm üble Formen an, denn der Mann aus Ohio machte ein Mordstheater und nahm sich Anwälte. Die verklagten Romey wegen Freiheitsberaubung und ein paar weiteren Delikten, doch der Fall versandete schließlich. Romey besitzt nichts außer seinem Streifenwagen, eine Zivilklage ist also sinnlos. Die Anwälte bestanden aber darauf, dass er wegen Entführung und so weiter angeklagt wird, und am Ende bekannte er sich schuldig in einer minderschweren Straftat. Er verbrachte dreißig Tage im Gefängnis – nicht in seinem Gefängnis, versteht sich, sondern im County-Gefängnis – und wurde anschließend in die psychiatrische Einrichtung des Staates Virginia geschickt, um frisch auf Medikamente eingestellt zu werden. Er ist wirklich kein schlechter Kerl.«

»Ein echter Schwerenöter.«

»Ehrlich gesagt, es gibt Polizeibeamte hier in der Gegend, die sind weitaus gefährlicher. Ich mag Romey. Ich habe mal einen Prozess für seinen Onkel geführt. Es ging um Meth.«

»Meth?«

»Crystal Meth oder Methamphetamin. Nach Kohle wahrscheinlich das lukrativste Geschäft in dieser Gegend.«

»Darf ich Ihnen eine persönliche Frage stellen?«

»Sicher. Ich bin Ihr Anwalt, Sie dürfen mich fragen, was Sie wollen.«

»Warum haben Sie eine Waffe im Auto?« Sie nickte in Richtung der Mittelkonsole, wo unübersehbar eine ziemlich große schwarze Pistole lag, gleich neben ihrem Ellbogen.

»Es ist nicht verboten. Und ich mache mir viele Feinde.«

»Was für Feinde?«

»Ich verklage Kohleunternehmen.«

Da sie mit einer längeren Erläuterung rechnete, atmete sie tief durch und blickte vor sich auf die Straße. Doch nachdem er Romeys Abenteuer erzählt hatte, schien Donovan die Gesprächspause zu genießen. Samantha kam der Gedanke, dass er sie nicht gefragt hatte, warum sie nach Noland County gekommen war – eigentlich eine naheliegende Frage.

An der Thack's Bridge wendete er mitten auf der Straße und blieb hinter dem Prius stehen.

»Bin ich Ihnen was schuldig?«

»Klar. Einen Kaffee.«

»Kaffee? Hier irgendwo?«

»Nein, aber in der Stadt gibt es einen netten kleinen Diner. Mattie ist noch bei Gericht und wird wahrscheinlich nicht vor fünf Uhr rauskommen, Sie haben also ein bisschen Zeit.«

Sie wollte etwas erwidern, doch sie war so verdutzt, dass ihr die Worte fehlten. »Mattie ist meine Tante«, erklärte er. »Sie ist schuld daran, dass ich Jura studiert habe, und sie hat mich durch das Studium gebracht. Ich habe als Student für sie gearbeitet und dann drei Jahre lang als Anwalt mit Lizenz. Inzwischen bin ich selbstständig.«

»Mattie hat Ihnen erzählt, dass ich komme?« Erst jetzt fiel ihr sein Ehering auf.

»Das war Zufall. Ich schaue morgens oft bei ihr im Büro vorbei, um bei einem Kaffee ein bisschen zu plaudern. Sie erzählte, dass sie lauter E-Mails von New Yorker Anwälten bekommen hat, die alle was Gutes tun wollen, und meinte, dass eine davon möglicherweise heute noch auftaucht, um sich vorzustellen. Es ist schon irgendwie amüsant, wenn plötzlich Kollegen aus der Großstadt bei uns in den Bergen einfallen. Dann war ich zufällig im Gefängnis, um einen Mandanten zu besuchen, als Ihr Freund Romey mit seiner Trophäe auftauchte. So kam eines zum anderen.«

»Ich wollte eigentlich nicht noch einmal zurück nach Brady. Ehrlich gesagt, hatte ich vor, dieses kleine rote Auto zu wenden und dann schleunigst von hier zu verschwinden.«

»Na dann ... Aber fahren Sie langsam, wenn Sie durch Dunne Spring kommen.«

»Keine Sorge.«

Sie blickten einen Augenblick lang schweigend auf den Prius, dann sagte er: »Okay, der Kaffee geht auf mich. Ich denke, Mattie wird Ihnen gefallen. Ich könnte es Ihnen nicht verdenken, wenn Sie abreisen wollen, aber der erste Eindruck trügt oft. Brady ist ein nettes Städtchen, und Mattie hat einen Haufen Mandanten, die Ihre Hilfe gut gebrauchen könnten.«

»Ich habe meine Waffe nicht dabei.«

»Mattie trägt auch keine«, erwiderte er lächelnd.

»Was für eine Anwältin ist sie denn?«

»Eine großartige, die sich sehr für ihre Mandanten engagiert, obwohl die ihr nichts bezahlen können. Versuchen Sie's einfach. Zumindest mit ihr reden sollten Sie.«

»Ich habe bislang den Bau von Wolkenkratzern in Manhattan finanziert. Ich bin nicht sicher, ob ich für das, was Mattie tut, geeignet bin.«

»Sie werden das im Handumdrehen lernen, und Sie werden es lieben, weil Sie damit Menschen helfen, die Sie brauchen, Menschen mit echten Problemen.«

Samantha holte tief Luft. Ihr Instinkt riet ihr, sofort die Flucht zu ergreifen. Nur, wohin sollte sie fahren? Ihre Abenteuerlust war schließlich stärker. Sie würde sich die Stadt noch einmal ansehen. Außerdem trug ihr Anwalt eine Waffe. Bot das nicht einen gewissen Schutz?

»Ich zahle«, sagte sie. »Betrachten Sie es als Ihr Honorar.«

»Okay. Fahren Sie mir nach.«

»Muss ich mir wegen Romey Gedanken machen?«

»Nein, ich habe mit ihm geredet. Ebenso wie sein Cousin. Bleiben Sie einfach hinter mir.«

Die Main Street war sechs Blocks lang, die Häuser stammten aus der Zeit um die Jahrhundertwende. Ein Viertel davon stand leer, in den Fenstern hingen verblichene »Zu verkaufen«-Schilder. Donovans Kanzlei war ein zweistöckiges Gebäude mit großen Fenstern, das in dezenten Lettern seinen Namen trug. Der erste Stock hatte einen Balkon, der über den Bürgersteig ragte. Drei Blocks weiter auf der gegenüberliegenden Seite lag die alte Eisenwarenhandlung, in der die Mountain Law Clinic untergebracht war. Am westlichen Ende der Main Street stand ein hübsches, kleines Gerichtsgebäude, in dem alles zu finden war, was irgendwie mit der Verwaltung von Noland County zu tun hatte.

Sie betraten den Brady-Grill-Diner und suchten sich einen Tisch im hinteren Teil. An einem Tisch saßen drei Männer, die

Donovan böse Blicke zuwarfen, was er jedoch nicht zu bemerken schien. Eine Bedienung kam mit Kaffee. Samantha beugte sich vor und sagte leise: »Die drei Männer da scheinen Sie nicht zu mögen. Kennen Sie sie?«

Er blickte über die Schulter. »Ich kenne jeden in Brady, und ich schätze, etwa die Hälfte von allen hasst mich. Wie gesagt, ich verklage Kohleunternehmen, das sind in dieser Gegend die größten Arbeitgeber. Überhaupt in den gesamten Appalachen.«

»Warum verklagen Sie sie?«

Er trank lächelnd einen Schluck Kaffee und blickte auf seine Uhr. »Das auszuführen könnte eine Weile dauern.«

»Ich habe nicht viel zu tun.«

»Also gut. Kohleunternehmen verursachen viele Probleme, die meisten jedenfalls. Es gibt auch ein paar anständige, doch die meisten scheren sich weder um die Umwelt noch um ihre Mitarbeiter. Kohleabbau ist ein schmutziges Geschäft, schon immer gewesen. Inzwischen hat das noch ganz andere Dimensionen angenommen. Haben Sie schon mal vom Bergkuppentagebau gehört?«

»Nein.«

»Zu Beginn des neunzehnten Jahrhunderts hat man begonnen, in dieser Region Kohle zu fördern, damals im Tiefbau, wobei Tunnel gebohrt wurden, um die Kohle aus dem Berg zu holen. Seitdem gehört die Kohle hier zum Leben. Mein Großvater war Bergarbeiter, ebenso wie sein Vater. Mit meinem Vater, das war eine andere Geschichte. Jedenfalls haben um 1920 etwa achthunderttausend Bergleute in den Minen gearbeitet, von Pennsylvania bis hinunter nach Tennessee. Arbeiten im Bergbau ist gefährlich, es gab von Anfang an Unfälle, außerdem Gewerkschaftsrevolten, Gewalt, Korruption, alle möglichen Dramen. Alles noch im ursprünglichen Untertagebau, der sehr personalintensiv und mühsam war. Um 1970 beschlossen die Bergbauunternehmen, in Zukunft über Tage zu fördern, weil sie damit Millionen Dollar an Personalkosten sparen würden. Tagebau ist wesentlich billiger, weil weniger Arbeiter benötigt werden. Heute malochen hier noch etwa achtzigtausend Mann, und die Hälfte davon über Tage.«

Als die Bedienung an ihren Tisch trat, verstummte Donovan für einen Moment. Er trank einen Schluck Kaffee und sah sich beiläufig um, bis sie wieder weg war. »Bergkuppentagebau ist Tagebau in Extremform. In den Appalachen liegen die Kohleflöze relativ dicht unter der Oberfläche. Ganz oben ist Wald, dann kommt eine Schicht Mutterboden, dann eine Schicht Fels und schließlich in ein bis sieben Meter Tiefe die Kohle. Wenn ein Unternehmen die Genehmigung zum Tagebau erhält, rückt es dem Berg mit schwerem Gerät zu Leibe. Als Erstes werden die Bäume abgeholzt – ein totaler Kahlschlag, bei dem nicht einmal das Holz aufgesammelt wird. Es wird einfach weggeschoben, wenn der Berg mit Bulldozern skalpiert wird. Das Gleiche passiert mit der Humusschicht. Als Nächstes wird die Felsschicht weggesprengt. Der Abraum, also Bäume, Humus und Felsgestein, wird häufig einfach in die angrenzenden Täler verkippt. Durch diese Talverfüllung werden die gesamte Pflanzen- und Tierwelt sowie Flussläufe ausgelöscht. Ein weiteres ökologisches Desaster. Wer weiter unten am Fluss lebt, ist angeschmiert. Wie Sie bald verstehen werden, leben wir hier alle irgendwie weiter unten am Fluss.«

»Ist das denn legal?«

»Ja und nein. Tagebau an sich ist per Bundesgesetz legitimiert, doch in der Praxis ist das Ganze mit allerlei illegalen Maßnahmen verbunden. Es ist eine lange, üble Tradition, dass Behörden und Inspektoren viel zu lax mit den Kohleunternehmen umgehen. Am Ende läuft es immer auf dasselbe hinaus: Die Firmen machen Land und Leute platt, weil sie Geld haben und am längeren Hebel sitzen.«

»Zurück zur Kohle … Sie waren bei den Flözen stehen geblieben.«

»Ja, genau, sobald sie die Kohle gefunden haben, schaffen sie noch mehr schweres Gerät heran, bauen die Kohle ab, karren sie weg und sprengen sich den Zugang zum darunter liegenden Flöz frei. Es kommt immer wieder vor, dass ein Berg bis zu hundertfünfzig Meter tief gekappt wird. Dazu sind nur wenige Arbeiter nötig. Im Grunde kann eine relativ kleine Gruppe binnen weniger Monate einen ganzen Berg zerstören.« Die Bedienung füllte ihre Tassen nach, und Donovan sah schweigend zu, ohne sie jedoch im Geringsten zur Kenntnis zu nehmen. Als sie gegangen war, lehnte er sich etwas vor. »Sobald die Kohle abgebaut ist, wird sie gewaschen, was zur nächsten Umweltsauerei führt. Durch das Waschen entsteht eine schwarze Schlammsuppe, die giftige Chemikalien und Schwermetalle enthält. Dieser Schlamm kann nicht entsorgt werden, deshalb fangen ihn die Unternehmen hinter aufgeschütteten Dämmen in sogenannten Absetz- oder Schlammteichen auf. Die Dämme sind jedoch schlampig und dilettantisch gebaut und brechen ständig, was wiederum zu neuen Katastrophen führt.«

»Wie lange wird der Schlamm dort gelagert?«

Donovan zuckte mit den Schultern und sah sich um – nicht ängstlich oder nervös, sondern weil er nicht wollte, dass ihn jemand belauschte. Seine ruhige Art zu erzählen und sein leichter Südstaatenakzent faszinierten Samantha ebenso wie sein Bericht und seine dunklen Augen.

»Bis in alle Ewigkeit. Niemanden interessiert das. Sie lagern es, bis der Damm bricht und sich eine Flut giftigen Drecks über den Bergrücken ergießt, die Wohnhäuser, Schulen und ganze Ortschaften unter sich begräbt. Sie haben bestimmt von der Exxon-Valdez-Katastrophe gehört, ein Öltanker, der vor Alaska auf Grund lief. Hundertdreizehntausend Tonnen Rohöl ergossen sich in saubere Gewässer. Wochenlang war die Geschichte in den Schlagzeilen, das ganze Land bebte vor Empörung. Erinnern Sie sich an die mit schwarzem Ölschlamm verschmierten Otter? Aber ich bin mir sicher, dass Sie noch nie vom Martin-County-Kohleunglück in Kentucky gehört haben, der größten Umweltkatastrophe östlich des Mississippi. Vor acht Jahren brach der Damm eines Absetzteichs, und 1,3 Millionen Tonnen Schlamm wälzten sich ins Tal. Zehnmal so viel Gift wie bei der Valdez-Katastrophe, doch niemand im Land erfuhr etwas davon. Wissen Sie, warum?«

»Warum?«

»Weil es in den Appalachen passiert ist. Die Kohleunternehmen zerstören unsere Berge, unsere Ortschaften, unsere Kultur, unser Leben, und es ist nicht einmal eine Nachricht wert.«

»Und warum hassen diese Männer Sie dann?«

»Weil sie glauben, dass Tagebau eine gute Sache ist. Er schafft Arbeitsplätze in einer Gegend, in der es nicht viel Arbeit gibt. Es sind keine schlechten Menschen, sie sind nur schlecht informiert. Bergkuppentagebau zerstört unsere Gemeinden. Zehntausende Jobs sind dadurch zunichtegemacht worden. Die Menschen müssen ihre Häuser verlassen, entweder weil gesprengt wird oder weil Staub, Schlamm oder Schlammfluten sie bedrohen. Die Straßen sind nicht mehr sicher, weil riesige Lkw die Berge herunterrasen. In den letzten fünf Jahren habe ich fünf Klagen wegen schuldhaft verursachten Todes eingereicht, Unfälle mit Lastern, die neunzig Tonnen Kohle geladen hatten. Manche Ortschaften wurden komplett ausgelöscht. Häufig kaufen die Kohleunternehmen umliegende Eigenheime und reißen sie ab. Alle Countys hier im Land der Kohle haben in den letzten zwanzig Jahren an Bevölkerung eingebüßt. Und dennoch denken viele Menschen, unter anderen die drei Herren dort drüben, dass ein paar Jobs besser sind als gar keine Arbeit.«

»Wenn das Herren sind, warum tragen Sie dann eine Waffe?«

»Weil man von bestimmten Kohleunternehmen weiß, dass sie Schläger anheuern, zur Abschreckung, aber manchmal auch für mehr. Das ist nichts Neues. Sehen Sie, Samantha, ich bin ein Sohn des Reviers, ein Hillbilly, und stolz darauf, und ich könnte Ihnen stundenlang Geschichten aus der finsteren Vergangenheit des Kohleabbaus erzählen.«

»Fürchten Sie wirklich um Ihr Leben?«

Er hielt einen Moment lang inne und wandte den Blick ab. »Letztes Jahr wurden in New York tausend Menschen umgebracht. Haben Sie um Ihr Leben gefürchtet?«

»Eigentlich nicht.«

Er nickte lächelnd. »So ist es hier auch. Wir hatten drei Morde letztes Jahr, alle im Zusammenhang mit Crystal Meth. Man muss nur vorsichtig sein.« Ein Telefon vibrierte in seiner Hosentasche, und er zog es rasch heraus. »Es ist Mattie. Sie ist im Gericht fertig und wartet im Büro auf Sie.«

»Moment ... Woher wusste sie, dass ich mit Ihnen unterwegs bin?«

»Brady ist eine Kleinstadt, Samantha.«

6

Sie gingen zusammen bis zu seiner Kanzlei, wo sie sich per Handschlag verabschiedeten. Samantha bedankte sich für den kostenlosen Einsatz und bescheinigte ihm gute Arbeit. Und für den Fall, dass sie sich entschied, doch ein paar Monate in der Stadt zu bleiben, verabredeten sie sich, gelegentlich im Brady Grill zusammen Mittag zu essen.

Es war kurz vor siebzehn Uhr, als sie verkehrswidrig über die Straße hastete. Beinahe rechnete sie damit, wieder verhaftet zu werden. Sie blickte Richtung Westen, wo die Berge die Spätnachmittagssonne bereits verdeckten. Schatten lagen über der Stadt, die frühwinterliche Stimmung erzeugten. An der Tür ertönte eine Glocke, als sie den vollgestopften Empfangsraum der Mountain Law Clinic betrat. Ein überladener Schreibtisch deutete darauf hin, dass normalerweise jemand hier war, um Anrufe entgegenzunehmen und Besucher zu begrüßen, doch im Augenblick war der Empfang nicht besetzt. Während sie wartete, sah sie sich ihre Umgebung genau an. Der Grundriss der Mountain Law Clinic war simpel – ein schmaler Flur zog sich mitten durch den großen Raum, der jahrzehntelang die viel frequentierte Eisenwarenhandlung der Stadt beherbergt hatte. Alles sah alt und abgenutzt aus. Die Stellwände waren weiß gestrichen und reichten nicht ganz bis zu der mit Kupferfliesen verkleideten Decke. Der Teppich war dünn und abgetreten, die Einrichtung, zumindest im Empfangsraum, eine wilde Mischung aus Flohmarktresten. An den Wänden allerdings hing eine interessante Sammlung von Öl- und Pastellbildern aus der Hand einheimischer Künstler, die zu bescheidenen Preisen käuflich zu erwerben waren.

Kunst ... Im Jahr zuvor hatten sich die Partner von Scully & Pershing über den Vorschlag eines Innenarchitekten zerstritten, der mehrere unergründliche Avantgarde-Gemälde im Wert von zwei Millionen Dollar im Foyer aufhängen wollte. Der Mann wurde schließlich entlassen, die Gemälde fielen dem Vergessen anheim, und das Kunstbudget wurde in Boni aufgeteilt.

In der Mitte des Flures ging eine Tür auf, und eine kleine, leicht stämmige Frau trat heraus – barfuß. »Ich nehme an, Sie sind Samantha«, sagte sie und kam näher. »Ich bin Mattie Wyatt. Ich hörte, Sie hatten einen eher holprigen Start in Noland County. Das tut mir leid.«

»Freut mich, Sie kennenzulernen«, erwiderte Samantha und bestaunte die kantige, leuchtend rosa Lesebrille auf Matties Nasenspitze. Ihre Haarspitzen hatten die gleiche Farbe, während der Rest der Igelfrisur weiß gefärbt war. Samantha hatte so etwas noch nie gesehen, fand aber, dass es passte, zumindest hier in dieser Gegend. Natürlich hatte sie in Manhattan wesentlich ausgefallenere Looks gesehen, aber nie an einer Anwältin.

»Hier herein.« Mattie deutete in ihr Büro. Nachdem sie eingetreten waren, schloss sie die Tür. »Ich schätze, dieser Trottel Romey muss erst jemanden verletzen, bevor der Sheriff endlich etwas unternimmt. Tut mir wirklich leid. Nehmen Sie Platz.«

»Ist schon okay. Mir geht's gut, und jetzt habe ich eine Geschichte, die ich noch in vielen Jahren erzählen kann.«

»Das ist wahr, und wenn Sie hierbleiben, werden Sie noch viel mehr Geschichten sammeln. Möchten Sie Kaffee?« Mattie ließ sich hinter ihrem anscheinend bestens organisierten Schreibtisch in einen Schaukelstuhl sinken.

»Nein, danke, ich hatte gerade Kaffee mit Ihrem Neffen.«

»Ja, natürlich. Ich freue mich sehr, dass Sie Donovan kennengelernt haben. Er ist in dieser Gegend ein absoluter Lichtblick. Ich habe ihn praktisch großgezogen, wissen Sie. Tragische Familiengeschichte. Er ist ein leidenschaftlicher Anwalt und sieht auch nicht schlecht aus, was?«

»Er ist nett«, erwiderte Samantha vorsichtig, weil sie sich weder über Donovans Aussehen äußern noch mit seiner Familientragödie etwas zu tun haben wollte.

»Jedenfalls, der Stand der Dinge ist folgender: Morgen kommt noch ein Wall-Street-Flüchtling, und das war's dann. Ich habe eigentlich gar keine Zeit für Vorstellungsgespräche, wissen Sie. Heute gingen vier weitere E-Mails ein, die ich gar nicht mehr beantwortet habe. Ich werde mir den jungen Mann morgen noch ansehen, dann setzt sich unser Vorstand zusammen und wählt den Kandidaten aus.«

»Okay. Wer ist denn im Vorstand?«

»Im Grunde nur Donovan und ich. Es gibt eine weitere Anwältin hier, Annette, die bei den Bewerbungsgesprächen dabei wäre, wenn sie nicht zurzeit auf Reisen wäre. Wir arbeiten hier ziemlich schnell und unbürokratisch. Falls wir uns für Sie entscheiden, wann könnten Sie anfangen?«

»Ich weiß nicht. Es geht alles ziemlich schnell.«

»Ich dachte, Sie haben im Moment nicht viel zu tun.«

»Das stimmt. Ich denke, ich könnte recht bald anfangen, aber ich hätte gern ein oder zwei Tage, um darüber nachzudenken.« Samantha versuchte, sich auf ihrem unbequemen Holzstuhl zu entspannen, der jedes Mal kippte, wenn sie atmete. »Ich bin einfach nicht sicher ...«

»Ist schon in Ordnung. Ist ja nicht so, dass ein Praktikant hier plötzlich alles verändert. Wir hatten früher schon Praktikanten, wissen Sie. Es ist einige Zeit her, da hatten wir für zwei

Jahre eine voll ausgebildete Juristin hier. Sie ist im Revier aufgewachsen, hat in Stanford Jura studiert und ist schließlich zu einer großen Kanzlei nach Philadelphia gegangen.«

»Was hat sie hier gemacht?«

»Staublungen und Minensicherheit. Evelyn war fleißig und klug, doch nach zwei Jahren war sie weg, und wir saßen mit einem Haufen offener Fälle da. Würde mich interessieren, ob sie jetzt auch auf der Straße sitzt. Muss schrecklich zugehen da oben.«

»Allerdings. Entschuldigen Sie, wenn ich das so sage, Mrs. Wyatt, aber ...«

»Nennen Sie mich Mattie.«

»Okay, Mattie, aber Sie scheinen nicht besonders angetan von der Vorstellung, einen Praktikanten zu beschäftigen.«

»Verzeihen Sie, das tut mir leid. Nein, ehrlich gesagt, brauchen wir jede Hilfe, die wir bekommen können. Wie ich am Telefon sagte, hier gibt es keinen Mangel an armen Teufeln mit Rechtsproblemen. Die Menschen können sich keinen Anwalt leisten. Die Arbeitslosigkeit ist hoch, der Meth-Missbrauch noch höher, und den Kohleunternehmen fällt immer wieder etwas Neues ein, wenn es darum geht, die Leute hinters Licht zu führen. Glauben Sie mir, meine Liebe, wir brauchen jede Hilfe, die wir kriegen können.«

»Was wird meine Aufgabe sein?«

»Alles, vom Öffnen der Post über Telefondienst bis hin zum Einreichen von Klagen beim Bundesgericht. In Ihrem Lebenslauf steht, dass Sie sowohl in Virginia als auch in New York zugelassen sind.«

»Ich habe nach dem Studium für einen Richter in Washington gearbeitet und in Virginia meine Zulassungsprüfung gemacht.«

»Haben Sie in den letzten drei Jahren mal einen Sitzungssaal von innen gesehen?«

»Nein.«

Mattie zögerte für einen Moment, als wäre das für sie ein Absagegrund. »Nun, da können Sie sich in gewisser Hinsicht glücklich schätzen. Ich nehme an, Sie waren noch nie im Gefängnis?«

»Nicht seit heute Nachmittag.«

»O ja, richtig. Entschuldigen Sie bitte noch mal. Sie werden sich rasch einarbeiten. Was für eine Aufgabe hatten Sie in New York?«

Samantha machte einen tiefen Atemzug und überlegte, wie sie die Frage elegant umschiffen konnte. Als ihr nichts einfiel, beschloss sie, bei der Wahrheit zu bleiben. »Ich habe mich mit der Finanzierung von Gewerbeimmobilien beschäftigt, ziemlich ödes Zeug, furchtbar öde, um ehrlich zu sein. Wir haben unsympathische reiche Typen vertreten, die überall an der Ostküste Hochhäuser bauen, vor allem in New York. Als mittlere Angestellte habe ich meine Zeit damit verbracht, Finanzierungsvereinbarungen mit Banken durchzusehen, dicke Vertragswerke, die von irgendjemandem aufgesetzt wurden und gegengelesen werden mussten.«

Matties Blick über den Rand ihrer rosa Kantenbrille war voller Mitgefühl. »Klingt schrecklich.«

»War es auch. Ist es immer noch, glaube ich.«

»Sind Sie erleichtert, dass Sie von dort weg sind?«

»Ehrlich gesagt, weiß ich nicht recht, was ich empfinde, Mattie. Vor einem Monat habe ich noch kräftig mitgestrampelt und ausgeteilt, wenn ich nicht gerade selbst Ellbogen zu spüren bekam, immer auf der Jagd nach irgendwas, ich weiß selbst nicht mehr, was. Da waren schon dunkle Wolken am Himmel zu sehen, aber wir alle waren viel zu beschäftigt, um sie wahrzunehmen. Dann ging Lehman pleite, und ich hatte zwei Wochen lang Angst vor meinem eigenen Schatten. Wir arbeiteten noch härter, in der Hoffnung, dass irgendjemand es zur Kenntnis nahm, dass uns hundert Stunden pro Woche vielleicht retten würden, wenn neunzig zu wenig waren. Plötzlich war alles vorbei, und wir saßen auf der Straße. Ohne Abfindung, mit nichts außer ein paar vagen Versprechungen, die wahrscheinlich nicht zu halten sind.«

Mattie sah aus, als wäre sie den Tränen nah. »Würden Sie zurückgehen?«

»Das weiß ich im Moment noch nicht. Ich glaube nicht. Ich mochte die Arbeit nicht, ebenso wenig wie die meisten Leute in der Kanzlei und am allerwenigsten die Mandanten. Leider empfinden die meisten Anwälte, die ich kenne, genauso.«

»Tja, meine Liebe, hier bei der Mountain Law Clinic lieben wir unsere Mandanten, und sie lieben uns.«

»Ich bin sicher, sie sind viel netter als die, mit denen ich zu tun hatte.«

Mattie blickte auf ihre Armbanduhr, die ein leuchtend gelbes Zifferblatt und ein grünes Kunstlederband hatte. »Wie sehen Ihre Pläne für heute Abend aus?«

Samantha zuckte die Schultern und schüttelte den Kopf. »So weit habe ich noch gar nicht gedacht.«

»Auf jeden Fall können Sie heute nicht mehr nach Washington zurückfahren.«

»Hat Romey die Nachtschicht? Sind die Straßen sicher?«

Mattie lächelte. »Die Straßen sind tückisch. Sie fahren auf keinen Fall. Fangen wir mit dem Abendessen an und sehen dann weiter.«

»Nein, ehrlich, ich kann doch nicht ...«

»Unsinn. Sie befinden sich jetzt in den Appalachen, Samantha, tief in den Bergen, und wir schicken Besucher nicht weg, wenn es aufs Abendessen zugeht. Mein Haus ist gleich um die Ecke, und mein Mann ist ein hervorragender Koch. Wir setzen uns auf die Veranda, trinken etwas und quatschen ein bisschen. Ich erzähle Ihnen alles, was Sie über Brady wissen müssen.«

Mattie zog ihre Schuhe an und schloss das Büro ab. Sie meinte, Samantha könne den Prius bedenkenlos in der Main Street stehen lassen. »Ich gehe zu Fuß zur Arbeit«, sagte sie. »Das ist so ziemlich mein ganzes Fitnessprogramm.« Läden und Büros waren geschlossen. Die beiden kleinen Lokale versorgten ihr spärliches Publikum mit frühem Abendessen. Die beiden Frauen gingen eine Steigung hoch, passierten Kinder auf dem Bürgersteig und Nachbarn, die auf ihrer Veranda vor dem Haus saßen. Zwei Ecken weiter bogen sie in die Third Street ein, eine begrünte Wohnstraße mit roten Backsteinhäusern vom Beginn des letzten Jahrhunderts, gut in Schuss, fast alle gleich gebaut, mit weißer Veranda und Giebeldach. Samantha wäre lieber Richtung Abingdon zurückgefahren, denn dort hatte sie an einer großen Straßenkreuzung die Namen mehrerer Motelketten gelesen. Aber es gab keine Möglichkeit, Matties Gastfreundschaft abzulehnen, ohne unhöflich zu sein.

Chester Wyatt saß in einem Schaukelstuhl und las Zeitung. Mattie stellte Samantha vor. »Ich habe ihr erzählt, dass du ein hervorragender Koch bist.«

»Das soll wohl heißen, ich bin fürs Abendessen zuständig«, erwiderte er mit einem Schmunzeln. »Herzlich willkommen.«

»Sie hat einen Mordshunger«, fügte Mattie hinzu.

»Wonach steht Ihnen denn der Sinn?«, erkundigte sich Chester.

»Oh, bitte keine Umstände«, sagte Samantha.

»Wie wär's mit Ofenhähnchen und Spanischem Reis?«, schlug Mattie vor.

»Genau daran habe ich auch gedacht«, sagte Chester. »Erst einmal ein Glas Wein?«

Sie saßen eine Stunde lang bei Rotwein auf der Veranda,

während um sie herum die Dunkelheit sank. Samantha trank langsam, weil sie daran dachte, dass sie noch Auto fahren musste. In Brady schien es keine Hotels oder Motels zu geben, und so traurig, wie die Stadt aussah, existierte mit Sicherheit auch kein anständiges Privatzimmer. Im Gespräch forschte sie vorsichtig nach und erfuhr, dass die Wyatts zwei erwachsene Kinder hatten, die nach dem College aus der Gegend geflüchtet waren. Außerdem gab es drei Enkel, die sie jedoch selten sahen. Donovan war wie ein Sohn für sie. Chester war pensioniert, er hatte jahrzehntelang die Post ausgefahren und kannte im Umkreis jeden. Inzwischen war er bei einer Umweltschutzgruppe tätig, die den Tagebau kritisch beobachtete und bei einem Dutzend verschiedener Behörden regelmäßig Beschwerden einreichte. Sein Vater und Großvater waren Bergarbeiter gewesen. Matties Vater hatte fast dreißig Jahre unter Tage gearbeitet, bis er im Alter von einundsechzig an den Folgen von Staublunge gestorben sei. »Ich bin jetzt selbst einundsechzig«, sagte sie. »Es war schrecklich damals.«

Während die Frauen sich unterhielten, eilte Chester immer wieder in die Küche, um nach dem Huhn zu sehen und neuen Wein zu holen. Er war gerade drinnen, da sagte Mattie: »Keine Sorge, meine Liebe, wir haben ein Gästezimmer.«

»Nein, wirklich, ich ...«

»Bitte, ich bestehe darauf. Es gibt in dieser Stadt kein anständiges Zimmer, glauben Sie mir. Ein paar Stundenhotels, okay, aber selbst die werden bald schließen. Auch irgendwie eine bedauerliche Zeiterscheinung. Früher haben sich die Leute heimlich ins Motel geschlichen, wenn sie unehelichen Sex haben wollten. Heute ziehen sie zusammen und spielen Vater-Mutter-Kind.«

»Es gibt also Sex hier?«, fragte Samantha.

»Das hoffe ich doch. Meine Mutter hatte sieben Kinder,

Chesters sechs. Es gibt sonst nicht viel zu tun. Um diese Jahreszeit, im September/Oktober, schießen Babys wie Pilze aus dem Boden.«

»Wieso?«

»Wegen der schweren Stürme um die Weihnachtszeit.«

Chester trat durch die Fliegengittertür. »Worüber reden wir?«

»Über Sex«, sagte Mattie. »Samantha ist überrascht, dass die Leute hier Sex haben.«

»Manche jedenfalls«, erwiderte er.

»So habe ich mir sagen lassen«, gab Mattie lächelnd zurück.

»Ich habe das Thema nicht aufgebracht«, verteidigte sich Samantha. »Mattie sagte nur, dass es ein Gästezimmer im Haus gibt.«

»Ja, und es gehört ganz Ihnen. Passen Sie nur auf, dass Ihre Tür verriegelt ist, dann kann nichts passieren«, riet Chester, ehe er wieder ins Haus verschwand.

»Glauben Sie mir, er ist harmlos«, flüsterte Mattie.

Donovan kam vorbei, um Hallo zu sagen, und verpasste zum Glück das letzte Gesprächsthema. Er wohne »auf einem Berg weit hinter der Stadt« und sei auf dem Heimweg von der Kanzlei. Das Angebot, einen Wein mitzutrinken, lehnte er ab. Nach fünfzehn Minuten verabschiedete er sich. Er wirkte zerstreut und sagte, er sei müde.

»Der Arme«, sagte Mattie, als er gegangen war. »Seine Frau und er haben sich getrennt. Sie ist mit ihrer gemeinsamen Tochter nach Roanoke zurückgezogen; die Kleine ist fünf und unglaublich süß. Judy, seine Frau, konnte sich nie an das Leben in den Bergen gewöhnen und hatte die Nase voll. Ich habe kein gutes Gefühl bei den beiden, du, Chester?«

»Nein, nicht so recht«, sagte Chester. »Judy ist ein wunderbarer Mensch, aber sie ist hier nie glücklich geworden. Als die

Scherereien anfingen, hat sie irgendwie die Nerven verloren und das Weite gesucht.«

Das Wort »Scherereien« hallte noch ein paar Sekunden nach, doch keiner der beiden Wyatts schien mehr dazu sagen zu wollen. »Abendessen ist fertig«, verkündete Chester stattdessen, und Samantha folgte den beiden in die Küche, wo der Tisch für drei gedeckt war. Chester servierte direkt aus dem Ofen – dampfendes Hähnchen mit Reis und dazu selbst gebackene Brötchen. Mattie stellte Salat in die Mitte des Tisches und schenkte aus einem großen Plastikkrug Wasser ein. Wein hatten sie wirklich schon genug gehabt.

»Das duftet köstlich«, sagte Samantha, zog einen Stuhl zurück und nahm Platz.

»Hier ist der Salat, bitte bedienen Sie sich«, bat Mattie, während sie sich ein Brötchen mit Butter bestrich.

Sie fingen an zu essen, und das Gespräch ebbte ab. Samantha wollte möglichst von sich ablenken, doch ehe sie die nächste Frage stellen konnte, sagte Chester: »Erzählen Sie uns von Ihrer Familie, Samantha.«

»Da gibt es nicht viel zu erzählen«, erwiderte sie mit höflichem Lächeln.

»Oh, wir helfen gern.« Mattie lachte. »Sie sind in Washington aufgewachsen, nicht wahr? Das muss spannend gewesen sein.«

Samantha zählte die Glanzpunkte auf: einziges Kind zweier ehrgeiziger Anwälte, privilegierte Kindheit, Privatschulen, Studium in Georgetown, der spektakuläre Absturz ihres erfolgreichen Vaters, der ihm traurige Berühmtheit einbrachte.

»Ich glaube, daran erinnere ich mich«, sagte Chester.

»Es war überall in der Presse.« Samantha erzählte, wie sie ihren Vater im Gefängnis besucht habe und wie unangenehm ihm das gewesen sei. Sie sprach über die schmerzvolle Scheidung, berichtete, dass sie unbedingt aus Washington und von ihren Eltern wegwollte, vom Jurastudium an der Columbia University, dem Referendariat beim Bundesgericht, dem Reiz der Großkanzleien und den drei anstrengenden Jahren bei Scully & Pershing. Sie liebe Manhattan und könne sich nicht vorstellen, irgendwo anders zu leben, doch im Augenblick sei nichts mehr, wie es war, und ihre Zukunft sei alles andere als sicher. Während sie sprach, verfolgten Chester und Mattie aufmerksam jedes Wort. Als sie fertig war, nahm sie eine Gabel voll Fleisch und beschloss, sich beim Kauen viel Zeit zu lassen.

»Das ist wirklich nicht die feine Art, mit Menschen umzugehen«, sagte Chester.

»Loyale Mitarbeiter einfach auf die Straße zu setzen«, ergänzte Mattie und schüttelte ungläubig den Kopf. Samantha nickte kauend. Genau so sah sie die Sache auch. Während Chester die Gläser auffüllte, fragte sie: »Wird hier grundsätzlich nur Wasser aus der Flasche getrunken?«

Das schien die beiden aus unerfindlichem Grund zu belustigen. »O ja«, bestätigte Mattie. »Niemand trinkt das Wasser aus der Gegend. Unsere furchtlosen Inspektoren versichern uns zwar, dass es unbedenklich sei, aber niemand glaubt ihnen. Wir waschen uns damit und benutzen es für Geschirr und Wäsche, manche putzen auch ihre Zähne damit, ich allerdings nicht.«

»Viele unserer Bäche, Flüsse und Brunnen wurden durch den Tagebau verseucht. Die Quellläufe wurden durch die Talverfüllung abgeschnitten, und Schlamm aus den Absetzbecken sickert in die Tiefbrunnen. Brennende Kohle erzeugt tonnenweise Asche, die die Unternehmen in unsere Flüsse schütten. Sie sollten also auf keinen Fall Wasser aus dem Hahn trinken, Samantha.«

»Verstanden.«

»Das ist einer der Gründe, warum wir so viel Wein trinken«, scherzte Mattie. »Ich glaube, ich trinke noch ein Glas. Chester, wenn du so lieb wärst.« Chester, der offensichtlich nicht nur Koch, sondern auch Mundschenk des Hauses war, holte eine Flasche von der Küchentheke. Da sie nicht mehr fahren musste, hatte Samantha auch nichts gegen ein zweites Glas. Der Wein schien bei Mattie auf der Stelle zu wirken, und sie begann, aus ihrem Berufsalltag in der Law Clinic zu erzählen, die sie vor sechsundzwanzig Jahren gegründet hatte. Samantha stellte hin und wieder Fragen, damit ihr Redefluss nicht versiegte, doch im Grunde brauchte Mattie keinen Ansporn.

Die warme, gemütliche Küche, der Duft des Ofenhähnchens, der Geschmack einer selbst gekochten Mahlzeit, die Wirkung des Weins, die Offenheit zweier äußerst gastfreundlicher Menschen und die Aussicht auf ein weiches, warmes Bett – all das führte im Verlauf des Essens dazu, dass sich Samantha zum ersten Mal seit Monaten richtig entspannen konnte. In New York war das nicht möglich gewesen. Selbst ihre freie Zeit war streng dem Takt der Uhr unterworfen gewesen. In den letzten drei Wochen hatte sie praktisch überhaupt nicht geschlafen. Ihre Eltern hatten ihre Nerven strapaziert. Die sechsstündige Fahrt hierher war anstrengend gewesen, jedenfalls der größte Teil davon. Dann die Episode mit Romey. Samantha spürte, wie plötzlich alles von ihr abfiel und sie richtig Hunger bekam. Sie nahm sich noch eine Portion Fleisch, was ihre Gastgeber mit großem Wohlgefallen registrierten.

»Vorhin auf der Veranda«, sagte Samantha, »als wir über Donovan sprachen, sagten Sie etwas von ›Scherereien‹. Ist das ein Tabuthema?«

Die Wyatts tauschten einen Blick und zuckten mit den Schultern. Brady war eine kleine Stadt, in der sich im Grunde nichts verheimlichen ließ. Chester schenkte sich Wein nach und überließ Mattie das Wort, die ihren Teller von sich wegschob. »Donovan hat viel Schlimmes erlebt.«

»Wenn es zu persönlich ist, müssen wir nicht darüber reden«, unterbrach Samantha sie, wenn auch nur aus Höflichkeit. In Wahrheit war sie neugierig.

Mattie legte offenherzig los, ohne auf Samanthas Angebot einzugehen. »Das weiß hier ohnehin jeder«, sagte sie und sprach sich damit von jeglicher Geheimhaltungspflicht frei. »Donovan ist der Sohn meiner Schwester Rose, die leider schon verstorben ist. Er war gerade sechzehn, als sie starb.«

»Es ist eine lange Geschichte«, warf Chester ein, als wäre sie viel zu komplex, um beim Abendessen erzählt zu werden.

Mattie überging seinen Einwand. »Donovans Vater ist ein Mann namens Webster Gray, der noch lebt, niemand weiß genau, wo. Er hat im benachbarten Curry County hundertzwanzig Hektar Land geerbt. Das Land war schon immer im Besitz der Grays, bis zurück ins frühe neunzehnte Jahrhundert. Wunderschönes Land, mit Bergen, Tälern und Bächen, herrlich unberührt. Donovan und sein Bruder Jeff sind dort aufgewachsen. Ihr Vater und der Großvater, Curtis Gray, nahmen die Jungs mit in den Wald, sobald sie laufen konnten, zum Jagen, Fischen und auf Entdeckungstouren. Wie viele Kinder in den Appalachen haben sie ihre Kindheit in der Natur verbracht. Es gibt hier jede Menge herrliche Landschaften, doch der Gray'sche Grund war etwas Besonderes. Nachdem Rose und Webster geheiratet hatten, machten wir Picknicks und Familientreffen dort. Ich erinnere mich gut, wie Donovan und Jeff, meine Kinder und sämtliche Cousins und Cousinen im Crooked Creek planschten, gleich bei unserem Lieblingszeltplatz.« Sie unterbrach sich, um bedächtig einen Schluck Wein zu trinken. »Curtis starb 1980, wenn ich mich recht entsinne, und das Land ging an Webster über. Curtis war Bergarbeiter gewesen, ein strammer Gewerkschafter und stolz darauf, so wie die meisten seiner Generation. Dennoch wollte er nie, dass Webster unter Tage fuhr. Webster hingegen hatte mit Arbeiten generell nicht viel am Hut, wechselte ständig die Jobs und brachte kaum Geld heim. Die Familie litt sehr darunter, und bald begann seine Ehe mit Rose zu bröckeln. Er griff zur Flasche, was alles nur noch schwieriger machte. Einmal saß er ein halbes Jahr wegen Diebstahls im Gefängnis, und die Familie wäre fast verhungert. Wir haben uns schreckliche Sorgen um sie gemacht.«

»Webster war kein guter Mensch«, fasste Chester zusammen, was offensichtlich war.

»Der höchste Punkt ihres Landes ist der sogenannte Gray Mountain, der tausend Meter hoch und vollständig von Wald bedeckt ist. Die Kohleunternehmen kennen sämtliche Stellen in den Appalachen, an denen Kohle zu finden ist. Die haben schon vor Jahrzehnten ihre geologischen Untersuchungen gemacht. Es war kein Geheimnis, dass der Gray Mountain eines der reichsten Flöze in der Gegend hat. Im Laufe der Jahre hat Webster immer wieder angedeutet, dass er einen Teil seines Landes für den Kohleabbau verpachten würde, doch wir haben ihm nicht geglaubt. Es gab zu der Zeit bereits Tagebau hier, und der wurde auch damals schon kritisiert.«

»Wenn auch längst nicht so wie heute«, fügte Chester an.

»Nein, längst nicht so. Jedenfalls hat Webster, ohne seiner Familie ein Sterbenswort zu sagen, einen Vertrag mit Vayden Coal, einem Unternehmen aus Richmond, geschlossen, am Gray Mountain über Tage Kohle zu fördern.«

»›Über Tage fördern‹, das kann ich gar nicht hören«, sagte Chester. »Das klingt so anständig. Als wäre es eine Abbaumethode wie jede andere.«

»Webster hat durchaus aufgepasst, ich meine, der Mann war nicht dumm. Er sah das als seine Chance, richtig Geld zu machen, und ließ den Vertrag von einem guten Anwalt aushandeln. Webster sollte zwei Dollar pro Tonne Kohle bekommen, was damals viel mehr war, als die meisten Leute erhielten. Am Tag bevor die Bulldozer anrückten, eröffnete Webster Rose und den Jungen, was er getan hatte, wobei er die ganze Sache so rosig wie möglich darstellte. Die Kohleunternehmen würden von Inspektoren und Anwälten genauestens kontrolliert, und sobald die Kohle abgebaut wäre, würde das Land renaturiert werden, und das viele Geld würde die vorübergehenden Unannehmlichkeiten mehr als aufwiegen. An dem Abend rief Rose mich an, in Tränen aufgelöst. Landeigner, die an Kohleunternehmen verkaufen, sind in dieser Gegend nicht eben hoch angesehen, und sie hatte schreckliche Angst davor, was die Nachbarn denken könnten. Außerdem machte sie sich Sorgen um das Land. Sie sagte, Webster und Donovan hätten einen Riesenkrach miteinander, es sei schlimm. Und das war erst der Anfang. Am nächsten Morgen walzte sich eine kleine Armee von Planierraupen den Gray Mountain hoch und fing an …«

»… das Land zu schänden«, beendete Chester kopfschüttelnd den Satz.

»Sie rodeten den Laubwald, bis nichts mehr davon übrig war, und kippten Tausende Bäume in die Täler. Als Nächstes schürften sie den Mutterboden ab und schoben die Erde ebenfalls ins Tal. Dann fingen die Sprengungen an, und es brach die Hölle los.« Mattie nahm einen Schluck Wein, während Chester den Bericht fortführte. »Sie hatten ein schönes altes Haus unten im Tal, nicht weit vom Crooked Creek, das seit Jahrzehnten im Familienbesitz war. Ich glaube, Curtis' Vater hat es um die Jahrhundertwende herum gebaut. Es hatte ein steinernes Fundament, das bald Risse bekam. Webster beschwerte sich bei der Firma, doch das hätte er sich sparen können.«

Mattie übernahm wieder. »Der Staub war schrecklich, er hing wie dichter Nebel in sämtlichen Tälern um den Berg herum. Rose war mit den Nerven am Ende, und ich bin oft zu ihr gefahren.

Wenn gesprengt wurde, bebte die Erde mehrmals am Tag. Das Haus fing an, sich zu neigen, und die Türen schlossen nicht mehr. Ein Albtraum für die ganze Familie, ein Desaster für die Ehe. Nachdem Vayden Coal die Bergspitze etwa hundert Meter weit abgetragen hatte, trafen sie auf das erste Flöz, und als sie endlich begannen, Kohle abzutransportieren, forderte Webster seinen Anteil ein. Die Firma vertröstete ihn eine Zeit lang und schickte dann ein oder zwei Schecks. Nicht annähernd das, was Webster erwartet hatte. Er rief seine Anwälte auf den Plan, woraufhin die Firma richtig sauer wurde. Damit war der Krieg erklärt, und es war von Anfang an klar, wer gewinnen würde.«

Chester schüttelte den Kopf bei der Erinnerung. »Der Crooked Creek trocknete aus, weil durch die Abraumverkippung der Wasserzulauf abgeschnitten war. In den letzten zwanzig Jahren haben wir über tausendsechshundert Kilometer Quellläufe in den Appalachen verloren. Das ist die bittere Realität.«

Mattie erzählte weiter. »Rose zog schließlich aus. Sie und die Jungen wohnten bei uns, doch Webster weigerte sich zu gehen. Er war ständig besoffen und benahm sich wie ein Geisteskranker, saß mit der Schrotflinte auf einer Bank vor dem Haus und wartete darauf, dass jemand von Vayden Coal vorbeikam. Rose machte sich Sorgen um ihn und kehrte schließlich mit den Kindern zurück. Er versprach, das Haus und alles zu reparieren, sobald das Geld käme. Er reichte Beschwerde bei den Behörden ein und verklagte das Unternehmen sogar, doch vor Gericht hatte er keine Chance. Es ist schwer, gegen ein Kohleunternehmen zu gewinnen.«

»Das Brunnenwasser war mit Schwefel verseucht, die Luft war unablässig voller Staub von den Sprengungen und den Kohlelastern«, sagte Chester. »Man konnte dort nicht mehr gefahrlos leben, und so zog Rose erneut aus. Ein paar Wochen lang wohnte sie mit den Kindern in einem Motel, dann kamen sie wieder zu uns, um schließlich erneut umzuziehen. So ging das etwa ein Jahr lang, nicht wahr, Mattie?«

»Mindestens. Der Berg schrumpfte immer weiter, während sie sich von einem Flöz zum nächsten vorarbeiteten. Es war scheußlich, dabei zuzusehen, wie er verschwand. Der Kohlepreis war hoch, und so förderte Vayden Coal wie verrückt, sieben Tage die Woche, mit allem, was an Maschinen und Transportmitteln zur Verfügung stand. Eines Tages bekam Webster einen Scheck über dreißigtausend Dollar, den seine Anwälte mit einer empörten Forderung postwendend zurückschickten. Es war der letzte Scheck, den er je gesehen hat.«

Chester ergänzte: »Plötzlich war alles vorbei. Der Preis für Kohle fiel dramatisch, und Vayden Coal verschwand über Nacht von der Bildfläche. Websters Anwälte reichten eine Rechnung über vierhunderttausend Dollar ein, zusammen mit einer weiteren Klage. Rund einen Monat danach meldete Vayden Coal Konkurs an und war fein raus. Kurz darauf wurde die Firma unter anderem Namen neu gegründet und ist seither wieder tätig. Gehört irgendeinem New Yorker Milliardär.«

»Und die Familie hat nichts bekommen?«, wollte Samantha wissen.

»Nicht viel«, erwiderte Mattie. »Ein paar kleinere Schecks am Anfang, aber nur einen Bruchteil von dem, was ihnen laut Vertrag zustand.«

»Ein beliebter Trick im Bergbau«, erklärte Chester. »Ein Unternehmen fördert Kohle und meldet dann Konkurs an, um Zahlungen und Forderungen zu umgehen. Früher oder später taucht es unter neuem Namen wieder auf. Ein neues Logo – die gleiche Gaunerbande.«

»Das ist widerlich«, sagte Samantha.

»Ja, aber legal.«

»Was wurde aus der Familie?«

Chester und Mattie tauschten einen langen, traurigen Blick. »Erzähl du die Geschichte zu Ende, Chester«, bat Mattie und trank einen Schluck Wein.

»Kurz nachdem Vayden Coal abgezogen war, gab es einen schweren Regen mit Überflutungen. Da die Bäche und Flüsse abgeschnitten waren, suchte sich das Wasser neue Wege. Überflutungen sind, vorsichtig ausgedrückt, ein Riesenproblem hier. Eine Lawine aus Schlamm, Bäumen und Erde wälzte sich das Tal hinunter und riss das Haus der Grays mit sich. Teile davon wurden noch Kilometer weiter unten entdeckt. Zum Glück hat sich niemand im Haus aufgehalten, weil es schon unbewohnbar war, nicht einmal Webster wollte mehr dort bleiben. Es folgte eine weitere Klage, die wieder nur Zeit und Geld verschwendete. Konkursgesetze sind nichts anderes als ein Freibrief. Als Rose irgendwann wieder hinausfuhr, um nach dem Haus zu sehen, fand sie nur noch ein paar Überreste vom Fundament. Sie suchte sich eine Stelle aus und nahm sich das Leben.«

Samantha rieb sich stöhnend die Stirn und murmelte: »O nein.«

»Webster verschwand daraufhin auf Nimmerwiedersehen. Das Letzte, was wir von ihm gehört haben, ist, dass er in Montana lebt und wer weiß was treibt. Jeff wohnte dann bei einer anderen Tante, während Donovan bei uns blieb, bis er mit der Highschool fertig war. Während des Studiums hatte er drei Nebenjobs gleichzeitig. Nach dem College wusste er genau, was er wollte: Anwalt werden und für den Rest seines Lebens gegen die Kohleunternehmen kämpfen. Wir unterstützten ihn während des Jurastudiums. Mattie stellte ihn in der Law Clinic an, und er arbeitete ein paar Jahre dort, bis er eine eigene Kanzlei eröffnete. Er hat Hunderte von Prozessen geführt und es mit jedem Kohleunternehmen aufgenommen, das jemals daran gedacht hat, hier Tagebau zu betreiben. Er ist ebenso furcht- wie skrupellos.«

»Und brillant obendrein«, fügte Mattie stolz hinzu.

»Das ist er in der Tat.«

»Gewinnt er seine Prozesse denn?«

Sie schwiegen und tauschten unsichere Blicke aus. Mattie sagte: »Mal ja, mal nein. Es ist nicht leicht, Prozesse gegen die Kohlelobby zu führen. Die Unternehmen kämpfen mit harten Bandagen. Sie lügen und betrügen und verschweigen, und sie engagieren große Kanzleien wie die, von der Sie kommen, um potenziellen Klägern von vornherein den Schneid abzukaufen. Mal gewinnt Donovan, mal verliert er, doch er lässt nie locker.«

»Und natürlich hassen sie ihn dafür«, sagte Chester.

»O ja, allerdings. Ich sagte schon, dass er skrupellos ist, oder? Donovan hält sich auch nicht immer an die Regeln. Er ist der Meinung, wenn die Kohleunternehmen das Recht beugen, hat er praktisch keine andere Wahl.«

»Und das hat dann zu ›Scherereien‹ geführt?«, hakte Samantha nach.

»So ist es«, sagte Mattie. »Vor fünf Jahren ist in Madison County, West Virginia, rund hundertsechzig Kilometer von hier, ein Damm gebrochen. Eine Kohleschlammlawine ging ins Tal ab und begrub den kleinen Ort Prentiss unter sich. Vier Menschen wurden getötet, praktisch alle Häuser wurden zerstört – es war ein Desaster. Donovan bekam den Fall, tat sich mit ein paar Kollegen aus der Gegend zusammen, die sich ebenfalls auf Umweltsünden spezialisiert hatten, und reichte Klage beim Bundesgericht ein. Sein Bild war damals in der Zeitung, es wurde ständig über ihn geschrieben, und wahrscheinlich hat er sich etwas zu weit aus dem Fenster gelehnt. So nannte er das Unternehmen unter anderem ›den größten Schmutzfink Amerikas‹.

Daraufhin fingen die Schikanen an: anonyme Anrufe, Drohbriefe, finstere Typen, die im Hintergrund lauerten. Sie begannen, ihn zu verfolgen, und sie verfolgen ihn bis heute.«

»Donovan wird verfolgt?«, fragte Samantha.

»Ja«, antwortete Mattie.

»Deshalb trägt er also eine Waffe.«

»Nicht nur eine. Und er weiß auch, wie man sie benutzt«, sagte Chester.

»Machen Sie sich Sorgen um ihn?«

Chester und Mattie rangen sich ein Lächeln ab. »Nicht ernsthaft«, sagte Chester. »Er weiß, was er tut, und er kann gut auf sich aufpassen.«

»Wie wär's mit einem Kaffee auf der Veranda?«, bot Mattie an.

»Gern, ich setze eine Kanne auf«, sagte Chester und stand vom Tisch auf. Samantha folgte Mattie zurück auf die Veranda und nahm ihren Platz auf dem Korbschaukelstuhl wieder ein. Es war beinahe zu kühl, um noch draußen zu sitzen. Die Straße war ruhig, viele Häuser lagen bereits im Dunkeln.

Vom Wein ermutigt, fragte Samantha: »Was wurde aus dem Prozess?«

»Der mündete letztes Jahr in einen Vergleich, der allerdings noch unter Verschluss gehalten wird.«

»Wenn es einen Vergleich gab, wieso verfolgen sie ihn dann noch?«

»Weil er ihr Lieblingsfeind ist. Er ist jederzeit bereit, aus dem Hinterhalt zuzuschlagen, und das wissen die Kohleunternehmen.«

Chester brachte ein Tablett mit koffeinfreiem Kaffee und ging zurück in die Küche, um abzuspülen. Nach ein paar Schlucken und einigen Minuten sanften Schaukelns war Samantha kurz davor einzunicken. »Ich habe ein paar Sachen zum

Übernachten dabei«, sagte sie. »Ich muss sie nur aus dem Auto holen.«

»Ich komme mit«, sagte Mattie.

»Wir werden doch nicht verfolgt, oder?«

»Nein, nein, wir stellen keine Bedrohung dar.«

Sie verschwanden in die Dunkelheit.

7

Die beiden Herren rechts von Samantha debattierten beim Whiskey heftig darüber, wie man die Fannie-Mae-Hypothekenbank retten könnte. Die drei links von ihr arbeiteten offenbar beim Finanzministerium, das der Kern allen Übels zu sein schien, und leerten auf Steuerzahlerkosten fleißig Martinis. An der Bar des Bistros »Venezia« wurde von nichts anderem geredet als vom Ende der Welt. Ein Wichtigtuer hinter ihr posaunte herum, wie er am Nachmittag mit einem Kampagnenberater von McCain und Palin gesprochen habe. Er habe jede Menge gute Ratschläge gegeben, die aber gewiss alle missachtet würden. Zwei Barmänner beklagten den Sturz der Aktienkurse, als hätten sie persönlich Millionen Dollar verloren. Jemand mutmaßte, die Notenbank werde jetzt sicher dieses oder jenes tun. Bush sei schlecht beraten. Laut Umfragen gewinne Obama an Zuspruch. Goldman brauche Geld. Werkaufträge in China hätten dramatisch nachgelassen.

Inmitten des Trubels saß Samantha, trank eine Diätlimonade und wartete auf ihren Vater, der spät dran war. Sie überlegte, dass in Brady niemand auch nur im Entferntesten zu ahnen schien, dass die Welt am Rande einer katastrophalen Depression stand. Vielleicht schützten die Berge den Ort vor solchen äußeren Einflüssen. Oder das Leben dort war ohnehin ein einziges Desaster, sodass ein weiteres nicht auffiel.

Ihr Telefon gab einen Klingelton von sich, und sie nahm es

aus der Tasche. Es war Mattie Wyatt. »Hallo, Samantha, wie war die Fahrt?«

»Gut, Mattie, danke. Ich bin jetzt in Washington.«

»Schön. Hören Sie, der Vorstand hat gerade einstimmig beschlossen, Ihnen das Praktikum anzubieten. Ich habe heute Nachmittag mit dem anderen Bewerber gesprochen, ein nervöser junger Mann, sogar von derselben Kanzlei wie Sie, aber er ist nichts für uns. Ich hatte den Eindruck, er war nur auf der Durchreise. Als wäre er in New York ins Auto gestiegen und losgefahren, um möglichst viel Abstand zu gewinnen. Bin nicht sicher, wie stabil er ist. Jedenfalls sehen Donovan und ich da nicht viel Potenzial, und wir haben ihn gleich wieder weggeschickt. Wann können Sie anfangen?«

»Hat er Romey getroffen?«

Mattie kicherte. »Ich glaube nicht.«

»Ich muss noch mal nach New York, um ein paar Sachen zu holen. Ich werde am Montag da sein.«

»Bestens. Rufen Sie mich morgen oder übermorgen an.«

»Danke, Mattie. Ich freue mich.«

Sie entdeckte ihren Vater und stand von der Bar auf. Eine Bedienung führte sie zu einem Ecktisch und teilte hastig Speisekarten aus. Das Restaurant war voll besetzt und erfüllt von aufgeregtem Stimmengewirr. Eine Minute später erschien ein Manager im Smoking und erklärte mit todernster Miene: »Es tut mir leid, aber wir brauchen diesen Tisch.«

»Wie bitte?« Marshalls Ton war barsch.

»Verzeihen Sie, Sir, aber wir haben einen anderen Tisch für Sie.«

In dem Moment hielt eine Karawane aus schwarzen SUV vor dem Restaurant in der N Street. Türen flogen auf, und ein Heer von Sicherheitsbeamten schwärmte auf den Bürgersteig. Samantha und Marshall machten den Tisch frei und beobachteten zusammen mit den anderen Gästen das Schauspiel vor dem Fenster. In Washington war dergleichen regelmäßig zu sehen, und jeder überlegte: Könnte das der Präsident sein? Oder Dick Cheney? Wer ist es, von dem wir später erzählen können, wir haben mit ihm im selben Restaurant gesessen? Schließlich erschien der Prominente höchstpersönlich und wurde nach drinnen eskortiert, wo die Menge reglos wartete und gaffte.

»Wer ist das?«, fragte jemand.

»Hab ich noch nie gesehen.«

»Ich glaube, es ist der israelische Botschafter.«

Die Spannung im Raum ließ spürbar nach, als die Gäste gewahr wurden, dass sie nur B-Prominenz bestaunten. Obwohl der Mann praktisch von niemandem erkannt wurde, schien er trotzdem auf der schwarzen Liste zu stehen. Der ehemalige Tisch der Kofers wurde in die Ecke geschoben und mit Trennwänden abgeschirmt, die aus dem Nichts aufgetaucht waren. Jedes Restaurant in der Hauptstadt, das etwas auf sich hielt, hatte solche Stellwände. Der prominente Gast nahm zusammen mit seiner Begleiterin Platz und versuchte, möglichst gewöhnlich auszusehen, wie ein ganz normaler Mensch, der schnell mal etwas essen geht. Unterdessen patrouillierten seine bewaffneten Sicherheitsleute auf dem Bürgersteig auf und ab und hielten Ausschau nach Selbstmordattentätern.

Marshall schimpfte auf den Manager und sagte dann: »Komm, lass uns hier verschwinden. Manchmal hasse ich diese Stadt.« Sie folgten der Wisconsin Avenue drei Blocks weit, bis sie ein Pub fanden, an dem die Dschihadisten sicher kein Interesse hatten. Samantha bestellte wieder eine Diätlimonade, während Marshall einen doppelten Wodka nahm. »Was ist da unten passiert?«, wollte er wissen. Er hatte sie am Telefon schon ausgefragt, doch sie wollte ihm die Geschichte lieber persönlich erzählen.

Sie lächelte und begann mit Romey. Irgendwann mitten in ihrem Bericht wurde ihr bewusst, wie sehr sie dieses Abenteuer genoss. Marshall war außer sich und wollte sofort jemanden verklagen, beruhigte sich dann aber nach ein paar Schlucken Wodka. Sie bestellten Pizza, und Samantha beschrieb das Abendessen mit Mattie und Chester.

»Du willst nicht ernsthaft da unten arbeiten, oder?«, fragte Marshall.

»Ich habe den Job bekommen. Ich werde es ein paar Monate lang testen. Wenn mir langweilig wird, gehe ich zurück nach New York und verkaufe Schuhe bei Barneys.«

»Du musst nicht Schuhe verkaufen, und du musst auch nicht pro bono arbeiten. Wie viel Geld hast du auf dem Konto?«

»Genug zum Überleben. Wie viel hast du auf dem Konto?« Mit gerunzelter Stirn nahm er einen Schluck. Sie fuhr fort: »Viel, oder? Mom ist überzeugt, dass du offshore ein Vermögen gebunkert und sie bei der Scheidung hintergangen hast. Stimmt das?«

»Nein, das stimmt nicht. Aber glaubst du im Ernst, ich würde es dir gegenüber zugeben, wenn es stimmte?«

»Nein, natürlich nicht. Leugnen, leugnen, leugnen – ist das nicht Regel Nummer eins für jeden Verteidiger?«

»Woher soll ich das wissen? Außerdem habe ich meine Verbrechen zugegeben und mich für schuldig erklärt. Was weißt du über Strafrecht?«

»Nichts, aber ich lerne beständig. Immerhin bin ich jetzt schon mal festgenommen worden.«

»Nun, genau wie ich, und ich kann das niemandem empfehlen. Zumindest bist du um die Handschellen herumgekommen. Was sagt deine Mutter sonst noch über mich?«

»Nichts Gutes. Irgendwo in einem Hinterstübchen meines überarbeiteten Hirns habe ich diese Wahnvorstellung, wie wir alle drei zusammen in einem reizenden Restaurant zu Abend essen, nicht als Familie, natürlich nicht, aber als drei Erwachsene, die vielleicht ein paar Dinge gemeinsam haben.«

»Ich bin dabei.«

»Aber sie nicht. Zu viele Altlasten.«

»Wie sind wir jetzt auf dieses Thema gekommen?«

»Weiß nicht. Tut mir leid. Hast du schon mal ein Kohleunternehmen verklagt?«

Marshall ließ seine Eiswürfel klimpern und überlegte. Er hatte alle möglichen Konzerne verklagt. Bedauernd sagte er: »Nein, ich glaube nicht. Meine Spezialität waren Flugzeugabstürze. Aber Frank, einer meiner Partner, hatte mal mit einem Fall zu tun, bei dem es um Kohle ging. Irgendeine Umweltsauerei mit der Giftschmiere, die sie in Becken auffangen. Er redet nicht viel darüber, das bedeutet wahrscheinlich, er hat den Fall verloren.«

»Die Giftschmiere heißt Schlamm oder Schlick und ist ein Abfallprodukt der Kohlenwäsche. Die Unternehmen schütten Dämme auf, um ihn zu lagern, und da rottet er jahrelang vor sich hin, sickert in den Boden und verseucht das Trinkwasser.«

»Du kennst dich aus.«

»Oh, ich habe viel gelernt in den letzten vierundzwanzig Stunden. Hast du gewusst, dass einige der Countys im Kohlenrevier die höchste Krebsrate im ganzen Land aufweisen?«

»Riecht verdächtig nach einem Prozess.«

»Prozesse sind schwer zu gewinnen, weil die Kohle mächtiger ist als alles andere und die Geschworenen oft auf der Seite der Unternehmen stehen.«

»Das klingt wundervoll, Samantha. Wir reden über echte Anwaltstätigkeit, nicht mehr über das Bauen von Hochhäusern. Ich bin stolz auf dich. Lass uns zusammen jemanden verklagen.«

Die Pizza kam, und sie aßen sie gemeinsam direkt vom Stein. Eine wohlgeformte Brünette im Minirock schlenderte vorbei, und Marshall hielt unwillkürlich im Kauen inne, um ihr hinterherzuschauen, fasste sich dann aber wieder und versuchte, so zu tun, als wäre nichts gewesen. »Wie wird deine Arbeit dort unten aussehen?«, fragte er, um Ablenkung bemüht, während er verstohlen nach dem Röckchen spähte.

»Ehrlich, Dad ... Du bist sechzig, sie ist in meinem Alter. Wann wirst du endlich aufhören, Frauen hinterherzuschauen?«

»Nie. Was ist verkehrt daran?«

»Ich weiß nicht. Ich denke, es ist der erste Schritt.«

»Du verstehst die Männer nicht, Samantha. Schauen passiert ganz automatisch und ist harmlos. Wir schauen alle. Komm schon.«

»Du kannst also nicht anders?«

»Nein. Aber warum reden wir überhaupt darüber? Ich würde lieber besprechen, wie man Kohleunternehmen verklagt.«

»Mehr habe ich nicht auf Lager. Ich habe dir alles gesagt, was ich weiß.«

»Wirst du sie verklagen?«

»Unwahrscheinlich. Aber ich habe einen Mann kennengelernt, der ausschließlich Kohlefälle macht. Seine Familie wurde durch den Tagebau zerstört, und er ist auf einem persönlichen Rachefeldzug. Er trägt sogar eine Waffe. Ich habe sie gesehen.«

»Ein Mann? Hat er dir gefallen?«

»Er ist verheiratet.«

»Gut. Besser, du verknallst dich nicht in einen Hillbilly. Warum trägt er eine Waffe?«

»Ich denke, viele da unten tragen eine. Er meint, die Kohleunternehmen mögen ihn nicht, und Gewalt sei in diesem Geschäft schon lange an der Tagesordnung.«

Marshall wischte sich den Mund mit einer Papierserviette

und trank einen Schluck Wasser. »Lass mich zusammenfassen, was ich bis jetzt gehört habe. Dort unten dürfen Geisteskranke in Uniform herumlaufen und sich Verkehrspolizist nennen, sie dürfen Autos mit Blaulicht fahren, Besucher von außerhalb anhalten und ins Gefängnis bringen. Andere wiederum, die ganz offensichtlich nicht geisteskrank sind, praktizieren mit einer Waffe im Aktenkoffer als Anwälte. Wieder andere bieten arbeitslosen Anwälten befristete Jobs an, ohne ihnen was dafür zahlen zu wollen.«

»Das trifft es ziemlich genau.«

»Und du wirst am Montag anfangen?«

»So ist es.«

Marshall nahm kopfschüttelnd noch ein Stück Pizza. »Da kann die Wall Street natürlich nicht mithalten.«

»Das werden wir sehen.«

Blythe konnte sich für eine kurze Mittagspause aus dem Büro wegstehlen. Sie trafen sich in einem überfüllten Imbiss unweit ihrer Kanzlei und brachten beim Salat eine Vereinbarung zustande. Samantha würde ihren Mietanteil noch drei Monate bis zum Ablauf des Mietvertrags zahlen, konnte sich jedoch darüber hinaus nicht weiter verpflichten. Blythe erklärte, sie hänge an ihrem Job und habe die leise Hoffnung, ihn auch behalten zu können. Sie wolle in der Wohnung bleiben, könne sich die volle Miete aber nicht leisten. Samantha versicherte ihr, es bestehe eine gute Chance, dass sie in Kürze zurück sei und etwas anderes tun werde.

Später am Nachmittag traf sie sich mit Izabelle zum Kaffee, um Neuigkeiten auszutauschen. Izabelle berichtete, ihre Koffer seien gepackt, sie werde heim nach Wilmington fahren, wo sie bei einer ihrer Schwestern einziehen wolle, die ein Gästezimmer im Keller habe. Sie habe einen Ehrenamtsjob bei einer Kinderrechtsorganisation, werde aber alles tun, um richtige Arbeit zu finden. Sie sei deprimiert und verbittert und wisse nicht, wie sie überleben solle. Als sie sich zum Abschied umarmten, wussten beide, dass sie sich so bald nicht wiedersehen würden.

Als Erstes brauchte Samantha einen Mietwagen, den sie sich vernünftigerweise irgendwo im New Yorker Stadtgebiet besorgen würde, um ihre Sachen einzuladen und Richtung Süden aufzubrechen. Allerdings stellte sie nach mehreren Telefonaten fest, dass sämtliche in New York gemieteten Autos New Yorker Kennzeichen haben würden. Sicher würde sie in New Jersey oder Connecticut einen Verleiher finden, doch auch diese Nummernschilder würden in Brady für Aufsehen sorgen. Sie wurde den Gedanken an Romey nicht los. Er war mit Sicherheit wieder irgendwo unterwegs und trieb sein Unwesen.

Stattdessen packte sie zwei Koffer und eine große Reisetasche mit allem, was ihr für ihr Reiseziel wichtig erschien, und ließ sich von einem Taxi zur Penn Station fahren. Fünf Stunden später holte ein anderes Taxi sie in Washington an der Union Station ab. Sie aß mit Karen Take-away-Sushi im Schlafanzug, und sie sahen sich einen alten Film an. Marshall wurde nicht erwähnt.

Die Website von Gasko-Leasing in Falls Church versprach ein breites Angebot an Gebrauchtfahrzeugen zu günstigen Konditionen praktisch ohne lästigen Papierkram, mit Rundum-Versicherungsschutz und Zufriedenheitsgarantie. Sie wusste nicht viel über Autos, doch sie hatte so ein Gefühl, dass eine einheimische Marke wahrscheinlich weniger auffallen würde als etwa eine japanische. Auf der Website fand sie einen Ford mit Fließheck, Baujahr 2004, der ihr geeignet schien. Am Telefon erfuhr sie, dass er noch zu haben sei und sogar, was viel wichtiger war, Kennzeichen aus Virginia habe, wie ihr der Verleihmitarbeiter versicherte: »Ja, Ma'am, vorne und hinten.« Sie nahm ein Taxi nach Falls Church, wo Autoverkäufer Ernie sie erwartete, der sie wortreich umgarnte und dabei überhaupt nicht zuhörte. So fiel ihm auch nicht auf, wie unsicher Samantha war, als sie den Vertrag schloss, mit dem sie ein Auto für zwölf Monate leaste.

Sie hatte zunächst überlegt, ihren Vater um Hilfe zu bitten, dann aber davon abgesehen. Stattdessen hatte sie sich eingeredet, dass sie für diese mittelmäßig anspruchsvolle Aufgabe stark genug war. Nach zwei langen Stunden mit Ernie fuhr sie in einem unauffälligen Ford davon, dessen Besitzer ganz offensichtlich im Commonwealth of Virginia wohnte.

8

Die Einführung in den neuen Job bestand in einem Acht-Uhr-Termin mit einer neuen Mandantin. Samantha, die keine Ahnung hatte, wie sie das Gespräch leiten sollte, war froh, dass Mattie die Führung übernahm. »Machen Sie Notizen«, flüsterte Mattie ihr zu. »Legen Sie die Stirn in Falten und versuchen Sie, ein wissendes Gesicht zu machen.« Das war kein Problem. Mit genau dieser Methode hatte sie die ersten beiden Jahre bei Scully & Pershing überlebt.

Die Mandantin hieß Lady Purvis, war Mitte vierzig und Mutter von drei halbwüchsigen Kindern. Ihr Mann Stocky saß gerade im benachbarten Hopper County im Gefängnis. Mattie fragte nicht, ob Lady ihr richtiger Name war; falls dieses Detail später wichtig wurde, wäre immer noch Zeit, das zu klären. Angesichts ihres derben Auftretens und ihrer ungehobelten Sprache wäre es fast ironisch gewesen, wenn sie wirklich so hieße. Sie sah aus, als müsste sie ihr Leben in finsteren Katakomben verbringen, und als Mattie erklärte, dass sie im Büro nicht rauchen dürfe, reagierte sie ungehalten. Samantha kritzelte mit gerunzelter Stirn wie wild in ihren Block und sagte kein Wort. Vom ersten Satz an ging es nur um Leid und Elend. Die Familie lebe in einem Trailer, der nicht abbezahlt sei, und jetzt seien sie mit den Raten in Rückstand geraten. Sie seien überhaupt mit allem im Rückstand. Die beiden älteren Kinder hätten die Highschool abgebrochen, um sich Jobs zu suchen, würden aber nichts finden, weder in Noland County noch in Hopper County, noch in Curry County. Sie würden damit drohen abzuhauen, an die Westküste, wo sie sich mit Orangenpflücken durchschlagen könnten. Sie selbst nehme jeden Job an, sie putze am Wochenende und hüte Kinder für fünf Dollar die Stunde – ihr sei völlig egal, was sie mache, Hauptsache, sie verdiene wenigstens ein bisschen was.

Stockys Verbrechen bestand darin, dass er zu schnell gefahren war. Als der Deputy seinen Führerschein prüfte, stellte er fest, dass er zwei Tage zuvor abgelaufen war. Straf- und Gerichtsgebühren beliefen sich auf insgesamt hundertfünfundsiebzig Dollar, doch die hatte Stocky nicht. Hopper County ließ Geld von einem Inkassobüro namens Judicial Response Associates eintreiben, bei Stocky und anderen armen Schluckern, die so unvorsichtig waren, sich Verkehrs- oder Bagatelldelikte zuschulden kommen zu lassen. Hätte Stocky einen Scheck ausstellen können, dann hätte er das sofort getan und nach Hause gehen können. Doch weil er arm und pleite war, wurde anders mit ihm verfahren. Der Richter ordnete an, dass die Halsabschneider von JRA übernehmen sollten. Lady und Stocky trafen sich am Tag des Gerichtstermins mit einem Vertreter von JRA, der ihnen erklärte, wie der Finanzierungsplan aussehe. Sein Unternehmen berechne Gebühren: eine sogenannte Basisgebühr von fünfundsiebzig Dollar, eine monatliche Servicegebühr von fünfunddreißig Dollar sowie eine Abschlussgebühr – sofern sie je so weit gelangen würden – in Höhe von fünfundzwanzig Dollar, ein echtes Schnäppchen. Mit Gerichtskosten und ein paar weiteren ominösen Extras kam ein Betrag von vierhundert Dollar zusammen. Sie überlegten, dass sie monatlich fünfzig Dollar abbezahlen könnten. Das war die kleinste Rate, die JRA zuließ. Bald stellten sie jedoch fest, dass von den fünfzig Dollar fünfunddreißig als Servicegebühr abgezogen wurden. Sie versuchten nachzuverhandeln, doch JRA blieb unnachgiebig. Nach zwei Monaten hörte Stocky auf zu zahlen, und damit ging der Ärger richtig los. Eines Nachts – nach Mitternacht – kamen zwei Deputys zu ihnen nach Hause und nahmen Stocky fest. Als Lady und ihr ältester Sohn protestierten, bedrohten die Beamten sie mit ihren nagelneuen Elektroschockern. Stocky musste erneut vor Gericht, und es türmten sich noch mehr Strafen und Gebühren auf. Der Betrag lag jetzt bei fünfhundertfünfzig Dollar. Stocky erklärte, dass er pleite sei und keine Arbeit habe. Daraufhin schickte der Richter ihn wieder ins Gefängnis, wo er bereits zwei Monate gesessen hatte. Die ganze Zeit über beharrte JRA auf der Servicegebühr, die unterdessen aus nicht näher genannten Gründen auf fünfundvierzig Dollar gestiegen war.

»Je länger er da drin ist, umso schlimmer wird es für uns«, sagte Lady niedergeschlagen. Sie hatte in einer Papiertüte ihren gesamten Schriftverkehr mitgebracht, und Mattie machte sich daran, alles durchzusehen. Da waren erboste Briefe vom Vorbesitzer des Trailers, der seinerseits ein Darlehen abzuzahlen hatte, Mitteilungen über die Anordnung der Zwangsversteigerung, Mahnungen für Stromrechnungen, Mitteilungen vom Finanzamt, Gerichtsdokumente und mehrere Schreiben von JRA. Mattie überflog die Papiere und reichte sie dann an Samantha weiter, der nichts Besseres einfiel, als von dem ganzen Schlamassel eine Liste anzulegen.

Irgendwann konnte Lady nicht mehr. »Ich muss eine rauchen. Geben Sie mir fünf Minuten.« Ihre Hände zitterten.

»Klar«, sagte Mattie. »Sie können gern rausgehen.«

»Danke.«

»Wie viele Päckchen rauchen Sie pro Tag?«

»Nicht mehr als zwei.«

»Welche Marke?«

»Charlie's. Ich weiß, ich sollte aufhören, ich habe es auch versucht. Aber ich weiß nicht, wie ich meine Nerven sonst beruhigen soll.« Sie nahm ihre Handtasche und verließ das Zimmer.

Mattie sagte: »Charlie's ist eine beliebte Marke hier in der Gegend, vergleichsweise billig, kostet aber immer noch vier Dollar die Schachtel. Das sind acht Dollar pro Tag, zweiundfünfzig im Monat, und ich wette, Stocky qualmt genauso viel. Die geben wahrscheinlich fünfhundert Dollar im Monat für Zigaretten aus und wer weiß wie viel für Bier. Und wenn sie jemals einen Dollar übrig haben, kaufen sie vermutlich einen Lotterieschein dafür.«

»Das ist absurd.« Samantha war erleichtert, dass sie endlich etwas sagen konnte. »Warum tun sie das? Sie könnten seine Strafe in einem Monat bezahlen, und er wäre ein freier Mann.«

»So denken sie nicht. Rauchen ist eine Sucht. Sie können nicht einfach aufhören.«

»Okay, darf ich was fragen?«

»Sicher. Ich wette, Sie wollen wissen, wieso Stocky überhaupt in Schuldhaft genommen werden kann, obwohl das Gesetz in diesem Land vor zweihundert Jahren abgeschafft wurde. Stimmt's?«

Samantha nickte langsam. Mattie fuhr fort: »Höchstwahrscheinlich sind Sie auch überzeugt, dass man niemanden inhaftieren darf, nur weil er eine Gebühr oder eine Strafe nicht bezahlen kann, weil das nämlich dem Gleichheitssatz der US-Verfassung widerspricht. Und zweifelsohne kennen Sie den Beschluss des Obersten Gerichtshofs von 1983, der Name fällt mir gerade nicht ein, in dem das Gericht festgelegt hat, dass, bevor eine Person in Haft genommen wird, zunächst nachgewiesen werden muss, dass diese Person die Strafe vorsätzlich nicht bezahlt. Anders ausgedrückt, sie könnte zahlen, will aber nicht. Stimmt's?«

»Prägnant zusammengefasst.«

»In einem Dutzend Bundesstaaten hier unten im Süden ist es

gängige Praxis, dass die Strafgebühren für geringfügige Vergehen von Inkassobüros eingetrieben werden. Normalerweise erhalten die Behörden im Durchschnitt nur etwa dreißig Prozent der verhängten Strafgelder. JRA verspricht siebzig Prozent, und zwar ohne dass der Steuerzahler dafür aufkommen müsse. Sie behaupten, sie finanzierten sich vollständig durch Leute wie Stocky – also durch die Opfer dieses Schwindels. Jede Stadt und jedes County braucht Geld, und so setzen sie auf Inkasso, und die Gerichte übergeben ihre Fälle an JRA. Die Opfer erhalten eine Bewährungsstrafe, und wenn sie nicht zahlen können, wandern sie ins Gefängnis, wo dann natürlich doch wieder der Steuerzahler übernimmt. Stocky zu beherbergen und zu verköstigen kostet dreißig Dollar am Tag.«

»Das kann doch nicht legal sein.«

»Es ist legal, weil es nicht ausdrücklich illegal ist. Die ganz Armen, Samantha, haben keine Lobby, und hier im Süden herrschen eigene Gesetze. Deshalb gibt es uns.«

»Das ist schlimm.«

»Richtig, aber es kann noch schlimmer kommen. Weil er gegen seine Bewährung verstoßen hat, könnte Stocky sein Recht auf Lebensmittelkarten verlieren, aber auch Wohngeld, Führerschein – in manchen Staaten dürften solche Leute noch nicht einmal mehr wählen gehen, vorausgesetzt, sie haben sich je registrieren lassen.«

Lady kam wieder, nach Rauch riechend und ebenso zittrig wie zuvor. Sie gingen die übrigen unbezahlten Rechnungen durch. »Können Sie mir irgendwie helfen?«, fragte sie mit feuchten Augen.

»Selbstverständlich«, flötete Mattie mit strahlendem Optimismus. »Ich habe mit JRA schon durchaus erfolgreich verhandelt. Die sind nicht daran gewöhnt, dass Anwälte eingeschaltet werden, und dafür, dass sie so brutal austeilen, lassen sie sich ziemlich leicht einschüchtern. Sie wissen genau, dass sie Mist bauen, und haben Angst, dass irgendjemand sie hochgehen lässt. Ich kenne den Richter drüben in Hopper County; der hat längst keine Lust mehr, Stocky durchzufüttern. Wir können ihn rausholen und wieder in Lohn und Brot bringen. Dann würde ich zu einer Privatinsolvenz raten, um das Haus zu retten und ein paar Rechnungen loszuwerden. Ich werde mit den Versorgerunternehmen Kontakt aufnehmen.« Sie präsentierte diese verwegenen Schritte, als wären sie schon längst getan, und Samantha fühlte sich sofort besser. Lady brachte ein Lächeln zustande, doch es blieb das erste und einzige.

Mattie sagte: »Lassen Sie uns ein paar Tage Zeit, in denen wir einen Plan ausarbeiten. Sie können gern Samantha anrufen, wenn Sie Fragen haben. Sie wird genauestens über Ihren Fall Bescheid wissen.« Der Praktikantin setzte kurz das Herz aus, als sie ihren Namen hörte. In diesem Moment hatte sie das Gefühl, von nichts eine Ahnung zu haben.

»Dann haben wir zwei Anwälte?«, wollte Lady wissen.

»So ist es.«

»Und das, ähm, kostet nichts?«

»Absolut nichts, Lady. Unsere Kanzlei arbeitet auf ehrenamtlicher Basis. Wenn wir Ihr Mandat übernehmen, kostet Sie das keinen Cent.«

Lady legte beide Hände auf die Augen und begann zu weinen.

Samantha hatte sich noch nicht vom ersten Termin erholt, als sie bereits zu ihrem zweiten gerufen wurde. Annette Brevard, »Juniorpartner« der Mountain Law Clinic, hielt es für lehrreich, wenn die neue Praktikantin einen echten Fall von häuslicher Gewalt kennenlernte.

Annette war zweifache Mutter, geschieden und lebte seit zehn Jahren in Brady. Zuvor hatte sie in Richmond gewohnt und in einer mittelgroßen Kanzlei gearbeitet. Nach der Trennung von ihrem Mann war sie mit ihren Kindern nach Brady gekommen und hatte bei Mattie angefangen, weil es in ganz Virginia sonst keinen Job für sie gab. Natürlich hatte sie nicht vorgehabt, in Brady zu bleiben, aber wer plant schon sein Leben durch bis ins Detail? Sie besaß ein altes Haus mitten in der Stadt mit einer separaten Garage. Über der Garage lag ein Zwei-Zimmer-Apartment, in das Samantha für die kommenden Monate einziehen würde. Annette war der Meinung, wenn schon das Praktikum unbezahlt sei, müsse sie auch keine Miete bezahlen. Sie hatten ein bisschen herumgefeilscht, doch Annette war standhaft geblieben. Da Samantha keine echte Alternative sah, sagte sie zu und versprach, im Gegenzug kostenlos auf die Kinder aufzupassen. Sie durfte sogar ihren Wagen in die Garage stellen.

Die Mandantin war sechsunddreißig und hieß Phoebe. Sie war mit Randy verheiratet, und die beiden hatten ein schlimmes Wochenende hinter sich. Randy saß sechs Straßen weiter im Gefängnis (demselben, dem Samantha nur knapp entronnen war), während Phoebe mit zugeschwollenem linkem Auge, aufgeschlagener Nase und Furcht in den Augen in Matties Kanzlei saß. Voller Mitgefühl und Einfühlungsvermögen lenkte Annette Phoebe durch deren Bericht. Wieder legte Samantha tiefsinnig die Stirn in Falten, ohne einen Laut von sich zu geben, machte seitenweise Notizen und fragte sich, wie viele Irre in dieser Gegend wohl noch lebten.

Mit einer Stimme, so sanft, dass sie sogar Samantha beruhigte, ermutigte Annette Phoebe immer wieder zum Weitersprechen. Es gab jede Menge Tränen und Gefühle. Randy sei Meth-Junkie und -Dealer, außerdem trinke er und prügele sie nun schon seit anderthalb Jahren. Solange ihr Vater noch gelebt habe, habe er sie nie geschlagen – Randy habe eine Mordsangst vor ihm gehabt –, doch nach dessen Tod vor zwei Jahren habe die Gewalt angefangen. Er drohe ständig, sie umzubringen. Ja, sie nehme auch Meth, aber sie passe auf und sei ganz bestimmt nicht abhängig.

Sie hatten drei Kinder, alle unter zehn. Ihre zweite Ehe, seine dritte. Randy war zweiundvierzig, ein Stück älter als sie, und hatte ein paar brutale Freunde aus der Meth-Szene, vor denen sie Angst hatte. Sie hätten Geld und könnten jeden Moment auftauchen und Kaution für ihn hinterlegen, damit er freikomme. Wenn er erst wieder draußen wäre, werde er sie suchen, er sei stinksauer, dass sie die Polizei gerufen habe. Abgesehen davon kenne er den Sheriff gut und wisse, dass er nicht lang im Gefängnis bleiben werde. Er werde sie so lange prügeln, bis sie die Anzeige zurücknähme.

Im Verlauf der Geschichte verbrauchte Phoebe einen Berg Taschentücher. Samantha notierte unterdessen bedeutende Frage wie »Wo bin ich?« und »Was tue ich hier?«.

Phoebe wagte sich nicht nach Hause. Ihre drei Kinder hatte sie bei einer Tante in Kentucky versteckt. Ein Deputy hatte ihr gesagt, Randys Gerichtstermin sei für Montag im Laufe des Tages anberaumt. Vielleicht sei er sogar in diesem Moment dort, und der Richter lege seine Kaution fest, und sobald seine Kumpel davon erführen, würden sie das Geld hinblättern, und er könne gehen. »Sie müssen mir helfen«, sagte Phoebe immer wieder. »Er wird mich umbringen.«

»O nein«, widersprach Annette erstaunlich zuversichtlich. Nach Phoebes Furcht, Tränen und Körpersprache zu urteilen, war Samantha überzeugt davon, dass Randy jeden Moment auftauchen und herumrandalieren würde. Annette schien dagegen gänzlich unbeeindruckt.

Phoebe ist nicht zum ersten Mal hier, dachte Samantha.

»Samantha«, sagte Annette, »gehen Sie mal ins Internet und schauen Sie auf die Prozessliste.« Sie diktierte die Internetadresse des Behördenorgans von Nolan County, und die Praktikantin war gern bereit, ihren Laptop aufzuklappen und sich für einen Moment von Phoebe und deren Elend abzuwenden.

»Ich muss mich scheiden lassen«, sagte Phoebe. »Ich kann auf keinen Fall dahin zurück.«

»Okay, wir reichen die Scheidung morgen ein und beantragen eine einstweilige Verfügung, dass er nicht mehr in Ihre Nähe darf.«

»Was ist eine einstweilige Verfügung?«

»Das ist eine richterliche Anordnung. Wenn er dagegen verstößt, bekommt er Zoff mit dem Richter, und der schickt ihn sofort wieder ins Gefängnis.«

Für eine Sekunde erhellte ein Lächeln ihr Gesicht. »Ich muss weg von hier. Ich kann nicht in Brady bleiben. Er wird sich wieder zudröhnen, die Verfügung vergessen und den Richter und mich verfolgen. Die müssen ihn für länger einsperren. Können die das?«

»Wie lautet die Anklage, Samantha?«, fragte Annette.

»Heimtückische und gefährliche Körperverletzung gemäß Virginia Law Code, Paragraf achtzehn Punkt zwei folgende.« Sie hatte den Eintrag gerade erst gefunden. »Termin ist heute um dreizehn Uhr. Eine Kaution wurde noch nicht festgesetzt.«

»Heimtückisch und gefährlich? Das heißt, er hat Sie mit einem Gegenstand geschlagen?«

Sofort flossen wieder Tränen, und Phoebe wischte sich das Gesicht mit dem Handrücken ab. »Mit einer Waffe. Wir haben eine Pistole in der Küchenschublade, ungeladen, wegen der Kinder, aber die Munition liegt auf dem Kühlschrank, für alle Fälle, wissen Sie. Wir haben gestritten und uns angeschrien, und da hat er die Pistole rausgeholt, als wollte er sie laden und mich umlegen. Ich habe versucht, sie ihm abzunehmen, und da hat er mir den Kolben an den Kopf gehauen. Als sie zu Boden fiel, hat er mich mit den Händen verprügelt. Ich konnte aus dem Haus fliehen, rannte nach nebenan und rief die Cops.«

Annette hob ruhig eine Hand, damit sie schwieg. »Laut Virginia Law Code gilt gefährliche Körperverletzung als heimtückisch, wenn eine Waffe oder ein waffenähnlicher Gegenstand benutzt wurde«, erklärte sie und sah dabei Phoebe und Samantha an. »In Virginia gibt es dafür zwischen fünf und zwanzig Jahre Freiheitsentzug, je nach Umständen – Waffe, Schwere der Verletzung und so weiter.« Samantha kritzelte wieder in ihren Block. Manches kam ihr aus dem Studium vage bekannt vor.

Annette fuhr fort: »Nun, Phoebe, wir können damit rechnen, dass Ihr Mann behaupten wird, Sie hätten die Pistole hervorgeholt und ihn angegriffen. Vielleicht will er sogar Sie anzeigen. Wie würden Sie darauf antworten?«

»Mein Mann ist zwanzig Zentimeter größer und fünfundvierzig Kilo schwerer als ich. Niemand, der bei klarem Verstand ist, würde glauben, dass ich auf ihn losgehen würde. Die Polizisten werden sagen, dass er betrunken und total durchgedreht war. Falls sie die Wahrheit sagen. Er ist sogar noch gegen sie handgreiflich geworden, bis sie ihm einen Elektroschocker an seinen dicken Arsch gehalten haben.«

Annette lächelte zufrieden. Sie sah auf ihre Armbanduhr, schlug eine Akte auf und nahm ein paar Blätter heraus. »Ich muss in fünf Minuten telefonieren. Samantha, das ist unser Scheidungsfragebogen. Erklärt sich alles von selbst. Gehen Sie die Fragen mit Phoebe durch und sammeln Sie so viele Informationen wie möglich. Ich bin in einer halben Stunde wieder da.«

Samantha nahm den Fragebogen, als hätte sie das alles schon hundertmal gemacht.

Eine Stunde später saß sie allein in ihrem provisorischen Büro und atmete tief durch. Der Raum schien früher eine Aufbewahrungskammer gewesen zu sein und war ziemlich klein. Mehr als die beiden wackeligen Stühle und der runde Tisch mit PVC-Bezug passten nicht hinein. Mattie und Annette hatten sich entschuldigt und Verbesserung in Aussicht gestellt. Eine Wand hatte ein großes Fenster, das auf den rückwärtigen Parkplatz hinausblickte. Samantha war dankbar für das Tageslicht.

Ihr Büro bei S&P war auch nicht viel größer gewesen. Anders als sie gehofft hatte, dachte sie immer noch an New York und die große Kanzlei mit all ihren Vor- und Nachteilen. Sie musste lächeln, als ihr bewusst wurde, dass sie nicht auf Zeit arbeitete. Der unablässige Druck war weg, Stunden zu sammeln, mehr Geld für die großen Bosse zu machen, sie ständig damit beeindrucken zu müssen, dass man eines Tages auch so sein wollte wie sie. Sie sah auf die Uhr. Es war elf Uhr, und sie hatte noch keine Minute, die sie irgendjemandem in Rechnung stellen konnte. Und so würde es auch bleiben. Das antiquierte Telefon klingelte, und es blieb ihr nichts anderes übrig, als abzunehmen. »Ein Anruf auf Leitung zwei«, sagte Barb.

»Wer ist es?«, erkundigte sich Samantha nervös. Es war ihr erster Anrufer.

»Ein Typ namens Joe Duncan.«

»Warum will er mit mir sprechen?«

»Das hat er nicht gesagt. Er meinte, er braucht einen Anwalt, und Mattie und Annette sind im Augenblick beschäftigt. Also gehört er Ihnen.«

»Was für ein Fall?«, fragte Samantha und betrachtete ihre sechs Mini-Hochhäuser, die auf einem Aktenschrank aus Armeebeständen standen.

»Sozialversicherung. Seien Sie vorsichtig. Leitung zwei.«

Barb war die Teilzeitkraft, die am Empfang saß. Samantha hatte am Morgen kurz mit ihr gesprochen, als sie von Mattie vorgestellt worden war. Die Kanzlei beschäftigte außerdem eine

Rechtsassistentin auf Teilzeit namens Claudelle. Ein reiner Frauenverein.

Sie drückte Leitung zwei. »Samantha Kofer.«

Mr. Duncan sagte Hallo und wollte erst einmal wissen, ob sie überhaupt eine richtige Anwältin sei. Sie versicherte ihm, das sei der Fall, wobei sie in diesem Moment ihre Zweifel hatte. Da legte er auch schon los. Er mache gerade eine schwere Phase durch und wolle dringend darüber reden. Seine Familie und er seien vom Pech verfolgt. Nach den ersten zehn Minuten seines Berichts war klar, dass er eine kleine Kanzlei problemlos mehrere Monate beschäftigen konnte. Er sei arbeitslos – ungerechtfertigt gekündigt, aber das sei eine andere Geschichte –, sein eigentliches Problem jedoch sei seine Gesundheit. Er habe eine gerissene Bandscheibe im unteren Rücken und könne nicht mehr arbeiten. Er habe bei der Sozialversicherungsbehörde einen Antrag auf Feststellung des Behindertenstatus beantragt, doch der sei abschlägig beschieden worden. Jetzt werde er alles verlieren.

Da Samantha wenig beizutragen hatte, ließ sie ihn einfach erzählen. Nach einer halben Stunde jedoch wurde ihr langweilig. Es war nicht einfach, das Gespräch zu beenden – er war verzweifelt und ließ nicht locker –, doch schließlich konnte sie ihm glaubhaft versichern, dass sie seinen Fall mit ihrer Sozialversicherungsexpertin besprechen und sich dann wieder melden werde.

Um zwölf Uhr war Samantha müde und hungrig. Doch es war nicht die Erschöpfung, die durch stundenlanges Lesen und Bearbeiten dicker Akten hervorgerufen wurde oder durch den ständigen Druck, jemanden beeindrucken zu wollen, oder durch die Angst, nicht gut genug zu sein und vorzeitig von der Karriereleiter gestoßen zu werden. Es war nicht die Art von Erschöpfung, mit der sie in den letzten drei Jahren gelebt hatte. Sie war ausgelaugt von einer Mischung aus Angst und Entsetzen, die sie beim Anblick echter Menschen empfunden hatte, verzweifelter Menschen in höchster Not, die wenig Hoffnung hatten und auf ihre Hilfe bauten.

Für die anderen Mitglieder der Kanzlei war es ein Montagmorgen wie jeder andere. Man traf sich wie immer im großen Besprechungsraum, um den mitgebrachten Imbiss zu essen und dabei Fälle, Mandanten und alles, was sonst noch wichtig schien, zu besprechen. Bei diesem Montagstreff war die Praktikantin das einzige Thema. Alle bestürmten sie mit Fragen. Irgendwann durfte sie auch etwas sagen.

»Ich könnte Hilfe gebrauchen«, setzte Samantha an. »Ich habe gerade mit einem Mann telefoniert, dessen Antrag auf Feststellung des Behindertenstatus von der Sozialversicherungsbehörde abgelehnt wurde. Was auch immer das bedeutet.«

Die Reaktion war eine Mischung aus Gelächter und stiller Belustigung. Es schien das Wort »Behindertenstatus« zu sein, das die Belegschaft sehr amüsierte. »Wir übernehmen keine Sozialversicherungsfälle mehr«, erklärte Barb, die Empfangssekretärin.

»Wie hieß der Mann?«, erkundigte sich Claudelle.

Samantha sah zögerlich in die interessiert dreinblickenden Gesichter. »Okay, eins nach dem anderen. Wie sieht es hier mit der Schweigepflicht aus? Besprechen Sie – besprechen *wir* – unsere Fälle offen, oder sind wir an das Anwaltsgeheimnis gebunden?«

Das löste noch mehr Gelächter aus. Alle vier redeten durcheinander, während sie lachend und kichernd an ihren Sandwiches knabberten. Samantha war klar, dass die vier Damen innerhalb dieser Wände kein Blatt vor den Mund nahmen.

»Innerhalb der Kanzlei ist alles erlaubt«, sagte Mattie. »Außerhalb – kein Wort.«

»In Ordnung.«

Barb sagte: »Sein Name war Joe Duncan. Kam mir irgendwie bekannt vor.«

»Ich hatte ihn vor ein paar Jahren«, erzählte Claudelle. »Ich habe Klage eingereicht, die aber abgelehnt wurde. Es war die Schulter, wenn ich mich recht entsinne.«

»Inzwischen ist es die untere Lendenwirbelsäule«, sagte Samantha. »Scheint ein echtes Wrack zu sein, der Mann.«

»Er reicht unablässig Anträge ein«, erläuterte Claudelle. »Das ist einer der Gründe, warum wir keine Sozialversicherungsfälle mehr übernehmen. Das System ist so was von faul und korrupt, besonders hier in dieser Gegend.«

»Was soll ich Mr. Duncan sagen?«

»Es gibt eine Kanzlei in Abingdon, die machen nichts anderes als Behindertenanträge.«

»Cockrell & Rhodes«, ergänzte Annette, »besser bekannt als Cock & Roach oder auch Cockroach, und die Jungs sind wirklich wie die Kakerlaken. Außerdem haben sie zu bestimmten Ärzten und Richtern einen guten Draht. Alle ihre Mandanten bekommen Geld. Die sind richtig gut.«

Mattie fügte hinzu: »Die würden sogar für einen aktiven Triathleten einen Schwerbehindertenausweis herausschlagen.«

»Wir übernehmen also nie ...«

»Nie.«

Samantha biss von ihrem ziemlich nach Industrie aussehenden Truthahn-Sandwich ab und sah Barb an. Wenn wir solche Fälle nicht übernehmen, warum hat sie mir den Anruf überhaupt weitergeleitet? Doch statt etwas zu sagen, nahm sie sich vor, auf der Hut zu bleiben. Drei Jahre bei Scully & Pershing hatten ihren Überlebensinstinkt geschärft. Man musste dort täglich mit einem Messer im Rücken rechnen. Sie hatte gelernt, sich zu ducken. Jetzt war nicht der richtige Moment, um Barb darauf anzusprechen, aber bei passender Gelegenheit würde Samantha darauf zurückkommen.

Claudelle schien die Witzboldin der Gruppe zu sein. Sie war vierundzwanzig, knapp ein Jahr verheiratet, schwanger und hatte es nicht leicht damit. Sie habe den ganzen Vormittag vor der Toilettenschüssel gekauert und im Stillen ihren ungeborenen Sohn verflucht, der nach seinem Vater heißen werde und schon jetzt genauso viel Ärger mache wie der.

Es ging erstaunlich offenherzig zu. In fünfundvierzig Minuten handelten sie nicht nur drängende geschäftliche Themen ab, sondern auch Morgenübelkeit, Menstruationskrämpfe, Geburt und Wehen, Männer und Sex – sie schienen alle nicht genug davon bekommen zu können.

Annette beendete schließlich die Mittagspause, indem sie Samantha ansah und sagte: »Wir müssen in einer Viertelstunde bei Gericht sein.«

9

Im Großen und Ganzen hatte Samantha keine guten Erinnerungen an Gerichtssäle. Manche Besuche waren verpflichtend, andere freiwillig gewesen. Als sie in der neunten Klasse war, prozessierte der fabelhafte Marshall Kofer wegen eines Flugzeugabsturzes am Bundesgericht in Washington. Er überzeugte Samanthas Sozialkundelehrerin davon, dass es für ihre Schüler eine enorme Bereicherung darstelle, ihm bei der Ausübung seiner Tätigkeit zuzusehen. Zwei ganze Tage langweilten sich die Kinder zu Tode, während Sachverständige über die aerodynamischen Eigenschaften dicker Vereisungsschichten auf Tragflächen debattierten. Statt stolz auf ihren Vater zu sein, hatte Samantha unter der ungewollten Aufmerksamkeit schwer gelitten. Zu seinem Glück hatten die Schüler längst wieder in ihren Klassen gesessen, als die Geschworenen zugunsten des Flugzeugbauers entschieden und ihm damit eine seiner seltenen Niederlagen bescherten.

Sieben Jahre später hatte Samantha in einem anderen Saal desselben Gerichts miterlebt, wie ihr Vater sich seiner Verbrechen für schuldig bekannte. Ihre Mutter hatte den Triumph in Abwesenheit genossen, und so hatte Samantha neben einem Onkel, einem von Marshalls Brüdern, gesessen und sich mit einem Taschentuch die Augen getupft. Im Rahmen eines Juraeinführungskurses am College in Georgetown hätte sie einem Strafprozess beiwohnen müssen, hatte sich jedoch wegen einer leichten Grippe entschuldigt. Im Jurastudium hatten sie simulierte Prozesse geführt, und das hatte ihr bis zu einem gewissen Punkt Spaß gemacht, doch von der realen Welt der Justitia wollte sie nichts wissen. Während ihres Referendariats hatte sie kaum jemals einen Sitzungssaal von innen gesehen. Bei Vorstellungsgesprächen hatte sie stets vorausgeschickt, dass sie mit Prozessführung nichts zu tun haben wolle.

Und nun war sie auf dem Weg zum Hauptsaal des Gerichts von Nolan County. Das Gebäude war ein hübsches altes Backsteinhaus mit drei Stockwerken und einem hellen Blechdach, das durchhing. Im staubigen Foyer prangten verblichene Porträts von bärtigen Helden, eine Wand war übersät mit Bekanntmachungen, die achtlos an Schwarze Bretter gepinnt waren. Samantha folgte Annette in den ersten Stock, wo sie an einem betagten Gerichtsdiener vorbeikamen, der auf seinem Stuhl eingenickt war. Durch eine massive, zweiflüglige Tür betraten sie den Sitzungssaal. Ein Richter saß an seinem Tisch und arbeitete, während mehrere Anwälte unter gut gelauntem Geplänkel mit ihren Unterlagen raschelten. Die Bank der Geschworenen zur Rechten war leer. Von den hohen Wänden schauten auch hier Porträts herab, noch stärker verblichen als die draußen, lauter Männer mit Bärten, deren Mienen verrieten, dass sie es mit der Juristerei ernst gemeint hatten. Ein paar Gerichtsangestellte plauderten oder flirteten mit den Anwälten. Mehrere Zuschauer warteten darauf, dass die Gerechtigkeit obsiegte.

Annette sprach einen der Staatsanwälte an, den sie ihrer Praktikantin knapp als Richard vorstellte. Sie erklärte, dass sie Phoebe Fanning verträten, die so rasch wie möglich einen Scheidungsantrag stellen wolle. »Wie viel wissen Sie?«, fragte sie Richard.

Die drei zogen sich in eine Ecke neben die Geschworenenbank zurück, wo sie niemand hören konnte. »Der Polizei zufolge waren beide stoned, als sie beschlossen, ihre Differenzen mit einer ordentlichen Prügelei beizulegen. Er gewann, sie verlor. Irgendwie war eine ungeladene Waffe mit im Spiel, die er ihr an den Kopf gehauen hat.«

Annette erzählte Phoebes Version der Vorgänge, und Richard hörte aufmerksam zu. »Hump ist sein Anwalt«, sagte er. »Alles, was der will, ist eine niedrige Kaution. Ich werde für einen ausreichend hohen Betrag plädieren, dann können wir den Knaben vielleicht noch ein paar Tage hinter Gitter behalten, damit er Zeit hat runterzukommen, während sie aus der Stadt verschwinden kann.«

Annette nickte zustimmend und sagte: »Danke, Richard.«

Hump, mit vollem Namen Cal Humphrey, war ein juristisches Urgestein in Brady und hatte seine Kanzlei nicht weit vom Gericht. Sie waren auf dem Weg an seinem Schaufenster vorbeigekommen. Annette begrüßte ihn und stellte Samantha vor, die entsetzt seinen Bauchumfang bestaunte. Ein Paar geschmacklose Hosenträger spannte sich bedenklich über die Wölbung, und man mochte sich nicht vorstellen, was passierte, wenn sie rissen. Hump erklärte im Flüsterton, »sein Mann« Randy (dessen Nachname ihm auf die Schnelle nicht einfallen wollte) müsse unbedingt aus der Haft freikommen, weil er bei der Arbeit fehle. Hump glaubte Phoebes Version nicht, sondern behauptete stattdessen, sie habe die Handgreiflichkeiten provoziert, indem sie seinen Mandanten mit der ungeladenen Pistole angegriffen habe.

»Deshalb kommt es zu Gerichtsverfahren«, murmelte Annette, als sie sich von Hump entfernten. Randy Fanning und zwei weitere Häftlinge wurden in den Gerichtssaal eskortiert und nahmen in der ersten Reihe Platz. Ihre Handschellen wurden entfernt, und ein Deputy ging neben ihnen in Stellung. Mit ihren ausgeblichenen orangefarbenen Gefängnisoveralls, den unrasierten Gesichtern und zerzausten Haaren und dem gleichen starren Blick sahen sie aus, als wären sie Mitglieder derselben Gang. Barb schlich auf Zehenspitzen herein und reichte Annette eine Akte. »Hier ist die Scheidung.«

Als der Richter Randy Fanning aufrief, schickte Annette eine SMS an Phoebe, die draußen vor dem Gerichtsgebäude in ihrem Auto saß. Randy stand vor dem Richter, Hump links von ihm und Richard rechts, wenn auch etwas weiter entfernt. Hump erläuterte weitschweifig, wie dringend sein Mandant wieder zur Arbeit müsse, wie tief er in Noland County verwurzelt sei, dass er jederzeit zuverlässig vor Gericht erscheinen werde und so weiter. Es sei ein ganz gewöhnlicher Streit zwischen Eheleuten, der auch ohne Beteiligung der Justiz zu lösen sei. Während er dozierte, betrat Phoebe den Saal und schob sich neben Annette auf die Bank. Ihre Hände zitterten, und ihre Augen waren feucht.

Aufseiten der Anklage betonte Richard die Schwere der Anklagepunkte und stellte einen längeren Gefängnisaufenthalt für Fanning in Aussicht. Unsinn, befand Hump. Sein Mann sei unschuldig. Er sei von der »labilen« Gattin attackiert worden. Sie müsse aufpassen, dass nicht am Ende sie hinter Gittern lande, wenn sie hier zu sehr auf die Tube drücke. Es ging hin und her.

Der Richter war ein zurückhaltender alter Herr mit Glatze. »Wenn ich richtig informiert bin, befindet sich das mutmaßliche Opfer hier im Saal. Ist das korrekt, Mrs. Brevard?«, sagte er ruhig und blickte über die Zuschauerreihen.

Annette sprang auf. »Sie ist hier, Euer Ehren.« Sie marschierte durch die Absperrung nach vorn, als gehörte ihr der Saal, Phoebe im Schlepptau. »Wir vertreten Phoebe Fanning, deren Scheidung wir binnen der nächsten zehn Minuten einreichen werden.«

Von ihrem sicheren Platz im Zuschauerraum aus beobachtete Samantha, wie Randy Fanning seine Frau anfunkelte. Richard nutzte die Gelegenheit und sagte: »Euer Ehren, es könnte erhellend sein, sich die offensichtlichen Verletzungen in Mrs. Fannings Gesicht anzusehen. Diese Frau hat heftig Prügel eingesteckt.«

»Ich bin nicht blind«, erwiderte der Richter. »In Ihrem Gesicht kann ich hingegen keine Spuren erkennen, Mr. Fanning. Das Gericht nimmt außerdem zur Kenntnis, dass Sie fast einen Meter fünfundachtzig groß und ziemlich kräftig sind. Ihre Frau ist, sagen wir, etwas zierlicher als Sie. Sind Sie grob zu ihr geworden?«

Ganz offenbar schuldbewusst verlagerte Randy sein beträchtliches Gewicht von einem Fuß auf den anderen. »Wir haben uns gestritten, Euer Ehren. Aber sie hat angefangen«, brachte er heraus.

»Ganz bestimmt. Ich denke, das Beste ist, wenn Sie noch ein bis zwei Tage Gelegenheit bekommen, sich zu beruhigen. Ich schicke Sie zurück in Ihre Zelle, und wir treffen uns am Donnerstag wieder. In der Zwischenzeit können Sie, Mrs. Brevard, sich zusammen mit Ihrer Mandantin um deren dringende Rechtsangelegenheit kümmern. Halten Sie mich auf dem Laufenden.«

Hump sagte: »Aber, Euer Ehren, mein Mandant wird seinen Job verlieren.«

Phoebe platzte heraus: »Der hat keinen Job. Er sägt Holz ein paar Stunden die Woche, und sonst dealt er mit Meth.«

Der Saal schwieg erschrocken, während ihre Worte verhallten. Randy starrte seine Frau mit hasserfülltem Blick an und schien bereit, sofort wieder loszuschlagen. Schließlich sagte der Richter: »Das reicht. Er soll am Donnerstag wieder vorgeführt werden.« Ein Gerichtsdiener nahm Randy am Arm und führte ihn aus dem Saal.

An der Tür warteten zwei Männer, Schlägertypen mit verfilzten Haaren und Tattoos. Sie fixierten Annette, Samantha und Phoebe, während sie vorbeigingen. Draußen im Flur flüsterte Phoebe: »Die Kerle gehören zu Randy, die dealen alle mit Meth. Ich muss weg aus dieser Stadt.«

Kann gut sein, Phoebe, dass ich dir auf dem Fuß folge, dachte Samantha.

Sie gingen ins Büro des Bezirksgerichts und reichten die Scheidungspapiere ein. Annette beantragte einen sofortigen Termin, um eine einstweilige Verfügung gegen Randy zu erwirken. »Frühestens Mittwochnachmittag«, sagte die Sekretärin.

»Nehmen wir«, beschied Annette.

Die beiden Schlägertypen warteten vor dem Haupteingang des Gerichtsgebäudes. Ein dritter, brutal wirkender junger Mann hatte sich dazugesellt. Er baute sich vor Phoebe auf. »Du lässt die Anzeige besser fallen, oder du wirst es bereuen.«

Phoebe wich nicht zurück. Ihr Blick verriet, dass sie den Mann gut kannte und herzlich verachtete. Zu Annette sagte sie: »Das ist Randys Bruder Tony, gerade erst aus dem Gefängnis entlassen.«

»Hast du mich verstanden? Ich sagte, lass die Anzeige fallen«, knurrte Tony etwas lauter.

»Ich habe gerade die Scheidung eingereicht, Tony. Es ist vorbei. Ich will so schnell wie möglich aus der Stadt verschwinden, aber ich werde auf jeden Fall zurück sein, wenn er vor Gericht geht. Ich werde die Anzeige nicht zurücknehmen. Und jetzt geh mir bitte aus dem Weg.«

Einer der Typen hatte Samantha im Blick, der andere Annette. Der kleine Zusammenstoß endete, als Hump und Richard aus dem Gericht kamen und sahen, was los war. »Das reicht«, sagte Richard, und Tony trat zurück.

»Gehen wir, Mädels«, sagte Hump. »Ich begleite euch zurück

zum Büro.« Während Hump vor ihr die Main Street entlangwatschelte und über die vielen Prozesse monologisierte, die er mit Annette geführt habe, überlegte Samantha – erschüttert von dem soeben erlebten Vorfall –, ob sie vielleicht doch eine Waffe in ihre Handtasche stecken sollte. Kein Wunder, dass Donovan ein regelrechtes Arsenal in seiner Kanzlei hatte.

Im weiteren Verlauf des Nachmittags kamen zum Glück keine Mandanten mehr. Für einen Tag hatte sie genug Elend gesehen, außerdem musste sie büffeln. Annette hatte ihr einen zerlesenen Ordner mit Seminarunterlagen für frischgebackene Anwälte gegeben, in denen alles Wissenswerte über Scheidungen, häusliche Gewalt, Testamente und Privatinsolvenzen, Mietrecht und Arbeitsrecht, Einwanderung und Sozialleistungen übersichtlich zusammengefasst war. Ein Kapitel über Entschädigungsleistungen aufgrund von Staublunge war später hinzugefügt worden. Das Material war trocken und öde, zumindest in der Theorie. Dass die Realität alles andere als langweilig war, hatte sie schon aus erster Hand erfahren.

Um fünf Uhr rief sie Mr. Joe Duncan an und informierte ihn, dass sie ihm bei seiner Sache mit der Sozialversicherungsbehörde nicht weiterhelfe könne, weil ihre Kanzlei solche Fälle grundsätzlich nicht übernehme. Sie gab ihm die Namen von zwei Anwälten durch und wünschte ihm alles Gute. Er war nicht glücklich über diesen Anruf.

Samantha ging zu Mattie ins Büro, und sie ließen ihren ersten Tag Revue passieren. Bislang sei sie zufrieden, auch wenn sie die kleine Konfrontation auf der Treppe des Gerichts noch verfolge. »Die legen sich nicht mit Anwälten an«, beruhigte Mattie sie. »Schon gar nicht mit Anwält*innen*. Ich mache das nun schon seit sechsundzwanzig Jahren und bin noch nie angegriffen worden.«

»Herzlichen Glückwunsch. Wurden Sie schon mal bedroht?«

»Ein paar Mal, aber ich hatte nie richtig Angst. Keine Sorge.«

Auf dem Weg zum Auto machte Samantha sich zwar keine Sorgen, dennoch verspürte sie den Drang, über die Schulter zu blicken. Leichter Nebel fiel, es wurde bereits dunkel. Sie fuhr nach Hause, stellte das Auto in die Garage unterhalb ihres Apartments und stieg die Treppen hinauf.

Annettes Tochter Kim war dreizehn, ihr Sohn Adam zehn. Die beiden waren ganz begeistert von ihrer neuen »Mitbewohnerin« und bestanden darauf, dass sie von nun an mit ihnen zu Abend aß. Doch Samantha hatte nicht die Absicht, allabendlich am Familientisch zu sitzen. Sie war ohnehin daran gewöhnt, allein zu essen, da ihre Arbeitszeiten ebenso wie Blythes etwas anderes nie zugelassen hatten.

Durch ihren stressigen Job hatte Annette nicht viel Zeit zum Kochen, und Putzen schien ihr auch nicht so wichtig zu sein. Das Abendessen bestand aus Käsenudeln, in der Mikrowelle aufgewärmt, dazu aufgeschnittene Tomaten aus dem Garten einer Mandantin. Sie tranken Wasser aus Flaschen, nicht aus der Leitung. Beim Essen löcherten die Kinder Samantha mit Fragen über ihr Leben in Washington, ihre Zeit in New York und warum um alles in der Welt sie nach Brady gekommen war. Die beiden waren intelligent, selbstbewusst und leicht zu begeistern, und sie scheuten sich nicht, persönliche Fragen zu stellen. Außerdem waren sie gut erzogen und vergaßen nie, »Ja, Ma'am« und »Nein, Ma'am« zu sagen. Sie waren der Meinung, sie sei viel zu jung, um mit Miss Kofer angesprochen zu werden, und Adam fand, dass »Samantha« zu lang sei. Schließlich einigte man sich auf Miss Sam, wobei Samantha hoffte, dass das »Miss« bald wegfallen würde. Sie erklärte ihnen, dass sie ihre Babysitterin sein werde.

»Wozu brauchen wir denn eine Babysitterin?«, fragte Kim.

»Damit eure Mutter abends mal weggehen und was unternehmen kann«, sagte Samantha.

Das fanden sie belustigend. »Aber sie geht nie weg«, sagte Adam.

»Stimmt«, meldete sich Annette. »Es gibt nicht viel, was man in Brady unternehmen könnte. Ehrlich gesagt, gibt es überhaupt nichts, außer man will dreimal die Woche abends zur Kirche gehen.«

»Und Sie gehen nicht zur Kirche?«, erkundigte sich Samantha. In der kurzen Zeit, die sie bislang in den Appalachen verbracht hatte, war sie zu der Überzeugung gelangt, dass sich hier je fünf Familien eine eigene kleine Kapelle mit einem schiefen weißen Turm teilten. Es schien unzählige Gemeinden zu geben, die alle an die Unfehlbarkeit der Heiligen Schrift glaubten, sonst aber wenig gemeinsam hatten.

»Hin und wieder sonntags«, sagte Kim.

Nach dem Essen räumten Kim und Adam pflichtbewusst den Tisch ab und stapelten das Geschirr in der Spüle. Eine Spülmaschine gab es nicht. Sie wollten lieber mit Miss Sam fernsehen, als Hausaufgaben machen, doch Annette scheuchte die beiden auf ihre Zimmer. Weil sie das Gefühl bekam, dass ihrem Gast langweilig wurde, schlug sie vor: »Wie wär's, wenn ich uns einen Tee mache, und wir quatschen ein bisschen?«

Samantha war einverstanden, etwas Besseres hatte sie ohnehin nicht zu tun. Annette hob einen Berg Schmutzwäsche vom Boden auf und stopfte ihn in die Waschmaschine neben dem Kühlschrank. Dann gab sie Waschmittel dazu und drehte einen Regler. »Der Lärm wird übertönen, was wir reden«, erklärte sie und nahm Teebeutel aus einem Schrank. »Koffeinfrei?«

»Ja, gern.« Samantha trat ins Wohnzimmer, das vollgestopft war mit durchhängenden Bücherregalen, Zeitschriftenstapeln und Polstermöbeln, die monatelang nicht abgestaubt worden waren. In einer Ecke stand ein Flachbildschirmfernseher (in ihrem Apartment über der Garage gab es keinen Fernseher), in einer anderen hatte Annette einen kleinen Schreibtisch mit Computer und einem Stapel Akten. Sie brachte zwei dampfende Tassen Tee mit und reichte Samantha eine davon. »Setzen wir uns aufs Sofa und reden über Weiberkram.«

»Okay, woran hatten Sie gedacht?«

»Erstens: Sex«, sagte Annette, während sie es sich bequem machten. »Wie oft gehen Sie in New York mit einem Kerl ins Bett?«

Samantha lachte über ihre Unverblümtheit, zögerte dann aber, als könnte sie sich nicht recht erinnern. »Es ist alles nicht so wild. Ich meine, wenn man es nicht darauf anlegt. Die Leute in meinem Umfeld arbeiten viel zu viel, um über die Stränge zu schlagen. Ausgehen bedeutet für mich ein nettes Abendessen und ein paar Drinks. Danach bin ich so müde, dass ich zu nichts mehr in der Lage bin, außer zu schlafen. Allein, meine ich.«

»Kaum zu glauben, bei all den gut verdienenden jungen Leuten, die da auf der Suche sind. Ich habe *Sex and the City* gesehen, mehrmals. Allein, natürlich, nachdem die Kinder im Bett waren.«

»Ich nicht. Ich habe davon gehört, aber ich war ja meist im Büro. In den letzten drei Jahren hatte ich einen Freund. Henry, ein arbeitsloser Schauspieler, echt süß und gut im Bett, aber er hatte irgendwann genug von meinen Arbeitszeiten und meiner ständigen Erschöpfung. Klar, man lernt jede Menge Typen kennen, aber die sind meist genauso ehrgeizig wie man selbst und halten Frauen für Wegwerfartikel. Es sind viele arrogante Schnösel darunter, die nur über Geld reden und damit protzen, was sie sich alles leisten können.«

»Ich bin entsetzt.«

»Nicht doch. Es ist wirklich nicht so glamourös, wie Sie denken.«

»Also kein Sex?«

»Doch, natürlich, hier und da eine Bekanntschaft, aber nichts, was mir dauerhaft in Erinnerung bleiben wird.« Samantha trank von ihrem Tee und beschloss, das Gespräch zu drehen. »Was ist mit Ihnen? Ist denn in Brady was zu holen?«

Jetzt musste Annette lachen. Sie hielt inne und nahm einen Schluck. »Hier ist nicht viel los«, sagte sie mit resignierter Miene. »Aber ich habe mich dafür entschieden, hier zu leben, und das war richtig so.«

»Sie meinen die Entscheidung hierherzuziehen?«

»Ja, ich habe vor zehn Jahren beschlossen, komplett auszusteigen. Meine Scheidung war ein Albtraum, und ich wollte möglichst weit weg von meinem Ex. Mitsamt meinen Kindern. Er hat fast keinen Kontakt mehr zu ihnen. Inzwischen bin ich fünfundvierzig, einigermaßen attraktiv, halbwegs gut in Form, anders als zum Beispiel ...«

»Schon verstanden.«

»Sagen wir einfach, die Konkurrenz in Noland County ist nicht sonderlich groß. Es gab ein paar ganz nette Männer, aber es war keiner dabei, mit dem ich zusammenleben wollte. Einer war zwanzig Jahre älter als ich, das hätte ich meinen Kindern nicht antun können. In den ersten paar Jahren hatte ich das Gefühl, die Hälfte aller Frauen hier in Brady versucht, mich mit einem ihrer Cousins zu verkuppeln. Irgendwann wurde mir klar, dass sie mich nur unter die Haube bringen wollen, damit sie sich keine Sorgen um ihre Ehemänner machen müssen. Doch verheiratete Männer reizen mich sowieso nicht. Viel zu viel Stress, das ist hier nicht anders als in der Großstadt.«

»Warum sind Sie hier geblieben?«

»Berechtigte Frage. Ich weiß auch nicht, ob ich noch lange bleiben werde. Es ist ein guter Ort, um Kinder großzuziehen, wobei die Umweltverschmutzung allerdings besorgniserregend sind. In Brady selbst geht es noch, doch nicht weit von hier, in den Siedlungen und Tälern, sind die Kinder ständig krank durch das verseuchte Wasser und den Kohlenstaub. Um Ihre Frage zu beantworten: Ich bin geblieben, weil ich meine Arbeit liebe. Ich mag die Menschen, die meine Hilfe brauchen. Ich kann für sie etwas bewirken. Sie haben sie heute kennengelernt. Sie haben die Angst und Hoffnungslosigkeit in ihren Gesichtern gesehen. Diese Menschen brauchen mich. Wenn ich weggehe, kommt vielleicht jemand, der mich ersetzt – aber eben nur vielleicht.«

»Wie schalten Sie ab, wenn Sie nach Feierabend heimgehen?«

»Das klappt nicht immer. Die Probleme dieser Menschen sind sehr persönlich. Es kommt oft vor, dass ich nicht schlafen kann.«

»Das beruhigt mich. Mir geht Phoebe Fanning mit ihrem verschwollenen Gesicht nicht aus dem Kopf, die ihre Kinder bei einer Verwandten versteckt und einen brutalen Kerl als Mann hat, der sie wahrscheinlich umbringt, sobald er auf freien Fuß kommt.«

Annette schenkte ihr ein mitfühlendes Lächeln. »Ich habe schon viele Frauen wie sie gesehen, und die haben alle überlebt. Sie wird irgendwo eine neue Bleibe finden – dabei werden wir ihr helfen – und sich von ihm scheiden lassen. Vergessen Sie nicht, Samantha, er sitzt gerade im Gefängnis und erfährt am eigenen Leib, wie das Leben hinter Gittern ist. Wenn er Mist baut, könnte er den Rest seiner Tage dort verbringen.«

»Ich habe nicht den Eindruck, dass logisches Denken zu seinen Stärken gehört.«

»Da haben Sie recht. Er ist ein Schwachkopf und drogensüchtig obendrein. Ich will Phoebes Situation nicht beschönigen, aber ich denke, alles wird gut für sie ausgehen.«

Samantha atmete aus und stellte ihre Tasse auf den Wohnzimmertisch. »Sie müssen mir verzeihen, aber das ist alles so neu für mich.«

»Mit echten Menschen zu arbeiten?«

»Ja, mich mit ihren Problemen zu beschäftigen und dafür zuständig zu sein, sie zu lösen. Mein letzter Mandant in New York war ein zwielichtiger Milliardär, der mitten in Greenwich Village einen riesigen, supermodernen Büroturm bauen wollte. Der Entwurf war das Hässlichste, was ich je gesehen habe, total protzig. Er hat drei oder vier Architekten verschlissen, und das Ding wurde immer höher und hässlicher. Die Stadt wollte das Gebäude auf keinen Fall, also hat er sie verklagt und sich bei den Politikern eingeschleimt. Viele Bauunternehmer in Manhattan tun das. Ich habe ihn nur einmal kurz gesehen, als er zu uns ins Büro kam, um meine Kollegin zur Schnecke zu machen. Ein echter Widerling. Doch er war unser Mandant, mein Mandant. Ich hasste den Kerl. Ich wollte, dass er verliert.«

»Klar, kann man verstehen.«

»Er hat dann auch verloren, und insgeheim haben wir uns alle gefreut. Stellen Sie sich das vor, wir haben unzählige Stunden Arbeit investiert, dem Typ dafür ein Vermögen abgenommen und wollten am liebsten jubeln, als sein Projekt abgelehnt wurde. Sollte so das Verhältnis zu einem Mandanten aussehen?«

»Ich hätte auch gejubelt.«

»Jetzt sorge ich mich um Lady Purvis, deren Mann im Schuldturm sitzt, und mache mir Gedanken, ob Phoebe rechtzeitig aus der Stadt verschwinden kann, bevor ihr Mann auf Kaution freikommt.«

»Willkommen in unserer Welt, Samantha. Und morgen geht es genauso weiter.«

»Ich bin nicht sicher, ob ich dafür geschaffen bin.«

»O doch. Man muss tough sein in diesem Geschäft. Und Sie sind viel tougher, als Sie denken.«

Adam tauchte auf, der seine Hausaufgaben erstaunlich rasch beendet hatte, und wollte Miss Sam zu einer Runde Gin Rummy auffordern. »Er hält sich für ein Kartengenie«, sagte Annette. »Und er schummelt.«

»Ich habe noch nie Gin Rummy gespielt«, gab Miss Sam zu.

Adam mischte bereits die Karten wie ein Croupier in Las Vegas.

10

Mattie begann ihren Arbeitstag meist pünktlich um acht Uhr, wenn sie mit Donovan bei geschlossener Bürotür einen Kaffee trank und den neuesten Tratsch austauschte. Im Grunde war es nicht nötig, die Tür zu schließen, weil außer ihnen niemand da war, bis um 8.30 Uhr Annette ihren Platz einnahm, nachdem sie die Kinder zur Schule gefahren hatte. Doch Mattie schätzte und schützte die Intimität mit ihrem Neffen.

Büroregeln und Abläufe schienen eher lässig gehandhabt zu werden; Samantha sollte »so gegen neun« mit der Arbeit beginnen und Feierabend machen, wenn sich im Laufe des Nachmittags eine Unterbrechung anbot. Zuerst hatte sie befürchtet, es könnte ihr schwerfallen, sich von hundert Arbeitsstunden die Woche auf vierzig umzustellen, aber das war nicht so. Sie hatte seit Jahren nicht mehr bis um sieben Uhr geschlafen und fand es ziemlich erfrischend. Um acht Uhr allerdings hätte sie die Wände hochgehen können und wollte am liebsten sofort loslegen. Am Dienstag schlich sie sich durch die Vordertür vorbei an Matties Büro, wo sie gedämpfte Stimmen hörte, und sah in der Küche nach, ob schon Kaffee aufgesetzt war. Sie hatte gerade hinter dem Schreibtisch in ihrer Bürokemenate Platz genommen, als Donovan unvermittelt erschien. »Willkommen in Brady.«

»Oh, hallo«, erwiderte sie.

Er sah sich um. »Ich schätze, Ihr Büro in New York war viel größer.«

»Eigentlich nicht. Die haben uns Neulinge an diesen Viererschreibtischen zusammengepfercht, an denen man so eng sitzt, dass man sich locker bei den Händen nehmen könnte, wenn man wollte. Das spart Miete, auf diese Weise können die Partner ihre Preise halten.«

»Klingt, als würde Ihnen das richtig fehlen.«

»Ich glaube, ich bin noch ein bisschen benommen.« Sie deutete auf die einzige andere Sitzgelegenheit im Raum. »Setzen Sie sich doch.«

Donovan sank lässig auf den kleinen Stuhl. »Mattie hat mir erzählt, Sie haben es gleich am ersten Tag ins Gericht geschafft.«

»Stimmt. Was hat sie Ihnen noch erzählt?« Samantha fragte sich, ob die beiden von nun an jeden Morgen beim Kaffee die Leistung der Praktikantin bewerteten.

»Nichts. Nur was Kleinstadtanwälte so untereinander tratschen. Randy Fanning war wohl früher einmal ganz in Ordnung, bis er mit Meth in Berührung kam. Er wird entweder im Knast landen oder verfrüht das Zeitliche segnen, wie viele hier.«

»Kann ich eine Ihrer Waffen ausleihen?«

Er lachte. »Sie werden keine brauchen. Die Meth-Dealer sind nicht annähernd so mies wie die Kohleunternehmen. Wenn Sie anfangen, die zu verklagen, werde ich Ihnen eine Waffe besorgen. Es ist noch ein bisschen zu früh, ich weiß, aber haben Sie schon überlegt, was Sie zu Mittag essen?«

»Ich habe noch nicht einmal über Frühstück nachgedacht.«

»Dann lade ich Sie in der Mittagspause zum Arbeitsessen in meine Kanzlei ein. Sandwich mit Hähnchensalat?«

»Wie könnte ich da Nein sagen?«

»Passt Ihnen zwölf Uhr?«

Sie tat, als würde sie ihren Kalender prüfen. »Ihr Glückstag«, sagte sie. »Da habe ich zufällig einen Termin frei.«

Er sprang auf die Füße. »Bis dann.«

In der Hoffnung, nicht gestört zu werden, las sie sich eine Zeit lang in ihr neues Tätigkeitsgebiet ein. Durch die dünnen Wände hörte sie, wie Annette mit Mattie einen Fall besprach. Hin und wieder klingelte das Telefon, und jedes Mal hielt Samantha den Atem an und hoffte, dass Barb den Anrufer an ein anderes Büro vermittelte, an eine der Anwältinnen, die wussten, was zu tun wäre.

Ihr Glück währte bis kurz vor zehn Uhr, als Barb den Kopf durch den Türspalt steckte. »Ich bin für eine Stunde weg. Sie übernehmen so lange den Empfang.« Ehe Samantha fragen konnte, was das genau bedeutete, war sie verschwunden.

Wie sie alsbald herausfand, bedeutete es, schutzlos und auf sich gestellt hinter Barbs Schreibtisch am Eingang Platz zu nehmen, wo höchstwahrscheinlich bald irgendeine verletzliche und höchstwahrscheinlich arme Seele auftauchen würde, die nicht genug Geld hatte, um sich einen richtigen Anwalt zu nehmen. Es bedeutete, Anrufe anzunehmen und an Mattie oder Annette weiterzuleiten oder den Anrufer zu vertrösten. Jemand fragte nach Annette, die aber mit einem Mandanten zusammensaß. Ein anderer Anrufer wollte Mattie sprechen, die jedoch bei Gericht war. Wieder jemand brauchte Rat, weil er bei der Sozialversicherungsbehörde einen Antrag auf Feststellung seines Behindertenstatus stellen wollte, und Samantha verwies ihn gern an eine kostenpflichtige Kanzlei. Irgendwann ging die Eingangstür auf, und eine gewisse Mrs. Francine Crump trat ein. Ihr rechtliches Anliegen würde Samantha mehrere Monate lang beschäftigen.

Mrs. Crump wollte nichts weiter als ein Testament, »das nichts kostet«. Testamente sind unkompliziert und können normalerweise auch ohne große juristische Erfahrung aufgesetzt werden. Tatsächlich ist es so, dass sich Berufsanfänger geradezu auf Testamente stürzen, weil man dabei praktisch nichts falsch machen kann. Mit neuem Selbstbewusstsein führte Samantha die alte Dame in ein kleines Besprechungszimmer und ließ die Tür angelehnt, sodass sie den Empfang im Auge behalten konnte.

Mrs. Crump war achtzig Jahre alt und sah auch so aus. Ihr Mann sei vor langer Zeit gestorben, berichtete sie, und ihre fünf Kinder lebten überall im Land verstreut, keines davon in ihrer Nähe. Sie hätten sie vergessen, es komme selten vor, dass sie sie besuchten oder anriefen. Sie wolle ein Testament, das sie komplett leer ausgehen lasse. »Die sollen nichts bekommen«, erklärte sie erstaunlich verbittert. Nach ihrem Äußeren zu urteilen und angesichts der Tatsache, dass sie einen kostenlosen Dienst in Anspruch nahm, vermutete Samantha, dass ohnehin nicht viel an Vermögen zu holen war. Mrs. Crump wohnte in Eufaula, einer kleinen Gemeinde »tief im Jacob's Holler«. Samantha notierte es, als wüsste sie genau, wo das war. Es gebe weder Schulden noch echtes Vermögen, nur ein altes Haus und dreißig Hektar Land, das sich seit Urzeiten im Besitz ihrer Familie befinde.

»Wissen Sie ungefähr, was das Land wert ist?«, erkundigte sich Samantha.

Mrs. Crump knirschte mit ihrer Zahnprothese. »Viel mehr, als alle denken. Wissen Sie, letztes Jahr kam wieder mal ein Kohleunternehmen und wollte mir das Land abkaufen. Das versuchen die schon seit geraumer Zeit, aber ich habe sie auch diesmal weggeschickt. Ich verkaufe nicht an Kohleunternehmen, auf keinen Fall, Ma'am. Die sprengen nicht weit von mir, machen den Cat Mountain platt, es ist ein Jammer. Ich kann kein Kohleunternehmen gebrauchen.«

»Wie viel haben sie Ihnen geboten?«

»Viel, aber das habe ich meinen Kindern nicht erzählt. Und ich werde es ihnen auch nicht erzählen. Mit meiner Gesundheit steht es nicht zum Besten, wissen Sie, ich werde bald nicht mehr sein. Wenn meine Kinder das Land erben, werden sie es an ein Kohleunternehmen verkaufen, noch ehe ich unter der Erde bin. Ich weiß doch, wie sie sind.« Sie griff in ihre Handtasche und zog ein paar gefaltete Blätter heraus. »Hier ist ein Testament, das ich vor fünf Jahren gemacht habe. Meine Kinder haben mich zu einem Anwalt gebracht, hier in der Straße, und ich musste das unterschreiben.«

Langsam faltete Samantha die Blätter auf und las den Letzten Willen von Francine Cooper Crump. Im dritten Abschnitt wurde alles zu gleichen Teilen ihren Kindern überschrieben. Samantha machte ein paar sinnlose Notizen. »Okay, Mrs. Crump, wegen der Erbschaftssteuer muss ich wissen, was für einen Richtwert das Grundstück hat.«

»Einen was?«

»Wie viel hat das Unternehmen Ihnen geboten?«

Sie machte ein Gesicht, als wäre sie beleidigt worden, dann beugte sie sich vor und sagte im Flüsterton: »Zweihunderttausend plus ein paar Zerquetschte, aber es ist mindestens doppelt so viel wert. Vielleicht sogar dreimal so viel. Einem Kohleunternehmen kann man nicht trauen. Erst wollen sie nichts zahlen, und hinterher finden sie Wege, wie sie einem das Wenige wieder abnehmen können.«

Auf einmal war die Sache gar nicht mehr so unkompliziert. Samantha tastete sich behutsam vor. »Schön. Wer soll denn die dreißig Hektar bekommen?«

»Ich will alles meiner Nachbarin Jolene vermachen. Sie wohnt auf der anderen Seite vom Fluss auf ihrem eigenen Land, und sie verkauft auch nicht. Ich vertraue ihr, und sie hat schon versprochen, dass sie auf mein Land aufpassen wird.«

»Sie haben mit ihr darüber gesprochen?«

»Wir reden die ganze Zeit darüber. Sie und ihr Mann Hank wollen auch ein neues Testament machen und mich einsetzen, für den Fall, dass sie zuerst gehen müssen. Aber die beiden sind gesundheitlich in einer viel besseren Verfassung als ich. Ich denke, ich sterbe zuerst.«

»Und was, wenn die beiden zuerst sterben?«

»Kann ich mir nicht vorstellen. Ich habe einen hohen Blutdruck, ein schwaches Herz und entzündete Schleimbeutel.«

»Okay, aber was, wenn die beiden doch zuerst sterben und Sie das Land erben? Wer soll dann die beiden Grundstücke bekommen?«

»Jedenfalls nicht meine Kinder und auch nicht deren Kinder. Gott behüte. Man sollte denken, meine wären schon schlimm genug.«

»Ich verstehe, aber jemand muss doch das Land bekommen. An wen haben Sie gedacht?«

»Deswegen bin ich ja hier. Ich wollte mit einem Anwalt bereden, was ich tun soll.«

Nachdem es jetzt um Vermögenswerte ging, waren auf einmal mehrere Szenarien denkbar. Das neue Testament würde mit Sicherheit von den fünf Kindern angefochten werden. Von dem abgesehen, was sie gerade in ihren Seminarunterlagen gelesen hatte, wusste Samantha nichts über Testamentsanfechtung. Sie erinnerte sich vage, dass sie an der Uni ein oder zwei solcher Fälle durchgenommen hatte, doch das schien Jahrhunderte her zu sein. Sie konnte die alte Dame eine halbe Stunde lang hinhalten, indem sie nebensächliche Fragen stellte und ausführlich Notizen machte, und sie schließlich überreden, in ein paar Tagen wiederzukommen, wenn die Kanzlei ihren Fall besprochen habe. Da erschien Barb wieder, die die neue Mandantin gewandt zur Tür hinauskomplimentierte.

»Was war das denn?«, fragte Barb, als Mrs. Crump gegangen war.

»Kann ich auch nicht genau sagen. Ich bin in meinem Büro.«

Donovans Kanzlei sah viel besser aus als Matties Law Clinic: Ledersessel, dicke Teppiche auf edel bearbeitetem Holzboden, im Foyer hing ein schicker Lüster von der Decke. Samanthas erster Gedanke war, aha, es gibt also doch jemanden in Brady, der tatsächlich ein bisschen Geld verdient. Dawn, die Sekretärin am Empfang, begrüßte sie höflich und sagte, der Chef warte oben, und sie gehe jetzt in die Mittagspause. Auf der Wendeltreppe hörte Samantha, wie die Eingangstür zufiel und verriegelt wurde. Nichts deutete darauf hin, dass noch jemand im Gebäude war.

Donovan saß hinter einem großen Holzschreibtisch, der sehr alt zu sein schien, und telefonierte. Er winkte sie herein und deutete auf einen ausladenden Sessel. »Ich muss auflegen«, sagte er und pfefferte den Apparat auf die Tischplatte. »Willkommen in meinem Reich«, sagte er zu Samantha. »Hier werden die Raketen gezündet.«

»Hübsch«, erwiderte sie und sah sich um. Es war ein großer Raum, der sich zum Balkon hin öffnete. Die Wände waren von geschmackvollen Regalen verdeckt, die ein eindrucksvolles Sortiment an juristischen Abhandlungen und voluminösen Standardwerken enthielten. In einer Ecke stand ein Waffenständer mit mindestens acht Schusswaffen. Samantha konnte ein Jagdgewehr nicht von einer Schrotflinte unterscheiden, doch das Arsenal sah gepflegt und einsatzbereit aus.

»Waffen überall«, kommentierte sie.

»Ich jage gern, schon immer. Wenn man hier aufwächst, ist das ganz normal. Ich habe mein erstes Reh erlegt, da war ich sechs. Mit Pfeil und Bogen.«

»Herzlichen Glückwunsch. Warum möchten Sie mit mir zu Mittag essen?«

»Sie haben es mir versprochen, schon vergessen? Letzte Woche, nachdem Sie verhaftet worden waren und ich Sie vor dem Gefängnis bewahrt habe.«

»Da hatten wir den Diner hier in der Straße im Blick.«

»Ich dachte, hier sind wir ungestört. Außerdem meide ich nach Möglichkeit die Lokale in der Stadt. Es gibt, wie gesagt, jede Menge Leute hier, die mich nicht leiden können. Manchmal kommt es da zu unschönen Szenen, wenn sie in aller Öffentlichkeit auf mich losgehen. Das kann das schönste Mittagessen ruinieren.«

»Ich sehe kein Essen.«

»Es ist in meiner Einsatzzentrale. Kommen Sie.« Er erhob sich schwungvoll, und sie folgte ihm durch einen kleinen Flur in einen langen, fensterlosen Raum mit einem Tisch, auf dem neben Bergen von Unterlagen zwei Plastikbehälter von einem Take-away-Imbiss und zwei Wasserflaschen standen. »Es ist angerichtet«, sagte er mit einer einladenden Geste.

Samantha trat auf eine Seitenwand zu und betrachtete ein riesiges, wandfüllendes Foto, das eine entsetzliche Tragödie zeigte. Ein massiver Felsbrocken von der Größe eines Kleinwagens war mitten durch ein Mobilheim gerauscht und hatte es in zwei Teile zerfetzt. »Was ist das?«, fragte sie.

Donovan trat neben sie. »Tja, zunächst einmal ist es ein Gerichtsverfahren. Ungefähr eine Million Jahre lang war dieser Felsbrocken ein Teil des Enid Mountain, rund fünfundsechzig Kilometer von hier, oben in Hopper County. Vor ein paar Jahren haben sie dort oben mit Tagebau begonnen. Die Bergkuppe wurde weggesprengt und die Kohle herausgeschürft. Am 14. März letzten Jahres verkippte in aller Frühe ein Bulldozer auf Geheiß der Gauner von Strayhorn Coal ohne Genehmigung Gestein ins Tal, darunter auch diesen Brocken, der auf seinem Weg das steile Flussbett hinunter immer mehr Fahrt aufnahm.« Er deutete auf eine große Landkarte neben dem Foto. »Fast zwei Kilometer entfernt von der Stelle, wo er die Schaufel des Bulldozers verlassen hatte, krachte er in den Trailer.

Im Schlafzimmer lagen zwei Brüder, Eddie und Brandon Tate, elf und acht Jahre alt, und schliefen tief und fest, wie Sie sich denken können. Ihr Vater saß zu der Zeit im Gefängnis, weil er beim Kochen von Meth erwischt worden war. Die Mutter war zur Arbeit in einem Supermarkt. Die Jungen wurden zerquetscht und waren sofort tot.«

Samantha starrte fassungslos auf das Bild. »Das ist ja grauenhaft!«

»Allerdings. In einer Tagebauregion zu wohnen wird nie langweilig. Die Erde bebt, Fundamente reißen. Kohlenstaub erfüllt die Luft und pudert alles ein. Brunnenwasser färbt sich orange. Gesteinsbrocken fliegen umher. Vor zwei Jahren hatte ich einen Fall in West Virginia: Mr. und Mrs. Herzog sitzen an einem warmen Samstagnachmittag im Garten an ihrem Swimmingpool, da donnert aus dem Nichts ein Felsbrocken von einer Tonne Gewicht heran und kracht mitten ins Becken. Die beiden sind patschnass, die Poolwanne ist gerissen. Wir haben das Unternehmen verklagt, aber nur ein paar mickrige Dollar herausgeschlagen.«

»Haben Sie auch Strayhorn Coal verklagt?«

»O ja. Nächsten Montag beginnt der Prozess am Bezirksgericht in Colton.«

»Ist denn kein außergerichtlicher Vergleich mit dem Unternehmen möglich?«

»Strayhorn Coal wurde von unseren furchtlosen Inspektoren mit einer Strafe von zwanzigtausend Dollar belegt, die sie empfindlich getroffen haben muss, denn man hat sofort Einspruch eingelegt. Nein, ein Vergleich ist nicht möglich. Sie haben zusammen mit ihrer Versicherungsgesellschaft hunderttausend Dollar geboten.«

»Hunderttausend Dollar für den Tod von zwei Kindern?«

»Tote Kinder sind nicht viel wert, schon gar nicht in den

Appalachen. Sie haben keinen wirtschaftlichen Nutzen, weil sie nicht erwerbstätig sind. Doch der Prozess kann zum Präzedenzfall für Strafschadenersatz werden, denn Strayhorn Coal hat einen Kapitalwert von einer halben Milliarde Dollar. Ich werde ein oder zwei Millionen verlangen. Allerdings haben die klugen Leute, die die Gesetze hier im Commonwealth machen, vor Jahren beschlossen, Schadenersatzleistungen zu deckeln.«

»Ich glaube, das kam in meiner Zulassungsprüfung vor.«

»Der Deckel liegt bei dreihundertfünfzigtausend Dollar, ganz gleich, was der Beklagte verbrochen hat. Das war ein Geschenk unserer Generalversammlung an die Versicherungsindustrie, genau wie alle anderen Kostendeckelungen.«

»Sie klingen wie mein Vater.«

»Wollen Sie nun essen oder die ganze Mittagspause hier stehen?«

»Ich habe keinen richtigen Hunger.«

»Ich schon.« Sie setzten sich an den Tisch und packten ihre Sandwiches aus.

Samantha nahm widerwillig einen kleinen Bissen. »Haben Sie denn versucht, einen Vergleich auszuhandeln?«

»Ich habe eine Million gefordert, sie haben mir hunderttausend geboten. Damit sind wir dimensionenweit voneinander entfernt. Sie, das heißt das Unternehmen und die Anwälte der Versicherung, bauen auf die Tatsache, dass die Familie alles andere als eine Vorzeigefamilie war. Außerdem bauen sie darauf, dass viele Geschworene in dieser Gegend entweder Angst vor den Kohlekonzernen haben oder sie insgeheim unterstützen. Wenn man in den Appalachen gegen ein Kohleunternehmen klagt, kann man sich nicht darauf verlassen, eine unvoreingenommene Jury zu bekommen. Selbst die, die das Geschäft verabscheuen, halten sich oft zurück. Jeder hat einen Verwandten oder Freund, der dort arbeitet. Das sorgt vor Gericht immer für Spannung.«

Samantha nahm noch einen kleinen Bissen und sah sich im Raum um. Die Wände waren überzogen von großen Farbfotos und Karten, die zum Teil bereits als Beweisstücke gekennzeichnet waren oder noch auf ihren Einsatz bei Gericht warteten. »Die Kanzlei meines Vaters hat früher auch einmal so ausgesehen.«

»Marshall Kofer. Ich habe über ihn gelesen. Er war eine echte Größe, wenn es um Schadenersatzprozesse ging.«

»Allerdings. Als Kind musste ich ihn in seiner Kanzlei besuchen, wenn ich ihn sehen wollte, vorausgesetzt, er war überhaupt im Lande. Er hat ununterbrochen gearbeitet. Seine Kanzlei war riesig. Wenn er nicht gerade auf der Jagd nach der neuesten Flugzeugkatastrophe um die Welt gejettet ist, saß er in seinem Büro und bereitete Prozesse vor. Sie hatten dort einen großen, vollgestopften Raum ... Jetzt fällt es mir wieder ein, der wurde auch Einsatzzentrale genannt.«

»Ich habe den Ausdruck nicht erfunden. Die meisten Prozessanwälte haben so einen in ihrer Kanzlei.«

»Die Wände waren auch voll mit großen Fotos und Diagrammen und allen möglichen Beweisstücken. Sehr beeindruckend, selbst für mich damals als Kind. Ich spüre immer noch die Anspannung und Nervosität, die im Raum lag, wenn er und seine Leute auf einen Prozess zuarbeiteten. Es ging immer um große Flugzeugtragödien mit vielen Toten und vielen Anwälten. Später hat er mir einmal erzählt, dass die meisten seiner Fälle bereits kurz vor Prozessbeginn geregelt waren. Die Haftungsfrage war selten ein Problem. Wenn ein Flugzeug abstürzt, sind nicht die Passagiere schuld. Die Fluggesellschaften sind gut versichert und haben genug finanzielle Mittel. Die sorgen sich um ihren Ruf, also zahlen sie bereitwillig, und zwar astronomische Summen.«

»Haben Sie nie daran gedacht, für ihn zu arbeiten?«

»Nein, nie. Er ist unmöglich, zumindest war er das damals.

Total übersteigertes Ego, ein Workaholic, kurz gesagt: ein echtes Arschloch. Ich wollte mit dem Ganzen nichts zu tun haben.«

»Und dann ist er selbst abgestürzt.«

»Kann man wohl sagen.« Sie stand auf und ging zu einem anderen Foto, das ein Autowrack zeigte. Rettungsleute versuchten, jemanden zu befreien, der im Innern gefangen war.

Donovan blieb sitzen und kaute auf einem Kartoffelchip. »Den Prozess habe ich vor drei Jahren in Martin County, West Virginia, geführt. Und verloren.«

»Was ist passiert?«

»Ein Kohlelaster kam den Berg herunter, völlig überladen und mit überhöhter Geschwindigkeit. Er geriet über die Mittellinie und überfuhr den kleinen Honda. Am Steuer saß Gretchen Bane, sechzehn, meine Mandantin. Sie starb noch am Unfallort. Wenn Sie genau hinschauen, können Sie ihren linken Fuß sehen, der unten aus der Tür ragt.«

»So was hatte ich befürchtet. Haben die Geschworenen das auch gesehen?«

»O ja. Die haben alles gesehen. Fünf Tage lang habe ich das alles vor der Jury ausgebreitet, aber es hat nichts genützt.«

»Wie kam es, dass Sie verloren haben?«

»Ich verliere etwa die Hälfte meiner Fälle. In diesem Fall lag es am Fahrer des Trucks, der in den Zeugenstand trat, schwor, die Wahrheit zu sagen, und dann drei Stunden lang log, dass sich die Balken bogen. Er sagte, Gretchen habe die Mittellinie überfahren und den Unfall verursacht, und es sollte so klingen, als hätte sie in Selbstmordabsicht gehandelt. Die Kohleunternehmen sind clever, die schicken nie nur einen Lkw. Die fahren immer zu zweit, damit es im Notfall einen Zeugen gibt. Die Trucks sind beladen mit Hunderten von Tonnen Kohle und rasen über alte Brücken mit einer Maximalbelastung von zwanzig Tonnen, die immer noch von Schulbussen benutzt werden.

Verkehrsregeln werden grundsätzlich missachtet. Wenn es zu Unfällen kommt, geht es meist übel aus. In West Virginia kommt pro Woche ein Autofahrer unverschuldet ums Leben. Der Fahrer schwört, er hat nichts falsch gemacht, sein Kumpel deckt ihn, es gibt keine weiteren Zeugen, und schon entscheidet die Jury zugunsten des Konzerns.«

»Könnten Sie nicht in Berufung gehen?«

Donovan lachte, als hätte sie einen gelungenen Scherz gemacht, und trank einen Schluck Wasser. »Sicher, das Recht haben wir immerhin noch. Doch in West Virginia werden die Richter gewählt, was eine Ungeheuerlichkeit ist. In Virginia gibt es auch ein paar richtig üble Gesetze, aber immerhin wählen wir unsere Richter nicht. Anders dort drüben. Der Oberste Gerichtshof von West Virginia hat fünf Mitglieder, die für vier Jahre gewählt werden und dann erneut antreten. Raten Sie mal, wer die Wahlkampagnen finanziert.«

»Die Kohleunternehmen.«

»Volltreffer. Die manipulieren die Politiker, die Inspektoren, die Richter, und oft kontrollieren sie auch die Geschworenen. Die Voraussetzungen sind also nicht eben ideal für uns.«

»So viel zum Thema fairer Prozess«, sagte sie, ohne den Blick von den Fotos zu nehmen.

»Hin und wieder gewinnen wir. In Gretchens Fall gab es eine unverhoffte Wendung. Einen Monat nach dem Prozess fuhr derselbe Fahrer wieder einen Pkw an. Diesmal kam zum Glück niemand ums Leben, es gab nur ein paar Knochenbrüche. Der Deputy vor Ort wurde misstrauisch und nahm den Fahrer mit, um ihn zu verhören. Der Mann benahm sich verdächtig und gab schließlich zu, dass er fünfzehn Stunden lang ununterbrochen am Steuer gesessen habe. Um fit zu bleiben, habe er Red Bull mit Wodka getrunken und Crystal Meth geschnupft. Der Deputy stellte ein Aufnahmegerät an und fragte ihn über den Unfall mit

Gretchen Bane aus. Er gab zu, dass sein Arbeitgeber ihn mit Drohungen gezwungen habe, vor Gericht zu lügen. Ich bekam eine Kopie des Protokolls und habe daraufhin jede Menge Anträge eingereicht. Das Gericht hat schließlich ein neues Verfahren in Aussicht gestellt, auf das wir immer noch warten. Irgendwann werde ich sie drankriegen.«

»Was wurde aus dem Fahrer?«

»Er hat am Ende alles ausgeplaudert und kein gutes Haar mehr an Eastpoint Mining, seinem Arbeitgeber, gelassen. Daraufhin schlitzte ihm jemand die Reifen auf und gab zwei Schüsse durch sein Küchenfenster ab. Inzwischen ist er in einem anderen Bundesstaat untergetaucht. Ich gebe ihm Geld, damit er etwas hat, wovon er leben kann.«

»Ist das legal?«

»Hier im Kohlenrevier stellt sich diese Frage nicht. Meine Welt ist nicht schwarz-weiß. Der Gegner bricht jedes Gesetz, und damit ist es von vornherein kein fairer Kampf. Wer sich an die Regeln hält, verliert, selbst wenn er auf der richtigen Seite steht.«

Samantha kam zum Tisch zurück und knabberte an einem Chip. »Ich wusste, es war klug von mir, mich von Gerichten fernzuhalten.«

»Das höre ich gar nicht gern«, sagte er lächelnd und verfolgte jede ihrer Bewegungen mit seinen dunklen Augen. »Ich wollte Ihnen eigentlich einen Job anbieten.«

»Nein danke, tut mir leid.«

»Ich meine es ernst. Ich könnte jemanden gebrauchen, der für mich recherchiert, und ich würde Sie bezahlen. Da ich weiß, wie viel Sie drüben bei Mattie verdienen, dachte ich, Sie wären vielleicht interessiert, nebenbei für mich als wissenschaftliche Mitarbeiterin tätig zu werden.«

»In Ihrer Kanzlei?«

»Wo sonst? Das würde sich auch nicht mit Ihrem Praktikum überschneiden. Nur nach Feierabend und am Wochenende. Wenn Sie hier nicht jetzt schon vor Langeweile eingehen, wird es sicher nicht mehr lange dauern.«

»Warum ich?«

»Es gibt sonst niemanden. Ich habe zwei Rechtsassistentinnen, eine davon hat morgen ihren letzten Tag. Den anderen Anwälten in der Stadt traue ich nicht über den Weg, ich traue überhaupt niemandem, der hier irgendwo in einer Kanzlei tätig ist. Ich achte sehr auf Geheimhaltung, und Sie sind noch nicht lange genug hier, um irgendetwas zu wissen oder irgendwen zu kennen. Sie sind ideal.«

»Ich weiß nicht, was ich sagen soll. Haben Sie mit Mattie darüber gesprochen?«

»Nicht darüber, nein. Doch wenn Sie Interesse haben, werde ich mit ihr reden. Sie schlägt mir selten etwas ab. Denken Sie drüber nach. Und wenn Sie nicht wollen, verstehe ich das auch.«

»Okay, ich werde darüber nachdenken. Aber ich habe gerade erst einen Job angetreten und hatte eigentlich nicht vor, mir noch einen zu suchen, jedenfalls noch nicht so bald. Außerdem bin ich wirklich kein Fan von Sitzungssälen.«

»Sie müssten nicht zum Gericht gehen. Sie dürfen sich hier drin verstecken, recherchieren, lesen, exzerpieren und wieder so lange arbeiten wie früher.«

»Davon wollte ich gerade wegkommen.«

»Ich verstehe. Überlegen Sie es sich, wir unterhalten uns später darüber.«

Einen Moment lang widmeten sie sich schweigend ihren Sandwiches, doch die Stille lastete schwer im Raum. »Mattie hat mir von Ihrer Vergangenheit erzählt«, sagte Samantha schließlich.

Lächelnd schob er sein Essen zur Seite. »Was wollen Sie wissen? Ich bin ein offenes Buch.«

Das bezweifelte sie. Mehrere Fragen kamen ihr in den Sinn: Was ist aus Ihrem Vater geworden? Wie sehr belastet Sie die Trennung von Ihrer Frau? Wie häufig sehen Sie sie?

Vielleicht später. »Eigentlich gar nichts. Aber es ist eine interessante Hintergrundgeschichte.«

»Interessant, traurig, tragisch, abenteuerlich. Ich bin achtunddreißig Jahre alt, und ich werde jung sterben.«

Darauf wusste sie nichts zu sagen.

11

Der Highway nach Colton schlängelte sich durch die Berge. Mal bot er atemberaubende Ausblicke auf dicht stehende Bergrücken, dann wieder öffneten sich Täler, die mit verfallenen Schuppen, Mobilheimen und Autowracks gesprenkelt waren. Die Straße schmiegte sich an Flussläufe mit Stromschnellen im seichten Wasser, so klar, dass es sicher gefahrlos trinkbar war. Doch noch während man in der Schönheit der Natur schwelgte, kam ein weiteres verlassenes Nest aus erbärmlichen Hütten, die dicht gedrängt im ewigen Schatten der Berge kauerten. Der Kontrast war erschütternd: die Anmut der Berge gegen die Armut der Menschen, die an ihrem Fuß lebten. Es gab hübsche Häuser mit gepflegten Rasenflächen und weißen Lattenzäunen, doch die Nachbargebäude sahen meist schon nicht mehr so ordentlich aus.

Mattie fuhr und redete, während Samantha in die Landschaft blickte. Auf einem der wenigen geraden Straßenabschnitte kam ihnen von oben ein langer Lkw entgegen, verdreckt, voller Staub, eine Plane über der Ladefläche. Er raste die Straße mit eindeutig überhöhtem Tempo herunter, aber immerhin auf der richtigen Straßenseite. Als er vorbei war, sagte Samantha: »Das war ein Kohlelaster, nehme ich an.«

Mattie sah in den Rückspiegel, als wäre ihr das Ungetüm gar nicht aufgefallen. »Ach so, ja. Die transportieren die Kohle ab, wenn sie gewaschen wurde und verkaufsfertig ist. Sie sind allgegenwärtig.«

»Donovan hat gestern davon erzählt. Er hat keine besonders gute Meinung von ihnen.«

»Ich könnte wetten, der hier war überladen und hätte sicher keine Kontrolle überstanden.«

»Werden sie denn nicht kontrolliert?«

»Nur sporadisch. Meistens wissen die Kohleunternehmen es außerdem vorher, wenn ein Prüfer kommt. Am liebsten sind mir die Sicherheitsprüfer, die die Sprengungen überwachen sollen. Die haben feste Termine. Also, was passiert wohl, wenn sie auftauchen? Alles ist vorbildlich. Sobald sie weg sind, wird wieder wild gesprengt, ohne Rücksicht auf Verluste.«

Samantha nahm an, dass Mattie über ihr Mittagessen mit Donovan Bescheid wusste, und wartete einen Augenblick, ob sie die Jobofferte ansprechen würde, was sie aber nicht tat. Sie erreichten eine Anhöhe, nach der die Straße wieder in ein Tal abfiel.

Mattie sagte: »Ich möchte Ihnen was zeigen. Wird nur eine Minute dauern.« Sie bremste und bog auf eine kleinere Straße ein, die noch kurviger und steiler war. Es ging wieder bergauf. An einem schmalen Seitenstreifen, auf dem zwei Holztische und ein Mülleimer standen, hielten sie. Vor ihnen lag quadratkilometerweit dicht bewaldete Hügellandschaft. Sie stiegen aus und gingen zu einem klapprigen Zaun, der Menschen und Fahrzeuge davor bewahren sollte, in ein Tal zu stürzen, in dem sie nie gefunden werden würden.

»Von hier aus kann man drei Bergkuppentagebaue aus der Ferne sehen. Dort drüben …« Mattie deutete nach links. »Das ist die Cat-Mountain-Mine, nicht weit von Brady. Geradeaus ist die Loose-Greek-Mine in Kentucky. Und hier rechts, das ist die Little-Utah-Mine, ebenfalls in Kentucky. Dort wird überall Kohle gefördert, und das in Rekordzeit. Diese Berge waren früher einmal tausend Meter hoch, genauso hoch wie ihre Nachbarn. Schauen Sie sich an, was daraus geworden ist.«

Die Berge waren vollständig abgeholzt worden, bis nur noch kahler Fels und Erde übrig waren. Mit den fehlenden Kuppen sahen sie aus wie Fingerstümpfe einer verstümmelten Hand. Um sie herum standen ihre unversehrten Nachbarn, bedeckt von Laubwald in leuchtend orange-gelber Herbstfärbung, makellos schön, wenn nicht die Schandflecke gewesen wären.

Samantha stand reglos da und starrte entsetzt auf das Ausmaß der Zerstörung. »Das kann nicht legal sein«, sagte sie schließlich.

»Ich fürchte doch, und zwar auf nationaler Ebene. Streng genommen ist es gesetzeskonform. Nur wie es ausgeführt wird, ist illegal.«

»Und es gibt keine Möglichkeit, dem Einhalt zu gebieten?«

»Seit zwanzig Jahren wird wie wild prozessiert. Wir haben auf Bundesebene ein paarmal gewonnen, doch sämtliche für uns positiven Beschlüsse wurden in der Berufung verworfen. Das Berufungsgericht in Richmond ist hauptsächlich mit Republikanern besetzt. Aber wir kämpfen weiter.«

»Wir?«

»Die Guten, die Gegner des Bergkuppentagebaus. Ich bin nicht als Anwältin involviert, doch ich gehöre zur richtigen Seite. Wir stellen hier definitiv eine Minderheit dar, aber wir geben nicht auf.« Mattie sah auf ihre Uhr. »Wir fahren besser weiter.«

Im Auto sagte Samantha: »Das macht Sie krank, oder?«

»Die haben hier schon so viel kaputt gemacht. Unsere Umwelt, unser Leben ... Ja, es macht mich krank.«

Als sie Colton erreichten, ging der Highway in die Center Street über, und nach ein paar Blocks erschien auf der rechten Seite das Gerichtsgebäude. »Donovan führt nächste Woche hier einen Prozess«, sagte Samantha.

»O ja, einen großen. Die beiden kleinen Jungen. Eine traurige Geschichte.«

»Sie kennen den Fall?«

»Es war in aller Munde, als die beiden ums Leben kamen. Ich weiß mehr darüber, als mir lieb ist. Hoffentlich gewinnt er. Ich habe ihm geraten, sich außergerichtlich zu vergleichen, damit die Familie etwas davon hat, doch er will ein Zeichen setzen.«

»Das heißt, er nimmt Ihren Rat nicht an.«

»Donovan tut zumeist, was er will, und zumeist hat er damit recht.«

Sie parkten hinter dem Gebäude und gingen hinein. Anders als das Gerichtsgebäude von Noland County war das Hopper County Courthouse ein irritierender moderner Bau, der auf den Bauplänen mit Sicherheit umwerfend schick ausgesehen hatte: komplett aus Glas und Stein, mit allerlei Auskragungen und Winkeln, ein kühnes Design, das großzügig mit dem Platzangebot umging. Samantha mutmaßte insgeheim, dass der Architekt bestimmt irgendwann seine Zulassung verloren hatte.

»Das alte Gebäude ist niedergebrannt«, erklärte Mattie auf der Treppe. »Aber irgendwie brennen sie alle.«

Samantha war nicht sicher, was das bedeuten sollte. Lady Purvis saß nervös im Flur vor dem Sitzungssaal und lächelte erleichtert, als sie ihre Anwältinnen entdeckte. Ein paar weitere Umstehende warteten darauf, dass die Sitzung beginnen würde. Nach ein paar Sätzen Small-Talk deutete Lady auf einen teiggesichtigen jungen Mann in einem Polyester-Jackett und polierten spitzen Stiefeln. »Das ist der Typ von JRA. Er heißt Snowden, Laney Snowden.«

»Warten Sie hier«, ordnete Mattie an. Samantha im Schlepptau, marschierte sie auf Mr. Snowden zu, dessen Augen immer größer wurden, je näher sie kam. »Sie sind der Vertreter von JRA?«, wollte Mattie wissen.

»Der bin ich«, erklärte Snowden stolz.

Sie streckte ihm eine Visitenkarte hin wie ein Schnappmesser.

»Ich bin Mattie Wyatt, Rechtsbeistand von Stocky Purvis. Das ist meine Mitarbeiterin, Samantha Kofer. Wir sind hier, um unseren Mandanten aus dem Gefängnis zu holen.«

Snowden wich einen Schritt zurück, doch Mattie rückte nach. Samantha wusste nicht recht, was sie tun sollte, und beschloss dann, sich in Haltung und Gesichtsausdruck aggressiv zu geben. Mit grimmiger Miene sah sie Snowden an, der nicht fassen konnte, dass sich ein Loser wie Stocky Purvis nicht nur einen, sondern gleich zwei Anwälte leisten konnte.

»Gut«, sagte Snowden. »Bringen Sie das Geld her, und schon ist er draußen.«

»Er hat kein Geld, Mr. Snowden. Das sollte inzwischen klar geworden sein. Und er kann nichts verdienen, solange er Ihretwegen hinter Gittern sitzt. Da können Sie so viele illegale Gebühren erheben, wie Sie wollen; solange mein Mandant dort ist, verdient er keinen müden Cent.«

»Ich habe einen richterlichen Beschluss«, hielt Snowden prahlerisch dagegen.

»Nun, genau darüber werden wir gleich mit dem Richter reden. Der Beschluss wird revidiert werden, sodass Stocky freikommt. Wenn Sie nicht kooperieren, werden Sie das Nachsehen haben.«

»Also gut, was hattet ihr Mädels euch denn so gedacht?«

»Wagen Sie es nicht, mich Mädel zu nennen!«, fauchte Mattie. Snowden zuckte zusammen, als fürchtete er, sofort eine jener Klagen wegen sexueller Belästigung am Hals zu haben, über die man überall las. Mattie rückte mit zunehmend rotem Gesicht immer näher an ihn heran. »Wir bieten Folgendes an: Mein Mandant schuldet dem County rund zweihundert Dollar an Strafgeldern und Gebühren. Ihr Laden hat dann aus lauter Jux und Tollerei noch mal vierhundert draufgepackt. Davon zahlen wir hundert, also insgesamt dreihundert Dollar, und wir haben dafür sechs Monate Zeit. Unser letztes Wort.«

Snowden setzte ein falsches Lächeln auf und schüttelte den Kopf. »Tut mir leid, Mrs. Wyatt, aber das ist für uns nicht akzeptabel.«

Ohne den Blick von Snowden zu nehmen, griff Mattie in ihren Aktenkoffer und zog schwungvoll ein paar Blätter heraus. »Dann sollten Sie sich schon mal hiermit vertraut machen«, sagte sie und wedelte mit dem Papier vor seinem Gesicht. »Das ist eine Klage gegen Judicial Response Associates, die wir beim Bundesgericht einreichen werden – Sie werde ich noch als Beklagten einfügen –, und zwar wegen widerrechtlicher Festnahme und Freiheitsberaubung. Sehen Sie, Mr. Snowden, die Verfassung sagt klar und deutlich, dass man einen mittellosen Menschen nicht einsperren darf, nur weil er seine Schulden nicht bezahlen kann. Ich gehe nicht davon aus, dass Sie das wissen, schließlich arbeiten Sie für eine Bande von Strauchdieben. Aber Sie dürfen mir glauben, dass die Bundesrichter es wissen, weil sie nämlich die Verfassung gelesen haben, zumindest die meisten von ihnen. Schuldhaft ist illegal. Schon mal was vom Gleichbehandlungsgrundsatz gehört?«

Snowden stand der Mund offen, doch er fand keine Worte.

Mattie ließ nicht locker. »Dachte ich mir. Vielleicht können Ihre Anwälte Ihnen das für dreihundert Dollar die Stunde erläutern. Ich sage Ihnen das, damit Sie Ihren Bossen ausrichten können, dass wir sie für die nächsten zwei Jahre vor Gericht beschäftigen werden. Ich werde sie mit Drucksachen zuschütten. Ich werde dafür sorgen, dass sie stundenlang unter Eid aussagen müssen, und alle ihre miesen kleinen Tricks aufdecken. Es wird alles herauskommen. Ich werde sie so piesacken, dass sie ihres Lebens nicht mehr froh werden. Sie werden Albträume von mir haben. Und am Ende werde ich den Fall gewinnen und obendrein von ihnen die Anwaltsgebühren kassieren.« Sie drückte ihm die Klage gegen die Brust, bis er das Papier widerstrebend nahm.

Sie machten kehrt und ließen Snowden stehen, der wie gelähmt mit weichen Knien zurückblieb und bereits Vorahnungen von den angedrohten Albträumen zu haben schien. Samantha, nicht minder fassungslos, flüsterte: »Können wir nicht beantragen, dass die dreihundert Dollar erlassen werden?«

Plötzlich wieder völlig ruhig, lächelte Mattie. »Natürlich können wir das, und das werden wir auch tun.«

Dreißig Minuten später stand Mattie vor dem Richter und verkündete, dass sie eine Vereinbarung getroffen hätten, nach der ihr Mandant, Mr. Stocky Purvis, mit sofortiger Wirkung aus der Haft entlassen werden könne. Lady war tränenüberströmt, als sie das Gericht verließ und zum Gefängnis ging.

Auf der Fahrt zurück nach Brady sagte Mattie: »Eine Anwaltslizenz ist ein mächtiges Werkzeug, Samantha, wenn man sie nutzt, um einfachen Leuten zu ihrem Recht zu verhelfen. Gauner wie Snowden sind daran gewöhnt, Menschen einzuschüchtern, die sich keinen Rechtsbeistand leisten können. Sobald ein guter Anwalt auf den Plan tritt, ist es schnell vorbei mit der Überheblichkeit.«

»Sie können aber auch ganz schön einschüchternd wirken.«

»Das macht die Übung.«

»Wann haben Sie denn die Klage aufgesetzt?«

»So was haben wir vorrätig, unter dem Oberbegriff ›To-go-Klagen‹. Einfach Namen eintragen, das Wort ›Bundesgericht‹ gleichmäßig im Text verteilen, und schon wuseln sie davon wie verschreckte Kellermäuse.«

To-go-Klagen. Wuselnde Kellermäuse. Samantha überlegte, wie viele ihrer Jahrgangskollegen wohl je mit solchen Rechtspraktiken konfrontiert worden waren.

Um zwei Uhr nachmittags saß Samantha im Hauptsitzungssaal des Gerichts von Noland County und tätschelte einer ängstlichen Phoebe Fanning das Knie. Das malträtierte Gesicht der jungen Frau war inzwischen blau verfärbt und sah noch schlimmer aus als zuvor. Sie war mit einer dicken Schicht Make-up erschienen, doch Annette hatte sie sofort zur Toilette geschickt, um es abzureiben.

Erneut wurde Randy Fanning mitsamt seiner Eskorte vorgefahren. Als er den Saal betrat, sah er noch übellauniger aus als zwei Tage zuvor. Die Scheidungsklage, die man ihm hatte zukommen lassen, musste ihm schwer zugesetzt haben. Während ein Deputy ihm die Handschellen abnahm, starrte er zu seiner Frau und Samantha herüber.

Der Richter des Bezirksgerichts hieß Jeb Battle und war ein eifriger junger Mann von höchstens dreißig. Da die Law Clinic häufig mit Familienrecht zu tun hatte, war Annette Stammgast in seinem Sitzungssaal und bemüht, möglichst gut mit ihm auszukommen. Der Richter rief den Saal zur Ordnung und entschied zunächst über ein paar unstreitige Anträge, bis er *Fanning gegen Fanning* aufrief. Annette und Samantha begleiteten ihre Mandantin durch die Schranke zu einem Tisch nicht weit vom Richter. Randy Fanning, flankiert von einem Deputy, ging zu einem anderen Tisch, wo er wartete, bis Hump seine Leibesfülle auf dem Stuhl neben ihm eingerichtet hatte. Nachdem Richter Battle Phoebes geschundenes Gesicht gemustert hatte, war seine Entscheidung gefallen.

»Diese Scheidung wurde am Montag eingereicht. Haben Sie eine Abschrift davon bekommen, Mr. Fanning? Sie dürfen sitzen bleiben.«

»Ja, Sir, ich habe eine Abschrift.«

»Mr. Humphrey, soweit ich informiert bin, wird morgen früh die Kaution festgesetzt, ist das richtig?«

»Ja, Sir.«

»Wir sind hier, um über ein befristetes Kontaktverbot zu

befinden. Phoebe Fanning bittet das Gericht, Randall Fanning aufzuerlegen, sich vom Haus seiner Familie, den drei Kindern, seiner Frau sowie allen nahen Verwandten fernzuhalten. Haben Sie Einwände hierzu, Mr. Humphrey?«

»Selbstverständlich, Euer Ehren. Diese Sache ist völlig aus den Fugen geraten.« Hump war aufgestanden und fuchtelte theatralisch mit den Armen. »Das Paar hatte Streit«, fuhr er in zunehmend näselndem Südstaatenslang fort, »und zwar nicht zum ersten Mal, und nicht jedes Mal war mein Mandant schuld, aber okay, er hat mit seiner Frau gestritten. Offensichtlich haben sie Probleme, doch sie versuchen, sie zu lösen. Ich schlage vor, wir atmen jetzt alle mal tief durch, sorgen dafür, dass Randy aus dem Gefängnis kommt und wieder zur Arbeit gehen kann – dann bin ich sicher, dass die beiden zumindest einen Teil ihrer Querelen beilegen können. Mein Mandant vermisst seine Kinder. Er möchte wirklich nach Hause.«

»Mrs. Fanning hat die Scheidung eingereicht, Mr. Humphrey«, sagte der Richter streng. »Sie scheint es mit der Trennung ziemlich ernst zu meinen.«

»Scheidungsanträge lassen sich ebenso schnell einreichen wie zurückziehen, Euer Ehren. Mein Mandant ist sogar bereit, zu einer dieser Eheberatungsstellen zu gehen, wenn sie das glücklich macht.«

Annette unterbrach ihn: »Euer Ehren, über dieses Stadium sind wir längst hinaus. Mr. Humphreys Mandant hat einen Prozess wegen heimtückischer Körperverletzung vor sich und muss höchstwahrscheinlich einer Haftstrafe ins Auge sehen. Der Kollege hofft, dass sich das alles in Wohlgefallen auflöst und sein Mandant als freier Mann den Saal verlässt. Aber dazu wird es nicht kommen. Wir werden diesen Scheidungsantrag nicht zurückziehen.«

»Wem gehört das Haus?«, fragte Richter Battle.

»Keinem von beiden«, sagte Annette. »Sie wohnen dort zur Miete.«

»Und wo sind die Kinder?«

»Die wurden von hier weggebracht, an einen sicheren Ort.«

Bis auf ein paar zusammengewürfelte Möbel war das Haus bereits ausgeräumt. Phoebe hatte einen Großteil ihrer Habe in einem Lager untergebracht und Unterschlupf in einem Motel in Grundy, Virginia, gefunden, eine Autostunde entfernt. Die Law Clinic besaß für solche Fälle eine Notkasse, aus der sie Unterkunft und Verpflegung für sie bezahlte. Phoebe hatte vor, nach Kentucky zu gehen, wo eine Verwandte wohnte, doch sicher war das alles noch nicht.

Richter Battle sah Randy Fanning an. »Mr. Fanning, ich werde dem Antrag auf Kontaktverbot in allen Punkten entsprechen. Wenn Sie aus der Haft freikommen, werden Sie sich von Ihrer Frau, Ihren Kindern und sämtlichen nahen Verwandten Ihrer Frau fernhalten. Bis auf Weiteres werden Sie sich nicht in die Nähe Ihres Hauses begeben. Kein Kontakt. Bleiben Sie einfach weg, verstanden?«

Randy lehnte sich zur Seite und flüsterte seinem Anwalt etwas zu. Hump sagte: »Euer Ehren, bekommen wir eine Stunde Zeit, um seine Sachen aus dem Haus zu holen?«

»Eine Stunde. Und ich werde einen Deputy mitschicken. Geben Sie mir Bescheid, wenn Mr. Fanning die Haftanstalt verlässt.«

Annette stand auf. »Euer Ehren, meine Mandantin fühlt sich bedroht und eingeschüchtert. Als wir am Montag aus dem Gericht kamen, wurden wir auf der Treppe von Mr. Fannings Bruder und ein paar finsteren Typen aufgehalten. Meiner Mandantin wurde gedroht, es werde ihr etwas zustoßen, falls sie die Anzeige nicht zurücknehme. Es war nur ein kurzer Zwischenfall, aber dennoch sehr beunruhigend.«

Richter Battle sah erneut Randy Fanning an. »Stimmt das?«

»Ich weiß nicht, Euer Ehren«, erwiderte Randy. »Ich war nicht dabei.«

»War das Ihr Bruder?«

»Kann schon sein. Wenn sie das sagt.«

»Ich schätze Einschüchterungsversuche gar nicht, Mr. Fanning. Ich schlage vor, Sie pfeifen Ihren Bruder zurück. Sonst werde ich den Sheriff informieren.«

»Danke, Euer Ehren«, sagte Annette.

Randy wurde wieder in Handschellen gelegt und abgeführt. Hump eilte ihm nach und raunte ihm zu, dass alles gut werde. Richter Battle ließ seinen Hammer niederfahren und verkündete eine Sitzungsunterbrechung. Samantha, Annette und Phoebe verließen den Saal. Auf dem Weg aus dem Gebäude rechneten sie schon fast erneut mit Ärger.

Und tatsächlich wartete Tony Fanning mit einem Freund in der Main Street hinter einem Pick-up, der am Straßenrand parkte. Als sie die Frauen entdeckten, kamen sie auf sie zu, mit breiter Brust und Zigarette im Mund.

»O weh«, sagte Annette leise.

»Der macht mir keine Angst«, behauptete Phoebe. Die beiden Männer stellten sich ihnen in den Weg, doch als Tony zum Reden ansetzte, tauchte plötzlich wie aus dem Nichts Donovan Gray auf und sagte laut: »Na, wie ist es gelaufen?« Tony und sein Kumpel blickten mit einem Mal drein, als könnten sie kein Wässerchen trüben, ganz anders als noch vor wenigen Sekunden. Mit gesenktem Blick wichen sie zurück, um Donovan keine Angriffsfläche zu bieten. »Sorry, Männer«, sagte er und schob sich provozierend nah an ihnen vorbei. Im Vorbeigehen funkelte er Tony an, der seinem Blick für eine Sekunde standhielt, ehe er wegsah.

Nachdem Samantha dreimal hintereinander mit Annette und den Kindern zu Abend gegessen hatte, entschuldigte sie sich mit der Begründung, sie müsse noch lernen und wolle dann früh zu Bett gehen. Sie machte sich auf ihrer Kochplatte einen Teller Suppe warm, las eine Stunde lang in ihren Seminarunterlagen und legte dann den Ordner beiseite. Kaum vorzustellen, in der Main Street von Brady eine Kanzlei zu führen, die von einverständlichen Scheidungen und Immobilienkaufverträgen lebte. Annette hatte gesagt, die meisten Anwälte in Brady kämen auf kaum dreißigtausend Dollar netto im Jahr. Ihr Gehalt belief sich auf vierzigtausend Dollar, ebenso wie Matties. Annette hatte lachend hinzugefügt: »Es ist wahrscheinlich der einzige Ort im ganzen Land, wo man mit Pro-bono-Rechtsberatung mehr verdient als mit regulären, bezahlten Mandaten.« Donovan nehme weit mehr ein als alle anderen, doch er gehe auch höhere Risiken ein.

Er sei auch der größte Sponsor der Law Clinic, die vollständig aus Privatspenden finanziert werde. Es gebe gewisse Stiftungsgelder, und ein paar der großen Kanzleien »aus dem Norden« beteiligten sich großzügig, doch Mattie habe ständig damit zu kämpfen, ihr Spendenziel von zweihunderttausend Dollar jährlich zu erreichen. »Wir würden Ihnen liebend gern ein Gehalt zahlen, aber wir haben einfach keine Mittel«, erklärte Annette. Samantha versicherte ihr, dass sie mit dem Arrangement zufrieden sei.

Ihre Internetverbindung lief über Annettes Satellitensystem und war vermutlich die langsamste in ganz Nordamerika. »Man braucht viel Geduld«, hatte Annette sie gewarnt, doch davon hatte Samantha zum Glück reichlich dieser Tage, nachdem sie sich in einer angenehmen Alltagsroutine eingerichtet hatte, die geruhsame Nächte mit ausreichend Schlaf einschloss. Sie ging ins Internet, um die Lokalzeitungen zu studieren, die *Roanoke*

Times und die *Charleston Gazette* aus West Virginia. In der *Gazette* fand sie einen interessanten Artikel mit dem Titel: »Ökoterroristen für jüngsten Anschlag verantwortlich?«

In den letzten beiden Jahren habe eine Bande im südlichen West Virginia mehrere Tagebaue mit schwerem Gerät attackiert, war da zu lesen. Ein Sprecher eines Bergbauunternehmens bezeichnete sie als »Ökoterroristen« und drohte im Falle ihrer Festnahme mit Repressalien. Ihre bevorzugte Vorgehensweise sei, im Morgengrauen aus dem Schutz umliegender Hügel heraus zu schießen. Sie seien hervorragende Schützen, benutzten modernste Militärwaffen und erwiesen sich als äußerst effizient im Zerstören der hundert Tonnen schweren Muldenkipper der Firma Caterpillar. Diese hätten Reifen mit einem Durchmesser von fünf Metern und einem Gewicht von je vierhundertfünfzig Kilo, die achtzehntausend Dollar pro Stück kosteten. Jedes Fahrzeug habe sechs Reifen, die den Attentätern ein leichtes Ziel böten. Ein Foto zeigte ein Dutzend gelber Ungetüme, die untätig in Reih und Glied standen – eine eindrucksvolle Demonstration der Stärke. Ein Vorarbeiter deutete auf die platten Reifen, insgesamt achtundzwanzig. Er berichtete, ein Wachmann der Nachtschicht sei um 3.40 Uhr durch Schüsse aufgeschreckt worden. Die Kugeln seien nach einem ausgeklügelten Plan in die Reifen eingeschlagen, die wie kleine Bomben explodiert seien. Er habe Schutz in einem Graben gesucht und sofort den Sheriff angerufen. Beim Eintreffen der Polizei seien die Heckenschützen jedoch längst über alle Berge gewesen. Der Sheriff sagte, er tue alles in seiner Macht Stehende, doch es werde schwierig, die Übeltäter dingfest zu machen. Der Tatort, die Bull-Forge-Mine, liege im Gebiet von Winnow Mountain und Helley's Bluff, die über tausend Meter hoch und von unberührten Wäldern bedeckt seien, von denen aus man Tag und Nacht ungestört auf Maschinen schießen könne. Der Sheriff stellte allerdings klar, dass es sich seiner Meinung nach bei den Schützen nicht um leichtsinnige junge Kerle handele, die zum Spaß mit ihren Jagdgewehren herumballerten. Sie träfen von ihrem Versteck aus auf eine Entfernung von tausend Metern, und die Kugeln, die in einigen der Reifen gefunden wurden, seien 51-Millimeter-Patronen, wie sie das Militär verwende, eindeutig abgefeuert aus Hightech-Scharfschützengewehren.

Der Artikel erinnerte an vorangegangene Anschläge. Es hieß, die Ökoterroristen suchten ihre Ziele sorgfältig aus. Da es genügend Tagebaureviere in der Gegend gebe, würden sie einfach geduldig abwarten, bis die Spezialmaschinen an günstigen Stellen abgestellt würden. Man wies darauf hin, dass die Schützen offenbar Wert darauf legten, niemanden zu verletzen. Bislang hätten sie noch nie auf ein Fahrzeug geschossen, das nicht abgestellt war, und in vielen der Minen werde rund um die Uhr gearbeitet. Vor sechs Wochen seien im Red Valley, Martin County, zweiundzwanzig Reifen unbrauchbar gemacht worden. Einem anderen Wachmann zufolge habe die nächtliche Attacke nur wenige Sekunden gedauert. Inzwischen böten vier Kohleunternehmen Belohnungen von insgesamt zweihunderttausend Dollar an.

Es gebe keine Verbindung zu dem Anschlag auf die Bullington-Mine zwei Jahre zuvor, dem gewagtesten Sabotageakt seit Jahrzehnten. Damals sei Sprengstoff aus dem firmeneigenen Lager entwendet worden, um sechs Muldenkipper, zwei Seilbagger, zwei Raupenlader, einen Bürocontainer und das Lager selbst in die Luft zu jagen. Schaden: fünf Millionen Dollar. Mangels Tatverdächtiger habe es keine Festnahmen gegeben.

Beim Durchstöbern der Zeitungsarchive ertappte sich Samantha dabei, wie sie insgeheim die Daumen für die Ökoterroristen drückte. Als ihr irgendwann die Augen zuzufallen drohten, rief sie widerstrebend die *New York Times* auf. Zu New Yorker Zeiten hatte sie das Blatt – außer hin und wieder sonntags –

morgens nur überflogen. Den Wirtschaftsteil ignorierend, klickte sie sich durch die Ressorts, bis sie bei der Dining-Seite stoppte. Ein Kritiker verriss ein neues Restaurant in Tribeca, ein In-Lokal, das sie vor vier Wochen selbst noch besucht hatte. Ein Foto zeigte die Bar, wo junge Leute in Doppelreihe auf die nächsten freien Tische warteten, mit fröhlichen Gesichtern und Gläsern in den Händen. Samantha hatte das Essen als hervorragend in Erinnerung und verlor schnell das Interesse an den Mäkeleien des Autors. Stattdessen ließ sie das Foto nicht mehr los. Sie hörte förmlich das Stimmengewirr der Menge, spürte die Energie. Wie gut würde jetzt ein Martini tun. Wie schön wäre jetzt ein ausgiebiges Essen mit Freundinnen, bei dem sie nebenbei nach hübschen Jungs Ausschau hielten.

Zum ersten Mal verspürte sie ein wenig Heimweh, das sie aber rasch abschüttelte. Wenn sie wollte, konnte sie morgen abreisen. Sicher wäre in New York mehr Geld zu verdienen als in Brady. Sie konnte jederzeit gehen. Es gab nichts, was sie hier hielt.

12

Die Wanderung begann am Ende eines seit Langem unbenutzten Ziehwegs, den nur Donovan finden konnte. Die Fahrt dorthin hatte das fahrerische Können und die Nervenstärke eines Stuntdrivers erfordert, und Samantha hatte mehr als einmal damit gerechnet, dass sie ins Tal stürzten. Doch schließlich erreichten sie eine Art kleiner Lichtung, die dicht von Eichen, Kastanien und Tupelobäumen überwuchert war. »Hier ist die Straße zu Ende.«

»Das nennen Sie Straße?« Samantha öffnete langsam die Beifahrertür.

Lachend erwiderte er: »Das ist ein vierspuriger Highway, verglichen mit so manchem Waldweg hier.« Das Leben in der Großstadt hatte sie auf etwas Derartiges nicht vorbereitet, doch die Aussicht auf das Abenteuer reizte sie. Er hatte ihr nur geraten, Wanderstiefel und neutrale Kleidung zu tragen. Die Wahl des Schuhwerks leuchtete ihr ein, die der Kleidung nicht.

»Wir müssen uns tarnen«, hatte er erklärt. »Die werden uns im Auge haben, und wir werden unbefugtes Gelände betreten.«

»Dann droht also wieder mal eine Festnahme?«

»Wohl kaum. Die kriegen uns nicht.«

Die Stiefel hatte sie tags zuvor für fünfundvierzig Dollar im Dollarstore in Brady erstanden, und sie waren etwas eng und steif. Dazu trug sie eine alte Baumwollhose und ein graues Sweatshirt mit der Aufschrift »Columbia University«. Donovan dagegen hatte ein Jagdoutfit vom Feinsten, Wanderstiefel vom Online-Spezialausstatter, die mindestens schon zweitausend Kilometer auf dem Buckel hatten. Er öffnete die Heckklappe des Jeeps und entnahm einen Rucksack, den er sich auf den Rücken schnallte. Dann holte er ein Gewehr mit großem Zielfernrohr heraus. »Wir gehen auf die Jagd?«, fragte sie.

»Nein, das dient zu unserem Schutz. Es gibt Bären in dieser Gegend.«

Sie bezweifelte das, wusste aber nicht recht, was sie glauben sollte. Ein paar Minuten lang folgten sie einem Trampelpfad, der aussah, als würde er nur sporadisch benutzt. Die Steigung war mäßig, im Unterholz um sie herum wuchsen Sassafras, Judasbaum, Schaumkerze und Leimkraut – Pflanzen, deren Namen ihm von der Zunge gingen wie Vokabeln einer Fremdsprache, die er fließend beherrschte. Aus Rücksicht auf Samantha ließ er es mit dem Tempo locker angehen, aber sie wusste, dass er diesen Anstieg jederzeit im Laufschritt nehmen konnte. Es dauerte nicht lange, da keuchte und schwitzte sie, doch sie war fest entschlossen, sich nicht abhängen zu lassen.

In New York war es selbstverständlich für junge Singles, Mitglied in einem Fitnessstudio zu sein, und zwar nicht in irgendeinem. Es kam auf Adresse und Outfit an, aber auch auf die Tageszeit, wann man gesehen werden wollte, wenn man für zweihundertfünfzig Dollar im Monat keuchte und schwitzte. Samanthas Fitnessaktivitäten hatten den rücksichtslosen Anforderungen von Scully & Pershing nicht lange standgehalten. Ihre Mitgliedschaft im Studio war vor zwei Jahren abgelaufen und hatte ihr seither nicht im Geringsten gefehlt. Ihr Fitnesstraining hatte sich auf lange Märsche durch die Stadt beschränkt. Das und zurückhaltende Essgewohnheiten hatten dafür gesorgt, dass sie ihr Gewicht hielt – doch fit war sie nicht. Die neuen Stiefel lasteten mit jeder Wegbiegung schwerer an ihren Füßen.

An einer kleinen Lichtung blieben sie stehen und blickten zwischen den Bäumen hindurch auf ein langes, tiefes Tal mit Bergrücken im Hintergrund. Die Aussicht war spektakulär, und sie war froh über die Pause.

Donovan schwenkte einen Arm. »Das sind die artenreichsten Berge Nordamerikas, und sie sind älter als jede andere Bergkette auf dem Kontinent. Hier leben Tausende von Pflanzen und Tieren, die es sonst nirgendwo gibt und die eine Ewigkeit gebraucht haben, um sich zu dem zu entwickeln, was sie heute sind.« Er unterbrach sich, um die Landschaft zu betrachten, und fuhr dann wie ein Reiseleiter ohne Aufforderung fort. »Vor einer Million Jahren begannen sich die Kohlenflöze zu bilden, die sich heute als Fluch erweisen. Wir zerstören die Berge, weil wir auf diese Weise billig an Energie kommen. In diesem Land verbraucht jeder Mensch pro Tag neun Kilogramm Kohle. Ich habe ein bisschen über den Kohlenverbrauch der verschiedenen Regionen recherchiert, es gibt eine Website dazu. Wussten Sie, dass in Manhattan pro Person und Tag durchschnittlich 3,6 Kilo Kohle verbraucht werden, die aus dem Tagebau der Appalachen kommen?«

»Nein, tut mir leid, das wusste ich nicht. Woher stammen die übrigen 5,4 Kilo?«

»Aus Untertagebau hier im Osten, Ohio oder Pennsylvania, wo noch auf die altmodische Art gefördert wird und die Berge geschützt werden.« Er stellte seinen Rucksack ab, zog ein Fernglas heraus und blickte hindurch, bis er gefunden hatte, was er suchte. »Dort drüben«, sagte er und reichte ihr das Gerät, »bei etwa zwei Uhr ist eine große Fläche, grau und braun, schwer zu erkennen.«

Samantha spähte hindurch, stellte scharf und sagte: »Okay, ich sehe sie.«

»Das ist die Bull-Forge-Mine in West Virginia, eines der größten Kohlenreviere überhaupt.«

»Ich habe gestern Abend darüber gelesen. Vor ein paar Monaten gab es dort wohl Ärger. Jemand hat die Reifen ihrer Spezialmaschinen als Übungsziele benutzt.«

Lächelnd sah er sie an. »Sie machen Ihre Hausaufgaben, was?«

»Ich habe einen Laptop und Annettes WLAN. Die Ökoterroristen haben wieder zugeschlagen, stimmt's?«

»So heißt es.«

»Wer sind diese Leute?«

»Das werden wir hoffentlich nie erfahren.« Er stand vor ihr, den Blick immer noch in die Ferne gerichtet, und tastete beim Sprechen unbewusst nach dem Schaft seines Gewehrs, eine Bewegung, die sie nur zufällig aus dem Augenwinkel wahrnahm.

Nach der Lichtung begann der echte Aufstieg. Sofern überhaupt ein Weg vorhanden war, war er kaum zu erkennen, was Donovan aber nicht zu stören schien. Er ging von Baum zu Baum, immer den nächsten Orientierungspunkt im Blick, wenn er nicht nach unten sah, wohin er seine Füße setzte. Samanthas Schenkel und Waden begannen zu brennen. Die billigen Stiefel drückten am Fußgewölbe. Ihr Atem ging schwer, und nach einer Viertelstunde schweigendem Klettern sagte sie: »Haben Sie Wasser dabei?«

Ein verrottender Baumstamm bot einen netten Rastplatz, und sie leerten zusammen eine Flasche Wasser. Er fragte sie nicht, wie es ihr gehe, und sie wollte nicht wissen, wie lange sie noch unterwegs wären. Als sie wieder zu Atem gekommen waren, sagte er: »Wir sind auf dem Dublin Mountain, rund hundert Meter unterhalb des Gipfels. Direkt daneben erhebt sich der Enid Mountain, den Sie in ein paar Minuten sehen werden. Wenn alles nach Plan läuft, wird Strayhorn Coal in etwa sechs Monaten mit Bulldozern anrücken, den Berg skalpieren, alle diese wunderbaren Bäume vernichten, die Tiere verjagen und mit Sprengungen beginnen. Der Antrag auf Tagebau steht kurz vor der Genehmigung. Wir haben zwei Jahre lang dagegen gekämpft, aber es war von vornherein ein abgekartetes Spiel.« Er bewegte den Arm über die Bäume. »Das alles wird in Kürze nicht mehr da sein.«

»Warum bergen sie nicht zumindest das Holz?«

»Weil sie Unmenschen sind. Sobald ein Kohleunternehmen grünes Licht für den Abbau bekommt, drehen alle durch. Sie wollen nur die Kohle, alles andere interessiert sie nicht. Sie zerstören alles, was ihnen in den Weg kommt – Wälder, Holz, Tierwelt –, und überrollen alle, die ihnen Steine in den Weg legen könnten – Landbesitzer, Anwohner, Inspektoren, Politiker und vor allem Aktivisten und Umweltschützer. Es ist Krieg, da gibt es keine Kompromisse.«

Samantha betrachtete den dichten Laubwald und schüttelte ungläubig den Kopf. »Das kann nicht legal sein.«

»Es ist legal, weil es nicht illegal ist. Über die Gesetzeskonformität von Bergkuppentagebau wird seit Jahren vor Gericht gestritten, doch zu stoppen war er bislang nicht.«

»Wem gehört dieses Land?«

»Inzwischen gehört es Strayhorn. Was wir hier tun, ist unbefugtes Betreten, und glauben Sie mir, die würden mich liebend gern hier oben schnappen, drei Tage vor Prozessbeginn. Aber keine Sorge, uns kann nichts passieren. Etwa hundert Jahre lang gehörte das Land der Herman-Familie. Sie haben vor zwei Jahren verkauft und irgendwo am Meer eine Villa gebaut.« Er deutete nach rechts. »Hinter dem Hügel dort, ein paar hundert Meter weiter unten im Tal, steht das alte Haus, in dem die Familie jahrzehntelang gewohnt hat. Es ist jetzt leer. Die Bulldozer werden etwa zwei Stunden brauchen, um das Haus samt Nebengebäuden dem Erdboden gleichzumachen. Nicht weit vom Haus unter einer alten Eiche ist ein kleiner Familienfriedhof, umgeben von einem zierlichen weißen Lattenzaun – richtig idyllisch.

Das alles wird ins Tal gestoßen werden, samt Grabsteinen, Särgen, Knochen. Strayhorn schert sich einen Dreck darum, und die Hermans sind jetzt so reich, dass sie gern verdrängen, woher sie stammen.«

Samantha nahm noch einen Schluck Wasser und versuchte, in ihren Schuhen mit den Zehen zu wackeln. Donovan griff in den Rucksack, nahm zwei Müsliriegel heraus und reichte ihr einen. »Danke.«

»Weiß Mattie, dass Sie hier sind?«, fragte er.

»Ich gehe davon aus, dass Mattie, Annette, Barb und wahrscheinlich auch Claudelle jeden meiner Schritte kennen. Wie Sie immer sagen: Brady ist eine Kleinstadt.«

»Ich habe nichts erwähnt.«

»Es war Freitagnachmittag, und es war nicht viel los in der Kanzlei. Da habe ich Mattie erzählt, dass Sie mich gefragt haben, ob ich mir die Gegend ein bisschen ansehen will.«

»Gut, wir sind also auf einer Sightseeingtour. Sie muss ja nicht wissen, wo genau wir sind.«

»Sie findet, Sie sollten sich vergleichen, um zumindest etwas für die Mutter der beiden Jungen herauszuholen.«

Er lächelte und nahm einen großen Bissen von seinem Riegel. Sekunden verstrichen, eine ganze Minute, und Samantha wurde bewusst, dass ihn längere Unterbrechungen in Gesprächen nicht störten. Schließlich sagte er: »Ich liebe meine Tante, aber sie hat keine Ahnung davon, wie man Prozesse führt. Ich bin bei ihr ausgestiegen, weil ich Großes erreichen wollte, große Prozesse führen, große Urteile erwirken wollte, damit große Kohleunternehmen für ihre Sünden bezahlen müssen. Ich habe triumphale Siege und vernichtende Niederlagen erlebt, und wie bei vielen Kollegen in diesem Geschäft ist mein Leben ein ständiges Auf und Ab. Mal geht es mir blendend, mal bin ich pleite. Sicher kennen Sie das aus Ihrer Kindheit.«

»Oh, wir waren nie pleite, ganz im Gegenteil. Ich wusste, dass mein Vater ab und zu verliert, doch wir hatten immer genug Geld. Zumindest bis er total den Überblick verlor und ins Gefängnis ging.«

»Wie war das für Sie? Sie waren damals ein Teenager, richtig?«

»Hören Sie, Donovan, Sie leben von Ihrer Frau getrennt und möchten nicht darüber sprechen. Schön. Mein Vater war im Gefängnis, und darüber will ich nicht sprechen. Belassen wir es dabei, ja?«

»Okay. Wir sollten weitergehen.«

Sie wanderten weiter bergauf, zunehmend langsamer, während der Weg in dem immer steileren Gelände irgendwann völlig verschwand. Geröll und Steine lösten sich unter ihren Schritten, und sie hielten sich beim Aufsteigen an jungen Trieben fest. Als sie wieder einmal anhielten, um Luft zu holen, schlug Donovan vor, dass Samantha vorging, damit er sie halten konnte, falls sie stolperte und abrutschte. Er blieb dicht hinter ihr, eine Hand auf ihrer Hüfte, halb um sie zu führen, halb um sie anzuschieben. Schließlich erreichten sie den höchsten Punkt des Dublin Mountain. Als sie aus dem Wald heraus auf eine kleine felsige Lichtung traten, sagte er: »Wir müssen hier vorsichtig sein. Das ist unser heimlicher Ausguck. Gleich da drüben ist der Enid Mountain, wo Strayhorn am Werk ist. Die haben Wachleute, die hin und wieder herüberschauen. Wir prozessieren seit über einem Jahr gegeneinander, und es hat ein paar üble Vorfälle gegeben.«

»Zum Beispiel?«

Er schnallte seinen Rucksack ab und lehnte das Gewehr gegen einen Felsen. »Sie haben die Fotos in meinem Büro gesehen. Als wir das erste Mal mit einem Fotografen hier waren, haben sie uns erwischt und versucht, uns zu verklagen. Ich bin sofort zum Richter gegangen und habe rückwirkend einen Beschluss erwirkt, der uns Zugang gewährte, wenn auch stark limitiert. Für die Zukunft aber hat uns der Richter den Zugang untersagt.«

»Ich habe keine Bären gesehen. Wozu das Gewehr?«

»Zum Schutz. Ducken Sie sich und kommen Sie rüber.« Mit eingezogenen Köpfen gingen sie ein paar Schritte zu einem Spalt zwischen zwei Felsbrocken. Unterhalb lagen die Überreste des Enid Mountain, der vor Jahren noch über tausend Meter hoch gewesen war, doch nun zu einer pockennarbigen Brache aus Stein und Staub geworden war, über die sich wie in Zeitlupe Maschinen schoben. Der Minenbetrieb erstreckte sich über den gesamten Stumpf des Berges bis hin zu den Anhöhen der benachbarten Gipfel. Muldenkipper, beladen mit hundert Tonnen frischer, ungewaschener Kohle, holperten im Slalom hintereinander den Berg herab wie Ameisen. Ein monströser Schaufelbagger von der Größe ihres Apartments schwang seinen Arm hin und her und trieb die Zähne seiner Schaufel in die Erde, um je zweihundert Kubikmeter aufzunehmen und auf ordentliche Haufen aufzuschütten. Kleinere Bagger trugen diese wiederum systematisch ab und brachten die Erde zu einer Flotte von Transportern, die sie an eine Stelle fuhren, wo Planierraupen sie ins Tal schoben. Weiter unten am Berg – dem, was davon übrig war – hoben Schaufellader Kohle aus dem freigelegten Flöz und leerten sie in die Muldenkipper, die, sobald sie vollgeladen waren, langsam und mühevoll davonholperten. Jeder Arbeitsgang wirbelte erneut riesige Staubwolken auf.

»Ganz schön heftig, was?«, sagte Donovan mit leiser, düsterer Stimme, als fürchtete er, belauscht zu werden.

»Heftig trifft es nicht ganz. Mattie hat mir am Mittwoch auf dem Weg nach Colton drei Minen gezeigt, wobei wir nicht so nahe waren wie jetzt. Mir wird übel, wenn ich das sehe.«

»Ja, und man gewöhnt sich nie daran. Das Land wird permanent verstümmelt. Jeden Tag aufs Neue.«

Die Zerstörung war langsam, aber stetig und methodisch. »Innerhalb von zwei Jahren haben sie zweihundertfünfzig Meter von diesem Berg abgetragen«, fuhr er nach ein paar Minuten fort. »Sie haben vier oder fünf Flöze ausgebeutet, und etwa so viele sind noch übrig. Wenn alles vorbei ist, wird der Enid Mountain rund drei Millionen Tonnen Kohle freigegeben haben, zu einem Preis von durchschnittlich sechzig Dollar. Die Rechnung geht auf.«

Sie rückten näher zusammen, wobei sie darauf achteten, sich nicht zu berühren, und beobachteten die fortschreitende Verwüstung. Eine Planierraupe fuhr mit einem Haufen Aushub vor dem Schild gefährlich nah an eine Kante, und die größeren Steinbrocken rollten und sprangen über eine dreihundert Meter hohe aufgeschüttete Wand ins Tal, bis sie nicht mehr zu sehen waren. »So ist es passiert«, sagte er. »Versuchen Sie, sich den Berg vor neunzehn Monaten vorzustellen, als er noch hundertfünfzig Meter höher war. Einer der Bulldozer schob einen Felsbrocken über die Kante, und der raste fast zwei Kilometer weit ins Tal, wo er den Trailer der Tates traf, mit zwei schlafenden Kindern.« Er hob das Fernglas vor die Augen und suchte, ehe er es ihr reichte. »Bleiben Sie geduckt«, ordnete er an. »Ganz unten im Tal, wo die Aufschüttung zu Ende ist, kann man ein kleines weißes Gebäude sehen. Das war mal eine Kirche. Haben Sie's?«

Nach ein paar Sekunden sagte sie: »Jetzt sehe ich es.«

»Gleich hinter der Kirche war eine kleine Siedlung aus ein paar Häusern und Trailern. Von hier aus kann man die Stelle nicht sehen. Wie gesagt, es ist fast zwei Kilometer entfernt, und die Bäume verstellen die Sicht. Im Prozess wollen wir ein Video zeigen, das den Weg des Felsbrockens nachzeichnet. Er schoss über die Kirche hinweg, mit geschätzten hundertdreißig Stundenkilometern – das lässt sich anhand seines Gewichts errechnen –, prallte ein- oder zweimal auf und krachte dann in den Trailer der Tates.«

»Sie haben den Brocken?«

»Ja und nein. Das Ding wiegt sechs Tonnen, wir können es also schwer in den Gerichtssaal bringen. Doch es ist immer noch da, und wir haben jede Menge Fotos. Vier Tage nach dem Unfall versuchte das Unternehmen, den Brocken zu sprengen und abzutransportieren, aber wir konnten sie stoppen. Gauner, nichts als Gauner. Die sind tatsächlich am Tag nach der Beerdigung mit einer ganzen Mannschaft auf dem fremden Grundstück angerückt und wollten den Brocken zerlegen, völlig ungeachtet der Schäden, die sie damit angerichtet hatten. Ich rief den Sheriff, und es gab ein paar angespannte Momente.«

»Sie hatten den Fall vier Tage nach dem Ereignis?«

»Nein. Ich hatte den Fall am Tag nach dem Ereignis. Binnen vierundzwanzig Stunden. Ich habe mich an den Bruder der Mutter gewandt. Man muss hier draußen schnell sein.«

»Mein Vater wäre beeindruckt.«

Donovan sah auf seine Uhr und blickte dann wieder auf die Mine. »Um vier ist eine Sprengung geplant. Sie bekommen also richtig was geboten.«

»Ich bin gespannt.«

»Sehen Sie das seltsame Fahrzeug mit dem Ausleger am Heck, ganz hinten links?«

»Soll das ein Witz sein? Da sind Hunderte von Fahrzeugen.«

»Keiner der Transporter; es ist kleiner und steht etwas abseits.«

»Okay, ja, jetzt hab ich es. Was ist das?«

»Ich weiß nicht, ob es eine offizielle Bezeichnung hat, wir nennen es Sprenglaster.« Samantha richtete das Fernglas auf die Maschine und das geschäftige Treiben darum herum. »Was machen die da?«

»Im Augenblick bereiten sie die Bohrungen vor. Laut Vorschriften dürfen sie zwanzig Meter tiefe Sprenglöcher mit achtzehn Zentimeter Durchmesser bohren. Die Löcher haben je drei Meter Abstand und sind in einer Art Gitter angeordnet. Die Vorschriften besagen, dass sie nicht mehr als vierzig Löcher pro Sprengung bohren dürfen. Vorgeschrieben ist alles Mögliche, Tatsache aber ist, dass sich niemand darum schert. Unternehmen wie Strayhorn machen sowieso, was sie wollen. Außerdem schaut niemand hin, außer vielleicht ab und zu eine Umweltschutzgruppe. Die machen dann ein Video und reichen offiziell Beschwerde ein, woraufhin das Unternehmen einen Klaps auf die Finger bekommt, eine Strafe zahlen muss, und die Welt ist wieder in Ordnung. Die Inspektoren lösen ihre Schecks ein und schlafen selig.«

Ein großer bärtiger Mann tauchte unvermittelt hinter ihnen auf und schlug Donovan mit einem lauten »Bumm!« auf die Schulter. Donovan rief: »Verflucht!«, während Samantha vor Schreck nach Luft schnappte und das Fernglas fallen ließ. Als sie herumfuhren, blickten sie in das grinsende Gesicht eines kräftigen Mannes, der aussah, als sollte man sich besser nicht auf eine Schlägerei mit ihm einlassen. »Verdammt noch mal«, fauchte Donovan, jedoch ohne nach seinem Gewehr zu greifen. Samantha suchte mit den Augen verzweifelt nach einer Fluchtroute.

Der Mann hielt sich gebückt und strahlte die beiden an. Dann streckte er Samantha eine Hand entgegen und sagte: »Vic Canzarro, Freund der Berge.« Sie hatte sich noch nicht wieder gefangen und war nicht in der Lage, die Hand zu ergreifen.

»Musst du uns so einen Schreck einjagen?«, knurrte Donovan.

»Nein. Aber es macht Spaß.«

»Sie kennen ihn?«, fragte Samantha.

»Leider. Er ist ein Freund, oder eigentlich mehr ein Bekannter. Vic, das ist Samantha Kofer, Matties neue Praktikantin.« Jetzt klappte es mit dem Handschlag.

»Freut mich«, sagte Vic. »Was bringt Sie ins Kohlenrevier?«

»Das ist eine lange Geschichte«, erwiderte sie und atmete aus. Herz und Lunge funktionierten wieder normal. »Eine sehr lange Geschichte.«

Vic stellte seinen Rucksack ab und setzte sich auf einen Stein. Er schwitzte vom Aufstieg und brauchte Wasser. Als er Samantha eine Flasche anbot, lehnte sie ab. »Columbia University?«, fragte er mit Blick auf ihr Sweatshirt.

»Ja. Ich habe in New York gearbeitet – bis vor zehn Tagen die Welt unterging und ich entlassen wurde oder beurlaubt oder was weiß ich. Sind Sie auch Anwalt?« Sie nahm ebenfalls auf einem Stein Platz, und Donovan ließ sich neben ihr nieder.

»Um Gottes willen, nein. Ich war mal Inspektor für Minensicherheit, habe mich dann aber feuern lassen. Auch eine lange Geschichte.«

»Wir haben alle lange Geschichten«, sagte Donovan und nahm eine Flasche Wasser. »Vic ist mein Sachverständiger. Wenn man ihm genug Geld gibt, erzählt er den Geschworenen, was man will – so wie alle anständigen Gutachter. Nächste Woche darf er einen ganzen Tag in den Zeugenstand und sich damit vergnügen, eine lange Liste von Strayhorns Sicherheitsverstößen abzuarbeiten und sich anschließend von deren Verteidigern zerfleischen zu lassen.«

Vic lachte. »Ich freue mich schon drauf. Mit Donovan vor Gericht zu gehen ist immer spannend, besonders wenn er gewinnt, was aber nicht allzu oft vorkommt.«

»Ich gewinne genauso oft, wie ich verliere.«

Vic trug ausgebleichte Jeans und ein Flanellhemd, dazu schlammverkrustete Stiefel, und sah aus wie ein erfahrener Wandersmann, der jeden Moment ein Zelt aus seinem Rucksack zaubern konnte, um spontan eine Woche im Wald zu nächtigen. »Wird gebohrt?«, fragte er Donovan.

»Sie haben gerade angefangen. Um vier soll's losgehen.«

Vic sah auf die Uhr. »Sind wir auf unseren Gerichtstermin vorbereitet?«

»Ja. Sie haben ihr Angebot auf zweihunderttausend erhöht. Ich habe um 9.30 Uhr heute Morgen abgelehnt.«

»Du spinnst, weißt du das? Nimm das Geld, dann hat die Familie was davon.« Vic sah Samantha an. »Kennen Sie die Fakten?«

»Die meisten«, erwiderte sie. »Ich habe Fotos und Karten gesehen.«

»Man kann hier keiner Jury trauen. Das versuche ich Donovan schon die ganze Zeit klarzumachen, aber er hört nicht.«

»Wirst du filmen?«, fragte Donovan, um das Thema zu wechseln.

»Natürlich.« Sie unterhielten sich ein paar Minuten, in denen die beiden Männer ihre Uhren nicht aus den Augen ließen. Vic nahm eine kleine Kamera aus seinem Rucksack und ging zwischen zwei Felsbrocken in Stellung.

Donovan sagte zu Samantha: »Da keine Inspektoren dabei sind, kann man getrost annehmen, dass Strayhorn beim Sprengen ein paar Vorschriften ignoriert. Wir werden das auf Video aufnehmen und eventuell nächste Woche den Geschworenen zeigen. Im Grunde brauchen wir es nicht, da wir das Unternehmen auch so zur Rechenschaft ziehen können. Die werden ihre Ingenieure in den Zeugenstand schicken, die das Blaue vom Himmel lügen, wie streng sie sich an die Sicherheitsvorschriften halten, doch wir haben genügend Beweise in petto.«

Samantha und er rückten an Vic heran, der sich ganz auf das Filmen konzentrierte. Donovan sagte: »Sie füllen ein Zeug in die Löcher, das als ANC bekannt ist – eine Mischung aus Ammoniumnitrat und Dieselöl. Es ist zu gefährlich, um transportiert zu werden, deshalb mischen sie es vor Ort. Das ist das, was sie gerade tun. Der Laster pumpt Dieselöl in die Sprenglöcher, während die Gruppe links Sprengkapseln und Zünder aufbaut. Wie viele Löcher sind es, Vic?«

»Ich zähle sechzig.«

»Das ist klar eine Übertretung, wie nicht anders zu erwarten.« Samantha sah durch das Fernglas zu, wie Männer begannen, mit Schaufeln die Löcher zu füllen. Aus jedem Loch ragte ein Draht, und zwei Männer waren eifrig dabei, alle Drähte zu bündeln. Säckeweise wurde Ammoniumnitrat in die Löcher gekippt, dann literweise Dieselöl eingefüllt. Die Arbeit ging langsam voran, es war längst nach vier Uhr. Als der Sprenglaster endlich abfuhr, sagte Donovan: »Jetzt dauert es nicht mehr lange.« Nachdem Arbeiter und Maschinen abgezogen waren, lagen die Bohrlöcher verlassen da. Eine Sirene heulte, dann wurde der Bereich der Mine still.

Die Explosionen begannen als entferntes Grummeln, eine nach der anderen im Abstand von Sekundenbruchteilen, während Fontänen von Staub und Rauch in die Luft schossen, in perfekter Formation, wie Springbrunnen einer Wassershow in Las Vegas. Dann begann der Boden zu bröckeln. Urzeitliches Gestein zerbarst in mächtigen Wellen, und die Erde bebte. Staub stieg auf und formte eine dichte Wolke über der Sprengung, die an diesem windstillen Tag nirgendwohin abziehen würde. Donovan klang wie ein Live-Reporter: »Sie sprengen dreimal pro Tag, obwohl nur zwei Sprengungen genehmigt sind. Wenn man rechnet, dass Dutzende von Minen hier in den Appalachen betrieben werden, kommt man auf rund eine halbe Million Kilogramm Sprengstoff, die hier tagtäglich in die Luft gehen.«

»Wir haben ein Problem«, sagte Vic ruhig. »Sie haben uns entdeckt.«

»Wo?«, fragte Donovan und nahm Samantha das Fernglas ab.

»Da oben bei dem Trailer.«

Donovan richtete seine Linsen auf den Trailer. Auf einer

Plattform daneben standen zwei Männer mit Schutzhelmen, die durch Ferngläser herübersahen. Donovan winkte; einer der Männer winkte zurück. Donovan tippte sich an die Stirn; der Mann erwiderte die Geste.

»Wie lange stehen die schon da?«, fragte er.

»Keine Ahnung«, sagte Vic. »Aber wir hauen besser ab.« Sie griffen Rucksäcke und Gewehr und machten sich an den hastigen Abstieg. Samantha rutschte aus und stürzte um ein Haar, doch Vic packte ihre Hand und hielt sie fest. Sie folgten Donovan, duckten sich unter Bäumen hindurch, wichen Felsen aus, schlugen sich mit den Händen einen Weg durch das Unterholz, ohne einem erkennbaren Pfad zu folgen. Nach ein paar Minuten blieben sie auf einer kleinen Lichtung stehen. Vic deutete in eine Richtung. »Ich bin von dort gekommen. Ruft mich an, wenn ihr euren Jeep erreicht habt.« Er verschwand in den Wald, und sie setzten ihren Weg bergab fort. Es war jetzt nicht mehr so steil, und sie konnten mehrere hundert Meter gefahrlos im Laufschritt zurücklegen.

»Sind wir in Sicherheit?«, fragte Samantha irgendwann.

»Alles okay«, antwortete Donovan ruhig. »Die kennen den Wald nicht so gut wie ich. Und wenn sie uns erwischen, können sie uns ja nicht töten.«

Samantha fand das wenig beruhigend. Der Weg verlief weiterhin flach, und sie beeilten sich voranzukommen. Als der Jeep hundert Meter vor ihnen sichtbar wurde, blieb Donovan stehen, um nach weiteren Fahrzeugen Ausschau zu halten. »Sie haben uns nicht gefunden«, sagte er. Im Wegfahren schickte er Vic eine SMS, dass die Luft rein war. Sie holperten den Berg hinunter, umfuhren Schlaglöcher und Spalten, die breit genug waren, um das ganze Auto zu verschlingen.

Nach ein paar Minuten sagte er: »Jetzt sind wir nicht mehr auf Strayhorns Grund.« Er bog auf eine Asphaltstraße ein, als ein großer staubiger Pick-up um die Kurve geschossen kam. »Das sind sie«, meinte Donovan. Der Pick-up schwenkte in die Mitte der Straße, um dem Jeep den Weg abzuschneiden, doch Donovan gab Gas und wich auf den Seitenstreifen aus. Im Wagen saßen mindestens drei derbe Typen mit Schutzhelmen und grimmigen Mienen, die eindeutig Streit suchten. Sie stoppten abrupt und begannen zu wenden, um die Verfolgung aufzunehmen, aber der Jeep hängte sie ab.

Während sie auf Nebenstraßen durch Hopper County rasten, blieb Donovan stumm und ließ den Rückspiegel nicht aus den Augen. »Denken Sie, die haben Ihr Kennzeichen?«, fragte Samantha.

»Die wissen sowieso, dass ich es war. Am Montag werden sie zum Richter rennen und ihm was vorheulen. Ich werde alles abstreiten und sagen, sie sollen aufhören zu jammern. Und jetzt gehen wir Geschworene aussuchen.«

In Colton fuhren sie am Gericht in der Center Street vorbei. Donovan nickte hinüber. »Ground Zero. Hässlichstes Gerichtsgebäude in ganz Virginia.«

»Ich war am Mittwoch mit Mattie dort.«

»Wie fanden Sie den Sitzungssaal?«

»Er ist irgendwie seltsam, aber ich bin nicht gerade Expertin für Gerichtssäle. Ich habe mich immer möglichst davor gedrückt.«

»Ich liebe sie. Es ist der einzige Ort, wo es der kleine Mann Auge in Auge mit einem großen, gewieften Konzern aufnehmen kann. Jemand ohne Macht und Geld, in der Hand nichts als ein paar Fakten, kann Klage einreichen und ein milliardenschweres Unternehmen zu einem fairen Kampf herausfordern.«

»Fair ist es nicht immer, oder?«

»Aber sicher. Wenn die mogeln, mogele ich auch. Wenn die mit faulen Tricks kommen, komme ich mit fauleren. Man muss die Gerechtigkeit lieben.«

»Sie klingen wie mein Vater. Es ist erschreckend.«

»Und Sie klingen wie meine Frau. Sie hatte keinen Sinn für meine Arbeit.«

»Reden wir über was anderes.«

»Gern. Haben Sie morgen schon was vor?«

»Samstag in Brady. Die Law Clinic ist geschlossen. Was steht denn zur Auswahl?«

»Wie wär's mit einem Abenteuer?«

»Hat es mit Waffen zu tun?«

»Nein, ich werde keine Waffe tragen, versprochen.«

»Werden wir uns wieder auf fremde Grundstücke schleichen? Besteht die Möglichkeit, dass wir verhaftet werden?«

»Nein. Versprochen.«

»Klingt ziemlich langweilig. Ich bin dabei.«

13

Samstagmorgen in aller Frühe rief Blythe mit der unglaublichen Nachricht an, dass sie den Tag freihatte, was in ihrer Welt eine Seltenheit war. Die Lage an ihrem Arbeitsplatz hatte sich stabilisiert; der Aderlass in ihrer Kanzlei war offenbar zu Ende. In den letzten fünf Tagen war niemand mehr gefeuert worden, und endlich sickerten auch die ersten Versprechungen von oben durch. Ein herrlicher Herbsttag in der Stadt, und sie hatte nichts anderes zu tun, als einkaufen zu gehen, ein Restaurant für das Mittagessen auszusuchen und zu genießen, dass sie jung und Single war. Samantha vermisste ihre Mitbewohnerin, und in diesem Moment hatte sie schreckliches Heimweh. Sie war erst seit zwei Wochen aus New York weg, doch angesichts der Entfernung kam es ihr wie ein ganzes Jahr vor. Nachdem sie sich eine halbe Stunde unterhalten hatten, mussten sich beide anderen Dingen widmen.

Samantha duschte und zog sich schnell an, weil sie ihr Auto möglichst lautlos aus der Einfahrt bewegen wollte, bevor Kim und Adam aus dem Haus gerannt kamen und sie für den Rest des Tages in Beschlag nahmen. Bis jetzt sah es so aus, als würden Annette und die Kinder nicht darauf bestehen, dass ihr Gast sie darüber informierte, wann er kommen und gehen wollte. Sie bemühte sich, leise zu sein, und hatte noch kein einziges Mal gesehen, dass sie hinter den Gardinen hervorlugten. Aber sie war sich sehr wohl darüber im Klaren, dass die meisten Einwohner von Brady neugierig waren, was die Fremde aus New York betraf.

Deshalb – und wegen seiner instabilen Eheverhältnisse – hatte Donovan vorgeschlagen, dass sie sich am Flugplatz des Countys trafen, achtzehn Kilometer östlich der Stadt. Das sollte der Ausgangspunkt für ihr nächstes Abenteuer sein, dessen Details er für sich behalten hatte. Samantha war überrascht gewesen, als sie erfahren hatte, dass es im Umkreis von hundertfünfzig Kilometern einen Flugplatz gab. Am späten Freitagabend hatte sie im Internet danach gesucht und nichts gefunden. Wie war es möglich, dass ein Flughafen keine Website hatte?

Es fehlte ihm nicht nur an einer Website, sondern auch an Flugzeugen, zumindest konnte Samantha keine erkennen, als die unbefestigte Straße am Noland County Airfield endete. Außer Donovans Jeep, der neben einem kleinen Gebäude aus Metallplatten stand, war kein Auto zu sehen. Sie ging durch die einzige Tür, die sie fand, und gelangte in eine Art Lobby mit Klappstühlen und Metalltischen, auf denen diverse Flugzeitschriften lagen. An den Wänden hingen verblasste Fotos von Flugzeugen und Luftaufnahmen. Die einzige andere Tür führte zum Vorfeld, und dort entdeckte sie dann auch Donovan, der an einem sehr kleinen Flugzeug herumwerkelte. Sie ging nach draußen und sagte: »Was ist das?«

»Guten Morgen«, erwiderte er mit einem breiten Grinsen. »Haben Sie gut geschlafen?«

»Acht Stunden. Haben Sie einen Pilotenschein?«

»Ja. Das ist eine Cessna 172, besser bekannt unter dem Namen Skyhawk. Ich praktiziere in fünf Bundesstaaten, und mit der kleinen Kiste hier spare ich eine Menge Zeit. Außerdem ist sie ganz nützlich, wenn es darum geht, Kohleunternehmen auszuspionieren.«

»Verstehe. Und wir gehen jetzt spionieren?«

»So etwas in der Art.« Behutsam klappte er die Motorverkleidung herunter und verriegelte sie. »Mit der Vorflugkontrolle bin ich durch. Wir können los. Ihre Tür ist auf der anderen Seite.«

Samantha rührte sich nicht vom Fleck. »Ich weiß nicht. Ich bin noch nie mit so einem kleinen Ding geflogen.«

»Die Skyhawk ist das sicherste Flugzeug, das je gebaut wurde. Ich habe dreitausend Flugstunden absolviert und bin bestens qualifiziert, vor allem an einem so schönen Tag wie heute. Keine Wolke am Himmel, ideale Temperaturen, und die Bäume haben schon ihre Herbstfärbung. Geradezu traumhafte Flugbedingungen.«

»Ich weiß wirklich nicht ...«

»Wo bleibt Ihre Abenteuerlust?«

»Aber die Maschine hat nur einen Motor.«

»Mehr braucht sie auch nicht. Falls der Motor tatsächlich einmal ausfallen sollte, kann sie eine Ewigkeit im Gleitflug weiterfliegen, und dann suchen wir uns irgendwo eine hübsche Wiese.«

»Hier in den Bergen?«

»Samantha, jetzt machen Sie schon.« Langsam ging sie um das Heck der Maschine herum zu der Tür, die sich unter dem rechten Flügel befand. Donovan half ihr dabei, in die Cessna zu klettern und die Sitz- und Schultergurte anzulegen. Dann schloss er die Tür, verriegelte sie und ging um das Flugzeug herum auf die linke Seite. Samantha warf einen Blick nach hinten auf die schmale Rückbank, dann starrte sie auf die Instrumententafel vor sich.

»Haben Sie Platzangst?«, fragte er, als er seine Sitz- und Schultergurte einsteckte. Ihre Schultern waren ungefähr drei Zentimeter voneinander entfernt.

»Jetzt schon.«

»Es wird Ihnen gefallen. Bis heute Abend fliegen Sie die Maschine selbst.« Er gab ihr einen Kopfhörer. »Setzen Sie den auf.

Es ist ziemlich laut hier drin, wir unterhalten uns über Funk.« Beide rückten ihre Kopfhörer zurecht. »Sagen Sie was«, forderte er sie auf.

»Was.« Daumen hoch, die Kopfhörer funktionierten.

Donovan griff nach einer Checkliste und ging die einzelnen Punkte durch, während er die Instrumente und Anzeigen vor sich berührte. Als er den Steuerknüppel zuerst nach vorn drückte und dann nach hinten zog, bewegte sich ein identisch aussehendes Teil auf ihrer Seite. »Fassen Sie das bitte nicht an«, meinte er.

Sie schüttelte den Kopf; sie würde hier gar nichts berühren. Er sagte »Startklar« und drehte den Zündschlüssel um. Der Motor sprang an, der Propeller begann sich zu drehen. Das Flugzeug schüttelte sich, als Donovan den Gashebel einschob. Er kündigte über Funk an, was er vorhatte, dann rollten sie zur Piste, die – zumindest in ihren Augen – sehr kurz und schmal zu sein schien.

»Hört jemand zu?«, fragte sie.

»Das bezweifle ich. Heute Morgen ist nicht viel los.«

»Haben Sie das einzige Flugzeug in Noland County?«

Er deutete auf einige kleine Hangars neben der Piste. »Da drüben stehen noch ein paar. Es sind nicht viele.« Am Ende der Piste brachte er den Motor noch einmal auf Touren und überprüfte Schalter und Instrumente erneut. »Festhalten.« Er drückte den Gashebel nach vorn, löste behutsam die Bremsen, und sie rollten los. Während sie immer schneller wurden, zählte er langsam mit: »Einhundertvierzig Stundenkilometer, einhundertfünfzig, einhundertsechzig«, dann zog er den Steuerknüppel zu sich, und die Maschine hob ab. Einen Moment lang hatte Samantha das Gefühl, schwerelos zu sein, was ihr den Magen umdrehte. »Alles in Ordnung mit Ihnen?«, fragte er, ohne sie anzusehen.

»Ich bin okay«, erwiderte sie mit zusammengebissenen Zähnen.

Als sie etwas an Höhe gewonnen hatten, drehte er nach links ab und führte eine 180-Grad-Wendung durch. Sie flogen sehr tief, nicht weit oberhalb der Bäume, und er steuerte das Flugzeug über den Highway. »Sehen Sie den grünen Pick-up, der vor dem Geschäft da parkt?«, fragte er. Sie nickte. »Das ist das Arschloch, das mir heute Morgen gefolgt ist. Festhalten.« Er rüttelte am Steuerknüppel und wackelte mit den Flügeln, ein Gruß an das Arschloch in dem grünen Pick-up. Als der Wagen nicht mehr zu sehen war, stieg er höher.

»Warum ist man Ihnen an einem Samstagmorgen gefolgt?«, fragte Samantha, die die Finger in ihre Knie gekrallt hatte.

»Das müssen Sie die fragen. Vielleicht wegen dem, was gestern passiert ist. Vielleicht, weil wir am Montag bei einem großen Prozess vor Gericht erscheinen. Wer weiß? Ich werde ständig verfolgt.« Mit einem Mal fühlte sie sich etwas wohler in der Luft. Als sie Brady erreichten, hatte sich ihre Nervosität gelegt, und sie sah sich die Landschaft an, die dicht unter ihnen lag. Donovan überflog die Stadt in einer Höhe von hundertfünfzig Metern, sodass sie aus der Vogelperspektive sehen konnte, wo sie arbeitete und wohnte. Bis auf einen Flug in einem Heißluftballon in den Catskill Mountains hatte Samantha die Erde noch nie aus so geringer Entfernung erlebt, und sie fand es faszinierend, ja aufregend. Als sie die Hügel erreichten, stieg er auf dreihundert Meter und flog auf dieser Höhe weiter. Das Funkgerät war so stumm wie das in Romeys falschem Streifenwagen.

»Was ist mit Radar und Fluglotsen und so? Ist überhaupt jemand da draußen?«, fragte sie.

»Vermutlich nicht. Wir fliegen nach Sichtflugregeln, daher müssen wir uns nicht bei der Flugverkehrskontrolle melden. Wenn ich geschäftlich unterwegs wäre, würde ich einen Flugplan einreichen und den Funkverkehr der Flugverkehrskontrolle mithören, aber heute nicht. Wir fliegen nur zum Vergnügen.«

Er deutete auf einen Monitor. »Das ist mein Radar. Wenn wir uns einem anderen Flugzeug nähern, sehe ich das auf dem Bildschirm. Keine Sorge, ich hatte noch nie einen Unfall.«

»Nicht einmal fast?«

»Nein. Ich nehme das sehr ernst, wie die meisten Piloten.«

»Das ist schön. Wo fliegen wir hin?«

»Ich weiß es nicht. Wo wollen Sie hin?«

»Sie sind der Pilot und wissen nicht, wo wir hinfliegen?«

Er lächelte, drehte nach links ab und deutete auf ein Instrument. »Das ist das Höhenmessgerät. Es überwacht die Flughöhe, was ziemlich wichtig ist, wenn man in den Bergen ist.« Sie stiegen langsam auf knapp fünfhundert Meter und behielten diese Höhe bei. Donovan zeigte nach draußen. »Der Cat Mountain, beziehungsweise das, was davon noch übrig ist«, erklärte er. Vor und rechts von Samantha lag ein Tagebau, der genauso aussah wie alle anderen: eine öde Landschaft aus Felsen und Erde inmitten grandioser Berge, deren Abraum in die angrenzenden Täler verkippt worden war. Sie musste an Francine Crump denken, die Mandantin, die wegen eines kostenlosen Testaments in die Kanzlei gekommen war, und an das Land, das sie schützen wollte. Es war irgendwo dort unten, in der Nähe des Cat Mountain. Entlang der kleinen Flüsse konnte sie Häuser erkennen und hier und da eine Ortschaft. Die Skyhawk ging in eine steile Rechtskurve über, und während sie sich um dreihundertsechzig Grad drehte, starrte Samantha auf die Schwerlastwagen und Beladevorrichtungen und anderen Maschinen direkt unter ihr. Ein Sprengbohrwagen, Radlader, ein Seilbagger, Muldenkipper, Raupenbagger, Raupenlader. Inzwischen kannte sie sich immer besser aus. Sie entdeckte einen Vorarbeiter, der neben einem Bürocontainer stand und angestrengt das Flugzeug mit dem Blick verfolgte.

»Samstags wird gearbeitet?«, fragte sie.

Er nickte. »Manchmal auch sieben Tage die Woche. Gewerkschaften gibt es hier nicht mehr.«

Sie stiegen auf neunhundert Meter. »Wir sind jetzt über Kentucky und fliegen Richtung Nordwesten. Sehen Sie sich das an. Es sind so viele, dass man sie gar nicht mehr zählen kann.« Ohne die Kopfhörer hätte Donovan brüllen müssen, um den Lärm des Motors zu übertönen. Die Tagebaue zogen sich wie hässliche Narben über die Berge, Dutzende davon, so weit das Auge reichte. Sie flogen direkt über einige hinweg. Dazwischen fielen ihr riesige freie Flächen auf, die mit Gras und ein paar kleinen Bäumen bewachsen waren.

»Was ist das?«, fragte sie, während sie auf eine dieser Stellen vor sich deutete. »Das flache Gelände ohne Wald?«

»Ein Begleitschaden, eine renaturierte Mine, die früher ein Tagebau war. Die Stelle dort war einmal der Persimmon Mountain, siebenhundertsechzig Meter hoch. Sie haben die Spitze abgetragen, die Kohle herausgeholt und sich anschließend darangemacht, den Berg zu renaturieren. Das Gesetz schreibt vor, dass er wieder die ›ungefähre ursprüngliche Kontur‹ haben muss – das ist die entscheidende Formulierung bei der Sache –, aber wie ersetzt man einen Berg, wenn er erst einmal verschwunden ist?«

»Darüber habe ich gelesen. Das Land muss gleichwertig oder besser sein als vor dem Abbau.«

»Guter Witz. Die Kohleunternehmen werden Ihnen erzählen, dass renaturiertes Land hervorragend für Bauprojekte geeignet sei: Einkaufszentren, Eigentumswohnungen und dergleichen. Auf einem abgetragenen Berg in Virginia haben sie ein Gefängnis gebaut. Und auf einem anderen einen Golfplatz. Das Problem ist nur, dass hier niemand Golf spielt. Renaturierung ist ein Witz.«

Sie flogen über einen anderen Tagebau, dann kam auch schon der nächste. Nach einer Weile sahen alle gleich aus. »Wie viele Tagebaue sind heute noch aktiv?«, erkundigte Samantha sich.

»Dutzende. In den letzten dreißig Jahren haben wir etwa sechshundert Berge an den Tagebau verloren, und wenn es in dem Tempo weitergeht, werden nicht viele übrig bleiben. Die Nachfrage nach Kohle wächst, der Preis ist gestiegen, daher beantragen die Unternehmen massenhaft Genehmigungen, um mit dem Abbau beginnen zu können.« Er drehte nach rechts ab. »Jetzt fliegen wir nach Norden, West Virginia.«

»Sind Sie dort auch als Anwalt zugelassen?«, fragte sie.

»Ja. Und in Virginia und Kentucky auch.«

»Sie hatten von fünf Bundesstaaten gesprochen, bevor wir gestartet sind.«

»Manchmal fliege ich nach Tennessee und North Carolina, was aber nicht so häufig vorkommt. In North Carolina haben wir gerade eine Klage wegen einer Kohlenaschehalde laufen, an der eine Menge Anwälte beteiligt sind. Eine große Klage.«

Er liebte seine großen Klagen ... Die abgetragenen Berge in West Virginia sahen genauso aus wie die in Kentucky. Die Cessna flog im Zickzack nach rechts und links und legte sich dabei in eine Steilkurve, damit Samantha einen guten Blick auf die zerstörte Landschaft hatte. Anschließend ging es im Horizontalflug weiter zum nächsten Tagebau. »Da vorn ist die Bull-Forge-Mine«, erklärte er. »Sie haben sie gestern vom Boden aus gesehen.«

»Ach ja. Die Ökoterroristen. Diese Typen gehen den Kohleunternehmen gewaltig auf die Nerven.«

»Das ist wohl auch ihre Absicht.«

»Schade, dass Sie kein Gewehr mitgebracht haben. Wir könnten aus der Luft ein paar Reifen zerschießen.«

»Ich hatte daran gedacht.«

Nach einer Stunde in der Luft begann Donovan den Landeanflug. Inzwischen kannte sie sich mit dem Höhenmesser, dem

Geschwindigkeitsmesser und dem Kompass aus. »Haben wir ein Ziel?«, fragte sie bei sechshundert Metern.

»Ja, aber zuerst möchte ich Ihnen noch etwas anderes zeigen. Auf Ihrer Seite kommt jetzt ein Gebiet in Sicht, das Hammer Valley genannt wird.« Er wartete eine Minute, bis sie einen Bergkamm hinter sich hatten. Dahinter tauchte ein langes, steiles Tal auf. »Wir fangen an dem Ende hier an, in der Nähe von Rockville, dreihundert Einwohner.« Zwischen den Bäumen ragten zwei Kirchtürme auf, dann war Rockville zu sehen, ein malerischer kleiner Ort, der an einem Fluss lag und auf allen Seiten von Bergen umgeben war. Sie flogen darüber hinweg und folgten dem kleinen Fluss. Rechts und links von den kleinen Straßen lagen weit verstreut Dutzende von Unterkünften, hauptsächlich Trailer.

»Das hier nennt man einen Krebscluster. Hammer Valley hat die höchste Krebsrate in Nordamerika, fast zwanzigmal so hoch wie der nationale Durchschnitt. Schlimme Krebsarten – Leber, Nieren, Magen, Gebärmutter und sehr oft Leukämie.« Langsam zog er den Steuerknüppel zu sich, und während das Flugzeug an Höhe gewann, tauchte vor ihnen ein großer Hügel auf. Sie flogen in einem Abstand von sechzig Metern darüber und befanden sich plötzlich direkt über einem renaturierten Tagebau. »Und das ist der Grund dafür«, sagte er. »Die Peck-Mountain-Mine.« Der Berg war verschwunden, übrig geblieben waren flache, mit Planierraupen geglättete Hügel, die mit braunem Gras bewachsen waren. Hinter einem aus Erde aufgeschütteten Damm schwamm eine bedrohlich wirkende schwarze Brühe. »Das ist der Schlammteich. Vor dreißig Jahren hat hier ein Unternehmen namens Starke Energy Kohle aus dem Berg geholt, die Mine war einer der ersten großen Tagebaue in den Appalachen. Sie haben sie direkt vor Ort gewaschen und die Abwässer in einen kleinen See geleitet, der früher einmal kristallklar gewesen ist. Dann haben sie den Damm gebaut und den See um einiges größer gemacht.«

Sie flogen in einer Höhe von dreihundert Metern um das Absetzbecken herum. »Starke hat dann irgendwann an Krull Mining verkauft, ein anderes gesichtsloses Unternehmen, das einem zwielichtigen russischen Oligarchen gehört, der seine Finger weltweit in einem ganzen Haufen Minen drin hat.«

»Ein Russe?«

»Ja. Wir haben es hier mit Russen, Ukrainern, Chinesen, Indern und Kanadiern zu tun, dazu kommt die übliche Palette an Wall-Street-Spekulanten und einheimischen Wendehälsen. In den Kohlenrevieren hier gibt es eine ganze Menge Eigentümer, die nicht aus der Region kommen. Sie können sich vorstellen, wie viel denen an dem Land und den Menschen liegt.«

Er ging wieder in den Steilflug über, und Samantha starrte direkt auf den Kohleschlamm hinunter, der aus dreihundert Meter Entfernung die Konsistenz von Rohöl zu haben schien. »Das sieht ziemlich übel aus«, sagte sie. »Noch eine Klage?«

»Die größte von allen.«

Sie landeten auf einer Piste, die sogar noch kürzer war als die in Noland County und keinerlei Hinweise auf eine Ortschaft in der Nähe enthielt. Während sie zum Vorfeld rollten, entdeckte Samantha Vic Canzarro, der an einem Zaun lehnte und wartete. Sie kamen neben dem Terminal zum Stehen; andere Flugzeuge waren nicht zu sehen. Nachdem Donovan den Motor abgestellt und die nach dem Flug vorgeschriebene Kontrolle durchgeführt hatte, kletterten sie aus der Skyhawk.

Wie erwartet fuhr Vic einen riesigen Pick-up mit Allradantrieb, der für Begegnungen mit Wachleuten in unwegsamem Gelände geeignet war. Samantha setzte sich auf die Rückbank neben eine Kühlbox, mehrere Rucksäcke und – selbstverständlich – zwei Gewehre.

Vic rauchte, zwar nicht Kette, aber trotzdem eine ganze Menge.

Er ließ das Fenster auf der Fahrerseite etwa drei Zentimeter weit offen, was gerade so genügte, um die Hälfte des Rauchs nach draußen zu befördern, während die andere Hälfte durch das Innere des Fahrzeugs waberte. Nach der zweiten Zigarette musste Samantha würgen und ließ das Fenster hinter Donovan herunter. Er fragte, was sie da tue. Sie erklärte es ihm mit deutlichen Worten, was ein angespanntes Gespräch zwischen Donovan und Vic zur Folge hatte, in dem es um dessen Sucht ging. Er schwor, dass er das Rauchen aufgeben wolle, es genau genommen schon mehrfach versucht habe, und gab freimütig zu, dass er sich angesichts der Wahrscheinlichkeit, einen grausamen Tod durch Lungenkrebs zu sterben, große Sorgen mache. Donovan hackte weiter auf ihm herum, was bei Samantha den Eindruck entstehen ließ, dass sich die beiden schon seit geraumer Zeit wegen dieses Themas in den Haaren lagen. Als nichts dabei herauskam, zündete Vic die nächste Zigarette an.

Die Hügel und Wege führten sie tief in das Hammer Valley hinein, wo sie schließlich das heruntergekommene Haus eines gewissen Jesse McKeever erreichten. »Wer ist Mr. McKeever, und warum besuchen wir ihn?«, fragte Samantha von der Rückbank aus, als sie in die Einfahrt abbogen.

»Ein potenzieller Mandant«, erwiderte Donovan. »Seine Frau, ein Sohn, eine Tochter und zwei Cousins sind an Krebs gestorben. Nieren, Leber, Lunge, Gehirn, es ist so ziemlich alles dabei.«

Der Pick-up blieb stehen. Sie brauchten nur eine Sekunde auf den Hund zu warten. Ein wütender Pitbull, der aussah, als wollte er die Reifen fressen, stürzte sich von der Veranda und stürmte auf sie zu. Als Vic hupte, kam Jesse endlich aus dem Haus. Er rief den Hund zu sich, zog ihm mit seinem Stock eins über und schickte ihn dann mit ein paar kräftigen Schimpfworten in den Garten. Der geprügelte Hund gehorchte und schlich davon.

Sie setzten sich auf Lattenkisten und alte Gartenstühle unter einen Baum im Vorgarten. Samantha wurde nicht vorgestellt, und Jesse ignorierte sie komplett. Er war ein knorriger alter Kauz, der erheblich älter als sechzig aussah, mit breiten Zahnlücken, tiefen Falten, die ein hartes Leben in sein Gesicht gegraben hatte, und einem finsteren Blick, der sich die ganze Zeit über nicht veränderte.

Vic hatte das Wasser aus dem Brunnen der McKeevers testen lassen, und die Ergebnisse waren, wie vorherzusehen, katastrophal. Das Wasser war mit FOV, flüchtigen organischen Verbindungen, verunreinigt, Giften wie Vinylchlorid, Trichloräthylen, Quecksilber, Blei und ein Dutzend andere. Mit viel Geduld erklärte Vic, was die Wortungetüme bedeuteten. Jesse verstand, was er sagen wollte. Das Wasser war nicht nur gefährlich, wenn man es trank, es sollte für überhaupt nichts verwendet werden, Punkt, aus. Nicht zum Kochen, nicht zum Baden, nicht zum Zähneputzen, nicht zum Wäschewaschen, nicht zum Geschirrspülen. Für gar nichts.

Jesse berichtete, dass sie vor fünfzehn Jahren angefangen hätten, das Trinkwasser in Flaschen herzuschaffen, das Wasser aus dem Brunnen aber nach wie vor zum Baden und im Haushalt verwendet hätten. Sein Junge sei zuerst gestorben, Krebs im Verdauungstrakt.

Donovan schaltete ein Aufnahmegerät ein und stellte es auf einen Getränkekasten aus Kunststoff. Wie beiläufig und äußerst einfühlsam sammelte er eine Stunde lang Informationen über Jesses Familie und die verschiedenen Krebsarten, von denen sie heimgesucht worden war. Vic hörte zu, rauchte und stellte gelegentlich auch eine Frage. Die Geschichten waren herzzerreißend, doch Jesse erzählte sie ohne größere Gemütsbewegungen. Er hatte so viel Leid gesehen, dass es ihn gefühllos gemacht hatte.

»Mr. McKeever, ich möchte, dass Sie sich unserer Klage anschließen«, sagte Donovan, nachdem er das Aufnahmegerät abgeschaltet hatte. »Wir wollen Krull Mining vor einem Bundesgericht verklagen. Wir glauben, wir können beweisen, dass das Unternehmen seine Abwässer in den Teich dort drüben geleitet hat und seit Jahren weiß, dass die Giftstoffe hier ins Grundwasser sickern.«

Jesse stützte das Kinn auf seinen Stock und schien einzuschlafen. »Eine Klage wird sie auch nicht zurückbringen. Sie sind tot.«

»Das stimmt, aber sie hätten nicht sterben müssen. Der Schlammteich hat sie getötet, und die Männer, denen er gehört, sollten dafür bezahlen.«

»Wie viel?«

»Ich kann Ihnen keinen Cent versprechen, aber wir werden Krull auf Millionen verklagen. Sie werden nicht der Einzige sein, Mr. McKeever. Bis jetzt haben sich dreißig andere Familien aus dem Hammer Valley der Klage angeschlossen. Alle haben mindestens einen Familienangehörigen an Krebs verloren, alle innerhalb der letzten zehn Jahre.«

Jesse spuckte zur Seite aus, wischte sich den Mund an seinem Ärmel ab und sagte: »Ich habe schon von Ihnen gehört. Überall im Tal redet man von Ihnen. Einige wollen klagen, andere haben immer noch Angst vor Krull, auch wenn hier keine Kohle mehr abgebaut wird. Ich weiß wirklich nicht, was ich tun soll. Das ist das Einzige, was ich Ihnen jetzt sagen kann. Ich weiß nicht, wie ich mich entscheiden soll.«

»Okay, denken Sie darüber nach. Aber eines müssen Sie mir versprechen: Wenn Sie kämpfen wollen, rufen Sie mich an, nicht irgendeinen anderen Anwalt. Ich arbeite seit drei Jahren an dieser Sache, und wir haben die Klage noch nicht einmal eingereicht. Ich brauche Sie auf meiner Seite, Mr. McKeever.«

Er versprach, darüber nachzudenken, und Donovan sagte, er werde in zwei Wochen wiederkommen. Sie ließen Jesse, dessen Hund wieder an seiner Seite war, im Schatten zurück und fuhren los. Kein Wort fiel, bis Samantha sagte: »Okay. Wie wollen Sie beweisen, dass das Unternehmen von der Verunreinigung des Wassers durch den Schlammteich gewusst hat?«

Die beiden Männer auf den Vordersitzen wechselten einen Blick, und für ein paar Sekunden erhielt sie keine Antwort. Vic griff nach einer Zigarette, und Donovan erwiderte schließlich: »Es gibt interne Dokumente des Unternehmens, die eindeutig beweisen, dass es von der Verunreinigung wusste und nichts unternommen hat. Genau genommen hat Krull das Ganze in den letzten zehn Jahren vertuscht.«

Samantha ließ wieder ihr Fenster herunter und holte tief Luft. »Wie sind Sie an die Dokumente gekommen, obwohl Sie noch keine Klage eingereicht haben?«

»Ich habe nicht gesagt, dass wir die Dokumente haben«, erwiderte Donovan ausweichend.

»Es gab ein paar Ermittlungen, durch die Umweltschutzbehörde und andere Überwachungsstellen. Deshalb ist eine Menge Papier vorhanden«, fügte Vic hinzu.

»Hat die Umweltschutzbehörde diese belastenden Dokumente gefunden?«, fragte sie. Beide Männer schienen zu zögern.

»Nicht alle«, antwortete Vic.

Da Samantha nicht weiter nachfragte, entstand eine Pause. Sie bogen auf eine holprige, unbefestigte Straße und fuhren etwa zwei Kilometer weiter. »Wann werden Sie die Klage einreichen?«, wollte sie schließlich wissen.

»Bald«, erwiderte Donovan.

»Finden Sie nicht, dass ich so etwas wissen muss, wenn ich in Ihrer Kanzlei arbeiten soll?« Donovan antwortete nicht. Sie hielten vor einem alten Trailer und parkten hinter einem schmutzigen

Auto ohne Radkappen, bei dem eine Stoßstange mit einem Draht befestigt war. »Und wer ist das jetzt?«, fragte sie.

»Dolly Swaney«, sagte Donovan. »Ihr Mann ist vor zwei Jahren an Leberkrebs gestorben, mit einundvierzig Jahren.«

»Eine Mandantin von Ihnen?«

»Noch nicht«, erwiderte Donovan, während er die Tür öffnete. Auf der Veranda des Trailers, einer verwitterten Holzkonstruktion mit kaputten Stufen, erschien Dolly Swaney. Sie war schwer übergewichtig und trug einen zeltförmigen, schmuddeligen Morgenmantel, der ihr fast bis zu den nackten Füßen reichte.

»Ich glaube, ich warte im Wagen«, sagte Samantha.

Das Mittagessen verzehrten sie im einzigen Restaurant von Rockville, einem überhitzten, stickigen Café, in dem der Geruch nach Fett in der Luft hing. Die Kellnerin stellte drei Gläser mit Eiswasser auf den Tisch; alle drei Gläser wurden nicht angerührt. Stattdessen bestellten sie Diätlimonade zu ihren Sandwiches. Da niemand in der Nähe saß, beschloss Samantha, die Befragung fortzusetzen.

»Wenn Sie schon dreißig Mandanten haben und seit drei Jahren an der Sache arbeiten, warum haben Sie die Klage dann noch nicht eingereicht?«

Beide Männer sahen sich um, für den Fall, dass jemand zuhörte. Schließlich antwortete Donovan leise: »Das ist eine Riesensache, Samantha. Dutzende Tote, eine Beklagte mit jeder Menge Geld, und eine Haftung, die wir, wie ich glaube, bei dem Prozess nachweisen können. Ich habe bereits hunderttausend Dollar für diese Klage aufgewendet, und es wird noch erheblich mehr kosten, bis ich sie vor eine Jury bringen kann. Es braucht Zeit. Zeit, um die Mandanten an Bord zu holen, Zeit, um Recherchen durchzuführen, Zeit, um ein Team zusammenzustellen, das gegen die Armee von Anwälten und Gutachtern kämpfen kann, die Krull Mining engagieren wird.«

»Außerdem ist es gefährlich«, ergänzte Vic. »In den Kohlenrevieren tummeln sich eine Menge Schurken, und Krull Mining ist einer der schlimmsten. Die Firma ist nicht nur ein skrupelloses Bergbauunternehmen, sondern auch ein übler Prozessgegner. Die Klage ist praktisch wasserdicht, aber viele Anwälte, auch solche, die bei großen Umweltklagen normalerweise immer dabei sind, wollen nicht mehr mit Krull Mining verhandeln.«

»Deshalb brauche ich jemanden, der mir hilft«, sagte Donovan. »Wenn Sie Langeweile haben und nach ein bisschen Aufregung suchen, sollten wir uns an die Arbeit machen. Ich habe eine Tonne Dokumente, die durchgesehen werden müssen.«

Samantha unterdrückte ein Lachen. »Na großartig«, meinte sie. »Noch mehr Papier. Ich habe das erste Jahr bei meiner alten Kanzlei damit verbracht, in einer Stahlkammer zu sitzen und nichts anderes zu tun, als Dokumente durchzusehen. In einer Großkanzlei ist das der Fluch jedes Anfängers.«

»Hier wird es anders sein, das verspreche ich Ihnen.«

»Reden wir von den belastenden Dokumenten? Von den interessanten Sachen?«

Wieder blickten sich beide Männer um. Die Kellnerin kam mit den Getränken und ging wieder. Schadenersatzklagen waren ihr vermutlich völlig egal. Samantha beugte sich vor und ging zum Frontalangriff über: »Sie haben diese Dokumente schon, habe ich recht?«

»Sagen wir mal, wir haben Zugang dazu«, erwiderte Donovan. »Sie sind quasi abhandengekommen. Krull Mining weiß, dass sie verschwunden sind, aber nicht, wer sie hat. Nachdem ich die Klage eingereicht habe, wird das Unternehmen erfahren, dass ich Zugang zu den Dokumenten habe. Das ist alles, was ich sagen kann.«

Während er sprach, starrte Vic sie unverwandt an und beobachtete ihre Reaktion. Kann man ihr vertrauen?, sagte sein Blick. Er schien skeptisch zu sein und wollte über etwas anderes reden.

»Was wird Krull Mining tun, wenn es weiß, dass Sie Zugang zu den Dokumenten haben?«, fragte sie.

»Fuchsteufelswild werden, aber das ist mir egal. Wir werden an einem Bundesgericht verhandeln, hoffentlich mit einem guten Richter, einem, der Krull Feuer unter dem Hintern macht.«

Die Bestellung kam, dünne Sandwiches neben einem Berg Pommes frites, und sie begannen zu essen. Vic fragte sie über New York und ihr Leben dort aus. Die beiden waren fasziniert von ihrer Arbeit in einer Kanzlei mit tausend Anwälten im selben Gebäude und davon, dass sie sich auf den Bau von Hochhäusern spezialisiert hatte. Samantha überlegte kurz, ob sie es als glamourös darstellen sollte, hatte dann aber keine Lust zu schwindeln. Während sie das Sandwich ignorierte und die Pommes auf dem Teller hin und her schob, fragte sie sich unwillkürlich, wo Blythe und ihre Freunde gerade zu Mittag aßen ... Zweifellos in irgendeinem schicken Restaurant in Greenwich Village mit Stoffservietten, einer Weinkarte und Haute Cuisine. Es war eine andere Welt.

14

Die Skyhawk stieg auf eintausendfünfhundert Meter und ging dann in Horizontalflug über. »Sind Sie so weit?«, fragte Donovan. Inzwischen genoss Samantha es, so tief zu fliegen und die Landschaft unter sich zu sehen, aber eigentlich wollte sie das Flugzeug nicht selbst lenken. »Legen Sie die Hände an den Steuerknüppel, ganz behutsam.« Sie tat wie geheißen.

»Ich habe die Kontrolle über das Flugzeug auch noch, Sie brauchen sich also keine Sorgen zu machen«, meinte er gelassen. »Mit dem Steuerknüppel bestimmt man die Neigung der Nase, nach oben und nach unten, außerdem legt man das Flugzeug damit in die Kurve. Alle Bewegungen sind klein und langsam. Drehen Sie ihn mal leicht nach rechts.« Als Samantha den Steuerknüppel nach rechts bewegte, legte sich das Flugzeug auf ihrer Seite in eine leichte Kurve. Dann drehte sie ihn nach links, und sie flogen geradeaus weiter. Als sie den Steuerknüppel nach vorn drückte, senkte sich die Nase der Skyhawk, und sie verloren an Höhe. Sie warf einen Blick auf den Höhenmesser. »Gehen Sie bei eintausendvierhundert Meter in Horizontalflug über«, sagte Donovan. »Die Tragflächen müssen auf gleicher Höhe sein.« Von eintausendvierhundert Metern stiegen sie wieder auf eintausendfünfhundert Meter, und Donovan legte die Hände in den Schoß. »Wie fühlt sich das an?«

»Toll«, erwiderte sie. »Das ist unglaublich. Es ist so einfach.« Das Flugzeug reagierte auf die kleinste Bewegung des Steuerknüppels. Nachdem Samantha klar geworden war, dass sie nicht abstürzen würde, legte sich ihre Nervosität, und sie konnte ihren ersten Flug als Pilotin genießen.

»Die Skyhawk ist ein großartiges Flugzeug, einfach und sicher, und Sie fliegen sie. In einem Monat könnten Sie allein unterwegs sein.«

»Nur nichts überstürzen.«

Für ein paar Minuten flogen sie geradeaus weiter, ohne zu reden. Samantha behielt die Instrumente im Auge und warf nur gelegentlich einen Blick auf die Berge unter ihnen.

»Wo fliegen wir hin, Kapitän?«, fragte Donovan schließlich.

»Ich habe keine Ahnung. Ich weiß nicht, wo wir sind, und ich weiß nicht, wo wir hinfliegen.«

»Was würden Sie denn gern sehen?«

Sie überlegte kurz. »Mattie hat mir vom Haus Ihrer Eltern erzählt und von dem, was dort geschehen ist. Ich würde gern den Gray Mountain sehen.«

Er zögerte eine Sekunde und sagte dann: »Sehen Sie auf den Kursanzeiger, und drehen Sie auf einhundertneunzig Grad nach links. Schön langsam und in der Horizontalen.«

Sie führte eine perfekte Kurve aus und hielt die Skyhawk anschließend auf eintausendfünfhundert Metern. »Was würde passieren, wenn jetzt, in diesem Moment, der Motor ausfallen würde?«, fragte sie nach ein paar Minuten.

Beiläufig zuckte er mit den Schultern, als hätte er nie darüber nachgedacht. »Zuerst würde ich versuchen, ihn wieder zu starten. Wenn das nicht funktioniert, würde ich nach ebenem Gelände suchen, einer Weide etwa, vielleicht sogar nach einem Highway. Bei einer Flughöhe von eintausendfünfhundert Metern kann eine Skyhawk etwa elf Kilometer weit gleiten, es bleibt also eine Menge Zeit. Wenn ich eine geeignete Stelle gefunden hätte, würde ich eine Runde drehen, versuchen, den Wind beim Anflug zu beurteilen, und dann eine perfekte Notlandung hinlegen.«

»Ich sehe hier keine freien Flächen.«

»In dem Fall bleibt einem nichts anderes übrig, als sich einen Berg auszusuchen und auf das Beste zu hoffen.«

»Tut mir leid, dass ich gefragt habe.«

»Entspannen Sie sich. Bei diesen Flugzeugen sind Todesfälle selten, und sie sind immer auf einen Fehler des Piloten zurückzuführen.« Er gähnte und schwieg.

Samantha konnte sich zwar nicht richtig entspannen, aber sie fühlte sich von Minute zu Minute sicherer am Steuerknüppel. Nach einer langen Gesprächspause warf sie einen Blick auf ihren Kopiloten, der anscheinend eingenickt war. Sollte das ein Scherz sein, oder war er tatsächlich eingeschlafen? Am liebsten hätte sie etwas in ihr Mikrofon gebrüllt, um ihn zu wecken. Stattdessen überprüfte sie die Instrumente, vergewisserte sich, dass die Skyhawk geradeaus flog und die Tragflächen auf gleicher Höhe waren, und unterdrückte die aufkommende Panik. Sie ertappte sich dabei, dass sie den Steuerknüppel krampfhaft umklammert hielt, und ließ ihn für eine Sekunde los. Laut Kraftstoffanzeige war der Tank halb voll. Wenn Donovan schlafen wollte, sollte er das ruhig tun. Sie würde ihm ein paar Minuten geben und erst dann in Panik geraten. Als sie die Hände erneut vom Steuerknüppel nahm, wurde ihr klar, dass das Flugzeug auch allein weiterfliegen würde und nur hin und wieder eine kleine Korrektur von ihr brauchte. Sie sah auf die Uhr. Fünf Minuten. Zehn. Fünfzehn. Die Berge glitten langsam unter ihr vorbei. Auf dem Radar deutete nichts darauf hin, dass ein anderes Flugzeug in der Nähe war. Sie behielt die Nerven, doch das Gefühl, dass sie gleich einen Schreikrampf bekommen würde, verstärkte sich von Minute zu Minute.

Als Donovan husten musste und aufwachte, warf er einen raschen Blick auf die Instrumententafel. »Gut gemacht, Samantha.«

»Wie haben Sie geschlafen?«

»Tief und fest. Manchmal werde ich hier oben müde. Dann wirkt das Dröhnen des Motors einschläfernd, und ich kann nur noch mit Mühe die Augen aufhalten. Auf langen Flügen schalte ich den Autopiloten ein und döse für ein paar Minuten.«

Sie war sich nicht sicher, was sie darauf antworten sollte, und ließ seine Bemerkung unkommentiert. »Wissen Sie, wo wir jetzt sind?«

Er sah nach vorn und antwortete, ohne zu zögern: »Ja, klar, wir nähern uns Noland County. Auf elf Uhr ist der Cat Mountain. Fliegen Sie knapp links daran vorbei, danach übernehme ich. Gehen Sie auf eintausendzweihundert Meter runter.«

Sie flogen in eintausend Meter Höhe über den Stadtrand von Brady hinweg, dann übernahm Donovan den Steuerknüppel. »Wollen Sie die Skyhawk irgendwann mal wieder fliegen?«

»Ich weiß nicht. Vielleicht. Wie lange dauert es, um alles zu lernen?«

»Etwa dreißig Stunden Theorie in einer Flugschule oder im Selbststudium, dann noch einmal dreißig in der Luft. Das Problem ist nur, dass es hier keinen Fluglehrer gibt. Ich hatte einen, aber er ist gestorben. Bei einem Flugzeugabsturz.«

»Ich glaube, ich bleibe bei Autos. Ich bin mit Flugzeugabstürzen aufgewachsen und stehe der Luftfahrt daher sehr skeptisch gegenüber. Das Fliegen überlasse ich Ihnen.«

»Wann immer Sie möchten«, erwiderte er lächelnd. Er behielt die Nase der Skyhawk unten, bis sie dreihundert Meter über dem Boden waren. Sie flogen an einem Tagebau vorbei, in dem gerade gesprengt wurde; eine dicke schwarze Rauchwolke hing dicht über dem Gelände. Am Horizont ragten Kirchtürme zwischen den Bäumen heraus. »Sind Sie schon mal in Knox gewesen?«, fragte er.

»Bis jetzt noch nicht.«

»Knox ist der Verwaltungssitz von Curry County, wo ich geboren wurde. Nettes Städtchen, in etwa so groß und so aufregend wie Brady, Sie haben also nicht viel verpasst.« Sie überflogen die Stadt, doch es gab nicht viel zu sehen, jedenfalls nicht aus einer Höhe von dreihundert Metern. Dann stiegen sie wieder höher und schlängelten sich zwischen den höheren Gipfeln hindurch, bis sie tief in den Bergen waren. Schließlich sagte Donovan: »Da ist er, der Gray Mountain, oder das, was davon noch übrig ist. Der Tagebau wurde vor zwanzig Jahren aufgegeben, und als das Unternehmen ging, war fast keine Kohle mehr da. Diverse Rechtsstreitigkeiten haben dafür gesorgt, dass hier seit Jahren nichts mehr passiert ist. Das Gelände wurde natürlich nicht renaturiert. Es ist vermutlich der hässlichste Flecken in den Appalachen.«

Die Landschaft war verwüstet, mit tiefen Einschnitten und Spalten an den Stellen, an denen die Kohle abgebaut und die Arbeit von einem Tag auf den anderen eingestellt worden war. Aufgeschütteter Abraum war einfach liegen gelassen worden, und überall auf dem Gelände kämpften dürre Bäume ums Überleben. Die Mine bestand zum größten Teil aus Felsgestein und Erde, doch an einigen Stellen wuchs braunes Gras. Die steil abfallende Verfüllung des Tals war teilweise mit Kletterpflanzen und Büschen bedeckt.

Als Donovan über dem Gebiet zu kreisen begann, sagte er: »Das Einzige, was noch schlimmer ist als ein renaturierter Tagebau, ist einer, der einfach aufgegeben wurde. Das ist hier passiert. Es kotzt mich immer noch an.«

»Wem gehört die Mine jetzt?«

»Meinem Vater. Sie ist noch in Familienbesitz, aber nicht mehr viel wert. Das Land ist zerstört. Die kleinen Flüsse sind unter der Talverfüllung verschwunden, die Fische sind weg. Das Wasser ist Gift. Die Wildtiere sind abgewandert. Hat Mattie Ihnen erzählt, was mit meiner Mutter passiert ist?«

»Ja, aber nicht in allen Einzelheiten.«

Er ging tiefer und flog eine Steilkurve nach rechts, damit sie direkt nach unten sehen konnte. »Können Sie das weiße Kreuz da unten erkennen, in der Nähe der großen Felsbrocken?«

»Ja, ich sehe es.«

»Dort ist sie gestorben. Unser Haus stand da drüben. Es war seit Generationen in Familienbesitz und von meinem Großvater gebaut worden, der unter Tage als Bergmann gearbeitet hat. Nachdem es von der Flut zerstört worden war, hat sich meine Mutter eine Stelle in der Nähe der Felsbrocken gesucht, und dort ist es dann passiert. Mein Bruder, Jeff, und ich haben ein paar alte Balken vom Haus entdeckt und daraus das Kreuz gebaut.«

»Wer hat sie gefunden?«

Er holte tief Luft. »Mattie hat Ihnen nicht alles erzählt?«

»Ich glaube nicht.«

»Ich habe sie gefunden.«

Ein paar Minuten lang, in denen Donovan das Tal auf der Ostseite des Gray Mountain überflog, herrschte Stille im Cockpit. Es gab weder Straßen noch Häuser, keinerlei Anzeichen dafür, dass hier jemand lebte. Er ging wieder in eine steile Kurve und sagte: »Jenseits dieses Bergrückens liegt das einzige Stück Land, das nicht zerstört wurde. Das Wasser fließt in eine andere Richtung, und das Tal war vor dem Tagebau geschützt. Sehen Sie den kleinen Fluss da unten?« Er brachte die Skyhawk noch stärker in Schräglage, damit sie einen besseren Blick hatte.

»Ja, ich sehe ihn.«

»Der Yellow Creek. Ich habe eine kleine Blockhütte an dem Fluss, ein Versteck, von dem nur ein paar Leute etwas wissen. Irgendwann nehme ich Sie mal dorthin mit.«

Da bin ich mir nicht so sicher, dachte Samantha. Wir sind uns schon nah genug gekommen, und bis zu einer Änderung bei deinen Familienverhältnissen habe ich nicht vor, dir noch näher zu kommen. Doch sie nickte und sagte: »Das würde mir gefallen.«

»Da ist der Kamin. Er ist kaum zu erkennen, weder von der Luft aus noch am Boden. Kein Bad, kein Strom, geschlafen wird in Hängematten. Ich habe die Hütte selbst gebaut, zusammen mit meinem Bruder.«

»Wo ist Ihr Vater jetzt?«

»Soweit ich weiß, lebt er in Montana, aber ich habe seit Jahren nicht mehr mit ihm geredet. Haben Sie genug gesehen?«

»Ich glaube schon, ja.«

Auf dem Noland County Airfield rollte Donovan bis dicht ans Terminal, stellte den Motor aber nicht ab. »Sie steigen jetzt vorsichtig aus und gehen hinter das Flugzeug. Der Propeller dreht sich noch«, sagte er.

»Sie kommen nicht mit?«, fragte Samantha, während sie den Verschluss ihres Schultergurts löste.

»Nein, ich fliege nach Roanoke, um meine Frau und meine Tochter zu besuchen. Morgen bin ich wieder in der Kanzlei.« Als Samantha unter dem Flügel ausstieg, spürte sie den Luftzug des Propellers. Sie ging zum Heck der Skyhawk und stellte sich an die Tür zum Terminal. Dann winkte sie Donovan zu, der den Daumen in die Höhe hielt und davonrollte. Sie beobachtete, wie er abhob, und fuhr dann nach Brady zurück.

Beim Essen am Samstag gab es einen großen Topf mit Chesters legendärem Texas-Chili. Soweit er sich erinnern konnte, war er noch nie in Texas gewesen, hatte aber (erst vor zwei Jahren) ein großartiges Rezept auf einer Website gefunden. Der Teil mit dem »legendär« schien mehr oder weniger ein Produkt seiner Fantasie zu sein, aber seine Begeisterung für Kochen und gute Gespräche war ansteckend. Mattie hatte Maisbrot gebacken, und Annette brachte einen Schokoladenkuchen als Dessert mit. Samantha hatte nie kochen gelernt und lebte jetzt in einem winzigen Apartment, in dem es nur eine Kochplatte und einen Toaster gab, daher war sie entschuldigt. Während Chester im Topf rührte, Gewürze hinzufügte und ununterbrochen redete, machten sich Kim und Adam eine Pizza in Tante Matties Küche. Samstag gab es bei ihnen immer Pizza, und Samantha war froh, bei den Wyatts zu sein und den Abend nicht schon wieder mit Annette und den Kindern verbringen zu müssen. In ihren Augen war sie inzwischen kein Mitbewohner/Babysitter mehr, sondern hatte innerhalb einer Woche den zweifelhaften Status einer großen Schwester erlangt. Sie hatten Samantha gern, und Samantha hatte die Kinder gern, aber langsam wurde es ihr zu viel. Annette schien kein Problem damit zu haben, dass Samantha ständig von Kim und Adam in Beschlag genommen wurde.

Sie aßen im Garten hinter dem Haus, an einem Picknicktisch unter einem Ahorn, dessen Blätter sich leuchtend gelb verfärbt hatten. Das Laub lag auch auf der Erde, wie ein prachtvoller Teppich, der bald wieder verschwunden sein würde. Als die Sonne hinter den Bergen unterging, wurden Kerzen angezündet. Später gesellte sich Claudelle, die Rechtsassistentin der Kanzlei, zu ihnen. Mattie bestand grundsätzlich darauf, dass beim Essen nicht über die Arbeit gesprochen wurde. Die Kanzlei, ihre Mandanten und ganz besonders alles, was auch nur im Entferntesten mit Kohle zu tun hatte, waren tabu. Deshalb redeten sie über Politik – Obama im Vergleich zu McCain, Biden im Vergleich zu Palin. Von der Politik war es nur ein kleiner Sprung zu einer Diskussion über die wirtschaftliche Katastrophe, die weite Teile der Welt erfasste. Sämtliche Nachrichten waren schlecht, und während sich die Experten uneins darüber waren, ob es eine kleinere Depression oder einfach nur eine tiefe Rezession werden würde, schien das alles noch weit weg zu sein, wie ein weiterer Völkermord in Afrika. Furchtbar, aber nicht wirklich relevant für Brady. Noch nicht. Neugierig fragten sie nach Samanthas Freunden in New York.

Zum dritten oder vierten Mal an diesem Nachmittag und Abend fiel Samantha auf, dass Annette sich ihr gegenüber kühl und distanziert verhielt. Wenn sie sich mit den anderen unterhielt, schien alles in Ordnung zu sein, aber kaum sagte sie etwas zu Samantha, war sie ziemlich kurz angebunden. Zuerst dachte sich Samantha nichts dabei. Aber als sie mit dem Essen fertig waren, war sie sicher, dass Annette ihr etwas übel nahm. Was ihr ein Rätsel war, schließlich war nichts zwischen ihnen vorgefallen.

Da kam ihr der Verdacht, dass es etwas mit Donovan zu tun hatte.

15

Samantha wurde durch das harmonische Läuten von Kirchenglocken geweckt. Gleich mehrere Melodien schienen in der Luft zu liegen, einige näher und daher lauter, andere weiter weg, doch alle in dem Bestreben, die Einwohner Bradys aus dem Bett zu holen, mit der unüberhörbaren Mahnung daran, dass heute Sonntag war und die Türen der Gotteshäuser offen standen. Laut ihrer Digitaluhr war es zwei Minuten nach neun, und wieder einmal wunderte sie sich darüber, dass sie so lange schlafen konnte. Sie überlegte, ob sie sich noch einmal umdrehen und liegen bleiben sollte, aber nach zehn Stunden war eindeutig Schluss. Der Kaffee war fertig, sein Duft drang aus dem anderen Zimmer zu ihr herüber. Sie goss sich eine Tasse ein, setzte sich auf das Sofa und überlegte, wie sie den Tag verbringen sollte. Da es nicht viel zu tun gab, bestand der erste Punkt auf ihrer Liste darin, Annette und den Kindern aus dem Weg zu gehen.

Sie rief ihre Mutter an und unterhielt sich dreißig Minuten lang über dies und jenes mit ihr. Karen war natürlich voll und ganz mit der aktuellen Krise beschäftigt und redete pausenlos darüber. Ihr Chef im Justizministerium habe dringende Vorbesprechungen zur Organisation von Plänen angesetzt, um Großbanken, Makler von zweitklassigen Hypotheken und alle möglichen Gauner aus der Wall Street unter die Lupe zu nehmen, was losgehen solle, sobald der Staub sich gelegt habe und sie herausgefunden hätten, wer für den Schlamassel verantwortlich sei. Das Thema langweilte Samantha, aber sie hielt tapfer durch, während sie im Pyjama Kaffee trank und den immer noch läutenden Kirchenglocken zuhörte. Karen sprach davon, schon bald nach Brady zu kommen, um sich das Leben in den Bergen anzusehen, doch Samantha wusste, dass es nur Gerede war. Ihre Mutter verließ Washington nur selten; ihre Arbeit war viel zu wichtig. Irgendwann erkundigte sie sich nach dem Praktikum und der Kanzlei. »Wie lange wirst du bleiben?«, fragte sie. Samantha erwiderte, sie habe nicht vor, so schnell wieder zu gehen.

Als die Kirchenglocken verstummten, zog sie eine Jeans an und verließ das Apartment. Annettes Auto parkte immer noch vor dem Haus, ein Hinweis darauf, dass sie und die Kinder an diesem schönen Sonntag nicht in den Gottesdienst gingen. An einem Zeitungsautomaten in der Nähe von Donovans Kanzlei in der Main Street kaufte sie sich eine *Roanoke Times* und las sie in einem leeren Diner, während sie auf eine Waffel mit Speck wartete. Nach dem Frühstück spazierte sie eine Weile durch die Straßen von Brady; es dauerte nicht lange, bis sie sich alles angesehen hatte. Sie kam an einem Dutzend Kirchen vorbei, die, den überfüllten Parkplätzen nach zu urteilen, alle zum Bersten voll waren, und versuchte, sich daran zu erinnern, wann sie das letzte Mal eine von innen gesehen hatte. Ihr Vater war nicht praktizierender Katholik, ihre Mutter keine besonders gläubige Protestantin, und Samantha war nicht religiös erzogen worden.

Sie fand die Schulen, alle so alt wie das Gerichtsgebäude, alle mit rostenden Klimageräten, die schief in den Fenstern hingen. Sie grüßte eine Veranda voll betagter Senioren, die ihre Zeit wegschaukelten und wohl selbst für den Gottesdienst zu alt waren. Sie ging an dem winzigen Krankenhaus vorbei und schwor sich, in Brady nie krank zu werden. Sie bummelte durch die Main Street und fragte sich, wie um alles in der Welt die kleinen

Ladengeschäfte überleben konnten. Als die Besichtigungstour zu Ende war, stieg sie in ihr Auto und verließ die Stadt.

Auf der Landkarte schlängelte sich der Highway 119 durch das Kohleland im äußersten Osten von Kentucky bis nach West Virginia hinein. Am Tag zuvor hatte sie die Appalachen aus der Luft gesehen; jetzt wollte sie es von der Straße aus versuchen. Mit Charleston als ungefährem Ziel fuhr sie los, nur mit einer Straßenkarte und einer Flasche Wasser im Wagen. Nach kurzer Zeit war sie in Kentucky, was allerdings kaum einen Unterschied machte. Die Appalachen waren die Appalachen, egal, welche Linien jemand vor einer Ewigkeit gezogen hatte. Eine atemberaubend schöne Gegend mit steilen Hügeln und sanft geschwungenen Bergen, die mit dichten Laubwäldern bewachsen waren, rauschenden kleinen Flüssen und Stromschnellen, die sich durch tiefe Täler zogen, bedrückender Armut, malerischen kleinen Städten voller Backsteinbauten und weiß gestrichener Häuser und einer Kirche nach der anderen. Die meisten schienen zu Baptistengemeinden zu gehören, aber die Namen waren kaum auseinanderzuhalten. Southern Baptist, General Baptist, Primitive Baptist, Missionary Baptist. Ungeachtet dessen herrschte in allen emsige Geschäftigkeit. In Pikeville, Kentucky, siebentausend Einwohner, hielt Samantha an und suchte das Stadtzentrum, wo sie in einem überhitzten Café umgeben von Einheimischen einen Kaffee trank. Einige Gäste warfen ihr neugierige Blick zu, aber alle waren freundlich. Sie hörte den Gesprächen zu, wobei sie sich manchmal nicht mehr so sicher war, ob das noch ihre Muttersprache war, und musste bei manchen Scherzen sogar schmunzeln. An der Grenze zu West Virginia stoppte sie an einem kleinen Lebensmittelgeschäft, das »Trockenfleisch aus eigener Herstellung« anpries. Sie kaufte eine Packung, biss vorsichtig in einen der Streifen und warf den Rest in einen Mülleimer. Während der nächsten fünfundzwanzig

Kilometer nippte sie immer wieder an ihrer Wasserflasche, um den Geschmack in ihrem Mund loszuwerden.

Samantha war fest entschlossen, nicht an Kohle zu denken; sie hatte genug von dem Thema. Aber Kohle war überall: in den Muldenkippern, die die Straßen in Beschlag nahmen, auf den verblassten Plakatwänden, die die Stärke der Gewerkschaften beschworen, in den gelegentlich von der Straße aus zu sehenden Tagebauen und abgetragenen Bergkuppen, im Kampf der Autoaufkleber, die »Ohne Kohle kein Strom« einerseits und »Rettet die Berge« andererseits verkünden, und in den winzigen Museen, die das Erbe des Bergbaus würdigten. Sie hielt an einer Gedenktafel an und las die Schilderung eines Grubenunglücks im Bark Valley, bei dem 1961 dreißig Männer durch eine Explosion in einem Bergwerk getötet worden waren. *Friends of Coal* hatte gerade eine große Kampagne gestartet, und Samantha fuhr an zahlreichen Reklametafeln vorbei, auf denen »Kohle gleich Jobs« stand. Kohle war der Stoff, aus dem das Leben hier in der Gegend bestand, doch über den Tagebau waren sich die Menschen uneins. Ihren Internet-Recherchen zufolge argumentierten die Gegner, dass Kohle Arbeitsplätze vernichte, und behaupteten, dies mit Zahlen belegen zu können. Zurzeit arbeiteten achtzigtausend Bergleute in den Minen, fast alle nicht gewerkschaftlich organisiert, die Hälfte davon im Tagebau. Vor einigen Jahrzehnten, lange bevor man damit begonnen hatte, die Bergkuppen wegzusprengen, waren es fast eine Million gewesen.

Schließlich erreichte sie Charleston, die Hauptstadt von West Virginia. In dichtem Verkehr, von dem es mehr gab, als sie erwartet hatte, war Samantha immer noch etwas unsicher. Sie hatte keine Ahnung, wo sie war, und befürchtete mit einem Mal, sich zu verfahren. Es war fast vierzehn Uhr, weit nach Mittag und Zeit umzukehren. Die erste Etappe ihres Ausflugs war zu Ende, als sie aufs Geratewohl bei einem kleinen, mit Fast-Food-Restaurants gespickten Einkaufszentrum abbog. Sie brauchte jetzt unbedingt einen Hamburger mit Pommes frites.

In Donovans Kanzlei brannte noch lange nach Sonnenuntergang das Licht. Um neunzehn Uhr ging Samantha daran vorbei, wollte klopfen, beschloss dann aber, ihn nicht zu stören. Um einundzwanzig Uhr saß sie in der Law Clinic an ihrem Schreibtisch, nicht so sehr, weil sie zu arbeiten hatte, sondern weil sie nicht in ihr Apartment wollte. Als sie seine Handynummer wählte, ging er sofort dran. »Sind Sie gerade beschäftigt?«, fragte sie.

»Natürlich bin ich beschäftigt. Morgen beginnt ein Prozess. Was machen Sie gerade?«

»Nicht viel. Ich bin in der Kanzlei. Mir ist langweilig.«

»Kommen Sie rüber. Ich möchte Ihnen jemanden vorstellen.«

Sie saßen oben in der Einsatzzentrale an einem Tisch, auf dem aufgeschlagene Bücher, Akten und Notizblöcke lagen. Donovan machte sie mit einem gewissen Lenny Charlton bekannt, einem Jury-Berater aus Knoxville. Er stellte den Mann als überbezahlten, aber häufig erfolgreichen Analysten vor, während er Samantha lediglich als Anwältin/Freundin einführte, die auf seiner Seite sei. Samantha fragte sich, ob Donovan alle von ihm beauftragten Gutachter auf diese Art beleidigte.

»Haben Sie schon mal was von Marshall Kofer aus Washington, D.C., gehört? Früher ein sehr erfolgreicher Prozessanwalt, der sich auf Flugzeugabstürze spezialisiert hatte«, sagte er.

»Aber natürlich«, erwiderte Lenny.

»Ihr Dad. Davon merkt man aber nichts in ihren Genen. Sie geht nicht gern in Gerichtssäle.«

»Kluge Entscheidung.«

Die beiden waren gerade dabei, eine lange Besprechung zu beenden, in der sie die Liste mit den Namen von sechzig potenziellen Geschworenen durchgegangen waren. An Samantha gewandt, erklärte Lenny, dass seine Kanzlei ein äußerst mageres Honorar dafür erhalte, Recherchen zu den Familienverhältnissen jeder einzelnen Person auf der Liste durchzuführen, und dass diese Aufgabe aufgrund des engen, fast als inzestuös zu bezeichnenden Zusammenhalts in den Kohlenrevieren schwierig sei.

»Alles Ausreden«, murmelte Donovan.

Lenny führte weiter aus, dass die Auswahl von Geschworenen in einer Bergbauregion eine heikle Sache sei, da jeder Freunde oder Bekannte habe, die entweder für ein Unternehmen arbeiteten, das Kohle abbaute, oder für eines, das Dienstleistungen für die Branche erbrachte.

Samantha hörte fasziniert zu, als sie über die letzten Namen auf der Liste sprachen. Der Bruder einer Frau arbeitete in einem Tagebau. Der Vater einer anderen Frau war Bergmann in einem Untertagebau. Ein Mann hatte seinen erwachsenen Sohn bei einem Unfall auf einer Baustelle verloren, der aber nichts mit Kohle zu tun gehabt hatte. Und so weiter. Sie fand es nicht in Ordnung, dass Prozessparteien im Privatleben argloser Leute herumschnüffeln durften. Sie wollte Donovan später, wenn sie Gelegenheit dazu bekam, danach fragen. Er sah müde aus und schien ein wenig gereizt zu sein.

Lenny ging kurz vor zweiundzwanzig Uhr. »Warum haben Sie für diesen Prozess keinen Mitanwalt?«, fragte sie, als sie allein waren.

»Ich arbeite häufig mit Kollegen zusammen, aber nicht bei dieser Klage. Das mache ich lieber allein. Strayhorn und seine Versicherungsgesellschaft werden ein Dutzend Anzugträger an ihrem Tisch sitzen haben. Mir gefällt der Kontrast, nur Lisa Tate und ich.«

»David und Goliath?«

»So ungefähr.«

»Arbeiten Sie heute noch lange?«

»Ich weiß es nicht. Heute Nacht – und was das angeht, die ganze Woche – werde ich nicht viel Schlaf bekommen. Das gehört dazu.«

»Es ist schon spät, und Sie haben gerade Wichtigeres zu tun, aber ich muss Sie etwas fragen. Sie haben mir einen Teilzeitjob als wissenschaftliche Mitarbeiterin angeboten, eine bezahlte Stelle. Ich wäre also von Ihrer Kanzlei angestellt, richtig?«

»Richtig. Worauf wollen Sie hinaus?«

»Moment. Ich bin mir nicht so sicher, ob ich für Sie arbeiten möchte.«

Er zuckte mit den Schultern. Es schien ihm egal zu sein. »Ich bitte Sie nicht auf Knien darum.«

»Jetzt kommt meine Frage: Befinden sich in Ihrem Besitz belastende Dokumente, die Krull Mining gehören und die Verseuchung des Grundwassers im Hammer Valley betreffen? Dokumente, die Sie eigentlich nicht besitzen sollten?«

Seine dunklen, müden Augen blitzten vor Ärger, doch er hielt den Mund und zögerte kurz. Dann lächelte er.

»Das ist eine Frage«, sagte sie.

»Das habe ich schon verstanden. Wenn ich mit Ja antworte, werden Sie den Job vermutlich ablehnen, aber wir werden trotzdem noch Freunde sein, richtig?«

»Bitte beantworten Sie zuerst meine Frage.«

»Und wenn ich mit Nein antworte, werden Sie es sich vielleicht überlegen, für mich zu arbeiten, richtig?«

»Ich warte immer noch.«

»Ich verweigere die Aussage.«

»Das ist Ihr gutes Recht. Vielen Dank für Ihr Angebot, aber ich sage Nein.«

»Wie Sie möchten. Ich habe noch viel zu tun.«

Staublunge ist der juristische Fachbegriff für eine vermeidbare, berufsbedingte Lungenkrankheit. Die medizinische Bezeichnung dafür lautet Kohlenbergarbeiter-Pneumokoniose, die Ursache dafür ist länger andauernder Kontakt mit Kohlenstaub. Wird Kohlenstaub eingeatmet, kann er vom Körper nicht wieder abgebaut oder ausgeschieden werden. Er setzt sich zunehmend in den Lungenflügeln ab und kann dort Entzündungen, Fibrosen und sogar Nekrosen hervorrufen. Es gibt zwei Formen der Krankheit: »einfache Staublunge« und »komplizierte Staublunge« (auch progressive massive Fibrose genannt).

Staublunge ist eine recht häufige Erkrankung bei Bergleuten, sowohl in Bergwerken als auch in Tagebauen. Schätzungen zufolge entwickeln 10 Prozent aller Bergleute nach fünfundzwanzig Jahren Arbeit im Bergbau eine Staublunge. Sie schwächt den Allgemeinzustand und ist in der Regel tödlich. Jedes Jahr sterben etwa tausendfünfhundert Bergleute an Staublunge, und aufgrund des schleichenden Verlaufs der Krankheit ist ihr Tod fast immer langsam und qualvoll. Es gibt keine Heilung und keine wirksame medizinische Behandlung.

Die Symptome sind Kurzatmigkeit und ein chronischer Husten, bei dem häufig schwarzer Schleim ausgeworfen wird. Wenn die Krankheit sich verschlimmert, müssen sich die Bergleute entscheiden, ob sie eine Entschädigung beantragen oder nicht. Die Diagnose ist ziemlich einfach: Erstens, Kontakt mit Kohlenstaub über längere Zeit hinweg, zweitens, eine Röntgenuntersuchung des Brustkorbs, und drittens, der Ausschluss anderer Ursachen.

1669 verabschiedete der Kongress ein Gesetz zum Schutz der Gesundheit und zur Unfallverhütung in Kohlenbergwerken, in dem eine Entschädigung für Bergleute mit Staublunge vorgesehen ist. Das Gesetz enthält ferner Vorschriften zur Reduzierung von Kohlenstaub. Zwei Jahre später legte der Kongress einen Fonds zur Finanzierung von Berufsunfähigkeitsrenten aufgrund von Staublunge auf, der durch eine Bundessteuer für die Kohleförderung finanziert wird. In diesem Gesetz stimmte die Kohleindustrie einem Verfahren zu, das die Erkennung der Krankheit vereinfachen und eine entsprechende Entschädigung garantieren sollte. Wenn ein Bergmann zehn Jahre in einer Mine gearbeitet hatte und medizinische Nachweise – entweder eine Röntgenaufnahme oder einen Obduktionsbefund mit der Diagnose schwere Staublunge – besaß, hatte er theoretisch das Recht auf Entschädigung. Außerdem musste ein Bergmann, der mit Staublunge noch arbeitete, ohne Einbußen bei Einkommen, Sozialleistungen und Dienstalter an einen Arbeitsplatz mit weniger Belastung durch Kohlenstaub versetzt werden. Mit Stand 1. Juli 2008 erhält ein Bergmann mit Staublunge neunhundert Dollar monatlich aus diesem Fonds.

Das neue Bundesgesetz hatte zum Ziel, den Kontakt mit Kohlenstaub erheblich zu verringern. Kurze Zeit später wurden strenge Vorschriften eingeführt, und Bergleute konnten alle fünf Jahre eine kostenlose Röntgenuntersuchung vornehmen lassen. Die Röntgenaufnahmen zeigten, dass vier von zehn untersuchten Bergleuten eine Staublunge in unterschiedlichen Stadien hatten. Doch in den Jahren nach Einführung des Gesetzes sank das Auftreten neuer Staublungenfälle um 90 Prozent. Ärzte und Fachleute sagten voraus, dass die Krankheit ausgelöscht werden würde. 1995 stellten staatliche Untersuchungen jedoch fest, dass die Krankheit wieder im Vormarsch war; in der Folge stieg der Prozentsatz der Neuerkrankungen immer weiter. Genauso bedenklich war die Tatsache, dass die Krankheit schneller fortzuschreiten schien, und nun auch die Lungen jüngerer Bergleute betroffen waren. Fachleuten zufolge gibt es dafür zwei Theorien: Erstens, Bergleute arbeiten in längeren Schichten, und zweitens, die Bergleute werden von den Betreibern der Kohlenbergwerke unzulässigen Konzentrationen an Kohlenstaub ausgesetzt.

Inzwischen ist Staublunge zu einer Epidemie in den Kohlenrevieren geworden, und der einzige mögliche Grund dafür ist ein länger andauernder Kontakt mit mehr Kohlenstaub als das Gesetz erlaubt. Seit Jahrzehnten widersetzen sich die Kohleunternehmen Bemühungen, die Vorschriften zu verschärfen, und bis jetzt ist es ihnen gelungen.

Das Gesetz verbietet es einem Bergmann, einen Anwalt zu bezahlen, daher muss ein Bergmann mit Staublunge seine Ansprüche in der Regel ohne rechtlichen Beistand durchsetzen. Die Kohleindustrie wehrt sich heftig gegen diese Ansprüche, egal, welche Beweise der Bergmann anbringt. Die Unternehmen gehen mit erfahrenen Anwälten, die das System manipulieren, gegen die Ansprüche vor. Für einen Bergmann, der nicht vorschnell aufgibt, dauert das Verfahren in der Regel etwa fünf Jahre.

Bei Thomas Wilcox zog es sich zwölf Jahre hin. Thomas wurde 1925 in der Nähe von Brady, Virginia, geboren. Er kämpfte im Krieg, wurde zweimal verwundet, mit Orden ausgezeichnet, und nach seiner Rückkehr heiratete er und begann, in den Bergwerken zu arbeiten. Er war ein stolzer Bergmann, ein überzeugter Anhänger der Gewerkschaft, ein treuer Demokrat und ein guter Ehemann und Vater. 1974 bekam er die Diagnose Staublunge und stellte einen Antrag auf Entschädigung. Er war seit mehreren Jahren krank und fast schon zu schwach zum Arbeiten. Die Röntgenaufnahme seiner Brust zeigte eindeutig eine komplizierte Pneumokoniose. Er hatte achtundzwanzig Jahre unter Tage gearbeitet und nie geraucht. Sein Antrag wurde zunächst genehmigt, doch die Entscheidung wurde von dem Kohleunternehmen angefochten. 1976, mit einundfünfzig Jahren, hatte Thomas keine andere Wahl mehr, als in Rente zu gehen. Sein Gesundheitszustand verschlechterte sich immer mehr, und bald musste er rund um die Uhr mit Sauerstoff versorgt werden. Ohne Einkommen tat sich seine Familie schwer, zurechtzukommen und auch noch die Rechnungen für seine medizinische Behandlung zu bezahlen. Er und seine Frau mussten das Haus der Familie verkaufen und zu der älteren Tochter ziehen. Sein Antrag auf Entschä-

digung wegen Staublunge wurde durch Anwälte, die für das Kohleunternehmen arbeiteten, so geschickt bekämpft, dass er irgendwo im System stecken blieb. Zu der Zeit hätte Thomas pro Monat dreihundert Dollar plus medizinische Versorgung bekommen.

Zuletzt war Thomas nur noch ein geschrumpftes Skelett, das an einen Rollstuhl gefesselt war und nach Luft rang, während seine letzten Tage vergingen und die Familie um ein gnädiges Ende betete. Er konnte nicht mehr sprechen und wurde von seiner Frau und seinen Töchtern mit Babynahrung gefüttert. Dank großzügiger Spenden von Freunden und Nachbarn und der unermüdlichen Anstrengungen seiner Familie war die Versorgung mit Sauerstoff nie gefährdet. Als er 1986 mit einundsechzig Jahren starb, wog er noch siebenundvierzig Kilo. Bei der Obduktion wurde eindeutig Staublunge festgestellt.

Vier Monate später zog das Kohleunternehmen seinen Einspruch zurück. Zwölf Jahre nachdem er seinen Antrag gestellt hatte, erhielt seine Witwe eine Pauschalentschädigung für rückwirkende Leistungen.

Anmerkung: Thomas Wilcox war mein Vater. Er war ein stolzer Kriegsheld, obwohl er nie über seine Einsätze sprach. Er war ein Sohn der Berge und liebte das Leben in seiner Heimat. Er brachte seinen Kindern bei, wie man im klaren Wasser der Flüsse angelte, in den Höhlen übernachtete und Rotwild jagte, um etwas zu essen zu haben. Er war ein aktiver Mann, der wenig schlief und es vorzog, bis spät in die Nacht zu lesen. Wir sahen zu, wie sein Leben immer langsamer wurde, als die Krankheit ihn in ihrem Griff hatte. Jeder Bergmann fürchtet Staublunge, aber er glaubt fest, dass er nicht daran erkranken wird. Als Thomas klar wurde, was mit ihm los war, verlor er seine Energie und begann zu grübeln. Selbst einfache Aufgaben auf der Farm wurden zunehmend schwieriger für ihn. Als er seine Arbeit im Bergwerk aufgeben musste, bekam er schwere

Depressionen. Sein Körper wurde schwächer und kleiner, und selbst das Reden wurde zu anstrengend für ihn. Er brauchte seine ganze Kraft zum Atmen. In seinen letzten Tagen wechselten wir uns damit ab, an seinem Bett zu sitzen und ihm vorzulesen. Oft hatte er dabei Tränen in den Augen.

MATTIE WYATT, 1. Juli 2008

Die Seiten steckten ganz hinten in dem dicken Ordner mit Seminarunterlagen und waren offenbar erst später hinzugefügt worden. Samantha hatte sie zuerst gar nicht bemerkt. Sie legte den Ordner weg, suchte ihre Laufschuhe und brach zu einem langen Spaziergang durch Brady auf. Es war nach dreiundzwanzig Uhr an einem Sonntagabend, und außer ihr war niemand mehr unterwegs.

16

Mattie hatte in Curry County vor Gericht zu tun, Annette würde sich verspäten, die Teilzeitkraft Barb war noch nicht da, und die andere Teilzeitkraft, Claudelle, kam montags erst gegen Mittag. So war Samantha allein, als Pamela Booker mit zwei schmutzigen Kindern im Schlepptau in die Kanzlei kam. Während sie ihren Namen nannte und um Hilfe bat, weinte sie. Samantha bugsierte die kleine Familie in einen Besprechungsraum und verbrachte die ersten fünf Minuten ihres Gesprächs damit, Pamela zu versichern, dass alles wieder in Ordnung komme, obwohl sie keine Ahnung hatte, um was »alles« es eigentlich ging. Die Kinder sagten kein Wort und sahen mit ihren weit aufgerissenen Augen und dem verwirrten Blick wie traumatisiert aus. Und sie seien hungrig, sagte Pamela, als sie sich hinsetzte. »Haben Sie etwas zu essen?«

Samantha rannte in die Küche, wo sie ein paar alte Kekse, eine Packung Salzcracker und eine Tüte Kartoffelchips aus einem Schrank kramte und zwei Dosen Diätlimonade aus Barbs Vorrat stibitzte. Sie stellte alles auf den Tisch vor die beiden Kinder, die nach den Keksen griffen und sie mit großen Bissen verschlangen. Unter Tränen bedankte Pamela sich und begann zu reden. Die Worte sprudelten so schnell aus ihr hervor, dass Samantha keine Zeit hatte, sich Notizen zu machen. Sie sah zu, wie die Kinder das Essen vertilgten, während ihre Mutter erzählte, was passiert war.

Sie lebten in einem Auto. Sie stammten aus einer kleinen Stadt direkt hinter der Grenze zu Hopper County, und seit sie vor einem Monat ihr Zuhause verloren hatten, suchte Pamela nach einem Anwalt, der ihnen beistand. Niemand wollte helfen. Irgendwann hatte jemand die Mountain Law Clinic drüben in Brady erwähnt. Und jetzt waren sie da. Sie hatte einen Job in einer Fabrik gehabt, die Lampen für eine Hotelkette herstellte. Keine großartige Stelle, aber mit dem Geld konnte sie ihre Miete bezahlen und Lebensmittel kaufen. Einen Ehemann gab es nicht. Vor vier Monaten hatte eine Firma, von der sie noch nie etwas gehört hatte, angefangen, ihre Lohnschecks zu pfänden. Ein Drittel wurde abgezogen, und sie konnte nichts dagegen tun. Sie beschwerte sich bei ihrem Chef, aber er wedelte nur mit einem Gerichtsbeschluss herum. Dann drohte er damit, sie zu feuern, sagte, er hasse Pfändungsbeschlüsse wegen des Aufwands in der Buchhaltung. Als sie mit ihm zu streiten begann, machte er seine Drohung wahr, und jetzt war sie arbeitslos. Sie ging zum Richter und erklärte alles, sagte, sie habe nur noch so viel Geld, um entweder ihre Miete zu bezahlen oder Lebensmittel zu kaufen, aber er hatte kein Mitleid. Sagte, Gesetz sei Gesetz. Das Problem war eine alte Gerichtsentscheidung zu Kreditkartenschulden, an die sie seit zehn Jahren nicht mehr gedacht hatte. Offenbar hatte das Kreditkartenunternehmen seine Forderung an ein Inkassobüro verkauft, das ohne ihr Wissen die Lohnpfändung beantragt hatte. Als sie die Miete für ihren Trailer nicht mehr bezahlen konnte, rief ihr Vermieter, ein richtiges Arschloch, den Sheriff und ließ sie hinauswerfen. Sie kam für ein paar Tage bei einer Cousine unter, was aber auf Dauer nicht gut ging, sodass sie zu einer Freundin zog. Das funktionierte auch nicht, und in den letzten beiden Wochen hatten sie und die Kinder in ihrem Auto gelebt, das so ziemlich nichts mehr hatte – kein Öl, keine Luft, kein Benzin, keine Bremsflüssigkeit, das Armaturenbrett leuchtete und erlosch wie ein Weihnachtsbaum. Gestern hatte sie ein paar Schokoriegel gestohlen und den Kindern gegeben. Sie selbst hatte seit zwei Tage nichts gegessen.

Samantha hörte zu und schaffte es zu verbergen, wie schockiert sie war. Wie konnte man in einem Auto leben? Sie fing an, sich Notizen zu machen, ohne die geringste Vorstellung davon, was juristisch gesehen zu tun war.

Pamela holte den Papierkram aus ihrer gefälschten Designer-Handtasche und schob den Stapel über den Tisch. Samantha überflog eine gerichtliche Verfügung, während ihre neue Mandantin erklärte, sie habe nur noch zwei Dollar und wisse nicht, ob sie davon Benzin oder etwas zu essen kaufen solle. Schließlich nahm sie einen Keks und hielt ihn mit zitternden Händen fest. Samantha dämmerte zweierlei. Zum einen, dass sie die letzte Hoffnung für diese kleine Familie war. Zum anderen, dass Pamela und ihre Kinder nicht so schnell wieder gehen würden. Sie konnten nirgendwohin.

Als Barb endlich kam, drückte Samantha ihr zwanzig Dollar in die Hand und bat sie, so viele Wurstbrötchen wie möglich zu kaufen. »Für solche Fälle haben wir immer ein paar Dollar in der Kanzlei«, sagte Barb.

»Die brauchen wir jetzt«, erwiderte Samantha.

Phoebe Fanning versteckte sich immer noch in einem von der Kanzlei bezahlten Motel vor ihrem Mann, und Samantha wusste, dass Mattie für Notfälle wie diese etwas Geld in Reserve hielt. Nachdem Barb gegangen war, trat Samantha an ein Fenster und warf einen Blick nach hinten hinaus auf den Parkplatz. Selbst wenn Pamela ihrem Auto Benzin und alle anderen benötigten Flüssigkeiten spendierte, sah es nicht so aus, als würde sie es damit bis nach Hopper County zurück schaffen. Es war ein kleiner Importwagen mit unzähligen Kilometern auf dem Tacho, und jetzt war daraus ein rollendes Zuhause geworden.

Zurück im Besprechungsraum, sah sie, dass Kekse und Cracker verschwunden waren. Als sie Pamela erklärte, dass sie jemanden losgeschickt habe, um noch mehr zu essen zu kaufen, flossen wieder Tränen. Der siebenjährige Junge, Trevor, sagte: »Vielen Dank, Miss Kofer.« Das Mädchen, Mandy, elf Jahre alt, fragte: »Könnte ich bitte mal zur Toilette?«

»Aber natürlich«, erwiderte Samantha. Sie ging mit ihr hinaus und zeigte ihr den Weg den Flur hinunter, dann kehrte sie an den Tisch zurück, um sich noch einige Notizen zu machen. Sie fingen noch einmal ganz von vorn an und arbeiteten sich langsam durch die Geschichte. Der Gerichtsbeschluss zu den Kreditkartenschulden war auf Juli 1999 datiert und belief sich auf die Gesamtsumme von 3398 Dollar, alle möglichen Gerichtskosten, versteckte Gebühren und, um das Maß vollzumachen, auch Zinsen mit eingerechnet. Pamela erklärte, ihr Exmann sei im Scheidungsurteil, von dem sie eine Kopie dabeihatte, verpflichtet worden, die Forderung des Kreditkartenunternehmens zu begleichen. Neun Jahre lang habe sie nichts mehr davon gehört, jedenfalls nicht wissentlich. Sie sei mehrmals umgezogen, und vielleicht sei ja etwas in der Post verloren gegangen. Jedenfalls habe das Inkassobüro sie irgendwann gefunden und den ganzen Schlamassel losgetreten.

Samantha fiel auf, dass Trevor mit seinen sieben Jahren nach der Scheidung geboren worden war, aber es war nicht der Rede wert, das zu erwähnen. Gegen Pamelas Exmann lagen mehrere Gerichtsbeschlüsse wegen Verletzung der Unterhaltspflicht vor. »Wo ist er?«, erkundigte sie sich.

»Ich habe keine Ahnung«, erwiderte Pamela. »Ich habe seit Jahren nichts von ihm gehört.«

Barb kam mit einer großen Tüte Wurstbrötchen zurück und

breitete das Festmahl auf dem Tisch aus. Sie fuhr Trevor durch die Haare und sagte zu Mandy, dass sie sich sehr über ihren Besuch freue. Die drei Bookers bedankten sich höflich und machten sich dann wie Flüchtlinge über das Essen her. Samantha schloss die Tür und zog sich mit Barb in den Empfangsbereich zurück. »Was ist los?«, fragte Barb. Samantha erzählte ihr das Nötigste.

Barb, die dachte, schon alles gesehen zu haben, war verblüfft, zögerte aber keine Sekunde. »Ich würde mit Pamelas Chef anfangen. Machen Sie ihm die Hölle heiß, drohen Sie ihm damit, dreifachen Schadenersatz zu verlangen, und dann knöpfen Sie sich das Inkassobüro vor.« Als das Telefon klingelte, griff sie nach dem Hörer und ließ Samantha, die Anwältin, mit ihrer Verwirrung allein.

Die Hölle heißmachen? Dreifacher Schadenersatz? Für was genau? Diese Ratschläge kamen von jemandem, der kein Jura studiert hatte. Samantha überlegte, ob sie warten sollte, bis Mattie oder Annette eintrafen, aber sie war jetzt seit einer Woche in der Law Clinic und hatte die Einarbeitungsphase hinter sich. Sie ging in ihr Büro, schloss die Tür und wählte nervös die Nummer der Lampenfabrik. Ein gewisser Mr. Simmons war angenehm überrascht, als er erfuhr, dass Pamela Booker sich eine Anwältin genommen hatte. Er sagte, dass sie gute Arbeit leiste, dass er sie nur höchst ungern entlassen habe und so weiter, aber schuld sei dieser verdammte Pfändungsbeschluss. So etwas mache aus seiner Buchhaltung den reinsten Albtraum. Er habe ihre Stelle bereits neu besetzt und dabei darauf geachtet, dass die neue Angestellte keine juristischen Probleme habe.

»Jetzt haben Sie vielleicht noch ein paar juristische Probleme mehr«, erklärte Samantha kühl. Sie bluffte und hatte keine Ahnung, ob es überhaupt eine rechtliche Grundlage dafür gab, als sie erklärte, dass ein Unternehmen eine Mitarbeiterin nicht einfach deshalb feuern könne, weil ihr Lohn gepfändet werde. Das verunsicherte Mr. Simmons, und er brummelte etwas davon, anwaltlichen Rat einholen zu wollen. »Großartig«, erwiderte Samantha. »Geben Sie mir die Nummer Ihrer Anwältin, dann bespreche ich alles mit ihr.« Es sei keine Frau, gab er zurück, und der Typ würde ihm sowieso zweihundert Dollar die Stunde in Rechnung stellen. Er wolle ihm etwas Zeit zum Nachdenken geben. Samantha versprach, am Nachmittag noch einmal anzurufen, und schließlich kamen sie überein, dass fünfzehn Uhr für beide ein günstiger Zeitpunkt war.

Als Samantha wieder in den Besprechungsraum kam, hatte Barb von irgendwoher eine Schachtel Buntstifte und ein paar Malbücher besorgt und war gerade dabei, Spiele für Trevor und Mandy zu organisieren. Pamela hielt ein halb aufgegessenes Wurstbrötchen in der Hand und starrte wie in Trance auf den Fußboden. Als Annette endlich kam, fing Samantha sie im Flur ab und gab die Details im Flüsterton weiter. Annette verhielt sich immer noch etwas distanziert und schien sich an irgendetwas zu stören, aber Geschäft war Geschäft. »Der Gerichtsbeschluss zu den Kreditkartenschulden ist schon seit Jahren nicht mehr rechtskräftig«, war ihre erste Reaktion. »Suchen Sie nach entsprechenden Gerichtsurteilen. Ich wette, die Kreditkartengesellschaft hat die Forderung für einen Bruchteil ihres Werts an das Inkassobüro verkauft, und jetzt versucht das Büro, einen ungültigen Gerichtsbeschluss durchzusetzen.«

»Haben Sie so was schon mal erlebt?«

»Etwas Ähnliches, aber das ist lange her. Ich kann mich nicht mehr an den Namen der Sache erinnern. Recherchieren Sie und dann setzen Sie sich mit dem Inkassobüro in Verbindung. In der Regel sind das ziemlich üble Typen, die sich nicht so leicht einschüchtern lassen.«

»Können wir sie verklagen?«

»Wir können auf jeden Fall damit drohen. Sie sind es nicht gewohnt, dass solche Leute plötzlich mit einem Anwalt im Schlepptau bei ihnen auftauchen. Und rufen Sie Pamelas Chef an. Dem können Sie auch Feuer unter dem Hintern machen.«

»Das habe ich schon getan.«

Annette lächelte sogar. »Was hat er gesagt?«

»Ich habe ihm erklärt, dass er eine Mitarbeiterin nicht einfach feuern kann, weil ihr Lohn gepfändet wird. Ich habe keine Ahnung, ob das stimmt, aber so getan, als wäre ich mir sicher. Er klang beunruhigt, und wir haben für heute Nachmittag ein zweites Gespräch vereinbart.«

»Es stimmt nicht, aber es ist ein schöner Bluff, und das ist häufig wichtiger als das, was das Gesetz sagt. Wir müssen gegen die Kreditkartengesellschaft klagen, falls es tatsächlich so ist, dass sie Pamelas Lohnschecks mit einem abgelaufenen Beschluss pfändet.«

»Danke«, sagte Samantha. Dann holte sie tief Luft. »Allerdings gibt es noch etwas, was dringender ist. Sie sitzen da drin und wissen nicht, wohin.«

»Ich schlage vor, Sie kümmern sich erst mal um das Wesentliche: Essen, saubere Wäsche, ein Platz zum Schlafen. Die Kinder gehen offenbar nicht zur Schule, aber darüber können Sie sich morgen noch Gedanken machen. Wir haben eine schwarze Kasse, mit der wir ein paar dieser Ausgaben decken können.«

»Haben Sie gerade saubere Wäsche gesagt?«

»Habe ich. Hat irgendjemand behauptet, dass Rechtsberatung für Einkommensschwache nur aus Glanz und Glamour besteht?«

Mit der zweiten Krise an diesem Morgen wurden sie nur wenige Minuten später konfrontiert, als Phoebe Fanning unangemeldet mit ihrem Mann Randy zusammen in die Kanzlei kam und

Annette darüber informierte, dass sie den Scheidungsantrag zurückziehen wolle. Sie hätten sich versöhnt, um es mal so zu sagen, und sie und die Kinder seien wieder zu Hause, wo sich alles beruhigt habe. Annette war fuchsteufelswild und rief Samantha in ihr Büro, damit sie eine Zeugin für das Gespräch hatte.

Randy Fanning war seit drei Tagen wieder draußen und sah nur geringfügig vorzeigbarer aus als in dem orangefarbenen Overall des County-Gefängnisses. Er saß mit einem arroganten Grinsen im Gesicht da und hatte eine Hand auf Phoebes Arm gelegt, während sie nach besten Kräften versuchte, ihren plötzlichen Sinneswandel zu erklären. Sie liebe ihn schlicht und einfach, könne ohne ihn nicht leben, und ihre drei Kinder seien viel glücklicher, wenn ihre Eltern zusammen seien. Sie sei es leid, sich in einem Motel zu verstecken, und die Kinder seien es leid, sich bei Verwandten zu verstecken, und jetzt vertrügen sie sich alle wieder.

Annette erinnerte Phoebe daran, dass sie von ihrem Mann verprügelt worden sei, während Randy die Anwältin finster anstarrte, als würde er jeden Moment einen Wutanfall bekommen. Annette schien das nicht zu beeindrucken, doch Samantha versuchte, sich in einer Ecke zu verstecken. Es sei eine Schlägerei gewesen, erklärte Phoebe, nicht gerade eine faire, aber doch eine Schlägerei. Sie hätten sich zu heftig gestritten, und dann sei eben alles ein wenig aus dem Ruder gelaufen; es werde nie wieder passieren. Randy, der die meiste Zeit über nichts sagte, schaltete sich ein und bestätigte, ja, sie hätten sich versprochen, mit den Streitereien aufzuhören.

Annette hörte zu und glaubte kein Wort. Sie erinnerte ihn daran, dass er gerade die Bedingungen der einstweiligen Verfügung verletze, da er neben Pamela sitze. Wenn der Richter davon erfahre, werde er wieder ins Gefängnis wandern. Randy sagte, Hump, sein Anwalt, habe versprochen, die einstweilige Verfügung ohne viel Umstände aufheben zu lassen.

Auf der einen Gesichtshälfte Pamelas waren noch die blauen Flecken von der letzten Schlägerei zu sehen. Scheidung war eine Sache, die Strafanzeige eine andere. Annette sprach etwas Ernstes an, als sie fragte, ob sie mit dem Staatsanwalt gesprochen hätten, damit dieser die Anzeige wegen heimtückischer und gefährlicher Körperverletzung fallen lasse. Noch nicht, aber sie hätten es vor, sobald das mit dem Scheidungsantrag geklärt sei. Annette erläuterte, dass die Anzeige nicht automatisch zurückgezogen werde. Die Polizei habe eine Aussage des Opfers; sie habe Fotos, andere Zeugen. Das schien ein wenig verwirrend zu sein, und selbst Samantha war sich da nicht so sicher. Wenn das Opfer, das gleichzeitig die wichtigste Zeugin war, einen Rückzieher machte, was blieb dann von dem Fall noch übrig?

Die beiden Anwältinnen dachten genau das Gleiche: Hatte er sie wieder geschlagen, um sie dazu zu zwingen, alle Anschuldigungen zurückzunehmen?

Annette war genervt und bombardierte sie mit einer Reihe unangenehmer Fragen, aber keiner von beiden gab nach. Sie seien fest entschlossen, den ganzen Ärger zu vergessen und in Zukunft ein glücklicheres Leben zu führen. Als sich das Gespräch seinem Ende zuneigte, überflog Annette kurz die Akte und schätzte, dass sie zwanzig Stunden für den Scheidungsantrag aufgewendet hatte. Unbezahlt natürlich.

Sie empfahl ihnen, das nächste Mal zu einer anderen Kanzlei zu gehen.

Nachdem die beiden ihr Büro verlassen hatten, nannte Annette sie zwei Meth-Süchtige, die ganz offensichtlich labil seien und sich vermutlich gegenseitig brauchten. »Ich hoffe nur, er bringt sie nicht um.«

Im Laufe des Vormittags wurde klar, dass Familie Booker nicht vorhatte, wieder zu gehen. Und sie wurden auch nicht hinauskomplimentiert, ganz im Gegenteil. Die Mitarbeiter der Kanzlei nahmen sich der kleinen Familie an und sahen alle paar Minuten nach ihr. Irgendwann flüsterte Barb Samantha ins Ohr: »Einige unserer Mandanten haben sogar ein, zwei Nächte in der Kanzlei übernachtet. Nicht gerade ideal, aber manchmal hat man eben keine Wahl.«

Pamela zog mit einer Rolle 25-Cent-Münzen los, um nach einem Waschsalon zu suchen. Mandy und Trevor blieben im Besprechungsraum, wo sie in Malbüchern herumkritzelten und hin und wieder kicherten, weil sie irgendetwas lustig fanden. Samantha hatte sich an das andere Ende des Tisches gesetzt und arbeitete sich durch Gesetzesvorschriften und Urteile.

Um Punkt elf Uhr betrat Mrs. Francine Crump die Kanzlei, um ihr Testament zu unterschreiben. Samantha hatte das Dokument vorbereitet, Mattie hatte es durchgesehen. Die kleine Zeremonie sollte keine zehn Minuten dauern, daran anschließend würde Francine mit einem gültigen Testament in der Tasche, für das sie nichts zahlen musste, nach Hause gehen. Stattdessen entwickelte sich daraus die dritte Krise dieses Vormittags.

Wie beauftragt hatte Samantha ein Testament aufgesetzt, in dem Francine ihre dreißig Hektar an ihre Nachbarn, Hank und Jolene Mott, vererbte. Francines fünf erwachsene Kinder würden nichts bekommen, was mit Sicherheit irgendwann einmal Ärger geben würde. Egal, hatte Mattie gesagt. Es sei ihr Land, schuldenfrei und unbelastet, und sie könne damit machen, was sie wolle. Mit dem Ärger befassen wir uns dann später. Nein, sie seien nicht verpflichtet, die fünf Kinder darüber zu informieren, dass sie leer ausgingen. Das erführen sie nach der Beerdigung.

Wirklich? Als Samantha die Tür zu ihrem Büro schloss und die Akte herauszog, brach Francine in Tränen aus. Während sie ihre Wangen mit einem Papiertaschentuch betupfte, erzählte sie ihre Geschichte.

Drei hintereinander, und alle weinen, dachte Samantha.

Am Wochenende hätten Hank und Jolene Mott ihr ein furchtbares Geheimnis anvertraut: Sie hätten beschlossen, ihre vierzig Hektar an ein Kohleunternehmen zu verkaufen und nach Florida zu ziehen, wo ihre Enkelkinder wohnten. Sie wollten natürlich nicht verkaufen, aber sie würden alt ... Großer Gott, sie seien schon alt, aber das Alter sei keine Entschuldigung dafür, alles zu verkaufen und wegzugehen, viele alte Leute hier in der Gegend behielten ihr Land ... Jedenfalls brauchten sie das Geld für ihren Ruhestand und Arztrechnungen. Francine war wütend auf ihre langjährigen Nachbarn und konnte es immer noch nicht glauben. Sie hatte nicht nur ihre Freunde verloren; sie hatte auch die zwei Menschen verloren, denen sie ihr Land hatte anvertrauen wollen. Und das Schlimmste: In unmittelbarer Nähe sei eine Tagebaumine geplant! In ganz Jacob's Holler seien die Leute wütend, was aber an den Kohleunternehmen liege. Sie spielten Nachbar gegen Nachbar aus, Bruder gegen Schwester.

Gerüchten zufolge wollten die Motts so schnell wie möglich nach Florida. Sie liefen davon wie aufgescheuchte Hühner, sagte Francine. Gut, dass sie bald weg seien.

Samantha war geduldig – genau genommen war sie den ganzen Vormittag über geduldig gewesen und hatte zugesehen, wie der kanzleieigene Vorrat an Papiertaschentüchern dramatisch geschrumpft war. Aber langsam dämmerte ihr, dass ihr erstes eigenhändig verfasstes Testament im Papierkorb landen würde. Sie schaffte es, das Gespräch auf eine naheliegende Frage zu bringen: Wenn die Motts das Land nicht bekamen, wer dann? Francine wusste nicht, was sie tun sollte. Deshalb redete sie mit ihrer Anwältin.

Beim Montagstreff im großen Besprechungsraum waren auch Mandy und Trevor Booker dabei. Obwohl die beiden Kinder den ganzen Vormittag über gegessen hatten, waren sie immer noch so hungrig, dass sie sich ein Sandwich mit den Mitarbeiterinnen der Kanzlei teilten. Ihre Mutter kümmerte sich um die Wäsche, und die beiden konnten nirgendwohin. Die Unterhaltung bestand aus jugendfreiem Small-Talk-Tratsch aus den Kirchengemeinden, das Wetter, angemessener Gesprächsstoff für Kinderohren und weit entfernt von den schlüpfrigen Themen, die Samantha in der Woche zuvor gehört hatte. Es war ziemlich langweilig und in zwanzig Minuten vorbei.

Samantha brauchte einen Rat und wollte Annette nicht behelligen. Sie fragte Mattie, ob sie kurz Zeit für sie habe, und schloss die Tür zum Büro ihrer Chefin. Dann hielt sie ihr ein paar Dokumente hin und sagte stolz: »Das ist meine erste Klage.«

Mattie lächelte und fasste das Papier mit spitzen Fingern an. »Herzlichen Glückwunsch. Das wird aber auch Zeit. Setzen Sie sich, dann werde ich es lesen.«

Die Beklagte war Top Market Solutions, ein zwielichtes Unternehmen mit Sitz in Norfolk, Virginia, und Büros in mehreren Südstaaten. Zahlreiche Telefonanrufe hatten nur wenige Informationen über die Firma gebracht, aber Samantha hatte alles, was sie brauchte, um den ersten Schuss abzufeuern. Je länger sie recherchierte, desto klarer wurde alles. Annette hatte recht, der Gerichtsbeschluss war sieben Jahre nach Eintragung abgelaufen und nicht wieder neu eingetragen worden. Die Kreditkartengesellschaft hatte den ungültigen Gerichtsbeschluss mit einem hohen Abschlag an Top Market verkauft. Top Market wiederum hatte den Beschluss in Hopper County erneut eintragen lassen und nutzte nun das Rechtssystem, um das Geld einzutreiben. Ein verfügbares Instrument dazu war die Pfändung von Lohnschecks.

»Kurz und schmerzlos«, sagte Mattie, als sie zu Ende gelesen hatte. »Und was die Fakten angeht, sind Sie sich sicher?«

»Ja. So kompliziert ist es nun auch wieder nicht.«

»Sie können die Klage später immer noch ergänzen. Fühlen Sie sich jetzt wie eine richtige Anwältin?«

»Ja. Bis jetzt habe ich noch nie darüber nachgedacht. Ich setze eine Klage auf, behaupte irgendetwas, was mir gerade einfällt, reiche sie bei Gericht ein, setze die Beklagte darüber in Kenntnis, die keine andere Wahl hat, als sich vor Gericht dazu zu äußern, und dann einigen wir uns irgendwie, oder wir prozessieren.«

»Willkommen in Amerika. Sie werden sich schon noch daran gewöhnen.«

»Ich glaube, ich werde die Klage heute Nachmittag einreichen. Die Bookers sind obdachlos. Je eher, desto besser.«

»Legen Sie los«, sagte Mattie, während sie den Schriftsatz zurückgab. »Ich würde eine Kopie davon per E-Mail der Beklagten zukommen lassen und sie darüber in Kenntnis setzen, dass Klage erhoben wurde.«

»Danke. Ich feile noch ein bisschen dran und mache mich dann auf den Weg zum Gericht.«

Um fünfzehn Uhr war Mr. Simmons schon erheblich weniger erfreut als bei ihrem ersten Gespräch. Er sagte, er habe mit seinem Anwalt Rücksprache gehalten, der ihm versichert habe, es verstoße im Commonwealth of Virginia keineswegs gegen das Gesetz, einer Mitarbeiterin wegen einer Lohnpfändung zu kündigen, ganz im Gegensatz zu dem, was Ms. Kofer am Vormittag gesagt habe. »Kennen Sie sich denn überhaupt mit dem Gesetz aus?«, fragte er.

»Davon können Sie ausgehen«, sagte sie schnell, weil sie das Gespräch so kurz wie möglich halten wollte. »Wir sehen uns dann vor Gericht.« Nachdem sie ihre erste Klage vorbereitet hatte und nur noch einzureichen brauchte, fühlte sie sich ein bisschen kampflustig.

»Ich bin schon von besseren Anwälten verklagt worden«, erwiderte Mr. Simmons und legte auf.

Endlich verließen die Bookers die Kanzlei. Sie fuhren Samantha nach zu einem Motel auf der Ostseite der Stadt, einem von zweien in ganz Brady. Sämtliche Mitarbeiterinnen hatten sich dazu geäußert, welches der beiden weniger anstößig war, und das Starlight hatte knapp gewonnen. Es war ein Rückschritt in die 1950er, mit winzigen Zimmern und Türen, die direkt auf den Parkplatz gingen. Samantha hatte zweimal mit dem Besitzer gesprochen, der ihr zwei saubere, nebeneinanderliegende Zimmer zugesichert hatte, und einen ermäßigten Preis von fünfundzwanzig Dollar die Nacht je Zimmer ausgehandelt. Mattie hatte es als »Stundenhotel« beschrieben, doch es waren keinerlei Anzeichen für anrüchige Aktivitäten auszumachen, jedenfalls nicht um 15.30 Uhr an diesem Montagnachmittag. Die anderen achtzehn Zimmer schienen leer zu sein. Pamelas saubere Wäsche war ordentlich zusammengefaltet in Plastiktüten vom Supermarkt verstaut. Als sie das Auto entluden, wurde Samantha klar, dass die kleine Familie gerade einen großen Schritt in Richtung Normalität machte. Mandy und Trevor waren ganz begeistert davon, in einem Motel zu übernachten, sogar in einem eigenen Zimmer. Pamela ging ein wenig beschwingter und strahlte über das ganze Gesicht. Sie zog ihre Anwältin in eine feste Umarmung und bedankte sich zum x-ten Mal bei ihr. Als Samantha wegfuhr, standen alle drei neben dem Auto und winkten.

Nachdem sie eine Stunde lang durch die Berge gekurvt und einigen Kohlelastern ausgewichen war, kam Samantha um 16.45 Uhr in der Center Street in Colton an. Sie reichte die Booker-Klage gegen Top Market Solutions am Gericht ein, bezahlte die Gebühr dafür mit einem Scheck, der auf die Kanzlei ausgestellt war, füllte die entsprechenden Formulare aus, um das Dokument der Beklagten zustellen zu lassen, und als alles erledigt war, verließ sie die Geschäftsstelle mit einem Gefühl des Stolzes, weil ihre erste Klage jetzt offiziell war.

Während sie nach unten zum Gerichtssaal eilte, hoffte sie, dass der Prozess noch nicht vertagt worden war. Ganz im Gegenteil – in dem zur Hälfte gefüllten, stickigen Gerichtssaal herrschte eine gespannte Atmosphäre, die man geradezu spüren konnte, als finster dreinblickende Männer in schwarzen Anzügen die sieben Leute auf der Geschworenenbank anstarrten. Die Auswahl der Geschworenen war schon fast zu Ende; Donovan hatte gehofft, sie gleich am ersten Tag abschließen zu können.

Er saß neben Lisa Tate, der Mutter der zwei getöteten Jungen. Sie waren die Einzigen am Tisch der Klagepartei, der direkt neben der Bank der Geschworenen stand. Auf der anderen Seite des Gerichtssaals, am Tisch der beklagten Partei, drängte sich eine kleine Armee aus Anwälten, alle mit starrem, verkniffenem Gesichtsausdruck, als wäre ihnen schon in der ersten Phase des Prozesses der Wind aus den Segeln genommen worden.

Der Richter sprach zu den Geschworenen und gab ihnen Anweisungen dazu, was sie während des Verfahrens zu tun und zu lassen hatten. Sein Ton wurde schärfer, als er sie dazu aufforderte, jeden Kontakt zu Personen, die mit ihnen über den Prozess sprechen wollten, sofort zu melden. Samantha sah sich die Geschworenen an und versuchte einzuschätzen, wen von ihnen Donovan gewollt hatte und wer der Kohleindustrie wohlwollend gegenüberstand. Es war unmöglich. Ausschließlich Weiße, vier Frauen, drei Männer, der jüngste Geschworene um die fünfundzwanzig, der älteste mindestens siebzig. Wie konnte jemand die Gruppendynamik der Jury bei der Einschätzung der Beweise vorhersagen?

Lenny Charlton, Donovans Berater, würde es vielleicht schaffen. Samantha entdeckte ihn drei Reihen vor sich; er beobachtete die Geschworenen und hörte den Anweisungen des Richters zu. Er war nicht der Einzige, der die Jury anstarrte – die anderen waren zweifellos Berater, die von Strayhorn Coal und deren Versicherungsgesellschaft beauftragt worden waren. Aller Augen lagen auf den Geschworenen. Es ging um viel Geld, und es hing von ihnen ab, ob Lisa Tate es bekam oder nicht.

Samantha musste lächeln, als ihr der Kontrast bewusst wurde. Donovan hatte wieder einmal ein reiches Unternehmen in den Gerichtssaal gezerrt, damit es sich für seine Schandtaten verantwortete. Er hatte vor, Schadenersatz in Millionenhöhe zu verlangen. In den nächsten Wochen würde er eine Milliardenklage gegen Krull Mining auf den Weg bringen, die mehrere Jahre dauern und Prozesskosten in beträchtlicher Höhe verursachen würde. Sie dagegen trug in ihrem Aktenkoffer ihre erste Klage mit sich herum, bei der sie von einem zwielichtigen Unternehmen, das vermutlich kurz vor dem Bankrott stand, fünftausend Dollar als Schadenersatz haben wollte.

Donovan stand auf, um den Richter anzusprechen. Er hatte sich in Schale geworfen und trug einen schicken marineblauen Anzug, der ihm hervorragend stand. Seine langen Haare hatte er leicht kürzen lassen, und ausnahmsweise einmal war er glatt rasiert. Er ging im Gerichtssaal umher, als wäre dort sein zweites Zuhause. Die Geschworenen verfolgten jede seiner Bewegungen und hingen an seinen Lippen, während er verkündete, dass die Klagepartei mit der Auswahl der Geschworenen einverstanden sei und keine weiteren Kandidaten mehr ablehnen wolle.

Um 17.45 Uhr vertagte der Richter die Sitzung. Samantha eilte aus dem Gerichtssaal und schaffte es, schneller als die nach draußen strömende Zuschauermenge zu sein. Dann fuhr sie vier Blocks bis zu der Schule, die Mandy und Trevor besuchten. Sie hatte tagsüber bereits zweimal mit der Rektorin gesprochen. Die Lehrer der beiden hatten die Hausaufgaben für sie zusammengestellt. Die Rektorin hatte bereits gehört, dass die Familie in einem Auto lebte, und war sehr besorgt. Samantha versicherte ihr, dass sie sich jetzt an einem besseren Ort aufhielten und es wieder bergauf gehe. Sie hoffe, dass die Kinder in ein paar Tagen wieder zur Schule gehen würden. In der Zwischenzeit werde sie dafür sorgen, dass sie lernten und ihre Hausaufgaben machten.

Als sie wegfuhr, fühlte sich Samantha eher wie eine Sozialarbeiterin als eine Anwältin, woran es nichts auszusetzen gab. Bei Scully & Pershing war ihr Aufgabenbereich eher etwas für Buchhalter oder Finanzanalysten gewesen, manchmal auch für Schreibkräfte mit Mindestlohn oder einfache Büroangestellte. Sie rief sich ins Gedächtnis, dass sie eine richtige Anwältin war, trotz der Tatsache, dass sie häufig Zweifel daran hatte.

Als sie Colton verließ, setzte sich ein weißer Pick-up hinter sie und fiel dann etwas zurück. Er folgte ihr den ganzen Weg bis nach Brady, immer im gleichen Abstand, nie zu nahe, aber auch nie außer Sicht.

17

Pizzerien in Großstädten haben den Vorteil, dass es dort echte Italiener oder deren Nachkommen gibt, Menschen, die wissen, dass eine richtige Pizza aus Neapel stammt, wo der Teig dünn und der Belag schlicht ist. Samanthas Lieblings-Restaurant war Lazio's, ein kleines Lokal in Tribeca, in dem sich die Köche brüllend auf Italienisch verständigten, während der Teig in Holzöfen gebacken wurde. Wie die meisten Dinge in ihrem Leben war Lazio's zurzeit weit weg. Der einzige Ort in Brady, an dem man eine Pizza bekommen konnte, war ein Sandwich-Laden in einem billigen Einkaufszentrum. Pizza Hut und die meisten anderen landesweiten Ketten hatten es nie bis in die kleinen Städte der Appalachen geschafft.

Die Pizza war fast drei Zentimeter dick. Samantha sah zu, wie sie von dem Typ hinter der Theke in einzelne Stücke geschnitten und in eine Pappschachtel verfrachtet wurde. Acht Dollar für eine Pizza mit Salami und Käse, die zwei Kilo zu wiegen schien. Dann fuhr sie die Schachtel in das Motel, wo die Bookers vor dem Fernseher saßen und auf ihr Essen warteten. Alle drei waren gewaschen und geschrubbt und sahen mit sauberer Kleidung erheblich besser aus als vorher. Außerdem waren sie geradezu beschämend dankbar für den Wandel in ihrem Leben. Samantha brachte auch die schlechte Nachricht mit, dass sie die Hausaufgaben der Kinder für die gesamte nächste Woche bekommen hatte, doch selbst das konnte ihre gute Laune nicht dämpfen.

Sie aßen in Pamelas Zimmer Pizza und Softdrinks, während im Hintergrund leise *Wheel of Fortune* im Fernseher lief. Die Kinder erzählten von der Schule, den Lehrern und den Freunden in Colton, die sie vermissten. Sie waren wie ausgewechselt. Am Vormittag, als sie verängstigt und hungrig gewesen waren, hatten sie kaum ein Wort über die Lippen gebracht. Jetzt konnten sie gar nicht mehr aufhören zu reden.

Nachdem die Pizza aufgegessen war, schwang Pamela die Peitsche und trug den Kindern auf zu lernen. Sie hatte Angst, dass die beiden den Anschluss in der Schule verpassten. Nach ein paar zaghaften Protesten gingen sie in ihr Zimmer und machten sich an die Arbeit. Samantha und Pamela unterhielten sich leise über die Klage und darüber, wie es jetzt weitergehen würde. Mit ein wenig Glück wurde Top Market Solutions vielleicht klar, dass es einen Fehler gemacht hatte. Dann würde das Unternehmen einen Vergleich vorschlagen. Andernfalls wollte Samantha dafür sorgen, dass sie sich so bald wie möglich vor Gericht trafen. Es gelang ihr, zuversichtlich wie eine erfahrene Prozessanwältin zu wirken, und sie erwähnte kein einziges Mal, dass es ihre erste richtige Klage war. Außerdem hatte sie vor, sich mit Mr. Simmons von der Lampenfabrik zu treffen und ihm zu erklären, welche Fehler zu der Lohnpfändung geführt hätten. Pamela war keine Versagerin; genau genommen war sie von skrupellosen Leuten, die das Rechtssystem missbrauchten, schikaniert worden.

Als Samantha das Starlight Motel verließ, wurde ihr klar, dass sie den Großteil der letzten zwölf Stunden damit zugebracht hatte, Pamela Booker und ihre Kinder offensiv zu vertreten. Hätten sie am Vormittag nicht den Weg in die Kanzlei gefunden, würden sie sich jetzt irgendwo auf dem Rücksitz ihres Autos verstecken, hungrig, frierend, hoffnungslos, verängstigt.

Samanthas Handy klingelte, als sie gerade eine Jeans überzog. Es war Annette, dreißig Meter entfernt auf der anderen Seite des Gartens. »Die Kinder sind auf ihren Zimmern. Haben Sie Zeit für einen Tee?«, fragte sie.

Die beiden mussten reden, sie mussten reinen Tisch machen und dem auf den Grund gehen, was Annette auf der Seele lag. Kim und Adam unterbrachen selbstverständlich ihre Hausaufgaben, um Samantha zu begrüßen. Sie hätten sie am liebsten jeden Tag zum Abendessen im Haus gehabt, danach fernsehen und eventuell ein oder zwei Videospiele. Aber Samantha brauchte ihre Privatsphäre. Annettes distanziertes Verhalten half dabei.

Als die Kinder wieder auf ihren Zimmern waren und sie sich Tee eingeschenkt hatten, setzten sie sich in das halbdunkle Wohnzimmer und redeten über den Montag. Annette meinte, dass es viele Obdachlose in den Bergen gebe. Man sehe sie nur deshalb nicht auf den Straßen betteln wie in den Städten, weil sie in der Regel jemanden kennen würden, der ihnen für eine Woche ein Zimmer oder eine Garage zur Verfügung stelle. Fast jeder habe Verwandte in der Nähe. Es gebe weder Obdachlosenheime noch gemeinnützige Organisationen, die sich um diese Menschen kümmerten. Einmal habe sie eine Mandantin gehabt, eine Mutter, deren Sohn im Teenageralter psychisch krank und gewalttätig gewesen sei, und die Frau sei gezwungen gewesen, ihn aus dem Haus zu werfen. Er habe dann in einem kleinen Zelt im Wald gehaust und von Diebstählen und gelegentlichen Almosen gelebt. Im Winter sei er fast erfroren und einmal, bei einer Flut, fast ertrunken. Es habe vier Jahre gedauert, um ihn in eine Anstalt einweisen zu lassen. Er sei ausgebrochen und seitdem nie wieder gesehen worden. Die Mutter mache sich immer noch Vorwürfe. Traurige Geschichte.

Sie redeten über die Bookers, Phoebe Fanning und die arme Mrs. Crump, die nicht wusste, wem sie ihr Land vererben sollte. Das erinnerte Annette an einen Mandanten, der ein kostenloses Testament gebraucht hatte. Er hatte eine Menge Geld, weil er nie welches ausgab, »geizig wie ein Schotte«, und übergab ihr ein früheres Testament, das von einem Anwalt ein Stück die Straße hinunter aufgesetzt worden war. Der alte Mann hatte praktisch keine Familie mehr, konnte seine entfernten Verwandten nicht ausstehen und wusste nicht, wem er sein Geld hinterlassen sollte. Daher hatte der frühere Anwalt mehrere Absätze mit nicht entzifferbarem Geschwafel eingefügt, nach denen das gesamte Erbe an ihn ging. Einige Monate später schöpfte der alte Mann Verdacht und ging zu Annette. Sie verfasste ein weitaus einfacher strukturiertes Testament, in dem das ganze Geld an eine Kirchengemeinde vererbt wurde. Als er starb, weinte der Anwalt, der das erste Testament aufgesetzt hatte, bei der Totenwache, bei der Trauerfeier und bei der Beerdigung und ging in die Luft, als er von dem zweiten Testament erfuhr. Erst als Annette drohte, ihn bei der Anwaltskammer anzuzeigen, beruhigte er sich wieder.

Kim und Adam kamen wieder – dieses Mal im Pyjama – und wollten Gute Nacht sagen. Annette ging, um sie ins Bett zu bringen. Als die Türen der Kinderzimmer geschlossen waren, goss sie sich noch Tee ein und setzte sich an das eine Ende des Sofas. Sie trank einen Schluck und kam endlich zur Sache. »Ich weiß, dass Sie viel Zeit mit Donovan verbringen«, sagte sie, als wäre das ein Verstoß gegen irgendetwas.

Das konnte Samantha nicht abstreiten; warum sollte sie? Und schuldete sie jemandem eine Erklärung dafür? »Wir sind letzten Samstag fliegen gewesen, und am Tag davor haben wir den Dublin Mountain bestiegen. Warum?«

»Sie müssen vorsichtig sein, Samantha. Donovan ist kein einfacher Mensch, außerdem ist er immer noch verheiratet.«

»Ich habe noch nie mit einem verheirateten Mann geschlafen. Sie?«

Annette ignorierte die Frage. »Ich bin mir nicht so sicher, ob verheiratet sein ein Hinderungsgrund für Donovan ist. Er hat einen hohen Frauenverschleiß, das war schon immer so, und jetzt, wo er wieder allein lebt, ist, glaube ich, keine Frau mehr vor ihm sicher. Ihm eilt ein gewisser Ruf voraus.«

»Erzählen Sie mir von seiner Frau.«

Ein tiefer Atemzug, noch ein Schluck Tee. »Judy ist ein sehr hübsches Mädchen, aber die beiden passen überhaupt nicht zusammen. Sie ist aus Roanoke, also schon fast ein Stadtmensch, und mit den Bergen kann sie nichts anfangen. Sie haben sich auf dem College kennengelernt und alles versucht, um eine gemeinsame Zukunft zu haben. Man sagt, eine Frau heiratet einen Mann in dem Glauben, dass sie ihn ändern kann, was aber nicht geht. Ein Mann heiratet eine Frau in dem Glauben, dass sie sich nicht ändert, aber sie tut es doch. Das tun wir alle. Judy konnte Donovan nicht ändern. Je mehr sie es versuchte, desto stärker wurde sein Widerstand. Sie dagegen änderte sich. Als sie nach Brady kam, bemühte sie sich sehr, hier reinzupassen. Sie legte einen Garten an und arbeitete ehrenamtlich bei allen möglichen Organisationen mit. Die beiden schlossen sich einer Kirchengemeinde an, und sie sang im Chor mit. Donovan verrannte sich immer mehr in seine Arbeit, was natürlich Folgen hatte. Judy versuchte, ihn zu bremsen, sie wollte, dass er einige der Klagen gegen die Kohleunternehmen an Kollegen weitergab, aber das konnte er nicht. Ich glaube, seine Tochter war der Tropfen, der das Fass zum Überlaufen brachte. Judy wollte nicht, dass sie auf die Schulen hier in der Gegend geht, was ich wirklich schade finde. Meine Kinder kommen sehr gut zurecht.«

»Ist die Ehe am Ende?«

»Wer weiß? Sie leben seit zwei Jahren getrennt. Donovan ist geradezu vernarrt in seine Tochter und besucht sie, so oft es geht. Sie sagen, sie seien dabei, eine Lösung zu finden, aber ich sehe keine. Er will nicht aus den Bergen weggehen. Sie will nicht aus der Stadt weggehen. Ich habe eine Schwester, die in Atlanta lebt, keine Kinder. Ihr Mann lebt in Chicago, dort hat er einen guten Job. Er hält den Süden für inzuchtgeschädigt und rückständig. Sie hält Chicago für kalt und unfreundlich. Keiner von beiden will auch nur einen Zentimeter von seinem Standpunkt abrücken, aber sie behaupten, mit ihrem Leben zufrieden zu sein, und haben nicht vor, sich zu trennen. Bei einigen Leuten scheint es zu funktionieren. Aber ich finde es ziemlich seltsam.«

»Sie weiß nicht, dass er sich durch alle Betten schläft?«

»Ich weiß nicht, was sie weiß. Aber es würde mich nicht überraschen, wenn sie diesbezüglich eine Vereinbarung hätten, so eine Art offene Beziehung.« Annette wandte den Blick ab, als wüsste sie mehr, wollte das aber nicht zugeben. Samantha hätte es schon früher ins Auge springen müssen, aber jetzt wurde ihr alles klar.

»Hat er Ihnen das gesagt?«, fragte sie.

Annette sah aus, als fiele es ihr schwer, über ein derart anzügliches Thema spekulieren zu müssen. Eine Pause. »Nein, natürlich nicht«, erwiderte sie dann wenig überzeugend.

Benutzte Donovan den Lieblingsspruch aller verheirateten Männer: Lass uns ins Bett gehen, Schätzchen, meine Frau macht es genauso? Vielleicht war Annette doch nicht ganz so ausgehungert nach männlicher Gesellschaft, wie sie vorgab. Wieder fügte sich ein Puzzleteil ans andere. Angenommen, sie hatte eine Affäre mit Donovan, bei der es um Lust oder Liebe oder beides ging – jetzt hatte er die Neue ins Visier genommen. Die angespannte Stimmung zwischen ihnen war nichts weiter als altmodische Eifersucht, was Annette nicht zugeben, aber auch nicht verbergen konnte.

»Mattie und Chester haben über Donovan geredet«, sagte Samantha. »Sie scheinen zu glauben, dass Judy Angst bekommen hat, als das mit den Schikanen anfing. Sie haben von anonymen Telefonanrufen, Drohungen, fremden Autos erzählt.«

»Stimmt, und Donovan ist nicht unbedingt die beliebteste Person in der Stadt. Bei seiner Arbeit tritt er vielen Leuten auf die Füße. Was für Folgen das haben kann, hat Judy ein paarmal mitbekommen. Außerdem wird er mit zunehmendem Alter immer leichtsinniger. Er kämpft mit schmutzigen Bandagen, daher gewinnt er viele Fälle. Er hat eine Menge Geld verdient, und wie bei allen Prozessanwälten ist sein Ego mit seinem Bankkonto gewachsen.«

»Das klingt, als würde es eine ganze Menge Gründe für eine Trennung geben.«

»Ich fürchte, ja«, erwiderte sie nachdenklich, aber mit wenig Mitgefühl.

Einen Moment lang nippten sie an ihrem Tee, dachten nach und schwiegen. Samantha beschloss, aufs Ganze zu gehen und noch weiter zu bohren. Annette war immer sehr offen, wenn es um Sex ging, daher konnte sie es ruhig versuchen. »Hat er es bei Ihnen auch mal versucht?«

»Nein. Ich bin fünfundvierzig und habe zwei Kinder. Für ihn bin ich zu alt. Donovan hat sie gern jünger.« Sie verkaufte es ganz gut.

»Gibt es da jemand Besonderen?«

»Eigentlich nicht. Kennen Sie schon seinen Bruder, Jeff?«

»Nein, aber er hat ihn ein paarmal erwähnt. Jünger, stimmt's?«

»Sieben Jahre jünger. Nach dem Selbstmord ihrer Mutter haben die beiden mal hier, mal dort gelebt, bis Mattie eingesprungen ist und Donovan zu sich genommen hat, während Jeff bei einer anderen Verwandten aufgewachsen ist. Sie stehen sich sehr nah. Jeff hat es schwerer gehabt; er hat das College abgebrochen, hatte mal hier, mal da einen Job. Donovan hat sich immer um ihn gekümmert, und jetzt arbeitet Jeff für ihn. Privatdetektiv, Laufbursche, Leibwächter, egal, was, Jeff macht es. Außerdem sieht er mindestens so gut aus wie Donovan und ist Single.«

»Ich bin eigentlich nicht auf der Suche, wenn Sie das meinen.«

»Wir sind immer auf der Suche, Samantha. Machen Sie sich doch nichts vor. Vielleicht nicht nach etwas Dauerhaftem, aber wir suchen alle nach Liebe, selbst nach der, die bald wieder vorbei sein wird.«

»Ich bezweifle, dass mein Leben einfacher wird, wenn ich mit einem Mann aus den Bergen im Schlepptau nach New York zurückgehe. Wir beide würden auch nicht gut zusammenpassen.«

Annette musste lachen. Die Spannung zwischen ihnen schien nachzulassen, und jetzt, da Samantha wusste, um was es ging, konnte sie auch damit umgehen. Sie hatte bereits entschieden, dass Donovan ihr nah genug gekommen war. Er war charmant, aufregend, eindeutig sexy, aber bei ihm war Ärger vorprogrammiert. Abgesehen von dem Tag, an dem sie sich kennengelernt hatten, hatte Samantha immer das Gefühl gehabt, als würde er gleich anfangen, sie auszuziehen. Wenn sie sein Jobangebot angenommen hätte, wäre es schwierig, wenn nicht gar unmöglich gewesen, eine Affäre zu vermeiden, selbst wenn Langeweile der einzige Grund dafür gewesen wäre.

Sie sagten einander Gute Nacht, und Samantha ging zu ihrem Apartment hinüber. Als sie die dunkle Treppe an der Garage hochstieg, fiel es ihr wie Schuppen von den Augen: Wie oft hatte Annette die Kinder ins Bett gebracht und sich dann in ihr kleines Liebesnest hier drüben geschlichen, für ein Schäferstündchen mit Donovan?

Sehr oft, dachte sie.

18

Samantha hielt vor der Lampenfabrik, die in einem heruntergekommenen Industriegebiet außerhalb von Brushy in Hopper County lag. Die meisten der aus Metallplatten gefertigten Gebäude standen leer. Auf den Parkplätzen der Hallen, in denen noch gearbeitet wurde, standen einige Autos und Pick-ups. Es war das traurige Bild einer Wirtschaft, mit der es schon seit Langem abwärtsging, und hatte nichts mit dem hübschen Poster zu tun, das die Handelskammer so gern für ihre Werbung benutzte.

Am Telefon hatte Mr. Simmons zuerst gesagt, er habe keine Zeit für ein Gespräch, aber Samantha hatte so lange auf ihn eingeredet und ihren Charme spielen lassen, bis er ihr dreißig Minuten versprochen hatte. Im Empfangsbereich stank es nach Zigarettenrauch, und die Linoleumböden waren seit Wochen nicht gefegt worden. Eine schlecht gelaunte Angestellte führte Samantha den Flur hinunter in einen Raum. Stimmen drangen durch die dünnen Wände. Aus dem hinteren Teil der Halle war lauter Maschinenlärm zu hören. Die Fabrik wirkte wie ein Betrieb, der tapfer versuchte, das Schicksal seiner Nachbarn im Industriegebiet zu vermeiden, während sie Tag um Tag billige Lampen für billige Motels ausspuckte, und das zu möglichst geringen Löhnen, ohne Zusatzleistungen auch nur in Erwägung zu ziehen. Pamela Booker hatte gesagt, zu den freiwilligen Sozialleistungen ihres Arbeitgebers gehörten eine Woche unbezahlter Urlaub und drei Krankheitstage, ebenfalls unbezahlt. An eine Krankenversicherung war gar nicht zu denken.

Samanthas Nervosität legte sich, als sie an die vielen Besprechungen dachte, die sie bis jetzt schon durchgestanden hatte, Besprechungen mit einigen der größten Idioten, die die Welt je gesehen hatte, stinkreichen Männern, die sich Manhattan einverleibten und rücksichtlos über jeden hinweggingen, der sich ihnen in den Weg stellte. Sie hatte miterlebt, wie diese Männer ihren Kollegen den Kopf abgerissen hatten, einschließlich Andy Grubman, den sie manchmal sogar vermisste. Sie hatte gehört, wie sie brüllten, fluchten und wüste Drohungen ausstießen, und mehrfach war sie selbst das Ziel dieser Schmähungen gewesen. Aber sie hatte es überlebt. Egal, was für ein Arschloch dieser Mr. Simmons auch war, im Vergleich zu diesen Monstern war er ein kleines, schnurrendes Kätzchen.

Er war überraschend freundlich. Er begrüßte sie, führte sie zu einem Stuhl in seinem billig wirkenden Büro und schloss die Tür. »Danke, dass Sie Zeit für mich haben«, sagte Samantha. »Ich werde mich kurz fassen.«

»Möchten Sie einen Kaffee?«, fragte er höflich.

Sie dachte an den Staub und den kalten Zigarettenrauch und konnte die braunen Flecken an der Innenseite der Firmenkaffeekanne fast schon vor sich sehen. »Nein, danke.«

Während er sich an seinen Schreibtisch setzte und es sich auf seinem Stuhl bequem machte, als hätte er den ganzen Tag Zeit, starrte er auf ihre Beine. Samantha kategorisierte ihn als Aufreißer. Sie fing damit an, dass sie die letzten Abenteuer der Familie Booker rekapitulierte. Mr. Simmons gab sich betroffen, er habe nicht gewusst, dass sie obdachlos seien. Sie überreichte ihm gebundene Kopien der entsprechenden Dokumente und ging das juristische Kuddelmuddel Schritt für Schritt mit ihm durch. Die letzte Anlage war eine Kopie der Klage, die sie am Tag vorher eingereicht hatte, und sie versicherte ihm, dass Top Market Solutions sich nicht aus der Sache herauswinden könne. »Ich habe sie an den Eiern«, sagte sie, eine kalkulierte Geschmacklosigkeit, um seine Reaktion zu testen. Er lächelte wieder.

Kurz gesagt, der alte Gerichtsbeschluss zu der Kreditkartenforderung sei abgelaufen, was Top Market auch wisse. Die Lohnpfändung hätte nie angeordnet werden dürfen, und Pamela Bookers Lohnschecks hätten unangetastet bleiben müssen. Sie hätte immer noch ihren Job haben sollen.

»Und Sie wollen jetzt, dass ich Pamela ihren Job wiedergebe?«, fragte er.

»Genau. Wenn sie ihren Job wiederhat, kann sie es schaffen. Ihre Kinder müssen zur Schule gehen. Wir können ihr helfen, eine Wohnung zu finden. Ich werde Top Market vor Gericht zerren und dazu zwingen, alles rauszurücken, was ihr abgenommen wurde. Dann wird sie eine hübsche Summe bekommen. Aber das wird einige Zeit dauern. Was sie jetzt braucht, ist ihr alter Job. Und Sie wissen, dass das nur recht und billig ist.«

Er hörte auf zu lächeln und sah auf die Uhr. »Ich werde Ihnen sagen, was ich tun kann. Sie sorgen dafür, dass dieser verdammte Pfändungsbeschluss aufgehoben wird, damit ich mich nicht damit rumschlagen muss. Und dann bekommt Pamela ihren Job zurück. Wie lange wird das dauern?«

Samantha hatte keine Ahnung. »Vielleicht eine Woche«, schätzte sie.

»Abgemacht?«

»Abgemacht.«

»Kann ich Sie etwas fragen?«

»Alles, was Sie wollen.«

»Wie hoch ist Ihr Stundensatz? Ich habe einen Anwalt drüben in Grundy, der allerdings nicht sonderlich auf Draht ist und sich viel Zeit beim Zurückrufen lässt, genau genommen lässt er sich bei allem viel Zeit. Er stellt mir zweihundert Dollar die Stunde in Rechnung. Für ein großes Unternehmen ist das vielleicht nicht viel, aber Sie sehen ja, wo wir hier sind. Ich würde ihn öfter brauchen, aber er ist sein Geld einfach nicht wert. Ich habe mich schon umgesehen, doch es gibt hier in der Gegend nicht so viele Anwälte mit einem vernünftigen Stundensatz. Wenn Pamela Booker Sie als Anwältin nehmen kann, sind Sie vermutlich nicht so teuer. Also, was verlangen Sie?«

»Nichts. Null.«

Er starrte sie mit offenem Mund an. »Ich arbeite für eine Law Clinic«, erklärte sie.

»Was ist eine Law Clinic?«

»Eine Kanzlei, die kostenlose Rechtsberatung und -vertretung für Einkommensschwache leistet.«

Das Konzept war ihm fremd. »Nehmen Sie auch Lampenfabriken?«, fragte er lächelnd.

»Tut mir leid. Nur arme Leute.«

»Wir machen Verlust, das schwöre ich Ihnen. Ich zeige Ihnen die Bücher.«

»Danke, Mr. Simmons.«

Während Samantha mit den guten Neuigkeiten nach Brady zurückfuhr, überlegte sie, wie sie den Pfändungsbeschluss aus der Welt schaffen konnte. Und je länger sie überlegte, desto klarer wurde ihr, wie wenig sie über das Alltagsgeschäft einer Kanzlei wusste.

Wenn sie in New York die Kanzlei verlassen hatte, war sie selten direkt nach Hause gegangen. Dazu gab es einfach zu viele Bars, zu viele Singles, die auf der Jagd waren, zu viele Kontakte, die gepflegt werden mussten, und, ja, Alkohol, der vernichtet werden musste. Jede Woche entdeckte jemand eine neue Bar oder eine neue Kneipe, die man unbedingt besuchen musste, bevor sie entdeckt und von den Massen ruiniert wurde.

In Brady war das anders. Bis jetzt hatte sie noch keine der zwei Bars von innen gesehen. Von draußen sahen die beiden ziemlich dubios aus. Bis jetzt hatte sie noch keinen einzigen jungen Single getroffen. Was die Freizeitgestaltung nach Feierabend anging, hatte sie kaum eine andere Wahl, als erstens länger in der Kanzlei zu bleiben, damit sie zweitens nicht in ihr Apartment musste, um dort die Wände anzustarren. Mattie zog es ebenfalls vor, länger zu bleiben, und jeden Nachmittag um 17.30 Uhr lief sie durch die Kanzlei – ohne Schuhe – und suchte nach Samantha. Ihr Ritual entwickelte sich noch, aber fürs Erste bestand es daraus, im vorderen Besprechungsraum eine Diätlimonade zu trinken und zu tratschen, während sie die Straße im Auge behielten. Samantha hätte gern mehr über das mutmaßliche Techtelmechtel zwischen Annette und Donovan gewusst, fragte dann aber doch nicht danach. Vielleicht später, vielleicht eines Tages, wenn sie mehr Beweise dafür hatte, vielleicht auch nie. Sie war noch zu neu in der Stadt, um derart heikle Dinge anzusprechen. Außerdem wusste sie, dass Mattie alles tat, um ihren Neffen zu schützen.

Sie hatten sich gerade hingesetzt, um mit ihrer Besprechung zu beginnen, als sie hörten, wie jemand die Kanzlei betrat. Mattie runzelte die Stirn und sagte: »Ich habe wohl vergessen, die Tür abzuschließen.«

»Ich gehe«, bot Samantha an, während Mattie loszog, um nach ihren Schuhen zu suchen.

Es waren die Ryzers, Buddy und Mavis, die, wie Samantha vermutete, nachdem sie sich vorgestellt und einen kurzen Blick auf die beiden geworfen hatte, tief aus dem Wald kamen. Ihre Dokumente füllten zwei Einkaufstaschen aus Leinen, die beide nicht mehr ganz sauber waren. »Wir brauchen einen Anwalt«, sagte Mavis.

»Niemand will meinen Fall übernehmen«, sagte Buddy.

»Um was geht es?«, fragte Samantha.

»Staublunge«, erwiderte er.

Als sie im Besprechungsraum saßen, ignorierte Samantha die Leinenbeutel fürs Erste und fragte nach dem Wesentlichen. Buddy war einundvierzig und arbeitete seit zwanzig Jahren als Bergmann im Tagebau für Lonerock Coal, den drittgrößten Kohleproduzenten der Vereinigten Staaten. Zurzeit bediente er einen Raupenbagger in der Murray-Gap-Mine in Mingo County und verdiente zweiundzwanzig Dollar in der Stunde. Er konnte nur mühsam atmen, während er sprach, und manchmal erzählte Mavis für ihn weiter. Drei Kinder, alle Teenager, die »noch in der Schule« waren. Ein Haus und eine Hypothek. Er hatte eine Staublunge, verursacht durch den Kohlenstaub, den er während seiner Zwölf-Stunden-Schichten einatmete.

Mattie, die endlich ihre Schuhe gefunden hatte, kam herein. Sie stellte sich den Ryzers vor, sah die Leinenbeutel scharf an und begann, sich Notizen zu machen. Einmal sagte sie: »Es gibt immer mehr Bergleute, die über Tage arbeiten und eine Staublunge haben. Ich weiß nicht, woran es liegt, aber nach einer von mehreren Theorien sind die Schichten länger geworden, weshalb die Arbeiter mehr Staub einatmen.«

»Er hat die Staublunge schon lange«, warf Mavis ein. »Es wird nur mit jedem Monat schlimmer.«

»Aber ich muss weiterarbeiten«, sagte Buddy. Vor etwa zwölf Jahren, irgendwann um 1996 herum, sie wussten es nicht mehr so genau, fiel ihm auf, dass er Schwierigkeiten beim Atmen hatte und von einem hartnäckigen Husten geplagt wurde. Er hatte nie geraucht und war immer gesund und aktiv gewesen. Eines Sonntags, er spielte gerade T-Ball mit den Kindern, bekam er nur noch so mühsam Luft, dass er dachte, er hätte einen Herzanfall. Das war das erste Mal, dass er es Mavis gegenüber erwähnte. Der Husten wollte nicht verschwinden, und irgendwann bemerkte er dann schwarzen Schleim auf den Papiertaschentüchern, die er benutzte. Er wollte keine Entschädigung für seine Krankheit beantragen, weil er Vergeltungsmaßnahmen von Lonerock befürchtete, daher arbeitete er einfach weiter und sagte nichts. 1999 stellte er schließlich doch einen Antrag auf Leistungen nach dem Bundesgesetz für Staublunge. Buddy wurde von einem Arzt untersucht, der vom Arbeitsministerium ermächtigt worden war. Er litt an der schwersten Form von Staublunge, die unter dem medizinischen Fachbegriff »komplizierte Kohlenbergarbeiter-Pneumokoniose« bekannt war. Von staatlicher Seite aus wurde angeordnet, dass Lonerock eine monatliche Entschädigung von neunhundertneununddreißig Dollar an ihn zu zahlen hatte. Er arbeitete weiter, und sein Zustand verschlechterte sich immer mehr.

Wie immer legte Lonerock Coal Einspruch gegen die Entscheidung ein und weigerte sich, mit den Zahlungen zu beginnen.

Mattie, die seit fünfzig Jahren mit Staublunge zu tun hatte, machte sich eifrig Notizen und schüttelte immer wieder den Kopf. Diese Geschichte hätte sie im Schlaf schreiben können.

»Lonerock hat Einspruch eingelegt?«, fragte Samantha. Der Fall schien klar zu sein.

»Sie legen immer Einspruch ein«, meinte Mattie. »Und zu der Zeit haben Sie dann die netten Jungs von Casper Slate kennengelernt, stimmt's?«

Allein beim Klang des Namens ließen beide den Kopf hängen. Mattie sah Samantha an. »Casper Slate ist eine Bande von Gangstern, die teure Anzüge tragen und sich hinter der Fassade einer Anwaltskanzlei verstecken, Hauptsitz in Lexington, mit Niederlassungen überall in den Appalachen. Wo immer man ein Kohleunternehmen findet, findet man auch die Kanzlei Casper Slate, die dort ihre schmutzige Arbeit verrichtet. Sie vertritt

Unternehmen, die Chemikalien in Flüsse kippen, Weltmeere verunreinigen, Giftmüll verstecken, gegen Luftreinhalteverordnungen verstoßen, Angestellte diskriminieren, Regierungsausschreibungen manipulieren, um was für ein schändliches oder ungesetzliches Verhalten es auch geht, Casper Slate ist zur Stelle und wird es verteidigen. Aber das Spezialgebiet von Casper Slate ist Bergbaurecht. Die Kanzlei wurde vor hundert Jahren hier in den Kohlenrevieren gegründet, und fast jedes größere Unternehmen gehört zu ihren Mandanten. Ihre Methoden sind rücksichtslos und unmoralisch. Ihr Spitzname ist Castrate, was mehr als nur passend ist.«

»Scheißkerle«, brach es leise aus Buddy heraus. Er hatte keinen Rechtsbeistand gehabt, daher waren er und Mavis gezwungen gewesen, sich mit einem Haufen Anwälten von Casper Slate herumzuschlagen, die die Abläufe in- und auswendig kannten und genau wussten, wie man das Staublungenverfahren auf Bundesebene manipulierte. Buddy wurde von den Ärzten der Kanzlei untersucht – denselben Ärzten, deren Forschungsprojekte von der Kohleindustrie finanziert wurden, in deren Bericht stand, dass keine Anzeichen für Staublunge vorlägen. Sein schlechter Allgemeinzustand sei auf irgendeinen gutartigen Schatten auf seiner linken Lunge zurückzuführen. Zwei Jahre nachdem er Entschädigungsleistungen beantragt hatte, wurde die Anerkennung seines Anspruchs aufgehoben, vom Richter eines Verwaltungsgerichts, der sich auf die Unmengen von medizinischen Beweisen stützte, die Lonerocks Ärzte vorlegten.

»Die Anwälte nutzen die Schwächen des Verfahrens aus«, erklärte Mattie, »und ihre Ärzte suchen nach Möglichkeiten, den schlechten Gesundheitszustand auf alles Mögliche zurückzuführen, nur nicht auf Staublunge. Es ist keine Überraschung, dass nur etwa fünf Prozent aller Bergleute mit Staublunge eine Entschädigung gezahlt wird. Viele berechtigte Anträge werden einfach abgelehnt, und die Bergarbeiter haben nicht den Mut, ihre Ansprüche durchzusetzen.«

Es war schon nach achtzehn Uhr, und die Besprechung hätte gut und gern Stunden weitergehen können. Mattie übernahm das Kommando und sagte: »Wir werden die Dokumente hier durchlesen und Ihren Fall begutachten. Geben Sie uns zwei Tage Zeit, dann rufen wir Sie an. Bitte rufen Sie uns nicht an. Wir werden Sie nicht vergessen, aber es wird eine Weile dauern, bis wir uns alles angesehen haben. Einverstanden?«

Buddy und Mavis lächelten und bedankten sich höflich. »Wir haben überall nach einem Anwalt gesucht, aber niemand will uns helfen«, sagte Mavis.

»Wir sind schon froh, dass Sie uns reingelassen haben«, fügte Buddy hinzu.

Mattie begleitete sie zur Tür. Buddy schnappte beim Gehen nach Luft und schwankte wie ein Neunzigjähriger. Als die beiden weg waren, kam sie wieder in den Besprechungsraum und setzte sich Samantha gegenüber. »Was denken Sie?«, fragte sie nach ein paar Sekunden.

»Im Augenblick eine ganze Menge. Er ist einundvierzig und sieht aus wie sechzig. Schwer zu glauben, dass er immer noch arbeitet.«

»Sie werden ihn demnächst feuern, mit der Begründung, dass er eine Gefahr für sich und andere sei, was vermutlich auch stimmt. Lonerock hat seine Gewerkschaften schon vor zwanzig Jahren aufgelöst, von der Seite wird es also keine Unterstützung für Buddy geben. Er wird bald keine Arbeit und kein Geld mehr haben. Und er wird einen grausamen Tod sterben. Ich habe zugesehen, wie mein Vater bis zum Ende immer weniger geworden ist und ihm das Atmen immer schwerer fiel.«

»Und deshalb tun Sie das alles.«

»Ja. Donovan hat aus einem einzigen Grund Jura studiert: Er

will auf einer größeren Bühne gegen Kohleunternehmen kämpfen. Ich habe aus einem ganz anderen Grund Jura studiert: Ich will Bergleuten und ihren Familien helfen. Unsere kleinen Kriege werden wir nicht gewinnen, Samantha, dazu ist der Feind zu groß und zu mächtig. Wir können nur darauf hoffen, dass wir mit einem Fall nach dem anderen etwas erreichen können, dass steter Tropfen den Stein höhlt, und versuchen, etwas im Leben unserer Mandanten zu bewirken.«

»Werden Sie seinen Fall übernehmen?«

Mattie zog an ihrem Strohhalm und zuckte mit den Schultern. »Wie kann man bei so etwas Nein sagen?«

»Eben.«

»So einfach ist das nicht, Samantha. Wir können nicht jeden Fall mit Staublunge annehmen. Es gibt zu viele. Einzelanwälte lassen die Finger davon, weil sie ihr Honorar erst ganz zum Schluss sehen, immer vorausgesetzt, dass sie gewinnen. Und das Ende ist nie in Sicht. Bei Staublungenklagen ist es nichts Ungewöhnliches, wenn sie sich zehn, fünfzehn, manchmal sogar zwanzig Jahre hinziehen. Man kann einem Einzelanwalt keinen Vorwurf machen, wenn er Nein sagt, daher werden viele dieser Leute zu uns geschickt. Die Hälfte meiner Mandanten haben eine Staublunge, und wenn ich nicht gelegentlich einmal Nein sagen würde, könnte ich meine anderen Mandanten nicht mehr vertreten.« Noch ein Schluck, während Mattie sie aufmerksam musterte. »Haben Sie Interesse daran?«

»Ich weiß nicht so recht. Ich würde gern helfen, aber ich habe keine Ahnung, wo ich anfangen soll.«

»Genau dort, wo Sie auch bei Ihren anderen Mandanten anfangen.«

Sie lächelten und genossen den Moment. »Es gibt ein Problem«, sagte Mattie dann. »Für solche Fälle braucht man Zeit, weil die Kohleunternehmen mit harten Bandagen kämpfen und erheblich mehr Ressourcen haben als wir. Die Zeit ist auf ihrer Seite. Irgendwann stirbt der Bergmann, und das meist in recht jungen Jahren, weil es kein Mittel gegen Staublunge gibt. Wenn Kohlenstaub erst einmal im Körper ist, gibt es keine Möglichkeit, ihn wieder herauszuholen oder irgendwie abzubauen. Und sobald es mit der Staublunge losgeht, wird es immer schlimmer. Die Kohleunternehmen kaufen die Versicherungsmathematiker und riskieren es einfach, daher ziehen sich die Klagen in die Länge. Sie machen das Ganze so schwierig und mühsam, dass nicht nur der kranke Bergmann abgeschreckt wird, sondern seine Freunde gleich mit. Das ist einer der Gründe, warum sie so hart kämpfen. Gleichzeitig wollen sie Anwälte davon abhalten, solche Klagen zu übernehmen. In ein paar Monaten werden Sie wieder weg sein, zurück in New York, und wenn Sie gehen, werden einige Fälle noch nicht abgeschlossen sein und bei uns auf dem Schreibtisch landen. Denken Sie darüber nach, Samantha. Sie haben Mitgefühl, und Sie zeigen eine große Begabung für diese Arbeit, aber Sie sind quasi nur auf der Durchreise. Sie sind aus der Stadt, und darauf sind Sie stolz. Daran ist nichts auszusetzen. Aber denken Sie an Ihr Büro und den Tag, an dem Sie es verlassen werden, daran, wie viel Arbeit dann unerledigt liegen bleibt.«

»Das ist ein Argument.«

»Ich gehe jetzt nach Hause. Ich bin müde, und Chester hat, glaube ich, gesagt, dass es die Reste von dem Essen gestern gibt. Wir sehen uns morgen.«

»Gute Nacht, Mattie.«

Samantha saß noch lange in dem schwach beleuchteten Besprechungsraum und dachte über die Ryzers nach. Hin und wieder wanderte ihr Blick zu den Leinenbeuteln mit der traurigen Geschichte ihres Kampfes um das, was ihnen zustand. Und da saß sie, eine fähige, ordentlich zugelassene Anwältin mit dem

Verstand und den Ressourcen, die man brauchte, um jemanden zu unterstützen, jemandem zu Hilfe zu kommen, der anwaltlichen Beistand brauchte.

Was gab es da zu fürchten? Warum zögerte sie noch?

Der Brady Grill schloss um acht. Sie war hungrig und verließ die Law Clinic, um einen Spaziergang zu machen. Als sie an Donovans Kanzlei vorbeikam, fiel ihr auf, dass überall Licht brannte. Sie fragte sich, wie es mit dem Tate-Prozess voranging, wusste aber, dass Donovan zu viel zu tun hatte, um mit ihr zu reden. Im Diner kaufte sie sich ein Sandwich und nahm es mit zurück in den Besprechungsraum. Dann holte sie die Dokumente aus den Leinenbeuteln der Ryzers.

Sie hatte seit Wochen keine Nacht mehr durchgearbeitet.

19

Am Mittwochmorgen ging Samantha nicht in die Kanzlei, sondern fuhr aus der Stadt, während die Schulbusse ihre Runde machten, was keine gute Idee war. Der Verkehr auf dem kurvenreichen Highway kroch dahin und blieb immer wieder stehen, während unaufmerksame und unausgeschlafene Zehnjährige, die unter dem Gewicht ihrer unförmigen Rucksäcke fast in die Knie gingen, in aller Seelenruhe ihren Bus bestiegen. Auf der anderen Seite des Berges, als sie bereits in Kentucky war, verschwanden die Schulbusse, dafür verstopften die Kohlelaster die Straßen. Nach eineinhalb Stunden näherte sie sich der kleinen Stadt Madison, West Virginia, und hielt wie vereinbart unter einem ausgeblichenen Conoco-Schild an einem kleinen Lebensmittelladen mit angeschlossenem Café. Buddy Ryzer saß an einem Tisch im hinteren Teil des Geschäfts, trank einen Kaffee und las Zeitung. Er freute sich riesig, Samantha zu sehen, und stellte sie einem seiner Kumpel als »meine neue Anwältin« vor. Sie nahm es ohne Kommentar hin und zog eine Mappe mit Vollmachten heraus, die es ihr erlauben sollten, sämtliche Krankenakten Buddys zu beschaffen.

1997, noch vor seinem Antrag auf Entschädigungsleistungen von Lonerock Coal, hatte sich Buddy einer Routineuntersuchung unterzogen. Eine Röntgenaufnahme machte eine kleine Veränderung an der rechten Lunge sichtbar. Sein Arzt war sicher, dass sie gutartig war, und er hatte recht. Bei einer zweistündigen

Operation entfernte er das veränderte Gewebe und schickte Buddy und Mavis dann mit den guten Nachrichten nach Hause. Da die Operation nichts mit dem später gestellten Antrag auf Entschädigungsleistungen wegen Staublunge zu tun hatte, wurde sie nicht wieder erwähnt. Mattie war der Meinung, es sei unerlässlich, alle medizinischen Unterlagen zusammenzutragen, was auch der Grund für Samanthas Fahrt nach Madison war. Ihr Ziel war das Krankenhaus in Beckley, West Virginia, einer Stadt mit zwanzigtausend Einwohnern.

Buddy begleitete sie zum Wagen, und als sie endlich allein waren, informierte sie ihn darüber, dass sie immer noch dabei seien, seinen Fall zu begutachten. Es sei noch keine Entscheidung darüber gefallen, ob sie ihn als Mandanten nehmen würden. Nach wie vor sähen sie erst einmal die Dokumente durch und so weiter. Buddy sagte, das verstehe er, aber es war klar, dass er fest mit einer Zusage rechnete. Eine Absage würde unangenehm sein.

Samantha fuhr nach Beckley, eine einstündige Fahrt durch das Herz des Kohlenreviers, das gleichzeitig das Zentrum des Bergkuppentagebaus war. In der Luft lag so viel Kohlenstaub, dass sie sich fragte, ob man allein schon vom Durchfahren eine Staublunge bekommen konnte. Nachdem sie das Krankenhaus in Beckley ohne Probleme gefunden hatte, arbeitete sie sich durch die verschiedenen Abteilungen, bis sie den richtigen Angestellten im Archiv gefunden hatte. Sie füllte diverse Antragsformulare aus, übergab die von Mr. Ryzer unterzeichneten Vollmachten und wartete. Eine Stunde verging, in der sie an jeden E-Mails schrieb, der ihr einfiel. Sie saß in einem kleinen, fensterlosen Raum ohne Belüftung. Eine weitere halbe Stunde verging. Eine Tür wurde geöffnet, dann schob ein Angestellter einen Rollwagen hindurch. Auf dem Wagen stand ein kleiner Karton, was Samantha mit Erleichterung zur Kenntnis nahm. Vielleicht würde es doch keine Ewigkeit dauern, die Krankenakten durchzusehen.

»Mr. Aaron F. Ryzer, aufgenommen am 15. August 1997«, sagte der Angestellte.

»Das ist er. Vielen Dank.« Der Angestellte ging ohne ein weiteres Wort. Samantha holte die erste Mappe heraus und war bald in einen unglaublich banalen Krankenhausaufenthalt samt Operation vertieft. Anscheinend hatte der Pathologe, der die Berichte geschrieben hatte, nicht gewusst, dass der Patient als Bergmann arbeitete, und auch nicht nach Anzeichen für eine Staublunge gesucht. In einem frühen Stadium ist die Krankheit nicht ohne Weiteres zu erkennen, und zu dem Zeitpunkt, im August 1997, hatte Buddy zwar erste Symptome gezeigt, aber seinen Antrag noch nicht gestellt. Die Aufgabe des Arztes war eindeutig gewesen: Gewebeveränderung entfernen, sicherstellen, dass sie gutartig war, und den Patienten nach Hause schicken. Weder bei der Operation noch bei Buddys Aufenthalt im Krankenhaus war etwas Außergewöhnliches vorgefallen.

Zwei Jahre später, nachdem Buddy Entschädigungsleistungen wegen Staublunge beantragt hatte, waren die Anwälte von Casper Slate auf der Bildfläche erschienen und hatten seine Krankengeschichte durchforstet. Samantha las ihre ersten Briefe an den Pathologen in Beckley. Die Anwälte waren auf die Operation von 1997 gestoßen, zu der es auch einige Objektträger mit Lungengewebe gab. Sie baten den Arzt, die Objektträger an zwei Lieblingsgutachter der Kanzlei zu senden, einen Dr. Foy in Baltimore und einen Dr. Aberdeen in Chicago. Aus irgendeinem Grund setzte Dr. Foy den Pathologen in Beckley in Kopie, als er seinen Befund verschickte, in dem er angab, anhand des untersuchten Gewebes Pneumokoniose oder komplizierte Staublunge festgestellt zu haben. Da der Pathologe nicht länger an Buddys Behandlung beteiligt war, nahm er diese Information lediglich zur Kenntnis und tat nichts weiter. Und da Buddy damals keinen Anwalt hatte, hatte auch niemand, der seine Interessen vertrat, die Unterlagen durchgesehen, die Samantha jetzt in der Hand hielt.

Sie holte tief Luft, setzte sich mit dem Bericht in der Hand hin und ging ihn noch einmal Satz für Satz durch. In diesem Moment sah es so aus, als hätten die Anwälte von Casper Slate bereits im Jahr 2000 von mindestens einem ihrer eigenen Gutachter erfahren, dass Buddy seit 1997 eine Staublunge hatte, wären dann aber trotzdem gegen seinen Antrag auf Entschädigungsleistungen vorgegangen, was letzten Endes zur Aufhebung des Anspruchs geführt hatte.

Er bekam keine Entschädigung, sondern ging in die Minen zurück, während die Anwälte von Casper Slate den entscheidenden Beweis verschwinden ließen.

Sie riss den Angestellten aus seinem Büroschlaf, der sich nach einigem Zögern bereit erklärte, Kopien zu machen, für fünfzig Cent das Stück. Nach drei Stunden im Keller des Krankenhauses sah Samantha endlich wieder die Sonne und ergriff sofort die Flucht. Sie fuhr fünfzehn Minuten lang in der Stadt herum, bevor sie das Gerichtsgebäude entdeckte, wo vor sieben Jahren Buddy Ryzers Antrag auf Entschädigungsleistungen von einem Verwaltungsrichter geprüft worden war. Sein einziger Fürsprecher war Mavis gewesen. Auf der anderen Seite des Gerichtssaals hatte ihnen eine Phalanx von teuren Castrate-Anwälten gegenübergestanden, die sich tagtäglich mit den Schlupflöchern des Bundesgesetzes für Staublungenentschädigungen beschäftigten.

Als Samantha die leere Eingangshalle des Gebäudes betrat, wurde sie von zwei gelangweilten Wachleuten, die vermutlich von einer privaten Sicherheitsfirma gestellt wurden, einer mehr als gründlichen Leibesvisitation unterzogen. Ein Wegweiser neben den Fahrstühlen führte sie zu einem Archiv im ersten Stock. Nach einer Weile fragte ein Angestellter, dessen Position offenbar gleich von mehreren Bundesgesetzen geschützt wurde, was sie wolle. Sie suche nach einer Staublungenakte, erklärte sie so höflich wie möglich. Und natürlich hatte sie nicht die richtigen Dokumente dabei. Der Angestellte runzelte missbilligend die Stirn und benahm sich, als hätte sie ein Verbrechen begangen. Er holte ein paar leere Formulare und ratterte Anweisungen darüber herunter, wie die Herausgabe einer solchen Akte ordnungsgemäß zu erfolgen habe; es erfordere zwei Unterschriften des Antragstellers. Samantha musste mit leeren Händen wieder gehen.

Am nächsten Morgen um neun Uhr traf sie sich mit Buddy an der Conoco-Tankstelle. Er freute sich, seine Anwältin an drei Tagen hintereinander zu sehen, und stellte ihr Weasel vor, den Besitzer des Ladens. »Den ganzen weiten Weg von New York«, sagte Buddy stolz, als wäre sein Fall so wichtig, dass prominente Juristen aus anderen Bundesstaaten importiert werden mussten. Als der Papierkram erledigt war, verabschiedete sie sich und fuhr zum Gericht in Beckley. Die schwer bewaffneten Krieger, die am Mittwoch noch todesmutig die Eingangshalle bewacht hatten, waren am Donnerstag wohl angeln gegangen. Es war niemand da, der sie begrapschen wollte. Der Metalldetektor war nicht in Betrieb. Schlaue Terroristen, die Beckley ins Visier genommen hatten, mussten nur bis zu einem Donnerstag warten, um dem Heimatschutz einen Strich durch die Rechnung zu machen und das Gebäude in die Luft zu jagen.

Die Formulare wurden von demselben Angestellten wie am Mittwoch in Augenschein genommen, der ausgiebig nach einem Grund suchte, um sie zurückzuweisen, aber er konnte nichts finden, woran etwas auszusetzen gewesen wäre. Sie folgte ihm in einen riesigen Raum, in dem Metallregale mit Tausenden alter

Fälle standen. Er tippte ein paar Symbole auf einem Bildschirm an; Maschinen brummten, als Regale sich bewegten. Dann zog er eine Schublade auf und holte vier prall gefüllte Aktenmappen heraus. »Sie können einen der Tische da benutzen«, sagte er gönnerhaft, als würden sie ihm gehören. Samantha bedankte sich, holte ein paar Sachen aus ihrem Aktenkoffer, bereitete ihren Arbeitsplatz vor und zog die Schuhe aus.

Als Samantha am späten Donnerstagnachmittag wieder in die Kanzlei kam, hatte Mattie keine Schuhe mehr an. Alle anderen waren schon gegangen, die Eingangstür abgesperrt. Sie setzten sich in den Besprechungsraum, damit sie den Verkehr auf der Main Street beobachten konnten, während sie sich unterhielten. Während ihrer dreißigjährigen Karriere als Anwältin, und vor allem in den letzten sechsundzwanzig Jahren in der Law Clinic, war Mattie des Öfteren mit den Jungs (immer Männer, nie Frauen) von Casper Slate aneinandergeraten. Die für die Kanzlei typische aggressive Vertretung der Mandanten ging häufig noch weiter, bis hin zu unethischem, vielleicht sogar kriminellem Verhalten. Vor zehn Jahren hatte sie zum letzten Mittel gegriffen und sich bei der Anwaltskammer von Virginia über das zweifelhafte Geschäftsgebaren der Kanzlei beschwert. Zwei Castrate-Anwälte erhielten einen Tadel, nichts Ernstes, und als es vorbei war, war es nicht der Mühe wert gewesen. Als Vergeltung nahm die Kanzlei Mattie, so oft es ging, ins Visier und fiel ihr jedes Mal in den Rücken, wenn sie mit einem ihrer Staublungenfälle vor Gericht zog. Ihre Mandanten litten darunter, und sie bereute es, die Kanzlei so offen angegriffen zu haben. Dr. Foy und Dr. Aberdeen kannte sie bereits, zwei überaus qualifizierte Wissenschaftler, die schon vor Jahren von den Kohleunternehmen gekauft worden seien. Die Krankenhäuser, an denen sie arbeiteten, bekämen Forschungsstipendien in Millionenhöhe von der Kohleindustrie.

So desillusioniert Mattie der Kanzlei gegenüber auch war, Samanthas Entdeckung überraschte sie trotzdem. Sie las die Kopie von Dr. Foys Bericht, die an den Pathologen in Beckley gegangen war. Seltsamerweise waren weder Foy noch Aberdeen in der Ryzer-Anhörung erwähnt worden. Foys medizinischer Bericht war nicht vorgelegt worden. Stattdessen hatten die Anwälte von Casper Slate eine ganze Reihe anderer Ärzte aufgeboten, von denen kein einziger Dr. Foys Befund heranzog. Hatte man ihnen etwas von dem Befund gesagt? »Sehr unwahrscheinlich«, so Matties Einschätzung. »Diese Anwälte sind bekannt dafür, dass sie Beweise zurückhalten, wenn sie dem Kohleunternehmen nichts nützen. Man kann mit Sicherheit davon ausgehen, dass beide Ärzte das Lungengewebe gesehen haben und zum selben Ergebnis gekommen sind: dass Buddy eine komplizierte Staublunge hatte. Daher haben die Anwälte den Befund verschwinden lassen und sich ein paar andere Gutachter gesucht.«

»Wie kann man Beweise so verschwinden lassen?«, fragte Samantha, die sich diese Frage schon seit Stunden stellte.

»Für diese Typen ist das kein Problem. Vergessen Sie nicht, dass das Ganze nicht vor einem Bundesrichter, sondern vor einem Verwaltungsrichter stattfindet. Es ist eine Anhörung, kein Prozess. Bei einem richtigen Prozess gelten strenge Regeln bezüglich der Offenlegung der Beweise; bei der Anhörung in einer Staublungensache ist das nicht so. Die Regeln sind nicht so streng, und diese Typen haben jahrzehntelange Erfahrung damit, die Regeln zu manipulieren. In etwa der Hälfte der Fälle hat der Bergmann – wie Buddy – keinen Anwalt, daher ist es im Grunde genommen ein unfairer Kampf.«

»Das verstehe ich schon, aber woher konnten die Anwälte von Lonerock Coal schon 1997 wissen, dass Buddy eine Staublunge hat, und das Ganze dann vertuschen, indem sie sich andere

Ärzte gesucht haben, die unter Eid aussagten, er habe keine Staublunge?«

»Weil sie alle Verbrecher sind.«

»Und wir können nichts dagegen tun? Das hört sich für mich wie Betrug und Verabredung zum Betrug an. Warum kann man sie nicht verklagen? Wenn sie das mit Buddy Ryzer gemacht haben, könnte ich wetten, dass sie es mit tausend anderen genauso gemacht haben.«

»Ich dachte, Sie mögen keine Prozesse?«

»So langsam ändere ich meine Meinung. So was gehört sich einfach nicht, Mattie.«

Mattie lächelte und genoss ihre Empörung. An dem Punkt waren wir alle mal, dachte sie. »Es wäre eine Menge Arbeit, sich mit einer so mächtigen Kanzlei wie Casper Slate anzulegen.«

»Das weiß ich, und ich habe keine Ahnung von Prozessrecht. Aber Betrug ist Betrug, und in diesem Fall könnte man ihnen das auch ganz einfach nachweisen. Kann man bei nachgewiesenem Betrug nicht auf Strafschadenersatz klagen?«

»Möglich, aber hier in der Gegend gibt es keine Kanzlei, die Casper Slate direkt verklagen würde. Es würde ein Vermögen kosten, Jahre dauern, und selbst wenn es zu einem Urteil mit einem hohen Strafschadenersatz kommen würde, hätte es keinen Bestand. Samantha, Sie dürfen nicht vergessen, dass das Oberste Gericht in West Virginia gewählt wird, und Sie wissen ja, aus welcher Ecke die größten Wahlkampfspenden kommen.«

»Dann verklagt man sie eben an einem Bundesgericht.«

Mattie überlegte einen Moment. »Ich weiß nicht. Mit diesem Teil des Prozessrechts kenne ich mich nicht aus. Da müssten Sie Donovan fragen.«

Es klopfte, aber keine von beiden rührte sich vom Fleck. Es war nach achtzehn Uhr, fast dunkel, und sie waren einfach nicht in der Lage, mit noch einem potenziellen Mandanten zu reden.

Das Klopfen ertönte noch einmal, dann ging jemand weg. »Wie gehen wir bei Buddys Antrag auf Entschädigungsleistungen vor?«, fragte Samantha.

»Übernehmen Sie die Sache?«

»Ja. Nach allem, was ich erfahren habe, kann ich nicht einfach ablehnen. Wenn Sie mir helfen, reiche ich den Antrag ein und ziehe in den Krieg.«

»Okay, die ersten Schritte sind ganz einfach. Sie reichen den Antrag ein und warten auf das Ergebnis der medizinischen Untersuchung. Wenn Sie es haben – und angenommen, es steht das drin, was wir hoffen –, warten Sie etwa sechs Monate lang, bis der Bezirksleiter die Entschädigungsleistungen genehmigt, das sind zurzeit eintausendzweihundert Dollar im Monat. Lonerock wird Einspruch einlegen, und dann beginnt der Krieg erst richtig. Das ist die übliche Vorgehensweise. In dieser Sache werden wir das Gericht jedoch bitten, auf der Grundlage neuer Beweise zu entscheiden, und die Zahlung der Leistungen rückwirkend bis zum Tag des ersten Antrags verlangen. Was vermutlich auch funktionieren wird, und Lonerock wird mit Sicherheit Einspruch einlegen.«

»Können wir Lonerock und seinen Anwälte nicht damit drohen, die ganze Sache aufzudecken?«

Mattie lächelte und schien sich über ihre Antwort zu amüsieren. »Einigen Leuten können wir durchaus drohen, Samantha, weil wir Anwälte und unsere Mandanten im Recht sind. Andere sollten wir besser in Ruhe lassen. Unser Ziel besteht darin, so viel Geld wie möglich für Buddy Ryzer zu bekommen. Wir wollen keinen Kreuzzug gegen unseriöse Anwälte führen.«

»Für Donovan wäre der Fall perfekt.«

»Dann fragen Sie ihn. Ach, übrigens, er hat uns eingeladen, auf einen Drink bei ihm vorbeizukommen. Die Zeugenaussagen sind unter Dach und Fach, und die Geschworenen dürften sich morgen um die Mittagszeit zur Beratung zurückziehen. Donovan zufolge ist alles gut gelaufen, und er ist sehr zuversichtlich.«

»Das überrascht mich nicht.«

Sie saßen oben in der Einsatzzentrale an einem mit Akten übersäten Tisch und tranken Whiskey, ohne Jacketts, die Krawatten gelockert, müde, erschöpfte Krieger, die trotz alledem zufrieden wirkten. Donovan stellte Samantha seinem jüngeren Bruder, Jeff, vor, während Vic Canzarro noch zwei Gläser aus einem Regal holte. Soweit Samantha sich erinnern konnte, hatte sie braunen Alkohol noch nie unverdünnt getrunken. Es war gut möglich, dass sie bei einer Studentenparty einmal eine Dosis von irgendetwas Zusammengemixtem abbekommen hatte, aber wenn ja, war ihr das nicht bewusst gewesen. Sie bevorzugte Wein, Bier und Martinis, um das braune Zeug hatte sie immer einen großen Bogen gemacht. Aber in dem Moment hatte sie keine andere Wahl. Die Männer tranken ihren George Dickel pur, ohne Eis.

Der Whiskey brannte auf ihren Lippen, äscherte ihre Zunge ein und ließ ihre Speiseröhre in Flammen aufgehen, aber als Donovan fragte: »Wie schmeckt er Ihnen?«, brachte sie ein Lächeln zustande und sagte: »Gut.« Sie leckte sich die Lippen, als hätte sie noch nie in ihrem Leben so etwas Köstliches geschluckt, während sie sich insgeheim schwor, das Zeug wegzukippen, sobald sie eine Toilette fand.

Annette hatte recht gehabt. Jeff sah mindestens so gut aus wie sein älterer Bruder. Er hatte die gleichen dunklen Augen und widerspenstigen langen Haare, allerdings hatte sich Donovan für die Geschworenen ein wenig herausgeputzt. Jeff trug ein Jackett und eine Krawatte, dazu aber Jeans und derbe Stiefel. Er war kein Anwalt. Annette zufolge hatte er nicht einmal das College beendet, aber Mattie zufolge arbeitete er eng mit Donovan zusammen und erledigte eine Menge schmutzige Arbeit für ihn.

Vic hatte am Tag vorher vier Stunden im Zeugenstand verbracht und amüsierte sich immer noch über seine Diskussionen mit den Anwälten von Strayhorn Coal. Eine Anekdote führte zur nächsten. »Wie schätzt du die Jury ein?«, fragte Mattie an Jeff gewandt.

»Sie steht auf unserer Seite«, erwiderte er, ohne zu zögern. »Bis auf eine Ausnahme vielleicht, aber es sieht gut für uns aus.«

»Nach dem letzten Zeugen heute Nachmittag haben sie uns eine halbe Million Dollar angeboten, wenn wir einem Vergleich zustimmen. Wir werden sie besiegen«, sagte Donovan.

»Nimm das Geld, du Idiot«, warf Vic ein.

»Mattie, was würdest du tun?«, fragte Donovan.

»Na ja, eine halbe Million für zwei tote Kinder ist nicht viel, aber für Hopper County ist es eine ganze Menge. Keiner der Geschworenen hat schon mal so viel Geld auf einem Haufen gesehen, und sie werden sich bestimmt schwertun, es an eine Einheimische herzugeben.«

»Soll ich das Angebot annehmen, oder soll ich es drauf ankommen lassen?«, fragte Donovan.

»Nimm es.«

»Jeff?«

»Nimm das Geld.«

»Samantha?«

Samantha atmete durch den Mund und versuchte, die Flammen zu löschen. Sie fuhr sich mit der Zunge über die Lippen und sagte: »Vor zwei Wochen konnte ich das Wort ›Prozess‹ noch nicht mal buchstabieren, und jetzt wollen Sie von mir wissen, ob Sie einem Vergleich zustimmen sollen oder nicht?«

»Ja, Sie müssen mit abstimmen, sonst bekommen Sie keinen Alkohol mehr.«

»O ja, bitte. Da ich nur eine einfache Praktikantin bin, würde ich das Geld nehmen.«

Donovan nahm noch einen kleinen Schluck und lächelte. »Vier gegen einen. Das gefällt mir.« Nur eine Stimme zählte, und es war klar, dass es keinen Vergleich geben würde.

»Was ist mit deinem Schlussplädoyer?«, fragte Mattie. »Können wir es hören?«

»Natürlich.« Er sprang auf, rückte seine Krawatte zurecht und stellte das Glas auf ein Regal. Er begann, auf einer Seite des langen Tisches hin- und herzugehen, wobei er sein Publikum wie ein erfahrener Theaterschauspieler im Blick behielt.

»Er übt gern an uns, wenn wir Zeit haben«, flüsterte Mattie Samantha zu.

Donovan blieb stehen, sah Samantha an und begann mit seinem Plädoyer: »Meine Damen und Herren Geschworenen, selbst ein ganzer Berg von Geld wird Eddie und Brandon Tate nicht zurückbringen. Sie sind jetzt seit neunzehn Monaten tot, nachdem ihr Leben aus ihnen herausgequetscht wurde, von den Männern, die für Strayhorn Coal arbeiten. Aber Geld ist alles, was wir haben, um in Fällen wie diesem den Schadenersatz zu bemessen. Kaltes, hartes Geld, so sagt es das Gesetz. Es liegt jetzt an Ihnen zu entscheiden, wie viel es sein wird. Fangen wir mit Brandon an, dem Jüngeren der beiden, einem zarten, kleinen Jungen, erst acht Jahre alt und zwei Monate zu früh auf die Welt gekommen. Er konnte schon mit vier Jahren lesen und liebte seinen Computer, der übrigens unter seinem Bett lag, als der sechs Tonnen schwere Felsbrocken kam. Auch der Computer wurde zerquetscht, er war genauso tot wie Brandon.«

Er war redegewandt, ohne theatralisch zu wirken. Aufrichtig ohne eine Spur von etwas anderem als Aufrichtigkeit. Er hatte keine Notizen, aber die brauchte er auch nicht. Samantha wurde sofort in seinen Bann gezogen und hätte ihm jede Summe gegeben, die er haben wollte. Er ging auf und ab, wie auf einer Bühne, und kam kein einziges Mal ins Stocken. Einmal jedoch schreckte Mattie alle auf, als sie ausrief: »Einspruch, das kannst du nicht sagen!«

Donovan lachte. »Ich bitte um Entschuldigung, Euer Ehren. Ich werde die Geschworenen bitten, das, was ich gerade gesagt habe, zu ignorieren, was natürlich unmöglich ist, und genau deshalb habe ich es ja gesagt.«

»Einspruch!«, wiederholte Mattie.

Es gab keine überflüssigen Worte, keine Übertreibungen, keine blumigen Zitate aus der Bibel oder einem Stück von Shakespeare, keine falschen Gefühle, nichts außer einer äußerst differenzierten Argumentation zugunsten seiner Mandantin und zulasten eines schrecklichen Unternehmens, die gekonnt und spontan vorgetragen wurde. Er schlug den Betrag von einer Million Dollar pro Kind vor, plus einer Million Dollar an Strafschadenersatz. Drei Millionen insgesamt, eine große Summe für ihn und gewiss auch für die Geschworenen, aber ein Tropfen auf den heißen Stein für Strayhorn Coal. Letztes Jahr hätten die Bruttoeinnahmen des Unternehmens vierzehn Millionen Dollar in der Woche betragen.

Als er mit seinem Plädoyer fertig war, hatte er die Geschworenen, die gerade vor ihm saßen, in der Tasche. Bei den echten Geschworenen würde es nicht so einfach sein. Während Vic Whiskey nachgoss, forderte Donovan sie auf, seinen Vortrag auseinanderzunehmen. Er sagte, er wolle die ganze Nacht aufbleiben und ihn noch einmal überarbeiten. Er behauptete, der Whiskey beflügele seine kreativen Gedanken und dass ein paar seiner besten Schlussplädoyers das Ergebnis einiger Stunden wohldosierter Einnahme von Whiskey gewesen seien. Mattie wandte ein, dass drei Millionen Dollar zu viel seien. In größeren Städten könne so etwas funktionieren, aber nicht in Hopper County und in Noland County genauso wenig. Sie erinnerte ihn daran, dass es in keinem der beiden Countys jemals Schadenersatz in Millionenhöhe gegeben habe, woraufhin er sie daran erinnerte, dass es für alles ein erstes Mal gebe. Und dass niemand einen Sachverhalt so gut darstellen könne wie er, was er den Geschworenen soeben auf ebenso anschauliche wie souveräne Weise bewiesen habe.

So ging es hin und her, hin und her. Samantha entschuldigte sich und ging zur Toilette. Sie kippte den Whiskey ins Waschbecken und hoffte, dass sie ihm nie wieder begegnen würde. Dann verabschiedete sie sich, wünschte Donovan alles Glück der Welt und fuhr zum Starlight Motel, wo Familie Booker ihren immer länger werdenden Aufenthalt genoss. Sie hatte Kekse für die Kinder und zwei Liebesromane für Pamela dabei. Während Mandy und Trevor so taten, als würden sie sich mit ihren Hausaufgaben beschäftigen, gingen die Frauen nach draußen, wo sie sich auf die Motorhaube von Pamelas Ford stützten und eine Bestandsaufnahme machten. Pamela war schon ganz aufgeregt, weil ihr eine Freundin von einem kleinen Apartment in Colton erzählt hatte, das nur vierhundert Dollar im Monat kosten sollte. Die Kinder blieben in der Schule zurück, und nach drei Nächten im Motel wolle sie umziehen. Sie beschlossen, früh am nächsten Morgen aufzubrechen, die Kinder zur Schule zu bringen und sich das Apartment anzusehen. Samantha würde fahren.

20

Nach zwei Wochen in Brady, genauer gesagt nach drei Wochen, in denen sie nicht mehr für Scully & Pershing gearbeitet hatte, hatte Samantha ihr Schlafdefizit aufgeholt und kehrte zu alten Gewohnheiten zurück. Am Freitagmorgen um fünf Uhr saß sie mit einem Kaffee in der Hand im Bett und verfasste ein dreiseitiges Memo über Buddy Ryzers Staublunge und Casper Slates betrügerisches Verhalten, das ihn die Entschädigung gekostet hatte. Um sechs Uhr verschickte sie es per E-Mail an Mattie, Donovan und ihren Vater. Sie wollte unbedingt wissen, was Marshall Kofer davon hielt

Noch eine große Klage war das Letzte, was Donovan jetzt gebrauchen konnte, und sie wollte ihn an diesem denkwürdigen Tag auch gar nicht damit belästigen. Sie hoffte einfach, dass er vielleicht am Wochenende Zeit fand, das Memo über Mr. Ryzer zu lesen, und ihr dann mitteilte, was er darüber dachte. Zehn Minuten später wusste sie es. In seiner E-Mail schrieb er: »Ich kämpfe seit zwölf Jahren mit allen Mitteln gegen diese Kotzbrocken, und ich hasse sie wie die Pest. Ich träume davon, Castrate in einem großen Prozess gegenüberzustehen und sämtliche Sünden der Kanzlei zu enthüllen. Ich liebe diesen Fall! Wir reden später darüber. Jetzt auf zum Krieg in Colton. Wird bestimmt Spaß machen!«

Sie schrieb zurück: »Einverstanden. Viel Glück.«

Um sieben Uhr fuhr sie zum Starlight Motel und sammelte

die Bookers ein. Mandy und Trevor trugen ihre besten Sachen und freuten sich darauf, wieder in die Schule zu gehen. Während Samantha fuhr, aßen sie ihre Donuts und plapperten pausenlos. Wieder einmal verwischte die Grenze zwischen Anwältin und Sozialarbeiterin, aber das machte nichts. Mattie zufolge gehörte zur Arbeit in der Kanzlei neben der reinen Rechtsberatung häufig auch Ehetherapie, Fahrdienst, Kochen, Arbeitsplatzsuche, Nachhilfe, Finanzberatung, Wohnungssuche und Babysitten. »Wir arbeiten nicht pro Stunde, sondern pro Mandant«, sagte sie gern.

Nachdem sie vor der Schule in Colton gehalten hatten, blieb Samantha im Wagen, während Pamela mit den Kindern zusammen hineinging. Sie wollte mit den Lehrern sprechen und alles erklären. Samantha hatte jeden Tag E-Mails an die Schule geschickt, und die Lehrer und die Rektorin waren sehr verständnisvoll gewesen.

Als die Kinder wieder dort waren, wo sie um diese Zeit sein sollten, verbrachten Samantha und Pamela die nächsten zwei Stunden damit, sich die ziemlich magere Auswahl an Mietobjekten in und um Colton herum anzusehen. Das Apartment, von dem Pamelas Freundin so geschwärmt hatte, lag nur ein paar Blocks von der Schule entfernt und war eine von vier Wohnungen in einem heruntergekommenen, teilweise umgebauten Industriegebäude. Die Räume waren einigermaßen sauber und enthielten ein paar Möbelstücke, was wichtig war, da Pamela keine hatte. Es sollte vierhundert Dollar im Monat kosten, was angesichts des Zustands angemessen schien. »Ich glaube schon, dass wir es hier aushalten können«, sagte Pamela ohne jede Begeisterung, als sie wieder gingen.

Matties schwarze Kasse würde nur für zwei oder drei Monatsmieten reichen, was Samantha aber verschwieg. Sie erklärte wahrheitsgemäß, dass nicht viel Geld zur Verfügung stehe und

Pamela so schnell wie möglich Arbeit finden müsse. In Bezug auf den Pfändungsbeschluss war noch kein Termin für eine Anhörung festgesetzt worden; genau genommen hatte Samantha noch nichts von der Beklagten, Top Market Solutions, gehört. Sie hatte zweimal bei der Lampenfabrik angerufen, um sich zu vergewissern, dass Mr. Simmons halbwegs guter Laune war und dass Pamela ihren alten Job zurückhaben konnte, sobald der Pfändungsbeschluss aus der Welt geschafft war. Die Aussichten auf einen anderen Arbeitsplatz in Hopper County standen schlecht.

Samantha hatte noch nie das Innere eines Trailers gesehen und sich auch nie vorgestellt, dass sie es eines Tages einmal tun würde, aber drei Kilometer östlich der Stadtgrenze, am Ende einer Schotterstraße, war es dann so weit. Der Trailer war nicht schlecht, voll möbliert, sauber, und sollte nur fünfhundertfünfzig Dollar im Monat kosten. Pamela gestand, dass sie, wie viele ihrer Freunde, in einem Trailer aufgewachsen war und die Privatsphäre schätzte. Samantha kam es zuerst unglaublich eng vor, aber als sie hin und her ging, musste sie zugeben, dass sie in Manhattan schon erheblich kleinere Behausungen gesehen hatte.

Auf einem Hügel über der Stadt wurde eine Wohnung in einem Zweifamilienhaus mit schöner Aussicht und anderen Annehmlichkeiten angeboten, doch die Leute nebenan waren schon auf den ersten Blick unerträglich. In einem zweifelhaften Teil der Stadt war ein leer stehendes Haus zu mieten. Sie sahen es sich vom Auto aus an und stiegen nicht einmal aus. Danach gab es nichts mehr, was infrage kam, und sie beschlossen, in der Stadt, nicht weit vom Gericht, einen Kaffee zu trinken. Samantha widerstand der Versuchung, hinüberzugehen, sich in eine der hinteren Reihen des Saals zu schleichen und Donovan bei seinem Schlussplädoyer zuzusehen. Zwei Einheimische in der nächsten Sitznische redeten von nichts anderem als von dem Prozess. Einer von ihnen sagte, er sei um 8.30 Uhr dort gewesen, und da sei der Gerichtssaal schon bis auf den letzten Platz besetzt gewesen. Seiner geschwätzigen Meinung nach war es »der größte Prozess, den Colton je gesehen hat«.

»Um was geht es denn?«, fragte Samantha freundlich.

»Sie haben noch nichts von dem Tate-Prozess gehört?«, fragte der Mann ungläubig zurück.

»Tut mir leid, ich bin nicht von hier.«

»Du meine Güte.« Er schüttelte den Kopf und winkte ab. Seine Pfannkuchen wurden serviert, und er verlor das Interesse daran, Hof zu halten. Er wusste viel zu viel, um es innerhalb so kurzer Zeit loszuwerden.

Pamela hatte eine Freundin in Colton, die sie besuchen wollte. Samantha ließ sie im Café und fuhr nach Brady zurück. Kaum hatte sie ihr Büro betreten, kam Mattie ihr nach. »Ich habe gerade eine SMS von Jeff bekommen. Donovan hat einen Vergleich abgelehnt, und jetzt beraten die Geschworenen darüber. Wir holen uns ein Sandwich, essen im Auto und fahren hin.«

»Ich komme gerade von dort«, erwiderte Samantha. »Außerdem gibt es keine Plätze mehr.«

»Und woher wissen Sie das?«

»Ich habe meine Quellen.« Stattdessen aßen sie mit Claudelle zusammen Sandwiches im Besprechungsraum und warteten nervös auf die nächste SMS. Als keine kam, gingen sie irgendwann wieder in ihre Büros zurück, immer noch wartend.

Um Punkt dreizehn Uhr traf Mrs. Francine Crump ein, um ihr kostenloses Testament zu unterschreiben. Auf den ersten Blick schien es merkwürdig zu sein, dass eine Frau, die Land im Wert von mindestens zweihunderttausend Dollar besaß, jeden Cent zweimal umdrehte, aber die Wahrheit war, dass sie außer dem Land (und der Kohle darunter) nichts hatte. Samantha hatte sich mit dem Mountain Trust in Verbindung gesetzt, einer etablierten Umweltschutzorganisation, die sich darauf spezialisiert hatte, die Eigentumsrechte von Landflächen zu übernehmen, um sie in ihrem ursprünglichen Zustand erhalten zu können. In Francines einfachem Testament stand, dass sie ihre dreißig Hektar an den Mountain Trust vererbte, und ihre fünf erwachsenen Kinder leer ausgingen. Als Samantha ihr das Testament vorlas und alles ausführlich erklärte, begann Francine zu weinen. Es war eine Sache, wütend zu werden und »die Kinder zu enterben«, aber es dann tatsächlich in Worte gefasst auf Papier zu sehen, war etwas ganz anderes. Samantha war besorgt wegen der Unterzeichnung. Damit das Testament gültig war, musste Francine »geschäftsfähig« sein und wissen, was sie tat. Im Augenblick jedoch wirkte sie aufgewühlt und unsicher. Mit achtzig Jahren und einer angegriffenen Gesundheit würde sie nicht mehr allzu lange leben. Ihre Kinder würden das Testament mit Sicherheit anfechten. Da sie nicht behaupten konnten, der Mountain Trust habe ihre Mutter in unzulässiger Weise beeinflusst, würden sie gezwungen sein, das Testament mit der Begründung zu beanstanden, dass sie nicht mehr im Vollbesitz ihrer geistigen Kräfte gewesen sei, als sie es unterzeichnet hatte. Samantha würde mitten in einem hässlichen Familienstreit landen.

Sie holte Annette und Mattie als Verstärkung. Die beiden erfahrenen Anwältinnen kannten das schon und setzten sich ein paar Minuten neben Francine, in denen sie sich über alles Mögliche unterhielten, bis die Tränen versiegt waren. Annette fragte nach den Kindern und Enkeln, was aber nicht dazu beitragen konnte, die alte Dame aufzuheitern. Francine sagte, sie sehe sie kaum. Sie hätten sie vergessen. Ihre Enkelkinder würden so schnell groß, und das verpasse sie alles. Mattie erklärte Francine, dass es nach ihrem Tod, wenn die Familie erfuhr, dass das Land an den Mountain Trust gehen sollte, Ärger geben werde. Ihre Kinder würden sich vermutlich einen Anwalt nehmen und das Testament anfechten. Wolle sie das wirklich?

Francine wollte ihre Meinung nicht ändern. Sie war schwer enttäuscht von ihren Nachbarn, weil die ihren Grundbesitz an ein Kohleunternehmen verkauft hatten, und fest entschlossen, ihr Land zu schützen. Sie traute ihren Kindern nicht und wusste, dass sie das Land so schnell wie möglich zu Geld machen würden. Nachdem sie sich wieder gefangen hatte, unterzeichnete sie das Testament, mit allen drei Anwältinnen als Zeugen. Außerdem unterschrieben alle drei eidesstattliche Erklärungen, in denen sie versicherten, dass ihre Mandantin im Vollbesitz ihrer geistigen Kräfte sei. Nachdem Francine gegangen war, sagte Mattie: »Dieses Testament wird uns noch eine Weile beschäftigen.«

Um vierzehn Uhr hatten sie immer noch nichts aus dem Gerichtssaal gehört. Als Samantha zu Mattie sagte, sie müsse wieder nach Colton, um die Bookers abzuholen, sprang ihre Chefin auf, und sie verließen eilig die Kanzlei.

Donovan wartete in einem Pavillon hinter dem abgrundtief hässlichen Gerichtsgebäude auf die Entscheidung der Geschworenen. Er saß auf einer Bank und unterhielt sich mit seiner Mandantin, Lisa Tate, der Mutter der Jungen. Jeff war in der Nähe; er telefonierte, rauchte eine Zigarre und sah nervös aus.

Donovan machte Mattie und Samantha mit Lisa bekannt und lobte sie dafür, dass sie sich in den fünf Tagen, die der Prozess nun schon gedauert hatte, so tapfer gehalten habe. Die Geschworenen seien immer noch dabei, sich zu beraten, sagte er, während er auf ein Fenster im ersten Stock des Gerichtsgebäudes deutete. »Das ist der Raum«, erklärte er. »Sie sind jetzt schon seit über drei Stunden da drin.«

»Es tut mir so leid wegen Ihrer Jungs, Lisa. Das war alles so sinnlos«, sagte Mattie zu Lisa.

»Vielen Dank«, erwiderte sie leise, aber es war klar, dass sie kein Interesse daran hatte, das Gespräch fortzusetzen.

»Wie ist das Schlussplädoyer gelaufen?«, fragte Samantha nach einer verlegenen Pause.

Donovan lächelte siegesgewiss. »Vermutlich eines meiner drei besten Plädoyers überhaupt. Ich habe sie zu Tränen gerührt, stimmt's, Lisa?«

Sie nickte. »Es war sehr ergreifend.«

Jeff, der seinen Anruf beendet hatte, gesellte sich zu ihnen. »Warum dauert das so lange?«, fragte er Donovan.

»Entspann dich. Sie haben auf Kosten des Countys zu Mittag gegessen. Und jetzt gehen sie die Beweise durch. Ich gebe ihnen noch eine Stunde.«

»Und dann?«, wollte Mattie wissen.

»Schadenersatz in schwindelnder Höhe«, erwiderte er lächelnd. »Ein Rekord für Hopper County.«

»Strayhorn hat neunhunderttausend Dollar angeboten, als die Geschworenen sich zur Beratung zurückgezogen haben«, meinte Jeff. »Perry Mason hier hat Nein gesagt.« Donovan sah seinen Bruder an, als wollte er sagen: Was weißt du schon? Wart's ab, ich werde dir zeigen, wie das läuft.

Samantha war schockiert von Donovans waghalsigen Entscheidungen. Seine Mandantin war eine fast mittellose Frau mit wenig Bildung und kaum Chancen auf ein besseres Leben. Ihr Mann saß gerade im Gefängnis, weil er Drogen verkauft hatte. Sie und ihre beiden Söhne hatten in einem kleinen Trailer mitten in den Wäldern gelebt, als die Tragödie sich ereignet hatte. Jetzt war sie allein und hatte nur noch die Klage. Sie hätte mit mindestens einer halben Million Dollar in der Tasche aus der Sache herauskommen können, mehr, als sie sich in ihren kühnsten Träumen vorgestellt hatte. Trotzdem hatte ihr Anwalt Nein gesagt und es darauf ankommen lassen. Geblendet von der Aussicht darauf, auf eine Goldgrube zu stoßen, hatte er nur gelacht, als er die Chance hatte, eine anständige Summe zu bekommen. Und was, wenn die Geschworenen in die falsche Richtung marschierten und Nein sagten? Was, wenn es dem Kohleunternehmen gelang, Druck auszuüben, an Stellen, die man nie erfahren würde?

Samantha konnte sich nicht vorstellen, wie Lisa Tate sich fühlen würde, wenn sie den Gerichtssaal mit leeren Händen verließ, wenn sie für den Tod ihrer Söhne nichts bekam. Donovan jedoch schien das nicht zu kümmern; er wirkte sogar ein wenig übermütig. Und mit Sicherheit war er ruhiger als alle anderen in der kleinen Gruppe. Ihr Vater hatte immer gesagt, Prozessanwälte seien seltsame Leute. Sie wanderten auf einem schmalen Grat zwischen lukrativen Urteilen und katastrophalen Niederlagen, und die richtig guten von ihnen hätten keine Angst davor, Risiken einzugehen.

Mattie und Samantha konnten nicht bleiben. Die Bookers warteten. Sie verabschiedeten sich, und Donovan lud sie ein, später bei ihm in der Kanzlei vorbeizukommen, um zu feiern.

Pamela Booker wollte den Trailer haben. Sie hatte mit dem Besitzer gesprochen und die Miete auf fünfhundert Dollar pro Monat für die nächsten sechs Monate heruntergehandelt. Mattie sagte, die Kanzlei könne die ersten drei Monatsmieten übernehmen, aber danach müsse sie selbst dafür aufkommen. Als sie die Kinder von der Schule abholten, erzählte ihnen Pamela von ihrem neuen Zuhause, und sie fuhren sofort hin, um es ihnen zu zeigen.

Der Anruf kam um 17.20 Uhr, mit einer großartigen Neuigkeit. Donovan hatte den Schadenersatz in Millionenhöhe bekommen – drei Millionen, um genau zu sein, die Summe, um die er die Geschworenen gebeten hatte. Eine Million pro Kind, eine Million als Strafschadenersatz. Ein beispielloses Urteil für diese Gegend. Jeff erzählte Mattie, dass der Gerichtssaal immer noch zum Brechen voll gewesen sei, als die Entscheidung der Geschworenen verlesen wurde, und die Zuschauer wild applaudiert hätten, bevor der Richter für Ruhe gesorgt habe.

Samantha saß gerade mit Mattie und Annette zusammen im Besprechungsraum, und alle drei jubelten über das Urteil. Sie klatschten sich ab, stießen die Faust in die Luft und redeten aufgeregt durcheinander, als hätte ihre eigene kleine Kanzlei dieses Bravourstück vollbracht. Es war nicht das erste Mal, dass Donovan Schadenersatz in Millionenhöhe erstritten hatte – in West Virginia und in Kentucky war ihm das schon gelungen; beide Male waren es Zusammenstöße mit Kohlelastern gewesen, aber es war die bisher höchste Summe. Sie waren glücklich, fast übermütig, und niemand wusste so genau, ob sie sich mehr darüber freuten, dass Donovan gewonnen hatte, oder erleichtert waren, weil er nicht verloren hatte. Es war egal.

Darum also geht es Prozessanwälten, dachte Samantha. Vielleicht fing sie langsam an zu verstehen. Das war der Kick, der Rausch, der Prozessanwälte an den Rand des Abgrunds trieb. Das war der Nervenkitzel, den Donovan gesucht hatte, als er sich weigerte, einem Vergleich zuzustimmen. Das war die Überdosis Testosteron, die Männer wie ihren Vater dazu gebracht hatte, in der ganzen Welt herumzureisen und Fällen nachzujagen.

Mattie verkündete, dass sie eine Party geben würden. Sie rief Chester an und ließ ihn aktiv werden. Hamburger vom Grill im Garten, zuerst Champagner und dann Bier. Zwei Stunden später ging die Party in der kühlen Abendluft los. Donovan erwies sich als guter Gewinner, der Glückwünsche abwehrte und alles seiner Mandantin anrechnete. Lisa war gekommen, allein. Außer den beiden Gastgebern und Samantha gehörten zu den Gästen

Annette mit Kim und Adam, Barb und Wilt, ihr Mann, Claudelle und ihr Mann, Vic Canzarro und seine Freundin und Jeff.

Mattie brachte einen Toast aus: »Siege sind in unserer Branche selten, daher sollten wir diesen Moment des Triumphs genießen, das Gute siegt über das Böse und so weiter, und diese drei Flaschen Champagner vernichten. Prost!«

Samantha saß in einer Hollywoodschaukel aus Weidengeflecht und unterhielt sich mit Kim, als Jeff fragte, ob sie Nachschub brauche. Sie brauchte, und er nahm ihr leeres Glas. Als er wiederkam, starrte er vielsagend auf den knapp bemessenen freien Platz neben ihr, daher bot sie ihm an, sich zu setzen. Es war sehr gemütlich. Als es Kim zu langweilig wurde, ging sie. Die Luft war kühl, aber der Champagner hielt sie warm.

21

Ihr zweites Abenteuer in der Cessna Skyhawk war nicht ganz so aufregend wie das erste. Sie warteten eine Stunde lang auf dem Noland County Airfield darauf, dass das Wetter besser wurde. Vielleicht hätten sie noch länger warten sollen. Irgendwann murmelte Donovan etwas davon, den Flug verschieben zu wollen. Jeff, der ebenfalls einen Pilotenschein besaß, schien der gleichen Meinung zu sein, doch dann sah er eine Lücke in der Wetterfront und dachte, sie könnten es schaffen. Nachdem sie zugesehen hatte, wie die beiden an einem Monitor im Terminal den Wetterbericht verfolgten und dabei immer wieder das Wort »Turbulenzen« erwähnt hatten, hoffte Samantha insgeheim, dass sie den Flug absagen würden. Was sie nicht taten. Die Skyhawk hob ab und flog mitten in die Wolken hinein, und in den ersten zehn Minuten dachte sie, sie müsse sich übergeben. »Festhalten«, sagte Donovan vom Vordersitz, als das kleine Flugzeug durchgeschüttelt wurde. An was genau sollte sie sich festhalten? Samantha kauerte auf der Rückbank, die sogar für sie zu eng war. Sie war auf die billigen Plätze verwiesen worden und schwor sich jetzt schon, nie wieder hinten zu sitzen. Dicke Regentropfen schlugen an die Frontscheibe.

Bei eintausendachthundert Metern wurde die Wolkendecke erheblich dünner und der Flug ruhiger. Die Anspannung der beiden Piloten vor ihr schien nachzulassen. Alle drei an Bord trugen Kopfhörer, und Samantha, die jetzt wieder normal atmete, lauschte gebannt dem Funkverkehr. Die Skyhawk wurde von der Flugüberwachung in Washington geleitet, und es waren mindestens vier andere Flugzeuge auf der gleichen Frequenz unterwegs. Alle waren furchtbar aufgeregt wegen des Wetters, und immer wieder meldeten sich die Piloten und berichteten, wie das Wetter bei ihnen aussah. Aus ihrer Faszination wurde jedoch bald Langeweile, als sie oberhalb der Wolkendecke weiterflogen und immer wieder einmal auf und ab hüpften. Nach einer Stunde wäre sie fast eingenickt.

Zwei Stunden und fünfzehn Minuten nachdem sie in Brady gestartet waren, landeten sie auf einem kleinen Flughafen in Manassas, Virginia. Sie mieteten ein Auto, fanden ein Schnellrestaurant mit Drive-in, wo sie sich einige Tacos als Mittagessen besorgten, und standen um dreizehn Uhr in den neuen Räumen der Kofer Group. Marshall begrüßte sie herzlich und entschuldigte sich dafür, dass außer ihm niemand im Büro war. Es sei ja schließlich Samstag.

Er freute sich, seine Tochter zu sehen, vor allem unter diesen Umständen. Sie kam in Begleitung eines echten Prozessanwalts und schien sich sehr dafür zu interessieren, eine vielversprechende Klage gegen zwei unseriöse Firmen voranzutreiben. Nach nur zwei Wochen in den Kohlenrevieren war sie schon fast bekehrt. Er hatte sich seit Jahren vergeblich bemüht, ihr den rechten Weg zu zeigen.

Nach ein wenig Small Talk sagte Marshall zu Donovan: »Herzlichen Glückwunsch zu dem Urteil. Die Gegend dort unten ist nicht gerade ideal, um eine solche Summe zu bekommen.«

Samantha hatte das Tate-Urteil ihrem Vater gegenüber nicht erwähnt. Sie hatte ihm zwei E-Mails mit Details zu ihrer Besprechung geschickt, aber nichts über den Prozess gesagt.

»Danke. In der Lokalzeitung von Roanoke standen ein paar Zeilen darüber. Ich vermute mal, Sie haben den Artikel gesehen.«

»Den habe ich übersehen«, erwiderte er. »Wir arbeiten mit einer Agentur zusammen, die landesweit eine Menge Prozesse für uns überwacht. Ihr Prozess ist gestern am späten Abend gemeldet worden, und ich habe die Zusammenfassung gelesen. Ein faszinierender Sachverhalt.«

Sie saßen an einem quadratischen Tisch mit echten Blumen in der Mitte, die neben Kaffee in einer silbernen Kanne standen. Marshall hatte sich leger gekleidet und zu Kaschmirpullover und Bundfaltenhose gegriffen, um nicht allzu sehr aufzufallen. Die Gray-Brüder trugen Jeans und abgenutzte Sakkos. Samantha hatte Jeans und einen Pullover angezogen.

Donovan bedankte sich noch einmal und beantwortete Marshalls Fragen zum Prozess. Jeff sagte nichts. Er und Samantha wechselten hin und wieder einen Blick. Sie goss Kaffee ein und sagte schließlich: »Ich glaube, wir sollten langsam zur Sache kommen.«

»Du hast recht«, sagte Marshall, als er zu seiner Tasse griff. »Wie viel weiß ich?«

»Es gibt nichts Neues«, erklärte Samantha. »Aber ich habe gerade erst angefangen zu graben und bin mir sicher, dass wir noch eine ganze Menge mehr erfahren, wenn ich den Antrag auf Staublungenleistungen gestellt habe.«

»Casper Slate hat einen üblen Ruf«, meinte Marshall.

»Den hat sich die Kanzlei auch redlich verdient«, erwiderte Donovan. »Ich kämpfe schon lange gegen sie.«

»Erzählen Sie mir was über die Klage. Was haben Sie sich vorgestellt?«

Donovan holte tief Luft und sah Samantha an. »Bundesgericht, vermutlich in Kentucky«, sagte er dann. »Vielleicht auch West Virginia. Auf keinen Fall Virginia, wegen der dort geltenden Deckelung für Schadenersatz. Wir reichen die Klage mit einem Kläger ein, Buddy Ryzer, und verklagen Casper Slate und

Lonerock Coal. Wir werfen ihnen Betrug und Verabredung zum Betrug vor, vielleicht auch noch organisierte Kriminalität, und verlangen Strafschadenersatz in Rekordhöhe. Das Ganze ist eindeutig ein Fall für Strafschadenersatz. Lonerock Coal hat zurzeit einen Kapitalwert von sechs Milliarden und ist bis an die Grenze des Möglichen versichert. Casper Slate ist eine Personengesellschaft, und wir wissen nicht, was die Kanzlei wert ist, aber das werden wir schon noch herausfinden. Wir hoffen, noch andere Betrugsfälle zu finden, wenn wir ein bisschen graben. Je mehr, desto besser. Sollten wir keine mehr finden, gehen wir mit der Ryzer-Sache vor eine Jury und verlangen ein Vermögen an Strafschadenersatz.«

Marshall nickte, als würde er ihm zustimmen und hätte das schon hundertmal gemacht.

Donovan unterbrach sich und fragte: »Was halten Sie davon?«

»Bis jetzt bin ich dabei. Hört sich gut an, vor allem, wenn der Betrug tatsächlich so stattgefunden hat, dann haben sie nämlich keine Möglichkeit, sich aus der Sache herauszureden. Es klingt seriös, und die Geschworenen werden es lieben. Genau genommen finde ich es brillant. Eine korrupte Kanzlei mit hochbezahlten Anwälten lässt medizinische Unterlagen verschwinden, um einen armen, kranken Bergmann um seine magere Entschädigung zu bringen. Wow! Das ist der Traum jedes Prozessanwalts. Ein eindeutiger Fall für Strafschadenersatz mit enormem Potenzial nach oben.« Er unterbrach sich, trank einen Schluck Kaffee und fuhrt fort. »Aber da wäre natürlich noch die Klage selbst. Donovan, Sie arbeiten allein, so gut wie ohne Mitarbeiter, und, wenn ich das mal so sagen darf, mit begrenzten Ressourcen. Eine Klage wie diese dauert fünf Jahre und kostet mindestens zwei Millionen Dollar.«

»Eine Million«, widersprach Donovan.

»Treffen wir uns in der Mitte. Eineinhalb Millionen. Ich nehme an, auch das ist außerhalb Ihrer Möglichkeiten.«

»Stimmt, aber ich habe Freunde, Mr. Kofer.«

»Nennen Sie mich bitte Marshall, ja?«

»Gern, Marshall. Es gibt zwei Kanzleien in West Virginia und zwei in Kentucky, mit denen ich bei einigen Fällen kooperiere. Wir werfen unser Geld und unsere Ressourcen zusammen und teilen uns die Arbeit auf. Trotzdem bin ich mir nicht sicher, ob wir so viel Geld riskieren können. Deshalb sind wir, glaube ich, auch da.«

Marshall zuckte mit den Schultern und lachte. »Das ist mein Spezialgebiet. Prozessfinanzierung. Ich bringe Anwälte und Geldgeber zusammen und bin sozusagen der Kuppler zwischen denen, die das Geld haben, und denen, die die Fälle haben.«

»Dann können Sie also ein oder zwei Millionen für die Finanzierung der Klage beschaffen?«

»Sicher, das ist kein Problem, nicht in dieser Größenordnung. Bei unserer Arbeit geht es meistens um Beträge zwischen zehn und fünfzig Millionen. Zwei Millionen ist ganz einfach.«

»Und wie viel wird uns das kosten?«

»Das hängt vom Fonds ab. Das Großartige an der Klage ist, dass sie, sagen wir mal, nur zwei Millionen und nicht dreißig Millionen kosten wird. Je weniger an Prozesskosten anfällt, desto mehr bleibt an Honorar übrig. Ich gehe mal davon aus, dass Sie fünfzig Prozent des Schadenersatzes bekommen.«

»Fünfzig Prozent habe ich noch nie verlangt.«

»Willkommen bei den Spitzenspielern, Donovan. Heutzutage bekommen die Anwälte bei allen größeren Klagen fünfzig Prozent. Warum nicht? Sie übernehmen das gesamte Risiko, machen die ganze Arbeit und bringen das ganze Geld auf. Für einen Mandanten wie Buddy Ryzer bedeutet so ein Urteil einen unverhofften Geldsegen. Der arme Kerl versucht, tausend Dollar im Monat zu bekommen. Er hat sicher nichts dagegen, wenn Sie ihm ein paar Millionen beschaffen, stimmt's?«

»Ich werde darüber nachdenken. Ich habe noch nie mehr als vierzig genommen.«

»Es könnte schwierig werden, das Geld zu beschaffen, wenn wir nicht bei fünfzig sind. Das ist eben so. Mal angenommen, die Finanzierung steht, wie sieht es mit der Personalplanung aus? Casper Slate wird Ihnen eine ganze Armee von Anwälten auf den Hals hetzen, nur die besten und schlauesten, die fiesesten und hinterhältigsten, und wenn Sie jetzt schon von Betrug sprechen, warten Sie mal ab, was passiert, wenn die Jungs ihre eigene Haut retten müssen und versuchen, ihre schmutzige Wäsche zu verstecken. Es wird Krieg geben, Donovan, und zwar einen blutigen.«

»«Haben Sie schon mal eine Anwaltskanzlei verklagt?«

»Nein. Ich war viel zu beschäftigt damit, Fluggesellschaften zu verklagen. Glauben Sie mir, die waren schon schwierig genug.«

»Was war der höchste Schadenersatz, den Sie je erstritten haben?«

Was soll das denn?, hätte Samantha fast gesagt. Das Letzte, was sie jetzt gebrauchen konnten, war Marshall Kofer, der anfing, von seinen Erfolgen zu erzählen. Sofort erschien das übliche selbstgefällige Grinsen auf seinem Gesicht, und er sagte: »1982 habe ich Braniff in San Juan, Puerto Rico, um vierzig Millionen erleichtert. Es hat sieben Wochen gedauert.«

Großartig, Dad, dachte sie, und du wolltest das Honorar auf einem Offshore-Konto verstecken, bis Mom Wind davon bekommen hat?

»Ich war der Hauptanwalt«, fuhr er fort, »aber wir waren zu viert und haben geschuftet wie die Wilden. Was ich damit sagen will, Donovan, Sie werden tatkräftige Hilfe brauchen. Der Fonds wird Sie und Ihr Team genau unter die Lupe nehmen, bevor auch nur ein Cent fließt.«

»Wegen des Teams oder der Vorbereitung oder des Prozesses mache ich mir keine Gedanken«, erwiderte Donovan. »Auf so eine Sache warte ich schon seit Beginn meiner Karriere. Die Anwälte, mit denen ich bei dieser Klage zusammenarbeiten werde, sind alle erfahrene Prozessanwälte aus der Gegend. Es ist sozusagen ein Heimspiel. Die Geschworenen werden auf unserer Seite sein. Wir können nur hoffen, dass der Richter sich nicht von den Beklagten beeinflussen lässt. Und bei einer Berufung wird von Bundesrichtern über das Urteil entschieden, nicht von lokalen Richtern, die von den Kohleunternehmen gewählt werden.«

»Das ist mir klar«, meinte Marshall.

»Sie haben die Frage noch nicht beantwortet«, sagte Jeff fast unhöflich. »Wie viel wird uns die Finanzierung kosten?«

Marshall sah ihn scharf an, lächelte dann aber instinktiv. »Kommt drauf an. Das ist verhandelbar. Meine Aufgabe besteht darin, das Geschäft zu arrangieren, aber ich vermute, dass der Fonds, an den ich da denke, ein Viertel des Anwaltshonorars verlangen würde. Sie wissen ja, dass man unmöglich voraussagen kann, wie eine Jury entscheidet, daher kann man auch schlecht schätzen, wie hoch das Honorar ausfallen wird. Wenn die Geschworenen Ihnen, sagen wir mal, zehn Millionen zusprechen und Kosten in Höhe von zwei Millionen entstehen, werden die Ausgaben von der Gesamtsumme abgezogen, und Sie teilen sich acht Millionen mit Ihrem Mandanten. Er bekommt vier Millionen, Sie bekommen das Gleiche. Der Fonds bekommt ein Viertel von Ihrem Anteil. Den Rest bekommen Sie. Für den Fonds ist das kein sehr gutes Geschäft, aber er verliert immerhin kein Geld dabei. Eine Rendite von fünfzig Prozent. Ich brauche es, glaube ich, nicht zu sagen, aber je mehr

Schadenersatz zugesprochen wird, desto besser. Ich persönlich finde ja, dass zehn Millionen etwas zu niedrig gegriffen sind. Ich könnte mir schon vorstellen, dass die Geschworenen angesichts von Casper Slate und Lonerock Coal in Rage geraten und nach Blut schreien.«

Er war sehr überzeugend, und Samantha musste sich ins Gedächtnis rufen, dass er früher einmal gewaltige Summen aus Geschworenen herausgeholt hatte.

»Wer steht hinter dem Fonds?«, wollte Donovan wissen.

»Investoren, andere Fonds, Hedgefonds, privates Beteiligungskapital, alles Mögliche. Es gibt überraschend viele Asiaten, die bei diesem Spiel mitmachen. Sie haben panische Angst vor unseren Schadenersatzklagen, sind aber gleichzeitig fasziniert davon. Sie glauben, sie verpassen was. Ich habe Kontakte zu mehreren Anwälten im Ruhestand, die ein Vermögen gemacht haben. Sie kennen sich mit solchen Verfahren aus und haben keine Angst vor den Risiken. Schließlich haben sie in dieser Branche sehr gut verdient.«

Donovan schien unsicher zu sein. »Es tut mir leid«, sagte er. »Das ist alles Neuland für mich. Ich habe schon von Prozessfinanzierungsfonds gehört, aber noch nie mit einem zu tun gehabt.«

»Es ist lediglich altmodischer Kapitalismus, aber aus unserer Ecke. Jetzt kann der Anwalt eines Klägers, der zwar einen guten Fall, aber zu wenig Geld hat, gegen die Unternehmen angehen und gleiche Voraussetzungen schaffen.«

»Und die Geldgeber sehen sich die Klage an und schätzen ein, wie das Ergebnis aussehen wird?«

»Das ist eigentlich mein Job. Ich spreche mit beiden Seiten, dem Prozessanwalt und dem Fonds. Nach dem, was Samantha mir erzählt hat, und nachdem ich die zur Sache gehörenden Dokumente geprüft habe, und ganz besonders wegen Ihrer wachsenden Reputation im Gerichtssaal, kann ich Ihre Klage bedenkenlos einem meiner Fonds vorschlagen. Er wird dann innerhalb kürzester Zeit ein bis zwei Millionen Dollar genehmigen, und schon sind Sie im Geschäft.«

Donovan sah Jeff an, der Marshall ansah und fragte: »Mr. Kofer, hätten Sie diese Klage früher, als Sie noch als Prozessanwalt tätig waren, selbst übernommen?«

»Sofort. Große Kanzleien sind ganz miserable Beklagte, vor allem, wenn sie in flagranti erwischt werden.«

»Samantha, glauben Sie, dass Buddy Ryzer einen Prozess durchstehen wird?«, fragte Donovan.

»Ich habe keine Ahnung«, erwiderte sie. »Er will nur seine Entschädigung haben, und zwar rückwirkend. Über einen Prozess wie diesen haben wir noch gar nicht geredet. Genau genommen weiß er nicht einmal, was ich in seinen medizinischen Unterlagen gefunden habe. Ich wollte mich nächste Woche mit ihm treffen.«

»Was sagt Ihr Bauchgefühl?«

»Sie wollen wissen, was mein Bauch zu einer Klage sagt, von der ich keine Ahnung habe?«

»Ja oder nein?«

»Ja. Er ist ein Kämpfer.«

Sie gingen die Straße hinunter zu einer Sports-Bar mit fünf Fernsehbildschirmen, auf denen ausschließlich College-Football lief. Donovan lechzte nach Spielergebnissen, da er während seines Studiums bei den Hokies der Virginia Tech gespielt hatte und immer noch ein fanatischer Fan war. Sie bestellten Bier und setzten sich an einen Tisch. Nachdem der Kellner vier große Gläser vor sie hingestellt hatte, sagte Marshall zu Donovan: »Gestern bin ich im Internet auf Ihren Namen gestoßen. Ich habe mir Kontaminierungsfälle in den Kohlenrevieren angesehen, tut mir leid, aber mit so etwas beschäftige ich mich, wenn ich Zeit zum Lesen habe, und bin dabei zufällig auf das Peck-Mountain-Absetzbecken und den Hammer-Valley-Krebscluster gestoßen. Im Artikel einer Lokalzeitung aus Charlotte steht, dass Sie sich schon seit einiger Zeit mit dem Fall beschäftigen. Ist da etwas in Planung?«

Donovan wechselte einen Blick mit Samantha, die schnell den Kopf schüttelte. Nein, ich habe kein Wort davon erwähnt. »Wir untersuchen den Fall noch und sind gerade dabei, Mandanten an Bord zu holen.«

»Mandanten heißt Klage, nicht wahr? Ich will Sie nicht ausquetschen, aber neugierig bin ich schon. Das klingt wie eine große Klage, eine, die sehr teuer werden könnte. Krull Mining ist ein Monster.«

»Ich kenne Krull sehr gut«, erwiderte Donovan vorsichtig. Nicht einmal für eine Sekunde würde er Marshall Kofer Informationen anvertrauen, die dieser für ein anderes Geschäft benutzen könnte.

Als klar war, dass er nicht über die Klage sprechen wollte, meinte Marshall: »Wissen Sie, ich kenne zwei Fonds, die sich auf Giftmüllklagen spezialisiert haben. Das ist ein ausgesprochen lukrativer Markt, wenn ich das noch hinzufügen darf.«

Ist denn alles lukrativ, Dad?, wollte Samantha fragen. Aber dann dachte sie: Das passt doch alles perfekt zusammen! Donovan Gray und seine Mitstreiter, die Zugang zu einer wahren Schatzgrube an unrechtmäßig erworbenen Dokumenten von Krull Mining haben oder diese schon besitzen, und die Kofer Group, eine Bande von Anwälten, die aus der Anwaltskammer ausgeschlossen worden waren und zweifellos wieder das Gesetz beugen würden, wenn sie in der Klemme steckten. Das war die eine Ecke. Die andere Ecke wurde von Krull Mining besetzt, einem Unternehmen mit dem nachweislich schlechtesten Sicherheitsstandard in der Geschichte der amerikanischen Kohleförderung, dessen Eigentümer angeblich einer der gefährlichsten russischen Gangster in Putins Clique war. Und im Ring, mitten im Kugelhagel, standen die armen, leidgeprüften Menschen aus dem Hammer Valley, die man aus ihrem Trailer gelockt und überredet hatte, bei diesem aufregenden Abenteuerausflug in amerikanisches Schadenersatzrecht mitzumachen. Falls bei der ganzen Sache tausend Dollar für sie raussprangen, würden sie von dem Geld mit Sicherheit Zigaretten und Lotterielose kaufen. Wow! Samantha leerte ihr Bierglas auf ex und schwor sich wieder einmal, großen Schadenersatzklagen aus dem Weg zu gehen. Dann verfolgte sie ein Footballspiel auf zwei Bildschirmen, obwohl sie keine Ahnung hatte, wer spielte.

Marshall erzählte gerade eine Geschichte über zwei Flugzeuge – eines aus Korea, das andere aus Indien –, die 1992 über dem Flughafen von Hanoi zusammengestoßen waren. Alle Insassen waren umgekommen, und obwohl keiner der Passagiere amerikanischer Staatsbürger gewesen war, hatte Marshall Klage in Houston eingereicht, wo die Geschworenen fast schon gewohnheitsmäßig gewaltige Summen als Schadenersatz zusprachen. Donovan hörte fasziniert zu, während Jeff mäßiges Interesse zeigte. Das genügte Marshall als Publikum. Samantha sah sich weiter das Spiel an.

Nach einem Bier – Donovan musste noch die Skyhawk steuern – gingen sie zum Büro der Kofler Group zurück und verabschiedeten sich. Samantha fiel auf, dass die Sonne schien und die Wolken verschwunden waren. Vielleicht würde der Flug zurück ja ruhiger werden, mit guter Sicht.

Sie küsste ihren Vater auf die Wange und versprach, später anzurufen.

22

Der Urteilsspruch in der Tate-Klage sorgte für Aufregung in der Gegend und gab Anlass zu endlosen Tratschereien und Spekulationen. Einem Artikel in der Lokalzeitung von Roanoke zufolge sprach Strayhorn Coal bereits davon, in die Berufung zu gehen und sich mit allen Mitteln zu wehren. Die Anwälte des Unternehmens gaben sich wortkarg, aber andere waren nicht so zurückhaltend. Ein Vizepräsident Strayhorns bezeichnete das Urteil als »schockierend«. Der Sprecher irgendeiner Wirtschaftsentwicklungsorganisation befürchtete, dass »ein Schadenersatz in derart gewaltiger Höhe« den Ruf des Bundesstaates als attraktiver Investitionsstandort gefährden könne. Einer der Geschworenen (nicht namentlich genannt) wurde mit den Worten zitiert, es habe »viele Tränen« während der Beratung gegeben. Lisa Tate war für einen Kommentar nicht zu erreichen, ihr Anwalt dagegen schon.

Samantha sah und hörte zu und traf sich abends auf einen Drink mit Donovan und Jeff. Diätlimonade für sie, Dickel für die Männer. Strayhorn wollte sich vielleicht in Stellung bringen, als das Unternehmen von Berufung gesprochen hatte, aber Donovan sagte, im Grunde genommen strebe es einen Vergleich an. Es ging um zwei tote Kinder, und Strayhorn wusste, dass es schwierig werden würde zu gewinnen. Der Strafschadenersatz würde automatisch von einer Million auf dreihundertfünfzigtausend Dollar reduziert werden, daher war ein Viertel der Summe schon mal aus der Welt geschafft. Strayhorn bot 1,5 Millionen Dollar an, falls am Dienstag nach dem Urteil ein Vergleich abgeschlossen wurde, und Lisa Tate wollte darauf eingehen. Donovan, der durchblicken ließ, dass er vierzig Prozent bekam, konnte den Zahltag schon fast riechen.

Am Mittwoch trafen sich er, Jeff und Samantha mit Buddy und Mavis Ryzer, um über eine mögliche Klage gegen Lonerock Coal und Casper Slate zu sprechen. Die Ryzers waren entsetzt, als sie erfuhren, dass die Kanzlei schon seit Jahren von Buddys Staublunge gewusst, die Beweise dafür aber zurückgehalten hatte. »Verklagen Sie die Scheißkerle!«, sagte Buddy wütend, der kein einziges Mal während der zweieinhalb Stunden, die ihre Besprechung dauerte, einen Rückzieher machte. Das Ehepaar war wütend, als es Donovans Kanzlei verließ, und wollte so lange kämpfen, bis es vorbei war. An dem Abend, wieder bei einem Drink, vertraute Donovan Samantha und Jeff an, dass er mit zweien seiner engsten Anwaltskumpel, die beide in unterschiedlichen Kanzleien in West Virginia angestellt waren, über die Klage gesprochen habe. Keiner der beiden hatte Interesse daran, sich in den nächsten fünf Jahren mit Casper Slate herumzuschlagen, egal, wie ungeheuerlich das Verhalten der Kanzlei auch gewesen sein mochte.

Eine Woche später flog Donovan nach Charleston, West Virginia, um die Hammer-Valley-Klage einzureichen. Vor dem Bundesgericht stellte er sich mit vier anderen Anwälten an seiner Seite der Reportermeute und erläuterte die Klage gegen Krull Mining. Natürlich »im Besitz von Russen«. Er sagte, das Unternehmen habe fünfzehn Jahre lang das Grundwasser verseucht, gewusst, was da vor sich gehe, und das Ganze vertuscht; und dass Krull Mining mindestens seit zehn Jahren gewusst habe, dass seine Chemikalien die Ursache für eine der höchsten Krebsraten in den Vereinigten Staaten waren. »Wir werden das alles beweisen, und wir haben Dokumente, die unsere Anschuldigungen bestätigen«, verkündete er selbstbewusst. Er sei der Hauptanwalt, und seine Gruppe vertrete über vierzig Familien aus dem Hammer Valley.

Wie die meisten Prozessanwälte genoss es Donovan, im Mittelpunkt zu stehen. Samantha vermutete, dass er es nur deshalb so eilig gehabt hatte, die Hammer-Valley-Klage einzureichen, weil er gerade wegen des Tate-Urteils im Rampenlicht stand. Sie versuchte, Abstand zu den Gray-Brüdern zu halten und sie für ein paar Tage zu ignorieren, aber die beiden waren hartnäckig. Jeff wollte mit ihr essen gehen. Donovan sagte, er brauche ihren Rat, weil sie die Vertretung Buddy Ryzers gemeinsam übernommen hatten. Sie wusste, dass er zunehmend von seinen Anwaltsfreunden enttäuscht war, denn keiner von ihnen zeigte auch nur einen Funken Begeisterung dafür, sich mit Casper Slate anzulegen. Donovan sagte mehr als einmal, dass er die Klage, falls nötig, allein durchziehen wolle. »Dann bleibt mehr Honorar für mich übrig«, war seine Begründung. Er war geradezu besessen von der Klage und telefonierte jeden Tag mit Marshall Kofer. Zur Überraschung aller konnte Marshall das Geld beschaffen. Ein Prozessfinanzierungsfonds erklärte sich bereit, die Finanzierung der Klage bis zu einer Summe von zwei Millionen Dollar zu übernehmen, für dreißig Prozent des zugesprochenen Schadenersatzes.

Donovan drängte Samantha erneut dazu, in seiner Kanzlei zu arbeiten. Die Hammer-Valley-Klage und die Ryzer-Klage würden bald schon seine gesamte Zeit in Anspruch nehmen, und er brauche Hilfe. Sie war der Meinung, dass er eine ganze Horde von angestellten Anwälten brauche, nicht nur eine Praktikantin in Teilzeit. Als er in der Tate-Klage einen Vergleich über 1,7 Millionen Dollar in mündlicher Form abschloss, bot er ihr eine Vollzeitstelle mit einem großzügigen Gehalt an. Samantha lehnte wieder ab. Sie erinnerte ihn daran, dass (a) sie sich immer noch nicht für Schadenersatzklagen erwärmen konnte und nicht nach einem Job suchte, (b) sie nur auf der Durchreise und sozusagen eine Leihgabe war, bis sich der Staub in New York wieder gelegt hatte und sie wusste, wie die nächste Phase ihres Lebens aussah, die aber ganz sicher nichts mit Brady, Virginia, zu tun haben würde, und (c) sie eine Verpflichtung gegenüber der Law Clinic eingegangen war und richtige Mandanten hatte, die sie brauchten. Allerdings erklärte sie ihm nicht, dass sie Angst vor ihm und seiner waghalsigen Art hatte. Sie war fest davon überzeugt, dass er oder jemand, der für ihn arbeitete, Dokumente von Krull Mining gestohlen hatte und dass es irgendwann herauskommen würde. Donovan hatte keine Angst, Regeln und Gesetze zu brechen, und würde sich auch einem Gerichtsbeschluss widersetzen. Er wurde von Hass und einem brennenden Verlangen nach Rache getrieben, und sie ging davon aus, dass er irgendwann einmal in ernsthafte Schwierigkeiten geraten würde. Sie gestand es sich nur ungern ein, aber sie fühlte sich verletzlich, wenn sie in seiner Nähe war. Jeden Moment konnte es zu einer Affäre kommen, was ein schrecklicher Fehler sein würde. Was sie brauchte, war weniger Zeit mit Donovan Gray, nicht mehr.

Samantha war sich nicht sicher, wie sie sich Jeff gegenüber verhalten sollte. Er war jung, Single, sexy, was in der Gegend eine absolute Ausnahme darstellte. Außerdem war er hinter ihr her, und sie wusste, dass ein Abendessen mit ihm – falls überhaupt irgendwo ein nettes Restaurant zu finden war – unweigerlich zu etwas anderem führen würde. Aber nach drei Wochen in Brady fand sie den Gedanken daran eigentlich ganz reizvoll.

Am 12. November marschierte Donovan ohne einen Mitanwalt im Schlepptau in das Bundesgericht in Lexington, Kentucky, Hauptsitz einer Anwaltskanzlei mit achthundert Angestellten, die offiziell unter dem Namen Casper, Slate & Hughes bekannt war, und verklagte sie. Außerdem verklagte er Lonerock Coal, eine in Nevada gegründete Gesellschaft. Buddy und Mavis begleiteten ihn, und selbstverständlich hatte er die Medien benachrichtigt. Sie unterhielten sich mit einigen Reportern. Einer fragte, warum die Klage in Lexington eingereicht worden sei, und Donovan erklärte, er wolle Casper Slate in ihrer Heimatstadt bloßstellen. Er ziele auf den Ort des Verbrechens und so weiter. Die Presse griff die Geschichte begierig auf, und Donovan sammelte eifrig Zeitungsausschnitte.

Zwei Wochen zuvor hatte er die Hammer-Valley-Klage gegen Krull Mining in Charleston eingereicht, was eine landesweite Berichterstattung ausgelöst hatte.

Zwei Wochen davor hatte er bei der Tate-Klage einen spektakulär hohen Schadenersatz erstritten und seinen Namen in einigen Zeitungen lesen können.

Am 24. November, drei Tage vor Thanksgiving, war er tot.

23

Der Albtraum begann am späten Montagvormittag, als alle Anwältinnen an ihren Schreibtischen saßen und arbeiteten, ohne einen einzigen Mandanten in Sicht. Die Stille wurde durchbrochen, als Mattie schrie, ein schmerzerfüllter, durchdringender Schrei, den Samantha für den Rest ihres Lebens nicht vergessen würde. Sie rannten in ihr Büro. »Er ist tot!«, wimmerte sie. »Er ist tot! Donovan ist tot!« Sie stand da, eine Hand auf die Stirn gepresst, die andere hielt den Telefonhörer umklammert. Ihr Mund stand offen, die Augen hatte sie vor Entsetzen weit aufgerissen.

»Was?«, kreischte Annette.

»Sie haben ihn gerade gefunden. Sein Flugzeug ist abgestürzt. Er ist tot.«

Annette ließ sich auf einen Stuhl fallen und begann zu schluchzen. Samantha starrte Mattie an; eine Sekunde lang brachten beide keinen Ton heraus. Barb stand in der Tür, die Hände auf den Mund gepresst.

Schließlich ging Samantha zum Schreibtisch und nahm Mattie das Telefon aus der Hand. »Wer ist dran?«

»Jeff«, erwiderte Mattie, während sie sich langsam hinsetzte und das Gesicht in den Händen vergrub. Samantha sagte etwas in den Hörer, doch Jeff hatte bereits aufgelegt. Als ihre Knie versagten, taumelte sie rückwärts auf einen Stuhl. Barb ließ sich auf einen anderen sinken. Einen Moment lang lagen Angst, Schock und Ungewissheit in der Luft. War es vielleicht ein Missverständnis? Nein, nicht wenn Donovans Bruder seine Tante anrief, um die schlimmste aller möglichen Nachrichten zu überbringen. Nein, es war weder ein Missverständnis noch ein schlechter Scherz; es war die unfassbare Wahrheit. Das Telefon klingelte wieder, alle drei ankommenden Leitungen blinkten, als sich die Nachricht in Windeseile in der Stadt verbreitete.

Mattie schluckte schwer. »Jeff sagte, Donovan sei gestern nach Charleston geflogen, um sich mit ein paar Anwälten zu treffen«, brachte sie mit Mühe heraus. »Jeff war übers Wochenende weggefahren, und Donovan ist allein geflogen. Die Flugüberwachung hat gestern Abend um elf Uhr den Kontakt zu ihm verloren. Jemand am Boden hat ein Geräusch gehört, und heute Morgen haben sie sein Flugzeug ein paar Kilometer südlich von Pikeville, Kentucky, in einem Wald gefunden.« Schließlich versagte ihre zitternde Stimme, und sie ließ den Kopf sinken.

»Das glaube ich einfach nicht«, murmelte Annette. »Das glaube ich einfach nicht.« Samantha war sprachlos, Barb nur noch ein heulendes Elend. Minuten verstrichen, in denen sie weinten und zu begreifen versuchten, was geschehen war. Als eine vage Ahnung der Realität einsetzte, beruhigten sie sich ein wenig. Nach einer Weile verließ Samantha den Raum und verriegelte die Eingangstür. Sie ging langsam durch die Büros, ließ Jalousien herunter und zog Vorhänge zu. Dunkelheit hüllte die Kanzlei ein.

Sie saßen neben Mattie, während sämtliche Telefone klingelten und klingelten und alle Uhren scheinbar stehen blieben. Chester, der einen eigenen Schlüssel hatte, kam durch die Hintertür herein und gesellte sich zu ihnen. Er setzte sich auf die Kante des Schreibtischs, legte eine Hand auf die Schulter seiner Frau und tätschelte sie sachte, während sie schluchzte und leise vor sich hin murmelte.

»Hast du schon mit Judy gesprochen?«, fragte Chester leise.

Mattie schüttelte den Kopf. »Nein. Jeff sagte, er würde sie anrufen.«

»Der arme Jeff. Wo ist er?«

»Er ist in Pikeville und kümmert sich um alles, was immer das auch bedeuten mag. Es geht ihm nicht sehr gut.«

Ein paar Minuten später sagte Chester: »Lass uns nach Hause gehen, Mattie. Du musst dich hinlegen, und hier arbeitet heute sowieso niemand mehr.«

Samantha machte die Tür ihres Büros hinter sich zu und ließ sich auf einen Stuhl fallen. Sie war viel zu fassungslos, um an etwas anderes zu denken, daher starrte sie lange aus dem Fenster und versuchte, Ordnung in ihre Gedanken zu bringen. Als ihr das nicht gelang, hatte sie plötzlich das dringende Bedürfnis, Brady, Noland County und die Appalachen fluchtartig zu verlassen und vielleicht nie zurückzukommen. In ein paar Tagen war Thanksgiving, und sie hatte sowieso vorgehabt wegzufahren, nach Washington, um ihre Eltern und vielleicht ein paar ihrer Freunde zu besuchen. Mattie hatte sie an Thanksgiving zum Essen eingeladen, was sie aber bereits abgelehnt hatte.

Ein schönes Thanksgiving. Jetzt stand ihnen eine Beerdigung bevor.

Ihr Handy vibrierte. Es war Jeff.

Um 16.30 Uhr an diesem Nachmittag saß er auf einem Picknicktisch an einem abgelegenen Aussichtspunkt in der Nähe von Knox in Curry County. Sein Pick-up parkte in der Nähe, und er war allein, wie erwartet. Er wandte nicht den Kopf, um zu sehen, ob sie es war, er bewegte sich nicht, als sie über den Schotterweg auf ihn zuging. Er starrte vor sich hin ins Leere, verloren in einer Welt durcheinandergewürfelter Gedanken.

Sie küsste ihn auf die Wange. »Es tut mir so leid.«

»Mir auch«, erwiderte Jeff. Er brachte ein kurzes, gezwungenes Lächeln zustande, das nach einer Sekunde wieder verschwunden war. Als sie sich neben ihn setzte, nahm er ihre Hand. Knie an Knie saßen sie da und sahen auf die uralten Hügel hinunter. Es gab keine Tränen und nicht viele Worte, jedenfalls nicht gleich. Jeff war ein zäher Bursche, viel zu sehr Macho, um etwas anderes zu sein als gefasst. Sie vermutete, dass er später weinen würde, allein. Vom Vater im Stich gelassen, von der Mutter zur Waise gemacht, und jetzt auch noch der Tod des einzigen Menschen, den er je aufrichtig geliebt hatte. Samantha konnte sich nicht einmal ansatzweise vorstellen, was er in diesem furchtbaren Moment durchmachte. Sie selbst fühlte sich, als wäre ein klaffendes Loch in ihrem Magen, und das, obwohl sie Donovan nicht einmal zwei Monate gekannt hatte.

»Du weißt, dass sie ihn umgebracht haben«, sagte er und fasste damit das in Worte, was sie sich in der Kanzlei schon den ganzen Tag gefragt hatten.

»Und wer?«, fragte sie.

»Wer? Die Bösen, und von denen gibt es eine ganze Menge. Sie sind skrupellos und berechnend, und für sie ist Töten keine große Sache. Sie töten Bergleute mit unsicheren Minen. Sie töten Hillbillys mit verseuchtem Wasser. Sie töten kleine Jungs, die tief und fest in ihrem Trailer schlafen. Sie töten ganze Ortschaften, wenn ihre Dämme brechen und ihre Schlammteiche die Täler überfluten. Sie haben meine Mutter getötet. Vor Jahren haben sie Gewerkschaftler getötet, die für bessere Löhne streikten. Und mein Bruder ist mit Sicherheit nicht der erste Anwalt, den sie getötet haben.«

»Kannst du das beweisen?«

»Ich weiß es nicht, aber wir werden es versuchen. Ich war heute Morgen in Pikeville, ich musste die Leiche identifizieren, und bin dann beim Sheriff vorbeigefahren. Ich habe ihm gesagt, dass ich von einem Verbrechen ausgehe, und verlangt, dass das Flugzeug wie ein Tatort behandelt wird. Das FBI habe ich bereits benachrichtigt. Die Skyhawk ist nicht verbrannt, sie ist einfach abgestürzt. Ich glaube nicht, dass er gelitten hat. Kannst du dir vorstellen, wie das ist, wenn man die Leiche seines eigenen Bruders identifizieren muss?«

Bei dem Gedanken daran ließ Samantha die Schultern hängen. Sie schüttelte den Kopf.

»Er lag in der Rechtsmedizin, so, wie man das immer im Fernsehen sieht«, fuhr er fort. »Sie haben die Tür zum Kühlfach aufgemacht, ihn rausgezogen, langsam das weiße Laken zurückgeschlagen. Ich hätte mich fast übergeben. Sein Schädel war geplatzt.«

»Das reicht«, sagte sie.

»Ja, das reicht. Ich glaube, es gibt einige Dinge im Leben, für die man nie bereit ist, und wenn man sie getan hat, schwört man sich, sie nie wieder zu tun. Gibt es eigentlich viele Leute, die durchs Leben gehen, ohne jemals eine Leiche identifizieren zu müssen?«

»Lass uns über etwas anderes reden.«

»Okay. Gute Idee. Über was möchtest du reden?«

»Wie willst du beweisen, dass es eine Straftat war?«

»Wir werden Gutachter beauftragen, das Flugzeug vom Propeller bis zur Heckflosse zu untersuchen. Die Flugsicherheitsbehörde wird den Funkverkehr überprüfen, um herauszufinden, was kurz vor dem Absturz passiert ist. Wir setzen dieses Rätsel Stück für Stück zusammen und klären alles auf. Eine wolkenlose Nacht, perfektes Wetter, ein erfahrener Pilot mit dreitausend Flugstunden, eines der sichersten Flugzeuge, die jemals gebaut wurden; es ergibt sonst einfach keinen Sinn. Ich glaube, er hat am Ende den falschen Leuten auf die Zehen getreten.«

Von Osten her wehte ihnen ein kalter Wind entgegen, der die Blätter aufwirbelte und sie frösteln ließ. Sie rückten zusammen wie ein altes Liebespaar, was sie nicht waren. Weder alt noch neu. Sie waren zweimal miteinander essen gewesen, das war alles. Das Letzte, was Samantha gebrauchen konnte, war eine komplizierte Beziehung mit einem festen Ablaufdatum. Sie wusste nicht einmal, was sie wollte. Er war häufig unterwegs, und sie vermutete, dass er Affären hatte. Es gab mit Sicherheit keine gemeinsame Zukunft für sie. Die Gegenwart konnte vielleicht ganz nett werden, ein Schäferstündchen hier, ein paar Zärtlichkeiten da, ein bisschen Gesellschaft in kalten Nächten, aber sie wollte nichts überstürzen.

»Weißt du, ich habe immer gedacht, der schlimmste Tag in meinem Leben sei der Tag gewesen, an dem Tante Mattie in der Schule in mein Klassenzimmer gekommen ist und mir gesagt hat, dass meine Mutter tot ist«, fuhr er fort. »Damals war ich neun Jahre alt. Aber das hier ist schlimmer, viel schlimmer. Ich bin wie betäubt, ich fühle gar nichts mehr. Ich würde es nicht einmal merken, wenn mir jemand ein Messer in den Bauch rammen würde. Ich wünschte, ich wäre mit ihm geflogen.«

»Nein, tust du nicht. Ein Toter reicht.«

»Ich kann mir das Leben ohne Donovan einfach nicht vorstellen. Wir waren im Grunde genommen Waisen und wuchsen in verschiedenen Städten bei Verwandten auf. Er hat immer auf mich aufgepasst, war immer für mich da. Als Jugendlicher hatte ich ständig Ärger, aber vor meinen Verwandten oder Lehrern oder den Cops hatte ich keine Angst, nicht einmal vor den Richtern. Ich hatte Angst vor Donovan, aber nicht vor Schlägen oder so. Ich hatte Angst, ihn zu enttäuschen. Ich war neunzehn, als ich das letzte Mal vor Gericht stand. Er war gerade mit seinem Jurastudium fertig. Ich war mit ein bisschen Gras erwischt worden, eine kleine Menge, die ich verkaufen wollte, was die

Polizei aber nicht wusste. Der Richter gab mir noch eine Chance, ein paar Monate in einem Bezirksgefängnis, aber nichts wirklich Schlimmes. Als ich nach vorn zur Richterbank gehen wollte, habe ich mich umgedreht und in den Gerichtssaal gesehen. Mein Bruder war gekommen, er stand neben Tante Mattie, und er hatte Tränen in den Augen. Ich hatte ihn noch nie weinen sehen. Also weinte ich auch, und dann sagte ich dem Richter, dass er mein Gesicht nie wieder sehen würde. Was stimmte. Seitdem habe ich nicht einmal mehr einen Strafzettel für zu schnelles Fahren bekommen.« Seine Stimme brach, als er sich in die Nase zwickte. Aber es flossen immer noch keine Tränen. »Er war mein Bruder, mein bester Freund, mein Held, mein Chef, mein Vertrauter. Donovan war mein Ein und Alles. Was soll ich denn jetzt ohne ihn machen?«

Samantha hätte am liebsten geweint. Hör einfach zu, sagte sie sich. Er braucht jemanden zum Reden.

»Ich werde diese Kerle finden, Samantha, hörst du? Selbst wenn es mich mein letztes Geld kostet und das Geld, das ich dafür stehlen werde, ich werde sie finden und mich rächen. Donovan hatte keine Angst zu sterben, und ich auch nicht. Ich hoffe, ihnen geht es genauso.«

»Wen verdächtigst du am meisten?«

»Krull Mining vermutlich.«

»Wegen der Dokumente?«

Er drehte sich um und starrte sie an. »Woher weißt du von den Dokumenten?«

»Ich bin einmal mit Donovan ins Hammer Valley geflogen. In Rockville haben wir mit Vic zusammen Mittag gegessen. Sie haben sich über Krull Mining unterhalten und etwas darüber gesagt.«

»Das überrascht mich. Donovan war diesbezüglich immer sehr vorsichtig.«

»Weiß Krull Mining, dass er die Dokumente hat?«

»Die Firma weiß, dass die Dokumente fehlen, und sie vermutet, dass wir sie haben. Die Dokumente sind Gift und einfach der Hammer.«

»Du hast sie gesehen?«

Er zögerte lange. »Ja, ich habe sie gesehen, und ich weiß, wo sie sind«, sagte er dann. »Du würdest nicht glauben, was da drinsteht. Niemand wird es glauben.« Jeff unterbrach sich für einen Moment, als würde er sich sagen, dass er den Mund halten sollte, aber er wollte reden. Wenn Donovan ihr vertraute, konnte er es vielleicht auch. »Es gibt ein Memo des Vorstandsvorsitzenden an den Hauptsitz des Unternehmens in London, in dem er die Kosten für die Sanierung der Schweinerei am Peck Mountain auf achtzig Millionen Dollar schätzt. Die Kosten für die Zahlung von Schadenersatz an ein paar Familien mit Krebsfällen wurden lediglich mit zehn Millionen angesetzt, und das war schon eine sehr großzügige Schätzung. Damals waren noch keine Schadenersatzklagen eingereicht worden, und es war auch gar nicht sicher, ob es jemals dazu kommen würde. Daher war es erheblich billiger, wenn die Leute dort das Wasser tranken und an Krebs starben und Krull dann vielleicht ein paar Dollar bei einem Vergleich zahlen musste, als die Lecks im Absetzbecken zu stopfen.«

»Und wo ist dieses Memo jetzt?«

»Bei den übrigen Dokumenten. Zwanzigtausend Blatt Papier in vier Kartons, alles gut versteckt.«

»Irgendwo in der Nähe?«

»Nicht weit weg von hier. Ich kann es dir nicht sagen, weil es zu gefährlich ist.«

»Sag es mir nicht. Ich weiß sowieso schon mehr, als ich wissen will.«

Er ließ ihre Hand los und rutschte vom Picknicktisch herunter.

Dann bückte er sich, hob eine Handvoll Kieselsteine auf und fing an, sie in die Schlucht vor ihnen zu werfen. Er murmelte etwas, das sie nicht verstehen konnte. Er verbrauchte noch eine Handvoll Steine, dann eine dritte, schleuderte alle ohne ein bestimmtes Ziel von sich. Die Schatten wurden länger, die Wolken dichter.

Jeff kam zum Tisch zurück, stellte sich neben sie und sagte: »Es gibt etwas, das du wissen solltest. Du wirst vermutlich abgehört. Dein Telefon in der Kanzlei, vielleicht ein oder zwei Wanzen in deinem Apartment. Letzte Woche hatten wir den Techniker da, der regelmäßig die Kanzlei absucht, und er hat wieder jede Menge Wanzen gefunden. Pass einfach auf, was du sagst, denn es hört jemand mit.«

»Das ist jetzt ein Witz, oder?«

»Samantha, aus irgendeinem Grund ist mir heute nicht nach Witzen zumute.«

»Okay, okay, aber warum ich?«

»Sie beobachten uns, vor allem Donovan. Er ging schon seit Jahren davon aus, dass er abgehört wird. Das war vermutlich auch der Grund dafür, dass er gestern nach Charlotte geflogen ist; er wollte wohl persönlich mit den Anwälten sprechen. Sie haben sich immer in Hotelzimmern getroffen, um nicht belauscht zu werden. Die Typen haben dich mit uns zusammen gesehen. Geld spielt keine Rolle, daher überwachen sie jeden, der kommt und geht, vor allem eine Anwältin, die neu in der Stadt ist.«

»Ich weiß nicht, was ich sagen soll. Ich habe den ganzen Nachmittag lang mit meinem Vater über Flugzeugabstürze geredet.«

»Welches Telefon?«

»Beide. Das Festnetz in der Kanzlei und mein Handy.«

»Sei vorsichtig, wenn du in der Kanzlei bist. Benutz lieber das

Handy. Wir sollten vielleicht anfangen, Prepaid-Handys zu verwenden.«

»Das glaube ich einfach nicht.«

Er setzte sich neben sie, nahm ihre Hand und schlug den Kragen seiner Jacke hoch. Die Sonne verschwand hinter den Bergen, und die kalte Brise wehte immer stärker. Mit der linken Hand wischte er langsam eine Träne von seiner Wange. Als er zu reden begann, war seine Stimme heiser und rau. »Ich weiß noch, dass ich gar nicht mehr aufhören konnte zu weinen, als meine Mutter starb.«

»Jeff, es ist okay, wenn du weinst.«

»Na ja, wenn ich nicht um meinen Bruder weinen kann, werde ich vermutlich nie um jemanden weinen.«

»Versuch's mal. Vielleicht geht es dir dann besser.«

Er schwieg für ein paar Minuten, weinte aber nicht. Als die Dunkelheit hereinbrach und der kalte Wind kam und ging, rückten sie noch enger zusammen. Nach einer langen Pause sagte Samantha: »Ich habe vorhin mit meinem Vater gesprochen. Er ist natürlich am Boden zerstört. Er und Donovan sind im letzten Monat richtige Freunde geworden, und Dad hat ihn sehr bewundert. Außerdem kennt er jeden mit diesem Spezialgebiet und kann die richtigen Fachleute finden, um den Absturz analysieren zu lassen. Er sagte, er habe im Laufe der Jahre auch viele kleine Flugzeugabstürze bearbeitet.«

»Auch welche, die mit Absicht herbeigeführt wurden?«

»O ja. Zwei. Einen in Idaho und einen in Kolumbien. So wie ich meinen Vater kenne, sitzt er jetzt gerade mit dem Telefon in der Hand vor dem Computer und sucht nach Experten für Abstürze von kleinen Cessnas. Er sagte, das Wichtigste sei im Moment, dafür zu sorgen, dass das Flugzeug gesichert ist.«

»Es ist gesichert.«

»Jedenfalls wird Marshall Kofer uns helfen, falls wir ihn brauchen sollten.«

»Danke. Ich mag deinen Vater.«

»Ich auch, jedenfalls die meiste Zeit über.«

»Mir ist kalt. Dir auch?«

»Ja.«

»Wir sollen doch zu Mattie gehen, oder?«

»Ich glaube, ja.«

Da von der Familie Gray nicht mehr viel übrig und ihr Haus schon seit Jahren zerstört war, mussten die Kuchen und Aufläufe woandershin gebracht werden. Matties Haus war die logische Alternative. Die erste Schüssel kam am späten Nachmittag, und jedes neue Gericht wurde von einem langen Besuch begleitet, von dem, der es zubereitet hatte. Man vergoss Tränen, sprach sein Beileid aus, versprach, auf jede nur mögliche Art zu helfen, und das Wichtigste: fragte nach Details. Die Männer standen auf der vorderen Veranda und der Einfahrt herum, rauchten und tratschten und fragten sich, was den Absturz verursacht haben könnte. Motorschaden? War er vom Kurs abgekommen? Jemand sagte, er habe keinen Notruf abgesetzt. Was hatte das zu bedeuten? Die meisten der Männer waren nur einoder zweimal in ihrem Leben geflogen, einige noch nie, aber mangelnde Erfahrung hinderte sie nicht daran, sich eifrig an den Spekulationen zu beteiligen. Die Frauen hielten sich im Haus auf, wo sie die Flut an Essen koordinierten und des Öfteren einen Geschmackstest mit dem Finger unternahmen, während sie viel Aufhebens um Mattie machten und laut über den Zustand von Donovans Ehe mit Judy nachdachten, einem hübschen jungen Ding, das sich nie so richtig in der Stadt eingelebt habe, aber jetzt mit grenzenloser Warmherzigkeit bedauert wurde.

Judy und Mattie hatten die Vorbereitungen für die Beerdigung abgeschlossen. Judy hatte mit der Trauerfeier zuerst bis Samstag warten wollen, aber Mattie war der Meinung gewesen, es sei nicht richtig, die Leute dazu zu zwingen, den Feiertag mit der Aussicht auf eine derart unerfreuliche Angelegenheit zu verbringen. Während Samantha aus möglichst großer Entfernung zusah, lernte sie, dass Traditionen in den Appalachen sehr ernst genommen wurden. Nach sechs Jahren in New York war sie schnelle Abschiede gewohnt, damit die Hinterbliebenen mit ihrem Leben und ihrer Arbeit weitermachen konnten. Auch Mattie schien die Dinge beschleunigen zu wollen, und schließlich überredete sie Judy dazu, die Trauerfeier am Mittwochnachmittag zu halten. Wenn sie am Donnerstag, dem Feiertag, aufwachten, würde Donovan unter der Erde sein.

United Methodist Church, Mittwoch, 26. November, 16 Uhr, mit anschließender Beerdigung auf dem Friedhof hinter der Kirche. Donovan und Judy waren Mitglieder der Kirchengemeinde, hatten allerdings seit Jahren keinen Gottesdienst mehr besucht.

Jeff hätte seinen Bruder gern auf dem Gray Mountain begraben, doch davon wollte Judy nichts hören. Judy mochte Jeff nicht, ein Gefühl, das auf Gegenseitigkeit beruhte. Aber als Donovans Ehefrau hatte Judy, was die Beerdigungsformalitäten anging, uneingeschränkte Handlungsvollmacht. Es war kein Gesetz, sondern eine Tradition, die jeder akzeptierte, auch Jeff.

Am Montagabend verbrachte Samantha eine Stunde in Matties Haus, aber sie hatte bald genug von dem Ritual, mit den anderen Trauernden zusammenzusitzen, von jedem Gericht auf dem Küchentisch zu probieren und dann ein paar Minuten nach draußen an die frische Luft zu gehen. Sie hatte genug von dem endlosen Gerede der Leute, die Mattie und Chester gut kannten, aber nicht ihren Neffen. Sie hatte genug von dem

Tratsch und den Spekulationen. Sie amüsierte sich darüber, wie schnell die kleine Stadt sich der Tragödie angenommen hatte und fest entschlossen schien, das Beste daraus zu machen, aber aus ihrem Amüsement wurde bald Frustration.

Auch Jeff schien gelangweilt und frustriert zu sein. Nachdem er immer wieder von übergewichtigen Frauen, die er kaum kannte, umarmt und bemitleidet worden war, schlich er sich davon. Er gab Samantha einen Kuss auf die Wange und sagte, dass er eine Weile allein sein müsse. Sie ging kurz nach ihm und spazierte durch die stille Stadt zu ihrem Apartment. Annette rief sie ins Haus hinüber, wo sie im nur spärlich beleuchteten Wohnzimmer bis Mitternacht Tee tranken und von nichts anderem sprachen als Donovan.

Samantha war noch vor Sonnenaufgang wach und trank Kaffee, während sie ins Internet ging. Die Lokalzeitung von Roanoke brachte einen kurzen Artikel über den Unfall, aber es stand nichts Neues drin. Donovan wurde als engagierter Verfechter der Rechte von Bergleuten und Landbesitzern beschrieben. Das Tate-Urteil wurde erwähnt, zusammen mit der Hammer-Valley-Klage gegen Krull Mining und der Ryzer-Klage gegen Lonerock Coal und dessen Anwälte. Ein befreundeter Anwalt aus West Virginia beschrieb ihn als »furchtlosen Beschützer der Naturschönheiten in den Appalachen« und »unerschrockenen Feind rücksichtsloser Kohleunternehmen«. Von einem Verbrechen war mit keinem Wort die Rede. Alle zuständigen Behörden hätten Ermittlungen eingeleitet. Er sei gerade neununddreißig geworden und hinterlasse Frau und Tochter.

Ihr Vater rief an und erkundigte sich nach der Beerdigung. Er bot an, nach Brady zu kommen und sie zur Trauerfeier zu begleiten, aber Samantha lehnte ab. Marshall hatte den größten Teil des Montags damit verbracht, zu telefonieren und so viele Insiderinformationen wie möglich zu beschaffen. Er versprach, bei ihrem Treffen in ein paar Tagen »etwas« vorweisen zu können. Sie wollten über die Ryzer-Klage sprechen, die jetzt aus naheliegenden Gründen auf Eis lag.

Die Kanzlei sah aus wie ein Bestattungsinstitut, dunkel und düster, ohne Aussicht auf einen schönen Tag. Barb befestigte einen Kranz an der Tür und sperrte zu. Mattie blieb zu Hause, was auch der Rest von ihnen hätte tun sollen. Termine wurden abgesagt, Telefonanrufe ignoriert. Die Mountain Law Clinic war nicht wirklich funktionsfähig.

Was auch auf die Anwaltskanzlei von Donovan M. Gray zutraf, die drei Blocks die Main Street hinunter lag. An der abgeschlossenen Tür hing genau der gleiche Kranz, und im Innern hatte sich Jeff mit der Sekretärin und der Rechtsassistentin zusammengesetzt und versuchte, ein Konzept für die nächste Zeit auszuarbeiten. Die drei waren die einzigen verbliebenen Mitarbeiter der Kanzlei – einer Kanzlei, die es jetzt nicht mehr gab.

24

Ein tragischer Todesfall, ein bekannter Anwalt, freier Eintritt, eine neugierige Kleinstadt, noch ein langweiliger Mittwochnachmittag – alles zusammengenommen sorgte das dafür, dass die Kirche bis auf den letzten Platz besetzt war, lange vor sechzehn Uhr, als Reverend Condry sich erhob, um mit der Trauerfeier zu beginnen. Er sprach ein weitschweifiges Gebet und setzte sich dann wieder, während der Chor das erste von mehreren getragenen Trauerliedern sang. Er stand wieder auf, als es an der Zeit war für eine Lesung aus der Heiligen Schrift und ein, zwei weit ausholende, düstere Gedanken. Die erste Trauerrede wurde von Mattie gehalten, die kämpfen musste, um ihre Gefühle unter Kontrolle zu behalten, während sie von ihrem Neffen sprach. Sie bekam es recht gut hin, gleichzeitig zu reden und zu weinen, und manchmal weinten alle Anwesenden mit ihr. Als sie erzählte, wie Donovan die Leiche seiner Mutter, ihrer lieben Schwester Rose, gefunden hatte, brach ihre Stimme, und sie musste sich für einen Moment unterbrechen. Sie schluckte schwer und machte dann weiter.

Samantha saß in der fünften Reihe, zwischen Barb und Annette. Alle drei hielten Papiertaschentücher in den Händen, tupften sich die Tränen von den Wangen und dachten das Gleiche: Komm schon, Mattie, du schaffst das. Finde endlich ein Ende. Aber Mattie hatte es nicht eilig. Das war Donovans einzige Trauerfeier, und niemand würde zur Eile angetrieben werden.

Der geschlossene Sarg stand am Fuß der Kanzel und war über und über mit Blumen geschmückt. Annette hatte Samantha zugeflüstert, dass viele Trauerfeiern in der Gegend mit offenem Sarg stattfanden, damit die Trauernden den Verstorbenen im Blick hatten, wenn Großes über ihn gesagt wurde. Es war eine merkwürdige Sitte, eine, die darauf abzielte, den Moment weitaus dramatischer als notwendig zu machen. Annette sagte, sie wolle eingeäschert werden. Samantha gestand, dass sie sich darüber noch keine Gedanken gemacht habe.

Zum Glück hatte Judy so viel gesunden Menschenverstand, ein solches Spektakel nicht zuzulassen. Sie und ihre Tochter saßen in der ersten Reihe, nur ein paar Schritte vom Sarg entfernt. Sie sah hinreißend aus, wie angekündigt, eine schlanke Brünette, deren Augen so dunkel waren wie die Donovans. Ihre Tochter, Haley, war sechs Jahre alt und hatte sehr unter der Trennung ihrer Eltern gelitten. Jetzt war sie vollkommen erschüttert vom Tod ihres Vaters. Sie klammerte sich an ihre Mutter und wollte gar nicht mehr aufhören zu weinen.

Samanthas Auto war vollgepackt und mit der Motorhaube in Richtung Norden geparkt. Sie wollte unbedingt raus aus Brady und so schnell wie möglich nach Hause, nach Washington, wo ihre Mutter mit Sushi vom Japaner und einer Flasche Chablis auf sie wartete. Morgen, an Thanksgiving, wollten sie lange schlafen und dann ausgiebig zu Mittag essen, in einem afghanischen Restaurant, das an dem Feiertag immer mit Amerikanern vollgepackt war, die entweder keinen Truthahn mochten oder einer Familienfeier entgehen wollten.

Schließlich wurde Mattie doch noch von ihren Gefühlen überwältigt. Sie entschuldigte sich und kehrte zu ihrem Platz zurück. Noch ein Lied. Darauf folgten einige weitere Ausführungen von Reverend Condry, der sich dafür Weisheiten des Apostels Paulus ausborgte. Und eine zweite lange Trauerrede, dieses Mal von einem engen Freund, der mit Donovan Jura am College of William & Mary in Virginia studiert hatte. Nach einer Stunde waren die meisten Tränen versiegt, und die Leute wollten gehen. Als der Reverend mit der Segnung schloss, verließen die Trauergäste die Kirche. Die meisten von ihnen marschierten hinter die Kirche, wo sie sich um einen violetten Zeltpavillon am Grab versammelten. Der Reverend machte es kurz. Er schien aus dem Stegreif zu sprechen, aber seine Bemerkungen waren treffend. Dann betete er wortreich, und als er langsam zum Schluss kam, schlich sich Samantha davon. Es war Sitte, dass anschließend jeder Trauergast an der Familie vorbeiging und ein paar tröstende Worte sprach, aber Samantha hatte genug.

Genug von den örtlichen Sitten und Gebräuchen. Genug von Brady. Genug von den Gray-Brüdern und dem Drama, das sie umgab. Mit einem vollen Tank und einer leeren Blase fuhr sie fünf Stunden lang zur Wohnung ihrer Mutter im Stadtzentrum von Washington, ohne auch nur ein Mal anzuhalten. Als sie angekommen war, blieb sie für einen Moment auf dem Bürgersteig neben ihrem Wagen stehen und nahm das Panorama und die Geräusche der Stadt in sich auf, den Verkehr und die Staus und die Nähe so vieler Menschen, die so dicht gedrängt lebten. Das war ihre Welt. Sie sehnte sich nach SoHo und der frenetischen Energie der Großstadt.

Karen war bereits im Pyjama. Samantha packte schnell aus und zog sich um. Zwei Stunden lang saßen sie auf Kissen im Wohnzimmer, aßen und tranken Wein, lachten und redeten gleichzeitig.

Der Prozessfinanzierungsfonds, der zugesichert hatte, die Klage gegen Lonerock Coal und Casper Slate zu unterstützen, zog das Geld zurück. Das Geschäft war geplatzt. Donovan hatte die Klage als einsamer Revolverheld eingereicht, mit dem Versprechen, dass sich ihm schon sehr bald andere Prozessanwälte anschließen würden, um ein Topteam zu bilden. Doch jetzt, wo er tot war und seine Standeskollegen in Deckung gingen, war die Klage so gut wie gestorben. Marshall Kofer war schwer enttäuscht. Es sei eine »großartige Klage«, eine, die er im Handumdrehen zum Laufen bringen würde, wenn er nur könnte.

Er wollte nicht aufgeben. Er erklärte Samantha, dass er den Fall durch sein gewaltiges Netzwerk an Kontakten zu Prozessanwälten von der Ost- bis zur Westküste jagen wolle und fest davon überzeugt sei, das richtige Team zusammenstellen zu können, eines, das in der Lage sei, sich genügend finanzielle Mittel von einer anderen Investmentgruppe zu sichern. Er sei bereit, einen Teil seines eigenen Geldes in die Klage zu stecken und bei dem Prozess eine aktive Rolle zu übernehmen. Marshall sah sich schon als den Trainer an der Seitenlinie, der seinem Quarterback Spielzüge vorgab.

Sie saßen beim Mittagessen, am Tag nach Thanksgiving. Samantha hätte es vorgezogen, Themen wie Prozesse, Donovan, die Ryzer-Klage, Lonerock Coal und so weiter zu meiden, eigentlich alles, was mit Brady, Virginia und den Appalachen zu tun hatte. Aber als sie mit ihrem Salat herumspielte, wurde ihr klar, dass sie dankbar für Schadenersatzklagen sein sollte. Ohne Schadenersatzklagen hätte es nicht viel Gesprächsstoff für sie und ihren Vater gegeben. Jetzt konnten sie stundenlang miteinander diskutieren.

Marshall sprach leise, und immer wieder ging sein Blick zu den anderen Gästen, als wäre das Restaurant vielleicht mit lauter Spionen besetzt. »Ich habe eine Quelle bei der Flugsicherheitsbehörde«, sagte er mit einem selbstgefälligen Gesichtsausdruck, wie immer, wenn er an Insiderinformationen gekommen war. »Donovan hat keinen Notruf abgesetzt. Er flog in zweitausend Meter Höhe bei Schönwetterbedingungen, keine

Anzeichen für Probleme, dann ist er ganz plötzlich vom Radar verschwunden. Wenn es ein Problem mit dem Motor gegeben hätte, hätte er genug Zeit gehabt, das zu melden und seine genaue Position durchzugeben. Aber das hat er nicht getan.«

»Vielleicht ist er ja in Panik geraten«, spekulierte Samantha.

»Ich bin sicher, dass er in Panik geraten ist. Das Flugzeug verliert an Höhe, verdammt, da geraten alle in Panik.«

»Kann man feststellen, ob er den Autopiloten eingeschaltet hatte?«

»Nein. Ein Kleinflugzeug wie die Skyhawk hat keine Black Box, daher gibt es auch keine Daten darüber, was dort oben passiert ist. Warum fragst du nach dem Autopiloten?«

»Weil er mir einmal, als wir zusammen geflogen sind, erzählt hat, dass er manchmal ein Nickerchen macht. Das Dröhnen des Motors lässt ihn schläfrig werden, dann schaltet er einfach den Autopiloten ein und döst. Ich weiß nicht genau, wie man ihn einschaltet, aber was wäre, wenn er eingeschlafen ist und beim Aufwachen irgendwie den falschen Knopf gedrückt hat? Ist so etwas möglich?«

»Vieles ist möglich, Samantha, und diese Theorie gefällt mir erheblich besser als ein Szenario, bei dem von einem Verbrechen ausgegangen wird. Es fällt mir schwer zu glauben, dass sein Flugzeug sabotiert wurde. So etwas ist Mord, und das ist für die Leute, mit denen er es zu tun hatte, einfach zu riskant. Lonerock Coal, Krull Mining, Casper Slate – das sind alles keine Waisenknaben, sicher, aber würden sie das Risiko eingehen, einen Mord zu begehen und dabei erwischt zu werden? Ich glaube nicht. Noch dazu einen Mord an jemandem, der so in der Öffentlichkeit stand wie Donovan. Einen Mord, nach dem es mit Sicherheit umfangreiche Ermittlungen geben würde. Das glaube ich einfach nicht.«

»Jeff schon.«

»Er sieht das aus einer anderen Perspektive, was ich auch nachempfinden kann. Ich verstehe ihn. Aber was bringt es ihnen, wenn sie Donovan aus dem Weg räumen? Bei der Krull-Mining-Sache werden noch drei andere Kanzleien am Tisch der Klagepartei sitzen, die, wenn ich das noch hinzufügen darf, alle drei weitaus mehr Erfahrung mit Giftmüllklagen haben als Donovan.«

»Aber er hat die Dokumente.«

Marshall überlegte kurz. »Sind die Dokumente jetzt im Besitz der anderen drei Kanzleien?«

»Ich glaube nicht. Ich habe den Eindruck, dass sie irgendwo versteckt sind.«

»Aber Krull weiß das nicht, jedenfalls jetzt noch nicht. Wenn ich der Rechtsbeistand von Krull wäre, würde ich davon ausgehen, dass alle Anwälte der Klagepartei die Dokumente haben. Und daher noch einmal: Was würde es Krull bringen, wenn es nur einen der vier Anwälte aus dem Weg räumt?«

»Wenn wir deiner Argumentation folgen, hätten Lonerock Coal und Casper Slate einen enormen Anreiz gehabt, ihn umbringen zu lassen. Er ist der einsame Revolverheld, wie du schon sagtest. Auf der Klageschrift steht kein anderer Name. Donovan stirbt, und innerhalb von achtundvierzig Stunden macht der Prozessfinanzierungsfonds, der das Geld für die Klage vorschießen soll, einen Rückzieher. Das Verfahren ist vorbei. Sie haben gewonnen.«

Marshall schüttelte den Kopf. Er sah sich wieder um; niemand schenkte ihnen Beachtung. »Samantha, hör zu, ich hasse Unternehmen wie Lonerock und Kanzleien wie Casper Slate. Ich habe meine gesamte Karriere damit zugebracht, Gauner wie sie zu verklagen. Ich hasse sie, okay? Aber sie sind seriös – Lonerock ist sogar an der Börse notiert. Du kannst mich nicht davon überzeugen, dass sie fähig wären, einen Anwalt, der sie verklagt, umbringen zu lassen. Krull ist etwas anderes, das ist ein skrupelloses Unternehmen im Besitz eines reichen Verbrechers, der überall auf der Welt nur Ärger macht. Krull traue ich alles zu, aber, ich sage es noch mal, warum? Donovan aus dem Weg zu räumen würde dem Unternehmen langfristig gesehen überhaupt nichts nützen.«

»Lass uns über etwas anderes reden.«

»Es tut mir leid. Er war dein Freund, und ich habe ihn sehr gemocht. Er hat mich an mich erinnert, als ich jung war.«

»Für mich ist das eine Katastrophe. Ich muss wieder zurück, aber ich bin mir nicht sicher, ob ich das überhaupt noch will.«

»Du hast jetzt eigene Mandanten. Richtige Mandanten mit richtigen Problemen.«

»Ich weiß, Dad. Ich bin jetzt eine richtige Anwältin, ich habe keinen Bürojob in einer Großkanzlei mehr. Du hast gewonnen.«

»Das habe ich nie gesagt, und das hier ist auch kein Wettbewerb.«

»Du sagst es seit drei Jahren, und für dich ist alles ein Wettbewerb.«

»Wir sind heute ein bisschen gereizt, stimmt's?« Marshall beugte sich über den kleinen Tisch und berührte ihre Hand. »Es tut mir leid. Ich weiß, dass es eine sehr emotionale Woche gewesen ist.«

Plötzlich schnürte es Samantha die Kehle zu, und Tränen stiegen ihr in die Augen. »Ich möchte jetzt gehen«, sagte sie.

25

Sie waren zu viert, alles übergewichtige, wütende, ungehobelt aussehende Leute, zwei Männer, zwei Frauen, im Alter zwischen fünfundvierzig und sechzig, schätzte Samantha, mit grauen Haaren und Speckrollen und billiger Kleidung. Sie waren an Thanksgiving zu einem seltenen Besuch bei ihrer Mutter in die Stadt gekommen, jetzt aber gezwungen worden, bei ihr zu übernachten, nicht zur Arbeit gehen zu können, sich mit einem juristischen Schlamassel herumschlagen zu müssen, den nicht sie zu verantworten hatten. Als Samantha sich zu Fuß der Kanzlei näherte, sah sie die vier vor der Eingangstür herumlungern, ungeduldig darauf wartend, dass die Law Clinic öffnete, und sie wusste instinktiv, wer sie waren und was sie wollten. Sie überlegte, ob sie in Betty's Quilts verschwinden und sich für eine Stunde in dem kleinen Geschäft verstecken sollte, aber über was hätten Betty und sie so lange reden sollen? Stattdessen schlich sie um den Block herum auf die Rückseite des Gebäudes und betrat die Kanzlei durch die Hintertür. Sie schaltete das Licht ein, machte Kaffee und ging dann irgendwann nach vorn und sperrte die Tür auf. Sie warteten immer noch, waren immer noch wütend; es brodelte schon eine ganze Weile in ihnen.

»Guten Morgen«, sagte sie so fröhlich wie möglich. Selbst ein Blinder hätte sehen können, dass die nächste Stunde höchst unangenehm verlaufen würde.

»Wir suchen Samantha Kofer«, knurrte der Anführer, der älteste von ihnen. Er trat einen Schritt vor, die anderen drei folgten seinem Beispiel.

»Das bin ich«, sagte sie, immer noch lächelnd. »Was kann ich für Sie tun?«

Eine der Töchter zog ein gefaltetes Dokument hervor. »Haben Sie das hier für Francine Crump geschrieben?«, fragte sie.

»Das ist das Testament unserer Mutter«, fügte der andere Sohn hinzu. Er sah aus, als hätte er Samantha am liebsten ins Gesicht gespuckt.

Sie folgten ihr in den Besprechungsraum und setzten sich an den Tisch. Samantha bot ihnen höflich Kaffee an, und als alle vier ablehnten, ging sie in die Küche und goss eine Tasse für sich selbst ein. Sie versuchte, die Konfrontation hinauszuzögern, wartete darauf, dass noch jemand kam. Es war 8.30 Uhr, und normalerweise wäre Mattie um diese Zeit in ihrem Büro gewesen und hätte mit Donovan gesprochen. Heute jedoch würde sie wohl kaum vor Mittag in die Kanzlei kommen. Mit der Kaffeetasse in der Hand setzte sich Samantha an das eine Ende des Tisches. Jonah, einundsechzig, lebte in Bristol. Irma, sechzig, lebte in Louisville. Euna Faye, siebenundfünfzig, lebte in Rome, Georgia. Lonnie, einundfünfzig, lebte in Knoxville. DeLoss, mit fünfundvierzig das »Baby«, lebte in Durham, und zurzeit war er bei seiner Mutter, die sich sehr aufgeregt hatte. Es war ein turbulentes Thanksgiving gewesen. Samantha machte sich Notizen und versuchte, Zeit zu schinden, damit alle einmal tief Luft holten und sich wieder beruhigten. Nach zehn Minuten sehr einseitigen Geplauders war jedoch klar, dass die vier auf einen Kampf aus waren.

»Was zum Teufel ist dieser Mountain Trust?«, fragte Jonah.

Samantha beschrieb die Organisation sehr ausführlich und in allen Details.

»Momma hat gesagt, dass sie noch nie was von einem Mountain Trust gehört hat«, mischte sich Euna Faye ein. »Sie hat gesagt, dass Sie auf die Idee gekommen sind. Stimmt das?«

Samantha erklärte geduldig, dass Mrs. Crump bei ihr Rat gesucht habe, weil sie nicht gewusst habe, wem sie ihren Grundbesitz vererben solle. Sie habe das Land einer Person oder einer Organisation hinterlassen wollen, die es schützen und verhindern werde, dass dort Kohle im Tagebau gefördert werde. Samantha erläuterte ferner, sie habe recherchiert und zwei gemeinnützige Organisationen in den Appalachen gefunden, die ihr geeignet schienen.

Sie hörten aufmerksam zu, wollten aber nichts verstehen.

»Warum haben Sie uns nicht benachrichtigt?«, erkundigte sich Lonnie schroff. Nach fünfzehn Minuten war klar, dass es in dieser Familie keine richtige Hackordnung gab. Jeder von ihnen wollte das Ruder in die Hand nehmen. Jeder versuchte, der größte Kotzbrocken zu sein. Samantha war nervös, doch sie blieb ruhig und bemühte sich, Verständnis zu zeigen. Diese Leute waren nicht vermögend; genau genommen mussten sie sich abstrampeln, um in der Mittelklasse zu bleiben. Jede Erbschaft stellte einen unverhofften Geldsegen dar, der auch dringend gebraucht wurde. Das fragliche Grundstück hatte dreißig Hektar, weitaus mehr, als sie alle jemals besitzen würden.

Samantha erklärte, dass Francine Crump ihre Mandantin sei, nicht die Familie von Francine Crump. Ihre Mandantin wolle nicht, dass ihre Kinder erfuhren, was sie vorhatte.

»Glauben Sie etwa, sie traut uns nicht? Ihrem eigenen Fleisch und Blut?«, fragte Irma entrüstet.

Nach den Gesprächen mit Francine war mehr als klar, dass diese ihren Kindern nicht traute, trotz Fleisch und Blut und dergleichen. »Ich weiß nur, was meine Mandantin mir erzählt hat«, erwiderte Samantha lediglich. »Sie hatte sehr genaue Vorstellungen davon, was sie wollte und was sie nicht wollte.«

»Ist Ihnen klar, dass Sie unsere Familie entzweit haben?«, meldete sich Jonah zu Wort. »Sie haben einen Keil zwischen eine Mutter und ihre fünf Kinder getrieben. Ich weiß nicht, wie Sie so etwas Hinterhältiges tun konnten.«

»Das ist unser Land«, murmelte Irma. »Das ist unser Land.«

Lonnie tippte sich an die Schläfe und sagte: »Momma ist nicht mehr ganz richtig im Kopf. Sie wissen schon, was ich meine. Es wird immer schlimmer. Vermutlich Alzheimer oder so was in der Art. Wir haben schon befürchtet, dass sie etwas Verrücktes mit dem Land anstellt, aber dass es so schlimm kommen würde, hätten wir nicht gedacht.«

Samantha erklärte, dass sie und zwei andere Anwältinnen der Kanzlei an dem Tag, an dem Mrs. Crump ihr Testament unterzeichnet habe, einige Zeit mit ihr verbracht hätten, und dass alle drei davon überzeugt gewesen seien, sie wisse genau, was sie tue. Sie sei »im Vollbesitz ihrer geistigen Kräfte« gewesen, wie vom Gesetz vorgeschrieben. Das Testament sei gerichtsfest.

»Ist es nicht«, gab Jonah wütend zurück. »Und vor Gericht geht es schon mal gar nicht, weil es nämlich wieder geändert wird.«

»Das entscheidet Ihre Mutter«, erwiderte Samantha.

»Sie sind hier, DeLoss und Momma. Im Auto draußen«, sagte Euna Faye nach einem Blick auf ihr Handy.

»Können sie reinkommen?«, fragte Lonnie.

»Natürlich«, sagte Samantha, weil es sonst nichts mehr zu sagen gab.

Francine sah sogar noch schwächer und gebrechlicher aus als vor einem Monat. Alle fünf Geschwister standen um ihre geliebte Mutter herum und versuchten zu helfen, als sie durch die Eingangstür kam und den Flur hinunter in den Besprechungsraum schlurfte. Sie bugsierten sie auf einen Stuhl und versammelten sich um sie. Dann ging ihr Blick zu Samantha.

Francine genoss die Aufmerksamkeit und lächelte ihre Anwältin an.

»Mach schon, Momma«, verlangte Lonnie, »sag ihr, was du uns über die Unterzeichnung des Testaments erzählt hast, dass du dich nicht mehr daran erinnern kannst, und …«

»… und dass du noch nie was von diesem Mountain Trust gehört hast und nicht willst, dass die unser Land kriegen. Mach schon«, unterbrach Euna Faye.

»Das ist unser Land«, sagte Irma zum zehnten Mal.

Francine zögerte, als ob sie tatsächlich noch mehr gedrängt werden wollte. »Das Testament gefällt mir nicht mehr.«

Was haben sie mit Ihnen gemacht, Francine, haben sie Sie an einen Baum gebunden und mit einem Besenstiel geschlagen?, wollte Samantha fragen. Und wie war das Essen an Thanksgiving, während die ganze Familie das neue Testament herumgereicht hat und vor Wut fast geplatzt ist? Bevor Samantha etwas sagen konnte, kam Annette herein und begrüßte die Anwesenden. Samantha stellte sie schnell den Geschwistern Crump vor, und genauso schnell hatte Annette die Situation erfasst und griff nach einem Stuhl. Einer Konfrontation war sie noch nie aus dem Weg gegangen, und in diesem Moment hätte Samantha sie am liebsten umarmt.

»Die Crumps sind unzufrieden mit dem Testament, das wir letzten Monat aufgesetzt haben«, sagte Samantha.

»Und mit euch Anwälten sind wir auch unzufrieden«, warf Jonah ein. »Ich verstehe einfach nicht, wie Sie hinter unserem Rücken versuchen können, uns um unser Erbe zu bringen. Kein Wunder, dass Anwälte so einen schlechten Ruf haben. Ihr tut ja eine Menge dafür.«

»Wer hat das neue Testament gefunden?«, fragte Annette kühl.

Euna Faye meldete sich. »Niemand. Momma hat darüber

geredet, eins hat zum anderen geführt, und dann hat sie das Testament geholt. Wir wären fast gestorben, als wir gelesen haben, was Sie da reingeschrieben haben. Schon als wir noch Kinder waren, haben Momma und Daddy immer gesagt, dass das Land in der Familie bleiben wird. Und jetzt versuchen Sie, uns zu enterben und das Land ein paar Ökofreaks drüben in Lexington zu geben. Sie sollten sich was schämen.«

»Hat Ihnen Ihre Mutter erklärt, dass sie zu uns gekommen ist und uns gebeten hat, ein kostenloses Testament aufzusetzen, in dem sie das Land jemand anderem vererbt? Hat sie das so gesagt?«, erkundigte sich Annette.

»Manchmal kommt sie nicht mehr ganz mit«, behauptete DeLoss.

Francine bedachte ihn mit einem scharfen Blick. »Ich komme besser mit, als du denkst«, fuhr sie ihn an.

»Ach, Momma«, seufzte Euna Faye, während Irma ihrer Mutter die Hand auf die Schulter legte, um sie zu beruhigen.

Samantha sah Francine an. »Möchten Sie, dass ich ein neues Testament aufsetze?«, fragte sie.

Alle sechs nickten gleichzeitig, allerdings fiel Francines Nicken erheblich langsamer aus.

»Gut. Ich gehe davon aus, dass Sie das Land in Ihrem neuen Testament zu gleichen Teilen Ihren fünf Kindern vererben möchten, richtig?«

Alle sechs stimmten zu. »In Ordnung«, mischte sich Annette ein. »Wir machen das gerne für Sie. Aber meine Kollegin hat mehrere Stunden dafür aufgewendet, mit Mrs. Crump zu sprechen, sie zu beraten und das aktuelle Testament aufzusetzen. Wie Sie wissen, sind unsere Dienste kostenlos, was aber nicht heißt, dass wir keine Grenzen haben. Wir haben viele Mandanten und sind mit unserer Arbeit immer im Rückstand. Wir werden noch *ein* weiteres Testament aufsetzen, aber das war's dann.

Mrs. Crump, wenn Sie Ihre Meinung dann wieder ändern, werden Sie sich eine andere Kanzlei suchen müssen. Haben Sie das verstanden?«

Francine starrte mit ausdruckslosem Gesicht auf den Tisch, während ihre fünf Kinder eifrig nickten.

»Wie lange wird das dauern?«, erkundigte sich Lonnie. »Ich sollte jetzt eigentlich bei der Arbeit sein.«

»Wir auch«, gab Annette energisch zurück. »Wir haben noch andere Mandanten und andere Fälle. Genau genommen müssen Ms. Kofer und ich in dreißig Minuten vor Gericht erscheinen. Das hier ist keine dringende Angelegenheit.«

»Was soll das denn?«, bellte Jonah. »Es ist doch nur ein einfaches Testament, keine zwei Seiten lang, da brauchen Sie doch nicht mal fünfzehn Minuten, um es zu ändern. Während Sie das erledigen, gehen wir mit Momma in den Diner frühstücken, dann unterschreibt sie den Wisch, und wir machen uns auf den Heimweg.«

»Wir gehen erst, wenn sie das neue Testament unterschrieben hat«, verkündete Irma kühn, als hätten sie und ihre Geschwister vor, im Besprechungsraum ihr Lager aufzuschlagen.

»Sie gehen *jetzt*«, erwiderte Annette. »Oder ich rufe den Sheriff. Samantha, wann, glauben Sie, haben Sie das Testament fertig?«

»Mittwochnachmittag.«

»Schön. Mrs. Crump, wir sehen uns Mittwochnachmittag.«

»Moment mal!«, rief DeLoss. Er sprang mit hochrotem Gesicht auf. »Sie haben das verdammte Ding doch in Ihrem Computer. Lassen Sie es einfach raus. Das dauert keine fünf Minuten, und Momma wird es dann gleich unterschreiben. Wir können nicht die ganze Woche hier rumhängen und darauf warten, dass es fertig wird. Wir hätten gestern schon weg sein müssen.«

»Sie werden jetzt gehen«, forderte Annette die Geschwister auf. »Und wenn Sie das Testament schneller haben wollen – in der Main Street gibt es noch jede Menge andere Anwälte.«

»Und die sind wenigstens richtige Anwälte«, sagte Euna Faye, während sie ihren Stuhl nach hinten schob. Die anderen standen langsam auf und halfen Francine zur Tür.

Als sie den Raum verließen, fragte Samantha: »Mrs. Crump, wollen Sie das neue Testament wirklich?«

»Und ob sie will«, meinte Jonah, der aussah, als wollte er gleich zuschlagen. Francine antwortete nicht. Sie gingen ohne ein weiteres Wort und knallten die Tür hinter sich zu. Als die Tür aufgehört hatte zu beben, sagte Annette: »Sie werden das Testament nicht noch einmal aufsetzen. Geben Sie den Leuten ein bisschen Zeit, die Stadt zu verlassen, dann rufen Sie Francine an und sagen ihr, dass wir bei so etwas nicht mitmachen. Sie setzen sie unter Druck. Die ganze Sache stinkt zum Himmel. Wenn sie ein neues Testament haben will, soll sie dafür bezahlen. Die zweihundert Dollar werden ihre Kinder schon noch zusammenkratzen können. Wir haben genug Zeit dafür verschwendet.«

»Der Meinung bin ich auch. Wir müssen zum Gericht?«

»Ja. Ich habe gestern Abend einen Anruf bekommen. Phoebe und Randy Fanning sitzen im Gefängnis, sie sind am Samstag mit einer Wagenladung Crystal Meth erwischt worden.«

»Wow. Das war's dann wohl mit einem ruhigen Montag. Wo sind die Kinder?«

»Ich weiß es nicht, aber wir müssen es herausfinden.«

Bei der Razzia waren sieben Gangmitglieder verhaftet worden, allerdings sagte die Polizei, dass es bald noch mehr Festnahmen geben werde. Phoebe saß neben Randy in der ersten Reihe, zusammen mit Tony, der erst vor vier Monaten aus dem Gefängnis gekommen war und jetzt für zehn Jahre dahin zurückkehren würde. Neben Tony hockte einer der Schläger, die Samantha vor einigen Wochen bedroht hatten. Die anderen drei sahen genau so aus, wie man sich solche Typen vorstellte – lange, fettige Haare, Tattoos, die an ihren Hälsen nach oben krochen, unrasierte Gesichter, die roten, geschwollenen Augen von Süchtigen, die schon viel zu lange high waren. Einer nach dem anderen ging nach vorn, sagte dem Richter, er sei nicht schuldig, und setzte sich wieder. Annette überredete Richard, den Staatsanwalt, dazu, unter vier Augen mit Phoebe sprechen zu können. Sie drängten sich in einer Ecke zusammen, mit einem Hilfssheriff ganz in der Nähe.

Phoebe hatte stark abgenommen, seit sie sie das letzte Mal gesehen hatten, und in ihrem Gesicht hatte die Meth-Sucht verheerende Spuren hinterlassen. Sofort stiegen ihr Tränen in die Augen. »Es tut mir so leid. Ich kann das einfach nicht glauben«, waren ihre ersten Worte.

Annette hatte kein Mitleid mit ihr. »Bei mir brauchen Sie sich nicht zu entschuldigen. Ich bin nicht Ihre Mutter. Ich bin hier, weil ich mir Sorgen wegen der Kinder mache. Wo sind sie?« Sie flüsterte, klang aber sehr eindringlich.

»Bei einer Freundin. Können Sie dafür sorgen, dass ich aus dem Gefängnis komme?«

»Phoebe, wir machen kein Strafrecht, nur Zivilrecht. Das Gericht wird Ihnen in ein paar Minuten einen anderen Anwalt zuweisen.«

Die Tränen verschwanden so schnell, wie sie gekommen waren. »Was wird jetzt aus meinen Kindern?«

»Na ja, wenn die Anklage auch nur annähernd der Wahrheit entspricht, werden Sie und Randy für mehrere Jahre ins Gefängnis gehen, getrennte Anstalten natürlich. Gibt es Familienmitglieder, bei denen die Kinder aufwachsen könnten?«

»Ich glaube nicht. Nein. Meine Familie will nichts mehr mit mir zu tun haben. Randys Familie sitzt geschlossen hinter Gittern, bis auf seine Mutter, aber die ist verrückt. Ich kann nicht ins Gefängnis. Ich muss mich um meine Kinder kümmern.« Die Tränen kamen wieder und liefen ihr über die Wangen. Sie krümmte sich zusammen, als hätte sie einen Schlag in den Magen bekommen, und begann zu zittern. »Sie können mir doch nicht die Kinder wegnehmen«, sagte sie viel zu laut. Der Richter warf einen Blick in ihre Richtung.

Hast du an deine Kinder gedacht, als du Crystal Meth verkauft hast?, schoss es Samantha unwillkürlich durch den Kopf. Sie drückte Phoebe ein Papiertaschentuch in die Hand und tätschelte ihr die Schulter.

»Ich werde sehen, was ich tun kann«, meinte Annette. Phoebe kehrte zu der Gruppe in orangefarbenen Overalls zurück. Samantha und Annette setzten sich in eine Bankreihe auf der anderen Seite des Ganges. »Genau genommen ist sie gar nicht mehr unsere Mandantin«, flüsterte Annette. »Unsere Vertretung endete, als wir den Scheidungsantrag zurückgezogen haben.«

»Warum sind wir dann hier?«

»Von staatlicher Seite aus wird versucht werden, die elterlichen Rechte zu entziehen. Das müssen wir im Auge behalten, obwohl wir nicht viel tun können.« Sie warteten noch ein paar Minuten, da der Staatsanwalt und der Richter gerade über die Anhörungen zur Festsetzung einer Kaution diskutierten. Annette, die zu ihrem Handy gegriffen hatte und Textnachrichten las, sagte plötzlich: »Du meine Güte. Das FBI ist gerade dabei, Donovans Kanzlei zu durchsuchen. Mattie braucht Hilfe. Wir müssen gehen.«

»Das FBI?«

»Schon mal was von denen gehört?«, murmelte Annette, als sie aufstand und den Gang hinuntereilte.

An der Eingangstür von Donovans Kanzlei hing immer noch ein Kranz. Sie stand offen, und direkt dahinter saß Dawn, die Sekretärin, an ihrem Schreibtisch und wischte sich die Tränen aus dem Gesicht. Sie deutete hinter sich und sagte: »Da drin.« Aus dem Besprechungsraum drangen laute Stimmen zu ihnen. Mattie brüllte jemanden an, und als Annette und Samantha den Raum betraten, wurden sie mit einem »Wer zum Teufel sind Sie?« begrüßt.

Es waren mindestens vier junge Männer in dunklen Anzügen, alle nervös und kurz davor, ihre Waffen zu ziehen. Auf dem Boden stapelten sich Kartons mit Akten, Schubladen waren aufgerissen, der Tisch war mit Dokumenten übersät. Der Anführer, ein gewisser Agent Frohmeyer, war am Rumbrüllen. »Wer zum Teufel sind Sie?«, herrschte er sie noch einmal an, bevor Annette etwas sagen konnte.

»Sie sind Anwältinnen, und sie arbeiten für mich«, erklärte Mattie. Sie trug Jeans und ein Sweatshirt, und es war ihr deutlich anzusehen, dass sie sich fürchterlich aufregte. »Wie ich Ihnen bereits gesagt habe: Ich bin seine Tante und die Anwältin für seinen Nachlass.«

»Und ich frage Sie jetzt noch mal: Sind Sie vom Gericht dazu ernannt worden?«, wollte Frohmeyer wissen.

»Noch nicht. Mein Neffe wurde letzten Mittwoch begraben. Haben Sie denn keinen Anstand?«

»Ich habe einen Durchsuchungsbeschluss, alles andere ist mir egal.«

»Das habe ich mir schon gedacht. Würden Sie uns dann wenigstens erlauben, den Durchsuchungsbeschluss zu lesen, bevor Sie anfangen, Akten rauszuschaffen?«

Frohmeyer schnappte sich das Dokument vom Tisch und hielt es Mattie hin. »Sie haben fünf Minuten. Mehr nicht.« Die FBI-Beamten verließen den Raum. Mattie machte die Tür zu und legte den Zeigefinger an die Lippen. Es war klar, was das zu bedeuten hatte: Sagt nichts Wichtiges.

»Was geht hier vor?«, wollte Annette wissen.

»Keine Ahnung. Dawn hat mich völlig aufgelöst angerufen, als diese Typen hier reingeplatzt sind. Das ist alles.« Sie blätterte durch den Durchsuchungsbeschluss und begann zu murmeln: »Ausnahmslos alle Unterlagen, Akten, Notizen, Beweisstücke, Berichte, Zusammenfassungen, unabhängig davon, ob diese auf Papier, als Video- oder Audiodaten, in elektronischer, digitaler oder einer anderen Form vorliegen, die in irgendeiner Weise in Zusammenhang stehen mit Krull Mining oder einer seiner Tochtergesellschaften, und dann werden alle einundvierzig Klageparteien im Hammer-Valley-Verfahren aufgeführt.« Sie blätterte um, überflog eine Seite, blätterte weiter.

»Wenn sie die Computer mitnehmen, haben sie Zugang zu allem, egal, ob es Bestandteil des Durchsuchungsbeschlusses ist oder nicht«, sagte Annette.

»Ja, zu allem, was hier ist«, pflichtete Mattie ihr bei, während sie Annette und Samantha zublinzelte und weiterblätterte. Sie las noch ein paar Absätze und murmelte wieder vor sich hin, dann warf sie den Durchsuchungsbeschluss auf den Tisch. »Das ist ein Blankoscheck. Sie können alles mitnehmen, was in der Kanzlei ist, egal, ob es mit der Hammer-Valley-Klage zu tun hat oder nicht.«

In dem Moment, in dem Mattie die Tür aufriss, klopfte Frohmeyer. »Die Zeit ist um, meine Damen«, sagte er wie ein schlechter Schauspieler, als die Männer wieder in den Raum strömten. »Wenn Sie uns jetzt bitte aus dem Weg gehen würden«, fügte er dann noch hinzu.

»Natürlich«, erwiderte Mattie. »Aber als seine Testamentsvollstreckerin brauche ich eine genaue Aufstellung dessen, was Sie hier raustragen.«

»Selbstverständlich, sobald Sie offiziell dazu ernannt worden sind.« Zwei der Beamten waren schon dabei, weitere Aktenschränke zu öffnen.

»Alles!« Mattie schrie fast.

»Ja, ja«, brummelte Frohmeyer, während er sie mit einer Handbewegung wegscheuchte. »Einen schönen Tag noch, meine Damen.«

Als die drei Anwältinnen den Besprechungsraum verließen, rief Frohmeyer ihnen nach: »Ach, übrigens, einige meiner Männer durchsuchen gerade sein Privathaus. Nur, damit Sie es wissen.«

»Und wonach suchen sie?«

»Da werden Sie schon den Durchsuchungsbeschluss lesen müssen.«

Sie waren verunsichert und hatten den Verdacht, dass sie von jemandem beobachtet wurden, daher beschlossen sie, nicht in die Law Clinic zu gehen. Nachdem sie sich eine ruhige Sitznische im hinteren Teil des Diners gesucht hatten, fühlten sie sich wieder einigermaßen sicher. Mattie, die seit einer Woche nicht mehr gelächelt hatte, hätte fast gekichert, als sie sagte: »Die Computer nützen ihnen gar nichts. Jeff hat am Mittwoch die Festplatten ausgebaut, noch vor der Beerdigung.«

»Dann werden sie wiederkommen und nach den Festplatten suchen«, gab Samantha zu bedenken.

»Na und? Wir haben doch keinen Einfluss darauf, was das FBI tut«, erwiderte Mattie mit einem Schulterzucken.

»Nur damit ich das richtig verstehe«, warf Annette ein, »Krull Mining glaubt, dass Donovan sich irgendwie Dokumente beschafft hat, die er nicht haben sollte, was vermutlich auch stimmt. Jetzt, nachdem die Klage eingereicht wurde, befürchtet Krull, dass diese Dokumente an die Öffentlichkeit kommen. Krull geht zur Bundesanwaltschaft, die ein Verfahren einleitet, wegen

Diebstahls, vermute ich mal, und diese Typen vom FBI losschickt, um die Dokumente zu finden. Jetzt, wo Donovan tot ist, kann er die Dokumente ja nicht mehr verstecken.«

»Das kommt ungefähr hin«, bestätigte Mattie. »Krull Mining benutzt die Bundesanwaltschaft, um die Klageparteien und deren Anwälte zu schikanieren. Wenn man seinen Gegnern eine strafbare Handlung vorwirft und ihnen mit Gefängnis droht, werfen sie ziemlich schnell das Handtuch. Das ist ein alter Trick, aber er funktioniert.«

»Noch ein Grund, solchen Verfahren aus dem Weg zu gehen«, meinte Samantha.

»Bist du wirklich die Testamentsvollstreckerin seines Nachlasses?«, wollte Annette wissen.

»Nein, das ist Jeff. Ich bin die Anwältin für den Testamentsvollstrecker und den Nachlass. Donovan hat sein Testament vor zwei Monaten geändert. Er hat das regelmäßig gemacht. Das Original war immer in meinem Schließfach bei der Bank. Er hinterlässt die Hälfte seines Vermögens Judy und seiner Tochter, einen Teil davon treuhänderisch, und die andere Hälfte wird gedrittelt: Ein Drittel geht an Jeff, ein Drittel an mich und ein Drittel an einige gemeinnützige Organisationen, die hier in den Appalachen arbeiten, darunter auch die Law Clinic. Jeff und ich gehen Mittwochmorgen zum Gericht, um den Nachlass zu eröffnen. Und es sieht ganz danach aus, als wäre unsere erste Aufgabe, ein Verzeichnis der mitgenommenen Gegenstände vom FBI zu verlangen.«

»Weiß Judy, dass sie nicht die Testamentsvollstreckerin ist?«, erkundigte sich Annette.

»Ja, wir haben seit der Beerdigung schon mehrmals miteinander gesprochen. Judy kann damit leben. Sie und ich verstehen uns gut. Sie und Jeff – na ja, das ist eine andere Geschichte.«

»Hast du eine Ahnung davon, wie groß der Nachlass ist?«

»Eigentlich nicht. Jeff hat die Festplatten und stellt gerade eine Liste mit offenen Verfahren zusammen, von denen einige noch Jahre brauchen werden, bis etwas dabei herauskommt. Hammer Valley wurde gerade erst eingereicht, und ich gehe davon aus, dass die Anwälte der anderen Kläger das Verfahren übernehmen werden. Die Ryzer-Sache dürfte gestorben sein. Und mit Strayhorn Coal gibt es eine mündliche Vereinbarung, die Tate-Klage für 1,7 Millionen beizulegen.«

»Ich glaube, es ist auch noch Geld auf der Bank«, sagte Annette.

»Mit Sicherheit. Außerdem hatte er noch Dutzende kleinerer Verfahren. Was daraus werden wird, weiß ich nicht. Ein paar davon können wir vielleicht übernehmen, aber nicht viele. Ich habe Donovan so oft vorgeschlagen, sich einen Partner zu suchen, oder wenigstens einen guten Anwalt einzustellen, aber er hat am liebsten alles allein gemacht. Auf mich hat er nur selten gehört.«

»Mattie, er hat dich geradezu vergöttert«, meinte Annette. Sie schwiegen einen Moment und dachten an Donovan. Die Kellnerin goss Kaffee nach, und als sie wieder ging, wurde Samantha klar, dass sie sie auch an dem Tag bedient hatte, als sie den Brady Grill zum ersten Mal betreten hatte. Donovan hatte sie gerade vor Romey und dem Gefängnis bewahrt. Mattie wartete in der Kanzlei, um das Bewerbungsgespräch mit ihr zu führen. Es war kaum zwei Monate her, aber ihr kam es wie Jahre vor. Und jetzt war Donovan tot, und sie redeten über seinen Nachlass.

Mattie schluckte schwer. »Wir müssen uns am späten Nachmittag unbedingt mit Jeff treffen. Wir haben einiges zu besprechen«, sagte sie dann. »Aber nur wir drei, und auf keinen Fall in der Kanzlei.«

»Warum soll ich dabei sein?«, fragte Samantha. »Ich bin doch nur die Praktikantin und auf der Durchreise, wie Sie es nennen.«

»Guter Einwand«, meinte Annette.

»Jeff möchte, dass Sie mitkommen«, sagte Mattie.

26

Jeff hatte ein Zimmer im Starlight Motel gemietet, für zwanzig Dollar die Stunde, und versuchte, den Manager davon zu überzeugen, dass er nichts Unmoralisches vorhatte. Der Manager tat, als wüsste er von nichts, und schien sogar ein bisschen beleidigt zu sein, dass jemand andeutete, in einem Stundenhotel wie dem seinen gehe Fragwürdiges vor. Jeff erklärte, dass er sich mit drei Frauen treffen wolle, alle Anwältinnen, eine von ihnen seine sechzigjährige Tante, und dass sie lediglich ein ruhiges Plätzchen brauchten, um ein paar heikle Themen zu besprechen. Was immer Sie wollen, sagte der Manager. Brauchen Sie eine Quittung? Nein.

An einem anderen Tag hätte sich Mattie vielleicht Sorgen darüber gemacht, dass jemand ihr Auto vor dem Motel sah, doch eine Woche nach Donovans Tod war ihr das völlig egal. Sie war immer noch wie betäubt und konnte sich über derart belanglose Angelegenheiten keine Gedanken machen. Die Stadt war klein – sollten sie ruhig reden. Sie hatte jetzt weitaus Wichtigeres zu tun. Annette fuhr vorn mit, Samantha hinten. Als sie neben Jeffs Pick-up hielten, wurde ihr klar, dass er in der Tür des Zimmers stand, in dem Pamela Booker gewohnt hatte. Trevor und Mandy waren nebenan gewesen. Vor langer Zeit – jedenfalls kam es ihr so vor – hatten sie vier Nächte in dem Motel Zuflucht gesucht, nachdem sie einen Monat in ihrem Auto gelebt hatten. Dank Samanthas engagiertem Einsatz und der Großzügigkeit der Kanzlei war Familie Booker aus der Wildnis errettet worden und lebte jetzt in einem gemieteten Trailer einige Kilometer außerhalb von Colton. Pamela arbeitete wieder in der Lampenfabrik. Die Klage gegen Top Market Solutions – Samanthas erster Prozess – war immer noch nicht entschieden, aber die Familie war gut untergebracht.

»Vermutlich ist er schon mal hier gewesen«, sagte Annette mit einem Blick auf Jeff.

»Es reicht«, entgegnete Mattie. Die drei Anwältinnen stiegen aus und betraten das winzige Zimmer.

»Du meinst das also tatsächlich ernst mit der Bemerkung, dass uns jemand bespitzelt, ja?«, fragte Annette, die es anscheinend überhaupt nicht ernst nahm.

Jeff lehnte sich gegen die Kissen auf dem klapprigen alten Bett und deutete auf die drei billigen Stühle. »Willkommen im Starlight.«

»Ich bin schon mal hier gewesen«, sagte Samantha.

»Wer war der Glückliche?«

»Das geht dich gar nichts an.«

Die drei Anwältinnen setzten sich. Auf dem Bett lagen Akten und Notizblöcke.

»Ja, ich meine das todernst mit der Bemerkung, dass uns jemand bespitzelt«, meinte Jeff. »Donovans Kanzlei war verwanzt. Sein Haus auch. Er vermutete, dass sie – wer immer sie auch sind – ihn beobachteten und abhörten, und es ist am besten, wenn wir kein Risiko eingehen.«

»Was hat das FBI aus seinem Haus mitgenommen?«, erkundigte sich Mattie.

»Sie waren zwei Stunden da und haben nichts gefunden. Die Computer haben sie mitgehen lassen, aber inzwischen dürften sie wissen, dass die Festplatten ausgetauscht wurden. Bis auf eine Menge obszöner Grüße an alle, die in den Daten herumschnüffeln, werden sie nichts finden. Daher werden sie wohl zurückkommen. Aber das spielt keine Rolle. Sie werden nichts finden.«

»Du weißt, dass du dich damit am Rande der Legalität bewegst«, warnte ihn Annette.

Jeff lächelte und zuckte mit den Schultern. »Und wenn schon. Glaubst du etwa, Krull Mining sitzt rum und macht sich Gedanken darüber, wer sich an die Regeln hält? Bestimmt nicht. Wahrscheinlich telefoniert gerade jemand von Krull mit dem Bundesanwalt, weil er unbedingt wissen will, was das FBI bei den Durchsuchungen heute gefunden hat.«

»Das sind strafrechtliche Ermittlungen, Jeff«, sagte Annette etwas gereizt. »Ermittlungen gegen Donovan und alle, die mit ihm arbeiten, vor allem gegen dich, falls du tatsächlich im Besitz unrechtmäßig erworbener Dokumente bist oder Zugang zu ihnen hast. Diese Typen werden nicht einfach wieder verschwinden, weil du sie mit den Festplatten ausgetrickst hast.«

»Ich habe die Dokumente nicht«, erwiderte er, eine beiläufige Bemerkung, die niemand im Raum glaubte.

Mattie hob abwehrend die Hand. »Ich finde, das reicht jetzt. Wir gehen am Mittwoch zum Gericht, um seinen Nachlass zu eröffnen, und eigentlich dachte ich, wir würden uns darüber unterhalten.«

»Ja, aber es gibt dringendere Angelegenheiten. Ich bin fest davon überzeugt, dass mein Bruder ermordet wurde. Dass die Maschine abgestürzt ist, war kein Unfall. Das Flugzeug wurde gesichert, und ich habe zwei Gutachter beauftragt, die mit der Polizei in Kentucky zusammenarbeiten werden. Bis jetzt haben sie nichts gefunden, aber die Tests laufen noch. Donovan hat sich viele Feinde gemacht, aber Krull Mining ist sein größter. Aus dem Unternehmen sind ein paar Dokumente verschwunden, und Krull glaubt, dass er sie in die Finger bekommen hat.

Die Dokumente sind äußerst belastend, und Krull hat Blut und Wasser geschwitzt, während sie abgewartet haben, ob Donovan Klage erheben würde. Was er dann ja auch gemacht hat. Damit hat er Krull einen Mordsschrecken eingejagt, aber die Dokumente erwähnte er mit keinem Wort. Jetzt ist er tot, und Krull denkt, dass es schwierig werden wird, die Dokumente vorzulegen. Das nächste Ziel könnte ich sein. Ich weiß, dass ich beschattet werde, und abgehört werde ich vermutlich auch. Krull benutzt das FBI für seine schmutzige Arbeit. Die Schlinge zieht sich immer mehr zu, daher werde ich von Zeit zu Zeit verschwinden müssen. Wenn jemand zu Schaden kommt, wird es vermutlich der Typ sein, der mich beschattet. Ich bin stinksauer wegen der Sache mit meinem Bruder, und mir juckt der Finger am Abzug.«

»Jeff, bitte!«, sagte Mattie vorwurfsvoll.

»Das meine ich ernst, Mattie. Wenn Krull jemanden aus dem Weg räumt, der so wichtig ist wie Donovan, wird es nicht zögern, einen unbeteiligten Dritten wie mich umzulegen, vor allem, wenn es glaubt, dass ich die Dokumente habe.«

Samantha hatte eines der Fenster geöffnet, in dem vergeblichen Versuch, frische Luft hereinzulassen. Die weiß verputzte Decke war mit Nikotinflecken übersät. Der grüne Flauschteppich war schmutzig. Sie konnte sich nicht daran erinnern, dass der Raum so deprimierend ausgesehen hatte, als die Bookers darin gewohnt hatten. Jetzt wäre sie am liebsten hinausgerannt. Schließlich platzte es aus ihr heraus. »Stopp, Auszeit. Entschuldigung. Ich bin mir nicht so sicher, was ich hier mache. Ich bin nur die Praktikantin auf der Durchreise, wie wir alle wissen, und ich möchte das, was ich da gerade höre, absolut nicht hören, okay? Könnte mir bitte mal jemand sagen, warum ich hier bin?«

Annette verdrehte genervt die Augen. Mattie saß da, die Arme vor der Brust verschränkt. »Weil ich wollte, dass du kommst«, erklärte Jeff. »Donovan hat dich bewundert und dir vertrauliche Dinge erzählt.«

»Ach ja? Hat er das? Tut mir leid, aber das war mir überhaupt nicht bewusst.«

»Samantha, du gehörst zum Team«, fuhr Jeff fort.

»Was für ein Team? Ich habe nicht darum gebeten.« Sie massierte ihre Schläfen, als hätte sie Migräne. Für einen Moment war es still im Raum.

»Wir müssen über den Nachlass reden«, sagte Mattie schließlich.

Jeff griff nach einem Stapel Papier, nahm ein paar Blätter heraus und verteilte sie. »Das ist eine vorläufige Liste seiner aktuellen Fälle.« Samantha fühlte sich wie ein Spanner, als sie Informationen las, die keine Kanzlei, ob groß oder klein, jemals freiwillig herausgeben würde. Ganz oben auf Seite 1, unter der Überschrift »Wichtig«, standen vier Namen: das Hammer-Valley-Verfahren, die Ryzer-Klage gegen Lonerock Coal und dessen Anwälte und das Tate-Urteil. Nummer vier war die Klage wegen des schuldhaft verursachten Todes von Gretchen Bane gegen Eastpoint Mining, zu der es im kommenden Mai ein neues Verfahren geben würde.

»In der Sache Tate gibt es eine mündliche Vereinbarung für einen Vergleich, aber ich kann nichts Schriftliches dazu finden«, sagte Jeff, während er umblätterte. »Bei den anderen drei kann es noch Jahre dauern, bis sie abgeschlossen sind.«

»Ryzer kannst du vergessen, es sei denn, es interessieren sich noch andere Anwälte dafür«, sagte Samantha. »Der Prozessfinanzierungsfonds hat einen Rückzieher gemacht. Das Verfahren für Entschädigungsleistungen wegen Staublunge geht weiter, aber Donovans Klage wegen Betrug und Verabredung zum Betrug ist gestorben.«

»Warum übernimmst du die Sache nicht?«, fragte Jeff. »Du kennst die Fakten.«

Samantha war fassungslos angesichts seines Vorschlags und lachte gezwungen. »Soll das ein Witz sein? Das ist eine komplizierte Schadenersatzklage auf Bundesebene, ausgehend von einer Theorie, die erst noch bewiesen werden muss. Ich habe noch nicht mal mein erstes Verfahren gewonnen und immer noch Angst vor Prozessen.«

»Jeff, ein paar von diesen Sachen können wir übernehmen, aber nicht alle«, sagte Mattie, während sie durch die Seiten blätterte. »Hier stehen vierzehn Staublungenverfahren. Drei schuldhaft verursachte Todesfälle. Ungefähr ein Dutzend Schadenersatzforderungen wegen Umweltschäden. Ich weiß nicht, wie er das alles geschafft hat.«

»Jetzt kommt eine Frage von einem juristischen Laien«, warf Jeff ein. »Ist es möglich, jemanden einzustellen, der die Kanzlei leitet, sich um die kleineren Verfahren kümmert und vielleicht auch bei den größeren Sachen mitarbeitet? Mit so etwas kenne ich mich nicht aus. Daher auch meine Frage.«

Annette schüttelte den Kopf. »Die Mandanten werden nicht bleiben wollen, weil der neue Anwalt ein Fremder wäre. Und du kannst darauf wetten, dass die anderen Anwälte in der Stadt bereits wie die Geier auf der Lauer liegen. In einem Monat werden die guten Fälle auf dieser Liste weg sein.«

»Und wir haben dann die schlechten am Hals«, fügte Mattie hinzu.

»Jeff, es gibt keine Möglichkeit, die Kanzlei am Laufen zu halten, weil es niemanden gibt, der sie leiten könnte«, sagte Annette. »Wir übernehmen, was wir können. In der Hammer-Valley-Klage stecken jede Menge andere Anwälte mit drin. Ryzer kann man vergessen. Für die Bane-Sache hat Donovan einen Mitanwalt in West Virginia, daher hat sein Nachlass Anspruch auf ein Honorar, falls das Verfahren jemals abgeschlossen wird, aber es wird nicht sehr viel sein. Mit den Verfahren wegen schuldhaft verursachten Todes kenne ich mich nicht aus, aber es sieht nicht danach aus, als wäre eine Haftung ohne Weiteres nachweisbar.«

»Der Meinung bin ich auch«, stimmte Mattie zu. »Wir werden uns die Liste in den nächsten Tagen genauer ansehen. Die wichtigste Sache ist die Tate-Klage, aber das Geld ist noch nicht auf dem Konto.«

»Ich gehe gern nach draußen«, schlug Samantha vor.

»Unsinn«, sagte Mattie. »Eine Testamentseröffnung ist keine vertrauliche Angelegenheit, Samantha. Die Gerichtsakte wird öffentlich zugänglich sein, also kann jeder in die Geschäftsstelle marschieren und sich die Unterlagen ansehen. Außerdem gibt es hier in Brady keine richtigen Geheimnisse. Das sollten Sie inzwischen wissen.«

Jeff verteilte noch mehr Papier. »Seine Sekretärin und ich haben uns am Wochenende die finanzielle Situation der Kanzlei angesehen. Das Honorar aus dem Tate-Vergleich beträgt fast siebenhunderttausend Dollar ...«

»Abzüglich der Einkommensteuer natürlich«, wandte Mattie ein.

»Natürlich. Und, wie ich schon sagte, es ist nur eine mündliche Vereinbarung. Ich vermute, die Anwälte von Strayhorn können einen Rückzieher machen, stimmt's, Mattie?«

»O ja, und es würde mich nicht überraschen, wenn sie das auch tun. Da Donovan aus dem Rennen ist, können sie problemlos ihre Strategie ändern und uns den Stinkefinger zeigen.«

Samantha schüttelte den Kopf. »Moment mal. Sie haben einem Vergleich doch zugestimmt, wie können sie dann plötzlich ihre Meinung ändern?«

»Es gibt nichts Schriftliches«, erklärte Mattie. »Zumindest

haben wir bis jetzt noch nichts gefunden. In einem Fall wie diesem ist es üblich, dass beide Parteien eine kurze Vergleichsvereinbarung unterschreiben und diese vom Gericht bestätigen lassen.«

»Laut der Sekretärin gibt es auf einem der Computer einen ersten Entwurf, der aber nicht unterschrieben wurde«, sagte Jeff.

»Dann sind wir im Arsch«, meinte Samantha, die das Wort »wir« benutzte, ohne es zu wollen.

»Nicht unbedingt«, erwiderte Mattie. »Wenn sie bei dem Vergleich einen Rückzieher machen, geht die Sache in die Berufung, und darüber hat sich Donovan nie Sorgen gemacht. Es war ein sauberes Verfahren, das revisionsrechtlich nicht zu beanstanden ist, jedenfalls seiner Meinung nach. In etwa achtzehn Monaten dürfte das Urteil in der Berufung bestätigt werden. Falls das Oberste Gericht die Entscheidung aufhebt, gibt es ein neues Verfahren.«

»Wer wird die Sache verhandeln?«, fragte Samantha.

»Darüber machen wir uns Gedanken, wenn es so weit ist.«

»Was ist sonst noch im Nachlass?«, erkundigte sich Annette.

Jeff warf einen Blick auf seine handschriftlichen Notizen. »Donovan hatte eine Lebensversicherung über eine halbe Million Dollar abgeschlossen. Judy ist die Begünstigte, und dem Buchhalter zufolge wird dieses Geld nicht zum Nachlass gezählt. Finanziell ist sie also sehr gut abgesichert. Er hatte vierzigtausend auf einem privaten Bankkonto, einhunderttausend auf dem Girokonto der Kanzlei und dreihunderttausend in einem Investmentfonds. Außerdem gibt es einen Prozesskostenfonds mit zweihunderttausend. Zu den restlichen Vermögenswerten gehört die Cessna, die jetzt natürlich nichts mehr wert, aber mit sechzigtausend versichert ist. Sein Haus mit Grundstück wird vom County auf einhundertvierzigtausend geschätzt, und er will, dass das Haus verkauft wird. Das Gebäude mit der Kanzlei wird von der Stadt Brady auf einhundertneunzigtausend geschätzt, laut Testament geht es an mich. Das Haus ist mit einer kleinen Hypothek belastet, das Gebäude mit der Kanzlei ist schuldenfrei. Abgesehen davon gibt es nur noch persönliche Vermögenswerte: sein Jeep, sein Pick-up, die Büromöbel und so weiter.«

»Was ist mit der Farm?«, fragte Annette.

»Nein. Der Gray Mountain gehört immer noch unserem Vater, aber wir haben seit Jahren nicht mehr mit ihm geredet. Ich muss euch wohl nicht daran erinnern, dass er bei der Beerdigung seines Sohnes letzte Woche gefehlt hat. Außerdem ist das Land nicht viel wert. Ich nehme an, dass ich es eines Tages einmal erben werde, aber viel bringen wird es nicht.«

»Ich glaube nicht, dass ich bei diesem Gespräch dabei sein sollte«, meinte Samantha. »Es ist privat, und zurzeit weiß ich mehr als seine Frau.«

Jeff zuckte mit den Schultern. »Samantha, jetzt stell dich doch nicht so an.«

Sie legte die Hand auf den Türknauf. »Redet so lange übers Geschäftliche, wie ihr wollt. Ich habe genug. Ich gehe zu Fuß nach Hause.« Bevor die anderen etwas sagen konnten, hatte sie das Zimmer auch schon verlassen und lief über den Schotterparkplatz. Das Motel lag am Stadtrand, in der Nähe des Gefängnisses, in das Romey sie vor kaum zwei Monaten gebracht hatte. Sie brauchte jetzt frische Luft und Bewegung, und sie musste unbedingt weg von den Gray-Brüdern und ihren Problemen. Sie hatte viel Verständnis für Jeff, der gerade seinen Bruder verloren hatte; sie spürte selbst eine Art Leere in sich, aber sie war auch fassungslos angesichts seines Leichtsinns. Er hatte sich an den Computern der Kanzlei zu schaffen gemacht, was ihm mit Sicherheit noch mehr Ärger mit dem FBI einbringen würde. Jeff war arrogant genug, um zu glauben, dass er das FBI austricksen und verschwinden konnte, wann immer er wollte, aber sie bezweifelte, dass es ihm gelingen würde.

Samantha ging an einigen Häusern in der Main Street vorbei und lächelte, als sie die Szenen darin sah. Die meisten Familien saßen entweder gerade beim Essen oder räumten das Geschirr ab. Die Fernseher waren eingeschaltet; Kinder saßen am Tisch. Als sie an Donovans Kanzlei vorbeikam, schnürte es ihr die Kehle zu. Er war jetzt seit einer Woche tot, und sie vermisste ihn sehr. Wäre er nicht verheiratet gewesen, hätte es mit Sicherheit nicht lange gedauert, bis sich zwischen ihnen so etwas wie eine Romanze entwickelt hätte. Zwei junge, unverheiratete Anwälte in einer Kleinstadt, die sich sympathisch fanden, die miteinander flirteten; es wäre unvermeidbar gewesen. Sie musste an Annettes Bemerkungen über Donovan und seine Schwäche für Frauen denken und fragte sich wieder einmal, ob sie ehrlich gewesen war. Oder hatte sie einfach ihre eigenen Interessen zu schützen versucht? Wollte sie Donovan für sich allein haben und mit niemandem teilen?

Jeff war fest davon überzeugt, dass Donovan ermordet worden war; ihr Vater war es nicht. Spielte das noch eine Rolle, wenn Samantha dem Offensichtlichen ins Auge sah, dass er tot war?

Sie drehte sich um und ging wieder zum Brady Grill, wo sie Salat und Kaffee bestellte und versuchte, die Zeit totzuschlagen. Sie wollte nicht in die Kanzlei zurück, aber in ihrem Apartment herumsitzen wollte sie auch nicht. Nach zwei Monaten in Brady konnte sie die Langeweile geradezu mit Händen greifen. Ihre Arbeit und die täglichen Dramen in der Kanzlei machten ihr Spaß, aber dass sie abends nichts unternehmen konnte, ging ihr zunehmend auf die Nerven. Sie aß hastig und bezahlte bei Sarge, dem mürrischen alten Mann, dem der Diner gehörte. Dann wünschte sie ihm eine gute Nacht und angenehme Träume und ging. Es war 19.30 Uhr, noch viel zu früh, um sich ins Bett zu legen, daher lief sie weiter, genoss die frische Luft und vertrat sich die Beine. Inzwischen hatte sie jede Straße in Brady erkundet und wusste, dass sie alle sicher waren. Hin und wieder konnte es passieren, dass ein Hund knurrte oder ein Teenager ihr hinterherpfiff, aber sie kam aus der Großstadt und war weitaus Schlimmeres gewohnt.

In einer dunklen Straße hinter der Highschool hörte sie Schritte hinter sich, schwere Schritte von jemandem, der gar nicht erst versuchte, seine Anwesenheit zu verbergen. Als sie um die Ecke bog, kamen ihr die Schritte nach. Sie suchte sich eine von Häusern gesäumte Straße aus, bei denen fast immer das Licht auf der Veranda brannte, und steuerte darauf zu. Die Schritte folgten. An einer Kreuzung, wo sie schreien konnte, und die Leute sie hören würden, blieb sie stehen und drehte sich um. Der Mann lief weiter, bis er keine zwei Meter von ihr entfernt war.

»Was wollen Sie?«, fragte Samantha, bereit, sofort zu treten und zu kratzen und zu schreien, wenn es notwendig sein sollte.

»Nichts. Ich gehe nur spazieren, so wie Sie.« Weiß, männlich, um die vierzig, dichter Bart, fast einen Meter neunzig, buschige Haare, die unter einer Baseballmütze ohne Aufdruck hervorquollen, und eine dicke Jacke, in deren Taschen er die Hände vergraben hatte.

»Quatsch, Sie verfolgen mich. Sagen Sie schnell was, sonst fange ich an zu schreien.«

»Die Sache ist eine Nummer zu groß für Sie, Ms. Kofer«, sagte er. Leichter Akzent, eindeutig ein Einheimischer. Aber er wusste, wie sie hieß!

»Sie wissen also, wie ich heiße. Wie heißen Sie?«

»Suchen Sie sich einen Namen aus. Wenn Sie möchten, können Sie Fred zu mir sagen.«

»Oh, Bozo gefällt mir besser. Fred ist scheiße. Wir nehmen Bozo.«

»Meinetwegen. Ich bin froh, dass Sie es so lustig finden.«

»Was haben Sie auf dem Herzen, Bozo?«

Unbeeindruckt sagte er: »Sie haben sich die falschen Leute ausgesucht, Ms. Kofer, und Sie spielen da gerade ein Spiel, dessen Regeln Sie nicht kennen. Sie sollten Ihren hübschen kleinen Hintern in der Law Clinic parken, wo Sie sich um die Armen kümmern können, und keinen Ärger machen. Noch besser – für Sie und alle anderen – wäre es allerdings, wenn Sie Ihren Kram zusammenpacken und wieder nach New York gehen.«

»Ist das eine Drohung, Bozo?« Natürlich war das eine Drohung. Und zwar eine unmissverständliche.

»Das können Sie halten, wie Sie wollen, Ms. Kofer.«

»Für wen arbeiten Sie? Krull Mining, Lonerock Coal, Strayhorn Coal, Eastpoint Mining? Es gibt einfach zu viel Auswahl an kriminellen Unternehmen. Und diese Gauner in Maßanzügen bei Casper Slate dürfen wir auch nicht vergessen. Also, wer unterschreibt Ihren Lohnscheck, Bozo?«

»Ich werde bar bezahlt«, erwiderte er, während er langsam auf sie zukam.

Samantha hob abwehrend die Hände und sagte: »Noch einen Schritt, Bozo, und ich schreie so laut, dass halb Brady angelaufen kommt.« Von hinten näherte sich eine Gruppe lärmender Teenager, und Bozo verlor sofort das Interesse.

»Wir behalten Sie im Auge.«

»Ich Sie auch«, gab sie zurück, obwohl sie keine Ahnung hatte, was sie damit meinte. Als sie tief ausatmete, fiel ihr auf, wie trocken ihr Mund war. Ihr Herz raste, und sie musste sich unbedingt hinsetzen. Bozo verschwand, während die Teenager ohne ein Wort oder einen Blick an ihr vorbeigingen. Auf Umwegen lief Samantha zu ihrem Apartment.

Eine Querstraße vorher tauchte ein weiterer Mann aus der Dunkelheit auf und hielt sie auf dem Bürgersteig an. »Wir müssen reden«, sagte Jeff.

»Das wird ja langsam zur Gewohnheit«, erwiderte sie, als sie umdrehten und sich von ihrem Apartment entfernten. Sie erzählte ihm von der Begegnung mit Bozo und sah sich immer wieder nach dem Mann um. Aber in den Schatten um sie herum war keine Bewegung auszumachen. Jeff hörte zu und nickte, als würde er Bozo schon kennen.

»Ich erzähl dir jetzt mal, was los ist«, sagte er. »Das FBI war heute hier, aber es hat auch die Kanzleien der anderen Anwälte durchsucht, die an dem Hammer-Valley-Fall beteiligt sind und Krull Mining verklagt haben. Diese Leute sind Freunde von Donovan; sie waren letzte Woche alle auf seiner Beerdigung. Zwei Kanzleien in Charleston, eine in Louisville. Anwälte, die sich auf Giftmüllklagen spezialisiert haben und ihre Ressourcen zusammenwerfen, um gegen die Bösen zu kämpfen. Die Räume der Kanzleien sind heute durchsucht worden, was unter anderem bedeutet, dass das FBI und, wie wir vermuten, auch Krull Mining die Wahrheit kennen, und die Wahrheit ist, dass Donovan die gestohlenen Dokumente nicht an die anderen Anwälte weitergegeben hat. Noch nicht. Das war nicht vorgesehen. Donovan war sehr vorsichtig mit den Dokumenten, und er wollte die anderen Anwälte nicht belasten, daher hat er ihnen einfach beschrieben, was in den Dokumenten steht. Die Strategie der Anwälte sah vor, Klage einzureichen, Krull Mining vor Gericht zu zerren, das Unternehmen und seine Anwälte dazu zu bringen, unter Eid einen Haufen Lügen zu erzählen, und dann die Dokumente vorzulegen, damit der Richter und die Geschworenen den richtigen Eindruck bekommen. Nach Einschätzung der Anwälte sind die Dokumente mindestens eine halbe Milliarde Dollar an Strafschadenersatz wert. Und aller Wahrscheinlichkeit nach werden sie auch zu strafrechtlichen Ermittlungen und weiteren Verfahren führen.«

»Dann wird das FBI also zurückkommen und nach dir suchen.«

»Davon gehe ich aus. Das FBI glaubt, dass Donovan die Dokumente hatte, inzwischen weiß es, dass die anderen Anwälte sie nicht haben, und jetzt fragt es sich, wo sie sind.«

»Wo sind sie?«

»In der Nähe.«

»Und du hast sie?«

»Ja.«

Eine Weile gingen sie schweigend nebeneinander her. Jeff grüßte einen alten Mann, der in eine Decke gehüllt auf seiner Veranda saß. »Wie ist er an die Dokumente gekommen?«, fragte sie einige Schritte später.

»Willst du das wirklich wissen?«

»Ich bin mir nicht sicher. Aber Wissen ist nicht strafbar, oder?«

»Du bist die Anwältin.«

Sie bogen um die Ecke in eine nur spärlich beleuchtete Straße. Jeff hustete, räusperte sich und begann zu erzählen: »Zuerst hat Donovan einen Hacker angeheuert, einen Israeli, der überall auf der Welt herumreist und seine Dienste gegen gutes Geld anbietet. Krull hat einen Teil seiner Firmenkorrespondenz digitalisiert, und der Hacker ist ohne viel Mühe in das Netz gekommen. Er hat ziemlich interessantes Material über den Tagebau und den Schlammteich am Peck Mountain gefunden, genug, um bei Donovan Schnappatmung auszulösen. Aber es war klar, dass eine Menge Unterlagen von Krull nicht digital gespeichert waren. Der Hacker ging, so weit er konnte, dann verwischte er seine Spuren und verschwand. Fünfzehntausend Dollar für eine Woche Arbeit. Nicht schlecht, finde ich. Aber riskant, denn vor drei Monaten wurde er bei einem anderen Auftrag erwischt, und jetzt sitzt er in Vancouver im Gefängnis. Jedenfalls entschloss sich Donovan, Krulls Hauptsitz in der Nähe von Harlan, Kentucky, genauer unter die Lupe zu nehmen. Harlan ist eine kleine Stadt, und es ist schon etwas merkwürdig, dass sich so ein großes Unternehmen in einer derart ländlichen Gegend ansiedelt, aber in den Kohlenrevieren hier ist das nichts Ungewöhnliches. Donovan ist ein paarmal hingefahren, immer in einer anderen Verkleidung; er liebte solche Spionageaktionen und hielt sich für ein richtiges Genie auf diesem Gebiet. Aber er war wirklich gut darin. Im letzten Jahr hat er sich dann ein Wochenende mit einem Feiertag ausgesucht, Memorial Day, und ist am Freitagnachmittag einfach reingegangen, angezogen wie der Techniker einer Telefongesellschaft. Er hatte einen weißen Van ohne Aufschrift gemietet und ihn neben ein paar andere Autos auf den Parkplatz gestellt. Er hatte sogar falsche Nummernschilder an den Van montiert. Als er drin war, hat er sich auf dem Dachboden versteckt und bis Büroschluss gewartet. Das Gelände draußen war mit bewaffneten Wachleuten und jeder Menge Überwachungskameras gesichert, aber drinnen gab es nicht viel. Ich habe aus der Nähe zugesehen, mit Vic neben mir. Wir waren beide bewaffnet und hatten einen Alternativplan, für den Fall, dass etwas schiefging. Drei Tage lang war Donovan drinnen und wir draußen. Wir haben uns im Wald versteckt, das Gelände beobachtet, gewartet, mit Zecken und Stechmücken gekämpft. Es war furchtbar. Wir haben Hochfrequenz-Funkgeräte benutzt, um in Verbindung zu bleiben und uns gegenseitig wach zu halten. Irgendwann hat Donovan dann die Kantine gefunden und sämtliche Lebensmittel aufgegessen. Geschlafen hat er auf einem Sofa in der Lobby. Vic und ich haben die Nächte in unseren Pick-ups verbracht. Donovan hat auch die Dokumente gefunden, eine Fundgrube an belastendem Material, das genau belegte, was Krull bei dem Tagebau auf dem Peck Mountain alles vertuscht hat, und welche Probleme es dabei gab. Er hat Tausende Dokumente kopiert und die Originale wieder in die Akten zurückgesteckt, als wäre nichts geschehen. An dem Montag, Memorial Day, ist dann plötzlich ein Putztrupp aufgetaucht, von dem er beinahe erwischt worden wäre. Ich habe sie als Erster gesehen und Donovan über Funk gewarnt; er schaffte es gerade noch in den Dachboden zurück, bevor die Leute das Gebäude betraten. Er ist drei Stunden dortgeblieben und wäre in der Hitze fast erstickt.«

»Wie hat er die Dokumente rausgebracht?«

»In Mülltüten, getarnt als Abfall. Er hat sieben Müllsäcke in einen Container hinter dem Bürogebäude gesteckt. Wir wussten, dass der Container am Dienstagmorgen geleert werden würde. Vic und ich sind dem Müllwagen zur Deponie nachgefahren. Donovan ist aus dem Gebäude spaziert, hat die Kleidung gewechselt und sich in einen FBI-Beamten verwandelt. Kurze Zeit später ist er mit einem Ausweis in der Hand auf der Deponie aufgetaucht. Die Leute, die auf Deponien arbeiten, kümmern sich nicht die Bohne darum, wo das Zeug herkommt oder was damit passiert, und nach ein paar energischen Worten von Agent Donovan ergaben sie sich in ihr Schicksal. Dann haben wir die Müllsäcke in den gemieteten Van geladen und sind zurück nach Brady gerast. Wir haben drei Tage lang rund um die Uhr gearbeitet, haben sortiert, zusammengeheftet, indexiert, und dann haben wir die Dokumente in einem gemieteten Lagerhausabteil in der Nähe von Vics Haus bei Beckley versteckt. Nach einer Weile haben wir sie dort rausgeholt und woanders hingebracht, dann wieder woandershin, immer wieder.«

»Und bei Krull hatten sie keine Ahnung, dass jemand in den Büros rumgeschnüffelt hat?«

»So sauber war die Aktion dann doch wieder nicht. Donovan

musste ein paar Schlösser knacken und ein paar Aktenschränke aufbrechen, außerdem hat er ein paar von den Originaldokumenten mitgehen lassen. Er hat Spuren hinterlassen. Das Außengelände war mit Überwachungskameras gespickt, und wir sind sicher, dass er auf einigen der Aufzeichnungen zu sehen ist. Aber wegen der Verkleidung würde man nie auf die Idee kommen, dass er es ist. Außerdem hielten Donovan und Vic es für wichtig, dass Krull von dem Einbruch erfährt. Später an diesem Nachmittag, am Dienstag, sind wir zurückgefahren und haben es uns von Weitem angesehen. Es wimmelte nur so von Streifenwagen, und alle rannten wie aufgescheuchte Hühner in der Gegend herum.«

»Das ist eine tolle Geschichte, aber ich finde das unglaublich leichtsinnig.«

»Natürlich war es leichtsinnig. Aber so war mein Bruder eben. Er war der Meinung, da die Bösen sowieso immer schummeln …«

»Ich weiß, ich weiß, er hat es mir mehr als einmal gesagt. Was ist auf den Festplatten seiner Computer?«

»Nichts Wichtiges. So dumm war er nicht.«

»Warum hast du sie dann ausgebaut und mitgenommen?«

»Weil er es mir aufgetragen hat. Ich hatte strikte Anweisungen für den Fall, dass ihm etwas passiert. Vor ein paar Jahren gab es mal ein Verfahren in Mississippi, bei dem das FBI eine Kanzlei durchsucht und sämtliche Computer beschlagnahmt hat. Donovan befürchtete, dass ihm so etwas auch passieren könnte, und er hat mir genau erklärt, was ich tun soll.«

»Und was sollst du mit den Krull-Dokumenten tun?«

»Sie an die anderen Anwälte übergeben, bevor das FBI sie findet.«

»*Kann* das FBI sie finden?«

»Sehr unwahrscheinlich.« Sie näherten sich dem Gerichtsgebäude von einer schmalen Seitenstraße aus. Jeff zog etwas aus der Tasche und gab es ihr. »Das ist ein Prepaid-Handy«, sagte er. »Für dich.«

Sie starrte es an. »Ich habe schon ein Handy. Danke.«

»Aber dein Handy ist nicht abhörsicher. Das hier schon.«

Sie sah Jeff an, nahm ihm das Handy aber nicht ab. »Und warum brauche ich so etwas?«

»Damit du mit mir und Vic reden kannst, sonst keinem.«

Samantha wich einen Schritt zurück und schüttelte den Kopf. »Jeff, das glaube ich einfach nicht. Wenn ich dieses Handy nehme, mache ich bei eurer kleinen Verschwörung mit. Warum ich?«

»Weil wir dir vertrauen.«

»Ihr kennt mich doch nicht mal! Ich bin erst seit zwei Monaten hier.«

»Eben. Du kennst niemanden und nichts. Du bist noch nicht korrupt. Du redest nicht, weil du niemanden zum Reden hast. Du bist intelligent, angenehme Gesellschaft und noch dazu sehr hübsch.«

»Na großartig. Genau das wollte ich hören. In einem orangefarbenen Overall mit Fußfesseln sehe ich ganz bestimmt toll aus.«

»Stimmt. Du würdest in allem toll aussehen. Oder in nichts.«

»Flirtest du etwa mit mir?«

»Vielleicht.«

»Okay, die Antwort ist: nicht jetzt. Jeff, ich überlege ernsthaft, ob ich nicht besser meine Koffer packe, mich in meinen Mietwagen setze, mit quietschenden Reifen losfahre, was unter den Einheimischen hier anscheinend zum guten Ton gehört, und erst wieder anhalte, wenn ich in New York bin, wo ich hingehöre. Das, was hier passiert, gefällt mir wirklich nicht, und ich habe nicht darum gebeten, in die Sache hineingezogen zu werden.«

»Du kannst nicht gehen. Du weißt zu viel.«

»Nach vierundzwanzig Stunden in Manhattan habe ich alles wieder vergessen, das kannst du mir glauben.«

Ein Stück die Straße hinunter knallte Sarge die Tür des Diner hinter sich zu und ging nach Hause. Auf der Main Street bewegte sich nichts mehr. Jeff nahm sie behutsam am Arm und führte sie vom Bürgersteig herunter zu einer dunklen Stelle unter einigen Bäumen, in der Nähe des Kriegerdenkmals für Noland County. Er deutete auf etwas weit hinter dem Gerichtsgebäude, etwa zwei Blocks von ihnen entfernt. »Siehst du den schwarzen Ford, den Pick-up, der neben dem alten VW parkt?«, raunte er ihr zu.

»Ich kann einen Ford nicht von einem Dodge unterscheiden. Wer ist das?«

»Das sind zwei von ihnen, vermutlich dein neuer Freund Bozo und ein Idiot, den ich Jimmy nenne.«

»Jimmy?«

»Jimmy Carter. Große Zähne, breites Lächeln, strohgelbe Haare.«

»Verstanden. Wie clever. Was machen Bozo und Jimmy um halb neun heute Abend in einem geparkten Pick-up?«

»Sie reden über uns.«

»Ich will wieder nach New York. Da ist es wenigstens sicher.«

»Das kann ich dir nicht verdenken. Samantha, hör zu. Ich werde für zwei Tage verschwinden. Bitte nimm das Handy, damit ich jemanden habe, mit dem ich reden kann.« Er hielt ihr das Prepaid-Telefon hin. Nach ein oder zwei Sekunden nahm sie es.

27

Am frühen Dienstagmorgen kehrte Samantha Brady den Rücken und machte sich auf den Weg nach Madison, West Virginia, eine eineinhalbstündige Fahrt, die doppelt so lang dauern konnte, wenn Kohletransporter und Schulbusse die Straßen verstopften. Eine kräftige Brise fegte die wenigen verbliebenen Blätter von den Bäumen. Die Farben waren wie ausgelöscht, Bergrücken und Täler hatten einen matten, tristen Braunton angenommen, der bis zum Frühjahr das Bild beherrschen würde. Für den nächsten Tag war möglicherweise sogar leichter Schneefall zu erwarten, der erste dieses Winters. Sie ertappte sich dabei, dass sie einen Blick in den Rückspiegel warf, und musste gelegentlich selbst über ihren Verfolgungswahn lächeln. Warum sollte irgendwer seine Zeit damit verschwenden, ihr durch die Appalachen zu folgen? Sie war nur eine Aushilfe, eine unbezahlte Praktikantin, die von Tag zu Tag mehr unter Heimweh litt. Sie hatte vor, Weihnachten in New York zu verbringen, um ihre alten Freunde wiederzusehen und ihren Lieblingslokalen einen Besuch abzustatten, und fragte sich jetzt schon, ob sie den Mumm haben würde, in die Appalachen zurückzukehren.

Ihr neues Handy lag auf dem Beifahrersitz; sie warf einen Blick darauf und überlegte, was Jeff wohl machte. Eine Stunde lang überlegte sie, ob sie ihn anrufen sollte, um auszuprobieren, ob das Gerät funktionierte, aber natürlich tat es das. Wann sollte sie das verflixte Ding überhaupt benutzen? Und wozu?

Ihr Treffpunkt – die Cedar Grove Missionary Baptist Church – lag an der Hauptverkehrsader im Süden der Stadt. Sie hatte ihren Mandanten erklärt, dass sie mit ihnen unter vier Augen reden müsse, nicht an der Tankstelle, an der Buddy seinen Morgenkaffee trank und jeder meinte, bei allem mitreden zu können. Die Ryzers hatte ihre Kirche vorgeschlagen, und Samantha hegte den Verdacht, dass sie ihr Zuhause nicht zeigen mochten. Sie saßen in Buddys Pick-up auf dem Parkplatz, blickten den gelegentlich vorbeifahrenden Autos nach und wirkten völlig unbekümmert. Mavis umarmte Samantha, als ob sie zur Familie gehörte, und sie gingen zum Gemeindesaal hinter der kleinen Kapelle. Die Tür war nicht abgeschlossen, der große Raum leer. Sie holten sich Klappstühle und setzten sich an einen Kartentisch, plauderten über das Wetter und die Weihnachtspläne.

Schließlich kam Samantha zum Geschäftlichen. »Ich nehme an, die Kanzlei von Donovan Gray hat Sie über das Unglück informiert.«

Beide nickten betrübt.

»So ein guter Mensch«, murmelte Buddy.

»Was heißt das für uns und das Verfahren?«, fragte Mavis.

»Deswegen bin ich hier. Um zu erklären und Fragen zu beantworten. Der Antrag auf Staublungenentschädigung läuft mit Volldampf weiter. Nachdem der Antrag letzten Monat gestellt wurde, warten wir, wie Sie wissen, auf die medizinische Untersuchung. Aber ich fürchte, das mit dem ganz großen Prozess hat sich erledigt, zumindest für den Augenblick. Donovan Gray hat in Lexington im Alleingang Klage eingereicht. Normalerweise hätte er bei einem Großprozess dieser Art, der sich über Jahre hinziehen kann und jede Menge Liquidität bindet, ein Prozessteam mit anderen Anwälten und Kanzleien gebildet. So verteilen sich Arbeitsbelastung und Kosten auf mehrere Schultern. Aber in Ihrem Fall war Donovan noch dabei, ein paar

Anwaltskollegen für die Sache zu gewinnen. Ehrlich gesagt, wollten die nicht so recht. Sich mit Lonerock Coal und der Anwaltskanzlei des Unternehmens anzulegen und zu versuchen, denen strafbare Handlungen nachzuweisen, ist eine Mammutaufgabe.«

»Das haben Sie uns alles schon erklärt«, erwiderte Buddy unverblümt.

»Donovan hat das erklärt. Ich war im Raum, aber wie ich damals schon klargestellt habe, war ich an dem Großprozess nicht als Anwältin beteiligt.«

»Dann haben wir also niemanden?«, fragte Mavis.

»So ist es. Gegenwärtig gibt es niemanden, der den Prozess führen könnte. Das heißt, wir müssen die Einstellung beantragen. Tut mir leid.«

Buddy atmete schon mühsam, wenn er völlig entspannt war, aber bei der geringsten Belastung oder Unannehmlichkeit keuchte er nur noch. »Das ist nicht in Ordnung«, sagte er und schnappte mit offenem Mund nach Luft.

Mavis starrte sie ungläubig an und wischte sich eine Träne von der Wange.

»Nein, das ist nicht in Ordnung«, sagte Samantha. »Aber was Donovan zugestoßen ist, ist auch nicht in Ordnung. Er war erst neununddreißig und ein hervorragender Anwalt. Sein Tod war eine sinnlose Tragödie, durch die jetzt alle seine Mandanten im Regen stehen. Sie sind nicht die Einzigen, die das nicht fassen können.«

»Glauben Sie, da ist etwas faul?«, fragte Buddy.

»Die Ermittlungen laufen noch, und bisher gibt es keinen Hinweis auf illegale Machenschaften. Viele offene Fragen, aber keine handfesten Beweise.«

»Das stinkt doch zum Himmel«, sagte er. »Wir ertappen diese Dreckskerle in flagranti dabei, wie sie Dokumente verschwinden lassen, Donovan Gray verklagt sie auf Zahlungen in Milliardenhöhe, und dann stürzt seine Maschine unter mysteriösen Umständen ab.«

»Wie redest du denn, Buddy?«, tadelte Mavis. »Du bist hier in der Kirche.«

»Im Gemeindesaal. Die Kirche ist da drüben.«

»Der gehört auch zur Kirche. Pass auf, was du sagst.«

Der Gescholtene zuckte die Achseln. »Ich möchte wetten, dass sie was finden.«

»Buddy wird in der Arbeit schikaniert«, sagte Mavis. »Das hat angefangen, als wir in Lexington Klage eingereicht haben. Erzähl's ihr, Buddy. Meinen Sie nicht, das ist wichtig, Samantha? Das müssen Sie doch wissen.«

»Ich komme schon zurecht«, erklärte Buddy. »Ich fahre jetzt wieder einen Muldenkipper, das ist etwas anstrengender als der Raupenlader, aber damit komme ich schon klar. Außerdem musste ich letzte Woche drei Nachtschichten arbeiten. Eigentlich stand mein Schichtplan für die nächsten Monate fest, und jetzt werde ich ständig hin- und hergeschoben. Ich schaffe das schon. Immerhin habe ich noch einen gut bezahlten Job. Jetzt, wo es keine Gewerkschaften mehr gibt, könnten die mich von heute auf morgen feuern. Und ich könnte nichts dagegen tun. Seit unsere Gewerkschaft vor zwanzig Jahren zerschlagen wurde, sind wir Freiwild. Ich kann froh sein, dass ich überhaupt noch Arbeit habe.«

»Schon, aber du kannst nicht mehr lange arbeiten«, wandte Mavis ein. »Um in den Muldenkipper zu kommen, muss er diese Stufen hoch, das schafft er kaum noch. Außerdem lassen sie ihn nicht aus den Augen, die warten nur darauf, dass er zusammenbricht oder sonst was passiert, damit sie sagen können, er ist behindert und deswegen eine Gefahr, dann können sie ihn rauswerfen.«

»Rauswerfen können sie mich so oder so. Das habe ich doch gerade gesagt.«

Mavis biss sich auf die Zunge, während Buddy lautstark einatmete.

Samantha nahm verschiedene Papiere aus ihrem Aktenkoffer und legte sie auf den Tisch. »Das ist ein Antrag auf Einstellung, den Sie mir unterschreiben müssten.«

»Was soll eingestellt werden?«, fragte Buddy, obwohl er die Antwort kannte. Er vermied es, die Papiere anzusehen.

»Das am Bundesgericht anhängige Verfahren gegen Lonerock Coal und Casper Slate.«

»Wer stellt den Antrag?«

»Sie kennen doch Mattie Wyatt, meine Chefin von der Law Clinic. Sie ist Donovans Tante und die für die Testamentsvollstreckung zuständige Anwältin. Das Gericht wird sie bevollmächtigen, seine Angelegenheiten zu regeln.«

»Was, wenn ich nicht unterschreibe?«

Auf diese Frage war Samantha nicht gefasst, und mit der für Bundesgerichte geltenden Prozessordnung kannte sie sich nicht so recht aus, aber hier war eine schnelle Antwort erforderlich. »Wenn Sie als Kläger die Sache nicht weiterverfolgen, wird das Gericht das Verfahren letztendlich einstellen.«

»Es ist also so oder so vorbei?«, fragte Buddy.

»Ja.«

»Okay. Ich gebe nicht auf. Ich unterschreibe das nicht.«

»Warum übernehmen Sie den Fall nicht?«, platzte Mavis heraus. »Sie sind doch Anwältin.«

Beide sahen sie eindringlich an, und es war offensichtlich, dass die Frage ausführlich diskutiert worden war.

Diesmal war Samantha vorbereitet. »Ja, aber ich habe keine Erfahrung am Bundesgericht und bin als Anwältin in Kentucky nicht zugelassen.«

Sie nahmen das kommentarlos zur Kenntnis, ohne es wirklich zu verstehen. Anwalt war Anwalt, oder?

Mavis schaltete einen Gang hoch. »Sie wollten doch ausrechnen, auf welche Entschädigungsleistungen wir rückwirkend Anspruch haben. Und Sie haben gesagt, wenn wir uns durchsetzen, laufen die ab dem Datum des Erstantrags vor neun Jahren. Stimmt das?«

»Das ist richtig.« Samantha blätterte in ihren Notizen. »Unseren Zahlen nach sind das rund fünfundachtzigtausend Dollar.«

»Das ist nicht viel Geld«, erklärte Buddy empört, als wäre Samantha für die magere Summe verantwortlich. Er holte tief Luft. »Die müssten mir mehr, verdammt viel mehr zahlen, nach allem, was sie mir angetan haben. Ich dürfte eigentlich schon seit zehn Jahren nicht mehr im Bergbau arbeiten, seit ich krank geworden bin, und das hätte ich auch nicht, wenn sie gezahlt hätten. Aber nein, ist ja klar, ich musste weiter arbeiten und noch mehr Staub einatmen.«

»Und dabei immer kränker werden«, ergänzte Mavis verbittert.

»Jetzt kann ich vielleicht noch ein Jahr arbeiten, höchstens zwei Jahre. Und wenn die sich wirklich irgendwann vor Gericht verantworten müssen, haften sie für so gut wie gar nichts. Das ist nicht in Ordnung.«

»Ich bin völlig Ihrer Meinung«, stimmte Samantha zu. »Aber das haben wir schon besprochen, Buddy, und nicht nur einmal.«

»Deswegen will ich diese Dreckskerle vor das Bundesgericht bringen.«

»Was ist denn das für eine Ausdrucksweise, Buddy?«

»Ich fluche verdammt noch mal, wenn ich will, Mavis.«

»Hören Sie, ich muss los.« Samantha griff nach ihrem Aktenkoffer. »Wollen Sie den Antrag auf Einstellung wirklich nicht unterschreiben?«

»Ich gebe nicht auf«, keuchte Buddy.

»Gut, aber ich fahre deswegen nicht noch einmal hierher. Ist das klar?«

Er nickte nur. Mavis ging mit ihr nach draußen und ließ Buddy einen Augenblick allein.

»Vielen, vielen Dank, Samantha«, sagte Mavis am Auto. »Wir sind Ihnen wirklich dankbar. Wir hatten jahrelang keinen Anwalt und freuen uns, dass das jetzt anders ist. Buddy hat nicht mehr lange zu leben, und er weiß es, deswegen ist er an schlechten Tagen ungenießbar.«

»Das kann ich verstehen.«

An der uralten Conoco-Tankstelle hielt Samantha an, um zu tanken und sich einen – hoffentlich genießbaren – Kaffee zu genehmigen. Neben dem Gebäude parkten mehrere Fahrzeuge, alle mit Kennzeichen des Bundesstaats West Virginia, und keines, das ihr schon einmal aufgefallen wäre. Jeff hatte ihr geraten, wachsamer zu sein, auf jeden Pkw und Pick-up zu achten, sich jedes Nummernschild zu merken, unauffällig Gesichter zu mustern und Stimmen wahrzunehmen, ohne offen Interesse zu zeigen. Du musst immer davon ausgehen, dass du beobachtet wirst, hatte er sie gewarnt, aber das konnte sie nur schwer akzeptieren.

Die sind davon überzeugt, dass wir etwas haben, was sie unbedingt haben wollen, hatte er gesagt. Das mit dem »wir« beunruhigte sie. Sie konnte sich nicht erinnern, sich auf irgendeine Seite geschlagen zu haben. Während sie die Pumpe fixierte, sah sie, wie ein Mann in den Laden ging, obwohl ihres Wissens in den letzten Minuten kein weiteres Auto vorgefahren war.

Bozo war wieder da. Sie zahlte an der Tankstelle mit ihrer Kreditkarte und hätte losfahren können, aber sie wollte Gewissheit haben. Sie ging durch den Vordereingang und wünschte der Kassiererin einen guten Morgen. Ein paar alte Männer saßen in

Schaukelstühlen um einen dickbäuchigen Ofen, keiner schien von ihr Notiz zu nehmen. Ein paar Schritte weiter kam sie in das winzige Café, einen billigen Anbau, in dem ein Dutzend Tische mit karierten Tischdecken stand. Fünf Gäste aßen dort, tranken Kaffee und unterhielten sich.

Er saß an der Theke und starrte auf den Grill, auf dem ein Koch Speck briet. Sie konnte sein Gesicht nicht sehen und wollte keine Szene machen, sodass sie eine Sekunde lang verlegen und unsicher mitten im Raum stand. Sie fing ein oder zwei Seitenblicke auf und beschloss, wieder zu gehen. Sie fuhr zurück nach Madison und hielt an einem kleinen Supermarkt, wo sie eine Straßenkarte erstand. Ihr gemieteter Ford hatte zwar ein Navigationssystem, aber das hatte sie bisher nicht programmiert. Sie musste sich dringend orientieren.

Eine halbe Stunde später, während sie einigermaßen ziellos über eine Nebenstraße irgendwo in Lawrence County, Kentucky, rollte, hatte ihr neues Handy endlich ausreichend Empfang für einen Anruf. Nach viermaligem Klingeln nahm Jeff ab. Sie erklärte in aller Ruhe, was passiert war, und er ließ sie alles noch einmal in Zeitlupe wiederholen.

»Er wollte, dass du ihn siehst«, sagte Jeff. »Sonst hätte er sich nicht so offen gezeigt. Das ist keine unübliche Taktik. Er weiß, dass du ihm keine verpasst oder so, also übermittelt er dir eine nicht gerade subtile Botschaft.«

»Und die wäre?«

»Wir beobachten dich. Wir können dich jederzeit finden. Du hast dich mit den falschen Leuten eingelassen, das könnte dir noch leidtun.«

»Okay, die Botschaft ist angekommen. Und jetzt?«

»Nichts. Halt die Augen offen und achte darauf, ob er in Brady auf dich wartet.«

»Ich will überhaupt nicht zurück nach Brady.«

»Tut mir leid.«

»Wo bist du?«

»Ich bin die nächsten Tage unterwegs.«

»Leg dich bloß nicht fest.«

Kurz vor Mittag war sie wieder in Brady, wo sie keine verdächtigen Gestalten entdecken konnte. Sie parkte auf der Straße in der Nähe der Law Clinic und musterte im Schutz ihrer Sonnenbrille die Umgebung, bevor sie ins Haus ging. Einerseits kam sie sich blöd vor, andererseits erwartete sie halb, Bozo hinter einem Baum lauern zu sehen. Aber was zum Teufel konnte er schon sehen? Sie zu überwachen hätte jeden Privatdetektiv zu Tode gelangweilt.

Die Crump-Brut rief ständig an. Offenbar hatte Francine einem von ihnen erzählt, sie habe es sich wieder anders überlegt und wolle sich mit Ms. Kofer treffen, um ihr Testament doch unverändert zu lassen. Das war für die Crumps natürlich Öl ins Feuer, und sie ließen die Telefonleitungen heiß laufen, um Ms. Kofer zu finden und ihr wieder die Leviten zu lesen. Niemand in der Law Clinic hatte von Francine gehört. Samantha nahm widerwillig einen Stapel Telefonnotizen von Barb entgegen, die ihr unaufgefordert riet, nur einen, vielleicht Jonah, den Ältesten, anzurufen, um zu erklären, dass sich ihre liebe Mutter gar nicht bei der Kanzlei gemeldet hatte und sie aufhören sollten, die Sekretärin zu terrorisieren.

Sie schloss ihre Tür und rief Jonah an. Er begrüßte sie halbwegs höflich, drohte dann aber sofort damit, sie zu verklagen und dafür zu sorgen, dass sie ihre Zulassung verlor, wenn sie noch einmal an »Mommas Testament« herumpfuschte. Sie wandte ein, dass sie Francine in den vergangenen vierundzwanzig Stunden weder gesehen noch von ihr gehört habe. Ein Termin sei auch nicht angesetzt. Nichts. Das beruhigte ihn ein wenig, obwohl er immer noch auf hundertachtzig war.

»Treibt Ihre Mutter vielleicht Spielchen mit Ihnen?«, fragte sie.

»So tickt Momma nicht«, behauptete er.

Sie bat ihn höflich, die Bluthunde zurückzupfeifen, nämlich seine Geschwister aufzufordern, die Kanzlei nicht weiter mit Anrufen zu bombardieren. Davon wollte er nichts wissen, und schließlich einigten sie sich nach zähen Verhandlungen darauf, dass Samantha, falls sich Francine wegen einer Rechtsberatung an die Kanzlei wandte, Jonah anrufen und ihn über ihre Pläne informieren würde.

Sie hängte hastig auf, und zwei Sekunden später war Barb in der Leitung.

»Das FBI ist dran.«

Der Anrufer stellte sich als Agent Banahan vom Büro in Roanoke vor und sagte, er sei auf der Suche nach einem gewissen Jeff Gray. Samantha gab zu, Jeff Gray zu kennen, und fragte den Beamten, wie sie seine Identität überprüfen sollte. Banahan sagte, er sei gern bereit, in einer halben Stunde bei ihr im Büro vorbeizukommen, er sei ohnehin in der Gegend. Sie erwiderte, am Telefon wolle sie sich nicht äußern, und erklärte sich mit dem Treffen einverstanden. Zwanzig Minuten später stand er am Empfang, wo er von Barb inspiziert wurde, die ihn recht attraktiv fand und wild flirtete. Banahan zeigte sich unbeeindruckt und ließ sich in dem kleinen Besprechungsraum nieder, in dem ihn Samantha und Mattie mit einem Aufnahmegerät auf dem Tisch erwarteten.

Nach einer knappen Vorstellung und einer eingehenden Prüfung seines Ausweises durch die beiden Anwältinnen begann Mattie das Gespräch. »Jeff Gray ist mein Neffe.«

»Das wissen wir.« Banahan grinste überheblich, und die Frauen fanden ihn auf Anhieb unsympathisch. »Wissen Sie, wo er ist?«

Mattie sah Samantha an. »Nein. Sie?«

»Nein.« Das war nicht gelogen, im Augenblick hatte sie keine Ahnung, wo sich Jeff versteckt hielt.

»Wann haben Sie zuletzt mit ihm gesprochen?«, fragte er in Samanthas Richtung.

Mattie unterbrach. »Hören Sie, sein Bruder ist Montag letzte Woche ums Leben gekommen; wir haben ihn am Mittwoch begraben, fünf Tage, bevor Ihre Leute in seiner Kanzlei eingefallen sind. Laut Testament ist Jeff sein Testamentsvollstrecker, und ich bin dessen Anwältin. Das heißt, ja, ich werde viel mit meinem Neffen zu besprechen haben. Was wollen Sie von ihm?«

»Wir haben eine Menge Fragen.«

»Haben Sie einen Haftbefehl?«

»Nein.«

»Gut, dann entzieht er sich auch nicht der Verhaftung.«

»Das stimmt. Wir wollen nur mit ihm reden.«

»Alle Gespräche mit Jeff Gray werden ausnahmslos hier stattfinden, an diesem Tisch. Ist das klar? Ich werde ihm raten, nichts zu sagen, wenn Ms. Kofer und ich nicht dabei sind.«

»Das geht in Ordnung, Mrs. Wyatt. Wann können wir mit ihm reden?«

Mattie entspannte sich ein wenig. »Ich weiß nicht, wo er heute ist. Ich habe es gerade auf seinem Handy probiert, und der Anruf ist direkt auf der Mailbox gelandet.«

Samantha schüttelte den Kopf, als hätte sie Jeff seit Wochen nicht gesprochen.

»Wir hätten eigentlich morgen bei Gericht einen Termin für die Testamentseröffnung und die Einleitung des Nachlassverfahrens gehabt, aber der Richter hat das auf nächste Woche verschoben. Im Augenblick weiß ich daher nicht, wo er ist.«

»Hat es mit der FBI-Aktion von gestern zu tun«, fragte Samantha, »bei der Sie Akten der Kanzlei von Donovan Gray beschlagnahmt haben?«

Banahan drehte die Handflächen nach oben. »Ist das nicht offensichtlich?«

»Sieht so aus. Gegen wen ermitteln Sie, jetzt, wo Donovan Gray tot ist?«

»Dazu darf ich nichts sagen.«

»Ist Jeff Gegenstand Ihrer Ermittlung?«, fragte Mattie.

»Nein, bisher nicht.«

»Er hat sich auch nichts zuschulden kommen lassen«, sagte Mattie.

28

Das Zerstörungsmanöver traf die Millard-Break-Mine in der Nähe von Wittsburg, Kentucky; die Attacke glich den anderen. Die Scharfschützen feuerten aus einer Position am Osthang des Trace Mountain, eines dicht bewaldeten Bergrückens hundertfünfzig Meter oberhalb der Tagebaumine, auf ihr rund siebenhundert Meter entferntes Ziel und vergnügten sich damit, siebenundvierzig Reifen zu zerschießen, von denen jeder etwa vierhundert Kilogramm wog und achtzehntausend Dollar kostete. Die beiden Wachleute vom Nachtdienst, die selbst schwer bewaffnet waren, sagten den Behörden, der Angriff habe etwa zehn Minuten gedauert und die krachenden Schüsse der Scharfschützen auf der anderen Seite des Tals und die in unmittelbarer Nähe explodierenden Reifen hätten sich zeitweise angehört, als wäre ein Krieg ausgebrochen. Die erste Salve schlug um 3.05 Uhr ein. Alle Bergbaumaschinen standen still, alle Bediener waren sicher zu Hause. Ein Wachmann sprang in einen Pick-up, um die Verfolgung aufzunehmen – wohin er wollte, wusste er allerdings selbst nicht so recht –, überlegte es sich jedoch schnell anders, als der Pick-up unter Feuer geriet und ihm zwei der Reifen um die Ohren flogen. Der andere Wachmann hechtete in einen Bürotrailer, um die Polizei zu rufen, musste jedoch in Deckung gehen, als die Fenster im Kugelhagel zerbarsten. Das war ein schwerer Zwischenfall, weil Menschenleben direkt gefährdet waren. Bei den anderen Angriffen hatten die Scharfschützen darauf geachtet, dass niemand zu Schaden kam. Sie hatten es auf Maschinen abgesehen gehabt, nicht auf Menschen. Diesmal handelte es sich jedoch um einen schweren Gesetzesverstoß. Die Wachleute meinten, es seien mindestens drei Gewehre im Spiel gewesen, obwohl das in dem allgemeinen Chaos schwer zu sagen war.

Die Eigentümerin, Krull Mining, stieß gegenüber der Presse die üblichen massiven Drohungen aus. Es wurde eine großzügige Belohnung ausgesetzt. Der Sheriff des Countys versprach eine gründliche Ermittlung und schnelle Festnahmen, was ein wenig großsprecherisch und voreilig klang, wenn man bedachte, dass »die Ökoterroristen« seit mittlerweile fast zwei Jahren ungestraft durch die südlichen Appalachen marodierten.

Dann befassten sich die Journalisten mit den bisherigen Attacken und spekulierten, ob die Heckenschützen auch diesmal dieselben Waffen benutzt hatten. Die 51-Millimeter-Patronen wurden normalerweise aus M24E-Langstreckengewehren abgefeuert, die von militärischen Scharfschützen im Irak eingesetzt wurden, um routinemäßig auf Entfernungen von über tausend Metern zu töten. Ein Experte wurde mit der Aussage zitiert, Heckenschützen, die mitten in der Nacht mit diesem Gewehr und frei erhältlichen Sichtgeräten agierten, seien praktisch nicht aufzuspüren.

Krull Mining beklagte die schwierige Versorgungslage auf dem Reifenmarkt, wo es immer wieder zu Engpässen komme, und erklärte, die Mine müsse vielleicht mehrere Tage geschlossen bleiben.

Samantha las den Artikel auf ihrem Laptop, während sie am Freitagmorgen im Büro ihren Kaffee trank. Sie hatte das unbehagliche Gefühl, dass Jeff mit der Gang zu tun hatte, wenn er nicht gar ihr Anführer war. Fast zwei Wochen nach dem Tod seines Bruders musste er ein Zeichen setzen, auf seine eigene Weise

Vergeltung üben und Krull Mining einen Schlag versetzen. Wenn ihre Ahnung sie nicht trog, war das noch ein Grund mehr, ihre Koffer zu packen.

Sie mailte den Artikel an Mattie, die nur ein paar Türen weiter saß, und ging dann zu ihr ins Büro. »Ganz ehrlich«, sagte sie, »ich glaube, Jeff hat damit zu tun.«

Mattie quittierte diese gewagte Vermutung mit einem gezwungenen Lachen. »Samantha, heute ist der erste Freitag im Dezember«, sagte sie. »Heute schmücken wir die Büros, wie jeder in Brady. Es ist der erste Tag seit Donovans Tod, an dem ich mich halbwegs gut fühle und sogar wieder lachen kann. Ich will mir den Tag nicht damit verderben, dass ich mir über Jeff den Kopf zerbreche. Haben Sie mit ihm gesprochen?«

»Nein, warum sollte ich? Zwischen uns läuft nichts, wie Sie sagen würden. Er meldet sich nicht zum Rapport bei mir.«

»Gut, vergessen wir Jeff für den Augenblick; jetzt ist Weihnachtsstimmung angesagt.«

Barb drehte das Radio lauter, und bald schallten Weihnachtslieder durch die Büroräume. Sie war für den Weihnachtsbaum zuständig, ein tristes kleines Plastikexemplar, das das ganze Jahr über in einer Besenkammer sein Dasein fristete, aber einen Funken Leben zeigte, als sie die Lichter angebracht und den Schmuck aufgehängt hatten. Annette brachte überall auf der Veranda vor dem Haus Efeu und Mistelzweige an und befestigte einen Kranz an der Tür. Sie ließen sich Essen bringen und genossen ein entspanntes Mittagsmahl im Besprechungsraum, zu dem Chester einen Rinderschmortopf aus dem Crockpot beitrug. Alle Arbeit war vergessen, alle Mandanten wurden ignoriert. Das Telefon klingelte nur selten, die Weihnachtsstimmung hatte wohl das gesamte County erfasst. Nach dem Mittagessen ging Samantha zum Gericht, und unterwegs fiel ihr auf, dass alle Läden und Büros geschmückt wurden. Ein städtischer Bautrupp befestigte silberne Glocken an den Straßenlaternen. Ein anderer Trupp verankerte eine große, frisch gefällte Fichte in dem an das Gerichtsgebäude angrenzenden Park. Plötzlich lag Weihnachten in der Luft, und die gesamte Stadt schien sich von der Stimmung anstecken zu lassen.

Bei Einbruch der Dunkelheit versammelte sich ganz Brady in der Innenstadt; Menschentrauben verstopften die Bürgersteige entlang der Main Street, Passanten schlenderten von Geschäft zu Geschäft, tranken im Gehen heißen Cider und aßen Ingwerplätzchen. Die Straße war für den Verkehr gesperrt, und die Kinder warteten aufgeregt auf den Umzug. Gegen sieben war es so weit: In der Ferne heulten Sirenen. Die Menge drängte an die Main Street. Samantha sah sich das Ganze zusammen mit Kim, Adam und Annette an. Der Sheriff führte die Prozession an, sein braun-weißer Streifenwagen glänzte frisch poliert. Die gesamte Flotte folgte. Samantha hielt nach Romey Ausschau, der sicherlich gern dabei gewesen wäre, aber von ihm war nichts zu sehen. Die Highschool-Band marschierte mit einer ziemlich schwachen Darbietung von »O Come, All Ye Faithful« vorbei. Es war eine kleine Band von einer kleinen Highschool.

»Die sind aber nicht sehr gut«, flüsterte Adam Samantha zu.

»Ich finde sie toll«, erwiderte sie.

Dann marschierten die Pfadfinder vorbei, zuerst die Mädchen, dann die Jungen. Auf einem Umzugswagen saßen Kriegsversehrte in ihren Rollstühlen, freuten sich ihres Lebens und waren glücklich, dass ihnen ein weiteres Weihnachten vergönnt war. Der Star war Mr. Arnold Potter, einundneunzig, der vor vierundsechzig Jahren bei der Landung in der Normandie dabei gewesen war. Er war der größte noch lebende Held im County. Die Freimaurerloge der Shriners flitzte auf Mini-Motorrädern vorbei und stahl den anderen wie immer die Show. Der Rotary Club hatte auf seinem Wagen eine Krippe mit echten Schafen und Ziegen aufgebaut, die sich zumindest vorübergehend bestens benahmen. Auf einem großen Umzugswagen, der von einem neuen Ford-Pick-up gezogen wurde, drängte sich der Kinderchor der First Baptist Church. Die Kinder steckten in weißen Chorhemden und sangen mit engelhaften Stimmen nahezu perfekt »O Little Town of Bethlehem«. Der Bürgermeister rollte in einem Thunderbird-Cabrio von 1958 vorbei. Er winkte und lächelte viel, aber das schien niemanden zu interessieren. Dann folgten weitere Polizeifahrzeuge, ein Löschzug der freiwilligen Feuerwehr und ein weiterer Umzugswagen mit einer Bluegrass-Band, die eine rustikale Interpretation von »Jingle Bells« zupfte und fiedelte. Ein Reitverein trabte auf einer Herde Quarter Horses vorbei, Mensch und Tier prangten in voller Rodeopracht. Der berühmte Roy Rogers und sein Pferd Trigger wären stolz gewesen. Die örtliche Tankstelle hatte einen glänzenden neuen Tankwagen mit einem Vierzigtausend-Liter-Tank in die Parade geschickt. Der Fahrer, ein Schwarzer, vergnügte sich damit, bei offenen Fenstern in voller Lautstärke ganz und gar unweihnachtliche Rapmusik zu hören.

Schließlich erschien die Hauptperson auf ihrem Schlitten. Der Weihnachtsmann winkte den Kindern zu und warf ihnen Bonbons vor die Füße. »Ho, ho, ho«, tönte seine Stimme aus dem Lautsprecher, aber das war alles.

Als der Umzug außer Sicht war, schlenderten die meisten Zuschauer zum Gericht und versammelten sich im angrenzenden Park. Der Bürgermeister begrüßte alle und redete viel zu lang. Ein zweiter Kinderchor sang »O Holy Night«. Miss Noland County, eine rothaarige Schönheit, gab gerade »Sweet Little Jesus Boy« zum Besten, als Samantha eine Berührung an ihrem rechten Ellbogen spürte. Es war Jeff, mit einer Kappe und einer Brille, die sie noch nie gesehen hatte. Sie löste sich von Kim und Adam und schlängelte sich durch die Menge zu einer dunklen

Stelle in der Nähe des Kriegerdenkmals. Dort hatten sie am vergangenen Montagabend gestanden und Bozo und Jimmy aus der Ferne beobachtet.

»Hast du morgen schon was vor?«, fragte er fast im Flüsterton.

»Da ist Samstag. Selbstverständlich habe ich nichts vor.«

»Lass uns wandern gehen.«

Sie zögerte und beobachtete, wie der Bürgermeister einen Schalter umlegte und die Lichter am offiziellen Weihnachtsbaum einschaltete. »Wo?«

Er drückte ihr einen zusammengefalteten Zettel in die Hand. »Hier sind ein paar Instruktionen. Wir sehen uns morgen.« Er küsste sie flüchtig auf die Wange und verschwand.

Sie fuhr nach Knox in Curry County und stellte ihr Auto auf dem Parkplatz der Bücherei einen Häuserblock von der Main Street entfernt ab. Soweit sie das beurteilen konnte, war ihr niemand gefolgt. Lässig schlenderte sie zur Main Street, ging dreihundert Meter in westliche Richtung und betrat ein Bistro mit Café, das sich Knox Market nannte. Sie fragte nach den Toiletten und wurde nach hinten geschickt. Dort führte eine Tür zu einem Durchgang, der in die Fifth Street mündete. Den Anweisungen folgend, kehrte sie dem Zentrum den Rücken und ging zwei Straßen weiter, bis vor ihr der Fluss auftauchte. Als sie sich Larry's Trout Dock, einem Anglergeschäft unter der Brücke, näherte, kam Jeff aus dem Laden und deutete auf ein sechs Meter langes Flachbodenboot.

Wortlos stiegen beide ein. Samantha saß warm eingepackt im vorderen Teil, Jeff hatte hinten Platz genommen und startete das Außenbordmotor. Er legte ab und gab langsam Gas. Sie hielten sich in der Mitte des Curry River, und die Stadt verschwand schnell aus ihrem Blickfeld. Dann fuhren sie unter einer weiteren Brücke hindurch und schienen damit die Zivilisation hinter sich gelassen zu haben. Viele Kilometer weit – Samantha hatte keine Ahnung, wie man die Entfernung auf einem Fluss mit so vielen Biegungen maß – glitten sie über das dunkle, stille Wasser. Der Curry war ein schmales, tiefes Gewässer ohne Felsen oder Stromschnellen. Er schlängelte sich durch die Berge, zwischen hohen Steilwänden, die sich über dem Wasser fast berührten und kein Sonnenlicht durchließen. Sie passierten ein Boot, einen einsamen Angler, der gedankenverloren auf seine Leine starrte und sie gar nicht wahrzunehmen schien. Sie passierten eine kleine Siedlung in der Nähe einer Sandbank, eine Ansammlung schwimmender Hütten und Boote. »Flussratten« sollte Jeff später sagen. Immer tiefer fuhren sie in die Schlucht hinein, und mit jeder Biegung wurde der Curry schmaler und dunkler.

Das laute Dröhnen des Außenbordmotors machte jedes Gespräch unmöglich, nicht dass einer von ihnen viel zu sagen gehabt hätte. Für sie war es eine Reise ins Unbekannte, aber sie hatte keine Angst, spürte nicht den geringsten Zweifel. So kompliziert er war, trotz seiner Wut, seiner gegenwärtigen emotionalen Labilität und seines Draufgängertums – sie vertraute ihm. Zumindest vertraute sie ihm genug, um mit ihm wandern zu gehen oder was auch immer er für den Tag geplant hatte.

Jeff nahm Gas weg und ließ das Boot nach rechts treiben. »Curry-Altwasser« stand auf einem alten Schild, und dann kam eine Betonrampe in Sicht. Jeff ließ das Boot herumschwingen und auf eine Sandbank auflaufen.

»Spring raus«, sagte er, und sie stieg aus.

Er kettete das Boot an einem Metallgestell an der Rampe an und blieb einen Augenblick stehen, um sich die Beine zu vertreten. Sie hatten fast eine Stunde im Boot gesessen.

»Guten Morgen übrigens«, sagte sie.

Er grinste. »Gleichfalls. Schön, dass du gekommen bist.«

»Als hätte ich die Wahl gehabt. Wo sind wir eigentlich genau?«

»In den Tiefen von Curry County. Komm mit.«

»Wie du meinst.«

Sie verließen die Sandbank und drangen in den dichten Wald vor, wo sie einem bergauf führenden Trampelpfad folgten, der nur für Menschen wie Jeff erkennbar war. Oder für Menschen wie Donovan. Als es steiler wurde, schien er das Tempo noch zu beschleunigen. Gerade als ihre Oberschenkel und Waden streiken wollten, blieb er abrupt auf einer kleinen Lichtung stehen und griff nach einigen Zedernästen. Er schob sie beiseite und enthüllte – wie hätte es anders sein können? – ein einsatzbereites Honda-Quad.

»Männer sind doch große Kinder«, sagte sie.

»Bist du so was schon mal gefahren?«, fragte er.

»Ich lebe in Manhattan.«

»Spring auf.« Das tat sie. Hinter ihm war ein schmaler Streifen auf dem Sitz frei. Sie schlang die Arme um seine Taille, als er den Motor anließ und hochdrehte. »Halt dich fest«, sagte er, und schon waren sie unterwegs und rasten über den Pfad, der noch vor wenigen Sekunden kaum breit genug für Fußgänger gewesen war. Er führte zu einer Schotterpiste, die Jeff wie ein Stuntfahrer anging. »Halt dich fest!«, brüllte er erneut, als er das Quad auf die Hinterräder steigen ließ, bis sie praktisch flogen. Samantha hätte ihn gern gebeten, langsamer zu fahren, doch stattdessen klammerte sie sich noch fester an ihn und kniff die Augen zu. Die Fahrt war ebenso aufregend wie Furcht einflößend, aber sie wusste, dass er sie nicht in Gefahr bringen würde. Von der unbefestigten Straße bogen sie auf einen weiteren Trampelpfad ab, der steil nach oben führte. Die Bäume standen zu dicht für Stunttricks, und Jeff wurde vorsichtiger. Trotzdem war es eine mühsame, gefährliche Fahrt. Nach einer halben Stunde auf dem Quad sehnte sich Samantha nach dem Boot zurück.

»Darf ich fragen, wo wir hinfahren?«, brüllte sie ihm ins Ohr.

»Wandern natürlich.« Der Pfad hatte den höchsten Punkt erreicht, und sie rasten über einen Bergrücken. Er bog in einen anderen Pfad ein, und es ging wieder bergab, eine gefährliche Fahrt, bei der sie hin und her schlingerten und nur mit Mühe Bäumen und Felsbrocken auswichen. Auf einer Lichtung verlangsamte Jeff für einen Augenblick das Tempo und studierte das Bild zu ihrer Rechten.

»Gray Mountain«, sagte er und deutete mit dem Kopf auf den abgeholzten, kahlen Berg in der Ferne. »Gleich sind wir auf unserem Land.«

Sie klammerte sich noch einmal fest, und als sie durch die Wasser des Yellow Creek fuhren, sah sie die Blockhütte. Sie schmiegte sich an einen Berghang, ein rustikaler Würfel aus alten Balken, mit einer Veranda an der Vorderseite und einem Kamin am einen Ende.

Jeff hielt neben der Hütte. »Willkommen in unserem Versteck.«

»Da kommt man doch bestimmt auch einfacher hin.«

»Na klar. Ganz in der Nähe ist eine kleine Straße. Die zeige ich dir später. Nette Hütte, was?«

»Wenn du meinst. Ich hab's nicht so mit Blockhütten. Donovan hat sie mir irgendwann mal gezeigt, aber aus über dreihundert Meter Höhe. Wenn ich mich richtig erinnere, hat er gesagt, es gibt weder fließend Wasser noch Heizung noch Strom.«

»Stimmt. Falls wir hier übernachten, schlafen wir am Feuer.«

Von Übernachtung war keine Rede gewesen, aber Samantha war nicht überrascht. Sie folgte ihm die Treppe zur Veranda hinauf und in den Hauptraum der Hütte. Im Kamin glimmte ein Holzscheit.

»Wie lang bist du schon hier?«, fragte sie.

»Ich bin letzte Nacht hergekommen und habe am Feuer geschlafen. Wirklich sehr gemütlich. Willst du ein Bier?«

Sie sah auf die Uhr: 11.45 Uhr. »Ein bisschen früh.« Neben einem kleinen Esstisch stand eine Kühlbox. »Hast du Wasser?«

Er gab ihr eine Flasche Wasser und machte sich ein Bier auf. Sie setzten sich auf zwei Holzstühle am Kamin. Er trank einen Schluck.

»Sie waren diese Woche hier«, sagte er. »Irgendwer, ich weiß nicht wer, aber ich bezweifle, dass es das FBI war, weil die einen Durchsuchungsbeschluss brauchen würden. Vermutlich waren es Leute, die für Krull oder eine andere Firma arbeiten.«

»Woher weißt du, dass jemand hier war?«

»Weil ich sie auf Video habe. Vor zwei Monaten haben Donovan und ich zwei Überwachungskameras installiert. Eine in einem Baum am anderen Ufer, die andere in einem Baum etwa fünfzehn Meter von der Veranda entfernt. Beide werden hier, durch die Eingangstür, aktiviert. Wenn jemand die Tür öffnet, schalten sich die Kameras ein und laufen dreißig Minuten. Die Eindringlinge haben nichts davon gemerkt. Am vergangenen Freitag, genauer gesagt um 3.21 Uhr, sind hier vier Schlägertypen aufgetaucht und haben die Hütte durchwühlt. Ich bin mir sicher, dass sie auf der Suche nach Dokumenten, Festplatten, Laptops und anderen Dingen waren, die sie irgendwie verwenden können. Interessant ist, dass sie keine Spuren hinterlassen haben. Nichts. Noch nicht einmal der Staub wurde aufgewirbelt, die verstehen also ihr Handwerk. Offenbar halten sie mich für blöd, aber jetzt weiß ich, wie sie aussehen. Ich kenne diese vier Visagen und bin gewappnet, wenn mir die Kerle über den Weg laufen.«

»Werden wir im Augenblick beobachtet?«

»Das bezweifle ich. Mein Pick-up ist so versteckt, dass ihn keiner findet. Das ist unser Land, Samantha, und wir kennen es besser als irgendwer sonst. Willst du dich mal umsehen?«

»Gern.«

Er schnappte sich einen Rucksack, und sie folgte ihm nach draußen. Sie marschierten einen knappen Kilometer am Yellow Creek entlang und blieben auf einer Lichtung stehen, um die seltenen Sonnenstrahlen zu genießen.

»Ich weiß nicht, wie viel Donovan dir erzählt hat«, sagte Jeff, »aber das ist der einzige Teil unseres Landes, der nicht durch den Tagebau zerstört wurde. Wir haben hier rund acht Hektar, die unberührt geblieben sind. Hinter dem Bergrücken liegen der Gray Mountain und der Rest unseres Landes, das ist alles vollkommen ruiniert.«

Sie marschierten weiter und erklommen den Berg, bis sich der Wald lichtete und sie stehen blieben, um den Anblick der Zerstörung in sich aufzunehmen. Was aus der Luft in dreihundert Meter Höhe trostlos gewirkt hatte, war von der Erde aus nur noch deprimierend. Vom Berg selbst war nur ein hässlicher, von Unkraut überwucherter pockennarbiger Steinbuckel übrig. Mühsam erkletterten sie die Kuppe und blickten auf die verschütteten Täler unter ihnen hinab. Zum Mittagessen verzehrten sie Sandwiches im Schatten eines heruntergekommenen Trailers, der einmal Hauptquartier der Bergbaugesellschaft gewesen war. Jeff erzählte, wie er als Kind die Zerstörung hatte mit ansehen müssen. Er war neun Jahre alt gewesen, als der Abbau begann.

Samantha fragte sich, warum er den Gray Mountain als Ziel ihrer Samstagswanderung gewählt hatte. Wie Donovan sprach er nur ungern über die Geschehnisse von damals. Die Wanderung machte überhaupt keinen Spaß. Landschaft und Aussicht waren weitgehend ruiniert. Sie befanden sich mitten in den Appalachen und hätten Tausende von Kilometern durch unberührte Natur wandern können. Die Situation mit Krull Mining war extrem gefährlich; man hätte ihnen folgen können.

Warum also der Gray Mountain? Sie fragte nicht. Vielleicht später, aber nicht jetzt.

Beim Abstieg kamen sie an einem von Schlingpflanzen überwucherten Maschinenhof mit rostenden Geräten vorbei, die offenbar zurückgeblieben waren, als Vayden Coal den Standort fluchtartig verlassen hatte. Ein teilweise mit Unkraut bedeckter mächtiger Reifen lag auf dem Boden. Samantha trat näher heran. »Wofür ist der?«

»Für die Muldenkipper. Das ist noch ein kleiner, mit nur gut drei Meter Durchmesser. Heutzutage sind die fast doppelt so groß.«

»Ich habe gestern die Nachrichten gelesen. Hast du gesehen, dass es bei Millard Break vorletzte Nacht eine Schießerei gegeben hat? Diese Ökoterroristen ...«

»Natürlich, jeder weiß davon.« Sie drehte sich um und fixierte ihn mit unverwandtem Blick. Er trat einen Schritt zurück. »Was?«

Sie fixierte ihn weiter. »Ach, nichts. Ich dachte mir nur, Ökoterrorismus wäre was für dich und Donovan und vielleicht auch Vic Canzarro.«

»Ich finde diese Leute toll, wer sie auch sein mögen. Aber ich lege keinen Wert darauf, im Gefängnis zu landen.« Er ging bereits weiter, während er sprach. Am Fuß des Gray Mountain folgten sie einem Flussbett. Wasser gab es nicht, schon lange nicht mehr. Jeff sagte, er und Donovan hätten dort mit ihrem Vater geangelt, lange bevor die Verkippung im Tal den kleinen Fluss zerstörte. Er führte sie zu der Stelle, an der ihr altes Heim gestanden hatte, und beschrieb ihr das Haus, in dem sie gelebt hatten. An dem Kreuz, an dem Donovan ihre Mutter Rose gefunden hatte, hielten sie an, und Jeff kniete dort lange.

Die Sonne versank hinter den Bergen, der Nachmittag war

plötzlich vorbei. Der Wind wurde beißender, eine Kaltfront sollte durchziehen und möglicherweise sogar Schnee bringen.

»Willst du heute Nacht hierbleiben oder zurück nach Brady?«, fragte er, als sie wieder am Yellow Creek waren.

»Lass uns hierbleiben«, sagte sie.

Sie grillten auf der Veranda zwei Steaks auf Holzkohle und aßen sie am Feuer mit Rotwein aus Pappbechern. Als die erste Flasche leer war, öffnete Jeff eine zweite, und sie streckten sich auf einem Stapel Decken vor dem Feuer aus. Sie fingen an, sich zu küssen, zuerst vorsichtig, sie hatten es nicht eilig, denn es lag noch eine lange Nacht vor ihnen. Der billige Merlot hatte Flecken auf Lippen und Zunge hinterlassen, und sie lachten darüber. Sie sprachen über ihre Vergangenheit und über seine. Er erwähnte Donovan nicht, und sie gab sich große Mühe, ihn ebenfalls zu vermeiden. Die Vergangenheit war einfach, verglichen mit der Zukunft. Jeff war arbeitslos und hatte keine Ahnung, was er machen sollte. Er hatte fünf Jahre gebraucht, um zwei Collegejahre hinter sich zu bringen, ein großer Student war er nicht. Er hatte vier Monate wegen eines Drogenvergehens im County-Gefängnis gesessen, die Vorstrafe war nicht aus dem Register gelöscht und würde ihn noch lange verfolgen. Mittlerweile ging er Drogen aus dem Weg, zu viele Freunde hatten ihr Leben durch Meth zerstört. Vielleicht ab und zu ein bisschen Gras, aber er war kein starker Raucher oder Trinker. Nach und nach arbeiteten sie sich bis zu ihrem Liebesleben vor. Samantha sprach über Henry, als wäre die Geschichte wichtiger gewesen, als sie eigentlich war. Für eine ernsthafte Beziehung sei sie einfach zu beschäftigt und zu erschöpft gewesen. Jeff war irgendwann einmal mit seiner Sandkastenliebe verlobt gewesen, aber sein Gefängnisaufenthalt hatte ihre Pläne platzen lassen. Während er hinter Gittern saß, war sie mit einem anderen durchgebrannt und hatte ihm das Herz gebrochen. Lange Zeit hatte er danach nicht mehr viel von Frauen gehalten und sie behandelt, als wären sie nur für eine Sache gut. Das änderte sich jetzt allmählich, und seit einem Jahr hatte er etwas mit einer geschiedenen jungen Frau in Wise. Sie arbeitete am College, hatte einen guten Job und zwei Blagen. Das Problem war, dass er ihre Kinder nicht ausstehen konnte. Ihr Vater war schizophren, und die Kinder zeigten erste Symptome. Die Beziehung war deutlich abgekühlt.

»Du hast deine Hand unter meinem T-Shirt«, sagte sie.

»Ja, fühlt sich richtig gut an.«

»Finde ich auch. Ist schon lange her.«

Schließlich küssten sie sich richtig, es war ein langer, suchender Kuss, mit wild tastenden Händen, die hektisch Knöpfe aufrissen. Sie legten eine Pause ein, um Gürtel und Schuhe loszuwerden. Der nächste Kuss war zärtlicher, aber immer noch waren alle vier Hände damit beschäftigt, den anderen seiner Kleidung zu entledigen. Als sie endlich vollständig nackt waren, liebten sie sich im Feuerschein. Zuerst fiel es ihnen schwer, ihren Rhythmus zu finden. Er war ein wenig grob und sie ein wenig aus der Übung, aber bald hatten sie sich auf den Körper des anderen eingestimmt. Runde eins war schnell vorüber, zu groß war die angestaute Spannung. Runde zwei war wesentlich befriedigender, sie erkundeten einander und wechselten die Positionen. Als es vorbei war, streckten sie sich erschöpft auf den Decken aus, berührten einander sanft.

Es war kurz vor einundzwanzig Uhr.

Bis zum späten Vormittag war die dünne Schneeschicht verschwunden. Die Sonne strahlte, die Luft war klar. Sie wanderten eine Stunde lang um den Gray Mountain herum, sprangen über ausgetrocknete Bachbetten, in denen sich einmal Regenbogen- und Bachforellen getummelt hatten, schlüpften in flache Höhlen, die den Jungen einst als Festung gedient hatten, krochen über Felsbrocken, die vor zwei Jahrzehnten aus der Erde gesprengt worden waren, und folgten gewundenen Pfaden, die niemand sonst je finden würde.

Samantha tat nach dem Marathon der letzten Nacht zwar nicht gerade alles weh, aber manche Muskeln waren ein wenig empfindlich. Jeff hingegen war nichts anzumerken. Ob er auf Berge kletterte oder am Feuer Sex hatte, seine Ausdauer war unerschöpflich.

Sie folgte ihm durch eine Schlucht am Fuß des Berges zu einem weiteren Pfad, der im dichten Wald verschwand. Sie erklommen Felsen, die zu einer natürlichen Formation gehörten, und betraten eine Höhle, die selbst aus sechs Meter Entfernung nicht zu erkennen war. Jeff schaltete eine Taschenlampe ein und warf einen Blick über seine Schulter.

»Alles in Ordnung?«

»Ich bin direkt hinter dir.« Sie klebte geradezu an ihm dran. »Wo wollen wir hin?«

»Ich will dir etwas zeigen.« Sie duckten sich, um einer Felswand auszuweichen, und stiegen tiefer in die Höhle hinein, die ohne die Taschenlampe stockfinster gewesen wäre. Sie bewegten sich langsam, als wollten sie sich anschleichen. Hätte er »Schlange!« gebrüllt, sie wäre entweder in Ohnmacht gefallen oder sofort an einem Herzinfarkt gestorben.

Sie kamen in einen Raum, eine halbrunde Höhle, in die ein Sonnenstrahl fiel, der irgendwie durch den Fels gedrungen war. Es war ein Lagerraum, der schon eine ganze Weile benutzt wurde. Zwei Reihen ausgemusterter Militärschränke säumten eine Wand, an einer anderen stapelten sich Kartons. Auf einem Tisch aus einer dicken Sperrholzplatte, die auf Schlackebetonsteinen ruhte, stand eine Sammlung identischer Aufbewahrungsboxen. Die Boxen waren aus Plastik und fest verschlossen.

»Hier haben wir als Kinder gespielt«, sagte Jeff. »Die Höhle liegt sechzig Meter im Sockel des Gray Mountain, das ist zu weit und zu tief, um vom Bergbau zerstört zu werden. Dieser Raum war einer unserer Lieblingsplätze, weil er hell und trocken ist, kein bisschen feucht, und die Temperatur ist das ganze Jahr über gleich.«

Samantha deutete auf den Tisch. »Und das sind dann wohl die Unterlagen, die ihr Krull Mining gestohlen habt?«

Er nickte grinsend. »Stimmt.«

»Dann leiste ich jetzt Beihilfe zu einer Straftat. Warum hast du mich hergebracht, Jeff?«

»Du leistest keine Beihilfe, weil du mit der Straftat nichts zu tun hattest und diese Boxen nie gesehen hast. Du warst nie hier, verstanden?«

»Ich weiß nicht. Ich habe kein gutes Gefühl dabei. Warum hast du mich hergebracht?«

»Das ist ganz einfach, Samantha, und dann auch wieder nicht. Diese Dokumente müssen anderen Anwälten übergeben werden, Donovans Mitanwalt. Und zwar bald. Mir fällt schon was ein, wie ich das hinbekomme, aber einfach wird es nicht. Das FBI hat mich im Auge. Krull beobachtet mich. Jeder brennt darauf, mich mit den Dokumenten zu erwischen. Ich habe geholfen, das Zeug zu klauen, und jetzt befindet es sich auf dem Grund und Boden meiner Familie; mich da herauszuwinden könnte schwierig werden.«

»Du wärst geliefert.«

»Genau, und falls mir etwas zustößt, bevor ich sie weitergeben kann, muss jemand wissen, wo sie sind.«

»Und dieser Jemand bin ich.«

»Du bist klug, dir fällt schon was ein.«

»Das bezweifle ich. Und wer weiß sonst noch davon?«

»Vic Canzarro. Sonst niemand.«

Sie holte tief Luft und ging zum Tisch. »Das ist alles andere als einfach, Jeff. Zum einen handelt es sich um gestohlene Dokumente, die Krull Mining ein Vermögen kosten würden und die Firma zwingen könnten, etwas gegen die von ihr hinterlassene Verwüstung zu unternehmen. Andererseits könnten sie ein Strafverfahren gegen dich oder jeden anderen bedeuten, der sie in seinem Besitz hat. Hast du mit den anderen Anwälten gesprochen, mit Donovans Mitanwalt?«

»Nicht seit seinem Tod. Ich will, dass du das übernimmst, Samantha. Ich bin kein Jurist. Du schon, und es muss sofort passieren. Bei einem geheimen Treffen, ohne neugierige Augen und Ohren.«

Kopfschüttelnd stellte sie fest, dass sie sich immer weiter in diesem Spinnennetz verstrickte. Hatte sie bereits den Punkt erreicht, an dem es kein Zurück mehr gab?

»Ich muss mir das überlegen. Was ist mit dir und Vic, warum trefft ihr euch nicht mit den Anwälten?«

»Vic will nicht. Er bekommt allmählich Angst. Außerdem hat er hier in den Kohlenrevieren viel zu verlieren. Das ist eine lange Geschichte.«

»Gibt es bei euch auch kurze Geschichten?« Sie ging zu den Schränken. »Was ist da drin?«

»Unsere Waffensammlung.«

Sie überlegte, ob sie eine Tür öffnen und einen Blick hineinwerfen sollte, aber sie verstand nichts von Waffen und wollte auch nichts darüber lernen.

»Wie groß ist die Wahrscheinlichkeit, dass ich ein militärisches Scharfschützengewehr mit Nachtsichtoptik und einen Vorrat an 51-Millimeter-Patronen finde?«, fragte sie, ohne ihn anzusehen.

Als sie sich schließlich umdrehte und ihn fixierte, wich er

ihrem Blick aus. »An deiner Stelle würde ich das nicht aufmachen.«

Sie nahm Kurs auf den Eingang und drängte sich an ihm vorbei. »Lass uns gehen.«

Bald hatten sie die Höhle hinter sich gelassen und folgten den Pfaden, die kreuz und quer durch das Gelände verliefen. Samantha wurde bewusst, dass sie die Höhle nie wiederfinden würde, falls Jeff etwas zustieß. Davon abgesehen – falls Jeff etwas zustieß, war sie wieder in Manhattan, bevor Mattie die nächste Beerdigung organisieren konnte.

Lange sprach keiner der beiden. Zum Mittagessen teilten sie sich eine Dose schlechtes Chili, das sie mit dem letzten Rest Wein hinunterspülten; dann hielten sie am Feuer ein Nickerchen. Als sie ausgeschlafen hatten, fingen sie erneut an, sich zu küssen, und konnten die Finger nicht voneinander lassen. Schließlich lagen die Kleider wieder im Raum verstreut, und sie verbrachten einen höchst erfreulichen Sonntagnachmittag miteinander.

29

Phoebe Fannings Kaution wurde von hunderttausend Dollar auf läppische tausend reduziert, und um neun Uhr am Montagmorgen hinterlegte sie diese über eine Kautionsagentur. Das war nur möglich geworden, weil Samantha den Richter erfolgreich so lange bearbeitet hatte, bis er die Mutter auf freien Fuß setzte, während der Vater im Gefängnis blieb. Das Wohlergehen von drei unschuldigen Kindern stand auf dem Spiel, und nachdem sie ihm zwei Tage lang in den Ohren gelegen hatte, war der Richter eingeknickt. Phoebes Pflichtverteidiger war überarbeitet und hatte wenig Zeit für die Formalitäten, daher war Samantha eingesprungen, um die Freilassung zu organisieren. Sie kam mit Phoebe aus dem Gericht und fuhr sie nach Hause. Dort wartete sie gemeinsam mit ihr eine Stunde lang, bis eine entfernte Cousine die Kinder brachte. Sie hatten ihre Mutter über eine Woche lang nicht gesehen und waren offensichtlich gewarnt worden, dass diese wahrscheinlich ins Gefängnis wandern würde. Es gab reichlich Tränen und Umarmungen, und Samantha hatte sehr schnell genug davon. Sie hatte Phoebe ausführlich erklärt, dass sie eine Freiheitsstrafe von mindestens fünf Jahren bekommen würde und Randy noch viel mehr, wenn er die Schuld auf sich nahm, und dass sie ihre Kinder auf die unausweichliche Katastrophe vorbereiten musste.

Als sie bei den Fannings wegging, klingelte ihr Handy. Es war Mattie in der Kanzlei. Sie hatte soeben erfahren, dass Francine

Crump einen schweren Schlaganfall erlitten hatte und im Krankenhaus war. Die Geschichte vom kostenlosen Testament ging in die nächste Runde.

Im Krankenhaus, einer Furcht einflößenden, antiquierten Einrichtung, die für jeden Bürger von Noland County Grund genug hätte sein sollen, auf seine Gesundheit zu achten, trieb Samantha auf der Intensivstation eine Krankenschwester auf, die bereit war, ein oder zwei Worte mit ihnen zu wechseln. Die Patientin war kurz nach Mitternacht eingeliefert worden, sie war nicht ansprechbar gewesen und hatte praktisch keinen Blutdruck mehr gehabt. Eine Computertomografie hatte ergeben, dass sie einen massiven hämorraghischen Schlaganfall, also eine starke Einblutung ins Gehirn, erlitten hatte. Sie war intubiert worden und lag im Koma.

»Es sieht nicht gut aus«, sagte die Schwester und blickte sehr besorgt drein. »Es muss Stunden gedauert haben, bis sie gefunden wurde. Außerdem ist sie achtzig Jahre alt.«

Weil sie kein Familienmitglied war, durfte Samantha keinen Blick in die Intensivstation werfen, um herauszufinden, wer bei Francine war.

Als sie ins Büro zurückkam, fand sie Anrufnotizen von Jonah und DeLoss Crump vor. Da ihre Mutter im Sterben lag, wollten sie unbedingt über deren Nachlass reden. Falls es ein neues Testament gab, war es nicht von den Anwälten der Mountain Law Clinic verfasst worden. Falls es kein neues Testament gab und Francine bis zu ihrem Tod nicht mehr aus dem Koma erwachte, war mehr als klar, dass sich Samantha noch viele Monate lang mit diesen unangenehmen Menschen würde herumschlagen müssen. Ein erbitterter Streit um das Testament zeichnete sich ab.

Sie beschloss, die Anrufe für den Augenblick zu ignorieren. Vermutlich waren alle fünf Geschwister bereits im Eiltempo nach

Brady unterwegs, und sie würde noch früh genug von ihnen hören.

Beim Montagstreff mussten sie gleich mehrere Hiobsbotschaften verdauen. Wie von Mattie befürchtet, wollten die Anwälte von Strayhorn Coal von dem vereinbarten Vergleich im Verfahren wegen des schuldhaft verursachten Todes der Tate-Brüder nichts mehr wissen. Sie hatten ihr, als der voraussichtlich für die Testamentsvollstreckung zuständigen Anwältin, ein Schreiben zukommen lassen, in dem es hieß, der Vergleich sei vom Tisch und man werde stattdessen aggressiv gegen das Urteil vorgehen. Sie hatte sofort zurückgeschossen und ihnen per E-Mail mitgeteilt, sie sollten ihre Aggressionen gefälligst im Zaum halten. Ihre Theorie war, dass die Gegenseite eine Berufung durchdrücken wollte, um eine Aufhebung des Urteils zu erreichen und in einem neuen Verfahren ohne Donovan ihr Glück zu versuchen. Bis es zu diesem Verfahren kam, würden drei Jahre ins Land gehen, und während sie auf Zeit spielten und für ihre Verzögerungstaktik kassierten, konnte das Geld ihrer Mandantin anderswo gewinnbringend angelegt werden. Annette kochte vor Wut und drängte Mattie, den Richter zu informieren. Strayhorn und Donovan hätten eine Vergleichssumme von 1,7 Millionen Dollar vereinbart gehabt. Es sei unfair, ja gewissenlos, wenn die Klägerin davon nichts mehr wissen wolle, nur weil der Anwalt der Klägerin verstorben sei. Mattie war ganz ihrer Meinung, allerdings habe bisher niemand in Donovans Kanzlei irgendetwas Schriftliches finden können. Es sehe so aus, als habe es eine telefonische Einigung gegeben, aber vor seinem Tod sei keine Vergleichsvereinbarung mehr aufgesetzt worden. Mattie hatte große Zweifel daran, dass ein Gericht ohne schriftliche Unterlagen einen Vergleich erzwingen würde. Sie habe sich mit einem Prozessanwalt und einem Richter im Ruhestand besprochen, die ihr beide keine großen Chancen einräumten. Sie plane, inoffiziell mit dem Richter der ersten Instanz zu sprechen, um herauszufinden, was er dachte. Im Endeffekt sehe es aber so aus, als brauchte der Nachlass einen Anwalt für das Berufungsverfahren.

Zum nächsten Thema meldete Barb, die Kanzlei habe am Vormittag elf Anrufe vom Crump-Clan erhalten, und alle hätten dringend nach Ms. Kofer verlangt. Ms. Kofer sagte, sie plane, für den Nachmittag eine Besprechung anzusetzen. Erwartungsgemäß waren sowohl Mattie als auch Annette zu beschäftigt, um sich um die Crumps zu kümmern. Samantha verdrehte die Augen und sagte, ihr sei das egal, aber so einfach würden sie diese Leute nicht loswerden.

Francine starb um 16.30 Uhr am selben Nachmittag. Sie kam nicht wieder zu Bewusstsein, und das von Samantha aufgesetzte Testament blieb unangetastet.

Am frühen Dienstagnachmittag stahl Jeff sich durch die Hintertür und stand vor Samanthas Schreibtisch, bevor sie ihn bemerkt hatte. Sie begrüßten sich lächelnd, machten aber keine Anstalten, irgendwelche Gefühle zu zeigen. Ihre Tür stand offen, und in der Kanzlei wimmelte es, wie immer, von unglaublich neugierigen Frauen.

Er setzte sich. »Wann gehen wir wieder wandern?«, wollte er wissen.

Sie legte den Finger auf die Lippen. »Sobald ich einen Termin freihabe.« Sie hatte in den letzten vierundzwanzig Stunden öfter an Sex gedacht als irgendwann in den vergangenen zwei Jahren seit ihrer Trennung von Henry.

»Ich frage meine Sekretärin«, fuhr sie fort. Es fiel ihr immer noch schwer zu glauben, dass die Gespräche in ihrem Büro abgehört wurden, aber sie wollte kein Risiko eingehen.

Und er war so paranoid, dass er fast gar nichts sagte. »Okay«, war alles, was er herausbrachte.

»Möchtest du einen Kaffee?«

»Nein.«

»Dann machen wir uns besser auf den Weg.«

Sie gingen durch den Gang zum vorderen Besprechungsraum, wo sie von Mattie erwartet wurden. Um Punkt vierzehn Uhr rauschten grimmig entschlossen Agent Banahan, Agent Frohmeyer und Agent Zimmer herein, die aussahen, als wollten sie erst schießen und dann Fragen stellen. Frohmeyer hatte die Durchsuchung von Donovans Kanzlei angeführt. Zimmer war einer seiner Handlanger gewesen. Banahan hatte ihnen bereits einen Besuch abgestattet. Nach einer kurzen Vorstellungsrunde ging es zur Sache, mit Jeff, flankiert von Mattie und Samantha, auf der einen Seite und den Vertretern des Staates auf der anderen. Annette, die an einem Ende des Tisches saß, schaltete ein Aufnahmegerät ein.

Mattie erkundigte sich erneut, ob das FBI, die Bundesanwaltschaft, eine andere Vollstreckungsbehörde des Bundes oder eine für das Justizministerium tätige Stelle gegen Jeff ermittle. Frohmeyer versicherte ihr, das sei nicht der Fall.

Frohmeyer übernahm die Gesprächsführung und stocherte einige Minuten lang in Jeffs Vorgeschichte herum. Nachdem sie sich an ihrem intimen Wochenende doch sehr viel näher gekommen waren, erfuhr Samantha nichts Neues. Frohmeyer rollte Jeffs Beziehung zu Donovan auf. Wie lange hatte er für ihn gearbeitet? Was war seine Aufgabe? Wie viel verdiente er? Wie Mattie und Annette es ihm eingebläut hatten, gab Jeff knappe Antworten, die sich auf das unbedingt Nötige beschränkten.

Einen FBI-Beamten anzulügen war eine Straftat, gleich, wo und wie die Befragung stattfand. Was auch immer du tust, hatte Mattie mehrfach gesagt, du darfst auf keinen Fall lügen.

Wie sein Bruder hatte Jeff keinerlei Skrupel zu lügen, wenn das der Sache half. Er ging davon aus, dass sich die Bösen – die

Bergbaugesellschaften und jetzt auch der Staat – nicht an die Regeln hielten, tricksten und überhaupt alles taten, um zu gewinnen. Wenn die das konnten, wieso sollte er dann fair spielen? Weil du dafür ins Gefängnis wandern kannst, hatte Mattie immer wieder gesagt. Die Kohleunternehmen und ihre Anwälte nicht.

Frohmeyer arbeitete seine Notizen nach und nach ab und kam schließlich zu den wichtigen Fragen. Er erklärte, die vom FBI vor einer Woche, am 1. Dezember, beschlagnahmten Computer seien manipuliert gewesen. Jemand hatte die Festplatten ersetzt. Wusste Jeff etwas darüber?

»Nicht antworten!«, zischte Mattie. Sie erklärte Frohmeyer, sie habe mit dem Bundesanwalt gesprochen, und es sei klar, dass Donovan zum Zeitpunkt seines Todes nichts von einer neuen Ermittlung gegen ihn bekannt gewesen sei. Er sei nicht informiert worden; es liege nichts Schriftliches vor. Daher könnten Maßnahmen, die seine Mitarbeiter nach seinem Tod bezüglich der Akten und Aufzeichnungen in seiner Kanzlei ergriffen hatten, nicht als Behinderung der Ermittlungen gewertet werden.

Jeffs inoffizielle Version lautete, dass er die Festplatten aus den Rechnern in der Kanzlei und zu Hause ausgebaut und verbrannt hatte. Samantha hegte jedoch den Verdacht, dass sie nach wie vor existierten. Nicht dass es eine Rolle gespielt hätte. Jeff hatte ihr versichert, dass keiner von Donovans Rechnern relevante Informationen über Krull Mining enthielt.

Und ich weiß, wo die Unterlagen sind, dachte Samantha und konnte es selbst kaum glauben.

Die Tatsache, dass sich Mattie an die Bundesanwaltschaft gewandt hatte, ärgerte Frohmeyer. Das war ihr egal. Sie verhandelten eine Weile über die Befragung, und es wurde offensichtlich, wer die Oberhand hatte, zumindest bei dieser Begegnung. Wenn Mattie Jeff anwies, nicht zu antworten, hatte Frohmeyer keine Chance. Er erzählte von den Unterlagen, die vom Hauptsitz von Krull Mining bei Harlan, Kentucky, verschwunden waren, und fragte, ob Jeff etwas damit zu tun hatte. Jeff zuckte die Achseln und schüttelte den Kopf, bevor Mattie ihn anweisen konnte, nichts zu sagen.

»Berufen Sie sich auf Ihr Auskunftsverweigerungsrecht?«, fragte Frohmeyer frustriert.

»Er steht nicht unter Eid«, konterte Mattie, als wäre Frohmeyer schwer von Begriff.

Samantha musste sich, zumindest insgeheim, eingestehen, dass sie den Schlagabtausch von Herzen genoss. Das FBI mit all seiner Macht auf der einen Seite. Jeff, ihr Mandant, der mit Sicherheit etwas auf dem Kerbholz hatte, auf der anderen Seite, abgeschottet durch kompetente Juristinnen und für den Augenblick auf der Gewinnerseite.

»Das ist die reinste Zeitverschwendung«, sagte Frohmeyer und hob entnervt die Hände. »Danke für Ihre Gastfreundschaft. Wir kommen wieder.«

»Keine Ursache«, erwiderte Mattie. »Und kein Kontakt mit meinem Mandanten, ohne mich zu benachrichtigen, ist das klar?«

»Wir werden sehen«, sagte Frohmeyer patzig, während er seinen Stuhl zurückstieß und aufstand. Banahan und Zimmer stürmten mit ihm aus dem Raum.

Eine Stunde später saßen Samantha, Mattie und Jeff im großen Sitzungssaal in der hinteren Reihe und warteten auf den Richter, der die Eröffnung von Donovans Testament leiten sollte. Das Gericht tagte noch nicht, und eine Handvoll Anwälte schlenderte zwischen den Bänken umher und scherzte mit den Protokollführern.

»Ich habe heute Morgen mit unseren Sachverständigen geredet«, sagte Jeff leise. »Bisher gibt es keine Beweise dafür, dass jemand Donovans Cessna manipuliert hat. Der Absturz wurde durch einen plötzlichen Motorausfall verursacht, und der Motor hat versagt, weil die Kraftstoffzufuhr unterbrochen war. Der Tank war voll – wir tanken immer in Charleston, weil es da billiger ist. Ein Wunder, dass das Flugzeug nicht in Flammen aufgegangen ist und ein Loch in den Boden gebrannt hat.«

»Wieso war die Kraftstoffzufuhr unterbrochen?«, fragte Mattie.

»Das ist die große Frage. Wenn man an Sabotage glaubt, gibt es eine plausible Theorie. Eine Kraftstoffleitung führt von der Kraftstoffpumpe zum Vergaser, wo sie mit einer sogenannten B-Mutter befestigt ist. Wird die B-Mutter absichtlich gelockert, startet der Motor problemlos und läuft perfekt, bis sich die B-Mutter durch die Vibrationen langsam aufschraubt. Dann löst sich die Kraftstoffleitung, und kurz darauf fällt der Motor aus. Er fängt an zu stottern und stirbt dann ganz ab. Das geschieht sehr schnell, ohne Warnung, ohne Meldung, und der Motor lässt sich nicht wieder anlassen. Falls ein Pilot ständig die Kraftstoffanzeige im Auge behalten würde, die man im Normalfall nur gelegentlich überprüft, würde er vielleicht merken, dass der Kraftstoffdruck plötzlich abfällt – etwa dann, wenn der Motor anfängt auszusetzen. Die reiten darauf herum, dass Donovan keinen Notruf abgesetzt hat. Was für ein Unsinn! Denkt doch mal nach. Man fliegt allein durch die Nacht, und plötzlich gibt der Motor den Geist auf. Es bleiben einem nur wenige Sekunden, um zu reagieren, und man ist total in Panik. Man versucht, den Motor neu zu starten, aber das funktioniert nicht. Es fallen einem vielleicht zehn Dinge auf einmal ein, aber man kommt bestimmt nicht darauf, einen Hilferuf abzusetzen. Wer zum Teufel soll einem helfen?«

»Wie leicht ist es, die B-Mutter zu manipulieren?«, fragte Samantha.

»Wenn man sich auskennt, ist es nicht schwierig. Das Problem ist, sich dabei nicht erwischen zu lassen. Man müsste warten, bis es dunkel wird, sich in den Verzurrbereich des Vorfelds schleichen, die Motorverkleidung abnehmen und mit Taschenlampe und Schraubenschlüssel ans Werk gehen. Ein Sachverständiger meint, das wäre in zwanzig Minuten zu bewerkstelligen. In der betreffenden Nacht waren etwa siebzehn andere Kleinflugzeuge im selben Bereich verzurrt, aber es gab praktisch keine Flugzeugbewegung. Auf dem Vorfeld war es extrem ruhig. Wir haben uns das Überwachungsvideo vom Terminal für die allgemeine Luftfahrt angesehen und nichts gefunden. Wir haben mit den Vorfeldmitarbeitern geredet, die in der Nacht Dienst hatten, aber keiner hat etwas gesehen. Wir sind die Wartungsunterlagen gemeinsam mit dem Mechaniker in Roanoke durchgegangen, aber natürlich hat alles bestens funktioniert, als er die das letzte Mal abgezeichnet hat.«

»Wie schwer ist der Motor beschädigt?«, fragte Mattie.

»Der ist komplett zerstört. Offenbar hat die Cessna ein paar Bäume rasiert. Es sieht aus, als hätte Donovan versucht, auf einer kleinen Straße zu landen – er könnte Autoscheinwerfer gesehen haben, aber wer weiß –, und als er gegen die Bäume prallte, kippte das Flugzeug nach vorne und landete auf der Nase. Der Motor wurde zerschmettert, und es lässt sich unmöglich feststellen, wo die B-Mutter war. Der Schluss, dass die Kraftstoffzufuhr unterbrochen war, liegt auf der Hand, aber ansonsten gibt es nicht viele Hinweise.«

Der Richter betrat den Sitzungssaal und nahm seinen Platz am Richtertisch ein. Er musterte die Zuhörer und sagte etwas zu einem Protokollführer.

»Was kommt jetzt?«, flüsterte Samantha.

»Wir suchen weiter«, sagte Jeff, aber es klang nicht sehr überzeugt.

Der Richter richtete den Blick auf den hinteren Bereich des Saals. »Mrs. Wyatt.«

Mattie stellte ihm Jeff vor, und der Richter drückte ihm höflich sein Beileid aus und äußerte sich lobend über Donovan. Jeff bedankte sich, während Mattie dem Richter Beschlüsse vorlegte, die er unterzeichnen sollte. Der Richter las sich in aller Ruhe das Testament durch und äußerte sich zu verschiedenen Bestimmungen. Er besprach mit Mattie ihre Strategie, für das Berufungsverfahren in der Tate-Sache einen Anwalt zu engagieren. Jeff wurde zu Donovans finanzieller Lage, seinen Vermögenswerten und Schulden befragt.

Nach einer Stunde waren alle Beschlüsse unterschrieben, und das Testament war offiziell eröffnet. Mattie blieb noch, um sich um eine andere Sache zu kümmern, aber Jeff war entlassen.

»Ich verschwinde für ein paar Wochen«, sagte er, als er gemeinsam mit Samantha zurück zur Kanzlei ging.

»An irgendeinen bestimmten Ort?«

»Nein.«

»Das hatte ich mir schon gedacht. Ich fahre selbst über die Feiertage weg, nach Washington und von dort nach New York. Dann sehen wir uns wohl eine Weile nicht.«

»Das heißt frohe Weihnachten und ein gutes neues Jahr?«

»Wahrscheinlich schon. Frohe Weihnachten und ein gutes neues Jahr!«

Er blieb stehen und gab ihr einen flüchtigen Kuss auf die Wange. »Gleichfalls.«

Er bog in eine Seitenstraße ein und hastete davon, als wäre ihm jemand auf den Fersen.

Die Beerdigung von Francine Crump fand am Mittwochvormittag um elf Uhr in einer fundamentalistischen Gemeinde in einem der tiefen Täler statt. Samantha kam gar nicht auf den

Gedanken, an der Beerdigung teilzunehmen. Annette riet ihr dringend ab, weil sie dort mit Schlangenbeschwörungen und ekstatischen Zuckungen rechnen müsse. Samantha nahm das für bare Münze. Annette gab später zu, dass sie übertrieben hatte. In Virginia gebe es keine Gemeinden mehr, die Schlangenbeschwörung praktizierten, erklärte sie. »Die Mitglieder sind alle verstorben.«

Aber ein Nest wütender Klapperschlangen hätte nicht schlimmer sein können als die Horde Crumps, die später am selben Tag zu einem Showdown mit »Missus Kofer« über sie hereinbrach. Sie fielen in der Kanzlei mit einer Streitmacht ein, wie Mattie sie noch nicht gesehen hatte: die fünf Geschwister, mehrere aktuelle Ehepartner, ein paar erwachsene Kinder und verschiedene Blutsverwandte.

Ihre geliebte Mutter war tot, und es war Zeit, das Geld zu verteilen.

Mattie griff ein und schickte die meisten vor die Tür. Nur die fünf Geschwister durften an der Besprechung teilnehmen; die andern sollten sich draußen in ihre Pick-ups setzen. Sie und Annette scheuchten alle in einen Besprechungsraum, und als sie Platz genommen hatten, kam Samantha herein und schloss sich ihnen an. Sie waren alle miteinander in einem desolaten Zustand. Sie hatten soeben ihre Mutter begraben. Sie hatten panische Angst davor, nicht nur das Land der Familie zu verlieren, sondern auch das Geld, das es ihnen einbringen konnte, und sie waren wütend auf die Anwälte, ohne die das gar nicht erst passiert wäre. Außerdem saßen ihnen ihre Verwandten im Nacken, die Gerüchte über Kohlegeld gehört hatten. Sie waren weg von zu Hause und konnten nicht zur Arbeit gehen. Und sie waren, wie Samantha ganz richtig vermutet hatte, untereinander zerstritten.

Sie erklärte ihnen zunächst, dass keine Anwältin der Kanzlei ein neues Testament für ihre Mutter verfasst habe, tatsächlich habe niemand auch nur ein Wort von Francine gehört, seit die Familie vor neun Tagen an ebendiesem Tisch zusammengesessen habe. Falls Francine ihnen etwas anderes erzählt habe, sei das schlicht und einfach nicht wahr. Und Samantha sei auch kein anderer Anwalt in der Stadt bekannt, der ein neues Testament verfasst habe. Mattie erklärte, dass es üblich, wenn auch keineswegs verpflichtend sei, dass ein Anwalt seine Kollegen informiere, wenn ein neues Testament errichtet werde. In jedem Fall war ihres Wissens der von Francine zwei Monate zuvor unterzeichnete Letzte Wille ihr gültiges Testament.

Sie hörten zu, während es in ihnen so brodelte, dass sie ihren Hass auf die Anwälte kaum unterdrücken konnten. Als Samantha fertig war, stellte sie sich auf eine Flut von Beschimpfungen ein, und zwar von allen fünfen. Stattdessen trat eine lange Pause ein. Schließlich meldete sich Jonah, mit einundsechzig der Älteste, zu Wort. »Momma hat das Testament vernichtet.«

Darauf fiel Samantha nichts ein. Annette runzelte die Stirn, während sie hektisch überlegte, welche uralten Vorschriften in Virginia für den Verlust oder die Vernichtung eines Testaments galten. Mattie war beeindruckt von der schlauen Strategie und konnte ein Grinsen kaum unterdrücken.

Jonah war noch nicht fertig. »Sie haben bestimmt eine Kopie des Testaments, aber wenn ich mich nicht irre, ist die Kopie null und nichtig, wenn das Original nicht mehr existiert. Stimmt das?«

Mattie nickte immer wieder, offensichtlich hatte sich Jonah in aller Eile rechtlich beraten lassen. Und wieso hatte er das Geld für eine Rechtsberatung ausgegeben und nicht für ein neues Testament? Weil Francine ihr Testament nicht ändern wollte.

»Woher wissen Sie, dass sie es vernichtet hat?«, fragte sie.

»Weil sie mir das letzte Woche erzählt hat«, sagte Euna Faye.

»Mir auch«, bestätigte Irma. »Sie hat gesagt, sie hat es im Kamin verbrannt.«

»Außerdem haben wir überall gesucht und können es nirgends finden«, ergänzte DeLoss.

Das war alles sehr schön eingeübt, und solange sich die fünf einig waren, würde die Geschichte durchgehen.

»Wenn es kein Testament gibt«, fragte Lonnie wie auf ein Stichwort, »dann erben wir fünf das Land doch zu gleichen Teilen, oder?«

»Ich denke schon«, sagte Mattie. »Allerdings weiß ich nicht, wie der Mountain Trust dazu steht.«

Das brachte Jonah auf die Palme. »Sie können dem Mountain Trust ausrichten, er soll sich schleichen. Die wüssten doch gar nichts von unserem Land, wenn Sie die nicht ins Spiel gebracht hätten. Das Land gehört unserer Familie, schon immer.«

Seine vier Geschwister stimmten ihm aus vollem Herzen zu.

Samantha wechselte schlagartig die Seiten. Falls Francine tatsächlich ihr Testament vernichtet hatte oder man den fünfen ihre Lügen nicht nachweisen konnte, dann sollten sie mit ihren dreißig Hektar glücklich werden, solange sie sich nie wieder blicken ließen. Auf gar keinen Fall wollte sie in einen Rechtsstreit um die Erbschaft zwischen den Crumps und dem Mountain Trust verwickelt werden, in dem sie selbst als Kronzeugin von beiden Seiten unter Beschuss geriet. Sie wollte diese Leute nie wiedersehen.

Annette und Mattie ging es genauso. Sie wechselten ebenfalls das Lager.

»Hören Sie, wir werden nicht versuchen, das Testament eröffnen zu lassen. Das ist nicht unsere Aufgabe als Anwälte. Ich bezweifle sehr, dass der Mountain Trust in eine langwierige Erbstreitigkeit verwickelt werden will. Die Anwalts- und Gerichtskosten wären teurer, als das Land wert ist. Wenn es kein Testament gibt, dann gibt es eben kein Testament. Suchen Sie sich einen Anwalt, der das Nachlassverfahren einleitet, und lassen Sie einen Testamentsvollstrecker ernennen.«

»Machen Sie so was?«, erkundigte sich Jonah.

Blankes Entsetzen packte die drei Anwältinnen bei dem Gedanken, diese Leute vertreten zu müssen.

Annette fiel zuerst eine Antwort ein. »O nein, das geht nicht, weil wir das Testament aufgesetzt haben.«

»Aber das ist reine Routine«, setzte Mattie eilig hinzu. »Das kann praktisch jede Anwaltskanzlei in der Main Street übernehmen.«

Euna Faye lächelte tatsächlich. »Vielen Dank.«

»Und wir fünf erben zu gleichen Teilen?«, fragte Lonnie.

»Laut Gesetz schon«, erwiderte Mattie. »Aber das müssen Sie mit Ihrem Anwalt besprechen.«

Lonnie schien von Anfang etwas im Schilde zu führen, immer wieder warf er verstohlene Blicke auf die anderen. Es würde zum Streit kommen, noch bevor sie Brady verlassen hatten. Und draußen warteten die Verwandten, die auch ihren Anteil am Kohlegeld haben wollten.

Friedlich verließen sie den Raum, und als sich die Eingangstür hinter dem letzten von ihnen geschlossen hatte, waren die drei Anwältinnen in Feierstimmung. Sie schlossen die Tür ab, schlüpften aus ihren Schuhen und gönnten sich im Besprechungsraum ein spätnachmittägliches Schlückchen Wein, bei dem viel gelacht wurde. Annette versuchte, sich auszumalen, wie erst der eine sein Elternhaus bei der verzweifelten Suche nach dem verflixten Testament auf den Kopf stellte. Dann der zweite, dann der dritte. Während ihre Mutter im Bestattungsunternehmen aufgebahrt lag, kippten sie hektisch Möbel um und leerten Schubladen aus. Falls sie es gefunden hatten, hatten sie es mit Sicherheit verbrannt.

Nicht eine der drei Anwältinnen glaubte, dass Francine ihr Testament tatsächlich vernichtet hatte.

Sie hatten sich nicht geirrt. Das Original kam am nächsten Tag mit der Post, mit einer Notiz von Francine, in der sie Samantha bat, sich um das Testament zu kümmern.

Also waren sie die Crumps doch nicht endgültig los.

30

Das dritte Jahr hintereinander verbrachte Karen Kofer Weihnachten mit ihrer Tochter in New York. Sie hatte eine gute Freundin, eine frühere Studienkollegin, deren dritter Ehemann, ein alternder Industrieller, mittlerweile der Demenz anheimgefallen war und sein Dasein in einem luxuriösen Pflegeheim in Great Neck fristete. Ihre weitläufige Wohnung an der Fifth Avenue mit Blick auf den Central Park stand praktisch leer. Karen bekam für die ganze Woche ihre eigene Suite und wurde wie eine Königin behandelt. Samantha wurde auch eine Suite angeboten, aber sie wohnte lieber bei Blythe in ihrer Wohnung in SoHo. Der Mietvertrag endete am 31. Dezember, und sie musste ihre Sachen zusammenpacken und ihre Möbel einlagern lassen. Blythe, die sich immer noch an ihren Job bei der viertgrößten Kanzlei der Welt klammerte, zog zu zwei Freundinnen in Chelsea.

Nach drei Monaten in Brady fühlte sich Samantha in der Großstadt wie befreit. Sie ging mit ihrer Mutter in Midtown shoppen und genoss trotz des Gedränges das pulsierende Leben. Sie traf sich am späten Nachmittag mit ihren Freunden in all den angesagten, trendigen Bars zu einem Drink, wobei sie feststellen musste, dass sie zwar das Ambiente genoss, die Gespräche jedoch langweilig fand. Karriere, Immobilien und die große Rezession. Karen gab ein Vermögen für zwei Eintrittskarten zu einem hochgepriesenen Broadway-Musical aus, das sich als

Touristenfalle entpuppte. Sie gingen in der Pause und bekamen einen Tisch im Orso. Samantha traf sich zum Brunch mit einer alten Freundin von der Georgetown University im Balthazar, wo die Freundin vor Entzücken geradezu quiekte, als sie einen berühmten Fernsehschauspieler entdeckte, von dem Samantha noch nie gehört hatte. Sie unternahm lange, einsame Spaziergänge durch Lower Manhattan. Das Weihnachtsessen war ein Festmahl in der Wohnung an der Fifth Avenue mit einer Horde Fremder, das sich aber, nachdem der Wein reichlich floss, von einer Pflichtübung zu einem großen Spaß mit unterhaltsamen Gesprächen entwickelte. Samantha übernachtete in einem unbenutzten Schlafzimmer, das größer war als ihr ganzes Apartment, und erwachte mit einem milden Kater. Ein uniformiertes Dienstmädchen brachte ihr Orangensaft, Kaffee und Ibuprofen. Auf Henrys Drängen ging sie mit ihm zum Mittagessen und stellte fest, dass sie nichts gemeinsam hatten. Für ihn war es selbstverständlich, dass sie demnächst in die Stadt zurückkehren würde, und er wollte ihre Geschichte unbedingt wiederbeleben. Sie versuchte, ihm zu erklären, dass sie nicht wusste, wann sie zurückkommen würde. Sie hatte keinen Job und jetzt auch keine Wohnung mehr. Ihre Zukunft war ebenso ungewiss wie seine. Er hatte die Schauspielerei aufgegeben und versuchte sich nun in der aufregenden Welt des Hedgefondsmanagements. Angesichts der aktuellen Lage eine merkwürdige Wahl, dachte sie. Haben diese Burschen nicht ständig mit Liquiditätsproblemen zu kämpfen und stehen mit einem Bein im Gefängnis? Im Grundstudium an der Cornell University war Arabisch sein Hauptfach gewesen. Er hatte kein Ziel im Leben, und sie wollte nicht eine Minute mehr mit ihm verschwenden.

Zwei Tage nach Weihnachten saß sie in einer Kaffeebar in SoHo, als ein Telefon klingelte. Zuerst erkannte sie das Geräusch ganz unten in ihrer Handtasche nicht, dann merkte sie, dass es das Prepaid-Handy war, das Jeff ihr gegeben hatte. Sie fand es gerade noch rechtzeitig und meldete sich.

»Gutes neues Jahr«, sagte er. »Wo bist du?«

»Gleichfalls. Ich bin in New York. Wo bist du?«

»In New York. Ich möchte dich gern sehen. Hast du Zeit für einen Kaffee?«

Einen Augenblick lang glaubte sie an einen Scherz. Sie konnte sich Jeff Gray nicht auf den Straßen von Manhattan vorstellen, aber warum eigentlich nicht? Die Stadt zog die verschiedensten Menschen von überallher an. »Natürlich, ich trinke gerade einen Kaffee. Allein.«

»Gibst du mir die Adresse?«

Während sie wartete, musste sie sich über ihren eigenen Gedankengang amüsieren. Ihre erste Reaktion war Überraschung gewesen, auf die sofort reine Lust folgte. Wie konnte sie ihn in ihre Wohnung schmuggeln und Blythe aus dem Weg gehen? Nicht dass es Blythe wirklich interessiert hätte, aber sie wollte unnötige Fragen vermeiden. Wo war er abgestiegen? Ein nettes Hotel, das wäre ideal. War er allein? Oder teilte er sich ein Zimmer mit einem Freund?

Immer mit der Ruhe, Mädchen, sagte sie sich. Er kam zwanzig Minuten später, und sie küssten sich auf die Lippen. Während sie auf ihren doppelten Espresso warteten, stellte sie ihm die offensichtliche Frage. »Was machst du hier?«

»Ich bin nicht das erste Mal hier«, sagte er. »Ich komme im Augenblick viel herum, und ich wollte dich sehen.«

»Ein Anruf wäre nett gewesen.« Verblichene Jeans, schwarzes T-Shirt, Wollmantel, Chukka-Stiefel, Drei-Tage-Bart, leicht verwuscheltes Haar. Als Wall-Street-Klon wäre er sicherlich nicht durchgegangen, aber in SoHo wäre niemand auf die Idee gekommen, dass er aus dem hintersten Winkel der Appalachen stammte. Und wen interessierte das überhaupt? Tatsächlich sah er eher wie ein arbeitsloser Schauspieler aus als Henry.

»Ich wollte dich überraschen.«

»Okay. Ich bin überrascht. Wie bist du hergekommen?«

»Mit einem Privatjet. Das ist eine lange Geschichte.«

»Ich habe die Nase voll von langen Geschichten. Wo wohnst du?«

»Im Hilton, Midtown. Allein. Wo wohnst du?«

»In meiner Wohnung, zumindest noch die nächsten Tage. Der Mietvertrag läuft aus.«

Der Barista sagte, ihr Kaffee sei fertig, und Jeff nahm die beiden Tassen. Er schüttete ein Päckchen Zucker in seinen Espresso und rührte langsam um. Sie sparte sich den Zucker. Sie rückten enger zusammen, als sich die Kaffeebar füllte.

»So, können wir jetzt über die Sache mit dem Privatjet reden?«, fragte sie. »Willst du mir mehr erzählen?«

»Ich bin aus zwei Gründen hier. Erstens will ich dich sehen und möglichst ein wenig Zeit mit dir verbringen. Vielleicht können wir eine Wanderung unternehmen, in der Stadt, meine ich, und uns dann irgendwo einen Kamin suchen. Wenn nicht, würde es auch ein gemütliches warmes Bett tun. Das wäre meine Vorstellung, aber ich habe Verständnis dafür, wenn du zu beschäftigt bist. Ich will mich nicht in dein Privatleben drängen.«

»Das mit dem Kamin kannst du vergessen.«

»Macht nichts. Ich stehe dir jedenfalls ab sofort zur Verfügung.«

»Das bekommen wir schon hin. Und was ist mit dem anderen Grund?«

»Also, der Jet gehört einem Prozessanwalt namens Jarrett London aus Louisville. Vielleicht hast du schon von ihm gehört.«

»Woher sollte ich einen Anwalt aus Louisville kennen?«

»Auf jeden Fall waren er und Donovan eng befreundet, Jarrett war auch auf der Beerdigung. Ein großer Mann, um die sechzig, mit langem grauem Haar und grau meliertem Bart. Für Donovan war er sein Mentor, sein Vorbild. Seine Kanzlei ist eine von den anderen drei, die Krull Mining in der Hammer-Valley-Sache verklagt haben. Sie wurden am selben Tag durchsucht, als das FBI unsere Kanzlei durchwühlt hat. Natürlich lässt sich ein Mann wie London solche Gestapo-Taktiken nicht bieten und speit Feuer. Ein großes Ego, ein typischer Vertreter seiner Art.«

Sie nickte. »Mein Vater.«

»Ja, natürlich. London sagt übrigens, er hat deinen Vater vor Jahren bei irgendeiner Veranstaltung für Prozessanwälte getroffen. Auf jeden Fall hat London eine neue Freundin, die absolut nichts im Hirn hat, und die wollte unbedingt mal nach New York. Ich habe mich angehängt.«

»Das ist ja praktisch.«

»Außerdem will er dich kennenlernen, Hallo sagen und über die Dokumente reden.«

»Welche Dokumente? Hör auf, Jeff, ich stecke schon viel zu tief drin in der Sache. Wo soll das hinführen?«

»Du musst mir helfen, Samantha. Ich habe meinen Bruder verloren und brauche jemanden, mit dem ich reden kann, jemanden, der sich mit dem Gesetz auskennt und mich beraten kann.«

Sie wurde ganz steif und wich zurück. Am liebsten hätte sie ihm eine geschmiert, bedachte ihn aber nur mit einem wütenden Blick. Sie schluckte und sah sich vorsichtig um, bevor sie etwas sagte. »Du ziehst mich absichtlich in eine Verschwörung hinein, die mich in größte Schwierigkeiten bringen kann. Du weißt genau, dass das FBI an der Sache dran ist, trotzdem verlangst du von mir, dass ich mich einschalte. Du bist genauso verantwortungslos wie dein Bruder, dir ist es egal, was mit mir ist. Wer sagt denn überhaupt, dass ich nach Brady, Virginia, zurückgehe? Im Augenblick fühle ich mich unglaublich sicher. Hier bin ich zu Hause, hier gehöre ich hin.«

Seine schlaksige Gestalt schien um mehrere Zentimeter zu schrumpfen, und er ließ das Kinn hängen. Er sah verwirrt und hilflos aus. »Du bist mir wichtig, Samantha, mir ist es wichtig, was mit dir ist. Ich brauche nur im Augenblick Hilfe.«

»Jeff, wir haben vor ein paar Wochen eine tolle Zeit zusammen am Gray Mountain verbracht. Ich habe viel daran gedacht, aber ich verstehe nicht, warum du mich zu dieser Höhle, oder wie du das nennst, gebracht und mir die Dokumente gezeigt hast. Damit ...«

»Das wird nie jemand erfahren.«

»Damit bin ich in gewisser Weise zur Komplizin geworden. Ich verstehe, dass es sich um belastende, beweiskräftige Dokumente handelt und all das, aber das ändert nichts daran, dass sie gestohlen sind.«

»Irgendwer muss wissen, wo sie sind, Samantha, falls mir etwas zustößt.«

»Soll Vic sich darum kümmern.«

»Ich habe dir doch schon gesagt, Vic ist weg, er hat sich ausgeklinkt. Seine Freundin ist schwanger, und er ist ein neuer Mensch geworden. Er will nichts riskieren. Der geht noch nicht einmal ans Telefon.«

»Ganz schön schlau.«

Der Espresso wurde kalt. Jeff fiel seiner wieder ein, und er trank einen Schluck. Samantha ignorierte ihn und musterte die Menge.

»Können wir woandershin gehen?«, fragte Jeff schließlich.

Sie setzten sich auf eine Bank im Washington Square Park. Alle anderen Bänke waren leer, weil ein kräftiger Wind wehte und die Temperatur knapp unter dem Gefrierpunkt lag.

»Wie viel weiß dieser London über mich?«, fragte sie.

»Er weiß, dass du die Ryzer-Sache übernommen hast, zumindest den Antrag auf Staublungenentschädigung. Er weiß, dass du die betrügerischen Machenschaften und Vertuschungsmanöver der Anwälte von Lonerock Coal aufgedeckt hast. Das findet er sehr beeindruckend. Er weiß, dass ich dir vertraue und dass Donovan dir vertraut hat. Er weiß, dass Donovan dir von den Dokumenten erzählt hat.«

»Weiß er, dass ich sie gesehen habe?«

»Nein. Ich habe dir doch gesagt, dass das nie jemand erfahren wird, Samantha. Es war falsch von mir, dich dorthin mitzunehmen.«

»Vielen Dank.«

»Bitte triff dich zumindest mit dem Mann und hör dir an, was er zu sagen hat. Bitte. Das kann nichts schaden.«

»Ich weiß nicht.«

»Doch, das weißt du. Ein Treffen mit Jarrett London ist so legal wie nur irgendwas. Es bleibt absolut vertraulich, außerdem ist er ein interessanter Mensch.«

»Wann will er mich treffen?«

»Ich rufe ihn an. Ich bin am Erfrieren. Wohnst du hier in der Nähe?«

»Nicht weit von hier, aber in meiner Wohnung herrscht das totale Chaos. Wir packen gerade unsere Sachen.«

»Das ist mir egal.«

Zwei Stunden später betrat Samantha die Lobby des Peninsula Hotel in der Fifty-Fifth Street in Midtown. Sie nahm die Treppe zu ihrer Linken, ging ein Stockwerk nach oben und sah Jeff verabredungsgemäß an der Bar sitzen. Wortlos reichte er ihr einen Zettel, auf dem »Zimmer 1926« stand. Er behielt sie im Auge, als sie sich zum Gehen wandte, dann stellte er sich an die Treppe und kontrollierte, ob sie irgendwem aufgefallen war. Sie fuhr mit dem Aufzug in die neunzehnte Etage und klingelte an der Tür. Ein großer Mann mit viel zu üppigem grauem Haar öffnete binnen Sekunden.

»Hallo, Ms. Kofer, es ist mir eine Ehre. Ich bin Jarrett London«, sagte er.

Nummer 1926 war eine riesige Suite, deren eines Ende von einem komplett ausgestatteten Arbeitszimmer eingenommen wurde. Von der Freundin war nichts zu sehen. Minuten nach Samanthas Ankunft klingelte Jeff an der Tür. Sie setzten sich ins Arbeitszimmer und tauschten die üblichen Höflichkeitsfloskeln aus. London bot ihnen etwas zu trinken an, aber beide lehnten ab. Er sprach Samanthas Arbeit in der Ryzer-Sache an und lobte sie in den höchsten Tönen. Er und Donovan hätten sich ausführlich darüber unterhalten. London und seine Partner hätten noch debattiert, ob sich ihre Kanzlei an dem Verfahren beteiligen solle, als Donovan einfach mir nichts, dir nichts Klage eingereichte.

»Viel zu überstürzt«, sagte London. »Aber so war Donovan eben.«

Er, London, ziehe nach wie vor eine Klage in Betracht. Schließlich erwische man eine große Kanzlei wie Casper Slate nicht alle Tage in flagranti bei einem Betrug. Bei dieser Sache würden sich die Geschworenen persönlich angesprochen fühlen und so weiter. Er schwadronierte endlos über die wunderbare Rechtslage in dieser Sache, als wäre das Samantha noch nicht aufgefallen. Das hatte sie alles schon gehört, von Donovan und von ihrem Vater. Und jetzt zu Krull Mining. Da Donovan ausgefallen sei, sei London nun Hauptanwalt für die Klagepartei. Die Klage sei am 29. Oktober eingereicht worden. Krull sei für die Klageerwiderung eine verlängerte Frist eingeräumt worden. London und sein Team gingen davon aus, dass Krull Anfang

Januar einen überzeugend begründeten Antrag auf Abweisung einreichen und dass damit der Krieg in seine heiße Phase eintreten würde. Bald, sehr bald, würden sie die Dokumente brauchen.

»Wie viel wissen Sie darüber?«, fragte Samantha.

London atmete lautstark aus, als sei die Frage so gewichtig, dass er gar nicht wisse, wo er anfangen solle; dann stand er auf und ging zur Minibar.

»Will jemand ein Bier?«, fragte er. Jeff und Samantha lehnten erneut ab. Er öffnete ein Heineken und ging zu einem Fenster. »Vor etwa einem Jahr hatten wir unser erstes Treffen, in Charleston, in der Kanzlei von Gordie Mace, der auch zu unserer Gruppe gehört. Donovan hatte uns alle dorthin einberufen, um uns das Hammer-Valley-Verfahren zu verkaufen. Angeblich hatte er Dokumente in seinem Besitz, an die er nicht auf dem üblichen Wege gekommen war. Wir stellten keine Fragen, und er lieferte uns keine Erklärung. Er sagte nur, es seien über zwanzigtausend Seiten von in hohem Maße belastendem Zeug. Demnach wusste Krull Mining von der Verseuchung, wusste, dass der Dreck im gesamten Tal ins Grundwasser sickerte, wusste, dass die Leute das Wasser nach wie vor tranken, dass Menschen krank wurden und starben, wusste, dass das Gelände saniert werden musste, wusste aber auch, dass es weniger kostete, sich einen Scheißdreck um die Leute zu scheren und das Geld selbst einzustecken. Er hatte die Dokumente nicht bei sich, aber er hatte ausführliche Notizen, Notizen, die er nach der Besprechung vernichtete. Er beschrieb etwa zwanzig dieser Dokumente, die belastendsten, und wir waren ehrlich entsetzt. Wie vor den Kopf geschlagen. Empört. Wir waren sofort mit an Bord und bereiteten uns mit Hochdruck auf das Verfahren vor. Donovan bezeichnete die Dokumente bewusst nie als gestohlen und hielt sie von uns fern. Hätte er sie uns irgendwann im vergangenen Jahr ausgehändigt, wären wir diesen Monat vermutlich allesamt vom FBI verhaftet worden.«

»Und wie wollen Sie jetzt an die Dokumente kommen, ohne verhaftet zu werden?«, fragte sie.

»Das ist die große Frage. Wir verhandeln indirekt mit einem Rechtsreferenten des Richters der ersten Instanz, alles unter der Hand, die ganze Sache ist sehr heikel und höchst ungewöhnlich. Wir müssten die Dokumente übernehmen und sofort dem Gericht übergeben, damit sie in der Obhut des Richters sicher verwahrt sind. Tatsache ist, dass der für den Diebstahl Verantwortliche tot ist. Wir haben unsere Strafverteidiger konsultiert, und die sind der Meinung, unser Risiko sei minimal. Wir sind bereit, uns weit aus dem Fenster zu lehnen. Gefährdet sind die Dokumente vor allem, solange sie noch nicht beim Gericht sind. Krull Mining wird alles tun, um sie zu vernichten, und im Augenblick haben diese Leute das FBI auf ihrer Seite. Das ist eine bedrohliche Situation.«

Samantha bedachte Jeff mit einem vernichtenden Blick.

London setzte sich neben sie und blickte ihr tief in die Augen. »Wir könnten Unterstützung in Washington gebrauchen.«

»Wie bitte?«

»Zum innersten Kreis des Justizministers gehören drei Menschen. Einer davon ist Leonna Kent. Die kennen Sie sicher.«

Samantha war fassungslos. »Ich … ich bin ihr vor Jahren mal begegnet.«

»Sie und Ihre Mutter haben vor dreißig Jahren zur gleichen Zeit im Justizministerium angefangen. Ihre Mutter genießt hohes Ansehen und ist schon sehr lange dabei. Außerdem besitzt sie einigen Einfluss.«

»Aber nicht in Bereichen wie diesem.«

»O doch, Samantha. Ein oder zwei Worte von Karen Kofer an Leonna Kent und von Leonna Kent an den Justizminister und von diesem an den Bundesanwalt in Kentucky könnten uns das FBI vom Hals schaffen. Dann müssten wir uns nur noch mit den von Krull beauftragten Gangstern herumschlagen.«

»Deswegen dieses Treffen? Wegen meiner Mutter?«

»Rein beruflich, Samantha, nicht persönlich, das verstehen Sie doch. Haben Sie mit Ihrer Mutter über diese Sache gesprochen?«

»Nein, selbstverständlich nicht. Mir ist noch nicht einmal der Gedanke gekommen, es ihr gegenüber zu erwähnen. Das ist nicht ihre Liga.«

»Das glaube ich doch. Wir haben gute Kontakte in Washington, und die meinen, Karen Kofer könnte uns helfen.«

Samantha war verwirrt und befremdet. Sie sah Jeff an. »Bist du deswegen in New York? Um dich an meine Mutter heranzumachen?«

Seine Antwort kam ohne jedes Zögern. »Nein, das ist das erste Mal, dass ich davon höre. Ich wusste nicht einmal, wo deine Mutter arbeitet.« Er klang ehrlich empört, wie ein kleiner Junge, der fälschlich beschuldigt wird, und sie glaubte ihm.

»Ich habe das nicht mit ihm besprochen, Samantha«, sagte London. »Es stammt von unseren Insidern in Washington.«

»Ihren Lobbyisten.«

»Ja, natürlich. Haben wir nicht alle Lobbyisten? Ob man sie liebt oder hasst, sie kennen sich aus. Ich fürchte, Sie nehmen das zu persönlich. Wir erwarten ja nicht, dass Sie Ihre Mutter bitten, sich persönlich in eine Ermittlung auf Bundesebene einzuschalten, aber wir wissen, wie die Dinge laufen. Menschen sind Menschen, Freunde sind Freunde, ein leises Wort hie und da wirkt manchmal Wunder. Überlegen Sie es sich, ja?«

Samantha holte tief Luft. »Ich denke darüber nach, ob ich es mir überlegen will.«

»Danke.« Er stand auf und streckte erneut seine Beine aus.

Sie warf einen wütenden Blick auf Jeff, der angelegentlich seine Stiefel studierte.

»Jeff«, sagte London etwas verlegen, »können wir jetzt die Übergabe der Dokumente besprechen?«

Samantha sprang auf. »Ich sehe euch später.«

Jeff nahm sie sanft am Arm. »Bitte, Samantha, geh nicht. Ich brauche deinen Rat.«

Sie machte sich los. »Ich will mit eurer kleinen Verschwörung nichts zu tun haben. Ihr könnt reden, solange ihr wollt. Dafür braucht ihr mich nicht. War mir ein Vergnügen.« Sie riss die Tür auf und verschwand.

Jeff holte sie in der Lobby ein, und sie verließen das Hotel gemeinsam. Er entschuldigte sich, und sie versicherte ihm, dass sie nicht wütend auf ihn sei. Sie kannte Jarrett London nicht, hatte nicht vor, einem völlig Unbekannten zu vertrauen, und wollte bestimmt keine heiklen Themen in seiner Anwesenheit diskutieren. Sie schlenderten über die Fifth Avenue, tauchten in die Menge ein und fanden tatsächlich ein Thema, das nichts mit Kohle zu tun hatte. Sie zeigte ihm das Haus, in dem ihre Mutter gegenwärtig ein Luxusleben führte. Für den Abend war sie wieder zu einer Dinnerparty eingeladen, aber sie hatte bereits abgesagt. Die Nacht hatte sie Jeff versprochen.

Da sie davon ausging, dass er keine Lust hatte, einen dreistündigen Marathon in einem Vier-Sterne-Restaurant zu absolvieren, reservierte sie einen Tisch im Mas im West Village. Es war die ideale Wahl für einen eiskalten Abend – warm und gemütlich wie ein echtes französisches Landhaus. Die Speisekarte wechselte täglich und war nicht sehr umfangreich. Jeff überflog sie einmal und gab zu, dass er kein einziges Gericht kannte. Ein Kellner schlug das Vier-Gänge-Menü zum Festpreis von achtundsechzig Dollar vor, und Samantha war einverstanden. Jeff war entsetzt über den Preis, aber dann doch sehr beeindruckt vom Essen. Shrimps in Spaghettikürbiskruste, Schweinefleisch- und Apfelwürstchen, wilder Felsenbarsch mit Lauchfondue und Schokoladentorte. Sie tranken eine Flasche Syrah aus dem Rhonetal. Als der Käsewagen vorbeirollte, konnte Samantha Jeff nur mit Mühe zurückhalten. Sie rief den Kellner und erklärte, sie würden gern noch einen Käsegang und Wein nachbestellen.

Während sie auf den Wagen warteten, beugte Jeff sich zu ihr. »Kannst du bitte über etwas nachdenken?«

»Das kann ich nicht versprechen. Ich weiß nicht, ob ich dir traue.«

»Danke. Weißt du, es klingt vielleicht verrückt, und ich habe mir lange überlegt, ob ich überhaupt mit dir darüber reden soll. Sicher bin ich mir immer noch nicht, aber es muss einfach raus.«

Einen entsetzlichen Sekundenbruchteil lang dachte Samantha, er wolle ihr einen Heiratsantrag machen. Dabei waren sie noch nicht einmal ein Paar! Und sie hatte keinerlei ernste Absichten. Bisher war es nichts als Sex, von Liebe war keine Rede. Sie konnte nur hoffen, dass dieser Bursche aus den Bergen nicht so verliebt in sie war, dass er überstürzt um ihre Hand anhielt.

Das war er nicht, aber sein Vorschlag war fast genauso beunruhigend. »Mir gehört das Kanzleigebäude«, sagte er, »zumindest irgendwann, wenn das Nachlassverfahren abgeschlossen ist. Außerdem bin ich Donovans Testamentsvollstrecker und damit für seine Angelegenheiten verantwortlich. Ich, Mattie und der Richter. Du hast die Verfahrensliste gesehen, er hat jede Menge Arbeit hinterlassen. Mattie kann ein paar Fälle übernehmen, aber nicht viele. Sie ist sowieso schon sehr eingespannt, und es ist nicht ihr Fachgebiet. Wir brauchen jemanden, der die Kanzlei übernimmt. Der Nachlass verfügt über die nötigen Mittel, um einen

Anwalt zu engagieren, der Donovans Geschäfte regelt. Außer dir gibt es im County niemanden, der für uns infrage käme.«

Sie hatte die Luft aus Angst vor einem peinlichen Heiratsantrag angehalten, doch dieser Vorschlag war nur geringfügig besser. »Oh, Mann«, sagte sie, als er eine Pause einlegte und sie schließlich durchatmen konnte.

»Du würdest eng mit Mattie und Annette zusammenarbeiten, und ich wäre immer in der Nähe.«

Völlig überraschend kam das nicht. Mattie hatte mindestens zweimal davon gesprochen, einen Anwalt zu engagieren, der Donovans Fälle zu Ende führte. Beide Male hatte sie das ins Leere gesagt, aber Samantha hatte das Gefühl gehabt, dass die Worte ihr galten.

»Ich kenne mindestens zehn Gründe, warum das nicht funktionieren würde«, sagte sie.

»Ich kenne elf, warum es funktionieren würde«, konterte er grinsend. Der Käsewagen hielt an ihrem Tisch, die kräftigen Aromen und Düfte hüllten sie ein. Samantha wählte drei Sorten. Jeff aß sonst immer pikanten Cheddar aus der Kühltheke, reagierte aber schnell und nahm die gleichen wie Samantha.

»Du zuerst«, sagte er, als der Wagen davonrollte. »Nenn mir deine wichtigsten Gründe, und ich widerlege sie.«

»Ich bin nicht qualifiziert.«

»Du hast einen scharfen Verstand und lernst schnell. Mit Matties Hilfe schaffst du alles. Weiter.«

»Vielleicht bin ich in ein paar Monaten schon wieder weg.«

»Du kannst gehen, wann du willst. Es gibt keinen Vertrag, der dich zwingt, in zwölf Monaten wieder hier zu sein. Du hast selbst gesagt, der Markt für Rechtsanwälte ist übersättigt und in einer Depression, und es gibt keine Jobs. Weiter.«

»Ich bin keine Prozessanwältin. Donovans Kanzlei war auf Prozessführung spezialisiert.«

»Du bist neunundzwanzig und kannst all das lernen. Mattie hat mir gesagt, du bist schlagfertig und vor Gericht jetzt schon besser als die meisten Bauerntrampel bei uns.«

»Hat sie das wirklich gesagt?«

»Würde ich dich anlügen?«

»Aber ja!«

»Ich lüge nicht. Nächster Grund.«

»Ich habe noch nie Berufung eingelegt, schon gar nicht in einem Verfahren, bei dem es um so viel Geld geht.«

»Das ist die lahmste aller Ausreden. Bei Berufungen geht es um Recherche und Schreibarbeit. Ein Kinderspiel. Weiter.«

»Ich bin ein Stadtmensch, Jeff. Sieh dich um. Das ist mein Leben. In Brady gehe ich zugrunde.«

»Okay, das ist ein stichhaltiges Argument. Aber du musst ja nicht für immer bleiben. Probier es zwei oder drei Jahre lang aus, hilf uns, seine Verfahren zum Abschluss zu bringen und die Honorare zu kassieren. Da stehen Gelder aus, die ich nicht verlieren möchte. Weiter.«

»Manche seiner Verfahren könnten sich über Jahre hinziehen. So lange kann ich mich nicht festlegen.«

»Dann verpflichte dich für die Berufung in der Sache Tate. Das sind höchstens achtzehn Monate. Die vergehen wie im Flug, und dann überlegen wir uns, wie es weitergeht. In dieser Zeit kannst du andere Fälle an Land ziehen, die vielversprechend aussehen. Ich helfe dir. Ich bin ein richtig guter Klinkenputzer. Weiter.«

»Ich will nichts mit Donovans Witwe zu tun haben.«

»Das musst du auch nicht, versprochen. Mattie und ich kümmern uns um Judy. Weiter.«

Sie strich etwas Camembert auf ein Crostino und biss ab. »Ich will nicht, dass mich irgendwer beschattet«, sagte sie kauend. »Ich mag keine Waffen.«

»Du kannst auch ohne Waffe als Anwältin praktizieren. Sieh dir Mattie an. Vor der haben sie Respekt. Und, wie gesagt, ich bleibe in der Nähe und beschütze dich. Weiter.«

Sie schluckte und trank von ihrem Portwein. »Jetzt kommt ein Argument, das du nicht widerlegen kannst, und ich will nicht um den heißen Brei herumreden. Du und Donovan, ihr hattet eure eigenen Regeln. Ihr habt im Verfahren gegen Krull Mining Dokumente gestohlen, und ich bin sicher, dass ihr es auch in anderen Fällen mit den Vorschriften nicht so genau genommen habt. Ich habe das Gefühl, dass manche Akten in der Kanzlei, sagen wir, verseucht sind. Damit will ich nichts zu tun haben. Das FBI hat die Räume einmal durchsucht. Ich will nicht dort sein, wenn das wieder passiert.«

»Es wird nicht wieder passieren, das schwöre ich dir. Es gibt – von Krull abgesehen – nichts, worüber du dir Sorgen machen müsstest. Und ich werde weder dich noch die Kanzlei in Gefahr bringen. Versprochen.«

»Ich kann dir nicht uneingeschränkt vertrauen.«

»Ich werde mir dein Vertrauen verdienen.«

Noch ein Bissen Käse, noch ein Schluck Portwein. Er aß ebenfalls und wartete. Er zählte an seinen Fingern ab. »Das sind nur neun Gründe, die ich allesamt überzeugend widerlegt habe.«

»Also gut, zehntens weiß ich nicht, ob ich in Ruhe arbeiten kann, wenn du in der Nähe bist.«

»Guter Punkt. Ich soll meine Hände bei mir behalten.«

»Das habe ich nicht gesagt. Sieh mich an, Jeff. Ich bin nicht auf der Suche nach Liebe, okay? Punkt. Wir können uns amüsieren, so viel wir lustig sind, aber es muss Spaß bleiben. Wenn die Sache ernst wird, bekommen wir Probleme.«

Er grinste und lachte in sich hinein. »Mal sehen, ob ich dich richtig verstanden habe. Du hast nichts gegen alle möglichen sexuellen Vergnügungen, aber ohne jegliche Verpflichtung. Wow! Das ist eine Herausforderung. Abgemacht. Du gewinnst. Samantha, ich bin zweiunddreißig, unverheiratet und leidenschaftlicher Single. Donovan und ich haben schon in früher Kindheit unsere Erfahrungen gemacht. Unsere Eltern waren todunglücklich und konnten einander nicht ausstehen. Zwischen ihnen herrschte Krieg, und wir waren die Opfer. Für uns ist ›Ehe‹ ein Schimpfwort. Es hat seine Gründe, dass sich Donovan und Judy getrennt haben.«

»Annette hat gesagt, er hat es mit der Treue nicht so genau genommen.«

»Die muss es ja wissen.«

»Das hatte ich schon vermutet. Lief das schon lange?«

»Ich glaube nicht, dass irgendwer Buch geführt hat. Mir hat er auch nicht alles erzählt. Donovan war seine Privatsphäre sehr wichtig, wie du weißt. Hat er es je bei dir versucht?«

»Nein.«

»Und wenn?«

»Wäre es mir schwergefallen, Nein zu sagen, das muss ich zugeben.«

»Es gibt nicht viele Frauen, die Donovan von der Bettkante gestoßen hätten. Das gilt auch für Annette.«

»Weiß Mattie das?«

Er trank einen Schluck Portwein und sah sich im Restaurant um. »Das bezweifle ich. Ihr entgeht nicht viel in Brady, aber ich glaube, Donovan und Annette waren sehr diskret. Falls Mattie das herausgefunden hätte, hätte es Ärger gegeben. Sie liebt Judy, und Haley ist für sie wie ihr eigener Enkel.«

Der Kellner kam vorbei, und sie verlangte die Rechnung. Jeff bot an, sie einzuladen, aber sie bestand darauf, das zu übernehmen. »Du kannst mich in Brady einladen«, sagte sie. »In New York zahle ich.«

»Gutes Geschäft.«

Der Käse war verschwunden und der Port fast ausgetrunken. Lange Zeit saßen sie da und lauschten auf die Gespräche um sie herum, die zum Teil in verschiedenen Sprachen geführt wurden.

Jeff lächelte. »Brady ist weit weg, was?«

»Und ob. Eine andere Welt, und es ist nicht meine. Ich habe dir zehn Gründe genannt, Jeff, und ich bin sicher, mir fallen noch zehn weitere ein. Ich werde nicht lange da bleiben, bitte versteh das.«

»Ich verstehe, Samantha, und ich nehme es dir nicht übel.«

31

Jeff begann das neue Jahr mit einem ordentlichen Kracher und ließ sich am Flughafen von Charleston, West Virginia, festnehmen. Am ersten Sonntag des Jahres gegen zweiundzwanzig Uhr fiel einem Wachmann, der den Bereich der allgemeinen Luftfahrt kontrollierte, ein Mann auf, der versuchte, sich im Schatten einer Beech Bonanza zu verstecken, die neben mehreren anderen Kleinflugzeugen stand. Der Wachmann zog seine Waffe und befahl dem Mann, nämlich Jeff, von dem Flugzeug wegzutreten. Die Polizei wurde gerufen. Sie legte ihm Handschellen an und steckte ihn ins Gefängnis. Um sechs Uhr am nächsten Morgen rief er Samantha an, allerdings nur, um sie auf dem Laufenden zu halten. Er erwartete nicht, dass sie ihm zu Hilfe kam, weil er in Charleston Anwälte kannte.

Sie stellte die auf der Hand liegende Frage. »Was hattest du an einem Sonntagabend am Flughafen herumzuschnüffeln?«

»Das waren Ermittlungen«, sagte er. Im Hintergrund brüllte irgendwer.

Frustriert wegen seines Leichtsinns, schüttelte sie den Kopf. »Okay, was kann ich tun?«

»Nichts. Es geht nur um unbefugtes Betreten. In ein paar Stunden bin ich wieder draußen. Ich rufe dich an.«

Samantha hetzte in die Kanzlei und hatte bereits vor sieben Uhr Kaffee aufgesetzt. Ihr blieb nicht viel Zeit, sich mit Jeff und seinem jüngsten Abenteuer zu befassen. Sie ging ihre Notizen durch, stellte eine Akte zusammen, goss sich eine Tasse Kaffee für unterwegs ein und fuhr um 7.30 Uhr mit Ziel Colton los, eine einstündige Fahrt, während der sie die Argumente übte, die sie dem Richter und dem Anwalt von Top Market Solutions präsentieren wollte.

Ganz allein betrat sie das Gericht von Harper County. Vorbei waren die Tage, in denen Mattie oder Annette Schützenhilfe leisteten. Jetzt war sie auf sich gestellt, zumindest in der Sache Booker. Pamela erwartete sie im Gang und bedankte sich erneut bei ihr. Sie gingen in den Sitzungssaal und nahmen an dem Tisch Platz, an dem Donovan Gray vor nicht einmal drei Monaten mit Lisa Tate gesessen hatte, genau dort, wo sie Hand in Hand darauf gewartet hatten, dass die Geschworenen ein gerechtes Urteil sprachen. Es entging Samantha nicht, dass sie höchstwahrscheinlich an dem Berufungsverfahren gegen dieses Urteil beteiligt sein würde. Aber nicht heute. Heute ging es nicht annähernd um die Summe von drei Millionen Dollar. Vermutlich eher etwas in der Größenordnung von fünftausend, aber Samantha war so aufgeregt, als wären es tatsächlich Millionen.

Der Richter rief die Sache auf und erteilte Samantha das Wort. Sie holte tief Luft, sah sich um, stellte fest, dass keine Zuhörer im Saal waren, und rief sich ins Gedächtnis, dass es sich um ein banales Verfahren mit einem lächerlichen Streitwert handelte, bevor sie sich ins Gefecht stürzte. Sie begann mit einer kurzen Eröffnung und rief Pamela in den Zeugenstand. Pamela berichtete von der damaligen Entscheidung des Gerichts in der Kreditkartensache, identifizierte das Scheidungsurteil, beschrieb, wie ihr Gehalt gepfändet worden war und sie deswegen ihre Arbeit verloren hatte; dann schilderte sie anschaulich, wie sie mit beiden Kindern in ihrem Auto gelebt hatte. Samantha legte beglaubigte Kopien der Kreditkartenentscheidung, des Scheidungsurteils, des Pfändungsbeschlusses und der Verdienstbescheinigungen der Lampenfabrik vor. Nach einer Stunde im Zeugenstand setzte sich Pamela wieder zu ihrer Anwältin.

Top Market Solutions hatte schwache Argumente und einen noch schwächeren Anwalt. Er hieß Kipling und war ein kleiner Prozessanwalt von einer Zwei-Mann-Kanzlei in Abingdon, der sich offenbar für die Tatsachen ebenso wenig interessierte wie für seine Mandantin. Er schwadronierte darüber, dass Top Market von der Kreditkartenfirma hinters Licht geführt worden sei und in gutem Glauben gehandelt habe. Seine Mandantin habe keine Ahnung gehabt, dass der Titel, den sie vollstrecken lassen wollte, verjährt gewesen sei.

Der Richter hatte keine Geduld mit Kipling und seinem Geschwätz. »Ihrem Antrag auf Abweisung wird nicht stattgegeben, Mr. Kipling. Und jetzt möchte ich inoffiziell etwas klarstellen.«

Die Gerichtsstenografin entspannte sich und griff nach ihrer Kaffeetasse.

»Ich will in dieser Sache einen Vergleich, und zwar jetzt. Mr. Kipling, Ihrer Mandantin ist offensichtlich ein Fehler unterlaufen, durch den Mrs. Booker größte Unannehmlichkeiten entstanden sind. Wir können in einem Monat oder so eine Hauptverhandlung durchführen, hier, mit mir als Einzelrichter, ohne Geschworene, aber das wäre reine Zeitverschwendung, weil meine Entscheidung in dieser Sache bereits feststeht. Ich kann Ihnen versichern, dass es für Ihre Mandantin billiger wird, wenn sie sich jetzt auf einen Vergleich einlässt.«

»Äh, ja, selbstverständlich, Euer Ehren«, stotterte Kipling abwehrend. Es war höchst ungewöhnlich, dass sich ein Richter so offen über eine künftige Entscheidung äußerte.

»Ich will Ihnen sagen, was mir vorschwebt«, sagte der Richter. Mit anderen Worten: wie meine Entscheidung ausfallen wird. »Ihre Mandantin hat widerrechtlich Mrs. Bookers Lohn pfänden lassen, und zwar elf Zahlungen in einer Gesamthöhe von tausenddreihundert Dollar. Deswegen wurde ihr Trailer geräumt. Ihre Mandantin war direkt verantwortlich dafür, dass sie ihren Arbeitsplatz verloren hat, auch wenn sie meines Wissens wieder eingestellt wurde. Dennoch geriet sie in eine verzweifelte Lage, wurde obdachlos und musste mit ihren beiden Kindern in ihrem Auto leben. All das wegen Ihrer Mandantin. Mrs. Booker steht dafür Schadenersatz zu. Sie hat auf fünftausend Dollar geklagt, aber das scheint mir zu wenig. Würde ich die Sache heute entscheiden, würde ich ihr eintausenddreihundert Dollar für entgangenen Lohn sowie einen Schadenersatz in Höhe von zehntausend Dollar zusprechen. Sollte ich die Sache nächsten Monat entscheiden, wird Ihnen das wie ein Sonderangebot vorkommen. Was meinen Sie, Mr. Kipling?«

Kipling steckte die Köpfe mit dem Vertreter seiner Mandantin Top Market zusammen, einem rotgesichtigen kleinen Dicken in einem billigen, zu engen Anzug. Er war wütend und schwitzte, hatte aber eindeutig verstanden, was Sache war. Es war offensichtlich, dass Anwalt und Mandant einander nicht trauten.

»Können wir fünf Minuten unterbrechen, Euer Ehren?«, sagte Kipling schließlich.

Sie stürmten aus dem Sitzungssaal.

Pamela beugte sich vor. »Ich kann das nicht glauben«, flüsterte sie nervös.

Samantha nickte selbstzufrieden, als wäre sie jeden Tag im Gericht. Sie tat so, als hätte sie ein faszinierendes Dokument vor sich, das sie stirnrunzelnd studierte, wobei sie immer wieder furchtbar wichtige Begriffe unterstrich.

Dabei hätte sie am liebsten die ganze Zeit gebrüllt: »Ich kann es auch nicht glauben! Das ist meine erste Verhandlung!«

Natürlich war es keine echte Verhandlung, sondern eher eine Anhörung. Aber es war ihr erster Prozess, und solch einen Sieg auf ganzer Linie einzufahren war ein Erlebnis.

Die Haupttür öffnete sich, und die Gegenpartei stapfte zurück zu ihrem Tisch. Kipling sah den Richter an. »Äh, Euer Ehren, also, es sieht so aus, als sei meiner Mandantin ein Fehler unterlaufen, was sie aufrichtig bedauert. Der von Ihnen vorgeschlagene Vergleich ist eine faire Lösung. Wir nehmen den Vorschlag an.«

Samantha schwebte geradezu zurück nach Brady. Sie dachte an Donovan und Jeff, die nach der Tate-Verhandlung mit einem Drei-Millionen-Urteil in der Tasche in die Stadt geschwebt waren. Sie waren bestimmt nicht aufgeregter und überwältigter gewesen als sie in diesem Augenblick. Gemeinsam mit ihren Kolleginnen hatte sie die Bookers vor der Obdachlosigkeit und vielleicht sogar vor dem Hungertod bewahrt und ihnen wieder ein normales Leben ermöglicht. Sie hatten entschlossen um Gerechtigkeit gekämpft und sie bekommen. Ihre Gegner hatten eine vernichtende Niederlage erlitten.

Als Anwältin hatte sie das Gefühl, noch nie so wertvoll gewesen zu sein. Als Mensch hatte sie das Gefühl, noch nie so gebraucht worden zu sein.

Der Montagstreff wurde zur Feier von Samanthas überwältigendem Erfolg in ihrem ersten Prozess. Annette riet ihr, diesen Augenblick zu genießen, weil Erfolge in ihrem Geschäft rar waren. Mattie warnte sie davor, zu früh zu feiern: Noch war kein Scheck eingegangen. Nachdem sie die Booker-Sache in allen Einzelheiten durchgegangen waren, kam das Gespräch auf andere Themen. Mattie berichtete, Jeff sei aus dem Gefängnis in Charleston entlassen worden. Hatte er eine Kaution hinterlegt, oder war er ausgebrochen?, wollte Samantha wissen. Ein prominenter Anwalt da unten, einer von Donovans Kumpeln, habe ihn rausgeholt. Nein, zu der ihm vorgeworfenen Straftat habe er sich nicht geäußert.

Annette hatte am Vormittag einen inoffiziellen Anruf von einem Urkundsbeamten aus dem Gericht erhalten; demnach plante ein ungenannter Anwalt der Familie Crump beim Nachlassgericht die Bestätigung des früheren Testaments von Francine Crump zu beantragen, das sie fünf Jahre zuvor unterzeichnet hatte; vermutlich handelte es sich um das, das sie Samantha gezeigt hatte. Die Familie behauptete, das ältere Testament sei gültig, weil Francine die spätere, von der Law Clinic kostenlos verfasste Fassung vernichtet habe. Es war eine drohende Katastrophe, die niemand am Tisch heraufbeschwören wollte. Sollten die Crumps doch ihr Land bekommen und es an ein Kohleunternehmen verscherbeln, was ging sie das an. Allerdings waren sie als Anwälte Hilfspersonen des Gerichts, wie Mattie erklärte, und daher verpflichtet, einen Betrug zu verhindern, wenn es ihnen möglich war. Ihnen lag das Original des kostenlos erstellten Testaments vor, das ihnen ein geheimnisvoller Unbekannter zugeschickt hatte, nachdem Francine einen Schlaganfall erlitten hatte. Sie hatte es keineswegs vernichtet, tatsächlich hatte sie es vor ihren Kindern versteckt und wollte, dass die Kanzlei dafür sorgte, dass es vom Nachlassgericht bestätigt wurde. Sollten sie das Testament jetzt vorlegen und einen Krieg vom Zaun brechen, der jahrelang toben würde? Oder sollten sie abwarten, welche Behauptungen die Crumps erhoben? Es war zu vermuten, dass die Familie weiterhin vorgeben würde, Francine habe das Testament vernichtet. Wenn diese Lügen unter Eid vorgetragen wurden und das herauskam, konnte das für die Familie ernste Folgen haben. Höchstwahrscheinlich würden sie sich selbst eine Grube graben, was die Kanzlei verhindern konnte, wenn sie das Testament jetzt vorlegte.

Es war ein rechtlicher Sumpf, eine typische Prüfungsfrage für das Jurastudium, dazu gedacht, Studenten in den Wahnsinn zu treiben. Sie beschlossen, noch eine Woche zu warten, obwohl die drei Anwältinnen, Claudelle und Barb genau wussten, dass das Testament vorgelegt und die Familie informiert werden musste.

Für den späten Nachmittag waren heftige Schneefälle angekündigt, daher wurde die Notbesetzung der Kanzlei geplant. Mattie, Annette und Samantha kamen normalerweise sowieso zu Fuß zur Arbeit, die Kanzlei würde also geöffnet bleiben. Claudelle war im achten Monat schwanger, von ihr wurde nicht erwartet, dass sie zur Arbeit erschien. Barb lebte weit draußen auf dem Land an einer Straße, die nur selten geräumt wurde.

Gegen fünfzehn Uhr hatte der Schneefall eingesetzt. Samantha betrachtete von ihrem Schreibtisch aus verträumt die Flocken und schob ihre Akten von einer Seite auf die andere, als das Prepaid-Handy in ihrer Handtasche klingelte. Jeff sagte, er sei immer noch in der Gegend von Charleston.

»Wie war's im Gefängnis?«, fragte sie.

»Pass auf, was du sagst.«

»Stimmt, das hatte ich vergessen.« Sie stand auf und ging zur Veranda vor dem Haus.

Er sagte, er habe sich durch ein unversperrtes Tor in einem Maschendrahtzaun auf den für die allgemeine Luftfahrt reservierten Teil des Vorfelds geschlichen. Das kleine Terminalgebäude war geöffnet, aber nur mit einer Büroangestellten besetzt, einem jungen Mädchen, das an einem Schreibtisch Klatschzeitschriften las. Von einer dunklen Stelle aus beobachtete er den Bereich eine halbe Stunde lang, ohne irgendeine Bewegung zu entdecken. In der Ferne, am Hauptterminal, starteten ein paar Flüge, aber keine Kleinflugzeuge. Dreizehn Flugzeuge waren auf dem Vorfeld verzurrt, davon vier Skyhawk. Zwei waren nicht abgeschlossen, und er kletterte in eine Maschine und blieb zehn Minuten lang in der Dunkelheit sitzen.

Mit anderen Worten, die Sicherheitsmaßnahmen waren praktisch inexistent. Er hätte jedes der Flugzeuge auf dem Vorfeld manipulieren können. Dann sah er einen Wachmann und beschloss, sich festnehmen zu lassen. Es ging nur um unbefugtes Betreten, ein Bagatelldelikt. Da hatte er schon ganz andere Dinge auf dem Kerbholz, erinnerte er sie. Der Wachmann war nett, und Jeff versprühte seinen Charme. Er gab sich als Pilot aus, der immer davon geträumt hatte, eine Beech Bonanza zu besitzen, und sich nur eine aus der Nähe ansehen wollte. Ganz ohne böse Absicht. Der Wachmann glaubte ihm und zeigte Verständnis, aber er musste seine Arbeit machen.

Gefängnis war nicht so schlimm. Der Anwalt würde das schon regeln.

Während er den Wachmann bequatschte, horchte er ihn nach anderen Wachleuten aus, nach anderen Personen, die sich zum betreffenden Zeitpunkt auf dem Vorfeld aufgehalten haben mochten. Er hatte einen Namen herausbekommen, den eines Mannes, der vor Weihnachten gekündigt hatte und den er jetzt aufzuspüren versuchte.

Sie schloss die Augen und sagte ihm, er solle vorsichtig sein. Aber sie wusste, dass er den Rest seines Lebens damit verbringen würde, die Männer zu finden, die seinen Bruder auf dem Gewissen hatten.

Samanthas Begeisterung für Prozessführung erhielt zwei Tage später einen Dämpfer, als sie Mattie zu einer Staublungenanhörung vor einem Verwaltungsrichter am Bundesgericht in Charleston begleitete. Der Bergmann, Wally Landry, war achtundfünfzig und arbeitete seit sieben Jahren nicht mehr. Er hing an einem Sauerstoffgerät und saß im Rollstuhl. Vor vierzehn Jahren hatte er aufgrund eines ärztlichen Gutachtens, dem zufolge er an komplizierter Staublunge litt, einen Antrag auf Staublungenentschädigung gestellt. Die Bezirksleitung des Arbeitsministeriums hatte ihm eine Rente bewilligt. Sein Arbeitgeber, Braley Resources, hatte sich an den Verwaltungsrichter gewandt, der Mr. Landry nahelegte, sich einen Anwalt zu nehmen. Mattie hatte sich schließlich bereit erklärt, ihn zu vertreten. Sie setzten sich vor dem Verwaltungsrichter durch, aber Braley rief die Rentenprüfkommission in Washington an. Fünf Jahre lang ging die Sache zwischen Verwaltungsrichter und Prüfkommission hin und her, bis die Prüfkommission einen abschließenden Bescheid zugunsten von Landry erließ.

Das Unternehmen legte beim Bundesberufungsgericht Berufung gegen die Entscheidung ein, wo zwei Jahre vergingen, bis die Sache an den Verwaltungsrichter zurückverwiesen wurde. Der Verwaltungsrichter verlangte weitere ärztliche Gutachten, und so brach ein erneuter Krieg zwischen den Sachverständigen aus. Landry hatte mit fünfzehn angefangen zu rauchen, zwanzig Jahre später wieder aufgehört und wurde nun als Raucher mit den üblichen medizinischen Sachverständigengutachten bombardiert, denen zufolge seine Lungenerkrankung auf Teer und Nikotin und nicht auf Kohlenstaub zurückzuführen waren.

»Hauptsache, nicht der Kohlenstaub«, sagte Mattie immer wieder. »Das ist ihre übliche Strategie.«

Mattie war seit dreizehn Jahren in der Sache tätig, hatte fünfhundertfünfzig Stunden investiert, und falls sie schließlich gewann, würde sie darum kämpfen müssen, dass ihr zweihundert Dollar pro Stunde genehmigt wurden. Das Honorar würden Braley Resources und die Versicherung des Unternehmens zahlen, deren Anwälte weit mehr als zweihundert Dollar pro Stunde berechneten. In den seltenen Fällen, in denen die Kanzlei in einem Staublungenverfahren ein Honorar erhielt, wanderte das Geld auf ein Sonderkonto, das die Kosten künftiger Staublungenfälle wenigstens teilweise abdeckte. Gegenwärtig enthielt der Fonds zwanzigtausend Dollar.

Die Anhörung fand in einem kleinen Sitzungssaal statt. Mattie sagte, es sei mindestens das dritte Mal, dass sie alle zusammenkamen, um die widersprüchlichen medizinischen Gutachten durchzukauen. Sie setzte sich mit Samantha an einen Tisch. Nicht weit von ihnen packte eine Gruppe modisch gekleideter Anwälte mit viel Lärm ihre dicken Aktenkoffer aus und gab sich überhaupt sehr geschäftig. Hinter Samantha saß Wally Landry, ein verschrumpeltes Männlein, das durch einen Schlauch in der Nase atmete, neben seiner Frau. Als Wally vierzehn Jahre zuvor seinen ersten Antrag gestellt hatte, ging es um 641 Dollar pro Monat. Die Anwaltskosten, die für Braley damals anfielen, beliefen sich laut Mattie über den Daumen gepeilt auf mindestens sechshundert Dollar pro Stunde, aber man darf gar nicht erst versuchen, das zu verstehen, sagte sie. Die Anwaltshonorare, die Kohleunternehmen und ihre Versicherungen zahlen, sind viel höher als die Entschädigungen, die damit abgewehrt werden sollen, aber darum geht es nicht. Die Hürden und Verzögerungen halten andere Bergleute davon ab, ihre Ansprüche geltend zu machen, und schrecken vor allem die Anwälte ab. Auf lange Sicht gewinnen die Firmen, wie immer.

Ein schmieriger Mensch im schwarzen Anzug kam zu ihrem Tisch geschlendert.

»Hallo, Mattie. Schön, Sie wiederzusehen«, sagte er.

Mattie erhob sich widerwillig und reichte ihm eine schlaffe Hand. »Guten Morgen, Trent. Ist mir ein Vergnügen, wie immer.«

Trent war um die fünfzig, wurde allmählich grau und wirkte sehr selbstbewusst. Sein Lächeln war schleimig und aufgesetzt, und als er sagte: »Tut mir leid, das mit Ihrem Neffen. Donovan war ein guter Anwalt«, entriss Mattie ihm rasch ihre Hand und fuhr ihn an: »Darüber möchte ich nicht sprechen.«

»Entschuldigung, natürlich nicht. Und wen haben wir hier?«, fragte er mit einem Blick auf Samantha.

Sie hatte sich schon erhoben. »Samantha Kofer, ich mache in der Kanzlei ein Praktikum.«

»Ach, ja, die brillante Ermittlerin, die sich durch die Ryzer-Unterlagen gewühlt hat. Ich bin Trent Fuller.« Er streckte die Hand aus, aber Samantha ignorierte sie.

»Ich bin Anwältin, keine Ermittlerin«, sagte sie. »Und ich vertrete Mr. Ryzer in dem Klageverfahren wegen Staublungenentschädigung.«

»Ja, das habe ich gehört.« Das Lächeln war verschwunden, seine Augen verengten sich zu Schlitzen, in die ein hasserfülltes Funkeln trat. Er drohte ihr tatsächlich mit dem Finger, als er weitersprach. »Wir sind zutiefst empört über die Anschuldigungen, die Ihr Mandant in diesem unglückseligen Verfahren gegen unsere Mandantin erhebt. Ich rate Ihnen dringend, sich nicht noch einmal so etwas zu leisten.« Seine Stimme wurde bei diesen belehrenden Worten immer lauter. Die anderen drei Anzugträger von Castrate erstarrten und warfen ihr finstere Blicke zu.

Samantha war wie vor den Kopf gestoßen, aber sie konnte der Konfrontation nicht aus dem Weg gehen. »Sie wissen doch, dass die Vorwürfe berechtigt sind.«

Er trat einen Schritt näher an sie heran und fuchtelte mit dem Finger vor ihrem Gesicht herum. »Wir werden Sie und Ihren Mandanten wegen Verleumdung verklagen, das ist Ihnen hoffentlich klar!«

Mattie schob seine Hand sanft beiseite. »Das reicht, Trent. Gehen Sie zurück an Ihren Tisch.«

Er entspannte sich und setzte wieder sein schleimiges Grinsen auf. Aber seine Augen funkelten immer noch wütend, und er redete weiterhin, wenn auch leiser, auf Samantha ein. »Ihr Mandant hat uns bloßgestellt, Ms. Kofer. Auch wenn die Klage abgewiesen wurde, war das für uns sehr ärgerlich. Unsere Kanzlei wird sich intensiv mit seinem Staublungenantrag befassen.«

»Das machen Sie doch immer«, fuhr Mattie ihn an. »Dieses Verfahren hier ist seit vierzehn Jahren anhängig, und Sie wehren sich immer noch mit Zähnen und Klauen.«

»Das ist unser Job, Mattie. Das ist unser Job«, verkündete er stolz, bevor er sich abwandte und zu seinem Fanklub zurückging.

»Tief durchatmen«, riet Mattie, als sie sich setzten.

»Ich fasse es nicht«, sagte Samantha schockiert. »Der droht mir tatsächlich in aller Öffentlichkeit im Gerichtssaal.«

»Das ist noch gar nichts. Die werden Ihnen im Gericht, außerhalb des Gerichts, in den Gängen, am Telefon, per E-Mail, per Fax oder in ihren Anträgen bei Gericht drohen. Das muss einem egal sein. Das sind brutale Drangsalierer, genau wie ihre Mandanten, und meistens kommen sie damit durch.«

»Wer ist das?«

»Einer der begabteren Auftragsmörder. Ein Seniorpartner, einer von sechs in ihrer Staublungenabteilung. Rund hundert angestellte Anwälte, Dutzende von Rechtsassistenten und so viele Hilfskräfte, wie sie brauchen. Können Sie sich vorstellen, dass Wally Landry hier ohne Anwalt sitzen könnte?«

»Nein.« Das Bild schien so weit hergeholt, dass es rechtswidrig sein musste.

»Nun, das passiert ständig.«

Einen Sekundenbruchteil lang sehnte sich Samantha nach der Stärke und Sicherheit von Scully & Pershing, einer Kanzlei, die viermal so groß war wie Casper Slate und finanziell deutlich bessergestellt. Niemand schikanierte die Prozessanwälte ihrer alten Kanzlei, ganz im Gegenteil, sie galten häufig selbst als Drangsalierer. Wenn es zum Kampf kam, konnten sie immer zusätzliche Kräfte mobilisieren, um ihre Mandanten zu schützen.

Trent Fuller wäre nicht auf den Gedanken gekommen, sich auf diese Art und Weise mit Anwälten einer großen Kanzlei anzulegen. Er hatte sich aufgespielt, weil er zwei Frauen am Tisch sitzen sah, zwei schlecht bezahlte Pro-bono-Anwältinnen, die unentgeltlich einen sterbenden Bergmann vertraten – so jemanden konnte er ungestraft niedermachen. Seine Unverschämtheit war erstaunlich: Seine Kanzlei war des Betrugs und der Verabredung zum Betrug schuldig, war von Samantha in flagranti dabei erwischt und bloßgestellt worden, als Donovan in der Sache Ryzer Klage einreichte. Nachdem das Verfahren jetzt vom Tisch war, machten sich Fuller und seine Kanzlei nicht die geringsten Gedanken über ihr eigenes Fehlverhalten. Natürlich nicht – sie interessierten sich nur für den Imageschaden.

Genauso wenig hätte sich Fuller an ihren Tisch gewagt, um zu stänkern, wenn Donovan bei ihnen gewesen wäre. Keine der vier Lichtgestalten am anderen Tisch hätte eine Abreibung wegen eines flüchtigen Worts oder einer leeren Drohung riskiert.

Sie waren Frauen, und das hieß für diese Typen, dass sie leicht einzuschüchtern und körperlich unterlegen waren. Sie kämpften für eine hoffnungslose Sache und wurden nicht dafür bezahlt, daher waren sie offensichtlich minderwertig.

Samantha kochte vor Wut, während Mattie in ihren Papieren blätterte. Der Richter nahm seinen Platz ein und rief das Verfahren auf. Samantha warf einen Blick auf das andere Ende des Saals und ertappte Fuller erneut dabei, dass er sie anstarrte. Er lächelte, als wollte er sagen: Das ist mein Revier, du hast hier nichts zu suchen.

32

Die E-Mail lautete:

Liebe Samantha, ich fand unsere kurze Begegnung in New York sehr angenehm und freue mich auf das nächste Gespräch mit Ihnen. Gestern, am 6. Januar, hat Krull Mining beim Bundesgericht in Charleston beantragt, unsere Klage in der Hammer-Valley-Sache abzuweisen. Das war zu erwarten, und der Antrag war genauso ausführlich und massiv, wie ich mir das vorgestellt hatte. Offensichtlich hat Krull Mining panische Angst vor einem Verfahren und will sich die Sache unbedingt vom Hals schaffen. In meiner fünfunddreißigjährigen Erfahrung habe ich noch keinen Antrag in diesem Ton gesehen. Eine Erwiderung wird schwierig werden, da wir die näher auszuführenden Beweise immer noch nicht vorlegen können. Können wir uns irgendwann in nächster Zeit treffen? Es gibt übrigens keine Anzeichen dafür, dass Washington Druck aus der Ermittlung genommen hätte.

Mit freundschaftlichen Grüßen
Jarrett London

Einerseits hätte sie Jarrett London gern so schnell wie möglich vergessen. Andererseits hatte sie seit ihrer Begegnung mit Trent Fuller viel an ihn denken müssen. Bei einem Prozessanwalt mit Londons Erfahrung und seinem Auftreten vor Gericht hätte

Fuller eine solch unverschämte Attacke gar nicht gewagt. Abgesehen von ihrem Vater und Donovan war London der einzige Prozessanwalt, den sie kannte, und keiner der drei hätte sich Fullers Frechheiten gefallen lassen. Wären sie da gewesen, wäre Fuller auf seiner Seite des Sitzungssaals geblieben und hätte den Mund gehalten.

Aber sie hatte keine große Lust, ihn zu treffen. Er wollte sie als Komplizin, und sie wollte sich nicht weiter in die Sache hineinziehen lassen. Dass er recht vage von »näher auszuführenden Beweisen« sprach, bedeutete, er war verzweifelt und brauchte die Dokumente.

Sie schrieb zurück:

Hallo, Jarrett, schön, von Ihnen zu hören. Ich stehe Ihnen gern für ein Treffen zur Verfügung; geben Sie mir nur Bescheid, wann. Washington ist informiert. S. K.

Washington war nicht wirklich informiert, zumindest nicht vollständig. Auf der Rückfahrt nach Washington nach den Weihnachtsfeiertagen hatte Samantha Karen im Zug die Geschichte teilweise erzählt und dabei das missbräuchliche Verhalten des FBI angeprangert, das die Kläger im Auftrag von Krull Mining drangsalierte. Sie sagte nichts über die geheimen Dokumente und behielt auch die anderen Dramen, die sich gegenwärtig in ihrem kleinen Winkel der Kohlenreviere abspielten, für sich.

Karen schien einigermaßen interessiert, meinte aber, das FBI überschreite immer wieder seine Grenzen und bekomme deswegen Ärger, das sei bekannt. Von ihrer erhabenen Position im Justizministerium aus, wirkten die Beamten draußen auf der Straße wie eine andere Welt. Karen interessierte sich nicht im Geringsten dafür, was sie trieben, ob in den Appalachen, New

York oder Chicago. In ihrer Welt ging es in diesen Tagen um Strategien auf höchster Ebene, wie politische Maßnahmen, um dem verantwortungslosen Verhalten bestimmter Großbanken und Finanzinstitute entgegenzuwirken, die ohne hinreichende Sicherheiten Kredite vergaben, und Dinge dieser Art.

Die zweite wichtige E-Mail an diesem Vormittag kam von einem gewissen Dr. Draper, einem Lungenspezialisten in Beckley, der im Auftrag des Arbeitsministeriums Buddy Ryzer untersucht hatte. Seine Nachricht war kurz und bündig:

Rechtsanwältin Kofer, anbei finden Sie meinen Bericht. Mr. Ryzer leidet an PMF – progressiver massiver Fibrose, auch als komplizierte Kohlenbergarbeiter-Pneumokoniose bekannt. Die Krankheit ist weit fortgeschritten. Soweit mir bekannt, arbeitet er noch; ehrlich gesagt, halte ich das nicht für richtig, auch wenn das in meinem Bericht nicht erwähnt ist. Bei Fragen können Sie mich gern per E-Mail kontaktieren.

L. K. D.

Sie brütete gerade über dem Gutachten, als die dritte Mail eintraf. Sie stammte von Andy Grubman, aber nicht von seiner üblichen E-Mail-Adresse bei Scully & Pershing.

Liebe Samantha, ein gutes neues Jahr! Ich hoffe, es geht Ihnen gut auf Ihrem Feldzug zur Rettung der Welt. Ich vermisse Ihr Lächeln und hoffe, wir sehen uns bald. Ich will mich kurz fassen und gleich zum Thema kommen. Ich habe beschlossen, Ende Februar bei Scully & Pershing auszuscheiden. Ich muss nicht gehen und werde auch nicht beurlaubt oder so. Wir trennen uns einvernehmlich. Die Wahrheit ist, dass ich Steuerrecht nicht ausstehen kann. Ich finde es unglaublich langweilig und vermisse meine alte Arbeit. Ein Freund von mir war viele Jahre bei einer anderen Kanzlei im Bereich Gewerbeimmobilien tätig und fühlt sich zunehmend unter Druck. Wir haben beschlossen, unsere eigene Kanzlei zu gründen – Spane & Grubman – und uns im Finanzdistrikt niederzulassen. Wir haben zwei große Mandanten am Start – eine koreanische Bank und einen Fonds aus Kuwait, die beide an der Ostküste marode Gebäude aufkaufen wollen. Wie Sie wissen, gibt es mehr als genug überschuldete Immobilien, die durch die Rezession unter die Räder gekommen sind. Diese Mandanten sind auch der Meinung, jetzt sei der ideale Zeitpunkt, um Bauprojekte zu planen, die dann in einigen Jahren, wenn die Rezession vorbei ist, anlaufen sollen. Sie haben jede Menge flüssige Mittel und warten nur darauf, aktiv zu werden.

Auf jeden Fall stellen Nick Spane und ich uns etwa zwanzig angestellte Anwälte vor, die für uns arbeiten. Die Bezahlung wird vergleichbar mit der in einer Großkanzlei sein, und wir haben nicht vor, uns zu Tode zu schuften – das gilt auch für unsere Mitarbeiter. Uns schwebt eine exklusive kleine Kanzlei vor, in der die Anwälte arbeiten, aber auch noch etwas vom Leben haben. Ich verspreche, dass kein angestellter Anwalt je mehr als achtzig Stunden pro Woche arbeiten wird. Ich würde sagen, fünfzig ist eine gute Zielvorgabe. Der Begriff »Lebensqualität« ist in unserer Branche ein Witz, aber wir meinen es damit ernst. Ich fühle mich ausgelaugt, und ich bin erst einundvierzig.

Ich biete Ihnen eine Stelle an. Izabelle ist dabei. Ben hat etwas anderes gefunden – ich fürchte, der ist mittlerweile auf einer anderen Wellenlänge. Was halten Sie davon? Ich will keinen Druck machen, aber ich brauche bis Ende des Monats eine Antwort. Ich muss ja nicht erwähnen, dass im Augenblick jede Menge Anwälte auf der Straße stehen.

Ihr Lieblingschef
Andy Grubman

Sie las die Mail noch einmal, schloss ihre Tür und las sie ein drittes Mal. Andy Grubman war im Grunde ein netter Mensch aus Indiana, der zu lange in New York gelebt hatte. Da schrieb er ihr einen fürsorglichen Brief, um ihr ein großzügiges, verlockendes Angebot zu unterbreiten, konnte es aber nicht lassen, sie daran zu erinnern, dass mehr als genug Anwälte verzweifelt nach Arbeit suchten. Sie schaltete ihren Computer und das Licht in ihrem Büro aus und schlich sich unbemerkt zur Hintertür hinaus. Sie stieg in ihren Ford und war schon über einen Kilometer von der Stadt entfernt, als sie sich fragte, wohin sie eigentlich wollte. Es spielte keine Rolle.

Bis zum 31. Januar waren es noch vierundzwanzig Tage.

Während sie herumfuhr, dachte sie an ihre Mandanten. Zuerst fiel ihr Buddy Ryzer ein. Sie hatte sich nicht verpflichtet, ihn in dem Verfahren bis zum Ende zu vertreten, aber sie hatte Mattie versprochen, den Antrag zu stellen und die wesentliche Vorarbeit zu leisten. Und das war geradezu eine Bagatelle, verglichen mit der Riesenklage, die eigentlich gegen Lonerock Coal und Casper Slate hätte eingereicht werden müssen. Dann war da der Letzte Wille von Francine Crump. In dieser Sache braute sich gewaltiger Ärger zusammen, eigentlich ein überzeugender Grund, Andy Grubman sofort anzurufen und das Angebot anzunehmen. Da waren die Merryweathers, ein nettes, bescheidenes Paar, das seine gesamten Ersparnisse in ein Häuschen investiert hatte, das es nun zu verlieren drohte, weil ein Kredithai sie auf sofortige Zahlung der gesamten ausstehenden Darlehenssumme verklagt hatte. Samantha hatte eine einstweilige Verfügung beantragt, um die Zwangsversteigerung zu verhindern. Es gab zwei Scheidungsverfahren, bei denen es im Augenblick noch keine Gegenanträge gab, was sich jedoch höchstwahrscheinlich ändern würde. Und dann war da natürlich das Hammer-Valley-Verfahren, das ihr mit Sicherheit keine Ruhe lassen würde. Ehrlich gesagt, war das ein weiterer Grund, die Zelte abzubrechen. Sie unterstützte Mattie in drei Insolvenzverfahren und zwei Klagen wegen Diskriminierung am Arbeitsplatz. Sie wartete immer noch auf die Zahlung an Pamela Booker, das Verfahren war also noch nicht abgeschlossen. Sie half Annette in zwei weiteren Scheidungsverfahren und bei der schlimmen Geschichte mit Phoebe Fanning: Beide Eltern würden ins Gefängnis wandern, und niemand wollte die Kinder.

Kurz gesagt, Rechtsanwältin Kofer, zählen zu viele Menschen auf Sie, als dass Sie jetzt einfach Ihre Sachen packen und abhauen könnten. Eigentlich steht die Entscheidung über eine Rückkehr nach New York nicht jetzt an, schließlich sind erst drei von zwölf Monaten Beurlaubung vergangen. Eigentlich hätten Sie noch jede Menge Zeit, Vorgänge abzuarbeiten, ein paar Menschen zu helfen, mehr oder weniger beschäftigt den Kalender im Auge zu behalten, während die Monate verstreichen, die Rezession zu Ende geht und überall in Manhattan neue Arbeitsplätze entstehen. Das war doch der Plan, oder? Vielleicht nicht zurück zur Sklaverei einer Großkanzlei, aber doch zu einem respektablen Job bei einer ... einer exklusiven kleinen Kanzlei?

Eine kleine Kanzlei, ein paar glückliche Anwälte, eine Fünfzig-Stunden-Woche, ein schönes Gehalt mit all den üblichen Vergünstigungen? 2007, in ihrem letzten vollen Jahr bei Scully, hatte sie dreitausend Stunden in Rechnung gestellt. Es war eine einfache Kalkulation: fünfzig Wochen zu je sechzig Rechnungsstunden, wobei sie die zwei Wochen bezahlten Urlaub gar nicht hatte in Anspruch nehmen können. Um pro Woche sechzig Stunden in Rechnung stellen zu können, musste sie mindestens fünfundsiebzig arbeiten, oft mehr. Für die Glücklichen, die nicht immer auf die Uhr schielen mussten, bedeuteten fünfundsiebzig Stunden pro Woche normalerweise – zumindest war das bei

Samantha so – um acht Uhr ins Büro zu kommen und zwölf Stunden später nach Hause zu gehen, montags bis samstags, und auch am Sonntag ein paar Stunden einzuschieben. Das war normal. Wenn nun ein wichtiger Termin anstand, einer von Grubmans Mandanten in einer Krise steckte, dann war eine Neunzig-Stunden-Woche nichts Ungewöhnliches.

Und jetzt versprach er ihr nur fünfzig Stunden?

Sie war mittlerweile in Kentucky und näherte sich der kleinen Stadt Whitesburg, die eine Stunde von Brady entfernt war. Die Straßen waren frei, aber an ihrem Rand türmte sich schmutziger Schnee. Sie entdeckte ein Café und stellte das Auto in der Nähe ab. Die Kellnerin empfahl ihr die frischen Brötchen, die gerade aus dem Ofen kamen. Wie hätte sie da Nein sagen können? An einem Tisch mit Blick auf die Straße bestrich sie ihr Brötchen mit Butter und wartete, dass er abkühlte. Sie nippte an ihrem Kaffee und beobachtete den spärlichen Verkehr auf der Main Street. Dann schickte sie Mattie eine SMS, sie habe etwas zu erledigen.

Sie aß ein Brötchen mit Erdbeermarmelade und machte sich auf einem Block Notizen. Sie würde Andys Angebot nicht ablehnen, es aber auch nicht annehmen. Sie brauchte Zeit, zumindest ein paar Tage, um ihre Gedanken zu ordnen, sie zu analysieren, so viele Informationen wie nur möglich zu sammeln und darauf zu warten, dass ihr eine innere Stimme sagte, was sie tun sollte. Sie setzte eine Antwort auf, die sie später am Nachmittag von ihrem Schreibtisch aus verschicken wollte. Der erste Entwurf lautete folgendermaßen:

Lieber Mr. Grubman, Ihnen auch ein gutes neues Jahr! Ich muss zugeben, Ihre E-Mail und das vielversprechende Stellenangebot waren für mich geradezu ein Schock. Ehrlich gesagt, ist in den vergangenen drei Monaten nichts geschehen, was mich auf eine solch schnelle

Rückkehr in die Großstadt vorbereitet hätte. Ich dachte, ich hätte mindestens ein Jahr, um über das Leben und meine Zukunft nachzudenken; Sie haben mich jetzt gründlich aus dem Konzept gebracht. Ich brauche Zeit, um mir die Sache in Ruhe zu überlegen.

Bisher ist es mir noch nicht gelungen, die Welt zu retten, aber ich mache Fortschritte. Meine Mandanten sind arme Leute, die keine Lobby haben. Sie erwarten keine Wunder von mir und wissen alles zu schätzen, was ich für sie tue. Gelegentlich bin ich am Gericht – stellen Sie sich das vor, Mr. Grubman, ich habe tatsächlich einen Sitzungssaal von innen gesehen, und es ist ganz anders als im Fernsehen. Obwohl ich, wie Sie wissen, keine Zeit zum Fernsehen hatte. Letzten Montag habe ich meinen ersten Prozess gewonnen. Zehntausend Dollar für meine Mandantin, und es hat sich angefühlt wie eine Million. Wenn ich mehr Erfahrung habe, macht mir die Prozessführung eines Tages vielleicht sogar Spaß.

Jetzt zu Ihrem Angebot. Ein paar Einzelheiten. Wer sind die anderen Anwälte, und wo kommen sie her? Keine Arschlöcher, Mr. Grubman, ich habe nicht vor, mit einer Horde Ehrgeizlinge zusammenzuarbeiten, die über Leichen gehen. Wie ist das Verhältnis zwischen Männern und Frauen? Eine reine Männergesellschaft ist nichts für mich. Wer ist Nick Spane, und was hat er für einen Hintergrund? Ich bin mir sicher, er ist ein hervorragender Anwalt, aber ist er ein anständiger Mensch? Glücklich verheiratet oder jemand, der von einem Bett ins andere hüpft? Wenn er mich antatscht, verklage ich ihn wegen Belästigung, das muss er wissen. Bitte schicken Sie mir seine Biografie. Wo sind die Büroräume? Ich habe keine Lust auf menschenunwürdige Arbeitsbedingungen. Ich bin mit einem kleinen Büro – meinem Büro! – mit einem schönen Fenster, etwas Sonnenlicht und einer Wand zufrieden, an die ich hängen kann, was immer ich will. Diese Fünfzig-Stunden-Woche, können Sie mir die schriftlich garantieren? Das ist meine jetzige Arbeitszeit, und ich genieße das in vollen Zügen. Wer werden die Mandanten sein, von den Koreanern und Kuwaitern einmal abgesehen? Bestimmt große Unternehmen und große Männer mit großen Egos; wie auch immer, ich will damit sagen, dass ich mich von Mandanten nicht anschreien lassen werde. (Meine Mandanten hier nennen mich Miss Sam und bringen mir Kekse.) Darüber lasse ich mit mir reden. Und schließlich, wie sind die Zukunftsaussichten? Hier gibt es keine, deswegen werde ich nicht hierbleiben. Ich bin New Yorkerin, Mr. Grubman, und zwar noch mehr als vor drei Monaten, aber ich möchte wissen, wie die Struktur der neuen Kanzlei aussieht und wo Sie und Spane in zehn Jahren stehen möchten. Das ist doch nicht zu viel verlangt, oder?

Danke, Mr. Grubman, dass Sie an mich gedacht haben. Sie waren immer fair, wenn auch nicht unbedingt der liebevolle Typ, aber so sind Sie eben.

Wir bleiben in Kontakt.
Samantha

Die Temperatur lag bei sieben Grad unter null, und der Schnee war mit einer Eisschicht überzogen, die das Mondlicht reflektierte. Nach einem warmen Abendessen mit Annette und den Kindern zog sich Samantha in ihr Apartment über der Garage zurück, wo der kleine Ofen Probleme hatte, die eisige Luft zu erwärmen. Hätte sie in Manhattan eine teure Miete bezahlt, hätte ihr Vermieter etwas zu hören bekommen, aber nicht in Brady. Nicht hier, wo sie überhaupt keine Miete bezahlte und ihre Vermieterin vermutlich knapp bei Kasse war. Also packte sie sich warm ein und las zwei Stunden im Bett, während die Zeit langsam verging. Immer wieder ließ sie nach einem Kapitel das Buch sinken, um über New York, Andy Grubman und seine brandneue Kanzlei nachzudenken. Es gab so vieles, was ihr durch den Kopf ging.

Natürlich würde sie Ja sagen, und das erfüllte sie mit freudiger Erregung. Die Stelle war perfekt, sie würde nach Hause zurückkehren, in die Stadt, die sie liebte, und zu einer Arbeit, die ebenso prestigeträchtig wie aussichtsreich war. Sie konnte den Schrecken einer Großkanzlei entgehen und trotzdem Karriere machen. Das Problem war der Wechsel. Sie konnte nicht einfach in einem Monat oder so aufhören und alles Mattie überlassen. Nein, es musste einen anständigeren und faireren Abgang geben. Sie dachte an einen kurzen Aufschub, mit einer sofortigen Zusage, bei der sie aber erst in sechs Monaten oder so tatsächlich anfing. Das wäre fair, oder so fair wie möglich. Das konnte sie sowohl Mattie als auch Andy Grubman verkaufen, oder?

Unter einem Kleiderstapel klingelte ein Telefon. Sie fand es schließlich und sagte: »Ja.«

Es war Jeffs Agententelefon. »Ist dir kalt?«

Sie lächelte. »Wo bist du?«

»Ich stehe gut zehn Meter von dir entfernt im Dunkeln hinter der Garage in zwanzig Zentimeter gefrorenem Schnee. Kannst du meine Zähne klappern hören?«

»Ich denke schon. Was machst du da?«

»Das ist ja wohl klar. Hör mal, Annette hat drüben gerade das Licht ausgemacht, die Luft ist also rein. Ich finde, du solltest Kaffee kochen, am besten koffeinfreien, wenn du welchen hast, und endlich die Tür aufmachen. Glaub mir, es sieht mich keiner. Die Nachbarn schlafen schon seit zwei Stunden. In Brady ist wieder mal tote Hose.«

Sie öffnete die Tür, und Jeff kam lautlos von der dunklen Treppe herein und küsste sie auf die Lippen. Er zog seine Stiefel aus und stellte sie neben ihre.

»Lässt du dich häuslich nieder?«, fragte sie, während sie Wasser in die Kaffeemaschine goss.

Er rieb die Hände aneinander. »Ich glaube, draußen ist es wärmer. Hast du dich bei deiner Vermieterin beschwert?«

»Da bin ich noch nicht drauf gekommen. Wer keine Miete zahlt, kann auch nicht meckern. Freut mich, dass du wieder auf freiem Fuß bist.«

»Du wirst nicht glauben, was ich ausgegraben habe.«

»Du bist bestimmt hier, um mir alles zu erzählen.«

»Unter anderem.«

In der Nacht, in der Donovan starb, hatte seine Cessna nach den Unterlagen der Flugverkehrskontrolle und den Daten des Terminals für die allgemeine Luftfahrt etwa sieben Stunden, von 15.20 bis 22.31 Uhr, am Flughafen Charleston gestanden. Nach der Landung hatte er ein Auto gemietet und war zu einer Besprechung mit seinem Anwaltsteam gefahren. Während er weg war, waren auf dem Vorfeld vier kleine Flugzeuge eingetroffen; zwei hatten getankt, einen Passagier abgesetzt und waren wieder gestartet, die anderen beiden waren für die Nacht gesichert worden. Eine davon war eine Beech Baron, die andere eine King Air 210, eine beliebte zweimotorige Turboprop-Maschine mit Platz für sechs Passagiere. Die King Air kam um 19.35 Uhr mit zwei Piloten und einem Passagier an. Alle drei stiegen aus, gingen ins Terminalgebäude, erledigten den Papierkram und fuhren mit einem Mann in einem Van weg.

Samantha lauschte wortlos und goss den koffeinfreien Kaffee ein.

Nach Aussage von Brad, einem Mitarbeiter, der in der betreffenden Nacht auf dem Vorfeld gearbeitet hatte, waren tatsächlich zwei Passagiere an Bord der King Air, von denen einer zurückblieb. Genau – einer verbrachte die Nacht im Flugzeug. Während die beiden Piloten die nach einem Flug vorgeschriebene Routinekontrolle durchführten, sah Brad den Passagier auf dem Boden mit einem Passagier sprechen, der noch an Bord der Maschine war. Aus der Ferne beobachtete er die Situation, wartete ab, bis die Piloten tatsächlich die einzige Tür der King Air schlossen. Als das Flugzeug für die Nacht gesichert war, gingen sie mit dem Passagier ins Terminal, als wäre alles in schönster Ordnung.

Höchst merkwürdig, aber Brad hatte das tatsächlich schon einmal erlebt, einige Jahre zuvor, als ein Pilot spät am Abend gelandet war, der weder Hotel noch Mietwagen gebucht hatte und beschloss, ein paar Stunden im Cockpit zu schlafen, um früh am Morgen weiterzufliegen. Der Unterschied war, dass der Pilot damals die Vorfeldmitarbeiter über seine Pläne informiert hatte. Im Falle der King Air wusste jedoch nur Brad, was los war. Er behielt die Maschine bis zweiundzwanzig Uhr im Auge, dann stempelte er und ging nach Hause. Seine Arbeit hatte ihm noch nie Spaß gemacht, und seinen Chef konnte er nicht ausstehen. Sein Bruder besorgte ihm einen Job in Florida, und er zog weg. Niemand hatte ihn je nach den Ereignissen in dieser Nacht gefragt. Bis jetzt.

»Wie hast du ihn gefunden?«, fragte sie.

»Der Wachmann, der mich Sonntagnacht festgenommen hat, hat mir seinen Namen genannt. Mack, der Wachmann, ist ein richtig netter Kerl. Wir haben spät am Montagabend ein paar Bier gezischt, natürlich auf meine Kosten, und Mack hat mir von Brad erzählt. Brad ist jetzt wieder in Charleston. Ich habe ihn gestern Abend in einer anderen Bar aufgestöbert, und wir haben uns ein paar Drinks genehmigt. Ich bin gerade dabei, mich auszunüchtern, also biete mir bloß nichts an.«

»Ich habe keinen Tropfen im Haus.«

»Gut.«

»Und was ist deine Theorie?«

»Meine Theorie ist, dass dieser mysteriöse Passagier abgewartet hat, bis die Luft rein war, dann die Tür der King Air geöffnet hat, in der Dunkelheit die dreißig Meter direkt zu Donovans

Cessna marschiert ist und die B-Mutter gelockert hat, was etwa zwanzig Minuten gedauert haben dürfte. Dann hat er sich vermutlich wieder in die King Air verzogen und beobachtet, wie Donovan gegen 22.15 Uhr aufgetaucht ist und sich zum Abflug fertig gemacht hat. Danach hat er es sich gemütlich gemacht und bis zum Sonnenaufgang geschlafen.«

»Klingt nicht so, als ob man das beweisen könnte.«

»Kann schon sein, aber ich arbeite daran.«

»Wem gehört die King Air?«

»Einer Charterfirma aus York, Pennsylvania, einer Gesellschaft, die oft mit Kohleunternehmen arbeitet. Die King Air wird in den Kohlenrevieren als Arbeitspferd eingesetzt, weil sie robust ist, eine gute Nutzlast hat und nur eine kurze Start- und Landebahn braucht. Das Unternehmen hat vier Chartermaschinen zur Verfügung. Es ist alles genau dokumentiert, daher werden wir bald alles über den Flug wissen. Brad sagt, er gibt mir eine eidesstattliche Erklärung, aber ich weiß nicht, wie zuverlässig er ist.«

»Das ist unfassbar, Jeff.«

»Eine Riesensache. Die Ermittler werden die Eigentümer des Flugzeugs ausquetschen, die Piloten, den Passagier oder die Passagiere und die Person, die die Maschine für den Flug gechartert hat. Wir kommen der Sache näher, Samantha. Das ist ein unglaublicher Durchbruch.«

»Gute Arbeit, Sherlock.«

»Manchmal muss man sich nur festnehmen lassen. Hast du hier irgendwo eine Extradecke?«

»Die stapeln sich alle auf dem Bett, wo ich war und gelesen habe.«

»Ist das ein Anmachspruch?«

»Das haben wir schon hinter uns, Jeff. Die Frage ist im Augenblick, ob wir Sex haben, und damit wird es leider nichts. Ist die falsche Zeit im Monat.«

»Oh, schade.«

»Du hättest vorher anrufen können.«

»Hätte ich. Warum kuscheln wir nicht einfach, wärmen uns gegenseitig und schlafen gemeinsam, ich meine, einfach nur schlafen?«

»Das müsste drin sein.«

33

Sie hatte keine Ahnung, wann er gegangen war. Als sie erwachte, stahlen sich ein paar Strahlen Morgenlicht durch Jalousien und Fenster. Seine Seite des Bettes war nicht warm, als wäre er schon seit Stunden weg. Egal. Er lebte im Untergrund und hinterließ kaum Spuren, für sie war das in Ordnung. Er hatte an Dingen zu tragen, die sie nie verstehen würde, also versuchte sie es am besten gar nicht erst. Sie dachte ein paar Minuten lang über ihn nach, während sie die Nase unter den Decken hervorsteckte und zusah, wie ihr Atem Dampfwölkchen bildete. Es war kalt da draußen, und sie musste zugeben, dass sie sich nach seiner Wärme sehnte.

Sie sehnte sich auch nach einer heißen Dusche, aber die würde ausfallen. Sie zählte bis zehn, warf die Decken zurück und rannte zur Kaffeemaschine. Es dauerte ewig, bis der Kaffee durchgelaufen war, und als sie endlich eine Tasse zusammenhatte, kroch sie wieder unter die Decken und dachte an New York. Sie hatte vor, ihre Antwort an Andy Grubman zu überarbeiten und so schnell wie möglich zu mailen. Trat sie zu selbstbewusst auf, war sie zu anspruchsvoll? Immerhin war sie arbeitslos, und er bot ihr eine tolle Stelle an. Hatte sie das Recht, an Anwaltskollegen und Mandanten herumzunörgeln, an Nick Spane und den Abmessungen ihres neuen Büros? Würde ihre Verzögerungstaktik Grubman in den Kram passen, oder würde er sich darüber ärgern? Sie war nicht sicher, aber

Grubman hatte ein dickes Fell. Wenn sie sich nicht von Anfang an durchsetzte, würde sie später mit Sicherheit unter die Räder kommen.

Sie sparte sich die kalte Dusche und beschränkte sich auf Katzenwäsche mit lauwarmem Wasser im Waschbecken. Da keine Gerichtstermine anstanden, schlüpfte sie schnell in Jeans und Stiefel, Flanellhemd und Pullover. Warm eingepackt, hängte sie sich ihre Aktentasche über die eine, ihre Handtasche über die andere Schulter und machte sich zu Fuß auf den Weg zur Arbeit. Die Luft war klar und still, die Sonne ging strahlend auf. Es war ein schöner Wintertag, und der unberührte Schnee türmte sich an den Häusern zu dicken Wehen. Keine schlechte Art, in die Arbeit zu kommen, dachte sie, als sie durch Brady ging.

Das war die negative Seite: In New York hätte sie sich in eine U-Bahn quetschen und sich dann durch die Menge der Fußgänger drängeln müssen. Oder sie hätte auf dem Rücksitz eines dreckigen Taxis im Stau gestanden.

Sie redete mit Mr. Gantry, der gerade seine Zeitung vom Bürgersteig holte. Er war an die neunzig, lebte allein, seit seine Frau im vergangenen Jahr verstorben war, und hatte bei wärmerem Wetter den schönsten Rasen der Straße. Sein Grundstück war sorgfältig vom Schnee geräumt und freigeschaufelt.

Wie in diesen Tagen üblich, war sie die Erste im Büro und nahm sich als Praktikantin sofort die Kaffeemaschine vor. Während der Kaffee durchlief, räumte sie die Küche auf, leerte die Abfalleimer in der gesamten Kanzlei und ordnete die Illustrierten im Empfangsbereich. Niemand hatte ihr das je aufgetragen.

Das war die positive Seite: In New York würde Spane & Grubman jemand anderen für solche Arbeiten bezahlen.

Ganz neutral gesehen: Samantha machte es gar nichts aus, zumindest nicht hier. In einer echten Kanzlei wäre sie nie auf den Gedanken gekommen, aber in der Mountain Law Clinic packte jeder mit an.

Sie setzte sich in den Besprechungsraum und beobachtete den morgendlichen Verkehr in der Main Street. Jetzt, wo sie ihren Weggang plante, war sie überrascht, wie sehr sie den Ort in den drei kurzen Monaten lieb gewonnen hatte. Sie beschloss, das Gespräch mit Mattie zu verschieben, bis sie mehr über Grubmans Angebot wusste. Der Gedanke, ihr sagen zu müssen, dass sie so bald wegwollte, belastete sie.

Mattie ging es am Vormittag immer noch langsam an, aber sie schien wieder zu ihrem alten Selbst zurückzufinden. Donovans Abwesenheit war eine offene Wunde, die nie heilen würde, doch sie konnte nicht plötzlich aufhören zu leben. Zu viele Mandanten brauchten sie, zu viele Termine standen in ihrem Kalender. Sie lief kurz nach neun ein und bat Samantha in ihr Büro. Hinter verschlossener Tür erklärte sie ihr, sie habe sich die vergangene Nacht um die Ohren geschlagen, weil sie der Gedanke an die furchtbaren Crumps und die arme tote Francine umtreibe. Die einzige ethisch vertretbare Vorgehensweise sei, die örtliche Anwaltschaft zu befragen, ob irgendwer von der Familie engagiert worden war. Wenn ja, würden sie dem Betreffenden eine Kopie des Testaments zukommen lassen und den Kampf aufnehmen. Mattie reichte ihr eine Liste.

»Ohne uns gibt es in Brady vierzehn Anwälte, die sind hier in alphabetischer Reihenfolge mit Telefonnummern aufgeführt. Mit drei von ihnen habe ich bereits gesprochen, auch mit Jackie Sporz, dem Anwalt, der vor fünf Jahren das Testament aufgesetzt hat. Keiner von ihnen hat von der Familie gehört. Suchen Sie sich fünf aus und lassen Sie es uns heute Vormittag hinter uns bringen. Ich habe es satt, mir deswegen den Kopf zu zerbrechen.«

Bis auf zwei kannte Samantha alle. Sie ging in ihr Büro, griff zum Telefon und rief Hump an. Nein, sagte er, die Crumps hätten sich nie bei ihm gemeldet. Da konnte er sich glücklich schätzen. Der zweite Anruf ging an Hayes Sinclair, einen Anwalt, der seine Kanzlei nie verließ und angeblich an Agoraphobie litt. Nein, die Crumps hatten sich nie bei ihm gemeldet. Der dritte Anruf galt Lee Chatham, einem Anwalt, der nie in seiner Kanzlei zu finden war, sondern sich immer am Gericht herumtrieb, wo er so tat, als hätte er wichtige Angelegenheiten zu erledigen, und Gerüchte herumerzählte, von denen er die meisten erfunden hatte. Volltreffer. Mr. Chatham sagte, ja, er habe sich mit mehreren Angehörigen der Familie Crump getroffen und sei mit der Vertretung der Familie beauftragt.

Offenbar behaupteten sie weiter, ihre Mutter habe das Testament vernichtet, das die böse Law Clinic kostenlos für sie aufgesetzt habe, deswegen gelte wieder das vorherige Testament, dem zufolge alle zu gleichen Anteilen erben sollten. Mr. Chatham plante, das Nachlassverfahren in der kommenden Woche einzuleiten und das vorherige Testament vorzulegen. Allerdings gab es Streit darum, wer Testamentsvollstrecker sein sollte. Jonah, der Älteste, war fünf Jahre zuvor von Francine ernannt worden, aber er hatte Herzprobleme (die durch die stressige Situation verursacht waren) und konnte die Aufgabe voraussichtlich nicht wahrnehmen. Als Mr. Chatham vorgeschlagen hatte, einen anderen Testamentsvollstrecker zu benennen, war unter den übrigen vier ein Streit ausgebrochen. Im Augenblick versuchte er sich als Schlichter.

Samantha ließ ihre Bombe hochgehen und erzählte ihm von der geheimnisvollen Sendung, die sie am Tag nach der Beerdigung erhalten hatten. Sie stellte sicher, dass Mr. Chatham wusste, dass weder sie noch sonst jemand in ihrer Kanzlei Lust auf Erbstreitigkeiten hatte, er sich aber darüber im Klaren sein musste, dass seine Mandanten logen. Bevor sie auflegte, brabbelte er nur noch unzusammenhängend vor sich hin. Sie faxte seiner Kanzlei eine Kopie des neuen Testaments und ging zu Mattie, um sie zu informieren.

»Die werden auf hundertachtzig sein«, sagte sie, als sie die Neuigkeiten hörte. »Eine Drohung, und ich gehe zum Sheriff.«

»Sollen wir uns eine Handfeuerwaffe besorgen?«, fragte Samantha.

»Noch nicht.« Mattie schob ihr ein paar Dokumente über den Schreibtisch zu. »Sehen Sie sich das an.« Was auch immer es war, der Schriftsatz war dick, und Samantha setzte sich.

»Was ist das?«, fragte sie, während sie eine Seite umblätterte.

»Strayhorn, die Rechtsmittelschrift in der Tate-Sache. Ich habe letzte Woche mit dem Richter der ersten Instanz über den angeblichen Vergleich gesprochen. Wie nicht anders zu erwarten, war er nicht besonders verständnisvoll, das heißt, wir stehen auf verlorenem Posten. Jetzt müssen wir irgendwie das Berufungsverfahren überstehen und hoffen, dass das Oberste Gericht das Urteil nicht aufhebt.«

»Warum habe ich das in der Hand?«

»Ich dachte, das könnte Sie interessieren. Samantha, Sie müssen die Berufung übernehmen.«

»Irgendwie habe ich das kommen sehen. Ich hatte noch nie was mit einem Berufungsverfahren zu tun, Mattie.«

»Sie hatten mit den meisten Dingen hier noch nie was zu tun. Es gibt immer ein erstes Mal. Ich werde alles beaufsichtigen, und Sie werden schnell merken, dass es vor allem eine Menge Papierkram und Recherche ist. Strayhorn ist zuerst dran und wird in neunzig Tagen einen dicken Schriftsatz einreichen. Die werden alle möglichen Fehler geltend machen, die bei dem Prozess unterlaufen sein sollen. Wir widerlegen sie in unserer Erwiderung Punkt für Punkt. In sechs Monaten ist fast die gesamte Arbeit erledigt, und wir warten nur noch auf die mündliche Verhandlung.«

Aber in sechs Monaten bin ich gar nicht mehr da, hätte Samantha am liebsten gesagt.

»Das wird eine großartige Erfahrung«, drängte Mattie. »Dann können Sie Ihr ganzes Leben lang sagen, Sie hätten ein Berufungsverfahren am Obersten Gericht des Commonwealth of Virginia geführt. Das ist kaum zu toppen.« Sie versuchte, lässig zu klingen, aber die Anspannung war ihr deutlich anzumerken.

»Wie viele Stunden?«, fragte Samantha. Sie rechnete im Stillen und kam zu dem Schluss, dass sie praktisch die gesamte Recherche in den nächsten sechs Monaten erledigen konnte, bevor sie wegging.

»Donovan hat behauptet, die Sache sei absolut korrekt gelaufen, so viel können die also im Berufungsverfahren gar nicht vorbringen. Ich schätze fünfhundert Stunden, ab jetzt bis zur mündlichen Verhandlung, die in etwa fünfzehn Monaten stattfinden würde. Ich weiß, dass Sie bis dahin nicht mehr hier sind, das wird also eine von uns übernehmen. Die Hauptarbeit muss jetzt erledigt werden. Annette und ich haben einfach nicht die Zeit.«

Samantha lächelte. »Sie sind der Boss.«

»Und Sie sind ein Schatz. Danke, Samantha.«

Andy Grubman antwortete postwendend:

Liebe Miss Sam, vielen Dank für Ihre nette Epistel. Sie sind in nur drei Monaten zu einem richtigen Weichei geworden. Das muss an den vielen Keksen liegen. Wenn ich Sie richtig verstehe, möchten Sie die Zusicherung, dass Sie erstens von Ihren Chefs angebetet, zweitens von Ihren Kollegen verehrt sowie drittens von Ihren Mandanten geschätzt werden, dass wir Ihnen viertens eine Partnerschaft garantieren, die Ihnen ein langes, erfülltes und glückliches Leben ermöglicht, und Ihnen fünftens ein Büro einrichten, dessen Größe Ihren Ansprüchen entspricht, trotz der obszönen Quadratmeterpreise, die Vermieter in Manhattan (unsere Mandanten) gegenwärtig verlangen, Rezession hin oder her.

Ich werde sehen, was ich tun kann. Ich hänge eine Biografie von Nick Spane an. Merkwürdigerweise ist er nur einmal geschieden und seit mittlerweile fünfzehn Jahren mit derselben tollen Frau verheiratet. Wie Sie sehen werden, ist er nicht wegen Vergewaltigung, Kindesmissbrauchs oder Ähnlichem vorbestraft und wird auch nicht des Handels mit Kinderpornografie beschuldigt. Weiterhin ist er nie wegen sexueller Belästigung – oder, wenn ich es mir recht überlege, aus irgendeinem anderen Grund – angeklagt worden. Seine Scheidung war einvernehmlich. Er stammt aus dem Süden, aus Tulane, hat an der Vanderbilt University Jura studiert und besitzt untadelige Manieren. Findet man hier oben nicht so oft.

Bis bald!
Grubman

Das Agententelefon klingelte um 14.30 Uhr, als Samantha gerade zum zweiten Mal die Rechtsmittelschrift von Strayhorn las und die Prozessordnung für Berufungsverfahren studierte.

»Stehst du vor meinem Büro im Schnee?«, fragte sie, während sie in die Küche ging, von der sie annahm, dass sie nicht verwanzt war.

»Nein, ich bin zu einem Treffen mit Ermittlern in Pikeville. Letzte Nacht habe ich sanft und warm geschlafen. Und du?«

»Ich habe gut geschlafen. Wann bist du heute Morgen gegangen?«

»Kurz nach vier. Ich schlafe im Augenblick nicht sehr viel. Ich fühle mich ständig beobachtet. Da findet man nicht so gut Schlaf.«

»Okay. Woran denkst du?«

»Samstag, eine Schneewanderung um den Gray Mountain. Steaks auf der Veranda vor der Hütte grillen. Rotwein trinken. Am Feuer lesen. Solche Dinge. Bist du dabei?«

»Lass mich überlegen.«

»Was gibt es da zu überlegen? Ich wette, wenn du in deinen Terminkalender siehst, ist für Samstag gar nichts eingetragen. Gib dir einen Schubs.«

»Ich bin gerade beschäftigt. Ich rufe dich zurück.«

Obwohl es niemand in der Kanzlei ausdrücklich erwähnte, merkte Samantha bald selbst, dass im Januar viel weniger los war als sonst, was an der Kälte und den kurzen Tagen lag. Das Telefon klingelte nicht so oft, und Barb war seltener an ihrem Schreibtisch zu finden, weil sie ständig »Besorgungen« machte. Claudelle war hochschwanger und musste Bettruhe einhalten. Die Gerichte, die es ohnehin nie besonders eilig hatten, ließen sich noch mehr Zeit. Mattie und Annette waren mit den laufenden Fällen beschäftigt wie immer, aber es kam nichts Neues dazu. Es war, als würden Streitereien und Elend eine Pause einlegen, während die Winterdepression einsetzte. Aber das galt nicht für alle.

Als Samantha an einem Freitag, es war bereits dunkel, in ihrem Büro dies und das erledigte, hörte sie, wie sich die Eingangstür öffnete. Mattie war noch in der Kanzlei, aber ihre Tür war geschlossen. Samantha ging zum Empfang und begrüßte Buddy und Mavis Ryzer. Sie hatten keinen Termin, sie hatten nicht angerufen. Stattdessen waren sie spät am Freitagnachmittag eineinhalb Stunden von West Virginia nach Brady gefahren, um bei ihrer Anwältin Trost und Rat zu suchen. Sie umarmte beide und wusste sofort, dass für sie die Welt untergegangen war. Sie brachte sie in den Besprechungsraum und bot ihnen eine

Limonade an, aber sie wollten keine. Sie schloss die Tür, fragte, was los sei, und beide brachen in Tränen aus.

Buddy war am Vormittag von Lonerock Coal gekündigt worden. Der Vorarbeiter hatte gesagt, er sei körperlich nicht mehr in der Lage, seine Arbeit zu tun; das bedeutete die fristlose Kündigung. Kein Sozialpaket, keine Abfindung, keine billige Uhr für gute Arbeit und ganz bestimmt kein goldener Handschlag, nur ein kräftiger Tritt in den Hintern und die Zusage, der letzte Lohnscheck werde per Post kommen. Er hatte es kaum nach Hause geschafft, wo er fassungslos auf dem Sofa zusammenbrach.

»Ich stehe vor dem Nichts«, sagte er zwischen zwei Atemzügen, während sich Mavis die Tränen abwischte, und wiederholte es: »Ich stehe vor dem Nichts.«

»Die setzen ihn einfach auf die Straße«, sagte Mavis. »Kein Lohn, keine Staublungenentschädigung und keine Aussicht auf irgendeine Arbeit. Er hat immer nur im Kohlenbergbau gearbeitet. Was soll er jetzt tun? Sie müssen uns helfen, Samantha. Sie müssen etwas unternehmen. Das ist nicht in Ordnung.«

»Sie weiß, dass es nicht in Ordnung ist«, sagte Buddy. Jedes einzelne Wort kam zwischen keuchenden Atemzügen, unter denen sich seine Brust mühsam hob und senkte. »Aber man kann nichts dagegen tun. Unsere Gewerkschaft ist vor zwanzig Jahren zerschlagen worden, seitdem schützt uns keiner mehr vor den Unternehmen. Niemand.«

Samantha lauschte voller Mitgefühl. Es war befremdlich zu sehen, wie sich ein harter Bursche wie Buddy mit dem Handrücken die Wangen trocknete. Seine Augen waren rot und verquollen. Normalerweise wäre ihm jede Gefühlsäußerung peinlich gewesen, aber jetzt hatte er nichts mehr zu verbergen.

»Wir haben den Antrag gestellt«, sagte sie schließlich, »und wir haben ein überzeugendes ärztliches Gutachten. Im Augenblick können wir nicht mehr tun. Leider können Beschäftigte in den Bundesstaaten hier jederzeit aus beliebigem Grund oder auch ohne Angabe von Gründen gekündigt werden.«

Ihr war klar, dass Buddy nicht arbeitsfähig war, aber das würde sie bestimmt nicht aussprechen. Sosehr sie Lonerock Coal verabscheute – es lag auf der Hand, warum eine Firma jemanden in seinem Zustand kein schweres Gerät bedienen lassen wollte.

Es folgte ein langes Schweigen, das nur von Mattie unterbrochen wurde, die an die Tür klopfte und hereinkam. Sie begrüßte die Ryzers, merkte, dass sie in ein höchst unangenehmes Gespräch geplatzt war, und trat den Rückzug an. »Kommen Sie zum Essen, Sam?«

»Ich bin dabei. Gegen sieben?«

Die Tür schloss sich, und es kehrte wieder Schweigen ein.

»Bei meinem Cousin hat es elf Jahre gedauert, bis er seine Staublungenrente bekommen hat«, sagte Mavis schließlich. »Er braucht jetzt Sauerstoff. Bei meinem Onkel neun. Ich habe gehört, der Durchschnitt sind fünf Jahre. Stimmt das?«

»Bei streitigen Ansprüchen ja, da sind fünf bis sieben Jahre der Durchschnitt.«

»In fünf Jahren bin ich tot«, sagte Buddy, und niemand widersprach ihm.

»Haben Sie nicht gesagt, die fechten alle Ansprüche an?«, fragte Mavis.

»Ich fürchte, ja.«

Buddy schüttelte den Kopf, es war nur eine kleine Bewegung, aber er hörte gar nicht mehr auf. Mavis verstummte und starrte auf den Tisch. Buddy hustete ein paarmal und schien kurz vor einem Erstickungsanfall zu stehen, doch er schluckte verzweifelt und unterdrückte ihn. Seine tiefen, qualvollen Atemzüge klangen wie ein verzweifeltes Aufbegehren seines Körpers. Er räusperte sich erneut. »Wissen Sie, ich hätte meine Entschädigung schon vor zehn Jahren bekommen sollen, dann hätte ich nicht mehr im Bergbau arbeiten müssen und mir woanders eine Arbeit suchen können. Damals war ich erst dreißig, die Kinder waren noch klein, und ich hätte etwas anderes tun können, etwas, wo es keinen Staub gab. Etwas, was die Krankheit nicht noch verschlimmert hätte. Aber das Unternehmen hat mich abgeschmettert und hat recht bekommen, und so hatte ich keine Wahl, ich musste weiter im Bergbau arbeiten und den Staub einatmen. Ich habe gemerkt, wie es immer schlimmer wurde. Das weiß man einfach. Es geht ganz langsam, aber man merkt, dass die vier Stufen zur Veranda vor dem Haus anstrengender sind als vor einem Jahr. Bis zum Ende der Einfahrt braucht man ein bisschen länger. Nicht viel länger, aber alles geht langsamer.« Eine Pause, während er tief Luft holte. Mavis streckte den Arm aus und tätschelte ihm die Hand. »Ich habe diese Menschen noch vor mir, im Gericht, vor dem Verwaltungsrichter. Drei oder vier waren es, alle in schwarzen Anzügen und polierten schwarzen Schuhen, furchtbar wichtig sind sie sich vorgekommen. Uns haben sie angesehen, als wären wir Abschaum, ein ungebildeter Bergarbeiter mit seiner ungebildeten Frau, wieder so ein Versager, der das System um einen monatlichen Scheck betrügen will. Ich sehe sie jetzt noch vor mir, arrogante Schnösel, so überheblich, so eingebildet, so selbstzufrieden, weil sie wussten, wie man gewinnt, und wir nicht. Ich weiß, dass das nicht sehr christlich ist, aber ich habe diese Leute damals wirklich gehasst. Jetzt noch mehr, weil wir die Wahrheit kennen, und die Wahrheit ist, dass diese Verbrecher wussten, dass ich Staublunge hatte. Sie wussten es und haben es unter den Teppich gekehrt. Sie haben das Gericht angelogen. Sie haben eine Horde verlogener Ärzte angeschleppt, die unter Eid aussagten, ich hätte keine Staublunge. Alle haben sie gelogen. Und sie haben gewonnen. Sie haben mich aus dem

Gericht gejagt, haben mich wieder in die Minen gesteckt, zehn Jahre lang.«

Er legte eine Pause ein und rieb sich mit den Fingern die Augen.

»Sie haben betrogen, sie haben gewonnen, und sie werden es wieder tun, weil sie die Regeln machen. Ich wüsste nicht, wie man die aufhalten kann. Sie haben das Geld, die Macht, die Ärzte und wahrscheinlich auch die Richter in der Tasche. Was für ein System!«

»Kann man ihnen wirklich nicht das Handwerk legen, Samantha?«, fragte Mavis flehentlich.

»Wir können Klage einreichen. Wie Donovan, es besteht immer noch die Möglichkeit, dass eine andere Kanzlei die Klage erneut einreicht. Wir haben noch nicht aufgegeben.«

»Aber Sie übernehmen die Sache nicht?«

»Mavis, ich habe Ihnen das schon erklärt. Ich bin aus New York. Ich bin Praktikantin und nur für ein paar Monate hier, dann bin ich wieder weg. Ich kann kein Verfahren anfangen, das fünf Jahre intensive Prozessführung am Bundesgericht erfordert. Das haben wir doch alles schon geklärt.«

Keiner antwortete.

Die Minuten vergingen, während es in den Büros immer stiller wurde; das einzige Geräusch war Buddys qualvolles Atmen.

Er räusperte sich erneut. »Hören Sie, Samantha, Sie sind die einzige Anwältin, die wir je gehabt haben, und die einzige, die je bereit war, uns zu helfen. Wenn wir vor zehn Jahren einen Anwalt gehabt hätten, sähe die Sache vielleicht anders aus. Aber das ist vorbei. Wir sind heute nur aus einem Grund hergefahren: Wir wollen uns bei Ihnen dafür bedanken, dass Sie meinen Fall übernommen haben.«

Mavis sprang ihm bei. »Und dafür, dass Sie so nett zu uns waren. Wir danken dem Herrn jeden Tag für Sie und für Ihre Hilfsbereitschaft.«

»Sie können sich gar nicht vorstellen, was uns das bedeutet.«

»Allein dass wir eine richtige Anwältin haben, die sich für uns einsetzt, bedeutet uns so viel.«

Beide schluchzten wieder.

34

Beim ersten Mal hatte sie den Gray Mountain aus der Luft gesehen. Beim zweiten Mal hatte sie ihm zweieinhalb Wochen vor Weihnachten per Boot und Quad einen Besuch aus nächster Nähe abgestattet. Beim dritten Mal kam sie per Pick-up, in dieser Gegend ein konventionelles Transportmittel. Jeff holte sie in Knox ab, wo sie ihr Auto wieder auf dem Parkplatz der Bibliothek abgestellt hatte.

»Ist das ein neuer?«, fragte sie nach einem Blick auf den Pick-up. Es war ein massiges Fahrzeug, irgendein Dodge und bestimmt nicht das Gefährt, das sie kannte.

»Nein. Der gehört einem Freund«, sagte er, vage wie immer. Auf der Ladefläche waren zwei rote Kajaks, eine Kühlbox und mehrere Rucksäcke verstaut. »Lass uns fahren.«

In aller Eile verließen sie die Stadt. Er wirkte angespannt, und sein Blick huschte von einem Rückspiegel zum anderen.

»Sind das da hinten Kanus?«, wollte sie wissen.

»Nein, Kajaks.«

»Okay. Wozu ist so ein Kajak gut?«

»Hast du noch nie in einem Kajak gesessen?«

»Wie gesagt, ich bin aus der Großstadt.«

»Okay, ein Kajak ist zum Kajakfahren.«

»Man kann auch mit einem Buch und einem Glas Wein am Feuer sitzen. Ich will nicht nass werden.«

»Stell dich nicht so an, Sam.«

»Samantha ist mir lieber, vor allem da wir beide das Bett teilen. Sam ist bei meinem Vater okay, meine Mutter würde mich nie so nennen, und bei Mattie habe ich mich damit abgefunden. Wer Sammie zu mir sagt, kriegt Ärger. Ich weiß, es ist viel verlangt, aber warum nennst du mich für den Augenblick nicht einfach Samantha?«

»Es ist dein Name. Solange ich Sex ohne Verpflichtungen bekomme, nenne ich dich, wie du willst.«

»Du nimmst kein Blatt vor den Mund, was?«

Er lachte und drehte die Stereoanlage lauter – Faith Hill. Sie ließen den Highway hinter sich und holperten über ein schmales Sträßchen. Als es anfing, steil bergauf zu gehen, bogen sie plötzlich auf eine Schotterpiste ab, die an einem Bergrücken mit Furcht einflößenden Schluchten entlangführte. Sie versuchte, nicht hinzusehen, sondern ließ ihre Gedanken zu ihrem ersten Abenteuer mit Donovan schweifen, bei dem sie den Gipfel des Dublin Mountain erklommen hatten. Während sie von dort oben die Enid-Mine beobachteten, hatte Vic sie überrascht, und dann waren sie von den Sicherheitsleuten entdeckt worden. Es schien so lange her zu sein, und jetzt war Donovan tot.

Jeff bog immer wieder ab.

»Du weißt bestimmt, was du tust«, sagte sie zweifelnd.

»Ich bin hier aufgewachsen«, erwiderte er, ohne sich umzusehen.

Ein noch halb mit Schnee bedeckter Trampelpfad endete unvermittelt. Durch die Bäume sah sie die Hütte.

»Was ist mit den Kajaks?«, fragte sie, als sie den Pick-up entluden. »Ich habe keine Lust, die Dinger durch die Gegend zu schleppen.«

»Wir müssen uns den Fluss ansehen. Ich fürchte, der Wasserstand ist zu niedrig.« Sie hoben die kleine Kühlbox und die Rucksäcke herunter und trugen sie zu der fünfzig Meter entfernten

Hütte. Der Schnee war zehn Zentimeter tief und mit Spuren von Tieren bedeckt. Stiefelabdrücke oder andere Hinweise auf menschliche Besucher waren nicht zu entdecken. Samantha war sehr zufrieden mit sich, dass ihr solche Dinge auffielen. Ein echtes Kind der Berge!

Er schloss die Hütte auf, ging langsam hinein, als rechnete er mit einer unangenehmen Überraschung, und sah sich um. Sie stellten die Kühlbox in die kleine Küche und legten die Rucksäcke auf einem Sofa ab.

»Sind die Kameras noch installiert?«, fragte sie.

»Ja, und wir haben sie gerade aktiviert.«

»Irgendwelche Eindringlinge in letzter Zeit?«

»Nicht dass ich wüsste.«

»Wann warst du das letzte Mal hier?«

»Das ist schon lange her. Zu viel Verkehr erregt Verdacht. Sehen wir uns den Fluss an.«

Sie stiegen über die Felsbrocken am Ufer des kleinen Flusses. Jeff sagte, er sei für die Kajaks zu niedrig. Stattdessen folgten sie dem Wasserlauf tief in die Berge hinein, weit weg von der Hütte und dem Land, das der Familie gehörte. Es kam ihr vor, als würden sie sich in westlicher Richtung bewegen, weg vom Gray Mountain, sicher war sie jedoch nicht. Unter der Schneedecke waren die Pfade nicht mehr zu erkennen, aber die brauchten sie auch nicht. Wie sein Bruder bewegte sich Jeff in dem Gelände, als wäre er hier täglich unterwegs. Sie nahmen einen steiler werdenden Hang in Angriff und blieben irgendwann stehen, um Wasser zu trinken und einen Müsliriegel zu essen. Er erklärte ihr, dass sie sich auf dem Chock Ridge befänden, einem langgezogenen steilen Berg mit dicken Kohleflözen, der einer Familie gehörte, die nie verkaufen würde. Den Cosgroves aus Knox. Donovan und Jeff waren mit den Cosgrove-Kindern aufgewachsen. Das waren anständige Leute. Sie kletterten noch einmal hundertfünfzig Meter, bis sie den Bergrücken erreicht hatten. In der Ferne zeigte Jeff ihr den Gray Mountain. Selbst unter der weißen Decke wirkte er kahl, trostlos, ein Bild der Zerstörung.

Außerdem war er weit entfernt, und nachdem sie eine Stunde lang durch den Schnee gestapft waren, waren ihre Füße am Erfrieren. Sie beschloss, noch ein paar Minuten zu warten, bis sie sich beschwerte. Als sie den Abstieg begannen, knallten Schüsse, das laute, donnernde Krachen von Gewehrfeuer hallte durch die Berge. Sie hätte sich am liebsten auf den Boden geworfen, aber Jeff zuckte mit keiner Wimper.

»Die jagen nur Hirsche«, sagte er, ohne das Tempo merklich zu verlangsamen. Er hatte einen Rucksack, aber kein Gewehr. Allerdings war sie sicher, dass irgendwo zwischen den Müsliriegeln eine Waffe steckte.

»Gehen wir zur Hütte zurück?«, fragte sie schließlich, als sie zu dem Schluss gekommen war, dass sie sich hoffnungslos in den Wäldern verirrt hatten.

Er sah auf seine Uhr. »Na klar, es ist schon spät. Ist dir kalt?«

»Meine Füße sind wie abgestorben.«

»Hat dir schon mal jemand gesagt, dass du schöne Zehen hast?«

»Das passiert mir jeden Tag.«

»Im Ernst?«

»Bin ich rot geworden? Nein, Jeff, ehrlich gesagt, kann ich mich nicht erinnern, dass mir das schon mal jemand gesagt hätte.«

»Stimmt aber.«

»Falls das ein Kompliment sein sollte, danke.«

»Tauen wir sie auf.«

Der Rückweg dauerte fast doppelt so lang wie der Hinweg, und im Tal war es dunkel, als sie die Hütte erreichten. Jeff machte rasch Feuer im Kamin, und die Kälte wich einer rauchigen Wärme, die Samantha bald bis in die Knochen spürte. Er zündete drei Gaslampen an, und während er genügend Feuerholz für die Nacht hereinschleppte, packte sie die Kühlbox aus und prüfte, was für das Abendessen geplant war. Zwei Steaks, zwei Kartoffeln und zwei Maiskolben. Außerdem drei Flaschen Merlot, bei denen Jeff darauf geachtet hatte, dass sie einen Schraubverschluss besaßen. Ihren ersten Becher tranken sie, während sie sich am Feuer aufwärmten und über Politik sprachen. In wenigen Tagen sollte Obama vereidigt werden, und Jeff überlegte, ob er mit dem Auto zu den Feierlichkeiten nach Washington fahren sollte. Ihr Vater war lange vor seinem Sturz in der demokratenfreundlichen Politik der Anwaltschaft aktiv gewesen und schien allmählich wieder Gefallen am Kampf zu finden. Er hatte sie eingeladen, mit dabei zu sein. Sie hätte diesen historischen Augenblick gern miterlebt, wusste aber nicht genau, welche Termine bei ihr anstanden.

Sie hatte niemandem von Grubmans Angebot erzählt und würde es jetzt ganz bestimmt nicht ansprechen. Das hätte die Dinge nur noch komplizierter gemacht.

»Wie geht's den Zehen?«, fragte er, als sie den zweiten Becher halb geleert hatten.

»Kribbeln«, sagte sie. Ihre Füße steckten immer noch in dicken Wollsocken, die sie anbehalten wollte, was auch immer geschah. Er ging auf die Veranda, um die Holzkohle anzuzünden, und bald waren sie mit der Zubereitung des Abendessens beschäftigt. Sie speisten bei Kerzenlicht an einem primitiven Tisch für zwei. Nach dem Essen versuchten sie im Feuerschein Romane zu lesen, gaben ihr Vorhaben aber bald auf, um dringlichere und wichtigere Angelegenheiten zu verfolgen.

Nackt bis auf die Socken erwachte sie unter einem Berg Decken, und es dauerte ein paar Sekunden, bis sie merkte, dass Jeff nirgendwo in dem Stapel war. Im Kamin glimmten Kohlen, ein letztes Holzscheit verglühte. Sie suchte sich eine Taschenlampe und rief seinen Namen, aber er war nicht in der Hütte. Sie sah auf die Uhr: 4.40 Uhr. Draußen war es stockfinster. Sie ging zur Veranda, leuchtete sie mit der Taschenlampe aus, rief leise seinen Namen und huschte dann rasch zu ihrem warmen Nest am Feuer zurück. Nur keine Panik. Er hätte sie nicht allein gelassen, wenn sie in Gefahr gewesen wäre. Oder doch? Sie zog Jeans und ein T-Shirt an und versuchte zu schlafen, war aber zu aufgedreht. Außerdem hatte sie Angst und wurde immer wütender, als eine Minute nach der anderen verstrich. Allein in einer dunklen Hütte tief im Wald – so war das nicht gedacht. Jedes Geräusch draußen konnte Gefahr bedeuten. Es dauerte quälend lange, bis es fünf Uhr wurde. Fast wäre sie eingedöst, aber dann war sie mit einem Schlag wieder hellwach. Sie hatte einen kleinen Rucksack mit einer Zahnbürste und Kleidung zum Wechseln dabei. Er hatte drei große, geradezu professionelle Tramperrucksäcke hereingeschleppt. Die waren ihr schon in Knox hinten auf dem Pick-up sofort aufgefallen, und sie hatte gelegentlich einen Blick darauf geworfen. Einen hatte er bei der Wanderung dabeigehabt, die anderen beiden schienen mit irgendwas ausgestopft zu sein. Zuerst hatte er sie auf das Sofa geworfen, dann an die Tür gestellt. Jetzt waren sie weg.

Sie zog Jeans und T-Shirt aus und warf sie auf das Sofa, als wäre nichts geschehen. Als sie sich wieder beruhigt hatte und ihr einigermaßen warm war, atmete sie ein paarmal tief durch und versuchte, die Situation zu bewerten. Das Offensichtliche wurde ihr immer klarer. Wer auch immer jede einzelne von Jeffs Bewegungen verfolgte, musste den heutigen Besuch am Gray Mountain für ein romantisches Wochenende halten. Die knallroten Kajaks, die für jeden sichtbar hinten auf dem Pick-up lagen, waren eine nette Note, sollten jedoch nie auch nur in die

Nähe des Wassers kommen. Kajakfahren, Wandern, Grillen auf der Veranda, Kuscheln am Feuer – nur ein nettes, kleines Techtelmechtel mit der Neuen in der Stadt. In den frühen Morgenstunden, als es im Tal am stillsten war, war er aufgewacht und hatte sich mit katzenhafter Gewandtheit davongeschlichen. Im Augenblick steckte er tief im Bauch des Gray Mountain und stopfte die Rucksäcke mit den unschätzbar wertvollen Papieren voll, die sie Krull Mining geklaut hatten.

Er benutzte sie als Tarnung.

Die Tür öffnete sich, und ihr blieb das Herz fast stehen. Die Dunkelheit war undurchdringlich, und das Sofa nahm ihr zusätzlich die Sicht. Sie lag auf einer dicken Matte unter einem Stapel Decken, versuchte, normal zu atmen, und betete, dass die Person da drüben Jeff war. Eine Zeit lang – ihr kam es vor wie eine Stunde – stand er völlig still, dann bewegte er sich ein wenig. Als er seine Jeans auf das Sofa legte, klirrte die Gürtelschnalle leise. Er zog sich aus und schlüpfte vorsichtig unter die Decke, wobei er sich große Mühe gab, sie nicht zu berühren oder aufzuwecken.

Sie konnte nur hoffen, dass der nackte Mann nur wenige Zentimeter von ihr entfernt Jeff Gray war. Wie im Schlaf rollte sie sich herum und legte einen Arm auf seine Brust. Er tat so, als hätte sie ihn aufgeschreckt, und murmelte etwas. Sie murmelte zurück und freute sich, dass sie den Mann tatsächlich kannte. Mit einer für diese Zwecke etwas zu kalten Hand tätschelte er ihr das Hinterteil. Sie murmelte ein paar abwehrende Worte und drehte sich weg. Er rückte näher heran und tat so, als würde er einschlafen. Bevor sie eindöste, beschloss sie, für den Augenblick mitzuspielen. Sie brauchte Zeit, um in Ruhe nachzudenken, die Rucksäcke würde sie im Auge behalten.

Wieder spürte sie neben sich katzenhafte Bewegungen, aber diesmal stand er nur langsam auf und griff dann nach dem

Holzstapel. Er warf zwei Scheite ins Feuer, schürte es und flüsterte: »Bist du wach?«

»Glaub schon«, sagte sie.

»Hier ist es eiskalt.« Er hatte sich hingekniet, hob die Decken an und schlüpfte neben ihr wieder unter den Stapel. »Lass uns noch ein bisschen schlafen«, sagte er, während er nach ihr, nach ihrer Körperwärme suchte. Sie knurrte eine Antwort, als sei sie gar nicht ansprechbar. Die Scheite knackten und barsten, die Kälte war plötzlich verflogen, und Samantha fand endlich Schlaf.

35

Der Wetterbericht kündigte für Montag eine Höchsttemperatur von dreizehn Grad und viel Sonne an. Der letzte Schnee schmolz rasch, als Samantha zur Arbeit ging. Es war der 12. Januar, aber es fühlte sich fast an wie Frühling. Sie schloss ihr Büro auf und erledigte ihre Morgenroutine. Die erste E-Mail stammte von Izabelle:

Hallo, Sam: Andy Grubman sagt, er hat Kontakt mit dir aufgenommen, und du bist so gut wie an Bord. Ich musste ihm versprechen, nicht über das Jobangebot und die Konditionen zu reden; wahrscheinlich hat er Angst, dass wir Vergleiche anstellen und versuchen, noch mehr herauszuholen. Ich kann nicht sagen, dass ich ihn allzu sehr vermisst habe. Und du? Die Kanzlei und die Großstadt fehlen mir jedenfalls nicht, und ich weiß nicht, ob ich zurückgehe. Ich habe Grubman zugesagt, aber inzwischen sind mir Zweifel gekommen. Auf keinen Fall kann ich hier alles stehen und liegen lassen und in einem Monat anfangen. Und du? Außerdem vermisse ich es überhaupt nicht, zehn Stunden am Tag Verträge zu lesen und zu überprüfen. Ich brauche das Geld und so, aber im Augenblick komme ich zurecht, und die Arbeit macht mir großen Spaß. Wie ich dir erzählt habe, setze ich mich für Kinder ein, die nach Erwachsenenstrafrecht verurteilt wurden und in Gefängnissen für Erwachsene einsitzen. Ich kann mich gar nicht genug darüber aufregen. Die Arbeit ist ebenso fesselnd wie deprimierend, aber ich habe jeden Tag das Gefühl, dass ich ein wenig verändern kann. Letzte Woche haben wir ein Kind aus dem Gefängnis geholt. Die Eltern des Jungen haben am Tor gewartet, und alle haben geweint – ich eingeschlossen. Zur Info: Einer der angestellten Anwälte bei Spane & Grubman wird dieser nervige Sylvio aus der Steuerabteilung sein. Erinnerst du dich an den? Der schlimmste Mundgeruch in der gesamten Kanzlei. Der haut einen noch um, wenn er auf der anderen Seite eines Konferenztischs sitzt. Und er redet einem immer direkt ins Gesicht. Außerdem spuckt er. Eklig! Auch zur Info: Ungenannten Quellen zufolge gehört Chuck Randover zu den Premium-Mandanten von Spane, der Typ, der immer am Rande der Legalität operiert und denkt, weil er neunhundert Dollar die Stunde zahlt, kann er einem den Hintern tätscheln. Den kennst du ja nur allzu gut.

Aber von mir hast du das nicht. Zur Info: Ich bin gerade dabei, es mir anders zu überlegen. Und du?

Izzie

Samantha lachte in sich hinein, als sie die E-Mail las, und schrieb sofort zurück:

Iz, ich weiß nicht, was Grubman raucht und was er dir erzählt, aber ich habe nicht Ja gesagt. Und wenn er mit den Tatsachen derart großzügig umgeht, muss ich alles hinterfragen, was er von sich gibt. Nein, ich kann nicht nächsten Monat alles stehen und liegen lassen, nicht mit gutem Gewissen. Ich habe mir überlegt, ihn um einen Anfangstermin in ein paar Monaten zu bitten, vielleicht am 1. September.

Randover war der einzige Mandant, der mich je zum Weinen gebracht hat. Er hat mich einmal in einer Besprechung lächerlich gemacht. Ich habe mich nur mit Mühe zusammengerissen, bis ich auf der Toilette war. Und dieser Trottel von Grubman hat einfach nur dagesessen und zugesehen, kein Gedanke daran, sich vor seine Leute zu stellen. Natürlich nicht. Hauptsache, er legt sich nicht mit seinem Mandanten an. Ich war im Irrtum, aber es war solch ein kleiner, harmloser Fehler.

Hast du eine Ahnung, wie das Gesamtpaket aussieht?

Izabelle antwortete:

Ich habe geschworen, kein Wort darüber zu verlieren. Aber es ist beeindruckend. Später mehr.

Die erste Überraschung des Tages kam mit der Post. Top Market Solutions schickte einen Scheck über 11 300 Dollar, zahlbar an Pamela Booker; die erforderlichen Verzichterklärungen waren angehängt. Samantha kopierte den Scheck, damit sie ihn einrahmen konnte. Ihr erster Prozess, ihr erster Sieg. Voller Stolz zeigte sie ihn Mattie, die vorschlug, sie solle zur Lampenfabrik fahren und ihre Mandantin überraschen. Eine Stunde später hatte sie Brushy erreicht und fuhr zu dem nahezu leer stehenden Gewerbegebiet am Stadtrand. Sie begrüßte Mr. Simmons und bedankte sich erneut dafür, dass er Pamela wieder eingestellt hatte.

In ihrer Pause unterzeichnete Pamela die Verzichterklärung und weinte, als sie den Scheck bekam. Sie sagte, sie habe noch nie so viel Geld gesehen, und war völlig überwältigt. Sie saßen in Samanthas Auto auf dem Parkplatz, inmitten einer traurigen Ansammlung von uralten Pick-ups und schmutzigen kleinen Importautos.

»Ich weiß gar nicht, was ich damit machen soll«, sagte sie.

Als vielseitig talentierte Pro-bono-Anwältin konnte Samantha auch finanziellen Rat bieten. »Zunächst einmal erzählen Sie niemandem davon. Punkt. Wenn Sie den Mund aufmachen, haben Sie plötzlich jede Menge neue Freunde. Wie hoch ist Ihr Kreditkartensaldo?«

»Ein paar tausend.«

»Zahlen Sie die und zerschneiden Sie Ihre Karten. Mindestens ein Jahr lang keine Schulden. Zahlen Sie bar, stellen Sie Schecks aus, aber keine Kreditkarten.«

»Im Ernst?«

»Sie brauchen ein Auto, deshalb würde ich eine Anzahlung von zweitausend leisten und den Rest über zwei Jahre finanzieren. Begleichen Sie Ihre anderen Rechnungen und zahlen Sie fünftausend auf ein Sparkonto ein, die rühren Sie nicht mehr an.«

»Wie viel davon bekommen Sie?«

»Nichts. Wir nehmen keine Honorare, höchstens in Ausnahmefällen. Das gehört alles Ihnen, Pamela, und Sie verdienen jeden Cent davon. Und jetzt gehen Sie schnell zur Bank, bevor diese Gangster den Scheck platzen lassen.«

Pamelas Lippen bebten, und die Tränen liefen ihr über die Wangen, als sie sich vorbeugte und ihre Anwältin umarmte. »Danke, Samantha. Danke, danke.«

Als sie wegfuhr, sah Samantha in den Rückspiegel. Pamela stand noch da, sah ihr nach, winkte. Samantha weinte nicht, aber ihre Kehle war wie zugeschnürt.

Die zweite Überraschung des Tages folgte während des Montagstreffs. Als Barb gerade von einem Mann erzählte, der am Vortag in der Kirche ohnmächtig geworden war, vibrierte Matties Handy auf dem Tisch neben ihrem Salat. Die Nummer war unterdrückt. Sie meldete sich, und die merkwürdig bekannte Stimme eines ungenannten Anrufers sagte: »Das FBI wird in dreißig Minuten mit einem Durchsuchungsbeschluss vor der Tür stehen. Sichert sofort eure Dateien.«

Ihr Kinn klappte herunter, die Farbe wich aus ihrem Gesicht. »Wer ist da?«, fragte sie. Aufgelegt.

Betont ruhig wiederholte sie die Nachricht, und allen stockte vor Schreck der Atem. So wie das FBI bei der Durchsuchung von Donovans Kanzlei vorgegangen war, würden die Beamten mitnehmen, was sie tragen konnten. Also mussten sie in aller Eile sämtliche wichtigen Daten von ihren Desktop-PCs auf USB-Sticks laden.

»Wir müssen davon ausgehen, dass das wieder mit Krull Mining zu tun hat«, sagte Annette mit einem misstrauischen Blick auf Samantha.

Mattie rieb sich die Schläfen und versuchte, ruhig zu bleiben. »Es kann nichts anderes sein. Das FBI muss denken, wir haben was, weil ich die Anwältin von Donovans Nachlass bin. Bizarr, absurd, empörend. Mir fallen gar nicht genug Adjektive ein. Ich, wir haben nichts, was sie nicht schon kennen würden. Es gibt nichts Neues.«

Samantha fand die Durchsuchung besonders bedrohlich. Am Sonntagmorgen war sie mit Jeff vom Gray Mountain weggefahren, und sie ging davon aus, dass die Rucksäcke mit Dokumenten vollgestopft waren. Kaum vierundzwanzig Stunden später fiel das FBI ein und schnüffelte im Auftrag von Krull Mining herum. Sie stocherten im Nebel, aber es war ein wirkungsvoller Akt der Einschüchterung. Das behielt sie allerdings für sich, sie rannte nur in ihr Büro und fing an, Daten zu übertragen.

Die Frauen tuschelten untereinander, während sie hektisch umherliefen. Annette hatte den genialen Einfall, Barb mit ihren Laptops wegzuschicken. Angeblich, um sie nach Wise zum Service beim Techniker bringen. Barb raffte die Rechner zusammen und war froh, dass sie wegkonnte. Mattie rief Hump an, einen der besseren Anwälte für Strafrecht in der Stadt, und engagierte ihn auf der Stelle, damit er vorbeikam, sobald die Durchsuchung anlief. Hump sagte, das würde er sich auf keinen Fall entgehen lassen. Als die USB-Sticks voll waren, packte Samantha sie zusammen mit ihrem Agententelefon in einen großen Umschlag und ging zum Gericht. Im zweiten Stock gab es eine längst in Vergessenheit geratene juristische County-Bibliothek, die seit Jahren nicht mehr geputzt worden war. Sie versteckte den Umschlag in einem Stapel verstaubter juristischer Fachzeitschriften aus den 1970er-Jahren und rannte zurück zur Kanzlei.

Agent Frohmeyer und Agent Banahan steckten in dunklen Anzügen und führten das furchtlose Team an, das über die schwer befestigten Büros der Mountain Law Clinic hereinbrach. Drei weitere Beamte in dunkelblauen Parkas, auf denen in riesigen, gelb leuchtenden Lettern das Wort FBI prangte, folgten ihnen.

Mattie empfing sie im Korridor in der Nähe des Eingangs. »O nein, nicht Sie schon wieder!«

»Ich fürchte doch«, sagte Frohmeyer. »Hier ist der Durchsuchungsbeschluss.«

Sie nahm ihn. »Ich habe keine Zeit, das zu lesen. Sagen Sie mir, was er umfasst.«

»Ausnahmslos alle Unterlagen im Zusammenhang mit den juristischen Akten der Kanzlei Donovan Gray, die für Korrespondenz, Prozessführung und Ähnliches in dem gemeinhin als Hammer-Valley-Sache bekannten Verfahren relevant sind.«

»Die haben Sie schon beim letzten Mal alle mitgenommen, Frohmeyer. Er ist seit sieben Wochen tot. Denken Sie, er verfasst immer noch Schriftsätze?«

»Ich befolge nur meine Anweisungen.«

»Schon gut. Hören Sie, Mr. Frohmeyer, seine Akten sind nach wie vor drüben auf der anderen Straßenseite. Was ich hier habe, ist die Akte für das Nachlassverfahren. Wir sind keine Prozessanwälte, verstehen Sie? So schwer ist das doch nicht.«

»Ich habe meine Anweisungen.«

Hump legte einen lautstarken Auftritt hin und blaffte: »Ich vertrete die Kanzlei. Was zum Teufel ist hier los?«

Annette und Samantha standen in den offenen Türen ihrer Büros.

»Hump, das ist Agent Frohmeyer, der Anführer dieses kleinen Trupps«, sagte Mattie. »Er meint, er hätte das Recht, alle unsere Akten und Computer zu beschlagnahmen.«

»Auf gar keinen Fall!«, fauchte Annette plötzlich. »In meinem Büro gibt es nicht ein einziges Blatt Papier, das auch nur entfernt mit Donovan Gray oder einem seiner Verfahren zu tun hätte. Dafür gibt es jede Menge sensible und vertrauliche Akten über Dinge wie Scheidung, Kindesmisshandlung, häusliche Gewalt, Vaterschaftsklagen, Sucht und Entzug, Verhandlungsunfähigkeit aufgrund geistiger Einschränkungen und eine lange, traurige Liste menschlichen Elends. Und Sie sind nicht berechtigt, irgendwas davon einzusehen. Wenn Sie versuchen, etwas davon auch nur anzufassen, werde ich mit vollem körperlichem Einsatz Widerstand leisten. Nehmen Sie mich ruhig fest, aber ich verspreche Ihnen, morgen reiche ich in aller Früh bei einem Bundesgericht Klage ein – gegen Sie, Mr. Frohmeyer, und jeden einzelnen Ihrer Handlanger, wie sie da stehen. Sie werden Ihres Lebens nicht mehr froh werden.«

Ein harter Bursche wie Frohmeyer war nicht so leicht zu erschüttern, aber für einen Augenblick ließ er die Schultern ein wenig hängen. Die anderen vier lauschten mit weit aufgerissenen Augen und wirkten verunsichert. Samantha hätte am liebsten laut gelacht. Mattie grinste tatsächlich.

»Sehr schön gesagt, Mrs. Brevard«, sagte Hump. »Damit haben Sie unsere Position treffend zusammengefasst, und ich bin gern bereit, die Bundesanwaltschaft sofort anzurufen, um die Dinge zu klären.«

»Wir haben hier mehr als zweihundert laufende Vorgänge und noch einmal tausend im Archiv«, gab Mattie zu bedenken. »Keiner davon hat etwas mit Donovan Gray und seiner Arbeit zu tun. Wollen Sie wirklich alles in Ihr Büro schleppen und durchforsten?«

»Sie haben ja hoffentlich Besseres zu tun«, zischte Annette.

Hump hob beide Hände und bat um Ruhe.

Frohmeyer, der nun wieder kerzengerade stand, nahm Samantha aufs Korn. »Wir fangen mit Ihrem Büro an. Wenn wir finden, was wir suchen, nehmen wir es an uns und ziehen ab.«

»Und was könnte das sein?«

»Lesen Sie den Durchsuchungsbeschluss.«

»Wie viele Vorgänge haben Sie, Ms. Kofer?«, fragte Hump.

»Vielleicht fünfzehn, würde ich sagen.«

»Okay«, sagte Hump, »dann schlage ich Folgendes vor. Wir bringen die Akten in den Besprechungsraum, und Sie können sie sich da ansehen. Von mir aus können Sie ihr Büro inspizieren, aber bevor Sie irgendwas mitnehmen, sprechen Sie mit mir. Ist das klar?«

»Wir beschlagnahmen ihre Computer, Desktop und Laptop«, sagte Frohmeyer.

Das plötzliche Interesse an Samanthas Akten brachte Mattie und Annette aus dem Konzept. Samantha zuckte die Achseln, als wäre sie völlig ahnungslos.

»Mein Laptop ist nicht hier«, sagte sie.

»Wo ist er?«, fauchte Frohmeyer.

»Beim Techniker. Irgendein Virus, glaube ich.«

»Wann haben Sie ihn weggebracht?«

Hump hob erneut die Hand. »Das muss sie nicht beantworten. Der Durchsuchungsbeschluss gibt Ihnen nicht das Recht, potenzielle Zeugen zu befragen.«

Frohmeyer holte tief Luft, brütete eine Sekunde lang wütend

vor sich hin und grinste dann schmierig. Er folgte Samantha in ihr Büro und beobachtete genau, wie sie die Akten aus dem alten Militärschrank holte. »Schön haben Sie es hier«, sagte er überheblich. »Wird nicht lange dauern, das Büro zu durchsuchen.«

Samantha ignorierte ihn. Sie trug ihre Akten in den Besprechungsraum, wo Banahan und ein anderer Beamter anfingen, sie zu durchstöbern. Dann ging sie in ihr Büro zurück und sah zu, wie Frohmeyer langsam ihre beiden Aktenschränke und die Schubladen ihres wackligen Schreibtischs durchsuchte. Er fasste jedes Blatt Papier an, nahm aber nichts an sich. Sie hasste ihn dafür, dass er in ihre Privatsphäre eindrang.

Ein Beamter begleitete Mattie in ihr Büro, ein weiterer folgte Annette. Schublade um Schublade sahen sie sich jede Akte an, nahmen aber nichts mit. Hump wanderte von Tür zu Tür, beobachtete die Vorgänge und hielt nach etwaigen Konflikten Ausschau.

»Sind alle Laptops weg?«, fragte Frohmeyer Hump, als er mit Samanthas Büro fertig war.

Annette hörte die Frage. »Ja, die haben wir alle zusammen weggeschickt.«

»Sehr praktisch. Dann werden wir wohl noch einmal mit einem Durchsuchungsbeschluss kommen müssen.«

»Wenn es Ihnen Spaß macht.«

Sie durchwühlten Hunderte archivierter Akten. Drei der Männer gingen auf den Dachboden und gruben Unterlagen aus, die Mattie seit Jahrzehnten nicht mehr gesehen hatte. Die Anspannung wich der Monotonie. Hump saß im Gang und spuckte Frohmeyer gegenüber große Töne, während die Frauen versuchten, ihre Rückrufliste abzuarbeiten. Nach zwei Stunden verlor die Razzia an Schwung, und die Beamten zogen ab, wobei sie nur Samanthas Desktop-PC mitnahmen.

Als sie ihn entschwinden sah, fühlte sie sich als hilfloses Opfer in einem rückständigen Land, in dem die Polizei außer Kontrolle war und es keine Rechte gab. Es war einfach nicht in Ordnung. Sie wurde wegen ihrer Verbindung zu Jeff von den Beamten schikaniert. Jetzt wurde ihr Eigentum beschlagnahmt, und die Vertraulichkeit ihrer Mandantenakten war nicht mehr gewährleistet. Sie hatte sich noch nie so hilflos gefühlt.

Und sie hatte nicht die geringste Lust, sich jetzt von Mattie und Annette ausquetschen zu lassen. Sie waren mit Sicherheit mittlerweile höchst misstrauisch. Wie viel wusste sie über die Krull-Sache? Was hatte Jeff ihr erzählt? Hatte sie irgendwelche Dokumente gesehen? Es gelang ihr, sich aus der Hintertür zu schleichen und die USB-Sticks und das Agententelefon aus der juristischen Bibliothek zu holen. Wieder fuhr sie lange Zeit herum. Jeff ging nicht ans Telefon, und das ärgerte sie. Gerade jetzt hätte sie ihn gebraucht.

Mattie wartete auf sie, als sie nach Einbruch der Dunkelheit in die Kanzlei zurückkam. Die Laptops waren sicher und unversehrt wieder da.

»Ich schlage vor, wir trinken bei mir auf der Veranda ein Glas Wein«, sagte Mattie. »Wir müssen reden.«

»Kocht Chester was?«

»Wir lassen das Abendessen nie ausfallen.«

Sie schlenderten zu Matties Haus und kamen unterwegs zu dem Schluss, dass es zu kalt war, um auf der Veranda zu sitzen. Chester hatte anderweitig zu tun, sie waren also allein. Sie setzten sich ins Wohnzimmer und tranken ein oder zwei Schluck, bevor Mattie sprach. »Und jetzt erzählen Sie mir alles.«

»In Ordnung.«

36

Ungefähr um dieselbe Zeit parkte Buddy Ryzer seinen Pick-up an einem Aussichtspunkt und folgte einem Pfad zu einem zweihundert Meter entfernten Picknickbereich. Er setzte sich an einen Tisch, steckte sich eine Waffe in den Mund und drückte ab. Zwei Camper fanden seine Leiche am späten Montagabend und verständigten den Rettungsdienst. Mavis, die seit Stunden am Telefon hing, wurde persönlich informiert. In Panik eilten die Nachbarn herüber, im Haus brach Chaos aus.

Samantha schlief tief und fest, als ihr Handy zu vibrieren begann. Sie hörte es nicht. Wer sollte schon seinen Anwalt am Montag um Mitternacht anrufen, sofern es nicht gerade eine Festnahme gegeben hatte?

Sie warf um 5.30 Uhr einen Blick auf das Display, kurz nachdem sie völlig verwirrt aufgewacht war, weil sie der Überfall des FBI nicht losließ. Sie hatte drei verpasste Anrufe von Mavis Ryzer, den letzten um 0.40 Uhr. Mit zittriger Stimme hatte sie eine Nachricht mit der furchtbaren Botschaft hinterlassen. Das FBI war für Samantha mit einem Schlag vergessen.

Sie hatte diese ganzen Todesfälle allmählich satt. Über Donovans Tod war sie längst nicht hinweg. Francine Crumps Tod war zwar nicht unerwartet gewesen, aber seine Nachwirkungen schlugen immer noch Wellen. Zwei Tage zuvor hatte Samantha am Gray Mountain das weiße Kreuz gesehen, das die Stelle markierte, an der Rose sich das Leben genommen hatte. Sie hatte die Tate-Jungen nicht gekannt, aber die Tragödie berührte sie. Oft dachte sie an Matties Vater, der an seiner Staublunge gestorben war. Das Leben in den Kohlenrevieren konnte hart sein, und in diesem Augenblick vermisste sie die wilden Straßen der Großstadt.

Jetzt war ihr Lieblingsmandant tot, und sie musste schon wieder auf eine Beerdigung. Sie zog Jeans und Parka an und ging spazieren. Während es am Himmel nach und nach hell wurde, fröstelte sie in der Kälte und fragte sich wieder einmal, was sie eigentlich in Brady, Virginia, zu suchen hatte. Warum weinte sie um einen Kohlebergarbeiter, den sie erst vor drei Monaten kennengelernt hatte? Warum brach sie nicht einfach ihre Zelte ab?

Wie immer gab es keine einfachen Antworten.

Sie sah, dass bei Mattie in der Küche Licht brannte, und klopfte ans Fenster. Chester machte im Bademantel Kaffee. Er ließ sie herein und ging Mattie holen, die angeblich schon wach war. Die Nachricht traf sie hart, und lange Zeit saßen die beiden Anwältinnen am Küchentisch und versuchten, in dieser sinnlosen Tragödie einen Sinn zu entdecken.

Irgendwo in dem Stapel der Unterlagen der Ryzers hatte Samantha eine Zahlung für eine Lebensversicherung in Höhe von fünfzigtausend Dollar gesehen.

»Gibt es keine Ausschlussklausel für Selbstmord?«, fragte sie, während sie mit beiden Händen ihre Tasse hielt.

»Normalerweise schon, aber nur für das erste Jahr oder so. Sonst könnte ja jeder eine überhöhte Versicherung abschließen und dann von einer Brücke springen. Wenn Buddys Police älter ist, gilt die Ausschlussklausel vermutlich nicht mehr.«

»Dann sieht es also so aus, als hätte er sich des Geldes wegen umgebracht.«

»Wer weiß? Jemand, der Selbstmord begeht, denkt nicht

rational, aber ich fürchte, es wird sich herausstellen, dass die Lebensversicherung eine Rolle gespielt hat. Er hatte keinen Job, keine Rente, und die wenigen Ersparnisse waren aufgebraucht. Außerdem hatte er drei Kinder und eine Frau, die keine Arbeit hatte. Vor ihm lagen Jahre, in denen sich seine Gesundheit immer weiter verschlechtert hätte, und es wäre kein schönes Ende gewesen. Jeder Kohlebergarbeiter kennt wen, der an der Krankheit gestorben ist.«

»Das Puzzle fügt sich zum Ganzen.«

»So ist es. Möchten Sie etwas frühstücken, vielleicht einen Toast?«

»Nein, danke. Es kommt mir vor, als wäre ich hier gerade erst weggegangen. Bin ich wohl auch.« Mattie füllte ihre Kaffeetassen auf, und Samantha sprach weiter. »Ich habe eine hypothetische Frage an Sie. Eine harte Nuss. Wenn Buddy Ryzer vor zehn Jahren einen Anwalt gehabt hätte, was wäre dann mit seinem Verfahren passiert?«

Mattie rührte Zucker in ihren Kaffee und runzelte nachdenklich die Stirn. »Das weiß man nie, aber einmal angenommen, der Anwalt wäre auf Zack gewesen, hätte die ärztlichen Gutachten aufgespürt, die Sie entdeckt haben, und dem Gericht die betrügerischen Machenschaften und Vertuschungsmanöver von Casper Slate gemeldet, dann muss man davon ausgehen, dass ihm eine Entschädigung zugesprochen worden wäre. Das ist reine Spekulation, aber ich habe so das Gefühl, dass Casper Slate schnell gehandelt hätte, damit das Gericht nicht auf weitere Straftaten aufmerksam wird. Sie hätten die Ansprüche anerkannt, die Segel gestrichen, und Buddy hätte seinen Scheck bekommen.«

»Und in den vergangenen zehn Jahren keinen Kohlenstaub mehr eingeatmet.«

»Wahrscheinlich nicht. Die Entschädigung ist nicht großartig, aber zum Leben hätte es gereicht.«

Eine Weile saßen sie nur still da, keine wollte etwas sagen oder sich rühren. Chester tauchte mit einer leeren Tasse in der Tür auf, sah, dass sie tief in Gedanken versunken waren, und verschwand wortlos. Schließlich schob Mattie ihren Stuhl zurück und stand auf. Sie griff nach dem Weißbrot und steckte zwei Scheiben in den Toaster. Aus dem Kühlschrank holte sie Butter und Marmelade.

»Ich kann heute nicht arbeiten«, sagte Samantha nach ein paar Bissen. »Ich habe das Gefühl, die Räume sind irgendwie geschändet. Gestern haben sie meinen Computer mitgenommen und meine ganzen Akten durchwühlt. Wenn man Jeff und Donovan glauben will, ist die Kanzlei verwanzt. Ich brauche eine Pause.«

»Nehmen Sie sich einen oder zwei Tage für sich selbst. Sie wissen ja, dass wir kein Problem damit haben.«

»Danke. Ich muss aus der Stadt weg. Wir sehen uns dann morgen.«

Sie ließ Brady hinter sich und fuhr eine Stunde lang, bevor sie sich einen Blick in den Rückspiegel gestattete. Niemand, nichts. Jeff rief zweimal an, aber sie ging nicht ans Telefon. In Roanoke hielt sie sich in östlicher Richtung, weg vom Shenandoah Valley und dem Verkehr auf der Interstate. Da sie mehrere Stunden Zeit hatte, hängte sie sich ans Telefon, organisierte Details, übte sanften Druck aus, während sie sich durch Zentralvirginia schlängelte. In Charlottesville aß sie mit einer Freundin aus ihrer Zeit an der Georgetown University zu Mittag. Um zehn vor sechs bezog sie als Erste ihre Stellung an einem Ecktisch im Hay-Adams Hotel, einen Block vom Weißen Haus entfernt. Sie brauchte einen neutralen Treffpunkt.

Zuerst traf Marshall Kofer ein, pünktlich um sechs und adrett wie immer. Er hatte sich sofort zu dem Treffen bereit erklärt;

Karen war etwas unwilliger gewesen. Letztendlich aber ging es um ihre Tochter, die Hilfe brauchte. Tatsächlich brauchte ihre Tochter vor allem Eltern, die ihr zuhörten und sie berieten.

Karen war nur fünf Minuten zu spät. Sie umarmte Samantha, küsste ihren Ex pflichtschuldig auf die Wange und setzte sich. Ein Kellner nahm ihre Getränkebestellungen auf. Der Tisch war weit genug von der Bar entfernt, dass sie unbelauscht reden konnten – zumindest für den Augenblick. Samantha würde bestimmen, wie das Gespräch lief – es war ausschließlich ihre Show –, und sie würde keine verlegenen Pausen zulassen, nur weil ihre Eltern zum ersten Mal seit mindestens elf Jahren zusammensaßen. Sie hatte ihnen am Telefon gesagt, es handle sich nicht um ein geselliges Ereignis und ganz bestimmt nicht um einen irregeleiteten Versuch, alte Wunden zu heilen. Wichtigere Dinge standen auf dem Spiel

Die Getränke kamen, und jeder griff nach einem Glas. Samantha dankte den beiden dafür, dass sie sich Zeit genommen hatten, entschuldigte sich für den kurzfristigen Termin und stürzte sich in ihre Erzählung. Sie begann mit dem Hammer-Valley-Prozess und Krull Mining, Donovan Gray und seiner Klage. Marshall kannte die Tatsachen bereits seit einiger Zeit, und Karen hatte das meiste nach Weihnachten gehört. Aber keiner von ihnen wusste von den gestohlenen Dokumenten, und Samantha hielt mit nichts hinter dem Berg. Sie habe sie tatsächlich gesehen und gehe davon aus, dass sie immer noch tief im Inneren des Gray Mountain begraben lagen. Oder zumindest der Großteil. Krull Mining sei hinter ihnen her und habe jetzt das FBI angeheuert, um die Drecksarbeit zu erledigen. Sie gab zu, dass mit Jeff etwas lief, versicherte ihnen aber, es sei nichts Ernstes. Offen gesagt, schulde sie ihnen keinerlei Erklärung. Beide taten so, als interessierte sie diese neue Beziehung nicht.

Der Kellner war zurück. Sie bestellten eine zweite Runde

und ein paar Kleinigkeiten zu essen. Samantha beschrieb ihre Begegnung mit Jarrett London in New York und seine Versuche, sie und Jeff dazu bewegen, die Dokumente so bald wie möglich zu übergeben. Sie gestand, dass sie das Gefühl hatte, in eine Sache hineingezogen zu werden, die, wenn nicht illegal, so doch zumindest fragwürdig war. Jetzt war sie auch noch Gegenstand einer FBI-Razzia gewesen, die zwar irregeleitet, aber dramatisch und beängstigend gewesen war. Soweit ihr bekannt, stand die Bundesanwaltschaft in West Virginia hinter den Ermittlungen und war offenbar der Überzeugung, Krull Mining sei Opfer von Diebstahl und Verschwörung. Dabei hätte es genau andersherum sein sollen, argumentierte sie. Krull Mining war der schuldige Teil und musste vor Gericht gebracht werden.

Marshall stimmte ihr zu. Er stellte ein paar Fragen, die alle auf die Bundesanwaltschaft und den Justizminister abzielten. Karen war mit ihren Äußerungen und Fragen vorsichtig. Marshall war überzeugt, dass Karen vor zehn Jahren ihren beträchtlichen Einfluss genutzt hatte, um ihn auffliegen und ins Gefängnis wandern zu lassen, nur konnte er das natürlich nicht aussprechen. Aber warum sollte sie diese Macht nicht einsetzen, um ihrer Tochter zu helfen?

Eine Käseplatte traf ein, wurde aber ignoriert. Beide Eltern waren sich darüber einig, dass sie die Finger von den Dokumenten lassen sollte. Wenn Jeff wollte, sollte er das Risiko eingehen, aber sie nicht hineinziehen. Jarrett London und sein Team von Prozessanwälten verfügten über den Sachverstand und das Geld für die Drecksarbeit, und wenn die Dokumente so wertvoll waren, wie sie glaubten, würde es ihnen bestimmt gelingen, Krull Mining zu überführen.

»Kannst du uns das FBI vom Hals schaffen?«, fragte Samantha ihre Mutter. Karen sagte, sie werde sich sofort darum kümmern, warnte aber, ihr Einfluss auf diese Leute sei begrenzt.

Das glaubst du doch selbst nicht, hätte Marshall fast gemurmelt. Er hatte drei Jahre lang im Gefängnis Zeit gehabt, Pläne zu schmieden, wie er sich an seiner Exfrau und ihren Kollegen rächen konnte. Mit der Zeit aber hatte er eingesehen, dass ganz allein er selbst und seine Gier an allem schuld waren.

»Hast du daran gedacht, dich einfach abzusetzen?«, fragte ihre Mutter. »Deine Sachen zu packen und zu verschwinden? Schluss mit dem Abenteuer, zurück in die Stadt? Du hast dein Bestes getan, und jetzt hast du das FBI am Hals. Was willst du da überhaupt?«

Marshall schien ihre Fragen nachvollziehen zu können. Er hatte mit Leuten aus der Wirtschaft im Gefängnis gesessen, die sich streng genommen keinen Gesetzesverstoß hatten zuschulden kommen lassen. Wenn das FBI es auf einen abgesehen hatte, fand es einen Weg. Verabredung zu Straftaten war besonders beliebt.

Je mehr Samantha redete, desto mehr wollte sie reden. Sie konnte sich nicht erinnern, wann sie zuletzt die ungeteilte Aufmerksamkeit beider Elternteile genossen hatte. Tatsächlich wusste sie nicht, ob das überhaupt jemals der Fall gewesen war. Vielleicht als Kleinkind, aber woher sollte sie das wissen? Und während sie sich ihre Sorgen und Probleme anhörten, schienen ihre Eltern ihre eigenen Schwierigkeiten hintanzustellen und sich zu verbünden, um ihre Tochter zu unterstützen. Die Altlasten waren vergessen, zumindest für den Augenblick.

Warum hatte sie das Gefühl, »da unten« bleiben zu müssen? Sie beantwortete das mit der Geschichte von Buddy Ryzer und seinem Antrag auf Staublungenentschädigung. Ihre Kehle schnürte sich zu, als sie ihnen von seinem Selbstmord erzählte, der erst rund vierundzwanzig Stunden zurücklag. Bald würde sie zu seiner Beerdigung gehen, in einer hübschen Kirche draußen auf dem Land, und aus der Ferne mit ansehen müssen, wie

Mavis und die drei Kinder von ihren Gefühlen überwältigt wurden. Wenn sie einen Anwalt gehabt hätten, wäre das nicht passiert. Jetzt, wo sie einen hatten, konnte sie nicht einfach ihre Sachen packen und kneifen, wenn es hart auf hart ging. Und es gab andere Mandanten, andere Menschen, die keine Stimme hatten und für die sie zumindest noch ein paar Monate bleiben musste, um wenigstens ein Mindestmaß an Gerechtigkeit zu erreichen.

Sie erzählte ihnen von der Stelle, die Andy Grubman ihr angeboten hatte. Erwartungsgemäß hielt Marshall nichts von der Vorstellung und nannte das Ganze »eine aufgepeppte Version von deinem alten Gesellschaftsrechtsjob«. Nichts als Papierkram und ständig die Uhr im Blick. Er meinte, die Kanzlei würde immer weiter wachsen und sehr schnell Scully & Pershing gleichen wie ein Ei dem anderen. Karen fand, es sei auf jeden Fall besser als Brady, Virginia. Samantha gab zu, dass sie gemischte Gefühle hatte, was das Angebot anging, aber irgendwann wohl doch annehmen würde.

Sie aßen im Hotelrestaurant zu Abend, Salat, Fisch und Wein, sogar Dessert und Kaffee. Samantha redete bis zur Erschöpfung, aber es war eine gewaltige Erleichterung, beide Eltern an ihren Ängsten teilhaben zu lassen. Es waren keine klaren Entscheidungen gefallen. Nichts war tatsächlich gelöst. Ihr Rat war weitgehend vorhersehbar, aber allein darüber zu sprechen besaß therapeutische Wirkung.

Sie hatte ein Zimmer oben im Hotel. Marshall hatte einen Wagen mit Fahrer und bot Karen an, sie mitzunehmen. Als sie sich in der Hotellobby verabschiedeten, sah Samantha mit Tränen in den Augen ihren Eltern nach, wie sie gemeinsam gingen.

37

Weisungsgemäß parkte sie in der Church Street in der Innenstadt von Lynchburg, Virginia, und ging die zwei Blocks zur Main Street zu Fuß. Der Mittagsverkehr in der Altstadt war lebhaft. In der Ferne war der James River zu sehen. Sie war sicher, dass sie beobachtet wurde, und konnte nur hoffen, dass ihr Verfolger Jeff war. Die Reservierung im RA Bistro lautete – ebenfalls weisungsgemäß – auf ihren Namen. Sie hatte um eine Nische hinten im Lokal gebeten, und genau dort saß sie nun an diesem Mittwoch, dem 14. Januar, um die Mittagszeit. Sie bestellte einen Softdrink und fing an, mit ihrem Handy herumzuspielen. Gleichzeitig behielt sie die Tür im Auge, durch die die Mittagsgäste nach und nach hereinkamen. Zehn Minuten später tauchte Jeff aus dem Nichts auf und setzte sich ihr gegenüber. Sie begrüßten sich.

»Ist mir jemand gefolgt?«, fragte sie.

»Davon muss man immer ausgehen. Wie war's in Washington?«

»Ich hatte ein tolles Abendessen mit meinen Eltern, zum ersten Mal in der neueren Geschichte. Tatsächlich kann ich mich überhaupt nicht erinnern, dass wir drei je zusammen gegessen hätten. Ganz schön traurig, was?«

»Immerhin hast du noch beide Eltern. Hast du deiner Mutter von der FBI-Razzia erzählt?«

»Ja, und ich habe sie gebeten, ein oder zwei Leute anzurufen. Das wird sie tun, aber sie weiß nicht, ob es Wirkung zeigt.«

»Wie geht's Marshall?«

»Bestens, danke, er lässt dich grüßen. Ich habe ein paar Fragen an dich. Hast du am Montag in der Kanzlei angerufen, um uns vor der FBI-Razzia zu warnen?«

Jeff lächelte und wandte den Blick ab, und es war einer dieser Augenblicke, in denen sie ihn am liebsten laut angebrüllt hätte. Sie wusste, dass er die Frage nicht beantworten würde.

»Okay«, sagte sie. »Hast du von der Sache mit Buddy Ryzer gehört?«

Er runzelte die Stirn. »Ja. Einfach nur furchtbar. Noch ein Opfer des Kohlekriegs. Schlimm, dass wir keinen Anwalt finden können, der bereit ist, es mit Lonerock Coal und den Burschen von Casper Slate aufzunehmen.«

»War das ein Seitenhieb auf mich?«

»Nein, war es nicht.«

Ein freundlicher Kellner kam vorbei, zählte die Tagesgerichte auf und verschwand wieder.

»Dritte Frage«, sagte Samantha.

»Ist das ein Verhör? Ich hatte an ein nettes kleines Mittagessen gedacht, an eine Abwechslung nach der Öde von Brady. Du wirkst ziemlich entnervt.«

»Wie viele Dokumente hast du aus dem Gray Mountain geholt? Wir waren letztes Wochenende da draußen. Um 4.40 Uhr am Sonntag bin ich aufgewacht, und du warst nicht mehr da. Ich bin kurzzeitig in Panik geraten. Du hast dich gegen fünf wieder hereingeschlichen und dich an mich gekuschelt, als ob nichts wäre. Ich habe die Rucksäcke gesehen, alle drei. Du hast die Dinger ständig herumgeschleppt, und bei der Abfahrt waren sie deutlich schwerer. Sei ehrlich mit mir, Jeff. Ich weiß zu viel.«

Er holte tief Luft, sah sich um und knackste mit den Knöcheln. »Etwa ein Drittel, und die anderen brauche ich auch noch.«

»Wo bringst du sie hin?«

»Willst du das wirklich wissen?«

»Ja.«

»Sagen wir, sie sind gut versteckt. Jarrett London benötigt die Dokumente, und zwar alle, so schnell wie möglich. Er wird sie dem Gericht übergeben, ab da sind sie in Sicherheit. Du musst mir helfen, sie aus dem Gray Mountain zu holen.«

»Ich weiß, Jeff, ich weiß. Ich bin nicht blöd. Du brauchst mich als Tarnung, ein Mädchen, das sich an langen romantischen Wochenenden in der Hütte vor dem Kaminfeuer verführen lässt. Ein Mädchen, irgendein Mädchen, damit deine Gegner glauben, wir würden nur Kajak fahren und auf der Veranda grillen, zwei Turteltäubchen, die sich in den langen Winternächten miteinander vergnügen, während du mit den Akten durch die Wälder schleichst.«

Er lächelte. »Ziemlich nah dran, aber nicht irgendein Mädchen. Du wurdest sorgfältig ausgewählt.«

»Welche Ehre.«

»Wenn du mir hilfst, können wir sie an diesem Wochenende holen und die Sache hinter uns bringen.«

»Ich fasse die Dokumente nicht an, Jeff.«

»Das brauchst du auch nicht. Sei einfach das Mädchen. Sie wissen, wer du bist. Sie beobachten dich auch. Sie haben deine Spur vor drei Monaten aufgenommen, als du in die Stadt gekommen bist und angefangen hast, Zeit mit Donovan zu verbringen.«

Die bestellten Salate kamen, und Jeff orderte ein Bier. »Bitte, Samantha, ich brauche deine Hilfe.«

»Ich verstehe nicht, warum. Warum kannst du dich nicht einfach heute oder morgen Nacht allein auf euer Grundstück schleichen, die Dokumente holen, sie einladen und zu Jarrett Londons Kanzlei in Louisville fahren? Warum dieses Theater?«

Wieder verdrehte er die Augen, warf einen Blick in die Runde, ob jemand sie belauschte, aß einen Mundvoll Salat. »Ich sage dir, warum. Es ist zu gefährlich, weil ich ständig beobachtet werde.«

»Jetzt auch? Wirst du jetzt auch beobachtet?«

Er rieb sich das Kinn und dachte über die Frage nach. »Wahrscheinlich wissen sie, dass ich irgendwo in Lynchburg, Virginia, bin. Vielleicht nicht genau, wo, aber sie haben das im Auge. Vergiss nicht, Samantha, die haben alles Geld der Welt und bestimmen selbst die Regeln. Sie glauben, ich bin die Verbindung zu den Dokumenten. Sie können sie nirgendwo sonst finden, also beschatten sie mich, und wenn das ein Vermögen kostet, auch egal.« Das Bier kam, und er trank einen Schluck. »Wenn ich meine Wochenenden mit dir am Gray Mountain verbringe, werden sie nicht misstrauisch, und warum auch? Zwei Dreißigjährige in einer Hütte tief im Wald, die ein romantisches Wochenende genießen, wie du es nennen würdest. Wenn ich allein dort auftauche, schrillen alle Alarmglocken. Sie könnten einen hässlichen Zusammenstoß provozieren, nur um herauszufinden, was ich treibe. Das weiß man nie. Es ist wie Schach, Samantha, sie versuchen vorherzusagen, was ich tue, und ich versuche, ihnen immer einen Schritt voraus zu sein. Ich habe den Vorteil, dass ich weiß, was mein nächster Zug sein wird. Sie haben den Vorteil, über unbegrenzte Mittel zu verfügen. Wenn eine Seite einen Fehler macht, kann es zur Katastrophe kommen.« Er trank noch einen Schluck und warf einen Blick auf ein Paar, das drei Meter von ihnen entfernt die Speisekarte studierte. »Und ich muss dir sagen, ich bin müde. Ich bin wirklich müde, erschöpft, komme auf dem Zahnfleisch daher. Ich muss die Dokumente unbedingt loswerden, bevor mir vor Übermüdung ein Fehler unterläuft.«

»Was fährst du im Augenblick?«

»Einen Volkswagen-Käfer, eine Rostlaube von Casey's Rent-

A-Wreck in Roanoke. Vierzig Dollar in bar pro Tag, plus Benzin und Kilometergeld. Nette Karre.«

Sie schüttelte ungläubig den Kopf. »Wissen die, dass ich hier bin?«

»Ich weiß nicht, was sie wissen, aber ich gehe davon aus, dass sie dich beschatten. Und sie werden uns beide weiter überwachen, bis die Dokumente übergeben werden. Ich kann das nicht beweisen, aber ich würde mein ganzes Geld darauf verwetten.«

»Ich kann es kaum glauben.«

»Sei nicht naiv, Samantha. Es steht zu viel auf dem Spiel.«

Als sie um 17.20 Uhr am selben Nachmittag in ihr Büro kam, stand ihr Computer auf ihrem Schreibtisch, genau dort, wo er gewesen war, bevor ihn das FBI am Montag mitgenommen hatte. Tastatur und Drucker waren angeschlossen, alle Kabel an ihrem Platz. Während sie den Anblick noch ungläubig betrachtete, erschien Mattie in ihrer Tür.

»Überraschung, was?«, sagte sie.

»Seit wann ist der denn wieder hier?«

»Seit etwa einer Stunde. Ein Beamter hat ihn gebracht. Die haben wohl gemerkt, dass nichts drauf ist.«

Das oder Karen Kofer hatte viel mehr Freunde, als sie zugeben wollte. Samantha hätte am liebsten ihre Mutter angerufen, aber paranoid, wie sie im Augenblick war, wartete sie lieber.

»Die Beerdigung von Buddy Ryzer ist am Freitagnachmittag«, sagte Mattie. »Wollen Sie bei mir mitfahren?«

»Gern. Danke, Mattie.«

38

16.01.2009

Hallo Sam, ich bin etwas verwirrt, weil Sie offenbar meinen, ein Vetorecht bei der Rekrutierung Ihrer künftigen Kollegen bei Spane & Grubman zu haben. Außerdem bin ich sehr erstaunt über Ihre Bedenken im Hinblick auf die künftigen Mandanten der Kanzlei. Am besten stellen wir Sie wohl als Seniorpartnerin ein und kommen Ihnen ansonsten nicht in die Quere. Darf es ein Eckbüro sein? Ein Dienstwagen mit Chauffeur?

Nein, wir können nicht bis zum 1. September warten. Wir eröffnen in sechs Wochen, und es herrscht schon ziemliches Chaos. Die Gerüchteküche brodelt, und wir werden mit Anfragen überschwemmt. Bisher haben acht Anwälte einen Anstellungsvertrag unterzeichnet, zehn weiteren haben wir eine Stelle angeboten, unter anderem Ihnen. Bei uns rufen ununterbrochen junge Anwälte an, die verzweifelt nach Arbeit suchen – wenn auch nur wenige so talentiert sind wie Sie.

Das Angebot: hundertfünfzigtausend Dollar im Jahr und all die üblichen Zusatzleistungen. Drei Wochen bezahlter Urlaub, den Sie nehmen müssen. Die Struktur der Kanzlei ist noch in der Entwicklung, aber ich kann Ihnen versichern, es wird für Sie mehr Möglichkeiten geben als in einer Großkanzlei.

Wir können bis zum 1. Mai auf Ihren großen Auftritt warten, aber ich brauche trotzdem eine Antwort bis zum Ende des Monats.

Liebe Grüße
Andy Grubman

Wie von Mattie vorhergesagt, war die Kirche zum Bersten voll. Auf der Fahrt nach Madison versuchte sie zu erklären, warum Beerdigungen auf dem Land, besonders die von eifrigen Kirchgängern, immer bestens besucht waren. In rein zufälliger Reihenfolge zählte sie verschiedene Gründe auf: Erstens seien Beerdigungen wichtige religiöse Veranstaltungen, bei denen sich die Lebenden von den Verstorbenen verabschiedeten, die zu diesem Zeitpunkt bereits im Himmel ihren Lohn erhielten, zweitens sei es eine alte, unerschütterliche Tradition, dass anständige, wohlerzogene Leute der Familie ihren Respekt erwiesen, drittens sei es Landbewohnern meistens langweilig und sie freuten sich über die Abwechslung, viertens wünsche sich jeder selbst eine gut besuchte Beerdigung und tue deswegen das Seine, solange er könne, und fünftens gebe es immer viel zu essen. Und so weiter. Mattie erklärte, bei einem schockierenden Todesfall wie dem von Buddy kämen immer viele Leute. Die Menschen wollten an der Tragödie teilhaben. Und den Tratsch mitbekommen. Sie versuchte auch, die verschiedenen theologischen Lehren über den Selbstmord zu erläutern. Manche Christen hielten ihn für eine unverzeihliche Sünde. Andere glaubten, keine Sünde sei unverzeihlich. Es würde interessant werden zu sehen, wie der Prediger mit der Sache umging. Als ihre Schwester Rose, Jeffs Mutter, beerdigt wurde, nahm niemand das Wort Selbstmord auch nur in den Mund. Und warum auch? Der Kummer war ohnehin groß genug. Jeder wusste, dass sie sich umgebracht hatte.

Sie trafen eine halbe Stunde zu früh an der Cedar Grove Missionary Baptist Church ein und kamen kaum noch durch die Tür. Ein Platzanweiser verschaffte ihnen in der dritten Reihe von hinten Raum. Binnen weniger Minuten waren alle Plätze besetzt, und die Leute stellten sich entlang der Wände auf. Durch ein Fenster sah Samantha, wie Nachzügler in die Gemeindehalle geschickt wurden, in der sie sich nach Donovans Tod mit

Buddy und Mavis getroffen hatte. Als die Orgel einsetzte, trat erwartungsvolles Schweigen ein. Um zehn nach vier stellte sich der Chor hinter der Kanzel auf, und der Prediger nahm seinen Platz ein. An der Tür kam Unruhe auf. Er hob die Hände. »Bitte erheben Sie sich.«

Die Sargträger rollten den Sarg durch den Gang, langsam, damit jeder einen Blick darauf werfen konnte. Zum Glück war er geschlossen. Mattie hatte das vorhergesagt, wegen der Verletzungen. Dahinter stützte sich Mavis auf ihren Sohn, den Ältesten; beiden schien jeder Schritt eine Qual zu sein. Ihnen folgten die beiden Mädchen, Hope, vierzehn, und Keely, dreizehn. Die Pubertät mit ihren unerforschlichen Wegen hatte dafür gesorgt, dass die nur zehn Monate ältere Hope mindestens einen Kopf größer war als Keely. Beide quälten sich schluchzend durch das schwer erträgliche Ritual.

Mattie hatte versucht zu erklären, dass sie vieles sehen würden, das dazu bestimmt war, Dramatik und Trauer auf den Höhepunkt zu treiben. Es war Buddys letzter Auftritt, da mussten die ganz großen Emotionen her.

Der Rest der Familie folgte in loser Formation – Brüder, Schwestern, Cousins, Tanten und Onkel. Die ersten beiden Reihen zu beiden Seiten des Gangs waren für die Familie reserviert, und als sie ihre Plätze einnahm, dröhnte die Orgel mit voller Lautstärke, der Chor summte kräftig, und überall in der Kirche brachen Menschen zusammen.

Der Gottesdienst war ein einstündiger Marathon, und als er vorbei war, hatten sich alle ausgeweint. Sämtliche Emotionen waren aufgefahren worden. Die Trauernden hatten alles gegeben. Samanthas Augen waren trocken geblieben, aber sie war ebenfalls völlig ausgelaugt. Sie konnte sich nicht erinnern, wann sie zum letzten Mal so dringend das Bedürfnis verspürt hatte, die Flucht zu ergreifen. Trotzdem ging sie mit der Menge zu dem Friedhof hinter der Kirche, wo Buddy unter langen Gebeten und einem rührseligen Vortrag von »How Great Thou Art« zur letzten Ruhe gebettet wurde. Der A-cappella-Vortrag des Solobaritons war zutiefst bewegend. Samantha war überwältigt und musste sich schließlich doch eine Träne abwischen.

Der Tradition entsprechend, blieb die Familie auf ihren Stühlen am Grab sitzen, während alle vorbeidefilierten, um ein oder zwei tröstende Worte zu sprechen. Die Schlange wand sich um das Bestattungszelt und kam nur langsam voran. Mattie sagte, sie dürften sich auf keinen Fall drücken. Also schoben sie sich in einer einreihigen Schlange mit Hunderten völlig Fremder Zentimeter um Zentimeter voran und warteten darauf, dass sie Mavis und den Kindern die Hand drücken konnten, die nun schon seit Stunden weinten.

»Was soll ich sagen?«, flüsterte Samantha Mattie zu, als sie sich dem Grab näherten.

»Einfach ›Gottes Segen‹ oder so, dann gehen Sie gleich weiter.«

Samantha sagte das zuerst zu den Kindern, aber als Mavis aufsah und sie erkannte, heulte sie erneut auf und umklammerte sie verzweifelt.

»Das ist unsere Anwältin, Kinder, Miss Samantha, von der ich euch erzählt habe«, sagte Mavis viel zu laut. Aber die Kinder waren zu benommen, als dass ihnen das etwas ausgemacht hätte. Sie wollten noch dringender weg als Samantha.

»Bitte bleiben Sie zum Abendessen«, sagte Mavis. »Wir sprechen uns später.«

»Gern«, sagte Samantha, weil ihr nichts anderes übrig blieb. Als Mavis ihren Klammergriff löste und sie aus dem Zelt floh, hörte sie, wie Mavis hinter ihr erneut aufkreischte.

Das Abendessen war ein »baptistisches Gemeindebüffet«, wie Mattie es nannte, im angrenzenden Saal. Lange Tische bogen sich unter Aufläufen und Nachspeisen, und die Menge schien noch anzuschwellen, als sich zwei Schlangen am Büffet bildeten. Samantha hatte keinen Appetit und war sehr unglücklich, überhaupt noch da zu sein. Sie sah zu, wie die Horde über das Essen herfiel, und stellte fest, dass die meisten ruhig ein oder zwei Mahlzeiten hätten ausfallen lassen können. Mattie brachte ihr Eistee in einem Plastikbecher, und sie berieten, wie sie sich auf halbwegs anständige Weise absetzen konnten. Aber Mavis hatte sie gesehen, und sie hatten versprochen zu bleiben.

Die Familie blieb am Grab, bis der Sarg herabgelassen wurde. Es war dunkel, und das Abendessen war schon längst im Gang, als Mavis und die Kinder in den Gemeindesaal kamen. Sie wurden an einen besonderen Tisch in einer Ecke geführt und bekamen ihr Essen gebracht. Als Mavis Samantha und Mattie entdeckte, winkte sie sie heran und bestand darauf, dass sie sich zur Familie setzten.

Ein Klavier spielte leise im Hintergrund, und das Essen zog sich in die Länge. Einer nach dem anderen brach auf, und jeder kam vorbei, um ein letztes Wort mit Mavis zu wechseln, die ihr Essen nicht angerührt hatte. Sie weinte immer noch ab und zu, aber gelegentlich lächelte sie jetzt, lachte sogar, wenn sich jemand an eine lustige Geschichte mit Buddy erinnerte.

Samantha stocherte in einem Stück eines undefinierbaren roten Kuchens herum und versuchte, gerade so viel davon zu naschen, dass es nicht unhöflich wirkte, ohne wirklich etwas zu sich zu nehmen, als sich Keely, die Dreizehnjährige, auf den Stuhl neben ihr setzte. Sie hatte kurzes kastanienrotes Haar und jede Menge Sommersprossen, und ihre Augen waren vom Kummer ganz rot und verquollen. Sie brachte ein Lächeln zustande, ein zahnlückiges Grinsen, das eher zu einer Zehnjährigen gepasst hätte. »Mein Vater hat Sie sehr gemocht«, sagte sie.

Samantha zögerte eine Sekunde. »Er war ein sehr lieber Mensch«, sagte sie.

»Können Sie meine Hand nehmen?«, fragte Keely und streckte ihre Hand aus. Samantha nahm sie lächelnd. »Mein Daddy hat gesagt, Sie waren die einzige Anwältin, die so mutig war, sich mit den Kohleunternehmen anzulegen.«

Samantha verschlug es fast die Sprache. »Das war sehr nett von ihm, aber es gibt auch andere gute Anwälte.«

»Ja, aber mein Daddy mochte Sie am liebsten. Er hat gesagt, er hofft, dass Sie nicht nach New York zurückgehen. Er hat gesagt, wenn er Sie schon vor zehn Jahren gefunden hätte, wäre alles nicht so schlimm gekommen.«

»Wie gesagt, das war sehr nett von ihm.«

»Sie müssen hierbleiben und uns helfen, das machen Sie doch, Miss Sam?« Ihr Griff wurde noch fester, als könnte sie Samantha festhalten, um sich unter ihre Fittiche zu flüchten.

»Ich bleibe, solange ich kann.«

»Sie müssen uns helfen, Miss Sam. Sie sind die einzige Anwältin, die was für uns tut, das hat mein Daddy selbst gesagt.«

39

Mitte der Woche füllten heftige Regenfälle die Flüsse und Bäche von Curry County, und der Wasserstand des Yellow Creek war hoch genug zum Kajakfahren. Für Mitte Januar war es warm, und Samantha und Jeff verbrachten den Großteil des Samstagnachmittags mit Kajakwettrennen auf dem kleinen Fluss, wichen Felsen aus, ließen sich auf dem stillen Wasser treiben und versuchten, keinen Unfall zu bauen. Sie schlichteten auf einer Sandbank ein Feuer auf und bereiteten als spätes Mittagessen Hotdogs zu. Gegen sechzehn Uhr meinte Jeff, sie sollten sich auf den Rückweg zur Hütte begeben, die etwa achthundert Meter flussaufwärts lag. Bis sie die erreicht hatten, waren sie erschöpft. Ohne Zeit zu verschwenden, griff sich Jeff drei Rucksäcke und ein Gewehr. Mit den Worten »Ich bin in dreißig Minuten wieder da« verschwand er in Richtung Gray Mountain.

Samantha legte ein Scheit auf das Feuer und beschloss, auf der Veranda zu warten. Sie nahm sich eine Steppdecke mit nach draußen, kuschelte sich darunter und versuchte, einen Roman zu lesen. Zwei Hirsche traten in das flache Wasser des kleinen Flusses und tranken. Dann verschwanden sie wieder im Wald.

Wenn alles nach Plan lief, würden sie und Jeff nach Sonnenaufgang aufbrechen. Im Jeep – Donovans Jeep Cherokee – würden sie dann alle verbleibenden Krull-Mining-Dokumente mit sich führen. Jeff schätzte ihr Gewicht auf fünfundvierzig Kilogramm. Sie würden die Unterlagen an einen Ort schaffen, den er ihr erst später verraten wollte. Je weniger er ihr sagte, desto weniger war sie an der Tat beteiligt. Oder? Sie hatte ihre Zweifel. Er hatte ihr versprochen, sie würde die Dokumente nicht anfassen müssen und hoffentlich noch nicht einmal zu Gesicht bekommen. Wenn sie irgendwann, jetzt oder später, erwischt wurden, würde er die gesamte Schuld auf sich nehmen. Sie half ihm nur ungern, aber sie wollte dieses schwierige Kapitel in ihrem Leben so schnell wie möglich abschließen.

Plötzlich krachten zwei Gewehrschüsse, und sie fuhr auf. Noch zwei! Sie mussten direkt hinter dem Bergrücken gefallen sein, das Geräusch kam aus der Richtung des Gray Mountain. Sie stand auf und spähte von der Veranda aus in die Ferne. Noch ein Schuss, fünf insgesamt, und dann Stille. Sie hörte ihr Herz hämmern, aber davon abgesehen war es totenstill. Fünf Minuten vergingen, dann zehn. Fünfzehn. Sie hielt ihr Handy umklammert, hatte aber keinen Empfang.

Wenige Minuten später tauchte Jeff aus dem Wald auf, nicht auf dem Pfad, sondern zwischen den dichten Bäumen. Er bewegte sich, so schnell er konnte, während er die drei Rucksäcke hinter sich herschleppte. Sie lief ihm entgegen und nahm ihm einen davon ab.

»Ist bei dir alles in Ordnung?«

»Mir geht es gut«, sagte er und verstummte dann, während sie die Rucksäcke auf die Veranda warfen. Er setzte sich auf die Stufen vor dem Haus, atmete schwer, rang geradezu nach Luft.

Sie reichte ihm eine Flasche Wasser. »Was war los?«

Er trank von dem Wasser und goss sich etwas davon über das Gesicht. »Als ich aus der Höhle kam, standen da zwei Gangster mit Gewehren. Sie waren mir gefolgt und wurden dann wohl zurückgepfiffen. Ich habe ein Geräusch gemacht. Sie drehten sich um und feuerten, beide daneben. Ich habe einen ins Bein getroffen, der andere ist mit dem Schrecken davongekommen.«

»Du hast auf einen Menschen geschossen!«

»Und ob ich auf einen Menschen geschossen habe! Wenn man es mit Bewaffneten zu tun hatte, erwischt man die besser, bevor sie einen erwischen. Ich glaube, der wird wieder, aber es ist mir eigentlich egal. Er hat aufgeschrien, und als ich ihn zuletzt gesehen habe, hat ihn sein Kumpan weggeschleift.« Er trank gierig von dem Wasser, während sich sein Atem allmählich beruhigte. »Die kommen wieder. Ich wette, sie haben Hilfe angefordert, und die Verstärkung ist schon unterwegs.«

»Was machen wir?«

»Wir hauen ab. Die waren viel zu dicht an der Höhle, vielleicht haben sie mich hineingehen sehen. Noch einmal, dann habe ich alles.«

»Es wird dunkel, Jeff. Du kannst nicht zurück.«

Er hörte ihr nicht zu, murmelte nur: »Wir müssen uns beeilen.« Er sprang auf, schnappte sich zwei Rucksäcke und deutete auf den dritten. »Nimm den da.« Sie öffneten sie in der Hütte, holten vorsichtig ganze Papierstapel heraus und legten ihre Beute auf den Küchentisch. Zwei verdächtig wirkende leere Picknick-Kühlboxen standen seit Samanthas erstem Besuch in einer Ecke. Er zog sie heran und öffnete sie. Aus der Innenseite seiner Weste holte er eine schwarze Pistole und legte sie auf den Tisch. Er nahm Samantha an den Schultern.

»Hör zu, Samantha, sobald ich weg bin, packst du die Dokumente in diese Kühlboxen. In den Boxen findest du eine Rolle Schwerlast-Klebeband, achte darauf, dass sie sicher verklebt sind. Ich bin in etwa einer Stunde wieder da.«

»Da liegt eine Waffe auf dem Tisch«, sagte sie mit weit aufgerissenen Augen.

Er griff danach. »Hast du schon mal eine abgefeuert?«

»Natürlich nicht. Und das werde ich auch jetzt nicht tun!«

»Wenn du musst, schon. Sieh her, das ist eine 9-Millimeter-Glock, eine Selbstladepistole. Sie ist nicht gesichert, also sofort einsatzbereit. Schließ die Tür hinter mir ab und setz dich auf das Sofa. Falls irgendwer auftaucht und versucht, in die Hütte einzudringen, hast du keine Wahl: Dann musst du abdrücken. Du schaffst das.«

»Ich will nach Hause.«

»Reiß dich zusammen, Samantha. Du schaffst das. Wir sind fast fertig, und dann verschwinden wir hier.«

Er wirkte Vertrauen einflößend. Ob es Dummheit war, Mut, Abenteuerliebe oder nur ein Adrenalinhoch, er trat bestimmt und selbstsicher auf und ließ sie selbst daran glauben, dass sie die Festung halten konnte. Wenn er es wagte, sich in der Abenddämmerung zum Gray Mountain zurückzuschleichen, konnte sie zumindest am Feuer sitzen und die Waffe halten.

Zumindest? Warum war sie überhaupt hier?

Er gab ihr einen Kuss auf die Wange. »Ich bin weg. Hat dein Handy ein Netz?«

»Nein. Kein bisschen.«

Er griff sich die leeren Rucksäcke und sein Gewehr und verschwand aus der Hütte. Sie stand auf der Veranda, sah ihm nach, wie er im Wald verschwand, und schüttelte über seinen Mut den Kopf. Donovan hatte gewusst, dass er jung sterben würde. Was war mit Jeff? War es einfacher, sich in die Dunkelheit zu stürzen, wenn man den Tod bereits akzeptiert hatte? Sie würde es nie erfahren.

Drinnen nahm sie mit spitzen Fingern die Glock und legte sie auf die Arbeitsplatte in der Küche. Sie starrte die Dokumente an und war für einen Sekundenbruchteil versucht, zumindest ein paar davon zu überfliegen. Warum nicht, nach all dem Ärger? Aber ihre Neugier verflog rasch, und sie stopfte alles in die Kühlboxen. Sie passten nur mit Mühe hinein, und während sie noch mit dem Klebeband kämpfte, hörte sie in der Ferne zwei Schüsse.

Sie vergaß die Glock und rannte auf die Veranda. Nach wenigen Sekunden knallte ein dritter Schuss, dann hörte sie einen Schrei, den sie nicht zuordnen konnte. In Anbetracht der Umstände war sie relativ sicher, dass es der Schmerzensschrei eines Mannes war, den eine Kugel getroffen hatte – nicht dass sie Erfahrung mit solchen Situationen gehabt hätte. Als die Sekunden verstrichen, kam sie mehr und mehr zu der Überzeugung, dass Jeff verletzt war. Der zu Hilfe geeilte Schläger- oder Killertrupp musste ihm aufgelauert haben.

Sie fing an, am Fluss entlangzulaufen, nahm Kurs auf den Pfad, auf dem er verschwunden war. Eine Sekunde lang blieb sie stehen und dachte an die Waffe, dann ging sie weiter. Die Dokumente waren es nicht wert, dafür zu sterben, ihr Leben aufs Spiel zu setzen. Wenn die Gangster sie erwischten, würden sie sie bestimmt nicht umbringen. Zumindest nicht, wenn sie unbewaffnet war. Falls sie wild feuernd in den Wald einfiel, würde sie das keine drei Sekunden überleben. Und wie wertvoll war sie in einem Feuergefecht? Nein, Samantha, mit Feuerwaffen hast du nichts am Hut. Lass die Glock in der Hütte. Lass sie bei diesen vermaledeiten Dokumenten, sollen sich die Gangster doch alles holen. Wenn du den nächsten Tag überlebst, bist du bald wieder in New York, wo du hingehörst.

Sie hatte den Waldrand erreicht und starrte in die Finsternis. Sie stand ganz still und lauschte. Nichts.

»Jeff. Jeff«, rief sie leise. »Geht es dir gut?«

Er antwortete nicht. Langsam setzte sie einen Fuß vor den anderen. Nach fünfzehn Metern rief sie erneut. Nach dreißig Metern konnte sie noch nicht einmal mehr den Waldrand sehen.

Zu versuchen, Jeff oder sonst jemanden oder überhaupt irgendwas in diesem Augenblick in diesen Wäldern zu finden, war eine Schnapsidee. Außerdem verstieß sie gegen ihre Anweisungen. Sie sollte in der abgeschlossenen Hütte bleiben und Wache halten. Sie kehrte um und beeilte sich, den Wald hinter sich zu lassen. Ein lautes Knacken hinter ihr ließ ihren Atem stocken. Im freien Gelände war der Himmel etwas heller, und sie konnte in hundert Meter Entfernung die Silhouette der Hütte erkennen. Sie hetzte am Fluss entlang und sprintete mit voller Geschwindigkeit zur Veranda. Dort setzte sie sich auf die Stufen, holte tief Luft, ließ den Pfad nicht aus den Augen, betete um ein Wunder.

Sie ging nach drinnen, schloss die Tür ab, zündete eine Laterne an und fiel fast in Ohnmacht.

Die Kühlboxen waren verschwunden, und die Glock auch.

Auf der Veranda waren Geräusche zu hören, schwere Schritte, Taschen fielen zu Boden, ein Mann hustete. Er versuchte, die Tür zu öffnen, rüttelte an der Klinke und brüllte: »Samantha, ich bin's! Mach auf!«

Sie kauerte in eine alte Steppdecke gewickelt in einer Ecke und hatte sich mit dem Schürhaken für den Kamin bewaffnet, den sie im Ernstfall bei einem Kampf bis zum bitteren Ende einsetzen wollte.

Er fand einen Schlüssel und platzte in den Raum. »Was zum Teufel soll das?«, wollte er wissen.

Sie legte ihre Waffe beiseite und brach in Tränen aus.

Er eilte zu ihr. »Was ist passiert?«

Sie sagte es ihm.

Er behielt die Fassung und sagte nur: »Wir müssen weg. Sofort!« Er goss Wasser auf das Feuer, löschte die Laterne und schloss die Tür ab.

»Du nimmst den!«, sagte er, auf einen der Rucksäcke deutend. Einen der anderen setzte er sich auf den Rücken, den zweiten hängte er sich über die Schulter, das Gewehr hielt er schussbereit. Er schwitzte und wirkte sehr aufgeregt. »Mir nach!«, brüllte er.

Als ob sie je etwas anderes in Erwägung gezogen hätte.

Sie rannten zum Jeep, den wie alles andere die Dunkelheit verschluckt hatte. Als Samantha zum letzten Mal auf ihr Telefon gesehen hatte, war es 19.05 Uhr gewesen. Der Pfad war gerade, und binnen weniger Minuten hatten sie die Lichtung erreicht. Jeff betätigte den Schlüssel, und die Lichter des Jeeps flammten auf. Er riss die Heckklappe auf, und als sie die Rucksäcke hineinwarfen, entdeckte Samantha die beiden Kühlboxen. Mehr als ein schwaches »Was?« brachte sie nicht heraus.

»Steig ein. Ich erklär dir das später.« Als sie losfuhren, schaltete er das Licht aus und rollte langsam über die Schotterpiste. »Das gehört zum Basisrepertoire taktischer Manöver. Die Guten führen eine Mission aus. Sie wissen, dass die Bösen sie beobachten und verfolgen. Nur wissen die Bösen nicht, dass die Guten ein Backup-Team haben, das die Bösen beobachtet und verfolgt, eine Art Sicherheitsring.«

»Schon wieder was, das ich im Jurastudium nicht gelernt habe«, murmelte sie.

Vor ihnen blinkte ein gelbes Licht zweimal, und Jeff stoppte den Jeep. »Hier ist unser Backup-Team.«

Vic Canzarro riss eine der hinteren Türen auf und sprang in den Wagen. Keine Begrüßung, kein Hallo, nur: »Nette Aktion, Sam, warum bist du nicht in der Hütte geblieben?«

»Gib Ruhe«, blaffte Jeff über die Schulter. »Hast du irgendwas gesehen?«

»Nein. Fahr los!«

Jeff schaltete das Licht ein, und sie setzten sich wieder in Bewegung, diesmal viel schneller. Bald hatten sie eine asphaltierte kleine Straße erreicht. Die Angst ließ nach und wich einer gewissen Erleichterung. Fünf Minuten lang fuhren sie schweigend dahin. Vic schrieb eifrig SMS, das Gewehr lag immer noch auf seinem Schoß.

»Warum bist du nicht in der Hütte geblieben?«, fragte Jeff schließlich ruhig.

»Weil ich Gewehrfeuer gehört hatte und dachte, irgendwer hätte geschrien. Ich dachte, du bist verletzt, da bin ich in Panik geraten und zu dem Pfad gelaufen.«

»Verdammt noch mal, was waren das für Schüsse?«, brüllte Vic auf dem Rücksitz.

Jeff fing an zu lachen und amüsierte sich offenbar bestens. »Na ja, als ich so durch den Wald gerannt bin, es war natürlich stockfinster, habe ich einen Schwarzbären aufgescheucht. Ein großes Vieh. Um diese Jahreszeit liegen sie im Winterschlaf und sind damit nicht zurechnungsfähig. Der Bursche hat sich nur im Schneckentempo bewegt, war aber stocksauer. Wahrscheinlich hatte er was dagegen, in seinem eigenen Wald von einem Eindringling über den Haufen gerannt zu werden. Ich habe ihm gut zugeredet, aber er wollte mir nicht aus dem Weg gehen, da blieb mir keine Wahl, ich musste ihn erschießen.«

»Du hast den Bären erschossen?«

»Ja, Samantha, und auf einen Menschen habe ich auch geschossen, obwohl der das überlebt haben dürfte.«

»Machst du dir keine Sorgen wegen der Polizei?«

Vic lachte laut, kurbelte das Fenster einen Spalt weit herunter und zündete sich eine Zigarette an.

»Hier wird nicht geraucht«, sagte Jeff.

»Ist ja gut.«

Jeff sah Samantha an. »Nein, Liebes, wegen Polizei, Sheriff

oder sonst irgendwem mache ich mir keine Sorgen, nicht weil ich einen bewaffneten Verbrecher angeschossen habe, der mich auf meinem eigenen Grund und Boden attackiert hat. Wir sind hier in den Appalachen. Da ermittelt kein Cop, da leitet kein Staatsanwalt ein Strafverfahren ein, weil einen sowieso jedes Geschworenengericht freisprechen würde.«

»Was passiert mit dem Mann?«

»Dem tut wahrscheinlich das Bein weh. Er kann sich glücklich schätzen, dass er keine Kugel zwischen die Augen bekommen hat.«

»Du redest wie ein echter Heckenschütze.«

»Er wird in irgendeiner Notaufnahme ein Märchen auftischen, damit sie ihn behandeln. Hast du alles?«, fragte Vic.

»Jedes einzelne Blatt Papier. Jeden Fetzen, den mein lieber Bruder so geschickt an sich gebracht hat.«

»Donovan wäre stolz auf uns«, sagte Vic.

In dem Städtchen Big Stone Gap fuhren sie zum Drive-in-Schalter eines Taco Bell. Jeff bestellte eine Tüte voll Essen mit entsprechenden Getränken, und während er zahlte, öffnete Vic die Tür und stieg aus.

»Wir sehen uns in Bristol«, sagte er, und Jeff nickte wie selbstverständlich.

Er beobachtete aufmerksam, wie Vic die Tür zu seinem Pick-up öffnete, den Samantha noch von ihrem Ausflug ins Hammer Valley mit Donovan kannte.

»Okay«, sagte sie, »was machen wir jetzt?«

»Er folgt uns bis nach Bristol und hält uns den Rücken frei. Außerdem hat er die Dokumente, die wir letzten Samstag geholt haben, die erste Charge.«

»Ich dachte, du hättest gesagt, Vics Freundin sei schwanger und er wolle nicht in die Sache reingezogen werden.«

»Das stimmt auch. Sie ist schwanger, aber sie haben vor einer Woche geheiratet. Willst du einen Taco?«

»Ich will einen Martini.«

»Ich bezweifle, dass du hier in der Gegend einen anständigen bekommst.«

»Was, wenn ich fragen darf, ist in Bristol?«

»Ein Flughafen. Mehr darf ich dir nicht sagen, sonst müsste ich dich töten.«

»Nur zu, du Amokläufer.«

Der Geruch stieg ihnen in die Nase, und sie hatten plötzlich furchtbaren Hunger.

Auf dem für die allgemeine Luftfahrt reservierten Vorfeld des Tri-Cities-Regionalflughafens bei Bristol, Tennessee, standen gerade mal fünf Maschinen. Die vier kleinen – zwei Cessna und zwei Piper – wirkten winzig im Vergleich zur fünften, einem eleganten, glänzenden Privatjet, an dem alle Lichter brannten und die Treppe einsteigebereit ausgeklappt war. Samantha, Jeff und Vic bewunderten das Flugzeug aus der Ferne, während sie auf Anweisungen warteten. Nach wenigen Minuten kamen ihnen hinter dem Terminalgebäude drei breitschultrige junge Männer entgegen, die allesamt schwarz gekleidet waren. Die Dokumente – in zwei Kühlboxen, drei Rucksäcken und zwei Pappkartons – wurden übergeben und sofort zum Jet gekarrt.

»Mr. London würde gern mit Ihnen sprechen«, sagte einer der drei zu Jeff.

Vic zuckte die Achseln. »Warum nicht? Sehen wir uns das kleine Spielzeug mal an.«

»Ich bin schon mal mitgeflogen«, sagte Jeff. »Das ist eine Klasse über der Skyhawk.«

»Angeber«, konterte Vic.

Sie wurden durch das leere Terminalgebäude auf das Vorfeld und zum Jet gebracht. Jarrett London erwartete sie oben auf der Treppe mit einem breiten Lächeln und einem Drink in der Hand. Er winkte sie herein und begrüßte sie in seiner »Zweitwohnung«.

Samantha hatte an der Georgetown University eine Freundin gehabt, deren Familie solch einen Jet besaß, es war also nicht ihr erster Besuch in einem. Die massigen Sessel waren mit dunklem, schwerem Leder bezogen. Alles war mit vergoldeten Einfassungen abgesetzt. Sie saßen an einem Tisch, während eine Flugbegleiterin ihre Getränkewünsche aufnahm. Bitte nach Paris, hätte Samantha gern gesagt. Sie können mich in einem Monat wieder abholen.

Es war offensichtlich, dass sich Vic und London gut kannten. Während Jeff ihre Flucht vom Gray Mountain ausführlich schilderte, wurden die Getränke serviert.

»Möchten Sie etwas zum Abendessen?«, fragte London in Samanthas Richtung.

»Nein. Jeff hat mich zu Taco Bell eingeladen. Ich bin pappsatt.«

Ihr Martini war perfekt. Jeff und Vic nahmen Dickel on the Rocks. London erklärte, die Dokumente würden direkt nach Cincinnati geflogen, wo sie am Sonntag kopiert werden sollten. Am Montag würden dann die Originale nach Charleston geflogen und einem U.S. Marshal übergeben werden. Der Richter hatte sich bereit erklärt, sie hinter Schloss und Riegel zu verwahren, bis er Zeit hatte, sie zu prüfen. Krull Mining war von dieser Vereinbarung nicht unterrichtet worden und hatte keine Ahnung, was passieren würde. Das FBI hatte sich vollständig zurückgezogen, zumindest für den Augenblick.

»Haben wir das Freunden in Washington zu verdanken, Samantha?«, erkundigte sich London.

Sie lächelte. »Vielleicht. Sicher bin ich mir nicht.«

Er trank einen Schluck und ließ die Eiswürfel klirren. »Wie sehen Ihre Pläne jetzt aus?«

»Warum fragen Sie?«

»Weil ich in der Krull-Sache gern einen weiteren Anwalt dabeihätte. Sie kennen sich natürlich aus. Donovan vertraute Ihnen, und seine Kanzlei kann nach wie vor finanziell ordentlich was herausholen. Es steht fünfzig zu fünfzig, dass Krull die Segel streicht, wenn die erfahren, dass wir die Dokumente haben. Ein Vergleich ist nicht unwahrscheinlich, auch wenn das vertraulich bleiben müsste. Falls die sich stur stellen, schalten wir einen Gang hoch und sorgen dafür, dass es zu einer Verhandlung kommt. Im Grunde wollen wir genau das: ein Spektakel, großes Drama, zwei Monate Theater, in denen die ganze schmutzige Wäsche in öffentlicher Verhandlung gewaschen wird. Dann ein drastisches Urteil.«

Im Geiste von Donovan. Im Geiste von Marshall Kofer.

Er war voll in Fahrt. »Es gibt jede Menge zu tun, für uns alle, auch für Sie, Samantha. Sie könnten zu mir in meine Kanzlei in Louisville kommen. Sie könnten sich in Brady selbstständig machen. Sie könnten Donovans Kanzlei übernehmen. Jede Menge Möglichkeiten. Ich will damit sagen, wir brauchen Sie.«

»Danke, Mr. London«, sagte sie sittsam und gönnte sich noch einen Schluck. Sie wollte sich nicht zu einer Entscheidung drängen lassen.

Vic spürte das und wechselte das Thema, indem er ihn über den Jet ausfragte. Eine Gulfstream V, das neueste Wunderwerk. Praktisch unbegrenzte Reichweite, eine Reiseflughöhe von zwölftausend Metern, hoch über den Verkehrsflugzeugen. Schön ruhig da oben. Als das Gespräch erlahmte, sah London auf die Uhr.

»Kann ich Sie irgendwo absetzen?«

Ja, so ein Privatjet hatte schon was. Da jemanden absetzen, dort jemanden abholen. Alles war möglich.

Sie lehnten ab und sagten, sie hätten etwas zu erledigen. Er bedankte sich überschwänglich für die Übergabe der Dokumente und brachte sie zu Fuß zum Terminal.

40

Mattie kam am Montag früher, und sie setzten sich in ihrem Büro hinter geschlossener Tür zusammen. Samantha meldete, alle Dokumente seien mehr oder weniger sicher abgeliefert worden, und wenn alles nach Plan lief, würden sie später am Tag dem Gericht übergeben werden. Sie ließ die abenteuerlicheren Aspekte der Geschichte weg – die Schießerei, der jemand sein lädiertes Bein verdankte, den toten Bären, das wundersame Auftauchen von Vic Canzarro und den schnellen Cocktail an Bord von Jarrett Londons Luxusjet. Manche Dinge behielt man besser für sich.

Auf jeden Fall waren die Dokumente nun relativ sicher, sollten sich doch die Anwälte darum streiten. Jemand anderer würde herausfinden, was sie wirklich enthielten. Samantha ging davon aus, dass sich das FBI jetzt aus der Sache heraushalten würde. Es gab sogar Hinweise auf eine Kehrtwende bei den Ermittlungen, die sich nun möglicherweise gegen Krull Mining richten würden. Noch nichts Endgültiges, nur ein, zwei Worte aus Washington.

Nach dem Tod von Buddy Ryzer und dem Drama mit den Dokumenten kehrte das Leben in der Mountain Law Clinic nun vielleicht wieder zur Normalität zurück. Die beiden Anwältinnen hofften das sehr. Um zehn Uhr hatte Samantha einen Gerichtstermin, in einer Sache, die nichts mit Kohle, Dokumenten oder Bundesbehörden zu tun hatte, und sie freute sich auf einen Tag ohne besondere Ereignisse.

Am Gericht lungerte jedoch Jeff herum, der anscheinend ihren Terminkalender kannte.

»Kann ich mit dir reden?«, fragte er, als sie gemeinsam die Treppe zum Hauptsitzungssaal hinaufgingen.

»Ich hatte gehofft, dich eine Weile nicht zu sehen«, sagte sie.

»Pech gehabt, tut mir leid. Wie lange hast du am Gericht zu tun?«

»Eine Stunde.«

»Ich warte in Donovans Kanzlei auf dich. Es ist wichtig.«

Dawn, die Sekretärin, war weg, gekündigt. Die Kanzlei hatte dichtgemacht, die Fensterläden der Büroräume waren geschlossen, drinnen sammelte sich der Staub. Jeff schloss die Eingangstür auf und hielt sie Samantha auf, dann schloss er sie wieder und sperrte ab. Sie gingen die Treppe hinauf in den ersten Stock, zur Einsatzzentrale, an deren Wänden immer noch die vergrößerten Fotos und Beweisstücke aus dem Tate-Prozess hingen. Akten, Bücher und Papiere lagen überall verstreut, so wie das FBI sie nach der Durchsuchung hinterlassen hatte. Sie fand es komisch, dass niemand das in Ordnung gebracht und den Raum aufgeräumt hatte. Nur die Hälfte der Lampen brannte. Der lange Tisch war mit Staub bedeckt. Donovan war seit fast zwei Monaten tot, und als sich Samantha im Raum umsah und seine Arbeit, die Überreste seiner großen Prozesse betrachtete, überkam sie eine Welle der Traurigkeit und Wehmut. Sie hatte ihn nur so kurz gekannt, aber für einen Augenblick sehnte sie sich danach, sein freches Grinsen noch einmal zu sehen.

Sie ließen sich auf Klappstühlen nieder und tranken Kaffee aus Pappbechern. Jeff deutete mit einer ausholenden Geste auf den Raum. »Was soll ich bloß mit dem Gebäude machen? Mein Bruder hat es mir in seinem Testament hinterlassen, aber keiner will es. Wir können keinen Anwalt finden, der seine Kanzlei übernimmt, und bisher wollte niemand das Haus kaufen.«

»Lass dir Zeit«, sagte sie. »Es ist ein schönes Gebäude, irgendwer wird das schon kaufen.«

»Bestimmt. Die Hälfte der schönen Gebäude an der Main Street steht leer. Die Stadt stirbt.«

»Ist das die wichtige Sache, die du besprechen wolltest?«

»Nein. Ich gehe für ein paar Monate weg, Samantha. Ich habe einen Freund, der eine Jagdhütte in Montana betreibt, dem werde ich einen ausgedehnten Besuch abstatten. Ich muss hier weg. Ich habe es satt, beschattet zu werden, ich habe es satt, mich ständig zu fragen, wer hinter meinem Rücken agiert, ich habe es satt, über meinen Bruder nachzudenken. Ich brauche eine Pause.«

»Das ist eine hervorragende Idee. Und was ist mit deinen Heckenschützenaktionen? Ich habe gehört, die ausgesetzte Belohnung wurde auf eine Million Dollar in bar erhöht. Dir wird der Boden wohl zu heiß unter den Füßen, was?«

Er trank einen ausgiebigen Schluck Kaffee und ignorierte ihren letzten Kommentar. »Ich werde von Zeit zu Zeit vorbeikommen, um mich um Donovans Nachlass zu kümmern, wenn Mattie mich braucht. Aber langfristig werde ich mich wohl irgendwo im Westen niederlassen. Hier gibt es zu viele Altlasten, zu viele schlechte Erinnerungen.«

Sie nickte verständnisvoll, antwortete aber nicht. Hatte er eine Szene erwartet, einen rührseligen Abschied unter Liebenden? Wenn das der Fall war, musste sie ihn enttäuschen. Sie mochte den Jungen, aber im Augenblick war sie erleichtert zu hören, dass er nach Montana wollte. Eine volle Minute verstrich ohne ein Wort, dann noch eine.

»Ich glaube, ich weiß, wer Donovan auf dem Gewissen hat«, sagte er schließlich. Er legte eine Pause ein, in der sie offensichtlich

»Wer?« fragen sollte. Aber sie biss sich auf die Lippen und reagierte nicht. »Es wird dauern, fünf, vielleicht zehn Jahre«, fuhr er fort, »aber ich werde im Hinterhalt liegen, sozusagen meine Fallen stellen. Wenn die einen Flugzeugabsturz wollen – das können sie haben.«

»Ich will das nicht hören, Jeff. Willst du wirklich den Rest deines Lebens im Gefängnis verbringen?«

»Das wird nicht passieren.«

»Berühmte letzte Worte. Hör zu, ich muss ins Büro.«

»Ich weiß. Tut mir leid.«

In der Kanzlei erwartete sie bloß der Montagstreff mit Klatsch und Tratsch, bei dem sie aber auf keinen Fall fehlen wollte. Offenbar galt unter den fünf Frauen der Teilnehmerrunde die ungeschriebene Regel, dass Abwesende ausführlich diskutiert wurden.

»Okay, ich weiß, du hast zu tun«, sagte er. »Ich bin in ein paar Monaten wieder da. Bist du dann noch hier?«

»Das weiß ich nicht, Jeff, aber an mich brauchst du nicht zu denken.«

»Ich denke sowieso an dich. Ich kann nicht anders.«

»Dann gebe ich dir einen guten Rat, Jeff. Ich zerbreche mir nicht den Kopf darüber, ob du wiederkommst, und du zerbrichst dir nicht den Kopf darüber, ob ich noch hier oder in New York bin. Verstanden?«

»Ist ja gut. Darf ich dir wenigstens einen Abschiedskuss geben?«

»Von mir aus, aber behalt deine Hände bei dir.«

Als Samantha an ihren Schreibtisch zurückkehrte, erwarteten sie neue Nachrichten aus New York. Andy Grubman hatte ihr geschrieben.

Liebe Samantha,
Spane & Grubman wächst rasant. Wir haben für unsere aufregende neue Unternehmung mittlerweile siebzehn der besten und intelligentesten Juristen engagiert. Wir brauchen noch zwei oder drei Anwälte. Wir brauchen Sie! Ich habe mit einigen dieser wunderbaren Menschen zusammengearbeitet, Nick Spane mit anderen – ich muss also ehrlich zugeben, dass ich nicht alle kenne. Aber ich kenne Sie, und ich weiß, dass ich Ihnen vertrauen kann. Ich will Sie in meiner Mannschaft haben, damit Sie mir den Rücken freihalten. Das hier oben ist ein Haifischbecken, das wissen Sie ja selbst.

Hier ist mein komplettes Angebot: erstens ein Einstiegsgehalt von einhundertsechzigtausend Dollar (ich habe noch etwas draufgelegt, und das ist mein bisher höchstes Angebot, also bitte behalten Sie das für sich, wir wollen ja nicht gleich von Anfang an Ärger), zweitens ein Jahresbonus, der von der individuellen Leistung und der Gesamtproduktivität der Kanzlei abhängig ist (nein, die beiden Partner wollen nicht den ganzen Profit einstreichen), drittens komplette Krankenversicherung – Arzt, Zahnarzt, Optiker (alles, bis auf Botox und Schönheitsoperationen), viertens ein steuerlich großzügig geförderter Spar- und Rentenplan, in den Mitarbeiter und Arbeitgeber zu gleichen Anteilen einzahlen, fünftens Überstundenvergütung für die über die Fünfzig-Stunden-Woche hinausgehende Arbeitszeit (ja, meine Liebe, Sie haben richtig gelesen, S & G ist vermutlich die erste Kanzlei der Geschichte, die bezahlte Überstunden anbietet, wir meinen es ernst mit der Fünfzig-Stunden-Woche), sechstens drei Wochen bezahlter Urlaub, siebtens Ihr eigenes Büro mit eigener, nur für Sie tätiger Sekretärin (und vermutlich eigenem Rechtsassistenten, aber das kann ich Ihnen im Augenblick noch nicht versprechen), achtens Aufstiegschancen, wir wollen nicht, dass unsere angestellten Anwälte über Leichen gehen müssen, um Partner zu werden, deswegen denken wir an einen Plan, bei dem das nach sieben bis zehn Jahren in der Kanzlei möglich wird.

Besser geht nicht, oder? Und Sie können am 1. Juli anfangen, nicht am 1. Mai.

Ich warte, meine Liebe. Ich brauche eine Antwort innerhalb der nächsten Woche oder so. Bitte.

Andy Grubman

Sie las das zweimal, druckte es aus und gestand sich ein, dass sie allmählich die Nase voll hatte von Grubman und seinen Mails. Sie nahm die Tüte mit ihrem Mittagsimbiss und ging zum Essen.

Es wurde achtzehn Uhr, bis Matties letzter Mandant gegangen war. Samantha hatte auf ihrem Schreibtisch herumgekramt und sich irgendwie die Zeit vertrieben, während sie auf den richtigen Augenblick wartete. Sie steckte den Kopf bei Mattie zur Tür herein und sagte »Haben Sie Zeit für einen Drink?« Mattie lächelte und sagte ja, natürlich.

Bei den Montagsdrinks handelte es sich um Diätlimonade. Sie gossen sich jede ein großes Glas ein und setzten sich in den Besprechungsraum. Samantha schob Mattie Grubmans letzte Mail hin. Mattie las sie langsam, lächelte und legte sie wieder auf den Tisch.

»Wow. Tolles Angebot. Schön, wenn man so gefragt ist. Dann verlassen Sie uns wohl eher, als ich dachte.« Das Lächeln war verflogen.

»Ich bin noch nicht so weit, dass ich zurückgehen will, Mattie. So großzügig es klingt, die Arbeit ist öde, stundenlang Dokumente lesen, korrigieren und vorbereiten. Da können sie sich noch so viel Mühe geben, es wird einfach nicht spannender, das ist unglaublich öde. Ich bin noch nicht so weit, und wahrscheinlich werde ich das nie sein. Ich würde gern noch hierbleiben.«

Mattie lächelte erneut, ein selbstzufriedenes kleines Schmunzeln, das zeigte, wie sie sich freute. »Sie haben sich bestimmt schon etwas überlegt.«

»Bis vor Kurzem war ich noch unbezahlte Praktikantin. Jetzt werde ich überschwemmt mit Jobangeboten, von denen mir keines zusagt. Ich will nicht zurück nach New York, zumindest jetzt noch nicht. Ich will nicht für Jarrett London arbeiten. Er erinnert mich viel zu sehr an meinen Vater. Ich misstraue Prozessanwälten, die im Privatjet durch das Land gondeln. Ich will Donovans Kanzlei nicht übernehmen, da gibt es zu viele Altlasten. Das Haus gehört Jeff, und den will ich nicht als Vertragspartner, dafür kenne ich ihn zu gut, das gibt nur Ärger. Er würde sich als Chef aufspielen, damit wären Reibereien von Anfang an vorprogrammiert. Er ist gefährlich waghalsig, und ich will Abstand gewinnen, keine neue Bindung. Wir hatten unseren Spaß, aber es ist nichts Ernstes. Außerdem will er weg.«

»Sie bleiben also hier?«

»Wenn das geht.«

»Wie lang?«

»Es gibt drei Dinge, die ich tun möchte. Mein wichtigster Mandant sind die Ryzers. Ich habe das Gefühl, dass sie mich brauchen, und ich kann sie nicht einfach in ein paar Monaten im Regen stehen lassen. Sie sind in einer schlimmen Lage, und aus irgendeinem Grund denken sie, ich kann ihnen helfen. Ich werde mein Bestes tun. Ich würde gern das Berufungsverfahren in der Tate-Sache übernehmen, von Anfang bis Ende. Lisa Tate braucht uns. Die arme Frau lebt von Essensgutscheinen und ist am Boden zerstört. Ich will das Berufungsverfahren gewinnen, damit sie das Geld bekommt, das ihr zusteht. Im Übrigen bin ich der Meinung, vierzig Prozent für Donovans Nachlass sind zu viel. Er mag das Geld verdient haben, aber er ist nicht mehr da.

Lisa hat ihre Kinder verloren, Donovan nicht. Bei der Sachlage hätten viele Anwälte den Prozess gewinnen können. Ich schlage vor, das besprechen wir noch.«

»Ich habe mir das auch schon überlegt.«

»In meinem zweiten Studienjahr mussten wir ein Berufungsverfahren nachspielen, die Schriftsätze schreiben und vor drei Richtern unser Plädoyer halten, eigentlich drei Juraprofessoren, die dafür bekannt waren, dass sie die Studenten auf Herz und Nieren prüften. Das Plädoyer war eine große Sache – Anzug und Krawatte, Kostüm und Pumps.«

Mattie nickte und lächelte. »Bei uns war das auch so.«

»Ich nehme an, alle Studenten finden das furchtbar. Ich war so nervös, dass ich die Nacht davor nicht schlafen konnte. Mein Mitanwalt gab mir zwei Stunden vor dem Plädoyer ein Beruhigungsmittel, aber das hat gar nichts gebracht. Ich war so steif, dass ich das erste Wort kaum über die Lippen brachte, aber dann passierte etwas Merkwürdiges. Einer der Richter kam mit einem Argument daher, das unter der Gürtellinie war, und ich wurde richtig wütend. Ich fing an, mit ihm zu streiten. Ich bombardierte ihn mit Argumenten, die unsere Position stützten, und zerlegte ihn geradezu. Ich hatte plötzlich jede Angst vergessen, ich wollte diesem Richter nur zeigen, dass ich recht hatte. Meine zehn Minuten gingen vorüber wie im Flug, und als ich mich setzte, starrten mich alle nur an. Mein Mitanwalt beugte sich zu mir und flüsterte bloß: ›Genial!‹

Das war das wichtigste Erlebnis, das ich während meines Jurastudiums hatte, und ich werde diesen Augenblick nie vergessen. Damit will ich sagen, ich würde Lisa Tate gern bis hin zum Obersten Gericht von Virginia vertreten, mein Plädoyer halten, die Anwälte von Strayhorn Coal fertigmachen und den Prozess für Lisa gewinnen.«

»Nur zu, Mädchen! Der Prozess gehört Ihnen.«

»Das wären achtzehn Monate, stimmt's?«

»So ungefähr. Sie haben gesagt, Sie wollten drei Dinge erledigen.«

»Das Dritte ist einfach, die Fälle abzuarbeiten, an denen ich im Augenblick dran bin, neue anzunehmen, wenn sie sich ergeben, und mein Bestes zu tun, um unseren Mandanten zu helfen. Und dabei will ich mehr Zeit im Gerichtssaal verbringen.«

»Sie haben ein Talent dafür, Samantha. Das ist eindeutig.«

»Danke, Mattie. Das ist nett von Ihnen. Ich will mich nicht von den Trent Fullers dieser Welt herumschubsen lassen. Ich will Respekt, und den bekomme ich nur, wenn ich ihn mir verdiene. Wenn ich einen Gerichtssaal betrete, will ich, dass die Männer zweimal hinsehen, und zwar nicht, weil ihnen mein Hintern gefällt.«

»So, so, da hat sich ganz schön was verändert.«

»Ja, das hat es. Und was das Praktikum angeht – wenn ich die nächsten beiden Jahre hier bleibe, brauche ich ein Gehalt. Nicht viel, aber ich muss davon leben können.«

»Das habe ich mir auch schon überlegt. Das Angebot von Ihrem Freund in New York können wir nicht überbieten, aber was wir zahlen können, dürfte für unser ländliches Virginia ganz in Ordnung sein. Annette und ich verdienen beide vierzigtausend, mehr geht also nicht. Die Kanzlei kann Ihnen zwanzigtausend zahlen. Da Sie das Berufungsverfahren in der Tate-Sache übernehmen, kann ich dafür sorgen, dass das Gericht noch einmal zwanzigtausend aus Donovans Nachlass genehmigt. Wie klingt das?«

»Bei vierzigtausend könnte jemand verschnupft sein.«

»Annette?«

»Ja. Sagen wir neununddreißigtausend.«

»Neununddreißigtausend geht in Ordnung. Abgemacht.«

Mattie streckte ihr die Hand über den Tisch entgegen, und Samantha schüttelte sie.

Sie nahm Andy Grubmans E-Mail. »Jetzt muss ich nur noch diese Nervensäge loswerden.«

Anmerkungen des Autors

Glücklicherweise gibt es Dutzende gemeinnütziger Organisationen, die sich in den Kohlenrevieren engagiert für den Schutz der Umwelt und eine andere Politik einsetzen und für die Rechte der Bergleute und ihrer Familien kämpfen. Eine davon ist das Appalachian Citizens' Law Center in Whitesburg, Kentucky. Mary Cromer und Wes Addington leisten dort als Anwälte wunderbare Arbeit und haben mich begleitet, als ich ihre Region zum ersten Mal besuchte. Appalachian Voices ist eine kämpferische Grassroots-Umweltschutzvereinigung aus Boone, North Carolina. Ihr Programmleiter Matt Wasson war mir bei der Tatsachenrecherche eine große Hilfe.

Danke auch Rick Middleton, Hayward Evans, Wes Blank und Mike Nicholson.